行　色

费力　著

天津出版传媒集团
百花文艺出版社

图书在版编目（CIP）数据

行色 / 费力著. -- 天津 : 百花文艺出版社, 2024.
12. -- ISBN 978-7-5306-8998-1

Ⅰ. I247.5

中国国家版本馆 CIP 数据核字第 2024W602N2 号

行色

XING SE

费力 著

出 版 人:薛印胜

责任编辑:张 雪

装帧设计:吴梦涵

出版发行:百花文艺出版社

地址:天津市和平区西康路 35 号 **邮编**:300051

电话传真:+86-22-23332651（发行部）

+86-22-23332656（总编室）

+86-22-23332478（邮购部）

网址:http://www.baihuawenyi.com

印刷:三河市嵩川印刷有限公司

开本:710 毫米×1000 毫米 1/16

字数:471 千字

印张:27.25

版次:2024 年 12 月第 1 版

印次:2024 年 12 月第 1 次印刷

定价:78.00 元

如有印装质量问题，请与三河市嵩川印刷有限公司联系调换

地址：三河市杨庄镇肖庄子

电话：（0316）3654999 邮编：065201

如果没有这样，会不会是那样？

这样与那样，又能怎样？

——无数人的自问

每年的六月，长江中下游地区都会迎来一个漫长的多雨季节，对此，江城人习以为常。

如果不是《江风快报》有过这样的一篇报道，人们也许不会记得，2010年6月9日，江城下过一天一夜的豪雨，24小时不停，降雨量相当于五个东湖。也就是说，老天爷将五个东湖的水一股脑儿泼到了江城市的大街小巷。

那条新闻被安排在《江风快报》头版的“倒头条”上。报纸上的头版头条一般会安排更重要的新闻。位于头版右下角“倒头条”上的新闻，通常不足够重大，也不具备独特的社会性、时事性，但它反而更容易成为大众茶余饭后很好的谈资。

对了，那天的头版头条理所当然地属于前一天刚刚结束的全国高考。

第一章

1

报道豪雨天气的是机动部副主任、记者丁钢，他被读者尊称为“良心记者、跑腿大侠”。在这次豪雨特别报道中，他用“五个东湖倒在江城”这样的类比，就将这场雨的规模说得一目了然。东湖是什么？毫不夸张地说，那是江城人心头的明珠嘛。其他媒体的“标题党”们无比汗颜，自愧弗如。他们对这一新闻的标题只是做了一般陈述性的处理，如“大雨如注”“是江城五十年来少见”等。在这种民生类新闻报道中，市级报纸本可以做得更鲜活、更出彩。但“五个东湖的雨量”一亮相，其他媒体的同类报道自然逊色了。他们的老总们只能服气，服的是大牌记者丁钢的眼力与笔力，这样的记者，真的可以以一当十。

省报，是省委机关报，一省独大。二十世纪九十年代中期，在商品经济的繁盛下，媒体有了觉醒，全国的各个省报涌起了一股创办市民生活报的热潮。一张对开小报可以受到万千读者热捧，自然也就成了众多广告商追逐的目标，这也是多少报人梦寐以求的荣誉。《江风快报》就是在那个时期应运而生的，而丁钢的命运齿轮也是从那个时候开始转动的。

快报筹办时，丁钢还在郧西一个市级报社做记者。这个瘦小的男人，在获得这则省报的招聘信息后，兴奋得一夜未眠。他没有跟任何人商量，对老婆都没吐露一个字。一大早，他就跑到单位领导的办公室里，递上了辞呈。然后，他就带着一沓没有见过报的手写稿件，连夜坐上绿皮火车来到了快报创办时的破旧办公室。

第一任总编辑翻着他厚厚的手稿，没吭声。副总编辑于大桥在大报记者部工作时，曾在郧西驻过站，所以和丁钢打过交道。他知道丁钢在那个偏僻的小地方，爱钻牛角尖，爱跑野路子，写出的新闻稿常常不受待见，不是报道方不高兴，就是报社领导不高兴。丁钢却不以为然，他的口头禅是：你高不高兴关我屁事。其实，丁钢即便不从那里辞职，也迟早会被淘汰。

那天，于大桥小声地对总编辑说："这个家伙可以试用一下。"

总编辑望着下巴上有一道疤痕的丁钢说："我们办《江风快报》，就是要突破传统的宣传模式，做老百姓自己愿意花钱买的报纸，刊发老百姓喜欢读的内容。"丁钢听了立马向总编辑敬了一个军礼。他没有当过兵，不知道标准的军礼该用左手还是用右手，于是在慌乱中，左右手各举了一次。

总编辑"嘿嘿"笑着说："此礼过于隆重。留下来可以，食宿你得自己解决。现在快报是面向全社会招聘，人事制度、福利待遇都不同于体制内。你已不是小青年，一切都得从头来，你可要想清楚。"

丁钢咧开嘴一笑，满口的牙齿参差不齐，被烟垢涂得已看不到原有的本色。他知道，无论自己想不想，此刻都已经没有退路了。

"'五个东湖呀'，江城市气象局的专家在新闻发布会上就是这样说的。我们的记者是耳朵里塞进了猪毛，还是将这么关键的字眼贪污了？"《江城市晚报》的白总编辑敲着桌子批评他的部下。

大雨变成了小雨，慢慢地，小雨也收住了。天呈青灰色，像一张心事重重的老男人的脸。

苏翁子刚刚坐到副驾位置上，就嗅到了一股臭味。她捏着鼻子问翁小明："你买腐乳了？"翁小明说："你脚下有一个罐子，是从工地上捡到的。"他让苏翁子将罐子放到后排。

苏翁子照办后坐好，翻着她妈妈供职的《江风快报》，纸与纸摩擦，发出"沙沙"声。翁小明双手用力把着方向盘，眼神不停地在三个后视镜间切换，嘴皮子时而紧闭，时而喃喃嚅动。是骂横冲直撞不怕死的电动车，还是念叨别的什么？苏翁子听不清。她瞅着翁小明的脸和窗外的天一个样儿，灰暗沉闷，猜想，他只怕有不开心的事。

其实，也说不上开心不开心，翁小明心里正在烦着杨豪，还有那个滑溜溜的包工头，简直像个小泥鳅。

杨豪是翁小明地勘公司的同事。他在江城之北的龙踞潭接了一个项目，是一家相当有名气的房地产公司开发的片区楼盘。受合同工期所限，他们必须抢时间，所以，项目在雨季之前开了工。打桩机已按照图纸将桩孔都打好了。可桩还没来得及下，雨水就瓢泼而至，工地一下子成了水塘，桩洞也被水淹得无影无踪。

翁小明一大早就开车赶到了工地。他在工棚门口，大声对棚中东倒西歪的民工喊：“雨停了，赶快把孔里的水弄干。沙土被水泡久了，桩孔结构会变的，结构变了，桩就得重做。还有，桩孔里的水那么深，要是有人掉进去，是要出人命的。我问你们，谁担得起这个责？”

泥鳅般模样的包工头趿着拖鞋，出了工棚，讨好地扯着笑脸说：“翁老板，我们也想早做早了结。可昨天的雨，那哪儿是雨，那是长江倒过来了，抽水机根本抽不赢。”

“你的抽水机呢？在哪里？”翁小明瞪着一双圆眼睛，逼问包工头。

“昨天抽了一整天，干不过老天爷呀！”包工头还想狡辩。翁小明的火气更大了：“明天早上我再过来，如果孔里还是水，你们就走人！我才不管你是谁！”说完，翁小明就一脸不高兴地转过身。就在转身的一瞬间，他看见工棚边上有一个陶罐，便问包工头：“这罐子是从哪里来的？”

包工头神秘地说：“挖桩孔时，捡的。”

翁小明俯下身拿起来。天！一股臭腐乳味直冲鼻子。“你这家伙，还会骗人！”

陶罐口边掉了一点皮，有陈年老垢。如果没有臭味，说是从地底下捡的，也能信。翁小明命令道：“快去洗干净，我拿给杨总看看。”

翁小明的车停在离工地两百米开外的地方，可他这辆低调奢华的新款沃尔沃XC90,还是被泥巴糊得面目全非。

翁小明心里骂着杨豪，才能平衡一点。他对杨豪说过，自己的工程，就不要用老家的施工队了。可杨豪呢，总像行善积德似的，还一再让他翁小明在前面做恶人。起初，杨豪找翁小明帮忙做这个工程的质量监理时，翁小明是拒绝的。主要是工地离家太远，差不多出城了。女儿明年高考，老婆苏同又很忙，自己得做好陪读工作。

杨豪为了请翁小明出山，对他是好话说尽。他说：“两个工地同时开工，实在是转不过身来，必须得请翁哥帮忙盯一下。龙踞潭这边又是一期，只要质量、工期到位了，后面的二期三期便水到渠成。”翁小明平时没少吃他的饭，喝他的茶，唱他的歌，洗他的脚，想想，推辞的话说不出口。

雨是停了，但马路上积水窝子太多，车子不能开得太快。太快，溅起的水花会将路人糊得一身泥水，遭人骂是免不了的。江城骂人的口头禅又离不开“娘”，骂娘是翁小明最不能忍受的。溅起的水花还会将自己的车身车窗玻璃弄得一塌糊涂，影响视线不说，更可怕的是，万一运气栽，车轮子陷进水下深坑，岂不是倒了血霉？虽然车子底盘够高，可万一呢？发动机要是熄了火，还得找个拖车来。这车可还是“崭版子”呀。为了从老婆苏同手里抠出钱来付首付，翁小明可没少花心思。

“开车不要慌不要抢，一般要和前车拉开两个车身的距离，尤其是遇上大货车时。”只要他的副驾驶座位上有个人，特别是坐着苏同或苏翁子，他都要念叨这些经。今天翁小明的脚比手还要忙，一直带着刹车。

翁小明的紧张与心烦，从喃喃自语中表现出来。苏翁子虽然在意，却不会开解他，便在《江风快报》上找话题，想消减翁小明的坏情绪。

“好家伙，‘五个东湖’，这是情感描述还是事实陈述？是文学语言还是新闻语言？”苏翁子很是不屑。有一个做媒体的妈妈，从识文断字开始，她几乎就是在报纸堆里长大的。学了语法后，她便习惯于在《江风快报》上找碴儿。翁小明也是，一个理工男，语文基础却出奇的扎实。父女俩常常一唱一和，这张报纸上的每一个版面都有漏洞可戏说。于是，被这父女俩挑出来的一些低级错误，常常让江都大学汉语言文学专业出身的苏同面红耳赤。

车过了解放大道，上了长江二桥，路顺畅了好多，家也越来越近。

“翁子，给你妈打个电话，让她回家煲点粥，加些莲子、薏米。这鬼天气，湿气太重。”

苏翁子用左手拨了苏同的电话，通了，无人接。她说：“我试试用右手。”还是无人接。

“唉！苏总好忙。”苏翁子在翁小明面前，常用“苏总”这个称呼来表达对母亲的不满。她侧过脸看着翁小明问：“她知道我今天回家吗？”

“不知道，你们学校临时放假，你早上才跟我说。”

下学期就要升高三的苏翁子又追问道：“你们俩商量过没有，我到底是考文科还是理科？”

苏翁子突然这么一问，让翁小明愣了神。他一点思想准备都没有，回答不上来。

车流时而顺畅，时而滞缓。过了好一会儿，翁小明才开口问道：“你现在在理科班，为什么还要犹豫不决？”

“唉，拿了个奖闹的。”

翁小明问：“什么奖？”

“全省语文知识竞赛一等奖，在我们‘江外’是独一个。语文老师把我叫到办公室问了一遍，还给我妈打电话报过喜。”苏翁子慢条斯理道出的却是小得意。

翁小明似乎会意，“哦”了一声说：“这样呀？再来一个。”

“再来一个什么？”

“从快报上，再找一个苏总的碴儿。”

2

苏同的手机并没有调成静音，但搁在手提包里，又处在嘈杂的彩排现场，所以根本听不见铃声。

初夏的江城困在湿漉漉的梅雨季，难以抽身。空气里弥漫的潮湿泥腥味，让人浑身上下不自在。贴着皮肉的衣服，只要用力一拧，就会冒出水来。

梅雨季漫长难熬的时段，像有些女人的更年期，时而热，时而寒，时而寒热交错。只有等到几轮雨下透，太平洋亚热带高压气流将横亘在长江中下游天空的暖湿气流吹跑后，才能进入真正的夏季，热辣辣的风才会带走这令人烦躁的困顿。

崇文书店五楼，“江城最美孕妈”决赛评选彩排正在举行，这已经是《江风快报》举办的第三届了。这次活动从报名开始就受到了读者的关注和响应，所以报名十分踊跃。前两届报名是免费的，这届增加了报名费，但依然拦不住要参加的人。报名者有几百号。经过几轮评比，淘汰了大部分人后，精挑细选出的二十位选手进入了决赛。

苏同，《江风快报》的副总编辑，分管活动策划、副刊、摄影三个部门。每天下午是她的主战场。一天一沓的副刊八个版，与夹在新闻版块中的连载版，必须在晚上十点之前清样完毕，之后出版部会在最快的时间里，将电子版传给印刷厂开印。

苏同本可以不来看彩排，她对策划部主任何颖的工作能力与处事手段，都是非常认可与放心的。前两届的评选活动，在江城引起了巨大的反响，赞助商是全国有名的小太阳乳业集团。他们在江城设有销售公司，公司负责人借助媒体做推广，首选的是快报。快报发行量大，口碑又好，带来了意想不到的收益。前两届孕妈评选活动，使小太阳乳品的销售额冲上了中南地区首位。今年，销售公司决定加大投入，不仅将活动经费提前打包给了快报，还给孕妈们赞助了产品，并且向快报承诺，活动之后，在去年的基础上再增投一个形象广告版。

如此，倒还不足以让苏同非来看彩排不可。只因为这次活动，不仅事关快报的广告收入，另外还关系一件更重要的事，故而，说什么都不能掉以轻心。

几天前，何颖裹着一股浓香，飘进了苏同的办公室。何颖将一瓶“香奈儿5号”搁在电脑旁。苏同对香水过敏，立马喷嚏一个接一个，特别震撼。何颖开玩笑道：“有人在想我们苏小姐了！”

苏同和何颖是同龄人。过去她俩在大报时，一个跑文化，一个跑医疗，虽不在一个部门，但常常互通有无。苏同带何颖蹭新上映的电影，何颖领她去中医院找专家号脉。两人各自结婚后，又做了一段时间的邻居，所以友情一直延续着。何颖在同事们面前从来都是“苏总”“苏总”叫着，一点儿也不含糊。但私下里，两人之间怎么随便怎么开玩笑都可以。

何颖说：“老张同志刚从法国考察回来。一脚踏进门，就证实了一个重要的信息。乌尚义乌总要高升了。”何颖挑了挑她那柳叶眉，有点故作神秘。

苏同问：“升到哪里？”

何颖绷住笑，用手指向天花板上顶：“哎呀，集团总经理呗。我早听人议论过。你就一点都不知道？真是这大楼里的局外人！”

苏同听着也没有惊讶，以乌尚义的能力、年龄以及气场，还有这几年对集团的贡献，进步一下，名正言顺。她一直认为这个曾经跑经济的记者理所应当就是报业的未来。

“蒋胖子一肩挑五担，实在过于劳累。”何颖不知为什么对报社老大总是出言不逊，“上头的领导似乎于心不忍，说，‘老蒋啊，别老一个人累着，让年轻人多挑挑担子嘛。’”何颖绘声绘色地不知道是在模仿哪个大领导，好像大领导是她家老张似的。

何颖口中的“蒋胖子”是她俩平时对集团董事长、社长、党委书记、总编辑、总经理的戏称。

《江风快报》的总编辑乌尚义，即将升任集团总经理。这虽然只是小道消息，但一般情况下，小道消息往往比正式文件跑得快。

苏同作为铁打的副手，从快报创刊，到乌尚义执掌，已陪跑了四任。前几任一把手大都是平调到集团的其他部门。乌总能升职，还是总经理，正厅级，这对快报人来说，是莫大的鼓舞。

乌尚义接任快报总编辑已有三年。前人栽树，后人乘凉，这是客观事实，无可厚非，如同好的婚姻关系，在对的时间遇上对的人而已。走马上任之时，他对离任的总编辑老范感激不已，接力棒在手，他没有理由不往前跑。快报依然在快车道上运转，对集团的贡献也是巨大的。不能不说，哪里都有鞭打快牛的搞法，集团也一样，每年的经济指标、利润指标都是递增式加压。可是，纸质媒体的赚钱方法没有秘密，同行学起来，不仅快得很，还有可能超越你。再加上传媒方式的革新，优秀报纸已不再是时代的独宠，读者的目光正悄悄被新媒体牵动，办报正越来越难。乌尚义也一直在努力寻找新的利润增长点，但市场这块蛋糕不仅无法变大，而且还可能变小。怎么办？四十刚出头的乌尚义，头上就冒出了白发，瘦长的身躯也开始变得腰弯背驼了。“努力寻找新的利润增长点！”被新一届编委会一梭子打出去，有的中了目标，有的只是挨了边，有的则干脆放了空。也就是说，效果有待观察，需要时间培植。

将经济指标分摊给各个部门，这是乌尚义授意编办主任老金拿出的方案。在主任会议中讨论时，大家意见不一，但最终是乌总定调：“我知道这样做会给各部门带来压力，对新闻采写带来一些困难，但事在人为。我们的宗旨是：新闻是王道，发行是推手，经营是核心。三轮驱动，一个都不能少！”

有指标任务的部门焦头烂额。过去工作单纯，跑新闻写稿子，一门心思找线索。现在好了，要带经济任务。部门主任将指标分解到各条战线，跑线的记者一下子接受不了，怎么好意思与人家谈这样的事？当然，也不是让你白搞，编辑部内部出台了激励政策。搞好了，提成奖励不比稿费少。

活动策划部是乌尚义来快报后成立的新部门，过去没有。按乌总的说法，就是“要将这个部门打造成为快报新的利润增长点”。

何颖过去是社会部的副主任，做过好几个民生类连续报道，不仅报道做得好看，各种难办的事情也有结果。何颖在这些上上下下的跑动中，结识了许多官员，熟悉了不少职能部门。何颖做活动策划部主任，可谓提锅上灶。

活动策划部的任务指标，每年都在何颖能承受的范围之内，努一把力，年终还能超出。别的部门主任心有不满，认为不公平：“一个没有写稿任务的部门，一年就几个活动，还是过去其他部门做过了的，任务指标没一点想象力。唉，说穿了，还是有背景好。人家的老公是‘厅座’，省文化厅的张副厅长，乌总会为难她吗？”

这未免小看了乌总的格局。乌总对活动策划部是有规划的。大会小会上，他反复强调："活动策划部，首先是要将活动策划好，做大做新，让更多的人参与，只有做好了，才能产生影响力，才能吸引企业、广告商关注。说句不客气的话，活动只是'药引子'，只是平台，带来广告投资，才是策划的目的。"年轻的乌尚义说话没有假大空，很接地气。

可有着经济指标任务的部主任们口服心不服呀。

关于乌总的升迁，从何颖口中出来的信息，应该具有一定的真实性、准确性。

"最美孕妈"评选活动搞好了，那是快报平常之事，不一定为乌总加什么分；但搞砸了，减分可是分分钟的事儿。苏同再迟钝，也拎得清。

无论如何，这是个特殊时期。苏同必须到现场，以保证不出任何纰漏。她知道自己未必比何颖有经验或更细致，但她到不到场，还是有区别的。

在活动执行方案里，决赛现场没有请本埠几大媒体出场。何颖算过一笔账，媒体记者出场费至少一千元，省市纸媒、电视、广播的十几个记者，支出得一两万元。能省则省，何颖与苏同商量，没必要浪费这笔钱。对此，乳品方负责人刘总提出了异议。他认为扩大报道覆盖面，能让更多的人了解公司产品，才能购买产品。何颖说："有快报就足够了，快报发行量近两百万份，其他报纸通通加起来都没有这个数。"刘总还在坚持，何颖退了一步，请了省卫视的记者来做个实况转播。

苏同的午饭很简单，在家煮了一碗面条。之后，她躺在沙发上，想眯一下，心里有事又眯不着，于是点开了手机上的QQ群。大雨不仅给江城带来了五个东湖的雨量，也带来了许多好玩的事儿。比如，江北的老街里弄，街坊们拿着脸盆在水里捉鱼；江南的大学城里，男生们背着心仪的女生进教室，等等。好玩的信息让她放松了情绪，闭上眼睛。还没真正进入睡眠，司机小李就给她发来了短信，说车已在楼下了。苏同想，哪能让司机久等呢，便起身换了衣，洗了把脸，用散粉在脸颊、鼻尖上扑了几下，就赶紧下楼了。

路上车子特别多，车速快不起来。到达崇文书店花了一个小时，比平时多出一倍时间。彩排已经开始好一会儿了。

崇文书店和《江风快报》的合作多，获利也多。新闻稿上的"五个W"之一的"地点"，必须要交代吧？所以，活动的举办地点在报纸上就会顺带被提及，加之活动时，孩子、家长还可能一起来，卖书会出现小高峰。苏同、何颖与书店的总经理都很熟，这样的合作互利对于双方都是求之不得的事儿。

今天的彩排是半带妆的。小礼堂里舞台不高，原木台阶只有五六级，坡度不陡。苏同走了一下，并用力踩了踩。没有“咯吱咯吱”声，连“嗡嗡”的回音都没有，只要注意慢行，不会有滑倒的隐患。苏同想，比赛那天，一定要安排一个人站在边儿上搭把手，以防万一。

孕妈们分散在台下，舞台上也有走台的。顶灯、两边的射灯亮着，增加了温度。几个孕妈热得直喘粗气，汗珠从脸上往脖子上滚，衣服湿了，贴在后背上、肚皮上。背景音乐的热烈烘托，更给现场增加了温度。

苏同瞅了瞅台下。没有观众，何颖正和书店的工作人员交涉着什么。活动策划部的几个年轻人，手里拿着纸单也在与孕妈们比画着。没有见到妇幼医院的童主任，苏同心里一慌。她下了台阶，叫住何颖，来到音响低一点的地方说：“你跟书店的负责人强调一下，可不能省了空调，送风系统也要打开。孕妇们本来体温就高，还要表演，又唱又跳，被这么多灯光照着，发热发痧，动了胎气，那真不是小事儿。”

何颖说：“今天的送风系统好像出了点问题，我已经找过书店的经理了，他们正在维修。童医生下午来了的，看选手们的状态都不错，对几个月份大的孕妇专门还做了检查，没有发现异常。童医生还夸这些女人都是英雄妈妈！她走时，很放心。”

摄影部记者王小号见到苏同，过来打招呼。他皱着眉头说：“这鬼天气，太难受了。这些大肚子女人，好拼，不要命似的。”

何颖横了王小号一眼：“耗子，莫瞎说，你看台上的选手们，她们自己仔细得很。那高个美女，肚皮尖尖的，叫王俞，与你一个姓。你给她多拍些，近的远的，还要来几幅特写。听见没？”何颖连哄带嗔转移了话题。

王小号端着镜头对着苏同、何颖，两人立马改变站姿。“咔嚓”一声后，王小号来了一句：“漂亮！现场工作照。”他将自己的汗衫朝肚皮上方卷了卷，找王俞去了。

何颖陪着苏同走出小礼堂，说：“我知道你还有版面要签，你赶紧回办公室吧，这边我盯着。”

苏同每天要做的事，今天还没有开工。办公室里还有一沓厚厚的版样在等着她。她的日常工作是满满当当的琐碎，厚厚的一沓副刊，标题和小标题是否抓人、是否出新出彩，稿件内容是否合适、表述是否不当都得细过。另外，还有一本计划连载的书要确定，读书版的编辑等着要与出版社、作者联系授权。

苏同从包里拿出手机。屏面上显示出好多未接来电，不仅有苏翁子的，还有妹妹苏意的，另外有一些陌生号码。

苏同对何颖说："那我先回报社，再不看大样，怕要误事。对了，你这边忙完后，请同事们吃个饭，挑好吃的点，我来签单。顺便将决赛时可能会发生的问题捋一捋，特别是细节上。只有两三天的时间了，有些漏洞最好想在前面，补在前面。新闻稿谁写？……丁钢？他抓新闻是好手，但写这种稿，不知道他愿不愿意……嘉宾们的排序千万不要搞错了。明天，我们再碰个头。"一向嘴笨的苏同，突然话多了起来。

何颖送苏同出了大门。苏同在车里坐定，给苏翁子回拨电话。苏翁子问："妈，你在哪儿？你什么时候回家？"

苏同说："你回报社大院了，怎么不提前跟我说一声？你爸呢？晚饭怎么解决？要不要到餐馆点两个菜？"

苏翁子回答："翁小明用电饭煲煲上粥后，接了个电话，就急急忙忙走了。"

"好，我知道了。"

苏同翻出"老乡味道"的电话。老板是赤水老乡，吃来吃去吃成了朋友。她点了一个蒜香牛柳，一个糍粑鱼块，让他们打包送到家里去。

又是晚高峰，车子走两步停两步，幸好经过的路一大半在高架桥上，几乎没遇上积水坑，只是在一个隧道入口，排了好半天队。

在排队时，苏同又给苏意拨了电话。电话是通了，无人接。苏同心里很清楚，苏意的电话一般与爸妈的情况相关。小弟苏定在上海，现在在赤水老家陪父母的只有苏意。

3

开了办公室的门，一摞纸应声散落一地。她回来之前，编辑们已经把报纸大样从门缝里塞了进来。

苏同生怕踩着它们，她将手中的包甩到沙发上，弯腰将它们一一捡起。八个版都到齐了。苏同身上的衣服都已经干了又湿、湿了又干好几遍，自己嗅着都有一股酸臭味。她在办公室里备了一些应急衣物。关上门，换了一件 T 恤，立马舒服好多。坐下后她才记起自己口好渴，伸手拿起桌上的杯子，是空的，更加口干舌燥。她到茶水间去接水，水半满，一转身，与一个人撞上。苏同毫无防备，被吓了一跳。是赵晶晶。"鬼家伙。"苏同嗔怪了一句。

“苏总，您喝白开水？”赵晶晶深知苏同平日是喝茶叶的。

“都这个时候了，再喝茶，一晚上就要报销了。”

办公室文秘赵晶晶是报社的“社二代”。她父亲是大报的老编辑，长年上夜班，是个很和善的前辈。苏同第一篇文配画的名家专访稿，就是在他的坚持下出笼的。一次小小的尝试，却让苏同不为人知的爱好上了报纸一角。见报后的狂喜，堪比她写的重头稿上了头版头条。

赵晶晶的理想是要像父亲一样，成为一个“铁肩担道义，妙手著文章”的新闻工作者。无奈，她与新闻采写八字不合，一直进入不了状态，采写的稿件总是让后面的编辑头疼。主编们又怕漏稿，只好悄悄让其他记者重新采写。

在编委会讨论有关人员换岗时，赵晶晶成了个难题。推来推去，苏同提议：“要不让她到副刊部试试？”乌总立马同意，说：“这是个办法，虽然我们一直坚持末位淘汰制，但她父亲是集团的老报人，有贡献的新闻人，我们不能让前辈寒心。”

因为赵晶晶的换岗，苏同不仅与副刊部的主任束一光闹得不愉快，还让自己在编委会上做了检讨。

束一光老在苏同这里说副刊部缺人手，一个编辑干几个人的活儿，没有时间和精力策划选题，编辑质量也上不去。苏同觉得，现在给他增加一个人手，束一光应该高兴才对。那天，她步行到低一层楼的副刊部，告诉束一光编委会的决定。束一光在工作之外是个诗人，外表也很有文艺范儿，年龄和苏同不相上下，看上去却老相许多。他头顶光溜溜的，秃得彻底，用何颖的话说，是“老瓢子包了浆”。搞笑的是，他还将后面的毛发扎成一个细尾巴。在报业大楼里，束一光很独特，成为一个有别于新闻人的文学标识。

诗人束一光并没拿苏同的好心当回事，而是对苏同直统统地说：“苏总，你分管我们，只有你知道一份报纸上副刊的价值与重要性。我担心的是，连记者都做不好的人，怎么能做得好副刊？”

苏同没有料到束一光会这样不给面子，也没料到他的话这样硬，硬得令苏同语塞。苏同本是个反应慢三拍的人，束一光劈头盖脑的硬话软说，换谁都会怒火中烧，何况她还算是他的直接领导。苏同便拉下脸来问束一光：“你是优秀的记者？你得过中国新闻奖？不要先入为主好不好？”苏同话一出口，知道言重，伤人，赶紧又缓和了口气：“你让赵晶晶先来做做《讲述》栏目的记者，让小莫带带不行？”

赵晶晶有点傻乎乎的，没觉得束主任不待见她。小莫让她先接待来讲述的人，将他们个人的基本资料弄清楚。对方讲述时，一边用录音笔录下，另外也在采访本上做一些文字记录。来的讲述者清一色的是女人。起初，赵晶晶觉得听故事蛮有趣，男女之间怎么有这么多奇奇怪怪的事。于是小莫就慢慢放了手。可让她独立操作一周后，一个女人来到副刊部，非要快报公开赔礼道歉不可，说赵晶晶写的讲述稿侵犯了她的隐私。

这个妖娆的女人是个“三姐”，还很嚣张。赵晶晶哭着对苏同说：“小三也分好多种，有一种叫厚颜无耻。”

“三姐”天天来副刊部“坐班”。束一光被缠住，他一边编稿一边听她哭闹，实在是心烦意乱，稿子编不下去了，就说：“这样好不好？你想要得到的结果，我没办法给你。你去找苏总编，她在楼上的办公室，她是我们的领导。”

“三姐”在苏同办公室里改变了戏路，不哭不闹，娓娓细说她的情感故事，活脱脱一个灰姑娘成长史。

编辑部被闹得鸡飞狗跳的，苏同也被闹得心慌意乱。

公开道歉后，赵晶晶受到的处分是，扣掉当月奖金，调离副刊部，到编办帮忙三个月，以观后效。

好在这个文秘的岗位意想不到地让赵晶晶找到了感觉。她丢下执着的新闻理想，反而过得放松多了。一放松，就没什么压力；没压力，做事情就会很顺手。她成天被老总们和各位部门主任呼来唤去，根本没有空闲去想别的，过得忙忙碌碌，很是开心。

赵晶晶推开苏同虚掩的门，踮着脚尖走到苏同跟前，递上了两个水蜜桃，并问：“苏总，要不要我去食堂帮你打饭？”

苏同说：“我一点都不饿，有你这两个桃子就够了。”

苏同终于坐了下来。她从电脑边取过老花镜。她已过了“四十四，眼长刺”的年纪。在半岛眼镜店配镜片时，她仔细地看着自己，想着，一片树叶被秋风吹皱了、吹蔫了，就是这副模样吧？

与平日一样，版面上的事丝毫不得懈怠。标题上不要用标点符号，还是有。这个束一光，不知他是怎么审稿的。“编者按”为何只是重复内容，却没有观点？字体为什么不变？说了多少遍了，猪脑壳也记住了。自从赵晶晶被投诉事件之后，苏同就对束一光很烦，烦得跟他撞上面都懒得搭理。

时事部办公室传出电视机里天气预报的背景音乐，苏同看了一眼墙上的挂钟，晚上七点三十都过了。她将修改后的大样送到版面制作室。两个小姑娘正在电脑上做插图，接过苏同递来的大样，立马开始修改。

在等清样的空隙，苏同打开了她的采访本。她今天要画的是王俞，那个漂亮的肚皮尖尖的孕妈，那个下唇边上有颗小痣的美丽少妇。

苏同的采访本，在《江风快报》编辑部是个特殊的存在。会议室里，只要苏同上个卫生间，或者去接个电话，采访本就会被人翻看。他们在里面不仅会找到自己，还会看到身边其他的熟面孔。

苏同从小喜欢画画，后来只画人物素描。大学毕业工作后，她觉得用钢笔画漫画头像比较方便，于是只要有纸有笔，就能随手画，便一直坚持了下来。

每天画一幅漫像，再在边上写几句话，相当于记了一篇日志。日积月累，再翻翻陈年老本，遗忘了的、模糊了的人与事会再一次立在眼前，有些场景，甚至有些对话，会在眼前重演。这不仅让她惊喜，还特别有趣，更有一种还原自己的意义。她曾不止一次地想，如果时光可以倒流，让自己再做一次选择，那她绝对会选做一个手艺人，做个画匠。

清完样，快夜里十点了。

苏同关灯、关门，进了电梯，突然有一种失重的感觉，身上又是一阵冷汗冒出。

好的是，报业大楼与家属区只有几分钟的步行距离。

苏同回到家。饭桌上的碗筷七零八落，苏翁子房里的灯亮着。翁子抱着那条比爸妈还亲的长浴巾，趴在书桌上打盹，听见开门的声响，连忙坐直。苏同望着两眼通红的翁子轻声道："时间很晚了，上床去睡。你爸呢？没回来吗？"

"嗯。"翁子蔫蔫的，说，"你俩好难约在一起，不是你不在，就是他不在。"

苏同笑了笑："也是，我都记不清翁小明长啥模样了。"

翁子起身，随手将浴巾放到枕头边："幸而你有画本，你的画本上不是有他的各种丑态吗？"

"但人是每天都在变化的，特别是年龄大了以后。"

"不仅外形，还有其他。"苏翁子用与她年龄完全不相符的老道补了一句。

"妈，语文老师真是烦人，我到底改不改科？只有一年时间了。"翁子需要苏同的确定。

"是呀，这可是大事呢！你爸的意思呢？"

"你俩可真是天造地设的一对，虽然难得碰到一起，但讲的话倒是一模一样。他让我问你，你让我问他。"

"谁叫我家翁子文理都好呢？"苏同不失时机地夸了翁子一句。

苏同又说："我现在给翁小明打电话。"

翁小明的手机通了，铃声响了好半天才接。

"我现在有事，回去再说吧。"没等苏同再问什么，他就匆匆挂了线。

"翁小明每天回松园，都这么晚吗？"苏同一边刷牙一边问，虽然吐字有些含混不清，但翁子还是听得明明白白。

"我每天不是有晚自习吗？晚自习后回到出租屋，还要做题。"苏翁子既不想如实说出翁小明经常深更半夜才回家的事，也不想说假话，"哎呀，你怎么不像别人的妈妈一样，多搞搞突然袭击？"翁子的话半真半假，像是开玩笑，潜台词里却有着别的内容。她是希望苏同自己去了解翁小明，多与翁小明在一起。

4

翁小明到家时，已是半夜。门锁转动的声响，惊醒了睡眠有点浅的苏同。

翁小明在客厅的沙发上和衣躺下。

苏同想，翁小明不进卧室睡，是怕吵醒自己，算他体贴。翁小明知道自己要是被弄醒了，会睁着眼睛到天亮。她觉得他算是个细心的男人。为这些小小的细节，她心里还曾感动过。

醒了之后的苏同，起床，走几步上卫生间，又觉口渴，便开门去厨房找水喝。她还没到厨房，却看到客厅里有手机屏光闪动。翁小明躺在沙发上捧着手机。

"没睡？"苏同来到沙发边问翁小明，"怎么不到房里去睡？客厅比房里热。"

翁小明小声回答："没洗澡，有汗臭。"

苏同回到床上，身上忽地一阵燥热。她将空调调低了两度，又调高风速。她脑子里一会儿想着翁子选科的事，一会儿又在想孕妈决赛时要注意的问题，迷迷糊糊中，听到了翁小明节奏起伏的鼾声。

天亮得很早。苏同起床，她换好运动衫、跑步鞋，喝了小半杯盐水。她要出门去东湖。只要不下雨下雪，只要不出差去外地，只要不生病不来例假，早上去东湖跑步是必需的。

她刚打开家门，就传来翁小明的话音："你今天早点回来，我有事跟你说。"

苏同便想到应该是翁子选科的事。正好，翁子也在，一起决定。

雨后的东湖，山是山，水是水，眉清目秀。贴在湖面上的荷叶，晶莹的水珠在叶面上滚动，恰如白居易形容的"大珠小珠落玉盘"，偶见几枝红荷性急地钻出了湖面，骄傲地在风中摇曳。

苏同从东湖风景区大门进去，开始起跑，绕过听涛、老鼠尾几个景点，再到行吟阁，大约有三公里，之后便换成快走。迎面相遇的不少是熟面孔，有的微微一笑，有的挥个手，问候一声“早上好”。

苏同坚持在东湖边跑步，首先是因为东湖四季分明，景致各异，但还有一个更重要的原因。跑步，与她当年的高考有关，与她的“数学白痴”有关，也与卢老师有关。

苏同的高中时代，有快乐，但更多的是痛苦。作文写得再好能怎样？又不是古代的科举考试。要命的是数学，她害怕数学课，更害怕数学考试，每次考试都很崩溃。苏同做过的噩梦几乎都和数学考试有关。

因为数学成绩太差，她甚至都不想上学了。

高二时换了个班主任，是新来的一个刚刚毕业的大学生，而这个班主任改变了她的状况。

这个班主任姓卢，混在学生中根本看不出年龄大出多少，但他个子高，有一双忧郁的大眼睛。他教的是语文，他讲课会脱离课本，跑到既与课本有关联，又比课本更远的地方。苏同的眼界被打开了。她在课本上画着卢老师描述的却并没有见过的事物。

傍晚的时候，卢老师常常会跟男生们在篮球场上拼抢。他对全班同学的要求是，“无论高考成绩如何，努力是一辈子的事。努力靠什么？靠的是身体，靠的是拼搏精神。所以，从我带班的现在起，请同学们每天必须提前一个小时到校，必须跑步！”

卢老师每天早上都会提前在学校操场上等着同学们。来一个，就指导他们做些热身动作，之后便在跑道上跑起来。为了提升同学们的跑步兴趣，星期天一大早，卢老师还会领着同学们到校外去跑。校外的跑道就是长江江堤，来回一圈，差不多三四公里。逆着江水下行时，卢老师就会大声说：“同学们，跑出赤水，向着江城前进！”

苏同那时不爱运动，也跑不动，而且一跑就左腹部岔气，总是掉在后面。卢老师便放慢脚步，陪在她身边“一二一”地用力吹着哨子。苏同一边捂着肚子，一边歪歪扭扭向前走。其他同学就嘻嘻哈哈笑。

“苏同，鬼做！”女班长在前面掉过头说道。那个发育早于苏同的女孩明白，卢老师是偏爱苏同的，要不然，为什么苏同的作文总是被卢老师当范文读？

苏同渐渐跑开了。

卢老师对全班同学的基本情况都已掌握。苏同偏科，最让老师们可惜。但要在较短的时间里将数学成绩补上来，也不现实。

金秋十月，气温还有些热，但是在晨光中被江风吹拂，却有种舒适感。卢老师带着同学们在江堤上跑着。

卢老师问苏同："班上要成立兴趣小组了，弱的科可以补补火，强的科还可以加加油。你想上哪个组？数学组怎么样？"

苏同一下子急了，脱口而出："老师，我对数学没兴趣！"

"怎么办？你的高考怎么办？"卢老师眼里的神色是复杂的，有担忧，有焦虑，既有老师的责任，又有兄长般的惋惜。苏同不敢望向卢老师，她害怕卢老师的眼睛，更害怕数学，那是用阿拉伯数字组成的噩梦。她清楚，数学这门功课是她通向大学的最大障碍。但她也不可能为了上大学而将所有的时间花在学数学上，况且，即便是把她所有的时间都花在这上面，她的成绩也未必会天翻地覆。她没有这个自信。有个歇后语叫"瞎子点灯——白费蜡"，说的就是她。

苏同不愿与卢老师讨论这个话题，她加快步伐，以从未有过的速度往前跑去。

卢老师之后再也没跟她谈过有关数学的话题。有一天中午放学时，卢老师将当天的《文汇报》递给她："副刊上有一篇散文写得很好，你可以看看。"

卢老师在有意与无意间，疗治着苏同的数学之"伤"，让她对高考降低了自我期待。她有了时间读课外书，有了时间画画。她的课本上，有每一位老师的漫像，他们有张着嘴的，有皱着眉的，有秃着顶的，有斜着眼的……她极力夸张着漫像人物的个性特点。只有卢老师的特点不突出，她的语文课本里，到处是一双大眼睛，一双含着雾的大眼睛。

全县作文比赛中，苏同拿到了第一名。这是赤水一中从没有过的事儿。那天去县礼堂参加颁奖仪式，她的球鞋鞋带松了，拖在地上。台上有人宣读了她的名字，她从座位上慌张地走出来，却被卢老师叫住了。卢老师跑了几步，弯下腰，帮她系好了鞋带。

一九八二年的那个夏天，她没有考上大学。当然，数学是罪魁祸首，她仅仅考了 12 分。

但跑步却坚持了下来。

拿到高考分数的第二天，苏同知道自己与大学无缘，心里失落是肯定的，但也没有要死要活的挫败感。至于以后想干什么，她还来不及想，也没能力想。苏同妈妈说："要不复读吧？这个暑假我帮你找个数学老师补补。"

苏同妈妈年轻时一直是老师，在小学里教的还是数学，后来做了校长，再后来调到了教育局人事科工作。

听到"数学"二字，苏同觉得噩梦又要来了。

一切都在待定之中，焦虑焦躁，十六岁的苏同在漫画中打发着长长的暑假。她买了一个崭新的笔记本，用写作文的钢笔将班上的同学默记了一遍。

很快就到八月底了，有的同学收到了大学录取通知书——从妈妈那儿得到的消息最快也最准确。赤水一中理科班有六个同学考上了大学。文科生只有两个过了高考分数线，都是苏同班上的，其中一个是复读生。他俩上的都是师范专科学校。

一天，苏同起得很早，去江堤上晨跑，向着上游的方向。她想，如果能在江堤上碰到卢老师，多好。她一定要问问他，她要不要去补习数学，要不要去复读。可是，那个高大的身影没有在她的前方出现。

但那天苏同却碰到了她人生中说不清、绕不过的一个事件。

在她一路跑着接近排水闸时，一条黑色的柴狗对着她汪汪大叫起来。她开始有些害怕，放慢了脚步，不敢往前，也不敢后退。她突然想起有人说过，狗怕人下蹲，它以为你蹲下，是为了捡东西去打它，它就会吓得跑掉。苏同蹲下，也真的想去捡地上的石子。这只黑狗后退了几步，又停下，看着她，没有一点准备进攻的意思，叫声也放低了许多。很快，它就向闸洞的方向一点点走去。

苏同以为黑狗会自顾自走掉，她便继续往前跑。但那黑狗却返回来了，而且与苏同的距离又缩短了不少。它在苏同的前面，时不时回过头来，生怕苏同不跟着它似的。苏同奇怪，望着黑狗企求的眼神，心想，它难道是有求于自己？

苏同与黑狗有了默契，便跟着它往闸洞方向走去。

这座排水闸连接着长江与赤湖。赤水是江汉平原上的水乡湖区，赤水因赤湖而得名。一九六九年，赤湖遭遇了一场洪灾，好像死了人，倒了不少房屋。当时政府下了决心，要修一座水闸，改变这种洪水来了就倒房死人的情况。经过三年的大会战，动用了成千上万的民工，终于建成了这座23孔的排水闸。

黑狗在第一个闸洞前停下，叫了两声。苏同加快了步伐，与黑狗挨得很近了，一股酸臭味直冲鼻腔。她朝着洞孔望去，吓了一大跳。一个小伙子靠着洞壁，闭着眼睛，头无力地歪向一边。不会是个死人吧？这是苏同的第一感觉。

她不敢再向前靠近，很想离开。黑狗看出了她的心事，跑到男孩身边，还用舌头舔着男孩的脚背。

苏同小心翼翼往前，凑近一看，发现这个小伙子有些面熟。一张黑瘦的脸，被又黑又硬的头发盖住了眼睛，突出了挺直的鼻梁。这不是同校的同学嘛！理科快班的，虽然不知道他叫什么名字，但苏同很快就认出来了。

理科班的同学，尤其是快班的都很高傲，对文科班的同学几乎是不屑一顾。“学好数理化，走遍天下都不怕”，是当时人们的口头禅。走遍天下都不怕的理科生们，谁会将文科班的同学放在眼里？彼此不熟悉那是自然。只是一条黑狗带苏同来到奄奄一息的他身边，如同天使一样拯救了他。她无数次地想，如果不是这条黑狗的指引，他们兴许永远都是陌路人。

苏同通过那男生微弱的气息判断他还活着。只是他的嘴唇上有着干枯的皮，如同蛇蜕下的壳，蜷曲着，堆在他的嘴唇上下，模糊了上下唇的分界线。一本纸张发黄的《高等数学》教材躺在草地上，蚂蚁们与那些数字融在一起，与他的左手只有几厘米的距离。

苏同捡起那本教材，封面上是繁体字，内里的页面有许多破损，但上面有着红笔蓝笔铅笔各种记录、验算了的题目。苏同看这些数字，和看那群争抢食物的蚂蚁差不多。她对这位跑在高中数学前面的男生肃然起敬。

苏同理所当然的是救他。她最先想到的与黑狗差不多，找援助。她从洞孔里出来，环顾四周，水闸两边只有江水、湖水、岸边的苇草，以及从苇草中惊飞的鸟儿，没有住户，没有人踪。大热天的早晨，谁会像她一样来跑步呢？江水用力拍打着江堤，湖水轻荡湖岸，呈现在苏同眼里的是个寂寂无人的世界。

她想到在战争小说里读到过的情节，用水可以救助受伤昏迷或者饥饿昏迷的人。可是，她手里没有盛水的容器，这个男同学身边也没有。如果不是穿着凉鞋，她会用鞋子从湖里舀水。但没有，男同学也一样，他脚上光着，一双看不出颜色的塑料拖鞋被扔在一旁。

苏同四处张望，又浑身上下搜索，没有可用的物件。她手腕上绑着一条用来擦汗的手帕。她盯着这条白色小碎花的手帕，有了办法。她立马解下手帕，走到湖边，黑狗不明就里也跟在她身后，生怕她走掉似的。她将手帕在湖水中清洗了半天，之后，将手帕的四个角打了结。手帕沉在水中，她将四角拎起，手帕成了一个小水袋。苏同一只手抓着手帕四角，一只手托着水袋底，轻轻巧巧来到那个男生身边。水袋里的水荡着漏着，已所剩不多。她将水袋的一角估摸着对准那男生的嘴。水打湿了那些蜷曲着的皮，皮薄薄地蜕在了一旁，嘴唇出现了。那嘴唇有着很好看的唇线，这样的唇线让苏同很惊讶，如果长在一个女孩子脸上，那将是一种锦上添花的好看。水好像没进他嘴里多少，而是从他的唇边流淌下来，将他的胸口打湿了。他轻微激灵了一下，眼睛缓缓张开了一条缝，看了看苏同，抬起手，将水淋淋的手帕塞进嘴里。

一旁的黑狗突然叫了一声。如果它会说话，那此刻它要说什么呢？这是苏同后来时常猜想的一个谜。

苏同拿过被他咬干的手帕，又从湖中舀来了水，他这次用手接住，自己放进了嘴里。

水真的是可以救命。他有了些气力，将书拿起，放在洞壁边，挪了挪屁股，试图坐正。

苏同对他说："我们是一个学校的，你是理科快班的。"

他不作声，只是点了点头。之后，用探寻的目光发出疑问："你怎么知道？"

"你为什么在这里？你来这里几天了？你身上的味道好重。"苏同问。

他又闭上眼睛，不想回应。

苏同觉得无趣，想，这个同学身体好像没事了，但精神上不好说，便转身大步回到堤上。黑狗恋恋不舍地一直跟了她好远，直到她从斜坡上下了堤。

苏同当天在自己的画本上，默记了那个黑瘦的男生，她按照自己对他些微的记忆，着重勾描了他直愣愣的头发，还有棱角分明的好看的唇线。收笔时，她想，这个一笔一画勾勒出来的男生，有可能从此不会再见，但他在自己的世界里有过驻足，有过停留。

那个男生正是翁小明。但那时，苏同还不知道他叫什么名字。

苏同依旧每天在江堤上跑步。江面上，有船上下航行。她想，如果能跳上江轮，去一个陌生的远方，那会是一个怎样的世界呢？

每次跑到排水闸附近时，她总想着能再碰到那条黑狗，可是黑狗消失得无影无踪。

多少年后，苏同与翁小明邂逅在一条船上，那船名为"十堰"号，从江城回赤水的船。之后，翁小明从江北转几趟车到江南来找她。有时候，苏同留他去食堂吃个饭，晚上一起逛没有灯光的东湖。在黑暗的湖边，翁小明鼓着勇气试探着拉过苏同的手。一场恋爱就这样悄然开始了。就在那天，苏同忍不住问翁小明："你当初为什么要跑到闸洞里去？是不是在那儿待了几天？那条黑狗是谁的？"

翁小明回答："一切都跟高考有关。"他的数学成绩好，这是他最引以为傲的资本。他在高考之前做完了手边所有能找到的习题，对于难度大的题目，他还用了不同的方法去解。他又从数学老师手里借来了一本《高等数学》自学。苏同打断他的讲述，问道："就是那本发黄的繁体字书？"

翁小明默默一笑。那年高考试卷是120分。100分的题在A面，还有一道拉开距离的20分大题，却在B面。A面的题，翁小明只用了一个小时就做完并检查了三遍。他在数学试卷面前，就像一个勇猛的战士，不，更像一个将军，逢山开山，逢水蹚水，没有什么可以阻碍得了他的。可是，他太大意了，B面的题，他根本没发现，就早早地交了卷。

翁小明叹了一口长气："可想而知，我的上海交通大学的梦想就这样破灭了。"

"为什么是交大？"苏同不解。

"因为那本《高等数学》是上海交大一位教授编纂的。仅此而已！"

静默了好一会儿，苏同不由自主地抱住了翁小明。在两人的交往过程中，这是苏同第一次主动，在她的潜意识里，抱着高出自己一个头的有些腼腆的男子，分明是抱着闸洞中那个失意的数学少年。

苏同在翁小明的耳边轻轻问："那黑狗呢？它是你的福星。"

苏同在东湖边跑步时，常会想起那些往事，特别是在一些特殊时期还会更加强烈，比如每年的高考期间，比如在和卢老师互动后，比如在和翁小明发生争执并对他失望时。

但今天是因为苏翁子的选科让她有些困扰。虽然未来的文理会越来越融合，边界会越来越模糊，但高考政策是文理必须分开，只能二选一。有选择就意味着有放弃，对于人生才刚刚冒出嫩芽的苏翁子来说，两边都会有些不舍。女儿不像她这个当妈的是个"跛腿"，她各门功课都很出色。可这同样是个难题。说到底，苏翁子自己的想法最关键。

怎么办？她想到了丢硬币。偶然性不等于天意，但也是天平上的一个小小砝码。苏同虽然是个在大事上不信命的人，但在她过往的经历中，这种带一点草率的方式，也起过至关重要的作用。

重大的事情面前也不妨这样娱乐化一下。只当作轻松轻松，无妨。

七点三刻，苏同大汗淋漓回到家。苏翁子还在睡觉，翁小明正在主卧卫生间蹲便，这是他每日的早课，且时间不会少于半小时。当然，这半小时他也没有闲着，他会翻看报纸，财经资讯是他的厕所读物。他在股海里跌跌撞撞摸爬滚打了多年，是赚了还是赔了，苏同一概不知。

快报财经版的夏编一有机会就喜欢跟记者们“谈股论金”，小记们以为财经编辑离内部消息最近，听了试着买进，小赚一把，便急着追加投入，结果是“一夜回到解放前”。苏同见过他们的得意忘形，也看到过他们的追悔莫及。

苏同问过翁小明买的什么股，是红是绿。翁小明要么不吭气，要么怼一句，说了你也不懂。

不懂就不能说一说吗？苏同真想脱口而出，但没有。天长日久，苏同和翁小明的对话，几乎成了非必要不问不说。

翁小明从卫生间里出来，又是一跛一跛的样子，腿脚因为久坐，没了知觉。他靠在沙发扶手上说：“翁子昨天下午是学校临时放假，她给你打了几次电话，你都没接。”

苏同洗了把脸，赶紧到厨房里忙活起来。她从冰箱急冻柜里拿出一包虾仁水饺，开火烧水。

苏同一边忙着，一边回应着翁小明：“我在崇文书店看彩排，现场很闹，没听见手机响。晚上回来，翁子问过我，都是她的语文老师闹的，说翁子有天赋，不学文科可惜了。就一年的时间，再转到文科班上去，有点临阵换将的意思。我没有把握，让她再跟你商量。你怎么想？”

翁小明滑到沙发上坐下，没有回答。家里的大事小事，只要是做决策，他是不会先拿主意的。苏同无数次给他拍板的机会，但他总是一句“你说了算”。苏同清楚，他不想负责任，不想承担后果，即便是对待自己女儿的事。在这样重要的抉择时刻，他依然如故。

苏同的思维起了跳跃，从她的高考时代，到这些年的变幻莫测，不禁有些感慨：“我们那个时代，是学好数理化，走遍天下都不怕。可是几年后，理工科的同学大都分配到了工厂、企业。又过几年，工厂改制，很多人要么买断工龄，要么外出打工，要么自己创业。你的同学老易除外，有个老亲爷帮了一把，要不然…… ”

“你也别笑话理科生。有几个文科生能像你一样？瞎猫碰到了死耗子。”翁小明虽然是笑着说的，但话里话外都有揶揄苏同之嫌。以前翁小明也有意无意地流露过：“文科生不就是会写几篇文章而已吗？看看你们的报纸，哪一版没有几个差错？”

“你怎么这么想？我哪里笑话理科生了？你更没必要打击我们。我的意思是此一时彼一时。我一直敬你们理科班的同学脑子好，会读书，哪怕有的人境遇不顺。”

想想也是，一直以来，苏同对翁小明的高中同学、大学同学都特别尊重，在她的潜意识里，她尊重的是那些她永远无法破解的数学难题。

苏翁子曾认真地说：“妈，你看重的是你缺失的。就像你，与其说是嫁给翁小明，不如说是嫁给了数学脑。”

苏翁子的这句话，无数次在她的心里敲击。不得不承认，苏翁子人小鬼大，看似信口胡说，却是一针见血，好像真的是那么回事。

从赤水一中毕业之后，数学课本没有再来打扰苏同。她没有复读，后来参加成人高考，也不用考数学。但她会时不时被有关数学考试的梦惊醒。心悸之余，她想，会有什么事发生吗？要不，就有奇怪的事来临。弗洛伊德《梦的解析》她读过，梦真的不是轻飘飘的云雾，虚无缥缈非现实，它是有重量的。而数学噩梦尤其像是个沉重的铅团，在一些特别的时候，会压得她窒息。不自觉的，她就会偏执地高看翁小明的同学们几眼。

苏翁子的未来世界只会更奇丽、更复杂、更具有挑战性，不能简单地用文理两科来概述。但现在，总得做出一个选择。

当年，她想在晨跑中遇到卢老师，听听他的建议，但老天没有让她碰见，却无意间搭救了翁小明。妈妈有能力让她去复读，却没有逼她。问别人还不如问自己，谁能比自己更清楚自己呢？她用一枚五分的硬币作法。是正面就去工作，如果是反面，那就老老实实去一中报到。硬币被她高高地抛向天空，又急速地落在地面，连一根弧线都没有。

结果当然如愿，那年的九月，苏同来到《赤水报》做见习生。终于不再学数学了，她恨不得飞起来，飞得像一只带着悦耳鸽哨的鸽子。

苏同笑着对翁小明说：“等翁子起床后，我们玩个游戏。”

“怎么玩？是抛硬币还是抓阄？”翁小明的语气里，充满了暗讽。他记得苏同讲过的故事。

翁小明不屑也好，暗讽也罢，于翁子的未来都无足轻重。苏同说：“让翁子决定。”

“你就喜欢这种简单操作。哎呀，话说回来，对翁子而言，无论文科理科，都不是问题，你还是去学校找她的老师了解一下，听听各科老师的意见。翁子重回文科，一年的时间也够用了，外校每年的保送生大都是文科生。即便是她非要自己参加高考也没关系，她基础扎实，数学好，是个优势，考个北大、复旦不成问题。我担心的是她将来的就业，文科的就业范围会越来越窄。学理科对女孩子来说，难一些，累一些，但就业机会就多了很多。还有，如果想出国深造，最好是理工类，特别是计算机、人工智能。”翁小明话多了不少，摆出的是方案，供参考供选择的方案。苏同听清楚了翁小明的意思。

翁小明放下手机，拿起茶几上的小钳子夹起核桃来。他一边使劲，一边不经意地说：“我昨晚回来得晚，是被杨豪拖住了。他遇到一个事儿，是他工地上的事儿，需要你们快报的记者帮一下忙。”

苏同愣了一下，没接翁小明的话，却用心听着。杨豪虽然是翁小明最好的同事及朋友，但那也是杨豪的事。既然需要媒体出面，一定不是小事，而且大概率是个麻烦事。

翁小明故作轻松地继续说道：“这两天不是下了大雨吗，他在清山工地上的围墙被水冲倒了。”

苏同忍不住问：“围墙倒了，压死了人？”

“没有，压死人是大事，媒体解决不了问题，那得找法院。”

苏同松了一口气。

“围墙倒了以后，一个婆婆不知道怎么掉到基坑里去了。受了些皮外伤，却不依不饶的，住到医院不肯出来不说，又是提赔偿要求，又是打你们快报的热线。”

“可以慢慢协商呀！”

“扯横皮、‘撞猴子’的搞法，你们有个记者，电话采访了杨豪，说要见报。”

苏同问：“杨豪那么聪明，有什么是他搞不定的？你担心什么？”

“今年是安全生产年，行业竞争激烈，千辛万苦拿下一个项目，如果媒体一曝光，公司就得停业整顿。现在做项目都是自己垫资，工程延期，合同兑不了现，甲方正好找碴儿跟你胡搅蛮缠。别说赚不了几个钱，就是自己的垫资也要泡汤。”

“既然这么难，怎么不做好预案，防患于未然？”

“谁知道会下这么大的雨？那婆婆什么路不好走，竟鬼使神差跑到工地上去了，还鬼使神差掉到坑里，幸好被人拉起来。要不，还真就没命了。你找找那个记者，看用什么方法能把这事拦下来。”

苏同没有做声，也没有应承，但翁小明清楚，苏同会想办法处理这件事的。

翁小明刷了牙后，像记起什么似的出了门，过了几分钟，回来时，两只手抱着那只腌了臭豆腐的陶罐。他打开卫生间的花洒，冲洗了好半天，又用毛巾擦干净。苏同见了说：“这罐子好看，放在吧台上，插上一把枯枝，挺有味道的。”翁小明说：“放在博古架上更适合。”

5

在与何颖碰面之前，苏同给新闻热线的值班员小徐打了个电话，让她查查昨天是哪个记者接了一位婆婆掉进水坑、受伤住院的线索。

苏同处理翁小明这类麻烦事，已有好几起了，每次都说不好搞，但每次都是挖空心思将事情摆平。翁小明对苏同的犒劳是特有的，他会去一家藏在小巷里的文具店给苏同买回一瓶碳素墨水，给她把核桃一个个夹好放在茶几上的玻璃瓶里，还会在黑夜中对她温柔以待。

半小时后，小徐来到苏同的办公室，报告说：“苏总，是记者部的小侯拿走了这条线索。”

苏同点头：“好的，知道了，谢谢你。”

小徐退了出去，苏同给小侯发了条短信，让他给自己回个电话。

苏同的鼻子突然有点不舒服，要打喷嚏，不用说，何颖来了。“真是受不了你，人家《红楼梦》里的凤姐是人未到，笑声先到。你是人未到，香气先到。”

何颖笑：“没情趣，你可真要当心！”

“当心什么？你总是敲打我。”苏同用手背捂着鼻子，何颖递给苏同一包纸巾。

“给你汇报一下有关决赛时的流程，以及紧急情况下的预案。”何颖一下子认真起来。

苏同准备记录。

“不用劳驾，听听好了。只要你认可，我马上去打印，做到编委会的老总们人手一份。”

“不是怕给乌总掉链子吗？特殊时期嘛。我最担心的是天气热，又潮湿，怕孕妈们出问题。现在的小姑娘娇娇宝贝似的。”苏同笑说。

“我也是这样想的，所以专门给妇幼医院的童主任打了电话，务必请她全程在场。另外，你出面跟车队的队长说说，多派两辆车，以防突发情况时好调度。”

苏同“嗯”了一声：“但愿一切顺利。”她想了一下又问，“嘉宾评委请的什么人？这个要提前去请示一下乌总，看他有没有别的要求。”

"好的。"何颖应着。其实在来苏同办公室之前，她就已经飘到十九楼乌总办公室汇报过了，乌总一边往皮包里装笔记本和水杯，一边问孕妈决赛的准备情况。何颖是个有眼力见的人，乌总这是有事要外出，于是她只能拣要紧的说："省委宣传部的领导，请到了李副部长。"

"可以呀，虽然老领导退居二线了，但过去对我们快报工作很支持。"

何颖问要不要请蒋社长。

乌总犹豫了一下，说："算了，天气这么热。"

何颖不想耽误乌总外出，正要走，反被乌总叫住了。乌总对她强调了两个核心问题：一是安全；二是效果。

在苏同这儿，何颖没跟她说已找过乌总，也没必要说，尽管苏同表面上不会在意这些，但人心隔肚皮，谁知道她内心会不会计较呢？千万不要将事情复杂化。苏同虽然分管自己的部门，决策上的事，一把手才是老大，才是说话算数的人。何颖在拿捏人际关系上，一向游刃有余，甚至当苏同的老师都绰绰有余。在分管自己的领导苏同这里，该走的流程她必须认认真真走。既是出于尊重，也是减轻她的负担。苏同不是个有野心的人，但也不是傻子。

苏同桌上的座机电话响了。何颖起身打了个"拜拜"的手势，像她来时一样飘了出去。

电话是小侯打来的。他说他正在医院采访，是热线上的线索，暴雨后遗症。苏同问："是不是掉到水坑里的一个婆婆，受了伤？严重不？……好，你采访仔细点，方方面面都要了解清楚。你回来后，到我办公室来一下。"小侯立马回答"好"，还讨好地说"谢谢苏总指导"。

记者们接了线索，要在热线记录簿上打个钩，晚上的编前会上，值班总编会与主任们一一落实。具有新闻价值的线索，经过讨论、策划，会构成重要选题。苏同清楚，杨豪与掉水坑婆婆之间扯皮拉筋的事件，虽不是有意人为，没有弄成重大事故，但涉及的是安全问题，在当下肯定是个话题，具有一定的警示性。用某种方法论来说，线索是具有可塑性的，说大可大，说小可小，就看主任们如何选择角度向大家介绍事情的来龙去脉。所以，一个值班总编的新闻价值取向，往往会直接影响一个新闻素材的定型与打造。

眼下，如何将此事抹平，考验着苏同处事的能力与智慧。

苏同的脑波像平行线。一个副总编辑阻止一次采访，拿下一篇新闻稿，也不是太难的事。只是苏同的内心，不认同这样的作为，这有悖一位新闻人的职业操守。翁小明是自己的丈夫，孩子他爹，他既然开了口，想必也是有过内心挣扎的，如果不是杨豪求过他，他肯定不愿在自己面前低三下四。翁小明一向是个好面子的人，假如自己不给他办或者办得不成功，翁小明会在杨豪以及他的那些狐朋狗友面前说不起硬话。翁小明说过，现实社会说到底就是关系社会，求你办事，说明你还有价值。等到你没有价值了，想给人帮忙办事都有心无力了。苏同不爱听这些，这是什么逻辑？可是，又不得不承认，这不是逻辑，是生活常态。很多时候，结果是人们追求的唯一，至于过程、方法、手段，完全可以忽略不计。

她想过直接找机动部的宋兴主任，也可以请丁钢出面把此事处理干净。虽然这一正一副两个主任在坐镇机动部，可两人却不太对付。幸好他俩与苏同都很友好，只要苏同向他们任何一个人开口，相信他们都会愿意帮忙。可苏同实在不愿再向他们开口了。快报作为报社的二级单位，部门主任和副总编是一个行政级别，机动部主任相较其他部门，分量更是重了一个等级。私下里大家心知肚明，如果编委会再进一个人，那么非宋兴莫属。

之前，苏同找过宋兴几次，宋兴都是有求必应。林林总总的过程，宋兴会到办公室来与苏同绘声绘色描述一通，以示尊重。完了，他还会撂下一句话："小事一桩，苏总不要在意。"甚至还会再逗笑一句："美女老总的吩咐，是对我宋某莫大的奖励。"

宋兴越是这样若无其事、举重若轻，苏同的心理压力就越大。能找到她头上的事哪有小事？对于机动部来说，靠新闻打天下的时代正渐行渐远，特别是一些影响大、涉及对职能部门重大批评的线索，往往是你记者刚刚到现场，就有相关领导的电话追来了。消防车比火星子还要快。宋兴在外面的影响或者说处理危机事件的能力，远远盖过了几位副总编辑。他做这样的事可谓得心应手，不管是编委会的领导，还是同级的部主任，以及下属，得到他帮助的人多了去。也正因如此，他手下的记者们碰到有求者，便偷偷效仿，照着葫芦画瓢，带上各种私货，十八般武艺，各显神通。只要不是特别重大的事件，如突发的公共事件，或者已经引起围观、上升为舆情的事件，做好痕迹管理，将报料方与出事方摆平，基本上都能风平浪静。何颖曾在闲谈时讲过宋兴处理事件的一些具体技巧，苏同听得如同天方夜谭，不可思议。何颖更是摇着头说："他要么早点升职，离开这个特殊岗位，要么就像一个气球，权力膨胀到极致，说不好哪一天就会爆掉。"

苏同认同何颖的说法，最好不出事，可只要出事，必定是大事。

利益交换成为关系社会的生存方式，只有合理使用，关系才具有价值。有一次在床上，翁小明给苏同洗脑时，他用夫妻生活打了个比方："两个男女睡在一张床上，发生了亲密的性爱关系，才能叫夫妻；没有这种行为，没有这种交换关系，只能算是一个男人和一个女人。"苏同问："夫妻发生关系也叫交换关系？那么，夫妻之外的性关系，叫什么呢？"

"那当然……你跑题了，这是另外的话题。"

翁小明平日不是多话的人，但为了达成某个目的，他会挖空心思让苏同跟上他的思路，认同他的理念。苏同不得不思量，自己与宋兴主任关系中有什么利益交换呢？她仅仅是个副总编，是一个具体做事的没有什么话语权的编委会成员，于宋兴而言，自己是没有什么筹码可以与他交换的。能将这些并非小事的事化解，只能证明宋兴有能力，即便是公权，用好，用得滴水不漏，也是一种能力。

丁钢与宋兴搭班子，是副手。但宋兴对丁钢从不敢轻视，重要的选题都是交给丁钢去做，大会小会总是讲他的好话，给足了面子。而丁钢对宋兴却没有好脸色。领导层都觉得宋兴顾全大局，委曲求全，具有一个管理者的格局与风范。丁钢对此却嗤之以鼻，只要有人提到宋兴，他就恨不得大骂一通。两人之间的龃龉成了大家茶余饭后的谈资。

丁钢挂着副主任的职，但一直在前沿跑新闻，隔三岔五就有好稿见报。特别是一些关乎民生的舆论监督报道，为一些弱势群体发声，切实解决了一些具体问题，所以他才被读者们唤作良心记者、钢钉记者。快报会议室墙上挂的锦旗，有一大半是冲着丁钢来的。

作为"名记"的丁钢有资格傲慢。苏同也找过他，那是因为线索在他手上，怎么绕也绕不过去，丁钢也做过中性化处理，既没违反他的新闻原则，也给了她一点面子。

苏同在宋兴、丁钢面前从不颐指气使，摆个副总编的谱。她心里很清楚，自己不分管机动部，还常常让人家帮忙，天长日久，总不能狗子舔汤盆——来来回回无道数。

苏同这次直接找了小侯，是不想让更多的人知道，她同时也在考虑为小侯找一个抓了线索却不发稿的理由。这是一个贴心的领导必须想到的，要不然，初出茅庐没几天的小侯不仅会被扣掉线索费两百元，更重要的是他兴许会在心里记恨你一辈子——虽然嘴上不一定说。

中午，可以下班了，不少坐班的采编人员都去了食堂。赵晶晶敲门进来，有一张进餐单，是副刊部束一光吃的，需苏同签字，财务才能报销。

苏同心里有事，肚子不饿，她在采访本上勾画小侯的漫像。这个年轻小伙儿，大学毕业之前就在机动部实习，小个子，圆嘟嘟，长得像个土豆，但他的面部特征反而很模糊。

苏同的采访本上，留下的是一颗土豆。

小侯敲门时，苏同正沉浸在土豆的线条里。

小侯脸上挂着汗珠，T 恤贴在身上。苏同连忙离开座位，热情地递给他一瓶矿泉水。初出茅庐的小记者与老油条宋兴、丁钢们很不一样，还有着小兔般的慌张。因为面前人的慌张，苏同才有了一位女老总的模样。

小侯述说了杨豪事件的采访过程。

苏同听得认真，还在采访本上做些记录。

小侯看到苏同这般，更不敢敷衍，从包里拿出采访本，一五一十地汇报起来。

苏同得知，那位受伤的婆婆只是手肘有轻微骨折，且杨豪已带着礼品与赔偿金到医院看过她。婆婆提出的赔偿要求有点出乎杨豪的意外。目前婆婆及家属还没有让步的意思。

“这个事涉及集团一位领导，领导说，事故方正在想办法与受害方沟通，愿意做出积极的补救措施。”对于自己脱口而出的瞎话，苏同都感到有些吃惊，她为自己害臊，但却没有心慌气短的感觉。每个人都有各种潜能，只要目的性强烈，什么说谎、作恶都不是问题。

“小侯，你跟热线的值班员说一下，把线索销掉，不要跟他们说集团领导过问了此事，传出去对领导影响不好，告诉他们，双方已和平解决了纠纷。”

“好的，苏总，只要投诉方没意见，不来追究，尽管我跑了两天，也无所谓，嘿嘿！”小侯笑着。他的言外之意是，他用两天的时间，在这大热天里奔波，稿子虽发不出去，但自己是投入了时间成本的。

“这样，你把稿子打印出来，给我，我让编委办给你记个标准分。”

“那多不好意思，谢谢苏总。”

小侯刚走，苏同就给翁小明打了电话。没有说过程，只是要他转告杨豪，在赔偿金上让让步，尽快让受害方闭嘴。没等翁小明回应，苏同就匆匆收了线。

6

杨豪之事，在苏同的操作下基本搞定了。

杨豪用了钱，婆婆方闭了嘴。杨豪给苏同打来电话，他说，他这两天，天天到报摊上找《江风快报》，“我从一版看到二十四版，连中缝和广告都没放过，太感谢嫂子了！”

苏同从这些词藻里，没有听出由衷的真诚，却是言过其实的夸张。杨豪说：“等天气凉快些，我要请嫂子聚聚，好长时间没见你和翁子了。”

下了夜班的苏同没有回家，她想去学校边上的租住屋，看看翁子和翁小明。出了大楼门，她就在路边拦了一辆出租车。

晚上的车很少，从江南过长江到江北，在解放大道上拐进松园路，学校就到了，百米之外，就是翁子在这儿租住的临时住所。

翁小明已经上床，在他房间里看手机。

苏同蹑手蹑脚推开翁子的房间，空调的噪声很大，翁子已抱着浴巾睡熟了。

苏同又进主卧，想找一件睡衣洗澡后穿，见翁小明把自己当空气似的，便主动说道：“今天杨豪给我电话了。”

“知道，他跟我说了。他说要感谢你。唉，这次，他还是花了血本。”

“多少？”苏同顺口问了一嘴。

“至少是满足了那婆婆的要求。”翁小明没有说出具体数字。

“能用钱解决的事，还不算是太麻烦的事。”

“他原以为找你帮忙，可以不用花这么多钱，但是……”

难怪，杨豪话语那么虚夸，难怪翁小明这种表情。唉！原来如此。

苏同变了脸色：“你们把事情想得过于简单，既不想花钱，又要封人家的嘴，哪有这么便宜的好事？”

花洒里出的水时大时小，苏同的心也堵得慌，自己转弯抹角想办法填了这个坑，可是他们却是打着自己的算盘。杨豪毕竟是旁人，翁小明你就不替你老婆想想，这个事做下来，其实是有后患的，指不定哪一天会被人翻出来，成为一个不大不小的把柄。

苏翁子用抛硬币的原始方法，让理科占了上风，一家三口都平心静气，没有再纠结。本来也只是一个竞赛获奖激起的涟漪，这下终于借助天意重归安定。

苏同决定慎重起见，等孕妈决赛完后，她要去学校一趟，见见苏翁子的班主任和几个任课老师。

7

“最美孕妈”决赛开锣。还是在崇门书店大楼的小礼堂里。

苏同带着何颖，以及策划部的几个同事，还有赵晶晶叫来的乐春儿和两个美女实习生，早早就站在大楼门口迎候着评委嘉宾。

来之前，苏同为穿什么衣裙出席，在家翻箱倒柜了半天。因为是在比赛现场，还有电视转播，何颖特别叮嘱过她："形象要永远走在能力之前。活动结束，电视记者还要采访你的。"

苏同吓了一跳："别，我一见镜头就晕，一晕就紧张，一紧张就不知道说什么。"

"你就使劲地夸我们的活动呗！"

"只要决赛时不出岔子，就是最好的夸！"苏同笑道。

苏同在衣柜里翻出了一个纸袋子，打开一看，原来是件还没开封的加长白衬衣裙，棉质的，含有一点点莱卡。莱卡不仅使衣料吸汗透气，还有一般棉质无法实现的垂坠感。这是去年国际广场搞促销活动时，她被何颖拉着去买的。当时，何颖一眼就相中了这件连衣裙，从衣架上取下递给她，让她去试试。

苏同接过，狐疑地说："既不像衬衫，又不像裙子。"何颖坚持让苏同试一下再说。

苏同从试衣间出来时，镜子里的人是谁？她自己都不认识了。

"天啦，青春美少女！"何颖脱口而出。

"别夸张。"苏同很不好意思地在镜子前左右转动。

"你不信，问柜员。"

一旁的柜员立马接过话头说："至少年轻了十岁！"

苏同犹豫着，她将价签拿出来看了看，便去试衣间脱了。她把裙子还给柜员，掉头就走，说买了也没有机会穿。

何颖说："好吧，我买！"

何颖问柜员："我有贵宾卡，能打几折？"

柜员回答："贵宾卡能打九折。"

几个来回，何颖软磨硬泡，硬是八折拿下。苏同很奇怪，在这大商场里居然也可以讨价还价。何颖笑说："你呀，外星人。"

回到报社，何颖将衣服纸袋放在了苏同办公室里。两个人纠缠推搡了半天，何颖最后拉着脸说："苏同，你好见外，又不值几个钱。"

苏同穿上这件衬衫连衣裙，觉得胳膊有点勒人，是天气热膨胀的原因，还是自己正走在发福的路上？她找出翁子牛仔裤上的一条腰带系上，还不错，显得干净、年轻，一扫平日的老气横秋。

苏同一身简约的风格，大方得体，与众多小美女在一起，丝毫没有突兀感。

乌尚义总编辑从专车上下来，见到苏同眼睛一亮，难得开了个玩笑："哟，苏总，好精神！"话音刚落，李副部长的车滑到了面前。乌尚义的脸上一下子堆满了谄媚，瘦成油条的高个子立马软塌，成了对折。他双手伸出去老长，先是像门童般去扶车门框，接着又连忙握住李副部长肥厚的大手："部长好，部长辛苦了！"

李副部长的眼睛眯成了一条缝，在两条长寿眉的护佑下，他的眼神从乌总脸上扫过，越到苏同这边，停在何颖身上，用手爱抚地点了点她之后，最后落在了乐春儿这儿。

乌总叫过何颖，让乐春儿陪李部长入贵宾室休息。何颖心领神会，拉着刚才被部长用眼睛问候过的乐春儿，两人一左一右伴着李部长进到了贵宾室。

观众们陆续到来，大都是选手们的亲朋好友。崇文书店的工作人员送给观众一个个塑料手掌，只要一摇动，就会发出热闹的击打声。

苏同和何颖从贵宾室里出来，观众席差不多已坐满。卫视的记者正在过道上调整机位。王小号还是前几天那副耗子模样。苏同猛然想起，摄影记者来了，文字记者是谁？问何颖。何颖说："请了两个，一个是丁钢，前几天给你说过；另一个是副刊部的小莫。"

小莫是快报的才女，不会写消息的才女。她写特稿写讲述稿的功力是有别于传统新闻的另类述事。何颖继续道："活动相关的资料都给他们了。丁钢写新闻稿，包括给电视台的通稿，小莫搞个现场大特写及相关花絮。"

丁钢与小莫这样的组合，应是快报目前活动报道的最佳拍档。苏同认同何颖的安排。

中午一点五十分，决赛进入倒计时。评委嘉宾已入座，童医生没有从贵宾室而是从孕妇堆里出来，她背着一个急救箱，一脸汗水。

本次活动的孕妇们虽与妇幼医院签了约，生产时都要住进这家专科医院；童医生还是很担心，万一出点意外，不好交代。

主持人倩倩是何颖从中南师范大学请来的研究生，她笑意盈盈一出场，就顿时让人眼睛一亮，台下立马安静下来。

苏同在嘉宾评委席最边上坐着，心里很是紧张。二十位选手们按胸前的号牌顺序一一出场。倩倩手里有稿子，是何颖部门提供的串词，但她用了不少自己的语言，脱稿发挥很流畅，很贴切，也很能调动情绪。苏同想，如果这个女孩想来快报工作，乌总一定会敞开大门，双手欢迎。

接下来是选手表演才艺，评委打分。

王俞出场时，脸上用一块花丝绸遮住，只露出眼睛与鼻子，她表演的是印度舞《燃烧的爱火》，音乐节奏明快，舞姿更是魔性。对一个孕妇来说，这种表演挑战性极大，没有一定的自信，没有扎实的功力，是很难招架的。

王俞的肩、臀、肚子，可以这么灵活，她在节奏的推动下，可劲地摇晃着，肆无忌惮地沉迷在快乐之中。苏同的心提到了嗓子眼儿，肚子里的娃娃，会不会乱动？会不会难受？万一掉下来怎么办？可是，王俞却用轻松、妩媚的笑眼，回应着苏同，回应着台下的观众。一个孕妇只长肚子，其他的地方，一点多余的肉都没有，老天爷为何如此厚待她？

苏同有了联想，当初自己怀着翁子，快临产时，浑身上下像充了气似的，完全像个泡沫人。

就在苏同走着神、开着小差的当口，一队人马从她身边呼啸而过，直接跳到舞台上去了。他们像是预演过多次似的，迅速站成了一排，并将手中的横幅展开，白布红字上写着："王俞肚里的孩子是野种！"

天哪，这是什么情况？台下一时间闹哄哄的。

苏同的心跳急速加快，脑仁"嗡嗡"响，全身骤然发僵。

乌总大声叫着："何颖，快将李部长还有其他领导带到贵宾室去。"

童医生迅速跑到后台，找到王俞。她没问一个字，她担心的是孕妇及胎儿。童医生将听筒贴在她的肚皮上听胎音。

胎音正常，只是王俞的心跳急骤而狂乱。她一手抓着童医生的胳膊，一手捧着肚皮。

舞台没有幕布，怎么就没有设计幕布呢？苏同望着举着横幅的一干人，脑子从木呆中清醒过来后，第一反应就是希望有大幕快快拉上，将那一排兴高采烈的男女屏蔽掉。

苏同环顾一下周遭，观众席顿时成了一锅沸水，"咕咚咕咚"冒着泡儿。人们嘻嘻哈哈，议论纷纷，似乎是开了眼，不仅是看了一场难得的好戏，而且是参与了这场戏的演出。

主持人倩倩傻了眼，她四处张望，终于在慌乱的人群中找到了慌乱的何颖，问："怎么办？还能继续吗？"

何颖一脸灰色，被汗水浸湿的头发，贴在额头上，她无法回答。这样的事故，不在她的预案里，她做梦也没想到会有这样的事情发生。报名时，每一位参赛者都填报了个人及配偶的信息，谁都不会想，压根也不会想，一个未婚的单身妈妈会有胆子亮相于众目睽睽之下。

苏同将何颖拉到一边问："王俞什么状况？乌总怎么指示？"

"不应该呀！她有老公的。乌总？我哪敢去问，他肯定肺都气炸了。"

何颖不说，苏同也想得到。本来此活动成功举办，是能为快报增加美誉度的，也能为乌总的晋升加分。可这码事一出，不知会闹出什么幺蛾子，还会有什么后续反应。同城的媒体几乎家家都是对手，只要有竞争，根本没有良性一说，对手的一举一动，彼此都天天盯着。《江风快报》能出这样搞笑的事，估计大报小报所有的对手们知道后，一定比过年还要开心还要爽。

"王俞老公是谁？今天来了没有？"苏同哆嗦着嘴唇，又一次询问何颖。

何颖说："没有注意到！"

苏同她最担心的是信息外泄，何颖也一样。何颖说："我会把电视记者打点好，今天的录像带要给我们，不要对外透露一丝信息。"

苏同又啰唆地问道："请了其他媒体记者没有？……哦，没有，那就太好了。千万千万，别让这事传播开了。"

8

决赛没有继续。

王俞被童主任保护着，从后门溜了出去。

瘦巴巴的丁钢出现在那条横幅下面时，被苏同看见了，小莫也走到了丁钢旁边。他们是在干什么？难道在采访？

何颖从未有过这样的经历，但她反应要敏捷一些，她比苏同更快地从混乱的状况中走了出来。她送走李副部长及各位评委嘉宾，又向黑着脸的乌总表态："对不起，乌总，我们设计了好多预案，但发生的事太离奇了。选手报名时，我们对她们的个人信息都是认真审核了的。这里一定有误会，或者有别的什么事。王俞有老公，她老公还不是一般的人呢！是什么公司的高管，还是什么单位的领导？乌总，您放心，我们有办法平息。"

乌尚义黑着脸说："先不要说那么多，从现在开始，想方设法，尽快收拾好残局，不要发生余波。"

何颖的头点得像印刷车间的装订机，重复着保证之类的话。送走乌尚义，何颖一边骂着王俞，一边在后台到处张望寻找。有个选手见到何颖眼中无人的表情，知道她在找肇事者，气鼓鼓地说："早就溜走了，是童医生带她走的。好好的比赛，被她搅黄了。我们准备了这么久，吃了好多苦，我们的损失谁来补偿？"

何颖连忙敷衍："辛苦了，不会有损失的，我保证。"

何颖给王俞打电话，对方关机。她火冒三丈，难不成王俞真的是"三姐"，未婚先孕或者婚外孕？

何颖又打童主任的电话，电话通了，但被挂断。过了一会儿，童主任给她发来一条短信，说临时接到医院通知，一位高龄孕妇临产，正安排手术，完事儿后再联系。

何颖明白，童主任这是不想说话呀！

何颖想着接下来的事，还得与苏同商量一下。她清楚苏同的应急能力比自己差，但她是分管自己的领导。苏同呢？在哪儿？何颖东张西望，发现苏同窝在一个角落里，那件白色的连衣裙，在沉重的木质色中十分突显。

苏同缩在角落有一会儿了。她远远看着丁钢、小莫与那群闹事者在台上周旋。丁钢给男人递烟，小莫给女人递矿泉水。那帮人大约是听进了丁钢、小莫的劝说，慢慢卷起了横幅，从台上跳了下来，各自找座位坐下。丁钢笑嘻嘻地与他们聊得开心。苏同心想，这个丁钢还真行，不仅采写一流，还是化解冲突的高手。

此时此刻，苏同又一次自我号脉。快报那些名记名编，能力远远在自己之上。如果他们换到自己的岗位上，一定比自己做得好。

看到丁钢与闹事者一派亲和，苏同紧缩的心脏缓慢松开，一口长气吐了出来。她还想是不是到那群人中去听听，为什么来现场摆这么一道？有什么样的爱恨情仇，非要用这种极端的方式？可她终究没有向他们走近。

观众已经散得差不多了。

何颖朝苏同的方向走去，却被活动的承办方、乳品公司的刘总拦住了。

"怎么出了这种事？怎么能出这种事？"刘总激动地摊开双手。

何颖调动词汇，找到刘总愿意接受的想法作出解释。此时的刘总根本听不见，也不想听，他要的结果是，后续怎么办，怎么能让他在这次活动中的投资不受损失并获得利益。

何颖说："事情刚刚发生，容我们搞清楚，再作补救。"

苏同看到了何颖与刘总说话的神情，觉得不对头，便走了过来。刘总抓着头皮向苏同点点头。

“你先回报社吧，我跟刘总再沟通一下。”本想与苏同商量事儿的何颖，此刻却希望她走掉，担心苏同无法应对刘总提出的要求。

苏同回到办公室，已经筋疲力尽。

一摞版面还得看。她去洗手间洗了一把脸，看着镜子里的自己，身上的衬衫裙与脸上的灰暗，形成忸怩不搭之态，怎么看怎么不协调、不顺眼。

何颖在天黑之后给苏同打来了电话，问她吃饭没。

何颖提着两盒寿司进了苏同的办公室。她解开包装盒，递给苏同一双方便筷：“我知道你肯定没吃，也吃不下。哎呀，天不会塌下来，天塌下来，吃饱了才有力气撑着。”

苏同忍不住想，发生这么大的事，何颖还能快速地复活，还能这么云淡风轻，是真的能扛事，还是不怕事？但归根结底，人与人就是不一样。

两人边吃边聊王俞的事。

苏同认为，只要王俞肚子里的孩子有牌照，是合法的，前妻怎么来闹来捣乱都不怕，可以诉诸法律。可是，就怕万一。

“奇怪的是，王俞怎么一下子就不见了？连手机都关了，难道她的孩子真的是来路不正？”何颖说起事发后她寻找王俞的经过，颇有些疑虑。她用筷子将盒子中的鳗鱼卷往苏同面前拨了拨：“一切皆有可能。凭着那狐狸精样儿，说不定是先拆后建，把别人的老公撬了。”

苏同问何颖：“丁钢、小莫回来没有？我离开时，看到他俩与那帮人在一起聊，他们应该掌握了一些情况的。”

何颖连忙拿出手机：“我给小莫打个电话问问。”苏同阻拦着：“问丁钢。小姑娘懂什么？”

“哎呀，如今的小姑娘可不是你那个时代的小姑娘。况且，小莫可不是小姑娘，人家的老公还是大学里的老师呢。”

苏同摇了摇头：“你真是，还有心情开玩笑。”

何颖打通了丁钢的电话，问他在哪儿。

丁钢说已经回到办公室了。何颖让他到苏总办公室来一趟，说给他准备了晚餐。一旁的苏同笑道：“你骗男人真是信手拈来。”

“不然呢？”

“张厅也被你骗得团团转？”

“骗骗，也是小情调。只要不出大问题，不拉出横幅来，都不是事儿。”

9

丁钢的身影如同一张纸片，飘进了苏同的办公室。

何颖将另外一只寿司盒打开，递给丁钢。

丁钢笑眯眯地说：“晓得你们这里有好吃的，我刚才正准备泡方便面，一接到何美女的指示，就跟方便面拜拜了。”他一口一个寿司嚼着，额头上的青筋一鼓一鼓的，下巴上卧着的疤痕，像一条蚕上下蹿动着。

何颖可怜他这副吃相：“慢点儿，没谁跟你抢。”

“小时候缺钙，长大后缺菜。”苏同补了一句。

“不缺菜，缺的是爱！”丁钢哈哈大笑。

苏同和何颖也忍不住笑了起来。

收住笑，苏同回到现实，开口问丁钢：“那帮闹事的，到底是怎么回事？”

丁钢正要回答，敲门声响起，赵晶晶将门推开一条缝。她在门外小声说：“苏总，乌总通知你到他办公室去开会。哦，何主任丁主任正好都在，我还准备给你们打电话的，乌总也叫了你们一起去。”

苏同跟何颖对视了一眼，对赵晶晶道：“知道了。”她想，今天的事故可不只是让自己坐立不安。

何颖边收拾盒子筷子边想，自己还是要和王俞联系上。丁钢采访了解的是事件的另一方，无论他们说了什么，都不能还原事实，因为缺乏当事人这一重要环节。

她对苏同、丁钢说：“我再联系一下王俞，看她怎么说！”

可是王俞的手机依然沉默。

丁钢安慰着苏同与何颖：“你们也别太着急，我让小莫到妇幼医院去了。要她一个病房一个病房去找。”

“小莫她有信息过来吗？”苏同追问。

“还没有。”

何颖咬着牙：“这个狐狸精飞了不成？”

“我跟那帮乌合之众聊了半天，也没听出他们的诉求是什么。看来只是发泄情绪而已。我的初步判断是，王俞起先是小三，后来转正了。原配心里过不了这道坎。王俞的爱情故事跟众多小三上位的故事差不多，但特别之处在于，这女人有点过于招摇，过于高调。”

苏同故意激了丁钢一句：“你这说得像真事似的。”

三个人谈论着王俞，从步梯往上爬了一层。

乌总的办公室比苏同及其他几位副总编辑的办公室要宽大很多。靠窗的地方放着一张长条形会议桌，周边几把椅子，像个开放式小会议室。

乌总见苏同何颖丁钢三人一起进来，脸上的表情与平时没什么两样。苏同担心他发火，说过激的话，但是没有，她心里反而更加忐忑。

坐定后，乌总直奔主题，说他想了解事情的真相，并务请在座各位，全力做到让此事不再发酵。

何颖介绍孕妈比赛的筹备情况时，说选手报名时都是持有身份证、结婚证的。

“现在什么证件都可以做假，她不会买了个假结婚证吗？”乌总的语气很是不耐烦。

“不是没有这种可能。”何颖附和道。

“问题是她为什么要拿个假结婚证来参加这个比赛呢？这可是个公开赛。她干吗要这样？想达到什么目的？不应该呀！”何颖口边上的疑虑，被苏同说了出来，让乌总更不舒服。

丁钢把闹事方表现出来的意思，串联起来，又汇报了一遍。

乌总强调说：“猜测没有任何意义，关键是王俞不能出事，原配那边不能继续闹，别的媒体不能以此做文章。”

“王俞现在被妇幼的童医生保护起来了，不会出什么问题，这个请乌总放心。来闹事的人，主要是想让王俞出丑，如果是这个目的，那他们已经达到了，还不罢休，他们自己也没趣了。媒体方面，我们只请了卫视频道，现场录像带已交给我们了。”何颖回应着乌总也是在宽慰着乌总。

“观众那么多，信息渠道有点不好控制。”丁钢提醒道。

乌总接过话：“人心的复杂，是我们很难想象的，所以务必请各位做到防患于未然。集团内部的兄弟媒体，我去给他们打招呼。主要是防止信息外泄。你们几位，调动你们所有的关系网。丁钢，你平时跑动多，现在要盯紧各个媒体的朋友、内线，请他们关注一下有什么特别动向。会不会发新闻稿，要及时告诉我们，我们要竭尽全力，不能让这件事在读者中扩大。如果明天没有消息见报，就好办得多。等水落石出后，我们自己来做文章。”

从乌总办公室出来时，苏同瞄了一眼手机，快夜里十点了，糟糕，清样还等着签呢！

何颖对她说：“我去部门落实乌总的指示去。看来，今夜无眠了。”

苏同盯着清样，脑子里却在转着怎么去堵漏洞，怎么去掐灭火星子。

市里的几家报社，她都有同学在供职，且都还做得不错，有的做到了部门主任级别。还有跑记者时的一些小伙伴，现在也都是重量级的编辑记者了。平时，自己有点私事找他们帮帮忙，分分钟搞定，但是，今天这事儿，还真不好开口。从新闻专业来看，虽然不具有多大的新闻价值，但传播价值还是具备的，至少能成为社会话题，成为谈资。作为媒体竞争对手，人家拿到的虽不是撒手锏，但足可以让你丢丢颜面，让占据江城焦点的《江风快报》闹个笑话，失去公信力。这也是老天爷给了那些想“翻身求解放”的媒体对手们一次绝好的机会。苏同想，这个时候跟他们谈及此事，相当于是给他们报料，人家求之不得。换位想一想，如果你得到对方这样的信息，你会怎样做？别人又不是你苏同，只要答应了就不会失信于人。现在有几个这样实诚的人？万一捉鸡不成，反蚀把米，成为递刀子的人，她苏同可就成了快报的罪人和乌总进步的绊脚石了。

看完清样，苏同在办公室里看着电话机发呆，真是左右为难。

束一光来了电话，告诉苏同：“小莫回来了，要不要让她上来一下？”

苏同求之不得，连连说：“让她来！”

小莫和苏同是校友，是中国最美校园江都大学桂园五舍相差十年的室友。苏同喜欢小莫的才情、与人相处时的淡然，从她身上依稀能看到自己年轻时的影子。只是自己有小莫的心气儿，却没有她的才气。

一身T恤加牛仔裤的小莫，慢条斯理地讲着她是如何在妇幼住院部的顶楼，瞒着童医生，找到并采访王俞的。

王俞是青年艺校毕业的，毕业后，在市歌舞剧团一直跳群舞，别说没跳过A角，连B角都没有。她觉得在歌舞团看不到希望，不知道什么时候能熬出头，想到社会上去闯闯，便辞职了……小莫按自己的节奏慢悠悠地讲着。苏同有点急，她拿过手机看了一下时间，这样讲下去，天亮都讲不完。她递给小莫一瓶矿泉水，打断了小莫的话：“王俞有没有告诉你她到底结婚了没？她孩子的父亲是谁？”

“王俞说，她当然结婚了。要不然，怎么能报上名，怎么能参加‘最美孕妈’大赛？”

苏同松了一口气，点了点头。想来王俞还不是胆大妄为的人，她没必要制造这种麻烦。报名环节这块没有问题。

“可是，那帮人为什么要来闹这一出？王俞心里没鬼，为何又逃之夭夭？”苏同问。

小莫说：“我也问了王俞同样的问题。王俞的回答是‘鬼晓得’。”

“小莫，这么晚了，你一个人回家怕不怕？我让车队的夜班司机送你吧？”

“没事，丁主任说送我。”小莫说。

小莫走后，苏同心里还是有一些疑团，但没有那么提心吊胆了。

苏同给何颖打了个电话，让她给乌总发条短信，大意是王俞和她肚子里的孩子没有构成违法。明天会继续盯紧这事儿，请乌总放心。

10

苏同凌晨时才回到家。

翁小明在松园租住屋陪着翁子。

江城外校是全省最好的中学之一，多年来的高考状元有一半从这所学校里产生。但近两年来，大有被中南师大附中超出之势。校方不敢怠慢，对各科老师更是加压。各年级还分出了动态的快班和火箭班，暑假期间，一律该补课的补课，该提升的提升，反正是让学生和家长们都一起紧张起来。

苏同回到家的第一件事是开空调，之后去卫生间冲澡、刷牙。

她脑袋昏沉，有点头重脚轻，感觉不好，连洗衣机都不想打开便躺下了。躺下后，翻来覆去睡不着。这一天真是太剧情化了。

苏同起床，找出安眠药，吞下一片……

一个姑娘伢，在考试，考的是数学，翁小明是监考老师，他在这个姑娘伢边上走来走去。姑娘伢一道题都不会做。翁小明用手指关节叩着桌面，提醒她快到点了。小姑娘更是着急。

…………

苏同醒来，心却还在“扑扑”乱跳。虽然在安眠药的作用下，她进入了睡眠状态，但内心深处的紧张，一再暗示着担心、害怕以及不可预测的种种。

这种感觉不好，一点都不好。

可是奇怪的是，翁小明怎么会出现在她的梦中，还是个监考老师？有点扯，不搭界。考试中的小姑娘是自己，却穿着白上衣蓝裙子的校服。这就更奇怪了。

她的中学时代，连校服是什么玩意儿都不知道。

苏同因为觉没睡好，头很重，她打算放自己一天假，不去东湖跑步了。有时很累不想起床时，她就盼着每月的例假早点儿来，或者盼着老天爷来一场雨。其实转念一想，又没有谁逼你，不想跑就别去，为啥还要找各种理由？这就是苏同，拼着命地要求自己，又那么勉为其难。明明可以别这样，却又不会拒绝，这是不是被动型人格？她在床上将双脚抬起，呈九十度，两脚一上一下，做着蹬车的动作。

实际上，因为跑步，苏同的体型要比同龄人看上去健康、灵敏得多。

正在她默数着数字的时候，客厅里的座机电话响了。

苏同放下腿，喘了口气。怎么不打手机？这是谁呀？

电话是何颖打来的。电话那头的何颖语速急促地说："你的手机怎么搞的？一点反应都没有，我给你打了不下十来次。"

苏同没有插话，因为这不是重点，重点是她要说的事。她让何颖继续说。

"市晚报今天的《情感故事》版，推出了王俞的故事。"

天哪，这怎么可能？这是苏同的第一反应。晚报的《情感故事》与《江风快报》的《讲述》是一个类型，都是读者来讲故事，主打婚姻与爱情。快报这个版的阅读率，在连续三年的读者问卷调查中，仅次于新闻栏目《今天热点》，处于第二名。而晚报的《情感故事》比快报的讲述更大胆，那个《轻轻细语》的点评栏目，更是让读者津津乐道。

晚报《情感故事》的主编季青，是苏同的同学。苏同打破头也不会想到，这个事会出现在不是新闻而是和副刊差不多的版面上。

苏同问电话里的何颖："你是怎么看到的？有真名实姓？"

"我们家老张看到的，他每天一大早就是看报纸。而他最喜欢看的和女读者差不多，什么情感呀，副刊呀……"

"哦。"

"晚报在稿件中提到了我们昨天的活动，包括活动现场的那一幕。"

苏同沉默着。何颖"喂喂"地问："你在听吗？你没事吧？"

"怎么会是这样？"苏同自言自语。

"你说什么？我没听清。"何颖放声道。

"我马上到办公室。"苏同放下电话，手心里抓出了一把汗，脑袋"嗡嗡"的，似有苍蝇在耳蜗里飞来飞去。

要不要找季青问问，这是怎么回事？是什么人要来这一出？又一想，你在毫无头绪的情况下，贸然地去打听，不仅得不到自己想要的信息，还会向对方暴露自己的底牌。虽然季青与自己是同学，但她比自己小好几岁。自己是插班生，与她同过两年学。平时有交集，但不像林音那样，什么话都能说。如果季青顾念同学之情，她在发稿时，应该会压下，或者做些技术处理。打个电话跟自己说一声总可以吧？

苏同边刷牙边生气，好几次，牙刷头戳到牙龈上，痛得她“滋滋”吸气。

苏同出门前到处找手机，转了好几圈，终于在卫生间的窗台上看到了。她拿起来摁了一下，屏全黑，没电。她记起来，半夜回来洗澡时，为了一边洗澡，一边随时接听来电，却不想竟将电放没了。难怪何颖说打不通。看来没接到的电话一定不止何颖一人。办公室有充电器，她将手机放进包里，出门，按电梯，一路小跑进了报社大楼。

11

乌总读过晚报气急败坏时，已经是下午了。

近段时间，他有两件大事在忙，一是快报要开通一条重要热线，是专为全省各厅局长开通的，因为涉及全省重要职能部门，需要总编室、政宣、经济、社会、科教、文化等部门通力配合。各界大佬能来快报接听热线，与读者互动，是一件提升快报权威性的重要举措。乌尚义自己，现在最急需的是建立更多人脉关系。虽然快报的未来不完全等于自己的未来，但也是息息相关。

这条热线对江城百姓也是福音。平日里，小老百姓莫说见到这些高级官员，就是到居委会去见个主任都不是件容易事。电话里听听声音，说说自己的诉求，万一瞎猫碰上死耗子，能解决一点点问题，也是好事呀。快报的宗旨从办报第一天开始，就是想读者之所想，急读者之所急，帮读者之所需。

在乌尚义之前，快报做过很多策划，但这个级别的热线还是头一次。无论是从报纸以后的发行，还是从扩大报纸的影响力来看，这都是一个绝好的点子，必须全力做好。

一大早，乌总就将金主任叫到了自己的办公室，先肯定了策划方案，又交代了具体操作中的注意事项。“如果厅局一把手能来，那就烧高香了，这不是不可能，只是可能性不大。”绕了几下，乌尚义笑道，“我的意思是来个副手也很好。将几个重要职能部门的领导排在前面，把气氛烘起来，就能形成热点。就像一篇好文章，有个好的开头，才能吸引人读下去。能把一把手请来，这是考验各部门主任的事儿。平时你给人家通讯员发稿多，分量足，做了有效的宣传，人家也不能不给面子。”

金主任递给乌总一份名单，上面写着许多厅局长的联系方式。乌总看了看后，让他把大桥总叫过来。

金主任出去，到了过道对面，敲开常务副总编辑于大桥的办公室。

于大桥睡眼惺忪地到了乌总这里。乌总将那份名单递给于大桥，关怀说：“上了夜班，可以晚点来。”

于大桥没有客套，直接说到热线之事：“老金跟我商量过。我在想，每一个行业的头头来，最好是找一个新闻由头，按新闻报道的规律来做。不然，没有契合点，读者不会关注，也没兴趣参与互动。”

乌总站起身来：“你说得太对了！我也是这样想的。”

于大桥又道：“我准备和主任们沟通一下，要求他们分别拿出可用的话题。”

于大桥的年龄比乌尚义要大一轮，几十年来，在报社做采编，吃文字饭，一直兢兢业业。快报的月度会、季度会、半年会、年终大会，于大桥不太会讲发展思路和改革措施，他讲的是新闻采访、编辑学，但最后都会用大量的时间回到他的咬文嚼字上。他会罗列近期快报上出现的文不通语不顺等问题，又会提到洪山菜“苔”“薹”不分。每次说到这儿，大家都会忍不住暗笑。私下里，束一光、老黑，还有几个编辑都叫他“苔丝”。

与其说他对见诸报纸的文字有一种痴迷，不如说是日积月累偏执的职业惯性。有次年度总结大会，大桥的文字批评过于漫长，导致严重超时，何颖还给苏同发了四个字的短信，叫他“苔菜梆子”。苏同坐在主席台上，不敢笑，只回了两个字：安全。职场上的于大桥、人生中的于大桥都没跳出安全圈。于大桥除了对每天新鲜出炉的报纸感兴趣外，其他的都不会太在意。对乌总除了必要的工作汇报，并无过多的私下互动。报纸上的事没有小事，于大桥能化解的，绝不推到总编辑身上。好事，他都是让给一线采编，有了麻烦，能扛就自己扛下来。相处三年，乌尚义非常认可于大桥的工作态度和业务能力。因于大桥的年龄大、资格老，平时有事，乌尚义喜欢直接找部门主任。听到于大桥这样说，他感觉自己平日疏离了于总，还有其他的几位副总编辑。乌尚义抓了抓自己的平头硬发说：“于总，这个事就请你多费费心。”

赵晶晶敲门进来报告乌总：“金龟酒厂的牛老板来了，在会议室等您。”

“知道了，告诉他我马上来。”

这便是乌总要忙的第二件事。

金龟酒厂是一家乡镇企业，在东冶一个小镇里，如果没有蒋社长的夫人汪大姐，乌尚义不可能认识这个牛老板。去年国庆节，乌尚义正在单位值班，汪大姐到了乌尚义办公室，她的身后跟着一个穿着西服打着鲜红领带的中年男人。汪大姐说，这位先生姓牛，叫牛半斤，是酒厂的老板，他的酒厂在东冶金牛镇，自己在那儿做过两年知青。

牛老板满脸堆着笑纹，“是是是”附和着。

乌尚义赶紧让座，泡茶。

汪大姐说她被几个同学拉到知青点转了转，感觉山区与平原差距蛮大，“牛老板找到我，想让我给他们酒厂帮帮忙。我能帮什么忙？便想到了乌总，看能不能帮着吆喝一下。”

乌尚义问了牛老板酒厂的基本情况。可是，乌尚义听不懂他的方言。汪大姐只能一句句地帮他翻译。汪大姐累得不行，她对牛老板说：“回家后，你先把普通话练练，要不然，酒再好，也是白搭。”

乌尚义由衷说道：“汪大姐真是热心肠，你这是为乡镇企业做好事，为当地政府做实事。我们快报一定积极支持，我会认真落实到位！”

那天，乌尚义打电话叫来了宋兴，让宋兴以后跟牛老板直接对接。

中午，牛老板在东湖林语一个安静的小饭馆请乌总吃饭，乌总叫上了赵晶晶，又问宋兴主任在不在。

赵晶晶报告说：“宋主任在江北采访，下午还有一个活动，赶不回来。”乌总给她布置任务，再叫两个女记者一起来。

牛老板和司机从“大奔”的后备箱里各拎出两只粗糙如同土罐的酒瓶，放在了饭桌上。牛老板一再地说：“请乌总品品我们乡下的五谷酿造。”

酒瓶上什么标识都没有。乌总问牛老板：“这是多少度呀？”

“大概六七十度吧！”

乌总惊讶不已：“这么高，能喝吗？相当于喝酒精呢！”

“放心，您试试，不醉人的！”

东湖林语位于东湖风景管理区大门口不远处，一条小路被茂密的大树小树遮挡着，只有熟悉的人才晓得这里有一间农家小酒馆。

乌总外出应酬时，什么场合带什么人是有讲究的。今天主要是来品酒，又是中午，不能深喝，以吃饭为主，所以让赵晶晶叫上两个美女，以备挡酒之需。在酒桌上，不少男人是见识过美女，尤其是知性美女的厉害的。她们一挡一撩，几句半荤不黄、雅俗共赏的话，不能说是让男人们自投罗网，至少是让他们记住了什么叫欲罢不能。

乌总对牛老板说："天太热，又是中午，我只能尝一尝你的酒，不能多喝。"

牛老板的兴致很大："我今天带来的是二十年老窖，可以养肝护肾。"他问旁边的美女："你们晓得我们山里生有一宝吗？"

牛老板将浓重的方言十分费力地转化成普通话，赵晶晶和另两个记者还是听不大明白，但"一宝"两个字却是清楚的。"什么宝？"赵晶晶抢先问。

"嘿，你们记者都在大城市里跑，要深入我们山区生活呀。"牛老板卖了个关子。

乌总笑笑："你就告诉她们，是什么宝呗。"

牛老板的小眼睛睁得圆溜溜的："这宝呀叫龟，是我们山里的山龟！我们的酒虽然没有茅台、五粮液出名，但一点也不比它们差。口感不比它们差，营养更不比它们差，因为我们酒里，有山龟！"

两个女记者望着牛老板滑稽的表情和颇为吃力的吐字，忍不住捂着嘴笑起来。

牛老板见大家笑，以为是开心，气氛活了，便劝大家多喝点，还说这酒男女都适宜。

乌总喝了点酒，脸上微微泛红，身上也冒出汗来，半袖衬衫的前胸后背都贴在了身上。

"乌总可是有'酒路子'的。"牛老板站起身，双手捧着酒罐，老练地给乌总的酒杯里又续了一些。

…………

赵晶晶提前叫来乌总的司机，早早地将车内的空调打开，司机一脚油门将乌总送回了办公室。

乌总是被蒋社长的电话叫醒的。蒋社长在电话里拖着长调问："尚义，你看过今天的晚报没？"

乌尚义压低嗓子回答：“今天有点事黏了手，还没来得及看。怎么啦？”

“哎呀！你们搞的事，动静这么大，人家晚报在捅你们的娄子，你还不知道？”蒋社长很不客气地说。

孕妈事件还是被人整出去了？乌尚义的脑袋当即炸裂。

于大桥将苏同、何颖一起召集到乌总办公室，乌尚义正在将一沓晚报翻得“哗哗”响。

于大桥有些随意：“晚报不是做新闻，而是讲故事。如果读者不细心或者不了解我们的活动，是不会注意到的。”苏同听得出来，于总这是在帮自己跟何颖说话，也是在缓解乌总的焦虑。

苏同一大早被何颖闹到办公室后，认认真真地看完了晚报的情感故事《“三姐”尚未上位，公然秀孕》，这是标题，看不出他们一贯的雅致风格。

稿子通篇讲的是小三和出轨男与原配之间的缠斗，但落脚点却暗讽了快报没有是非观念，给插足婚姻的不道德者提供了作秀的舞台。故事性强，几个人物活灵活现，一口气读下去很过瘾，现实生活比电视剧情要精彩多了。《轻轻细语》评论中，没有一句批评同业快报，但句句都是打脸。

问题是王俞是结了婚的，是受法律保护的，如果是小三，也只是曾经的小三。可是，标题却是“尚未上位”，这是么回事？谁在撒谎？

苏同还是拨通了季青的手机。电话那端，季青欢快地说：“学姐，我在神农架林区休假，这个地方空气真好，又凉快，关键是房子不贵，学姐来这儿买个小户型吧，每年可以来纳凉歇暑。”

苏同听到这儿，不知道如何开口。季青难道真的上了神农架林区休假，还是故意扯白？她一时犯了糊涂。

“学姐有事吗？怎么突然想到我？”

苏同“嗯嗯”两声，犹豫了片刻才说：“好吧，你好好休假，不打扰你了。”

季青却说：“回去后，我请你吃饭！”

苏同又联系丁钢，丁钢说他在一家垃圾填埋场采访，搞完后来苏总办公室。

苏同很想见王俞一面。她给束一光打电话，让小莫陪她一起去妇幼医院。小莫立马回了苏同的电话，说她今天一直在联系王俞，但电话打不通，对方都是关机状态。小莫说自己厚着脸皮求了童主任，童主任还冲自己发火，说王俞被她的家人一早接走了，接到哪里，她也不知道。

王俞这可是又扔下一个悬念。

苏同来到何颖办公室。活动策划部与副刊部紧挨着，都是一间大房子，里面是格子间。主任办公室在格子间一隅，是用玻璃隔出的一个独立体。何颖在盯着电脑屏幕，苏同用手指叩了叩玻璃门，何颖转过身来，见是苏同，鼻子眼睛挤在了一起。苏同一看就懂，辛辛苦苦踩雷，莫名其妙遭劫，到哪儿去喊冤呀？苏同也回报了一个差不多的表情，真是无奈之极。

两个人愁眉苦脸，何颖发着狠："我一定要找到王俞，一定要看到她的结婚证！"

"结婚证还不好弄？现在做假证的可不少。如果王俞成心想做假，那是分分钟的事。"

"她为什么要做假？这样做有什么意义？为了几袋奶粉？不至于吧？"

苏同何颖两人分析着王俞的作为，百思不得其解，怎么也想不通。

何颖走出玻璃房，到格子间让一个负责登记的小记者找出报名登记册来。

12

丁钢对苏同说："你相不相信，王俞的事儿，晚报这么快就捅出来，是我们的人递的刀子？"

苏同不用猜，就知道丁钢说的是宋兴。她摇着头苦笑："你是不是刚看了一场香港电影？你这人什么都好，就是太偏执。偏执的人适合弄文艺写小说，说不定得个诺贝尔奖都有可能。可你干的偏偏是新闻。"

丁钢不想解释："你和何颖一样，都不相信。不相信并不能说明你们善良，只能证明你们幼稚。"

苏同觉得丁钢有些胡扯，她平时很欣赏丁钢的脑洞大开，也欣赏他作为一名调查记者质疑任何事、任何人的专业精神，但也不喜欢他的疾恶如仇，无时无刻想着拿枪给自己恨的人来上一梭子。她不想就此话题与丁钢过多讨论，免得挑起事端，便不容置疑地说："我们的重点是找王俞！"

此事还在继续发酵。

省委宣传部阅评组就此事做了一篇评论，批评快报作为党媒的延伸与补充，党性原则缺失，对有违公序良俗的社会问题不仅不秉持批评立场，还提供土壤与舞台。

于大桥正在字斟句酌推敲阅评报告，办公桌上的电话响了。于大桥一手接起，听筒那端的人尚未通告自己是谁，便忙不迭送上了道歉："哎呀，大桥总，是我们工作失误，没有认真审稿，真是一场误会呀！”

于大桥听出来了，是市晚报的白总。白总肯定收到了阅评报告，他们想要的效果达到了，高兴都来不及，却又来跟自己唱红脸。

见于大桥没吭声，白总才记起自报家门：“大桥总，我是晚报的老白呀。”

于大桥嘿嘿一笑：“白总呀？我说是谁呢，这么客气。”

白总接着说：“于总，真是不好意思，我没想到，我们的稿子给你们造成这样的麻烦。乌总肯定很生气。现在他又是关键的上升期，我们都是老朋友，能帮他一把都觉得万分荣幸，哪个愿意去搞损人不利己的事？太不好意思啦。”

于大桥答不上话来，他心里立马想到一句粗话——既想当婊子，又想立牌坊。可是，面对这样的对手，说什么都是多余。

白总见于大桥半天没应，问：“于总你在听吗？”

于大桥说：“我会把你的意思转达给尚义总。但据我们的调查，孕妇之事，并非你们所写的那样。我们会进一步核实的。”

于大桥又补问了一句：“你们老总不审稿？”

“副刊，你们老总审稿吗？”

“当然审。我们苏总每天都审。”

于大桥放下电话，来到乌尚义办公室，将阅评报告放在乌总面前，又将白总的电话内容转述了个大概。乌尚义用手叩着报告，骂道：“老滑头！大街上骂人，小巷里赔礼，尽扯他娘的蛋！”

他交代于大桥，要想办法找到王俞。

王俞人间蒸发般无影无踪了。

何颖、小莫两个人，一有空隙就拨打王俞的手机，对方一直没有开机。打童主任的电话，童主任没好气地说：“我也找不到她了，不管了，她若出什么事，那是你们记者的事，我们医院概不负责。“

丁钢动用了他的信息资源，从江南开车到江北，找到了藏在一片民居里的市歌舞剧院，就是过去的歌舞剧团。丁钢以采访歌舞剧院“如何做到创作精品与推出人才”为题，打探王俞的情况。剧院办公室里的人对“王俞”这个名字很陌生，他反复搜索记忆，才终于想起：“是有这么个小姑娘，但好几年前就辞职走掉了，至于到了哪里，不知道。当时，走掉的小姑娘还有好几个。所以，我们剧院领导也意识到，只有搭好舞台，才能留住人才……”

丁钢还问了王俞的一些其他情况，包括她是哪里人，剧院里还有没有她的同学朋友，当初王俞来剧院报到时档案交给谁了。

办公室的人说，现在来剧院报到的人不需要档案，有相关证件就行；走了的人，院里也不会留下他们什么东西的。

没有获得多少有效信息。

丁钢又到省民政厅婚姻管理部门，查找有关王俞的婚姻登记资料。“王俞”这个名字在全省范围内有六人，其中一个的年龄、长相与要找的王俞很像，但结婚登记时间才五个月。照片上的男士名叫肖建业，是个瘦长脸，右眉心有颗痣很突出，身份证号码显示，年龄要比王俞大十五岁。

热衷于新闻调查的丁钢，那天去孕妈决赛现场，是何颖给他提前打过招呼的。起先，他不想去，便推脱。何颖变了脸色，恼了。他感觉不对，只好换上笑脸缴械道：“去，去，去！”说真的，换了别的男记，打死也不会去这种场合，那些挺着大肚子的女人，哪里好看，还最美孕妈？

丁钢在编辑部可以不把很多人放在眼里。宋兴不是他的菜。就连于大桥常务副总交办一些不对他胃口的事，他照样可以不理不睬。如果当初没有于大桥在总编辑面前递上那一句，谁会给这个不起眼的人开绿灯呢？但何颖不一样，她虽是厅座夫人，却不见一点夫人的做派，最要命的是何颖的女人味，是他喜欢的类型，说话做事，不仅爽气，还让人舒坦。丁钢与老婆长期分居两地，而何颖送给他吃的东西，比老婆捎来的还要多。月饼、粽子、元宵，中国所有的传统节日，哪一个不是与吃相关？丁钢一年四季都在享用何颖给他的应景美食。

何颖一使脸色，比命令还有威力。丁钢将当天本来要采访的线索交给了小侯，早早地就去了崇文书店的活动现场。可是，新闻稿没写成，却碰上了一出闹剧。而这种事应该算作花边新闻，是小莫的任务之一。小莫的文笔是好，但没有见过这样的状况。平日里她写的《讲述》，都是人家自己送上门来的故事。应对突发事件，小莫有点抓瞎。丁钢眼见苏同、何颖、小莫这一溜女人紧张兮兮的样子，于心不忍，决定亲自出马，做个情感深度调查。可是跑了一天，连王俞的毛都没有抓到。身份信息显示王俞是自由职业。而她的丈夫肖建业，那个右眉上跳出一颗痣来的男人，却是有迹可寻的，而且还真如何颖的猜测，有身份有地位。他与美女王俞之间的故事，不平凡那是一定的。

只有五个月婚期的女人，即将临产，还高调秀孕肚，而原配方闹场之后，她又逃之夭夭。丁钢将线索串联起来，越想越觉得不可思议，也让他欲罢不能。

乌总气咻咻地将所有的人都骂了一遍。来到二十楼蒋社长办公室，将他那颀长的身躯缩成了一个括弧。

他向蒋社长说到了市晚报白总来电之事。

蒋社长也骂那个大滑头：“彼此是同行，市场竞争应该是良性竞争，这样使坏算什么呀！”

乌尚义说：“就是，他也不留个后路，省市两家报业，低头不见抬头见的，日后有事碰到我们快报手里，看他怎么办！”

“我知道你这是气话，你搞我，我搞你，还做不做正事了？我的想法是，你们给阅评组写个情况说明，同时做个检讨。检讨主要是表明态度，既要深刻，也要留个后话，因为事情还没有最后定论。”蒋社长老练且耐心说。

乌尚义听了蒋社长的指示，明白了，当前要做的事，是让省宣的领导们，看到快报的认错与低头。

可乌尚义心里还是七上八下的，如果检讨能过关，这种不涉及重大时政的情感之事，说过去就过去了。可是万一呢？万一……他不敢往下想，他更不清楚事情会向哪个方向发酵。怎么收场？谁来兜底？会不会影响自己的进步？这是乌尚义心里不断翻腾的问题。

13

苏同静下来时，很后悔事发当晚没给季青打电话，如果拿她当闺密，认认真真说明情况，并请她出面，关注一下此事，会不会是另一种结果？有可能，也不一定。可是因为自己的一时犹豫，自己对季青的不亲近，却让一个机会溜走了……

苏同从新闻大专班毕业后，考取了中文系插班生，与季青成了同学。季青是应届生，年龄要比苏同小好几岁。虽然住在桂园五舍二楼门对门，因为年龄的差异，平时并没有多少交集。只是，插班生们都在社会上摸爬滚打过，有过工作经历，也多少有点积蓄，穿着打扮一般要更时髦一些。周末舞会时，应届生们会敲开苏同的寝室，借条裙子或借件风衣之类的，想在舞会上出彩一些。季青也向苏同借过衣服，那是一条背带裙。她在《赤水报》做见习美编时，有一次外贸公司在大街上搞外贸服装转内销活动，她一见就喜欢，孔雀蓝，粗棉材质，春秋时搭在衬衣外面，很能提升女生的气质。季青红着脸向苏同借那条裙子时，苏同一点没有犹豫。苏同对季青在校时的记忆还不止这一点，很多个夜晚，宿舍准时熄灯后，季青还抱着一本书在走廊上读。那昏黄幽暗的灯光，高高地无力地照着一个单薄的小姑娘。

苏同收回记忆，从书柜里找出几年前的采访本，她搜索着季青。毕业后的季青，依然不胖，只是圆润了一些，晚报在江北市中心，她的衣品装扮也因此有了都市女子的气息。虽在一座城市，见面的机会并不多。同学圈子也分亲疏，年龄的差别是存在的。偶有同学邀约相聚，也是你出席了，她没去；她去了，你又有别的事脱不开身。

苏同对照着过去的季青，手中的笔，在洁白的纸上游动，她要画出想象中的季青，可是季青怎么成了王俞？

苏同自己都很奇怪，王俞竟成了一个飞虫，不停地在眼前晃来晃去。她在另一页纸上用线条勾出一个半圆形，又在半圆线中间点出一个圆。这是一个女人的孕肚。是王俞的？也不是。苏同很少画头像之外的局部。

苏同的手机响了。她看了一眼，是卢老师打来的。她莫名兴奋，慌张地点开了通话键。“卢老师！”苏同低低的语音，满是绵绵的期待。

“苏同，你还好吗？”久违的熟悉的磁性男中音从远处飘来，顷刻间将她从各种杂乱的思绪中拉了出来。

回答了一些无关紧要的问题后，苏同又被问到了报社的一些基本情况。苏同玩笑了一句：“卢老师是不是要来我们报社挑大梁？”

卢老师“嘿嘿”一笑，没否定也没肯定。

卢老师问：“你怎么不来沙州采访呢？我们这里可是新闻报道的富矿。”

“比起新闻报道，我更想去看……”苏同笑着欲言又止。

“还是那个数学傻瓜。”

卢老师现在是沙州市政府代理市长。在苏同成为赤水报社一名见习美编之后的第二年，年轻的卢老师作为重用知识分子政策的受益者，被调到赤水县委办，成了县委书记的秘书。

苏同一直喜欢叫他老师，卢老师也很受用。卢老师是不会知道苏同这两天的麻烦与苦恼的。如果此刻卢老师在她面前，她会怎么样呢？

末了，卢老师说：“昨天，翁小明给我打过电话。”

“哦，他有事找你？”

“也没有，他问了一下我们沙州纱厂旧址改造的事。你知道，我来政府之前，一直在宣传部工作，沙州是我国重要的轻工业城市，老书记调走之前，我们准备将纱厂旧址改建成沙州轻工业文化园。现在还在论证之中。”苏同没问论证什么。如果问了，卢老师会误解，误解她与翁小明一样，关心着卢老师手中的权力。

“有合适的机会，我会考虑翁小明的。”

苏同放松的心境，像被人用绳索勒了一下，紧缩起来。她一时语塞，不知怎样接话才好。

“翁小明的公司专业级别很高，他只想做地下基础部分，机会是有的。”

卢老师不想在翁小明这个话题上过多停留，于是转移话题道：“说说你吧，副处好多年了，怎么不努力一下？别成老副（妇）了。”

苏同给出一个卢老师看不到的苦笑：“对我来说，副处都勉为其难，哪有能力想别的。”

“既然吃上了这碗饭，还是要向上走，趁你还年轻。不是有句老话，叫作求上得中，求中得下。你不求，就会得而复失。”

苏同听懂了卢老师的意思，能说什么呢？好的是电话那端有敲门声，他们的通话结束。

苏同的笔下显现出一双忧郁的大眼睛。

14

检讨书是于大桥起草的。

只有于大桥亲自操刀，乌尚义才能放心。因为于大桥作为常务副总，在乌尚义任上，这样的揽责，已经干过两票了。

检讨书送到大报总编室，请主任过目，并提修改意见；之后再送党办，又重复一回。党办主任更加谨慎一些，对于大桥说：“这么重要的事，最好请蒋社长把关，以防万无一失。”

一切都在未卜之中。

垃圾填埋场这个线索也是从读者热线来的。丁钢找到报料人。原来报料人在填埋场边上买了一套商品房，正准备装修时，听附近的土著居民说，靠山坡那一块，过去是垃圾填埋场，几十年了。几年前，一家本埠房地产开发商低价买下了这块地，用绿植养了几年，又用绿色仿真塑料覆盖、装扮了几年，现在建了小高层楼房。丁钢第一篇稿子，只是写了个《读者来电》，他打算采访相关部门，不带观点，为读者解惑。

去了市环保局，到了土地监测站，这里的负责人都是认真接待，如实相告，无需隐瞒，他们手里握着的数据报告清清楚楚。但反应强烈的却是规划局，审批权在这儿。

丁钢跑了几个部门后，觉出了问题的复杂性，需要专家来解答。他带着数据，来到江中科技大学，找到环保专业的教授，教授用红笔在化学、物理、生物、放射性等数据下画上杠杠，打上问号。教授慎重地说："这份数据如果准确，也只能代表取样时的状态。问题存在不存在，或者说，对居民居住有没有影响，真不好说，需要彻底调查评估，用真实的数据说话。"

丁钢听出了教授的意思，只要每个环节到位，是可以还读者真相的。他心里还在盘算，这一组报道出来，说不定能引起高层对环保安全的重视，获个"月度好稿"没问题。一条月度好稿的稿费相当于一条极品"黄鹤楼"的价格。对于嗜烟如命的人来说，这个稿费还是具有吸引力的。

《读者来电》这条消息见报后，报料方代表的购房人翘首以待。而职能部门的人却坐不住了，立马就有人来交涉，来说情。于大桥接到市环保局副局长的电话，大意是：从环保局出去的数据不会有错，但无论对错，人家开发商房子都卖出去了。如果按快报消息中提到的，重新做核查，难度太大，比如，空气是会飘的，水是要流的，也就是说，数据也是动态的。

"能怎么办？哑巴吃黄连。如果事情搞大了，激起民愤，这事跟环保系统也是脱不了干系。"

于大桥对丁钢说到环保局的担忧，丁钢没有过多理会，他说环保局又没问题，他们怕什么？还是要按他自己的采访思路执行。

乌尚义让赵晶晶通知丁钢跟自己联系。

丁钢正在查地质检验站的电话，接到赵晶晶来电，没有怠慢，立马跑到乌总办公室。乌总没有平日的客气，断然地说："你手上的稿子暂停。"乌尚义和于大桥不一样，他没有讲为什么不能发稿。丁钢愣了片刻，拉着调子说："这可是关乎老百姓生命安全的大事，也是回应政府对环保健康理念的关切。"

"你说的没错，做的也没错，但你是快报人，你还要想想快报的生存与发展。"乌尚义不想跟他废话，提着包走掉。

没将话说完的丁钢心里窝着怒火，但又不知道从哪里发泄。

他在办公室外四处溜达，进了活动策划部，看见何颖在她的玻璃房里，正跟一个中年男人边说边用手比划。这个男人，丁钢看着面熟。男人一时坐下，一时站立，情绪很不稳定。丁钢的感觉是，这两人沟通不畅。何颖的沟通能力可是顶级的，这个男人，会让她遇到麻烦吗？丁钢有了管闲事的冲动。

他敲了敲玻璃门。何颖朝丁钢看了一眼，回头对男人说：“有人通知我去开会了。这样好不好？等王俞的事水落石出后，我们再来商量下一步怎么搞。”

男人拎起桌上的皮包悻悻地拉开玻璃门，与丁钢擦身而过。

丁钢说：“这人好面熟。”

“小太阳乳品公司的。”何颖回答。

“对，我记起来了，那天在决赛现场，他坐在评委席上。怎么了，他不高兴？”丁钢追问。

“还不是那鬼事，想要孕妈决赛继续进行呗。”

“不过也是。人家对我们快报寄予了太大希望。”

“谁说不是呢？坏就坏在王俞这个狐狸精，一颗老鼠屎坏了一锅粥。还有，那帮举横幅的人也他妈操蛋。”何颖爆了句粗口。丁钢咧开嘴，露出参差不齐的黄牙，笑道：“人人都有烦心事哟！没想到，我们的美女也会骂人。”

“别幸灾乐祸好不好？对了，丁钢同志，你这几天忙不忙？不忙，就把这个事再捡起来弄一下。”

“我也有此意。那天，我跟举横幅的人聊天时，他们很贼，只想出王俞的丑，却一点都不想暴露男方的身份。可是，想找到那个男人，也不是什么太难的事。”

“我就晓得你能行！”何颖送上了一句赞美。

丁钢一边用烟头轻轻敲着桌面，一边问何颖：“你想想，你们的报名登记环节有没有问题？王俞不是傻妞，她怎么可能光天化日之下，以一个单亲母亲的身份公开去炫耀？”

何颖愣了愣，用手指着丁钢：“你是不是搞清楚了？”

“还没有完全搞清楚男方的真实身份，但可以肯定的是，他是个有社会地位的人，并不是什么上市公司的高管或者私营老板。”

“臭男人都一个德性，关键的时候躲得人影都没了。”

“你是男人也一样。”丁钢笑道。

丁钢请了几天公休假，在 QQ 群里公告：药渣熬不出水来了，休假几日，再大的活儿也不接。

丁钢的名字听着响亮，但身体却像个瘦猴似的，他与省报另两个皮包骨般的男人，合称为本单位的三大“药渣”。

乌总求之不得，放他几天假，环保局的事正好冷下来。宋兴的脸上挂着缺人手的无奈，心里却是高兴的，他巴不得丁钢永远不干才好。丁钢手上正追的几个线索，已有好几拨人来打过招呼，宋兴正不知如何着手处理才好，现在可以缓一缓了。所谓新闻报道，不就是以最快的速度报道最新发生的事吗？新鲜劲儿热乎劲儿一过，便像隔夜饭菜，没有味道了。善忘是人的本性，何况，每天要发生多少事呀！

15

周五的下午，对苏同来说，会轻松一些。

快报周六周日两天减版，一般情况下只有八个版，两个副刊夹在六个新闻或者广告版里。她不需要值夜班。

如果翁小明出差或者翁子要补课，苏同就会自动补位，到松园租住地。

中午，她就泡好了莲子、薏米、绿豆，还有百合。

潮热的天气，最应该的是食补去湿。苏同从跑中医的记者那里获知，现在最适合的去湿汤配方是红豆、薏米、茯苓、莲子，等等。茯苓不知是啥玩意儿，缺它也不是不行。苏同还自作主张，将红豆改成绿豆。

下班后，苏同将泡好的莲子和它的伙伴们一起放进电饭煲里。一个小时后，电饭煲跳了闸，好了。这时，她给翁小明打电话，问他能不能先回报社接自己一下。翁小明说："正好，在江南，等我把事情办完就回家一趟。"苏同问："晚饭呢？回家吃吗？"

翁小明说不回来吃。翁小明说话发短信，都是这种简约方式，苏同想到多年前去邮局发电报，也是这样惜字如金。对翁小明，她曾经是有很强烈的期待的，比如说，出差临别时，给自己一个拥抱，一些特定节日里，说点好听的话，或者带一束鲜花回家。但她的这些愿望在日积月累中渐渐淡化，没了踪迹。

曾经，报业大楼没有盖好之前，快报编辑部借用的是印刷厂一个废弃的车间，几个总编辑窝在一个小办公室里办公。那时还没普及手机，每个人办公桌上都有一部电话，只要铃声一响，抓起听筒，几句对话下来，其他人就都能明白握着电话的人正在与谁讲话。于大桥一旦不耐烦地说"好了好了"或者"就这就这"，不用猜，电话那端的人一定是他的老婆。苏同有一次在酒桌上，喝高了点，有些兴奋，不知怎的扯到办公室故事，便绘声绘色地学于大桥接老婆电话，学副老总袁大头躬着腰、埋着头数着抽屉里私房钱的样子。没有编造，也没伤害，兴致之中的同伴们笑得直不起腰。

没有情趣交流的夫妻生活，可能这才是常态吧？

苏同对闺密林音感慨过，如果是相爱的两个人，一定不要结婚，一定不要长久待在一起，婚姻生活是一面照妖镜，会毁掉所有的美好。

林音接得更绝，不相爱的两个人结合了，就是将两个不相干的人活生生变成仇人。

莲子汤放在电扇边吹着，苏同从冰箱急冻室里拿出一块炕饼，放进微波炉转。妹妹苏意与她有着同一个口味，都喜欢赤水的炕饼，隔些日子便会给她带些过来。一分钟，芝麻裹着猪肉肉末的混合香味一下子弥漫开来，晚餐对苏同而言，就像小学生完成作业，无需那么认真。养生专家教导的是晚餐要吃少，美女同事们的实战经验是不进食，这些言传身教已经深深地影响了她；但这久违的香味，一下子勾出了她胃里的馋虫，饥饿，现在是她的第一感。

翁小明恰恰这时候来了电话。还没等翁小明开口，她先问："你到了？这么快？你吃了没？"他却说他不能来接她去松园了，他还要陪客户，可能会很晚。

她想问很晚是多晚，却没问出口。"知道了。"苏同就先挂断了电话。

苏同不问翁小明的客户是谁，同学是谁，朋友是谁。问了，翁小明都不会有明确的答复，他只会支支吾吾。

苏同三口两口吃完了炕饼，喝了一杯凉茶，将莲子汤用一个大个儿饭盒装好，拧紧盖子，放进一个塑料袋里。她洗了把脸，用手抓了抓头发，捋顺了些，出了门。

从电梯里出来，她想，是去拦出租车，还是给司机小李打个电话？算了，坐公交车吧！感受一下老百姓的出行，也未尝不是件有意思的事。

从大院后门出来，走到柳树街，路过文联大门。每次经过这里，她都会想起，自己当初毕业时，被这里的一家杂志相中做美编。如果选了杂志，就会落户到这个大院了。人在做选择的时候，不知道是什么让自己要这个，放弃那个。多少年来，所有的人都在羡慕她的职业，还做到了中层，分到了福利房，而且是处级待遇的大面积福利房，薪水也是一个杂志美编不可比肩的。她自己有时也会这么想，真的是幸运。

712 路公交车有好几辆歇在路边，最靠前的车门开着，苏同上去找了个靠窗的座位坐下。

司机坐进驾驶室后，粗声大气向车里的乘客喊道："买票呀，没买的请自觉呀！"苏同被司机一喊，意识到自己没投币，脸红耳赤。她从钱包里找零钱，没有，又到包里去摸，还是没有，只好将一张十元的纸币丢进钱箱里。司机见了，说："你就站在这里等找钱吧。"

苏同不想站在车门口，她回到座位上。

车在黄泥路上走走停停，路窄人多，路口没有红绿灯，过马路没有斑马线，却是司机们练骂功的好地方。出了路口，进入高架桥，车速才快了些。夏天的夜色来得迟，能看见长江二桥了，渐渐西沉的落日余晖，为斜拉的铁索涂上浓厚的底色。车在二桥上跑，桥下的水势大，风一吹，波浪层层叠叠递进，无声地戏谑两岸。

每次从长江一桥、二桥上路过，苏同都会朝长江远处眺望。远处可见的都是天际线，没有江心洲，如果能看到江心洲就好了，江心洲上有漫天的芦花，有芦花的地方，就离赤水不远了。赤水依偎着长江，苏同仿佛会看到当年的自己，在江堤上跑步的自己，以及一众茁壮的少年。

卢老师高喊："向着江城前进！"

少年男女气壮如牛地跟着喊道："向着江城前进！"

自己就这样跑来了。

苏同记得过去每次坐长途汽车来江城，都会晕车，都要吐得昏天暗地。那年来江都大学参加成人校考，也是一路吐，临考时，准考证都不知道放在哪里了，那个急呀，就像每次做数学考试的噩梦一样，恨不得揪下自己的脑袋。

回到赤水后，她将经历讲给卢老师听。卢老师在三楼的县委办公室，一边整理文件，一边笑她："不是有船吗？你怎么不坐船去？"

后来，苏同就坐船往返于江城和赤水之间。

这是一艘不大的客运船，名字叫"十堰"号。没有座位，只有通铺，上船后买票，可以自己找个铺位休息。活动的空间是两侧的夹板以及船前船尾的小小空间。

与翁小明的邂逅，恰恰是在这艘轰隆隆的"十堰"号上，有点戏剧性。

苏同"前进"到了江城，也就落了脚，落了脚后没有打算挪窝，估计也没有力气也不可能再往更远的地方奔了。

停靠在江城二十年，苏同不会说江城话，赤水普通话一出口，是只耳朵都能分辨出她的来处。

公交下了二桥，拐了几道弯，江北的色彩缤纷一下子就跳了出来，招展着与江南的不同，分明是两个世界。快到中山公园站了，苏同起身向车后门走，司机盯了她一眼，又喊了一嗓子："前面有零钱。"苏同不想要，懒得歪歪倒倒地在车厢里走，径直下了车。

肩上背着包，手里拎着莲子汤，有点沉，汤水在不锈钢桶里荡漾，苏同身上汗淋淋的。马路对面依次是展览馆、国际广场、世贸大厦，户外各种广告里，走出来的俊男靓女，不是拎着限量版包包，就是晃着大牌手表，这是有钱人出入的世界。赤水走来的苏同，一般在打折季来这里逛逛，有几次还是被何颖拉来的。苏翁子在外校边租住后，在陪伴她的空隙里，苏同也偶尔进去看看。

而松园路这边，却是真实的江城百姓生活。路边摊上各种味道争先恐后喷发出来，烤串的，卤串的，糖炒板栗的，烤红苕的，应有尽有。各式各样的服装店、鞋店、眼镜店、书店、性用品店，囊括了居家生活的所需。有二十世纪六十年代初诞生的江城外校加持，这里寸土寸金，新楼盘已炒到四万多一平。苏翁子租住的步梯房在五楼，是老旧的两室一厅，月租金要三千六百元，还须半年一付。

老天爷哪有公平可言。如果你在这条街上有个小小的门面房，或者附近有个一居室二居室，就可以几代人不用干活，不用拼命读书，不用挤破脑壳去竞争什么岗位了。

苏同边爬楼梯，边想着与自己不相干的事儿，到了三楼，她已经气喘吁吁，必须歇一下了。

这时，林音来了电话。苏同接通后说："我正在爬楼梯，到屋后打给你。"

开门，客厅里一片狼藉，脸盆、碗筷全堆在椅子、桌子上，地上随处可见一团团纸球。苏同顾不得收拾，坐定，就给林音拨电话。

电话通了，林音没出声儿。半天，苏同以为手机出了毛病，"喂喂喂"一连声地喂，林音才哽咽着说："苏同，我离了！"

苏同没反应过来，问："你说什么呀？"

"真的，我今天回了一趟阳桃，跟老马办了手续。"

苏同不知说什么好，沉默了一会儿问："你现在在哪里？"

"在公司。"

"我明天去找你。"

"不用，没事的，我只是好难过。"

苏同不想做事了，林音的离婚让她心寒。一桩不可能的事，就这样发生了。

苏同和林音是江都大学新闻大专班的同学，一个寝室朝夕相处两年，难得地投缘。寝室里四个人，苏同和林音成了最说得来的密友。林音性子柔和，对人对事都很随性，对苏同，更是包容她的所有坏习性。上学之初，林音才新婚不久。周末，为了听讲座，她就不回阳桃。那时候的讲座，真的是令人耳目一新。老马就来学校找她。有时候，林音会到男生宿舍去给老马找个空铺；有时候，苏同和同宿舍的许月、会会就各找出路，到别的女生宿舍去挤一挤，给他们留下空间。所以，同寝室的人都熟悉老马。在熄灯后的卧谈会上，许月说，我们四个人，如果将来有一个离婚，一定是苏同，最不会离的是林音。那时候，追苏同的男生有几个，同班的，研究生院的。卢老师也来宿舍找过她几回。林音问苏同："你的卢老师好像电影《人生》的男主角，他是不是喜欢你？"苏同极力否认："他是我的老师，怎么可能？"林音就说："我觉得秦教授的研究生，那个叫罗津的小伙子对你好像有意思，他更适合你。"

秦教授上的是现代文学课，他讲沈从文，讲郁达夫，关于郁达夫的精神苦闷与文学创作，他还专门开过一次讲座。罗津一直在秦教授身边做助手。

可是，偏偏是林音第一个离了。

苏同越想越觉得不舒服，除了热，还有闷。她看了手表一眼，快到苏翁子晚自习放学时间了，她决定下楼，去校门口接翁子。

16

苏同在学校门口踱来踱去。这个时候，在门口等学生的家长没有平日多。毕业班高考后，上晚自习的学生就减掉了三分之一；国际班的同学以攻雅思为主，课程有的放矢，没有多少高考压力，晚自习可上可不上；所剩下的就是苏翁子这拨人，各种加强与补习，让学生和家长都忘了还有暑期这一说。

苏翁子和两个同学有说有笑地走出校门，一个是女生，另一个是男生。男生个子瘦高，高出一左一右两个女生一个头。

苏同怕苏翁子看到自己会尴尬，也怕她的同学不好意思，赶紧闪到一棵电线杆后。苏翁子窝着胸从她身后往前走去。

苏同落在苏翁子三人后面，保持着翁子即便掉头也很难一眼看得到自己的距离。进入铁栅门，翁子和同学挥手拜拜，苏同就小跑几步，追上了女儿。

苏翁子见到苏同，一点不吃惊，直接问："屋里有吃的吗？"

"有莲子汤，你还想吃什么，我去给你买，汉堡包还是烤红苕？"

“算了，我想起来了，翁小明中午过来做饭，煎的饺子，没吃完，放在冰箱里了，放到微波炉转一转就行。”

爬到四楼时，苏同的腿发软，她抓着苏翁子的双肩包掉下来的带子，借助着翁子的力量往五楼上爬。

苏翁子回到自己的房间，便趴在书桌上开始做题。苏同将一碗莲子汤放在台灯下，说：“喝了早点睡。”

苏翁子问：“饺子转了没？”

苏同“哦”了一声：“忘了。”

苏翁子说：“算了，我也要减减肥。”

苏同撇了撇嘴：“你还用减肥？浑身上下干巴巴的。不要忘了刷牙。”

“你见到我，就是这样唠叨，一点都不像女老总。”

“女老总是什么样？”

“反正不是你这样。”翁子起身将门关上，苏同被挡在了门外。

临睡前，苏翁子将一道没解开的立体几何题，摊开放在桌面上。这是今天晚上数学加强课的延伸题，有关线线、线面、面面关系的转化，苏翁子解了两次，反推后，还是还不了原。必须等翁小明来帮忙。

租住松园以来，翁小明陪伴翁子的时间要远比苏同多。翁小明上班的公司在硚武路，离长江边的码头和全国有名的小商品街都不远，他从单位骑车到租住地，只需一刻钟。翁小明手上没什么事的时候，就到公司对面一家证券营业厅去，中午再骑车过来给翁子做午餐。午饭后，他再回营业厅。他有个师傅姓雷，常坐这里的大户室。大户室给大户们应配尽配，翁小明就跟着雷师傅一点一滴学，不仅认识了各种颜色的线条，还知道了什么是买点，什么是卖点。雷师傅告诉他，炒一只股票，与公司的基本面关系不大，但还是要了解一些，特别是它们的股权构成。雷师傅过去在上海证券交易所穿过红马甲，有一些人脉资源，多多少少能获得些内部信息，比如什么公司要收购谁，什么公司有可能重组，他瞅准时机抢在停牌之前冲进去，有过收获，也有徒劳无功的时候。无论如何，对翁小明来说，这种希望，多少刺激着平静无为的日子。

下午三点，股市收盘，翁小明再去单位晃晃，或者去工地上转转。他接的工程项目不多，但关系好能干的同事手里的事忙不过来时，就请翁小明去做做监理，特别是杨豪。杨豪很精明。翁小明是他的校友，高他十届，专业是机械制造，与汽车设计相关，却拿到了建造师证书。没有下一番苦功，这个证书是很难考过的。可想而知，翁小明的过人之处是会学习，做事认真。当然，还有一点是翁小明的夫人，人家是《江风快报》的副老总。快报可是全省发行量最大的纸媒，特别是在批评报道方面，舆论监督的功能相当于纪委，坊间还流传着“防火防盗防快报”的说法，但凡报纸上一有风吹草动，就有相应的管理部门找上门来。对于他们做工程的人来讲，在快报上出现，都不会是什么好事。所以这种资源是求都求不来的。杨豪有活儿时，最先想到的就是翁小明，当然是装着求他帮忙的样子，不让翁小明看出他心中的小九九。

翁小明在松园陪着翁子，其实与翁子见面的时间并不多，因为他晚上的应酬不少，一有应酬，回来的时间就很晚。于是，翁小明对苏翁子说：“难题做不出来就不要硬做，你放在桌上，我来帮你看。你早点睡觉，比耗在题上重要得多。”

苏翁子觉得这样也好。

早上醒来，翁小明还在酣睡中，翁子不想打扰他。她洗脸刷牙之前的第一件事就是看桌上的难题解开了没有。在一叠稿笺本上，翁小明将难题全都推算出来了，他明白翁子的卡壳点，就用红笔做上加注，说明为什么要这样解。

翁小明一个步骤一个步骤解题，翁子茅塞顿开。翁子接受并习惯了这种方式，翁小明好像重回自己的高中时代。翁小明还将这些难题一一整理好，放在桌角上，要求翁子有时间的话，可以翻着看看，一是加强记忆，二是有启发作用。

不经意间，苏翁子还给了这个中年男人遗失了太久的自信与得意。沉默的穷小子，在解题中的种种快乐，只有他自己最懂。

翁子好几次对苏同说：“妈，你选择跟翁小明结婚，真有远见。要不然，我的数理化补习费不知道要花你多少冤枉钱。我同学的家长中，没有谁能给他们解题了。”

“不然呢？”苏同问翁子，也是在问自己。

苏翁子说一次，苏同就暗自庆幸一次，是对自己择偶的庆幸？还是为自己的缺陷有人弥补而庆幸？也许两方面都有。无论如何，翁小明是独一无二的。

翁子已经睡下。苏同坐在床上等着翁小明回来。她从随身包里拿出采访本，写上日期，之后，勾出脸颊上多出几颗斑点的苏翁子。从脸上的斑点，她想到刚刚看到的翁子窝着胸的样子，苏同不能不担忧。何颖说“女人的形象永远要走在能力的前面”，的确是金句。一个女孩子在优秀、能干与出色之外，颜值应该是顶配。

空调转动着的噪声比冒出的冷气要厉害得多。

手机上显示的时间是二十三点五十八分，客厅门锁才发出了转动的声音，翁小明回来了。

他轻手轻脚拉开灯，脱掉T恤，进了卧室，见苏同坐在床头勾勾画画，问："怎么还没睡？"

苏同"嗯"了一声。翁小明虽然光着上身，却裹进来了一股味道，呛鼻。他不抽烟不喝酒，那味却混合着烟酒，还有一些别的什么。

翁小明拿过要换洗的衣服，去了卫生间。

苏同放好采访本，躺下，想着翁小明老是深更半夜回来，苏翁子一个人在屋里，多不安全呀。他在外面干什么？和什么人在一起？

那年与翁小明一同考上大学的另五位同学，被老师们称为"六骄子"，除了周连回到一中当了老师，其他都分配在江城工作，但彼此没有多少来往。翁小明和他的大学同学也是如此。苏同与翁小明结婚后好长一段时间里，都没有见过他的同学们。直至苏同被提拔为文化部副主任，家从民工房望乡村搬进两室一厅，而后又搬进了三室一厅，翁小明的同学才三三两两出现在苏同的视线里。周连有一年来省考试院参加培训，到翁小明家来玩，看着宽阔的客厅，对苏同开玩笑说："你一手摸了四个'赖子'，房子，孩子，位子，还有票子，翁小明这是什么福气呀？"

翁小明的高中同学来家聚会的次数多了些，尤其是一些体育赛事和足球世界杯期间，他们不约而同来家集体观看。苏同很高兴给他们买来啤酒、花生米、鸡腿。她清楚，能和翁小明一起欣赏竞技体育的同学好友，相聚的是情怀，是梦想，没有利益上的牵扯，不会夜夜笙歌、推杯换盏、没完没了。那么是什么人能成为翁小明的同流呢？杨豪？地勘院改组成为有限公司后，翁小明过去的领导大都退了，李副院长成了李副总经理。还有谁？她想不出来。她压根儿不认识翁小明的其他同事，更别说他的客户。

翁小明洗完澡后，用毛巾擦着头发上的水珠，轻轻来到了苏翁子的房间。翁子已睡熟。他摁亮桌上的台灯，将光口压低。看着摊在桌上的作业本，翁小明集中注意力，很快进入到他的少年时光……

苏同醒来时，翁小明正蹲在马桶上看手机。翁子不在房间里。苏同问翁小明："翁子呢？"

"她买早点去了。"翁小明头也不抬地应答。

"还不错哈！你怎么那么晚才回来？"

“我不是跟你说了吗？有一个工程项目在谈，吃过饭就很晚了，后来去了歌厅。之后，又把那个老板送回去。”

“我不过来，翁子一个人在屋里，你放心？楼梯道口，灯光昏暗，楼上楼下，也不知住的什么人，一个女孩子…… ”

“那你平时多过来陪陪她呀。”

翁小明明明知道她平日白班夜班连着上，没有时间过来，却偏要这么将她的军，怼得她无话可说。

苏翁子拎着一提溜豆腐脑、生煎牛肉包和两份热干面，“咚咚咚”，用脚踢着房门。

苏同跑去开门，接过苏翁子手上的东西：“不错不错，有进步，还能干活了。”

苏翁子夸张地用左手捏着鼻子：“哎呀，真臭！”她拿起一本杂志扇着眼前的空气。

翁小明趿着人字拖从卫生间里一瘸一拐出来，瞅见翁子嫌弃他的样子，不恼，反而咧着嘴笑。

她将一碗热干面递给翁小明说：“欧阳今天过生日，我们几个同学约好，一起到谷巷那边。你送送我呗？”

翁小明在苏翁子面前，那是无条件的服从，他连忙应了一声。

苏同想，正好，今天可以不用管这父女俩的吃喝，放心去陪陪林音。

苏翁子将一碗豆腐脑喝得干干净净，热干面却只吃了一小半。每次都闹得水响，搞不了几口就饱了。再怎么要她多吃点，都不行。她回到床上，平躺着，手里翻着魔方。

翁小明拌着热干面，对苏翁子道：“刚吃完，别躺。”又说，“昨晚给你改的题，你看了没有？你仔细琢磨一下，看起来你对几何的…… ”

苏翁子赶忙打断他的话：“哎呀！你让我暂时忘掉那些题，好不好？”

翁小明立马闭上嘴巴，专心吃面。

苏同对翁小明说：“我不跟你们回去了。”翁小明也不问她为何不回，还是继续不抬眼地扒拉着碗里的面。

送走父女俩，苏同开始收拾房间。

她将他们昨天换下来的衣裤放进洗衣机。她掏翁小明裤子口袋时，什么都没有发现，简直是寸草不生，如同古代的防敌战术“坚壁清野”。苏同原本想，他昨晚那么晚回来，总可以在他的衣服上找点蛛丝马迹，翁小明却让她什么也抓不着。

洗衣机在轰隆隆地转，苏同拖着地板。何颖打来电话，问苏同："在哪儿？告诉你一个好消息，你想不想听？"

"你还卖关子？快说！"

"丁钢找到王俞孩子的爸了。"

"是吗？真是好消息。"

"是个有官职的，丁钢说这个男人也很可怜。"

"可怜？他还可怜？"

"他求丁钢就此打住，不要再做文章了。"

"问题是我们怎么办？还要背黑锅？还要继续写检讨？……对了，丁钢是怎么找到这个人的？"

"这个，他没有跟我说，我还没来得及问。我想，他有的是办法。"

17

林音在地铁口等苏同。她见到苏同，便将其紧紧抱住，肩膀剧烈地抖动着。苏同知道她在哽咽，强忍悲声地哭泣。苏同的眼泪也禁不住在眼眶里打起了转，她用力拥着林音，用手背揩着漫出的泪水，不管路人对她俩如何侧目。

苏同和林音并肩朝着银西湖方向走，两人没说话，也不知怎么开口。苏同见林音气息平稳了些，带着一点责怪的口吻问："怎么还是做出了这样的决定？"

去年年底，林音就跟老马在冷战了。一个寒风凛冽的夜晚，苏同和翁小明专程来到银西湖畔，因为林音病了，做了个妇科方面的小手术。她给苏同发了个短信，告诉苏同这事，本来只是说说而已，她知道苏同忙，压根儿没有想要她过来陪自己的意思。但苏同却是万分惦记。那些天出奇的冷，苏同不敢想象，林音一个人躺在公司尚未装修好的样板房里，身边连个端茶递水的人都没有。可是，自己的工作件件黏手，实在走不开。

三年前，林音不声不响地从阳桃有线电视台辞职，她不仅辞去了总编辑职务，连职业也不要了。这样的决绝，让苏同惊呆了。阳桃是地级市，林音从广播电台播音员做起，成为有线电视台的总编，是花了多年时间与心血的。看到苏同气急败坏的神情，林音却笑道："如果我告诉你，我在选拔副市长的考试中交的是白卷，你该不会气出人命吧？”

苏同说：“你拒绝当市长，在我意料之内，而且我举双手赞成。因为我们都不是吃这碗饭的人。但辞掉自己苦心经营了二十多年的专业，我不仅吃惊，而且愤怒。”

林音说自己辞去总编，其实是被一个女同事挤掉的。女同事平时还是她的好朋友，家里的大事小事，都有女同事的身影。林音压根儿没想到，人家觊觎的是她的岗位，当然目标还不仅仅是总编辑。广电局全员竞岗尚未开始，女同事便有系列操作，是林音无法想象的丑陋。

林音一不做二不休，放弃了所有。

林音很快被一位朋友召唤到木森房地产公司做宣传策划总监。木森公司在江城刚刚开疆拓土，困难比机遇还多。林音住样板房之前，在办公室里放有一张行军床。有时候，她会转几道公交车来苏同这里，只是为了洗头洗澡。

“老婆手术，老公呢？老公是干什么的？不行，应该叫老马来一趟！”苏同便给老马打电话。

老马对苏同一向不敢怠慢。当年的腾房之恩，他不会忘，也不好意思忘。但根本的原因是，他对苏同有着妹妹般的喜欢。

老马是个收藏迷，苏同出差在外，都会给他寄一张明信片，还会在明信片上用钢笔画上当地最具特色的景物。

老马对苏同提过要求：“读者来信的信封，你全给我收着！”

苏同在电话里恶狠狠地对老马说：“你老婆都病成那样了，怎么不见你的影子？你要不来，小心我跟你翻脸！信封呀，明信片呀，你想都别想了。”

老马相当委屈，慢悠悠地说：“她生病了又没告诉我，我怎么知道？”

苏同说：“你现在知道了不是？马上，立刻，来银西湖！”

苏同的命令还是有效的。可老马来是来了，来了后对林音不冷不热，不理不睬。用林音的话说，“来了个泥菩萨”。

那天晚上，苏同在所有的清样上签上自己的名字后，让翁小明开车来到林音的住处。

什么叫天寒地冻？这是在有暖气的办公室里无法体验到的。苏同、翁小明在那个尚未铺上地板的样板屋里，坐不是，站也不是。坐下来屁股冷，站着脚会麻。只好在林音的床边不停走动，这样才能让身体里的血液保持流畅。林音偎在用木板搭起的床上。老马不说话，也在不停地跺脚。

夜已很深，走时，苏同还不忘叮嘱老马："你要多陪几天哦。"

返回江南的路上，翁小明突然问："他俩怎么了？老马的情绪不对头。"

苏同忍了一会儿说："好日子过烦了呗！"

翁小明叹了口气说："怎么闹成这样？对一单影响不好。"一单是林音与老马的女儿，在一所民办大学读书。

林音说："我昨天从阳桃民政局出来，见到熟人都想抱一下。我就不明白，我那么努力，工作、家务、孩子，是想把日子过好过周全，可过着过着，怎么就过成了这么个鬼样子？"

"谁知道呢？"苏同岔开话题问，"公司低价给你的房子怎么样了？"

"你去看看吧。一楼，我总算在江城有个安身之地了。"

一条小路，七弯八拐，在新翻开的泥巴路边，有零星的花草和树苗。好几栋楼房呈"同"字样排列在眼前。苏同跟着林音往前走，上了台阶，推开一扇未上锁的门。灰色的水泥板从房顶到墙体，直愣愣地压下来。几根水泥柱立在屋子中，写意似的将房与房隔开。苏同问林音什么时候开工装修。

林音说："简单搞一下就行。"

苏同问："不要翁小明来搭把手？"

林音说："不用，我交给了一家装修公司，是我们公司的协作单位。你家翁子高考事大，我这无所谓。"

从毛坯房出来，苏同和林音往外走了好远，进了一家叫"简普赛"的餐馆。林音点了三个小菜，两个人边吃边聊。林音渐渐活跃起来，话题有了外延，不再说不开心的事。她告诉苏同："一单已经大三，木森公司老板娘给一单找了个实习单位，是家外资银行，一单开心死了。"

苏同说："你嘱咐她好好做。实习是机会，表现出色，就有可能留下来。"

"银行主管对她说，想要这份工作，必须拉五百万元的存款。"

"这么多？"

苏同去上洗手间，顺便将餐费结了。

从"简普赛"出来。苏同叮嘱林音："既然这样了，就别再想，想多了都是伤心。你接下来的事，就是装房，管好一单，再留意个英俊中年男。"

林音咧开好看的嘴唇，露出浅浅的笑纹，用她小小的拳头轻轻捶了一下苏同的肩："做梦嫁帅哥，尽想好事。"

与林音分手后，苏同不想坐公交回报社——没有直达，中间要转几条线，她还担心上错了车。像这样在陌生的路上找车的机会不多，一旦有，"江城外乡人"的标签，立马就贴在了她茫然无措的神情里。苏同招了辆出租车。司机问她去哪儿，她说去江南。司机犹豫，不太情愿的样子："跑得太远，又不晓得回江北能不能拉到人。"苏同赶紧补了一句："东湖边的报社大院。"司机都是精明人，催促道："快上！"

这是个已经不太年轻的司机。他不知道乘客是不是报社的记者，可无论如何也不敢惹，只好硬着头皮往前开。

苏同看出了司机的心态，便找他聊天。司机脸上横亘着的阴云这才慢慢散开。

何颖来了电话，问苏同在哪儿，晚上要不要安排苏翁子，不安排的话，她来组一个小饭局。

苏同故意装着很奇怪，问："有什么开心或者不开心的事？"

何颖说："聚一下，要那么多理由作甚？"

苏同想了想说："不知道苏翁子晚餐回不回来吃。她今天说是有同学过生日，中午是不回来的，我到家后落实一下告诉你。"

何颖很恳切："争取吧！"

18

苏同刚进家门，卢老师的电话就来了。

卢老师说："我来江城两天了，今天有空，想约几个朋友聚聚，你一定要来。我马上给你发地址。"

家里空荡荡的，苏翁子没有回来，翁小明不见踪影。苏同给翁子打手机，响了好一会儿才接通，乱哄哄的说笑声先于翁子的声音传来。翁子说晚饭不用管她，他们今天请到了初中班主任黄老师，黄老师说晚上请同学们去唱歌。

"数学老师也爱这一口？"

"都像你就完蛋了。"

没等苏同回一句，翁子就挂断了电话，简直是得了翁小明真传。

翁小明的手机通了后，他说他在翁小兰那儿。翁小兰是他姐，他的父母在姐姐家生活了好多年。翁小兰今天在医院值班，他就去做饭。翁小明问苏同能不能过去帮帮忙。苏同说：“今天来不了，卢老师刚来电话，他来江城出差，约了饭局。”

翁小明立马道：“你方便的时候问问他，沙州纱厂旧址改造的事。”

苏同没等翁小明多说，便挂了电话。她自言自语：“真是自讨没趣，干吗给他打电话？疯了！”

苏同在洗澡之前，给何颖发了个短信，开着玩笑告诉她，自己分身乏术，偶像老师来了，逮着不易，推掉可惜。

何颖回复：“重色轻友，理解万岁！”顺便发了个坏笑的图标。

从站在花洒下开始，卢老师便一直陪伴着苏同左右。苏同心说不雅，将林音、何颖等女色拉出来代替，但效果有限。苏同加快速度冲洗完毕，免得那双大眼睛温情地不肯游走。

苏同用毛巾裹着头发，没用电吹风吹。短发，很快自然干。

有了翁子后，苏同就将马尾辫剪了，再没留过长发。

包着头的苏同到了书房，开了书桌上的台式电风扇，微风搅动起来。

书桌靠墙的一侧，整整齐齐码着她的采访本。苏同的采访本与同事们的不一样，活页码，大开本，用的是原稿纸，比一般的白纸要厚，不挂墨。她毕业分配到报社后，第一件事就是去印刷厂，认识了装订车间的主任。苏同一次性买了两捆原稿纸，那位主任还帮着她裁剪装订成了二十本。

那位车间主任后来看到苏同发在报纸上的文配图，开玩笑说：“只要你给我画一张，以后，你有求，我必应！”车间主任现在当了厂长，有时碰上苏同，还会主动问采访本用完了没有。

熟悉的不熟悉的各色面孔活在她的活页采访本里，与许多重要的节点、重要的事情为伍，使她的每一个采访本图文并茂，既像工作笔记，也似生活日志。只要随便抽出一本，翻开任何一页，立马就会有一个旧友或者有过交集的人重新站在面前，他或者她，会讲出从前讲过的话，发出曾经的笑声和独特的气味。

头发半干了。苏同关掉电风扇，拧开钢笔，笔尖下去，却不出水。

苏同去了阳台，从一个木柜里拿出一瓶碳素墨水，这是翁小明在一条小巷里淘来的。市面上，找墨水难度大。钢笔书写日臻递减，一次性圆珠笔无处不在，曾经生产钢笔、墨水的大小厂家大都关停或转产。翁小明给她带回来的墨水比夹好的核桃仁还会令她欣慰。

永生牌钢笔吸饱了水，苏同先用笔在报纸上画了两笔，觉得不会漏水了，才在采访本上落笔。

那双云雾缠绕的大眼睛，在浓眉的掩饰下，明亮、沉静而又干净。

已经两年没有见到卢老师了。偶有电话聊天，也只是相互问问近况，或者有点小事情搭把手。

两年前，沙州市有一个选题，为了做充分，苏同跟于大桥打了声招呼，就带着一个小记者去了沙州采访。那时，卢老师已从赤水调到沙州好些年，从文化局长到宣传部长，他在仕途上走得很顺畅。卢老师知道苏同到了沙州后，请她吃了一顿饭。那天，卢老师挑了一家农家菜馆，是赤水老乡开的，一桌就一个火锅，鸡汤打底，各种从湖里捞来的鲜鱼，加上几根酸笋、几块老豆腐，“咕嘟咕嘟”地在铁锅中翻滚。卢老师给苏同盛了一碗，苏同用勺子搅动了几下，让汤凉一会儿。小记者只尝了一口汤，便直呼：“天啦，好鲜，我的舌头都要化了！”

苏同体会到了卢老师未加铺张的盛情。饭后，卢老师邀请苏同认认自己的家门。苏同便让小记者回酒店去熟悉要采访的材料，自己随卢老师往一个小区走。卢老师打电话叫了几个在沙州工作的学生，也是苏同的同学，让他们快速到自己家来喝茶打“双升”。

苏同问：“同学们与卢老师联系多？”

卢老师说：“不仅联系多，还是‘跑友’，只要有可能，我们早上都会在长江大堤上见。”

说到跑步，苏同望着卢老师笑了。苏同还忍不住小声喊道：“向江城前进！”

卢老师哈哈大笑，之后意味深长地说：“我这种激励方式只对少数人产生了效果。”

卢老师家没别人，苏同问：“师母呢？”

“援助非洲去了。医生嘛，这种机会难得。”

在同学们尚未到来之前，苏同参观了卢老师干净整齐的三室两厅。

应该是四月暮春时节，不冷不热。苏同走进卢老师的书房，第一眼看到的是，宽大的书桌上立着的相框里，镶嵌的不是个人相片，不是全家福，也不是风景画，而是自己给卢老师画的漫像。

一九八六年的卢老师多年轻呀！他身后的那些芦花，虽然被自己的笔忽略了，却时常在自己心里飞舞。她就要离开赤水，去江都大学报到了，卢老师提出陪她一天。他们各骑一辆自行车，沿着江堤，到了乌林码头，下堤后，坐小船渡过长江，进入江心洲……可是，当时江心洲满是青色的芦苇条，苏同好不遗憾。卢老师说：“寒假后，我们再来看芦花。”

相框里的漫像，是在苏同的第一个寒假里画的。那天，她和卢老师又一次骑车去了那个地方。在漫无边际的芦荡边，苏同脱下手套，从包里取出画本，给老师画下了这张漫像。

当时，她裸露了半天的右手冻红了，有些僵硬，卢老师走近，说我帮你搓搓。苏同没有递出自己的手，这让卢老师摊开的双手略显尴尬。一朵芦花飘在苏同的鼻尖上停下，卢老师轻轻吹了一口气，芦花恋恋不舍地飞走了。

苏同的脸腾地绯红，心也狂跳不已。直到现在，只要想到当时那一幕，她的心依然会颤动。

门口传来敲门声。卢老师在厨房里喊了一声：“苏同，快开门，他们来了！”

那个晚上，两副扑克混在一起玩“升级”，苏同和卢老师坐对家，但却不在状态。那漫无边际的芦花，在她眼前飘来飘去，卢老师手扶着自行车把，将铃铛摇出清脆的声响。她的小手到底是没有递给卢老师。如果递了，会发生什么？人生会有什么样的排列组合？这是她无数次的自问。

精力不集中，就会出错牌，卢老师似乎看穿了她的心事，无论她的牌出得如何离谱，他都只是笑笑，不说什么。

回到宾馆后，苏同直接躺下，一夜无眠。

一个读书写作的人，书桌比床都重要。书桌上放什么，爱书桌的人最清楚。

对于苏同而言，让她青春萌动的第一个人就是卢老师。但她却没想到，卢老师这么看重那幅漫像。

书柜最高处，那个牛皮纸档案袋里，有苏同的三个日记本，其中一本卢老师的漫像最多。侧面，局部，卢老师的鼻型并不是标准的刀砍斧切如山峰般峻挺，却有清朗的轮廓，浓密的眉毛，缱绻的眼睛，还有欲言含笑的双唇。

卢老师短信发来的地址，是在离自己家不远的河坪路。出租车司机开了几分钟就到了目的地，但进入院子后，找那栋楼，却费了很大的劲。苏同下车，找入楼门，碰上个遛狗的男子，才知道楼门在另一边，绕过花坛方到。

电梯间很小，里面还有狗尿臊味。

上了三楼，又穿过半层楼梯，苏同才看见318门牌。她走过两道简陋的房门，里面麻将声稀里哗啦，没人理会脚步声。

苏同继续往前探寻，正在与一男士聊天的卢老师看到了她，向她招招手。

苏同快步过去，那男士微笑着站起退向另一扇门。

卢老师说："你气色不怎么好，是翁小明欺负你了？这小子，他要敢，看我不收拾他！"苏同明知卢老师是在开玩笑，但心里依然有股暖意。

出去的男士又回到苏同和卢老师身边，他递给苏同一张名片。卢老师介绍道："这是建设厅的肖处，我的好朋友，我们过去是党校同学，还是同桌。"

肖处在名片上叫肖建业。

苏同站起身，递上右手："你好！肖处，幸会！"

"幸会幸会！"肖处快速伸出白净的手，轻轻握了握苏同的半个手掌，非常绅士。

坐下，苏同悄悄打量着肖处，清瘦男，眉毛和眼睛一起往上挑着，右眉峰中有一颗红痣特别打眼。

沉默了一会儿，卢老师说："这个地方一般不接待不熟悉的人，是肖处的'根据地'。"

肖处接过话头："哪里，卢市长。我平时来这儿也不多，仰望美女总编很久，有卢市长引见，所以挑了个比较有特色的地方。"肖处一口普通话很标准。

卢老师向肖处介绍苏同："她是我的学生中最有特点的。"

特点？苏同抿着嘴唇一笑，她知道卢老师的潜台词，数学不好，又不肯努力。然而卢老师却说："苏总不仅作文写得好，画漫画比作文更好！如果不是成长为一个媒体老总，我觉得她成为一个画家，名气会比现在更大！"

卢老师的溢美之词让苏同脸红。

之后，踩着节奏进来一个高挑女子。乍一看，苏同觉得面熟，仔细一想，在哪里见过？一定是见过的……对了，这不是当年周连带着来家里的小姑娘施三叶吗？好多年没见，那个黑不溜秋、细芦蒿似的姑娘，有了翻天覆地的变化。此时的施三叶着一件紧身T恤，配着牛仔短裙，动感十足，浑身上下满是青春的活力。她的肤色依然是偏黑，但有了光亮，眼睛上抬，眼神中不光有自信，还有别的让苏同说不出的内容。

卢老师仿佛看出了苏同的疑惑，说："小施现在在赤水一中工作，对了，一中改名为实验中学了。她是实验中学的音乐教师，正在师大进修。她和肖处是老乡。"

苏同望向肖处，发现肖处正看着施三叶的手指，眉峰上的红痣在跳舞似的跃动。

"肖处老家是哪里？"苏同有点无话找话。

"江汉油田。"肖处回答，"我的父母是北方人，二十世纪六十年代和全国各地的石油技术人员一样，举家迁到江汉来勘采石油。"

"小施也是江汉人？"苏同问施三叶。

施三叶支吾着，没有回应。肖处替她说了："她家是当地人，但学校里，五湖四海的人都有，都说普通话。"

"周连怎么样？还好吗？"苏同问的是施三叶。卢老师却说道："这个周连，真是的！在实验中学教物理，蛮好，却爱上了打麻将，瘾还蛮大，打起来不分昼夜，有时候连课也忘了上。现在学校停了他的教学，让他去搞后勤了。"

当年，周连带着施三叶来找苏同，说施三叶的父亲是一中食堂的师傅，小施考上了师大的成人班，是自费生。她家经济条件不好，希望苏同帮她找个打工的地方。

只有四个人的一个方桌，桌上的菜却是异常精致。无论是四个味碟，还是四个冷盘，四个热菜，还是干锅野味。肖处说："这个锅里的东西，是为两位美女专供的，放心大胆吃，补的是胶原蛋白，不是脂肪。"

肖处让服务员开了冰酒，苏同认得，原产地加拿大，属葡萄酒系列，入口像香槟，但后劲要大一些，没有葡萄酒的酸涩味。

冰酒在玻璃杯中清澈明亮，四个人都在晃动着手中的高脚杯。施三叶动作大了点，酒从杯中荡了出来。

举杯，品酒，很是随意，没有平时应酬时的闹腾与过分执着。因为是晚餐，对苏同来说，再好吃的东西，也要克制，不能贪婪。

施三叶不一样，她仗着自己身材好，随心所欲，不管不顾地吃着喝着。她举着手中的杯子，主动敬着卢老师和肖处，也敬着苏同。微醺下的施三叶，妖娆之态尽现，说话更是嗲味十足。

只有施三叶出击，过于单调，于是肖处对苏同说："我是你们《江风快报》的忠实读者。"

卢老师接过话头："大雨之后的快报，好像卖得更好了，简直是无孔不入。我们沙州市区大街小巷的报摊点都有卖。我记得，你们有个记者，好像是叫丁钢的，写江城下了一天一夜的豪雨，等于下了五个东湖，这句描述真有画面感。"

卢老师不仅记着稿件的内容，还记着记者的名字，有文化的官员就是不一样。而且，他的赞美不是大而化之的拿腔拿调，也不是放之四海皆准的套路之词，而是点评独特，又恰如其分。是的，五个东湖，画面感真是活脱脱呀。

“一家报纸能成功，自有它成功的道理。”卢老师是在提升与总结。

“那是当然。”肖处附和道。

卢老师又将话题转向苏同，重复地说苏同的中学时代。说苏同的漫画好，不当画家可惜了，当然，能成为全省最有影响媒体的总编辑也是很多人向往的，更是他这个老师的荣光。苏同的脸上热辣辣的，很不好意思：“老师提拔学生了，我不是总编辑，只是个副职。”为了阻止老师继续夸她，苏同站起身来，双手举杯，用敬酒来转移话题。

时间在不知不觉间流逝，肖处一直在殷勤地做着添酒、布菜之事。

从餐厅里出来，苏同跟卢老师走在前面。

苏同觉得两脚有点发软，看来冰酒也是酒。卢老师看了苏同一眼：“你今天没喝多少，应该没事。”

苏同道：“老师有令，学生勇往直前，没有打折扣吧？”

“哈哈！”卢老师笑着问，“你平时的应酬不少吧？”

肖处和施三叶掉在后面。苏同问：“老师在江城还待几天？”卢老师回答明天就回沙州。

卢老师说：“你们那个叫丁钢的记者，正在追踪一个报道，有点麻烦啊。”苏同望向老师，仰起的脸上满是疑惑。

“不是什么大事，也没必要非报道不可。你能不能给他说说，别追了。这个事有点复杂，关键是当事人正处于事业的上升期，如果报道出来，很可能会毁了他一生。”

“卢老师，丁钢追踪的选题不少，不知道你说的是哪件事？”

“就是，你们搞的一个活动，叫江城最美孕妇，对，孕妈大赛……”

苏同脑子猛地一激灵，明白了，与王俞事件有关。王俞的孕肚，王俞的失踪，扯横幅、闹场子的一拨人，又一次跳到了苏同眼前。

“你说的是王俞？你不会就是她孩子的父亲吧？”苏同玩笑似的话脱口而出。

“天啦，只有你苏同，才会这样想、这样问。”卢老师放开嗓门开怀大笑。

笑声让掉在后面的肖处和施三叶加快脚步追了上来。

哦，卢老师是为王俞之事而来。

不出意料，那就是肖处了。肖处是官员，在重要的部门工作，跟自己的年龄差不多大，还有上升空间，意味着他的未来还有更高的职位、更大的权力。如果他与王俞事件有关联，只要公开见报，不论违不违规，犯不犯法，都不是什么好事。

今天的聚会虽然不是鸿门宴，但也不单纯。卢老师用心良苦啊。

可是，施三叶为什么会在今天出现？她与卢老师、肖处之间是什么关系呢？

夜晚的风徐徐吹来，没有带走身上的潮热，只是让本就没有醉的苏同，脑子更清醒了一些。

19

苏同坐在出租车司机的背后，她对司机说："麻烦你把我送到报社办公大楼。"

自从快报诞生的那天起，工作时间之外，只要有空隙，苏同都会到办公室去一下，不管有事没事。在报业大楼竣工之前的老编辑部时，她和于大桥坐对面。经常有大报的老同事、老朋友，跑到办公室来聊天，还喜欢拿他俩打趣，说他俩是"相看两不厌"。于大桥便开心地顺着竿子往上爬："就是，跟苏同待在一起的时间，比跟我老婆待在一起的时间，不知要多出好多。"

站在大楼外，苏同驻足了一会儿，仰望着月光下的大楼。平日里，灯光要璀璨得多，现在只有中间的三层灯光是环形的，意味着快报人都在赶稿、编辑、画版、校对。

苏同瞄了一眼手机，她关心有没有苏翁子的信息，不知道她在歌厅里还要玩多久。

苏同在上电梯之前，给翁子拨了电话，翁子说："我们还没搞完呢！我跟翁小明说好了，晚上九点半他来接我。"

"那好！"苏同乘电梯来到办公室。

刚坐下，卢老师的电话追了进来，他告诉苏同自己到家了。"到家了？"苏同有些不解，他的家不是在沙州吗？怎么一下子就到了呢？

"忘了告诉你，我在大学城这边买了一套房，带装修的，有空请你和翁小明过来玩。嗯，苏同，我刚才说到的人是肖处，你帮着周旋一下，需要用哪种方式化解更好，我让他全力配合。"

静了一会儿，苏同说："知道了，卢老师，让我想想。"

放下电话，苏同的脑子有点乱。卢老师、肖处、施三叶，还有王俞，他们怎么搅和在一起了呢？还有，丁钢又是怎么捞出潜在深海里的男主的？丁钢跟何颖透了一下风，却没有对自己提及过。看来丁钢对周围的人越来越没有信任感了。现实已经给了他很多教训，不少选题，在他花了巨大的工夫后，只要一触碰到关系网，就会立马夭折。

肖处和王俞，这是铁定的关系。不出意料，王俞的孩子应该就是肖处的。如果合法合理合情，肖处完全不必在意。那么只有一个可能，丁钢已经搞清楚了事情的真相，真相里，肖处是有事的。

那么，卢老师应该是清楚肖处和王俞之事的，至于清楚到什么程度，不好说。怎么不问问卢老师呢？想到此，苏同立马将自己的疑虑编成文字，短信发给了卢老师。

卢老师的回复倒是很快，却只有几个字：“苏同呀苏同，你依然是苏同。”

卢老师，一位有着高中语文教师功底的官员，一连叠加着苏同的名字，他想强调什么，表达什么？为什么不直截了当讲明白，非要拐着弯答非所问？苏同仔细一想，卢老师的话外音是，“苏同呀，你依然不谙世事，既可爱又幼稚，还是当年那个扎着马尾辫的小姑娘。”

卢老师，你不是当年的卢老师了。

讲台上，那个神采飞扬，专注而又纯粹地将她带入某个情景中的老师；那个在她快要走上领奖台时叫住她，弯腰蹲着帮她系上鞋带的老师；那个和她一起踩着自行车，一边按着铃铛，一边吹着口哨的老师；那个在深冬的芦花丛中，要帮她搓冰冷手指的老师；那个在某天早晨，在桂园的窗外叫着苏同的名字，来车带她回赤水的老师……青春俊朗的卢老师已经深深定格在她的记忆里了，如同她采访本上的那些漫像，陪伴着她读书、工作、恋爱、结婚。每一次想起他，性情温吞的苏同，心脏都会很有力量地搏动，现实的种种杂碎、种种不堪，也会在那样的时刻莫名其妙地逃遁。

苏同在《赤水报》工作两年后，卢老师也调到了县委办公室。那时，赤水还没有县改市，他做了县委书记的秘书，他们在一座楼里上下班。平时，卢老师会给她推荐读物，有时是书，有时是杂志，更多的是《文汇报》《中国青年报》等报纸，卢老师似乎延续着老师的责任。

后来，苏同上了大专班，又考上了本科插班生，毕业后分配到了省级大报，虽然远离故乡，但与卢老师一直都没断联系。

苏同以慢几拍的节奏，融入了从渐变到突变的人际交往中。有些熟悉的人，一下子陌生了，当然也有更多的陌生人，走进了她的生活。

苏同有时会将卢老师与她采访过或者打过交道的官员进行比较，差异很大。卢老师不会说那些虚头巴脑的套话官话假话，也不会有的没的扯一些模棱两可的浑话或重口味的荤段子。他的声音依然富有磁性，眼神里有深刻的柔绵与缱绻，举手投足间依然残存着文化人的气息。

苏同记得刚来报社不久，赤水市“驻江办”要搞一次联谊会，自己也接到了通知，据说都是在江城做得有声有色的老乡。她没打算去，但卢老师来电话，说：“你不来，以后赤水就不欢迎你去采访啦。”

卢老师的召唤比赤水欢迎她去采访更具有吸引力。

那天晚上，卢老师喝了不少酒，还坚持开车送自己回报社。那时候是不查酒驾的，车流也比现在少很多。

卢老师一路没怎么说话。到了大院门口，停车、熄火。苏同要下车，卢老师说：“干吗这么急？”

苏同又坐好，心有狐疑。

“这可能是我最后一次组织赤水驻江老乡会了。”卢老师深叹口气，“没想到，我也会这么单纯。”

卢老师所说的“单纯”，与一篇新闻报道有关。赤水机关食堂的肉包子好吃，市委书记特别爱这口，他下基层工作时，常常喜欢让秘书带上几个。书记在卢老师眼里一直很朴素，没有一点官僚做派，于是卢老师便给《沙州日报》投了一篇通讯稿，标题是《揣着包子走基层》。

苏同说：“这不挺好吗？”

“结果是打死你，你都想不到。”

苏同忙问发生了什么事。

“书记被人告了。说他虚伪，做表面文章。有人还揭发他收了一家上市公司两万元的内部股权。”

“是你拍马屁拍到马蹄上了？”

卢老师苦笑道：“书记认为是我故意在搞他。因为，市长想调我去做他的副手，却一直被书记压着。”

“有没有一点这个意思？”苏同问。

“怎么可能？我打心眼儿里佩服书记。但我没想到，书记也有我看不见的一面。”

可今天，卢老师也展现出了苏同看不见的一面。

丁钢追踪王俞之事，差不多水落石出，如果没有这个饭局，苏同与何颖一样，会十分期待真相。可是最不该的是卢老师出山，他甚至还说，花多大的代价都行。

苏同在今天的采访本上，没画卢老师，画的是肖处，那向上挑着的眉毛眼睛，眉峰上那颗红痣。在另一页上，施三叶又一次留下了影子。

20

苏同在电梯口与翁小明、苏翁子碰上了，翁子说："为物业节约了一毛钱。"

苏同问："什么一毛钱？"

"这都不懂？一次电梯上下要消耗一毛钱的电费。"

一家三口前脚跟后脚进了家门。

车钥匙被翁小明甩在茶几上，把玻璃果盘碰得脆响。苏同吓了一跳："你干吗呢？"

"他让警察拦了一下，硬生生地吹了一次气袋，查他是不是酒驾。"翁子替翁小明回答着苏同的疑问，"你如果在车上，说不定会把他带走。"

"我身上有酒味吗？"苏同嗅了嗅自己的手和胳膊，又去卫生间，望着镜子问自己，"我像酒鬼吗？"镜子里的苏同，脸颊红扑扑的，她耸了耸鼻子，咧着线条清晰而又厚实的嘴唇，笑了笑。

"关键是他们的态度恶劣，把谁都当犯罪嫌疑人似的。"翁小明坐在沙发上气愤不已。

"深更半夜的工作，搁谁谁会是好脾气？"苏同劝着翁小明，又将歪在他身边的翁子拉起来，"刷牙洗澡上床睡觉！"

苏同没觉出酒后身体的松软，反而想做点体力活儿。她将客厅里的杂物归了归类，又用拖把将各个房间都拖了一遍。翁小明开了电视机，他的手指在遥控器上不停地摁，屏幕上飞快地闪过不同的画面。

苏同累了，她手扶着拖把杆，喘着粗气，笑着对翁小明说："你猜，我今天遇见谁了？你肯定想不到。"

"想不到，还要我猜？"翁小明的情绪明显松弛下来，他的不快正在减退。

"当年周连带到我们家来的小姑娘，那个叫施三叶的，你还记不记得？"苏同看着翁小明问。

翁小明定神瞄着苏同，似乎是在搜索记忆，又像是被卡住了。他的眼睛转向电视，没有作答。

苏同整理着沙发套，絮絮叨叨地讲着那个曾被周连带到家里来的女孩。她说："真是女大十八变呀。原来那么黑，那么瘦，那么怯弱，现在，你一丁点也看不到她当年的影子了。你知道不，她现在在赤水实验中学当音乐老师，成了周连的同事。师大暑假举办了一个教师培训班，她正在这里进修。"

可是翁小明好像一点不吃惊，也不感兴趣，而且还主动转移了话题："你问了卢老师冇，纱厂旧址改造方案确定了没有？"

苏同一拍脑门，真的忘了，她差一点脱口而出，却将嘴边上的话迅速咽进肚子里："哎呀，哪有单独的时间，当着旁人不好提这事。"苏同也有急中生智的时候，她不想让翁小明不高兴，尤其是翁子在家的时候。此刻的苏同好像是进步了一点点。

苏同以往在家松弛惯了，不愿听的话，不想做的事，小情绪立马上脸，不满变成牢骚，变成战火。何颖曾教过她，在家也要做个精致的女人。她说："男人是什么？是无时不色的动物。他们根本不喜欢妻子的任性与随意。所以，在老公这里，千万不要拿他当自己人，衣着打扮、说话行事，都要过细过细再过细。"

苏意也提醒过她，聪明的女人，无论在怎样的情况下，都会顾着男人的面子，事情办不办得成另说，但话要说得好听，这是关键。

刷完牙的翁子将苏同拉进自己房里："妈，忘了八卦一个事。"

苏同望着下巴上又生出几颗小豆豆的翁子，等待她说下去。

"今天不是欧阳生日吗，我们初中三年，三年的生日，都是在她家过的，都是她妈妈亲手做饭做菜做蛋糕。"

"嗯，有什么问题？难道还想让人家妈妈继续劳累？"

"可是，今天欧阳唱歌时，哭了，哭得好厉害。"

"为什么？"苏同问。

"离开歌厅时，欧阳搭着我的肩小声说，她爸妈离婚了，老欧阳真不是东西，背着她妈，在外面生了个小弟弟。她不想上学，不想高考，想马上去国外留学，远离老欧阳这个渣渣。"

苏同摸着翁子细长的手自言自语："唉，父母种下的苦果，干吗要让孩子来承受？"

"妈，不是父母，就是她爸爸这个坏蛋。"

苏同对翁子交往多的几个初中同学印象都很好，欧阳是其中之一。欧阳的父母都是理工大学的教师，欧阳的爸爸不仅教学，还自己做企业。欧阳的学习成绩跟翁子不相上下，她们很少在分数排名上占首位，却是班上最聪明的两个学生。

苏同让翁子多安慰安慰欧阳，“高考一定要参加，这种特殊的经历，对于以后的人生，相当于压箱之宝。”

苏同在卫生间刷牙时，听到手机在包里响了一下，她匆匆放下牙刷，取出手机，是翁子发的一条短信：“你对翁小明要好点。”

不好意思说出口的话，却用短信来表达，这孩子，不会因为欧阳父母离婚受刺激了吧？

翁小明在洗澡。苏同走到南边的阳台上，想着翁子的短信，觉得翁子发现了自己和翁小明之间的问题，或者欧阳父母的破碎关系让她有了某种隐忧。

苏意评价过翁子，说她人小鬼大，比同龄的孩子要成熟得多。

苏同很疑惑地问苏意：“翁子跟你说过什么？”

“苏翁子跟翁小明的感情肯定比你亲。翁小明什么都依着她，惯着她，陪她的时间也比你多。感情是什么？感情是用时间泡出来的依恋、依赖，也是彼此的了解与需要。我担心你把时间、精力全花在工作上了，以后翁子和你有距离。”

苏意在赤水交通局办公室工作。她的老公，苏同的妹夫谢天池，在老婆面前总是俯首帖耳，与翁小明完全是两种风格。苏同问苏意有什么御夫之术。苏意说简单得很，摸摸打打。

苏意是个不读书不看报的人，但对周遭生活的体悟却很敏锐，有着自己的见解。她对姐姐说：“你不要把老公当成你想象中的亲密爱人。他陪着你，跟你过每一天，你就当他是职场上的伙伴，生意场上的客户。”

苏同没法认同苏意的说法，但她把谢天池调教得“得心应手”，不得不让大妹妹两岁的苏同服气。谢天池的工资卡、奖金或其他的经济来源，都一律上交。他尽管去玩牌，打麻将，但无论输赢，从苏意手里是要不回一颗子儿的。

苏同却从没有管过翁小明，尤其是经济上，连他的工资卡长什么模样，她都不晓得。

“放松和放任可不是一个概念。”这是苏意不知从哪儿学来、而又让苏同听着最有水平的一句话。

但此时，翁子的短信像一颗火柴头，哗地将她体内的冰酒点着了。

回到主卧，苏同换上了一件真丝连衣裙，在脸上、脖子上涂上一层润肤霜，轻轻地按摩着。

赤裸着上身的翁小明进来后，将顶灯关上，开了地灯。苏同从床上起来，将房门反锁上，关了地灯。

翁小明说："别关灯。"

可是，有灯光时，苏同会紧张，一点都不自在。而翁小明却不，他要让苏同看到她身上的这个男人，是个雄壮的不可一世的高手。

"酒真是个好东西呀！"翁小明终于咧开了笑容，一口白牙在那好看的唇线里特别性感。

21

于大桥在第一次完成的检讨书上，又做了一次修改，可还是没能通过。上级领导看了很生气。一遍是这样，两遍还是这样，这是什么认识？既没有高度，也没有深度，敷衍塞责，糊弄人。秘书长交给新闻处，新闻处电话通知大报编辑部总编室，总编室主任立马赶了过去。新闻处长与主任很熟，先是笑说："于大总编，写检查的老江湖，现在却摸不清水情了。"接着换了语气，认真地说："你们要认真领会精神，深刻反省，快报要做好整改工作，提升党报的公信力。"

于大桥书生气十足："怎么就没有高度、没有深度了？"说他出手的文案没有水平，比骂他长得丑还让他难受，况且还骂了两回。

乌尚义比于大桥老练得多，他想，这哪是什么水平的问题？这里面应该有别的事！有过节？快报做活动，做的是读者参与的活动，没搞好，搞砸了，也只是一个突发事件。再说，事情还没有水落石出，快报也不一定是过错方。为什么就过不去呢？

节"点"在哪里？乌尚义想不出。

下班之前，乌尚义通知何颖不要回家，晚上有事。

老金在东湖云水遥酒店订了一个包间。乌尚义自己开车，去平湖梁家湾接李副部长。老金约上何颖从办公大楼出来，穿过黄泥路地下通道，沿着一排高大的梧桐树，急匆匆走进东湖风景管理区。

云水遥酒店坐落在湖边。一楼是庭院，种着各种树木、花草，是个消闲的好地方；二楼三楼的窗户都是宽大设计，朝着湖的方向，窗外烟波浩渺，一望无际，风平浪静，偶有雌鱼突然"咚"地跳起来，甩下籽后又隐入湖底。

十年前，景区内有不少餐饮酒店，会排放许多污水杂物，对东湖的污染很严重，市民们意见很大，不停向快报投诉，希望新闻媒体干预，还江城一个美丽的东湖。

当时的宋兴还没当上主任，在跑一线，他带着一个摄影记者在东湖边上蹲守、采访，差一点被几个混混丢进东湖里。一个星期的连续报道，硬是逼着区委、区政府站了出来。他们联合了几个部门，开始了综合治理，甚至给几家涉及非法排污的酒店直接贴上了封条。

宋兴的名气自此大噪。

可时过境迁，新的酒店又在湖岸的僻静处悄悄生长出来，里面的生意也与过去有了不同的内容。

云水遥是老金常来的地方。今天只有四个人，老金点了几个清淡的菜，以鱼为主，男士必喝的是老鸭参汤，女士只有何颖一个，喝的是木瓜炖雪蛤。

饭桌上没谈公事，李副部长纯拿何颖开心，也讲歌舞团的几个美女在男女方面的趣事。有的是大家知晓的，有的是前所未闻。李副部长还敲打着何颖："把小张管紧些，他也不是省油的灯。"何颖心有不爽，但当着乌总、金主任的面，她只能赔着笑脸。

饭毕，四个人移到另一个房间里。

金主任叫服务员送来一副扑克，还有上好的毛尖，以及一大盘时令水果。

斗地主就此开始。

斗地主的玩法很简单，三个人，一个地主，两个农民，你死我活，不共戴天，输赢就此产生。

乌总、金主任、李副部长三个人玩，只有李副部长的心态最放松。乌、金两人不一样，他们出牌时，嘴上在斗狠，手上的炸弹却都成了哑弹。将牌打输也是需要技巧的，要输得合情合理，让上了年纪的李副部长确信，赢牌是因为自己的智慧，而非他们两个故意放水。

何颖一会儿观战，一会儿给他们上茶、点烟、递水果。金主任小声对何颖谄媚道："我这是多大的福分呀？"

熬了大半夜，乌尚义将李副部长送回了家。

睡了不到两个小时，乌尚义便从沙发上弹起来，老婆已将一碗面条搁在茶几上。面条上面卧着两个荷包蛋，还有绿油油的葱花。氤氲的香雾让他忍不住深吸了一口，他莫名其妙地说："这葱好绿！"

老婆看了他一眼。

乌尚义“呼哧呼哧”大口吃着面条，突然想起儿子的数学培优班，问儿子去了没有。

老婆说：“你还有空关心儿子，不容易。儿子早就出门了。”

他嘱咐老婆，儿子的事多费费心，多跑跑学校联络一下老师。

乌尚义吃完面，才去刷牙洗脸，之后拎包出门。

他先到自己的办公室转了一圈，放下包，然后从步梯上楼。爬了两层，很是气喘，他在蒋社长办公室门口歇了会儿，让气喘匀，才轻轻叩门。蒋社长从当总编辑开始，便将早上的时间交给了书法。练习书法，一是能养气练体，二是能修艺专术，可谓一举两得。

蒋社长正在宽大的书桌边挥毫。乌尚义哈着腰连连恭维：“难怪您的字越写越有韵味，原来是这么下功夫！”

蒋社长精力集中，没有回应乌尚义。他将“宁静致远”的“远”字最后一笔用力一顿，收了笔。停了一会儿，蒋社长取出名章与闲章，乌尚义赶忙拧开印泥盒，接过章来帮蒋社长用力地摁了下去。

“我们会议室挂这幅最合适。”乌尚义明知道蒋社长已有安排，却故意讨要。

“这是后勤部要的。”

等这幅字墨迹全干，又被临时挂在了墙上，乌尚义才有时间说事儿。当然，李副部长透露给他的实情，他没有直接都说出来，但孕妈事件的后续情况必须认真汇报。

检讨书当然是没有写好，没写深刻。领导面前，永远是自己的问题，不能有任何抱怨。这是态度。态度是什么？就是对领导的尊重，对主宰自己命运的权力的尊重。

蒋社长认真听着，不时插话。乌尚义最终还是将李副部长告诉他的“要闻”端了出来，他是想让蒋社长心里有数，自己是在背前任老范的黑锅。

乌尚义的前任范总编，曾发起过一个叫“周末夏萤”的活动。当时，为了扩大快报影响力，让报纸真正地走进千家万户，就在暑假期间的每个周末，与省市演出单位合作，在江城各区重要广场上进行公益演出。每一场演出，都有省市演出团体的名家，观众自然是多。特别是洪山广场的那晚，中南路几乎堵瘫了。

自那以后，快报的发行量、广告量进一步得到提升。范总为此还在全国都市报联盟会议上作过《活动提升报纸影响力》的专题发言。

那一年，刚好是快报成立八周年，编委会讨论决定，趁这个势头，再火一把，搞个回馈读者八周年的庆典演出。

事情就坏在这里。

苏同当时分管着文化新闻部，也是“周末夏萤”的组织者，范总让苏同多操心庆典的事宜。

文化新闻部主任老黑向苏同引荐了省演出公司的王总经理。王总就频繁与苏同联系，介绍他们在全国如何有影响有资源。苏同让王总拿一个演出方案，重点是演出节目、演员阵容及具体报价。

王总的方案出来后，苏同先让于大桥过目，又一起向范总作了汇报。最终，演员方面做了一些调整，除了正在全国走红的两个歌星外，尽可能多用本地演员，费用上也可以节省不少。

快报与演出公司基本达成共识，差不多确认了这份方案。

可是，几天后，王总给苏同打来电话说，有一个法国踢踏舞蹈团正在深圳演出，这个团和这个舞蹈都是世界一流的，假如邀请他们来江城献演，那可是江城人的眼福。

王总的夸张，让苏同莫名的反感。可因为是老外带来的节目，说不定有意想不到的效果。于是，她让王总先报个价，快报编委会商量后再说。

王总却报出了个天价，出场费八十万元。

苏同倒抽了口冷气。快报虽然是集团的赢利部门，但花钱却不是自己能做得了主的。这次活动，财务拢共只批了一百八十万元，整个活动呀，单单法国人就要那么多，自己怎么好向编委会、向范总开口？

“苏总，这个引荐人，我不方便说，我要说出来，恐怕你们就不敢拒绝了。”王总话里有话，可苏同不想跟他再多说一句。她说：“要不这样，你直接来报社跟我们范总谈。”

王总立马就到，苏同将他带到范总办公室。

之后，编委会开会。

范总向大家报告，法国踢踏舞蹈团是一位领导推荐的。范总没有具体说是哪个领导，编委会的成员也都没打听是谁，包括于大桥到现在都不清楚踢踏舞跟哪个领导有关系。范总说价格必须控制在三十万元内，如果法方同意，尚可考虑。范总说他的意思已给王总说明了，还想听听大家的意见。

编委会当然一致认同范总的意见。文化人做事的确有些小手小脚。

最终，因价格差异太大，江城人在快报庆典晚会上，没有大开眼界。王总不无遗憾地对苏同说："假如有踢踏舞，你们的活动会更成功。"说完，他顺嘴说出了一个领导的名字。

可万万没想到的是，两年后这个领导又升了一级，成了省委宣传部的常务副部长。

报社很快重新调整了领导班子。

蒋总编辑又多了一重身份，成了新一届社长。

没多久，范总回到大报出版部，成了一年四季值夜班的主任。

乌尚义走马上任接过了快报的荣光，也必定要承担不曾想过的风险。

这个事的发生，虽不是在蒋社长任上，但蒋社长不会不清楚。范总那时与他走得不近，没把他这个总编辑放在眼里。但凡老范跟他走近一点，他都会点拨他一下。现在想来，就凭老范的一根筋，坚持他所谓的原则，即便自己当时点拨他，他也未必听得进去。

乌尚义跟蒋社长说起这些往事，很是客观："人家领导也是好心，为快报着想，想把快报带入世界。老范这人，唉！也有难处，他也不敢随便乱花钱。"

"蒋社长，刘部长的儿子出了一本书，内容还不完全清楚，我听束一光说，是一本有关金融方面的论文集。他儿子目前是财经大学的硕士在读，出这本书估计跟考博有关。"

蒋社长笑笑："你想怎样？宣传？铺天盖地？明眼人一看就知道你在拍马屁。还不如来些实际的。"

乌尚义拍了一下自己的脑袋："哎呀，社长指点迷津，我明白了。"

乌尚义从蒋社长办公室出来，直接到了苏同这里。这是很少见的事，苏同赶紧起身。乌尚义在沙发上坐下，他对苏同说："苏总，你给发行部的老曾打电话，让他马上到我办公室来一趟。"

乌尚义一直叫苏同为"苏总"，看起来是尊重，其实是客气，更可以说是距离。苏同心里清楚，她与乌尚义共事的时间不长，过去只是认识，没有交往。现在这位小自己好几岁的同事当自己领导三年了，关系似乎始终停在不远不近、不冷不热、有事说事、无事不打扰的状态上。苏同也不想这样，但不知怎么做才能拉近上下级关系。人际关系太难搞，是一门学问，可操作性不强，与一个人的天性、情智以及强大的自信和放弃自尊有关。现在大学、社会机构都在风行国学培训，说到底是教人物竞天择、适者生存的进化论。苏同身处其中，她苦恼过，挣扎过，也努力过，但还是上不了道儿。最后只能自己安慰自己，顺其自然算了。

“束一光跟我说，刘部长儿子出了一本书，这本书叫什么名字？”

“《资本的密码》。”苏同回答。读书版发这个书讯时，束一光专门给苏同报告过。作者叫刘喆，是刘部长的公子。

“哪个出版社出的？”

“省人民出版社，照说，这类书应该归口经济类出版社，可人民社抢着出了。”

“我们推介过没有？”

“做了推介，但没有大篇幅的宣传。”

“这样，你让读书版编辑找江都大学的权威教授写一篇长点的评论，客观地说说这本书，然后用专版推出来。尽快！”

“嗯？”苏同有些发蒙，乌尚义的决定虽然突然，但她还是隐隐约约悟出这样做与刘部长有关，也与孕妈事件有关。

“让曾主任到我办公室来，你也来一下。”乌尚义说完起身走了。

22

丁钢将一篇特稿通过电子邮件发给了苏同，标题是《婚外情引发的闹剧》。

剧情基本事实如下：

王俞在歌舞厅与某政府官员肖某结识，发展为婚外情，偷偷摸摸几年后，王俞怀上了这位肖某的孩子。肖某请求王俞做掉孩子，但王俞不同意。她通过地下机构将血液寄到香港一家检测中心，验血结果，确定是个男婴，王俞喜极而泣。男婴的意义无比重大，肖某绞尽脑汁，骗妻子说，自己因给朋友担保，向银行借贷了两千万，现在朋友逃到了国外，银行就找到了自己。他是用两幢住房做抵押贷的，如果银行催还，那两幢房子就都没了，而且连他们夫妻名下的存款也都将不保。他咨询律师，找到一个办法，那就是离婚——他会将房子、存款全部划到妻子与女儿名下，这样一来就能避免资产被银行收走。

“怎么办？”肖某可怜兮兮地讨妻子的主意。妻子沉默半天，说：“这么大的事，你事先一点没给我透个信。”肖某解释说：“怕你担心，朋友是个很有实力的人，我哪知道他会逃走？”妻子问：“会影响你的工作吗？”肖某道：“这个不好说，我会想办法的，只是需要时间。”妻子还是犹豫。肖某说：“不离也行，只是让你和女儿受苦了。”妻子想，自己受苦没关系，可不能让孩子遭罪。可她压根儿就没有怀疑老公会别有用心。结果他们办理离婚手续没几天，肖某就跟王俞领了结婚证。肖某虽然与王俞成了合法夫妻，但他却不想公开这个关系，他不想单位同事知道，更不愿前妻和孩子知道。所以，他平常还是回到原来的家。那边的王俞可不干了，她知道肖某的软肋。你不是怕人知道吗？那我就招摇一下，加上快报举办的“最美孕妈大赛”是与市里最好的妇幼医院合作，至少生孩子的医院不用自己操心了，所以她便报名参加了大赛。凭着出挑的身材，漂亮的长相，以及跳舞的专业，在众多孕妇中出圈，真是太容易了。

可是，肖某的前妻真的是个傻子，王俞在明里闹得风生水起，她却不知情。王俞觉得自己是一个人在战斗，不过瘾，没意思，她想捅破这扇窗户纸。她给肖某的妻子打了电话，让她认真看看近段时间的《江风快报》，并告诉她，有个叫王俞的孕妇怀的是肖某的孩子。

肖某的妻子，不对，应该称前妻，一下子蒙了。稍稍镇定后，她花钱请了私人侦探做调查，还真是确有其事。前妻先是恨王俞这个狐狸精，接着更恨的是自己的丈夫。他在外搞了这么多事，自己竟然没有察觉，这个男人隐藏得太深了，太可怕了。为了骗自己离婚，他编了一个瞎话，根本不是为了保全财产，而是为了外面的女人。她冷静下来一算，自己与他离婚才半年，可那女人却快要生产了，于是越想越气，用气得发疯来形容一点不为过。气急之下，她作出决定，要到丈夫单位去闹，闹个天翻地覆，让姓肖的什么都得不到。对此，肖某害怕极了，现在与前妻虽然已不是夫妻关系，但毕竟是有小三在先。他先是沉默，后是痛哭流涕，再后来又使出各种求和手段，甚至下跪抽自己的大嘴巴。他说：“我好不容易考上大学，好不容易挤进城建厅，在这里没有靠山没有背景，勤勤恳恳工作了十几年，当了处长，还有希望升为副厅。如果你一闹，你的气是出了，可对谁有好处？我不是不爱你、不爱这个家，只是没挡住外面女人的诱惑。为女儿着想，为你自己的面子着想，不要把事情搞大。等到王俞把孩子生下来，我就跟她办离婚手续，然后再来跟你复婚，一家团聚。”

在王俞这里，肖某却是反复劝她退赛。不料王俞却是豁出去了似的，不仅没退赛，还进入了孕妈决赛。王俞在决赛当天的早上又给肖某前妻打了电话，让她来观看，还将比赛场地告诉了她。这岂不是明目张胆的挑衅？于是前妻派出她的表弟表妹等一干人，在决赛现场整了这么一出闹剧。

看到这里，苏同才恍然大悟，王俞那天的确没怎么慌张。

晚报第二天见报的《情感讲述》，虽然没有指名道姓，可肖某怎么能不胆战心惊？好在，市晚报不在省直机关订报范围之列，即便是城建厅有谁看到了这篇稿子，也不一定会联想到是自己身边人的事。可是，遭罪的却是何颖、苏同，还有《江风快报》的声誉。

苏同给丁钢留言："如此看来，我们的程序没有问题。"

丁钢立马回复："没问题！是被王俞利用了，背上了黑锅。"

苏同："你的想法是？？？"

丁钢："我想还《江风快报》一个清白。想法有二：一是将此稿附在检讨书之后，让首长们知道此事的来龙去脉即真相，不再发难；二是请束主任将稿子发在《讲述》上，回应一下晚报不着边际的对本报的诋毁。"

苏同："你以为首长会有耐心看完你的大作？你以为首长们对快报的恼羞成怒，真的是因为这件事？"

丁钢："我与你不在一个层面，猜不出首长们真正的意图。但就事论事，我们没有做错什么。为什么不能自证清白？你不能因为在马路上踩了一泡屎，就要怪罪马路，而要马路来承担责任。"

苏同："如果是马路让人摔了跤，破了财呢？"

昨天，乌总安排副刊做刘喆的书时，苏同就意识到，乌总一定清楚了范总时期留下的后遗症——快报八周年的报庆活动，那个报价高得离谱的法国踢踏舞。当时演出公司王总一次次地跟她打哑谜，后来与范总直接挑明，这是刘副部长的关系。可是，一帮文化人，哪有这种远见？好了，山不转水转，王总，不，现已退休的老王，要是晓得快报现在的处境，一定会嗤之以鼻。

苏同，是经历者。

王俞事件出来后，后续的严重性，是快报过去的编委会从未经历过的。苏同隐约觉得有点猫腻，却不敢以小人之心度君子之腹，所以没有将陈年旧事说与乌总，甚至对于大桥也没提及。

乌总正在积极做补救工作。这样的时刻，还要发这种申辩性质的稿子，那岂不是公开与上面叫板吗？

这些隐情，苏同怎么能和丁钢明说呢？

丁钢："苏总让我刮目相看！"

苏同沉默了一会儿，回道："问题是问题，真相是真相，是非是是非，我们不是法庭，首长们也不是法官。"

丁钢："你的意思？"

苏同还是沉默。

丁钢又说：“如果自家的报纸不愿发，还有别的渠道，本地的，外省的。报纸不行，还有杂志，《爱情读本》杂志可是天天高价向我索稿。想想千字千元的稿费，我还能大赚一笔。我的辛苦没有白费！”

唉！这个丁钢，这个钢丁！她连忙回道：“慌什么？我比你更需要真相。”

孕妈大赛是活动策划部做的事，活动策划部由苏同直接分管，出了事，特别是重大事故，追责是一定的。但直接责任人、部门负责人，能逃得脱吗？不能。分管领导能摘得开吗？不能。退一万步讲，即便是何颖仗义，主动全部揽责，即便是乌总、编委会也认定是责任部门，她苏同就能心安理得吗？

丁钢如此费心费力，把事情调查得清清楚楚，是在为何颖、为自己、为快报做事，是还大家一个清白。

可问题是，于大桥亲手出品的检讨书已经提交过两回了，骂自己也一次比一次更狠，但，首长们还是说快报的认识不深刻。如果此时你又突然来一个跟进报道，还原事实真相，那岂不是火上浇油，与上面对着干吗？我们是痛快了，可吃亏、吃大亏的会是谁？快报有天大的胆，也不能这样低级操作呀！

这样一来，卢老师托办的事无需周旋，无需努力，便可成全。姓肖的偷着乐吧。一想到卢老师与肖处之间的勾连，苏同心里便很是落寞无趣。卢老师为肖处精心着力，是友情还是交易？抑或是糅合在一起的利益关系？苏同一时难以分辨。

至于翁小明请卢老师帮忙的事，那是他自己的事。翁小明也是卢老师的学生，他们也有间接的师生情分。

当年翁小明开导苏同的一段话，现在想来多少还有点道理。人与人之间讲的就是关系。当你有价值有筹码的时候，你才有可能是关系网中的一个扣。你没有价值没有筹码了，不要说你是一个扣，你连网线都不是。

卢老师在把自己当作一个扣，翁小明也是，仅此而已。就是一个扣而已。想到这里，苏同有种莫名的沮丧。

苏同知道自己无法说服丁钢，丁钢更不会知道她苏同的心事。苏同还想跟丁钢聊聊天，丁钢却不见了。

此刻的苏同觉得自己就是个模糊不清的人。

第二章

1

苏同给自己画了一张漫像，没有眼睛的苏同，一张厚实的嘴巴紧闭。厚唇的孩子，不会讲话，更不会花言巧语。这种标签，打小就被外婆贴上了，对她具有很长一段时间的心理暗示，这种心理暗示很要命。

“厚嘴唇的同同，是个嘴笨心善的丫头。”小时候，外婆总是跟她念叨，“快三岁了你都不会说话，你爸妈差点把你当成个小哑巴。”

后来能说话了，苏同也不像别的孩子，更不像苏意那种哇哇乱说。

苏同和苏意从小在外婆家生活。小姨们都喜欢苏意，苏意不仅长得好看，还乖巧，还伶牙俐齿。姐妹两个如果吵架，苏同绝不是苏意的对手。苏同爱上漫画，不能不说与自己不会说话有关。

外婆的哥哥去世时，苏同大约刚刚上小学。那年暑假，住在隔壁家的舅爹家传来惊天动地的哭声，外婆更是伤心欲绝。舅爹是外婆娘家唯一的亲人。舅爹一生没有照过一张相，没有遗像出不了殡。苏同的妈妈请来了学校的同事，一位美术老师来帮忙。

穿着寿衣、戴着寿帽的舅爹躺在堂屋的木板上。美术老师是个男的，胆子蛮大，他左看看，右瞧瞧，在一个临时撑起的画板上，用碳素笔勾出了舅爹的轮廓，他将轮廓给妈妈看，问舅爹的五官特征。苏同是不敢看木板上躺着的舅爹的，但她却缩在美术老师的身后，看他的手。他手中的笔在白纸上移动，纸上就有人像出来了，她觉得好神奇。

这是一次很特殊的观摩，一直留在苏同的记忆里。

至此，苏同更愿意用手中的笔说话。

在所有的交流互动中，她可以听苏意讲，听外婆讲，听小姨她们讲。也可以在教室里听老师们讲，课下听同学们讲。除了必要的回应，可说不可说的，她尽量不说。其他东家长西家短的，如废话无疑。她觉得她的手比她的嘴厉害得多，也有用得多。她可以握着一支笔，画着她喜欢的和不喜欢的东西。一片叶子，她能看到这叶子小的时候是绿的，老了就黄了，就枯了。一棵树，树枝上鸟会来捉虫，也会站在上面唱歌，它只是途经暂歇，还要飞走……苏同全神贯注画着一草一木，但又走神在画面之外。

她用树枝在泥土上画，用铅笔在自己的作业本上画。

画了无数个别人，也画了无数个自己。

苏同对自己的厚嘴唇自然是不喜欢的。不爱说话，也不会说话，这只是外婆的认知。随着时间流逝，工作的要求，她有了变化。在《赤水报》开始是见习生，之后做过美编，又做过新闻记者，还做过文字编辑，这种工作最大的特质就是与人沟通。苏同最先是将要表达的内容，在心里打好腹稿，再用简单准确的词语说出来。因为沟通的都是具体可感的事，比学数学做习题要容易。自己在表达上，不会转弯抹角，不会甜言蜜语，但一是一，二是二，忘掉自己的厚嘴唇，心理阴影也就慢慢退去了。

长着厚唇的女子，不符合中国传统审美，这是几千年来的事实。文学作品中对美女的描述，大都离不开什么樱桃小嘴，樱桃小嘴与她无关。苏同对自己外貌上的不自信，也源于那天生的嘴唇。但因为一场校园恋情，彻底解放了她的厚嘴唇，她终于接纳了自己。

苏同与罗津的开始，很普通。

苏同从《赤水报》考上江都大学新闻系成人大专班，这是她梦寐以求的，不用考数学，就像逃过一劫。江都大学又有“中国最美校园”之称，美丽的校园让她重获新生。她的寝室在桂园五舍二楼，窗外是一个小山坡，山坡上有一排很高的桂树。后来，同寝室的四个女生成了一辈子的闺密。特别是林音，一个喜欢电影配音的电台主持人，她常常将大家带入浪漫的、有情调的对白中。苏同从中看到了无数种不同的人生。她爱说爱笑了，像喜欢校园里的空气一样，喜欢每一座教室，每一所图书馆。桌椅上不知是谁留下来的句子，她会抄下来，与另外的三个人分享。刚刚结过婚的林音会笑她：“别念了，傻帽儿！”

一有时间，苏同就去蹭中文系的课，蹭哲学系的课。她对中文系现代文学课秦教授的课很着迷，尤其是在讲到郁达夫与他的小说《沉沦》时。那位青年学子的苦闷，和由苦闷找到的排解出口，便成就了他的小说创作。苏同好像产生了某种共鸣，她不仅给没见过面的郁达夫画了一幅漫像，也给秦教授画了一张。作为敲门砖，她在下课时将画像送给了秦教授。于是秦教授记住了苏同，他的助教、在读研究生罗津也注意到了苏同。苏同邀请秦教授和罗津到215宿舍来坐，林音、许月、会会比苏同更兴奋。老师在这群迟到的女大学生面前，很自在，很随意。从此，秦教授和罗津成了她们卧谈会的话题。

大学生活竟是如此丰富、有趣、美好。苏同拼命读书，拼命追课，哪里有讲座就去占位子，她还会抓住空隙给教授、同学们勾画漫像。

一天傍晚，罗津一个人来到215宿舍，林音她们三个都在，唯有苏同出去了。林音见到罗津的第一句话是："苏同去图书馆了，要不要我去把她叫回来？"罗津的脸一下子腾起一团火球。

罗津坐也不是，站也不是。他说："我是有事找她帮忙的。"

罗津走时，林音怕他找不到苏同，就说她在樱园老图书馆，"她总是去那个地方，那里人少、安静。"

罗津从樱花大道一口气爬上又高又陡的石阶，然后停下来缓了缓，在图书馆门口张望。苏同就坐在后边一个角落里，罗津悄悄地坐在了苏同的旁边。苏同当时在读《凡·高传》。这个看起来有些神经质、情感木讷又苦闷的天才画家，深深地抓住了她。苏同忍不住在本子上勾画出了一个瘦削的凡·高。罗津推了一下专心致志的苏同，看着她笔下的凡·高，问："能不能把这个像送给我？"

苏同从笔记本上小心翼翼裁下那面纸递给他。罗津说："你画得有特点，是你自己心中的凡·高。"

苏同不好意思："哪有？我不是专业画家，只是喜欢而已。"

"我有个事，想请你帮个忙。"

苏同睁大眼睛："你有事找我帮忙？"

"我不是在负责校刊的主编工作吗？我们缺一个美编，你来帮我们，行不？"

苏同与罗津就这样有了更多的联系。很多的时候，是罗津找苏同，他把准备刊发的散文、诗歌之类的作品交给苏同，苏同阅读后，再给作品配上题图、插图。

慢慢地，苏同和罗津的交往，延伸出了一些别的内容。周末一起去看露天电影，还约着去食堂参加舞会。有时候，苏同会叫上室友一起去。几个回合后，林音发觉罗津的眼里只有苏同，便说："如果有下次，我是不会去当电灯泡的。"

可后来，苏同决定和翁小明结婚时，就下定决心要和自己的过去告别，很彻底的告别。

当然，林音还会跟苏同玩笑般地说起自己当年当电灯泡的委屈，苏同也会开心地想到那个给她端着凳子在学校露天电影院里为她占据有利地形、第一个说她的嘴唇很性感很迷人的男生。

束一光推开苏同办公室的门，径直在办公桌旁站住。苏同收住笔，合上本子，站起身来，让束一光在沙发上坐。

束一光还是站着，直愣愣地问苏同："丁钢写的讲述稿，你看过没有？"

"是关于王俞？"苏同问。

"是的，署名是丁钢、小莫。但小莫跟我说，不要署她的名。她说，主要的调查采访是丁主任做的，稿子也是他写的，她不能贪人之功。"

苏同开了句玩笑，说："小莫比你聪明。"

束一光的大额头对准苏同，眼睛笨笨地眨巴了几下。其实，苏同和束一光属于同一类人，都比较迟钝，不容易开窍。

"稿子先放一放，因为涉及的人和事太多太复杂。我得向于总请示一下再说。"

束一光的小尾巴辫俏皮地在苏同视线中晃走了。

苏同将丁钢的电子邮件复制了一份，发给了于大桥。

2

苏翁子早上七点之前，必须到校。学校有规定，学生在进入教室早读之前，必须沿着操场跑几圈。

翁子走出屋，轻轻带上房门。她不知道昨晚翁小明是几点回来的，但可以肯定的是，非常晚。她不想将熟睡中的翁小明吵醒。

翁小明很快就醒了，他的生物钟已经叫醒了他。先蹲厕所，坐在马桶上，看手机，浏览财经新闻，查看一下自己持有的股票有否新的数据出台，然后再洗漱刷牙。

之后，翁小明下楼，从角落里搬出在二手市场上买来的旧自行车，晃晃悠悠到单位去点个卯。

他的越野车因体积庞大，在租住地很难找到停车位，有一天晚上停在路边还被人撬了后备箱，偷走了里面的烟酒。自那以后，翁小明就把车停在了单位不大的院子里。

翁小明工作的单位，过去叫地质勘测研究院，是国家机械部设在江城的机构。名字有些高大上，其实做的都是野外作业。当然不是那种跋山涉水、在崇山峻岭中寻找矿石资源的作业；而是建筑业的前期部分，勘测，岩土分析，再就是桩基部分。改革开放的大潮也裹挟着地勘院往前走，实行了股份制改造，成了有限公司。计划经济时代，地勘院虽吃不饱，但也饿不死，有安全感。断奶后，就得自己谋生，自己走市场。初换名头的有限公司，混乱，茫然；因为出身特殊，京城管不着，地方政府管不了，无声无息好几年，妥妥的自由，但也被省市地方上同类的机构抛下好远。

经过几番折腾，老人退休的退休，年轻人长成中年大叔后，公司有了改观，大叔们也相应地有了话语权。

但办公地址几十年没变，四周被居民楼包围着。

翁小明到不到办公室去，没有人会过问。跟他一个办公室的老向还巴不得他不来。没有翁小明的天地里，他抽烟、吐痰，大声讲电话，都不用顾及谁的脸色。

老向当过兵，在部队给首长开车，退伍到公司后，给徐总开车也好多个年头了。徐总觉得老向比自己年纪大，让老向跑前跑后不太方便，便给他安排了一个职位，做后勤安全部部长。

公司涉及的工作与建筑施工有关，扯皮拉筋的事没少遇过，所以设一个这样的部门很有必要。有了纠纷的时候，自然少不了向部长出马。日常工作中，他与翁小明做的一样，找活、接项目。可别说，老向是土生土长的江城人，关系一旦链接起来，小打小闹的工程好像就没断过。他人勤快，同事工地上有事，需要个质量监理，只要喊他一嗓子，他就乐颠颠地去做。

可此监理与彼监理是不一样的。老向的监理是不出事，完工便大捷。翁小明的监理是要保证每一个环节按标准做。但凡翁小明去了工地，工地上便少不了他的呵斥声，或者与包工头的吵骂声。有关他的坏脾气，传到公司里，也总是被人笑话，“二百五”“苕货”的外号，比“老公”这个外号还出名。

同一个办公室的老向，真诚地说着风凉话：“老翁跟我们不一样，老婆在前面顶着，不愁吃不愁喝。人家在客厅里能打羽毛球，哪像我，一家三代还挤在雀笼里。”

杨豪也说过他：“翁哥呀，你也别太较真了，睁一只眼闭一只眼吧！”翁小明跟老向没啥可说的，对杨豪就不一样了：“我疯了，要去得罪人？我不得罪人，出事的还不知道是谁！”

杨豪的工地上出过几次事，但大都用钱摆平了。翁小明对他说：“能用钱摆平，算你运气好，等到用钱都摆不平的时候，你哭都没地方哭。”

说起来，翁小明也不是一个多么有责任心的人。他只是胆小，他的口头禅是：“既然你接了条，在合同上按了手印，出了事，神仙也跑不脱。”

近些年，不少承包商是变着花样降低成本，加上层层转包，落到桩基这一块，就成了熬过几道汤的骨头，哪有什么油水？于是就有不按图纸做，偷工减料，或者用劣质材料替代的事。这可是基础部分呀，一座大厦的基础，也是一个庞大建筑物的安全核心。

所有的人购买商品房，都是以地段、楼层、朝向来考虑，但像翁小明这些做地下工程的人，首要考虑的却是地质构造，以及桩基结构。

翁小明将自行车靠墙停稳，正准备走到对面的早点摊去吃碗牛肉粉，迎面被杨豪“老公老公”地大声叫着。翁小明不想应声，路旁的饮食男女们听了“吃吃”笑起来。

平常在单位里，大家叫翁小明时，故意将“翁”念成“公”的音，不管是谁，只要这样一叫，都会嘻嘻哈哈。有年轻的女同事大声叫着“老公”的时候，便会有无数个男声同时答应“哎！”接着便哄笑个不停。后来，女同事们不叫老“公”了，改叫“公”工，工程师嘛！翁小明可不干了，板着脸正色道：“我姓翁！”

杨豪与翁小明一同走到早点摊，拉开两把塑料凳。

“翁哥，你好稳得住呀？徐总是不是给你吃定心丸了？”

翁小明没做声，只是笑笑。眼前的杨豪，穿着一件浅灰色的短袖上衣，前胸两边有着深深的折印。翁小明开了句玩笑：“你这身打扮，离接见外宾就差条领带了。”

杨豪瘦高个儿，背却有点弓，脸上的五官长相没有一个合规合矩的，与翁小明站在一起，可以说是个没什么看相的男人，但他的穿着打扮从来不含糊，头发永远是干净顺溜的样子。

“你别打岔，我跟你说的是正经话。”

前些时候，部里来人，对公司进行了全面整顿。公司在搞活机制后，一部分人抢占了先机，接了大单，换了坐骑，有的还在三环边住上了别墅。没有资源没有挣到钱的员工，对新的运行机制导致的贫富差距心生怨气，更不服气。凭什么你能发财？难道就没有违法违纪吗？于是一封封举报信向京城投去。部里来了三个人，静下心对公司全方位进行了一次账目清理。问题肯定有，吃吃喝喝、送礼、项目提成标准不一，等等。上面来的人，话说得很硬，很政策，但该吃吃，该喝喝，该洗桑拿还带按摩，一样不落。最后限期整改的成果是，对班子进行了调整，总工程师退休，挂了个顾问。班子成员中，新进了一位与翁小明同年进院的毕业生王云。接下来是对部门的几个处室进行整合。要求部门负责人实行竞争上岗，必须是年轻化、专业化、数字化。前面两项要求好理解，数字化是什么？徐总的解释是上岗后三年内的业绩目标。

翁小明怎么能不清楚公司的情况，他嘴上说着无所谓，心里还是不爽的。本来工程监理部部长非他莫属，可王云前天跟他透露，徐总的意思是要将老向换到这个位置。

杨豪得知后，比翁小明还生气："老向一没文凭，二没专业，就凭老徐给他的两个大项目？"

"那有什么办法？现在还不就是这回事？"翁小明的口气绵软。

"老向就是姓徐的'狗腿子'。明明是自己搞的项目，却说是老向拉的，既让老向死心塌地给他当'狗腿子'，自己还能享受提成，而且是最高级别的。"杨豪气儿不打一处来。

"你这不是废话？徐总要你搞，你不搞？只怕你比老向还要巴不得。"翁小明嘿嘿笑出了声。

"说真的，你就不能想个辙，拉着你老婆到徐总家走走？别那么清高，你不把人家当棵葱，人家就不炒你这盘菜。还有个办法，你尽快签个单，哪怕这个单过些日子黄了也无所谓。"杨豪还真是苦口婆心地在帮翁小明出点子。

"不过，话说回来，我要是你，也懒得搞这些无聊的事。谁叫你命好呀？吃穿住不愁，公司这么多男人，谁家的女人是老总？谁家的孩子能考上顶尖中学，我要是你，梦里都要笑醒。喂，还有，公司里有人疯传，他们说你炒股赚了不少钱，是真的吗？"

翁小明用左手搅着碗里的米粉，让风吹凉热腾腾的米粉和那碗油汪汪的汤。他听得出来，杨豪东说西说的这些话，真真假假，便懒得吱声。平日里，比这更不好听的话，多了去，他耳朵都听出茧子了。苏同最初被任命为《江风快报》副总编时，翁小明比苏同要兴奋，单位同事跟他说话都明显客气了好多。李师傅的儿子想到报社实习，苏同立马就办好了。王云的工地夜间扰民，被投诉到快报，苏同也让宋兴帮忙化解了。于是，翁小明在公司里前所未有地长了面子。但，任何事都不能过度。麻烦的事太多，一个接一个，再找苏同，她的脸色开始是为难，后来就越来越不好看了。翁小明知道苏同的性格，比较“夹生”，不接地气。为了开导苏同，他就给她讲社会学、关系学，讲有权不用、过期作废的现实道理。翁小明也不是嘴巴利索的人，从他嘴里跑出来的这些一知半解、生搬硬套、近于油滑的道道，让苏同觉得翁小明今非昔比。翁小明知道苏同不认同他的说辞，可也不与他争辩。苏同最主要的回应就是漠视你。翁小明渐渐无趣，于是在公司里，朋友间，碰到了需要找苏同帮忙的事儿，能推则推，推不掉的就拖。几次三番后，就有人背后说起了他的闲话：翁小明在家肯定是个“踏秧子”，睡地铺的家伙，诸如此类。

杨豪是公司引进来的人才，公司也是杨豪想进的公司，两者应该是双向奔赴。他与翁小明是同一所大学的校友，比翁小明小十岁。杨豪毕业时没有赶上国家统一分配，便自谋职业。他与王云是差不多类型的人，肯吃苦，可他的脑子要更活泛些。他在积累了一定财富后，便自己开了公司，可要想拿下大项目，必须要有足够强大的资质背景。杨豪不仅做到了，还做得游刃有余。随着房地产行业越来越火热，他接的大工程大项目多了起来。甲方自然要求质量、口碑双馨。在杨豪认识的人当中，做监理有经验并能让人足够放心的当数翁小明。翁小明既是学长，还有一个重要却说不出口的优势，那就是他的老婆苏同。做民用工程，质量安全、生产安全个个都是绕不过去的话题，生产周期一长，指不定在哪个环节上出岔子。他深知，关键时候，嫂夫人能助他一臂之力。在翁小明半推半就帮过他好几次忙之后，两人就像兄弟般走得越来越近。杨豪此时的这番话，多多少少有点苦口婆心的意思。

杨豪连汤带粉大口大口吞咽，一大碗内容很快下肚，他从方桌上的小盒里抽出纸，用劲擦着嘴巴。转身走时，还不忘丢下一句：“我说的你别不当真，你不为自己解手，也要为我们兄弟把茅坑占着。”

吃东西，翁小明一向是细嚼慢咽。杨豪的话，风一样从他耳边刮过，但这次，被风刮过的耳朵，有了不适之感。

翁小明终于吃完了牛肉粉，他觉得这家面馆的牛肉今天好硬，失去了往日的味道。

想想同一个办公室的老向，每天用抹布使劲擦着办公桌的老向，翁小明不想上楼了。他起身，也抽出纸巾，狠劲地擦着嘴，径直去了对面的证券交易营业厅。

3

交易时间尚早，二楼的大户室还未开门，翁小明坐在平常散户们聊天盯盘的地方，想想这么多年来，自己的一事无成，有些莫名的伤感。

翁小明大学专业是机械工程，一九八六年毕业后分配到地勘院。来院后，他发现专业不对口，与自己所学没有任何关系，便心灰意冷，跟很多同事一样，不死不活地混着。老院长是上海人，喜欢翁小明的老实听话和做事细心。退休后，他要回老家，临走前，他问翁小明想不想去上海。翁小明摇头。老院长明白他的意思，将他推荐到珠海一家机械进出口公司，属于借调。珠海虽是改革前沿，与深圳却是天差地别。在那里，翁小明好像也没能找到属于自己的机遇。

一九九一年春节前夕。翁小明从珠海回到地勘院，与久违的伙伴们约到新华路体育馆踢了一场足球，喝了一顿啤酒。酒喝得有点高了，就特别想家，想自己的父母，几年没见，也不知状况如何。他便起心回家过年。从地勘院到王家巷码头，都不需要搭公交，走个十多分钟就到了。他上了“十堰”号，想着躺一晚，第二天天不亮就能回到家了。

想不到的是，在“十堰”号上，他遇上了苏同。快九年没再见过面的、那个搭救过自己但一直不知道名字的女同学。

翁小明已有些发福，不再是以前又黑又瘦的模样。而苏同变化不大，后脑勺上还是扎着马尾辫，是个不算漂亮却很有亲和感的女孩。

“十堰”号在长江中轰隆隆破浪穿行，风有点大，深冬的夕阳只是出来晃了一下，就被云层遮住不见了。江风灌进衣领、裤筒，头发也弄得乱蓬蓬的。翁小明没有在甲板上走动，他窝在船舱里，靠着船帮安静地想着回家后要不要找同学聚聚。船舱里是两排统铺，中间有窄窄的只能容一个人走动的过道。翁小明将自己的行李包从脚边移到背后，当靠背用。他坐定，正准备闭目养神时，忽然看到了对面统铺上的苏同——那个在赤水排水闸闸洞里，给自己水喝的女生。

翁小明对那个女生的厚嘴唇记得特别清。那时候，昏迷的翁小明被几滴水唤醒后，无力地望着眼前的女生——一副清汤寡水的面容，厚厚的嘴唇一张一合，吐出了几个“为什么”。自己那时不想回答，也没有回答。事后，翁小明也曾想过，如果在大街小巷的某个地方能碰见她，自己会不会主动去打声招呼，是喊“哎”，还是问“你好”，翁小明有过设计。可惜，没有这样的机会。学校放暑假后，毕业生再也不用去学校了。翁小明在八月中旬回过一中，去拿大学录取通知书。六个同学考上了大学，另外五个都是和翁小明一个班的，“六骄子”就此出名。另有两个文科生也上了师范学校。翁小明从校门口张贴的大红榜上，看到了自己的名字。但他一点都不兴奋，他从没想过要上这所大学，这所江城工学院。数学王子却毁在数学上，让他与心仪的上海交大失之交臂。

当年的翁小明其实是想复读的，但他又实在说不出口，因为那时他的父亲还没完全平反。二十多年前，出身不好的父亲被划到极右的队伍中，并从此告别了中学的讲台。后来，一家四口人全靠父亲四处打零工和母亲帮别人缝补衣服度日。姐姐翁小兰大他一岁，早他一年考上了沙州市卫校。翁小明的不甘心和痛苦无处诉说。

当他知道自己无端丢了二十分后，心里那是怎样的懊悔呀，上海交大只能是梦了。那天，他揣着那本高数教材来到排水闸的闸洞里。是解析数学题的魔力让他忘记了时间？还是无法开口面对家人？又或者是面对命运拨弄时的种种困惑？总之他就那样一连几十个小时靠着洞壁坐在那一大片杂草中，没有走出来。

给他水喝的女生，会不会出现在那张红榜上？翁小明事后曾仔细琢磨过文科班那两个硬邦邦的男性名字，他认为与那个女生没有关联。

统铺对面的女孩正在一边瞄着她身边的妇女，一边在本子上涂涂画画。

翁小明下了统铺，他趿拉着还未穿进去的运动鞋，来到苏同的身边。这应该是翁小明人生的第一次主动走向一个女生。他讷讷地笑着，向她打招呼：“你好！”

苏同抬起头望着翁小明，一个陌生的人。在她搜索记忆的当口，翁小明轻声说：“你应该记不得了。”

苏同一脸的歉意：“请提示一下？”

翁小明突然觉得自己有些唐突与莽撞，但已经开了口，只好继续：“排水闸，你帮过我。”

苏同恍然想起来：“哦，是你？变化有点大。”

翁小明不好意思地笑：“是的，胖了，胖得连我自己都不认得了。”

“不仅仅是胖，主要是你的头发烫卷了。”苏同想轻松一下。

“老出油，还乱！”翁小明的回答连自己都觉得莫名其妙。

苏同也是不会聊天的人。她收住笔，下了铺，走出船舱。翁小明也随着苏同在舱尾的铁锚处站定。一望无际的长江渐渐沉入夜色，两个不怎么会聊天的人，静静地让江风吹乱头发，听“十堰”号轰鸣，听江水在船行中被剪出的涛声。

“十堰”号上的这场邂逅后，翁小明鬼使神差地又回到了地勘院。

那时候，翁小明的同事中，有不少人看到了商机，开始跑单帮各干各的，王云就是其中之一。王云和翁小明是同一年分配来的，他学的是地质，专业上能挂上钩，关键他是从农村走出来的人，求生的欲望特别强。只要有活儿，不管是自己单位的，还是别人公司的，没日没夜在工地上摸爬滚打。经年累月，王云终于在行业内摸出了门道，有了人脉，可以独当一面。

翁小明与苏同结婚了，他是左胳膊吊着绑带结的婚。两人没有举行婚礼，结婚照上，翁小明的左肩比右肩要高出一截。翁小明在珠海办好了离职手续，想再看一看海，却被一块礁石绊了一跤，手腕严重骨折。吊着胳膊结婚的翁小明着实让王云他们羡慕——妻子学历高，是江都大学毕业的，工作又好，省委机关报的女记者。翁小明自己都觉得不真实。他一边接受同事们的羡慕，一边也在瞅着机会，想做点能让苏同感到骄傲的事，但都没能成功。

地勘院管后勤的一个同事，想在院子门口开一家酒店，办第三产业，院领导也特别支持，于是他想拉翁小明一起做。翁小明回家跟苏同商量，苏同很担心：“你不会应酬，这跟你学的专业也一点关系没有，你可以吗？”

“我的专业也不是院里的专业，专业对口的同事也没有活儿干。反正没有别的事，现在各行各业都在发展服务业，试一试！”

酒店热热闹闹开张，没几天就关了门，老板同事还跑了路，翁小明很是沮丧。翁小明的沮丧倒不是因为酒店关了张，而是老板用酒店执照以及房产向银行贷了三百万元款，贷款时使用的是翁小明的身份证。老板一夜之间消失得无影无踪。找不到法人老板，银行追债追到了翁小明头上。苏同头都大了，急忙找到一位法学教授咨询，教授没说多少与法规相关的话题，却摇着头说：“你丈夫好蠢，好没法律意识。”

这话，苏同一直烂在肚子里，从没跟翁小明说起过，她不想伤翁小明的自尊心。

翁小明之后又跟一个高中同学合伙开过公司，做建筑模型，双方需要各投资十万元租房子、买材料，以及请一个专业小青年打工。苏同犹豫了两天后，将存折上的钱全部交给了翁小明。一年后，公司黄了，投进去的钱不仅打了水漂，翁小明还跟同学成了陌路人。

翁小明对自己是很失望的，有种干啥啥不成之感。

上班没事做，他就晃到了对面的证券交易营业厅里。在那里，他认识了大户室的雷师傅。那天，翁小明进大户室观战，雷师傅手中的三只股票正一直往上冲，竟然都涨停了。这是史无前例的事。雷师傅便觉得翁小明身上有一股财气，这是投资人讲究的风水。之后，雷师傅就教翁小明开户，教他如何看K线，如何看成交量，如何买卖。翁小明在雷师傅这儿，有了兴趣点，对全新的专业有了热情，他又是个学习型的人，没多久就清楚了屏幕上各种线条的走势，上市公司的各种财务数据。日子就这样在涨跌无止境的循环中循环着。

再后来，苏同进入刚刚组建的《江风快报》，开始了前所未有的忙碌。翁子上学了，家里虽然没有断过小阿姨，但真正的陪伴一定得是父母，翁小明于是将空余的时间都放在了翁子身上。

苏翁子读书又是相当的聪明，中考后被江城外校高中部录取。

能将翁子照顾好，也是翁小明的心甘情愿。更深层次的原因是，翁小明在事业上还没有找到突破口，也不知道该从哪儿使力。

王云长期在工地上摸爬滚打，成了公司里的业绩标杆，自然成了高管。杨豪入列成为同事后，也给公司带来了不少项目。翁小明虽然为他们做质量监理的服务工作，认真负责，可是几年来，他一直没有接过大单，那种说得出口拿得出手的大单。

混到如今这副模样，中年大叔，一事无成，还要被杨豪指点，真是冤屈死了。

监理部经理要不要争取一下？用什么来争取？自己手上又没什么项目，沙州纱厂旧址改造的事能不能成为砝码？

沙州纱厂旧址改造，卢市长是关键，如果苏同跟自己一起去一趟，那是最好不过，但这是不可能的。他连开口都觉得没必要。更重要的是，他不想让苏同觉得自己离开了她，什么事都干不成。

翁小明记得苏同说过，那天晚上，她是和施三叶、卢老师在一起吃饭喝酒的，施三叶现在在师大进修。那么，施三叶是能在卢市长面前说得上话的。翁小明脑子里忽地灵光一闪，心里有了主意。

他决定去师大找施三叶。

4

曾主任被叫到乌总办公室，商量着有关明年的发行任务，重点话题是如何做到不失江城老客户，并向其他地市州进一步辐射延伸。

曾主任汇报，江城三地，江南区现在饱和度很高，再扩容的可能性不是很大，只要不掉就好。而江北江阳两区，还有空间，这个空间就是城乡接合部。另外，刚成立的开发新区，因为有一些大型企业入驻，也是可以拓展的。

乌尚义很开心，赞扬道："曾主任对发行市场做到了谋略在先、有的放矢，考虑问题很周全。现在离十月份的征订工作还有两个多月。新订户要增，老订户不能掉，这是最基本的。有关奖励订阅户的事，你们要提前拿个方案。赠送什么，你们自己决定，但总报价不能超过去年。集团党委会上，对快报明年的利润增长又有新要求，我强调了快报目前遇到的困难，但也很难改变党委的决定。"

"是呀，最好的日子已经过去了。"曾主任回应说，"一是省市类型报相互竞争，发行员到小区做征订时，你贬我，我骂你，恨不得动手打起来。再是读报的大多是上了年纪的人，也就是专家所说的老人读报时代，年轻人的注意力全在电脑上。"

"发行这块儿，希望老曾你多操操心。另外，有一个政治任务你这边必须完成。"

乌总让曾主任向省人民出版社采购一万本书，回馈订户。曾主任问是什么书，乌总说书名叫《资本的密码》。

"这书这么厉害？还是政治任务？"曾主任张着嘴巴半天哑然。

乌总说："书肯定好，发行部做好了，关乎快报的业绩，也关乎整个报业集团。因为我们要的量大，束一光这边会跟出版社交涉，把价格压低，所以你不要有太大的压力。"

曾主任问是多少钱一本。

乌尚义说："具体多少钱一本，我不清楚。这个事我已交给苏总、束一光他们。你跟苏总商量一下看怎么弄，价格当然是越低越好。"

曾主任出了乌总办公室，在电梯口等着电梯下降，他将乌总递给他的一支烟夹在右耳上，见到丁钢，便将烟取下，给了丁钢。丁钢"嘿嘿"笑："曾主任的烟差不了。"他从裤子口袋里取出一个简易打火机，将烟点上。

曾主任心事重重，没有理会丁钢说什么，他犹豫了一下，来到了苏同的办公室。

束一光也在。他坐在沙发上，手中的笔在茶几上划来划去，见到曾主任进来，便将身子往一边挪了挪，给曾主任腾出了位置。

苏同对曾主任说："你来得正好，束主任跟出版社那边沟通得差不多了。《资本的密码》，书店销售价是五十八元一本，给我们的批发价是五折，那就是二十九元，发行你这边要一万本的话，那就是二十九万元。"

曾主任睁大了眼睛，嘴巴有点不听使唤地问："这么多？我的个天，我明年的发行营销费用全都要花在这上面了。"

苏同也觉得这个数字过于庞大，抿了抿嘴唇，对束一光说："你跟他们再谈谈，我们要的数量这么大，打三折吧！"

曾主任说："如果他们不同意，你就说，那我们要减去一半的订数。"

"因为要量大，出版社是加印，加印是要付作者版税的。"束一光因为与作者、出版这块儿交道打得多，自然明白其中的道道。

"苏总、束主任，你们两位是文化人，我说几句，你们不要见外。唉，刚才在乌总那儿，我不好说，我不知道这本书是什么内容，我更不知道为什么非要送书给我们的订户。但你们应该清楚，现在的发行工作不像以前，不好搞，读报的人大都是居家的老年人，老年人哪有闲心管资本什么密码？年轻人根本不看报，报都不看的人，你要送一本书给他，好像有点……"曾主任将快要蹦出口的词，硬咽进了嗓子里。

苏同呛道："你跟乌总讲了吗？"

"唉——"曾主任摇摇头长叹一声，回答不上来。

"你看你，既然接受了任务，那就尽力做呗。"

"省人民社过去跟我们联系不是很多，一光这边给他们发过一些书讯。一光，你再跟他们说一下，把价格压下来。要是能打三折，发行这边可以少支出多少钱？"苏同用手敲了敲额头，玩不转数字的人，一下子算不出账来，她只好把目光投给曾主任。

"差不多十二万。"曾主任马上就报出了数字。

束一光的手在他油光锃亮的前额上捋着，勉为其难的样子。曾主任则双手向束一光连连作揖。

苏同刚从茶水间回到办公室，还没坐定，座机电话响了，是束一光打来的。他告诉苏同："省人民社的陆社长找你，我把你的手机号发给他了。"

束一光接着有些讨好地向她汇报道："我前两天找过人民社编辑部主任，专门谈我们发行部买书的事，一万本，能否三折。对方说他只管编辑方面的事，做不了销售价格的主。不过，因为单子大，又是快报，应该好通融。他说要向社领导汇报。陆社主动找你，这是好事儿，说不定能成。”

苏同觉得束一光分析得有道理，人家自己找上门来，三折有戏了。

束一光还要继续说下去，苏同的手机突然响起。苏同瞄了一眼，是个陌生的号码，会不会就是陆社？苏同压了座机电话，点开手机。刚刚开口问候了一句“你好”，对方便迫不及待地说：“冒昧呀，苏总，我是省人民出版社的老陆，陆平琛。”

苏同礼貌地回应：“陆社你好！”

“我们虽未谋面，但在业内，你们快报还有你苏总，都是大名鼎鼎，久仰久仰呀！”

苏同想着，文化人陆社，说话腔调听上去好夹生，不文不白的。

苏同问：“陆社有什么事吗？”

“首先是感谢你呀，感谢你对我们人民社的关注与支持。哎呀，快报影响力真是太大了。上周，你们将《资本的密码》的长篇评论推出后，当天书店就反馈消息，说书卖得大好，现在库存差不多快光了，正准备加印。”

苏同真想说一句，加印什么呀？报纸的影响力不可能具有长效性，过些日子就会被别的信息取代。

“我们想请你、乌总、于总一起出来坐坐。你看什么时间好？”

这个提议是苏同没想到的，她停顿了一下说：“陆社，别见外了，我们是兄弟单位。现在天气太热，工作很忙，他俩更忙。”

乌总委托过自己把书价尽量压下来。但陆社就是不提书价，他是故意卖关子还是不想在电话中谈？目前，苏同最关心的就是这一具体得不能再具体的事。她心急，却不想贸然开口，快报这边想压到三折，可万一人家二折一折也可以出手，那快报岂不是就吃大亏了？这虽然带有臆想的成分，但也不是不可能的事。

“那怎么行，苏总，我是诚心诚意的，一定要拜会快报领导，请你们给个机会！”

陆社语气已从客套跳到恳求。省人民社出版方向是科教、理论、人文、社会等，快报读书版一直与市场紧密接轨，关注较多的是文艺出版物，一年四季，坐镇江城，辐射全国，名匠新作，多元化评论，深得读书人追捧。三个月前，《资本的密码》只是在读书版上发过一条书讯，与众多的书讯配在一起，并没有引起多少关注。上周，读书版用了三分之二的版面，在《新作热评》专栏上，隆重推出了一篇《我读〈资本的密码〉》的评论，评论出自江都大学经济学院教授之手。也不知道编辑乐春儿在短短的时间里，是怎么约到如此高规格文章的，苏同一直很佩服编辑记者们的作战能力。

估计人民社是第一次尝到了不花钱做宣传却获得比做广告要好多倍的功效，这肯定是让他们意想不到的，所以想和快报建立长久的合作关系，这应该是重点。苏同很明白，关键的话不说，想来也是有道理的。陆社都迫不及待要宴请快报老总了，又怎么会在一本书的价格上，不给快报面子呢？

陆社的真心诚意，苏同有什么理由拒绝？还有，他又不是只请你苏同，你也不能代替乌总和于总拒绝。再说，双方坐在一起谈，说不定二折都不是问题。苏同便说："陆社，你看这样好不好，我向领导汇报下，再给你回复。"

苏同放下电话想了老半天，是直接与乌总说，还是先去征求于大桥的意见。

都没有，苏同去了副刊部。

5

翁小明的车子今天洗过两遍。第一遍是在离单位不远的街边洗车店，平常在那里洗得多，小老板认得翁小明，收费上就按优惠价。可是车子在上二桥之前，绕过一个水坑时，被同向的车超过，溅上了泥点子。在到达桂子山之前，翁小明找了一家洗车店又洗了一次。桂子山上是师大校园，这里树木繁茂，曲径通幽。傍晚的校园比校门外的市区清凉许多。

暑假期间，大部分学生皆已离校。留在学校的，要么是热恋中的小情侣，要么是考研的学霸们，无论是热恋还是考研，一分一秒都无比珍贵。

中南师范大学是教育部设在中南地区最好的培养师资力量的大学。寒暑假期间，也承担了很多培训在职教师的任务。

翁小明是来找施三叶的。

苏同说，施三叶与卢老师熟，还不是一般的熟，举杯喝酒随意的那种。那天晚上，苏同说起这件事时一脸的吃惊，觉得不可思议。翁小明当时没有搭话，其实他心里更好奇，琢磨着当年那个被周连带到家里来的小姑娘，那个又黑又瘦、胆怯得不敢说话的小姑娘，是怎样的凤凰涅槃。

与周连通话后，得到了证实。施三叶是卢老师一手弄进一中的，一中也就是现在的实验中学。

沙州纱厂旧址的改造工程，在翁小明看来，只要卢市长一句话，就能搞定，这对他可太有吸引力了。他问过老易，老易也说，沙州这么大的城市，要建的项目多了去。翁小明想过自己去找卢市长，可是怎么说呢？他不是自己的嫡亲老师，自己在他面前不好随便开口。

说到底，翁小明是个很不自信的人。但总得走一步，看一步，做一步呀。

翁小明第二天再给周连打电话，就是要施三叶的电话号码。想到要一个美女的电话，他没好直截了当，扯野棉花般啰唆了半天，不过，也顺便获得了有关施三叶的更多信息。

周连正在因为“三缺一”等待麻友。翁小明说：“老师这个职业真是为你量身定做的。”

“怎讲？”周连问。

“一年两个假期，可以玩死。”

“打打牌，混混点，就这样了。”

“这样搞，老婆不管你？”

周连胡诌道：“老婆管个啥？老婆管别人去了。”

“瞎说，你怕是喝酒喝高了吧？”

“真的跑了，跑到深圳打工去了。”

“幸福呀！”翁小明无话找话。

“幸福个屁！你这个云端上的人说我幸福，真扯。”

翁小明不想就这个话题纠缠下去，有些心虚地说：“你把小施老师的电话给我，我有事要找她一下。”

“人家结婚生子了，老公还小她四岁。你若做情敌，不是对手。”

“看你说的，我又不是你，见到美女就生扑的人。”

“我还要提醒你一句，人家不仅有身强力壮的老公，外面还有大人物罩着。”周连又笑。

“你昨天就说了，卢市长对她关怀备至，不仅把她推荐到你们学校当老师，还给她一个正式指标。”

“你记得这么清楚？记得就好！”

两个人在电话的两端开怀大笑。周连将施三叶的手机号码发给了翁小明。

中南师大校园对于翁小明来说，还是很熟悉的。江城工学院紧挨着师大，占着桂子山的一角。当年他在工学院读本科时，没事就跑到师大来转转。这里美女云集，与紧邻的工学院完全是两个世界。翁小明所在的机械工程制造班，班上四十多个同学，只有五个女生。二十世纪八十年代，工科女真的是凤毛麟角。长得好看点的，一下子就被家境好、胆子大的男生盯上并捷足先登了。那时候，学校有个非常不人性化的规定，大学生在校期间不许谈恋爱，如若违规，劝退甚至被开除都有可能。因此，成了男女朋友的同学只能偷偷摸摸钻林子，打游击。现在的大学生，真是幸福，谈恋爱成了大学生涯的一门必修课。

翁小明十六岁上的大学，在班上，属年龄最小的一拨。父亲在赤水教育局扯着平反的事，家里经济条件不好，更重要的是，进这所大学他不情不愿，委屈极了，很长一段时间闷闷不乐。

寝室里的五个兄弟，除了班长是江城市人外，其他几个，与翁小明差不多，要么是本省县市来的，要么是外省县市的。老易，当年的小易就睡在他的上铺。翁小明除了有选择性地上课外，就是去足球场上踢球。

大三时，五四青年节，班长在师大的高中女同学来寝室串门，邀请班长和其他室友一起去师大搞联谊活动。

班长心生欢喜，满口答应。送走女同学，班长兴奋地喊："弟兄们，机会来了！"

翁小明现在都还记得，五四那天，他和小易是被班长拖着去的。

那时，翁小明似乎还在少年的身体里挣扎。一件白色 T 恤，是来江城上大学时舅舅送的，这是他感觉最体面的一件上衣了。踢球时，他怕弄坏弄脏，都是脱下来，光着膀子在球场上跑。尽管非常爱惜，春夏两季，穿的时间太长，白色还是变成了土黄色。翁小明不想参加群体活动，特别是还有陌生人参加的群体活动。翁小明不想被人看笑话，更不想被女生看低。

班长与另一个同学将他从床上拉起来，连哄带骂："这是班集体活动，你怎么一点集体荣誉感都没有？"

那是一个暮春的正午，阳光好晃眼，晃得翁小明眼睛都睁不开。在师大校园一块绿草坪上，师大的女生们个个花枝招展，见到几个腼腆的工科男生，开始还有点羞涩，后来发现男生比她们更羞涩。之后，女生们便大胆起来。先是拉歌，女生拉男生唱，男生拉女生唱，有时也混唱，引得不少人侧目。情绪热烈起来，女生们就主动出击了，点兵点将点独唱。男生这边的班长被自己的女同学第一个点起来唱，唱了《外婆的澎湖湾》，调儿真的跑到澎湖湾去了。因为班长的走调，翁小明才放松下来。

班长的女同学又点翁小明唱歌。翁小明涨红着脸，摇着头，连连说不行不行唱不好。女同学有点搞怪，想让他也像班长一样出个洋相，她真的以为翁小明唱不好，便起身，号召自己的同伴，有节奏地击着掌。翁小明不得已站起身来问："你们想听什么歌？"女同学说："什么都行。"另一个女生说："'亭亭白桦'，不，是《北国之春》。"翁小明朝那个女生望去，一顶草帽戴在头上，脸看不清，被草帽遮住了，但看到她的肩与脖子呈一个直角。

翁小明站在大家围起来的圈圈中，第一次被众人注视，他心里紧张，手足无措。但他一开口，却让大家安静下来。翁小明是会唱歌的，上小学时，他还在京剧样板戏《红灯记》选段里，反串过李奶奶。草帽女点唱的《北国之春》是首日本歌曲，几年前经刘文正翻唱后就红了，许多歌唱演员一有舞台机会，也会唱它。翁小明一听就会，他很喜欢那种悠悠的抒情小调。

翁小明一亮嗓子，连班长都惊呆了。这小子，还有这一手？深藏不露呀！给咱们寝室长脸了。

之后，是跳交谊舞。班长与他的女同学成了领舞。翁小明不会跳，更不敢去邀请对面的女生。

可是，那个草帽女向他走了过来。她高高挑挑地向他走来，笑盈盈地伸出手，做出了一个邀请的手势。

草帽女拉着喘不出气来的翁小明说："越紧张越跳不好，你放松点，脑子里想着音乐，双脚踩着节奏就行。"

那天天黑后才回到寝室。翁小明没有洗澡，他不想洗，他觉得自己身上有股好闻的香味，手上也是。半夜里，他做了个奇怪的梦，梦里，他在找一本高等数学教材，可是，教材上没有题目，数字也没有，都是白纸，这让他很着急。他正在着急的时候，却想上厕所了。

草帽女在很长一段时间里，占据着翁小明的睡眠时间，不知道是睡不着时想她，还是想她时睡不着，混沌着莫名的奇妙快感。那是一种少年奔赴成男人的崭新快感。翁小明当时因为紧张，没有主动与草帽女生说什么，连人家名字都不知道。

他又不会像别的男生，大大方方或者曲里拐弯去找班长打听。

实在憋不住了，他去过师大校园几次。他在校园小路上、食堂、图书馆周边转悠，看到脖子与肩呈直角、戴帽子的高个儿女生，心便不由自主狂跳到嗓子眼。其实，他自己也没想清楚，如果真的与草帽女相遇，自己会说些什么，做些什么。

翁小明将车停在培训大楼门前，拨打施三叶的手机。

手机响了半天，没人接。过了一会儿，施三叶回了过来。

“翁总，我马上下来。”

周连给他电话后，他就联系上了施三叶。

施三叶主动说：“周老师已跟我说过了，说苏总的先生翁总要找我。”

翁小明说：“听说你在师大进修，我来看看你，晚上来请你吃饭。”

施三叶从大门口出来，瘦瘦条条，也是直角肩，像多年前的草帽女再现。如果不是她向自己的车子径直走来，翁小明不可能将她与多年前的小姑娘联系起来。施三叶牛仔短裙绑着臀部，走起路来一跳一跳的，很有弹性。要不是周连说她生过孩子，这哪能看出是做了母亲的女子？翁小明从驾驶室下来，望着施三叶笑。

“哎呀，听周连说你变化大，没想到是鬼斧神工。”翁小明边说边拉开副驾驶室门，做了个请进的手势。

施三叶毫不客气钻进车内坐好。一股浓香直冲鼻腔，翁小明转过头打了喷嚏。施三叶吃吃笑了起来。

翁小明贴心地问：“施老师，想吃什么？”

“随便吧，翁总。”

翁小明想了想说：“随便是最困难的选择。不过，江都大学后面新开了一家西餐厅，还不错，在东湖边上。”

见施三叶没有异议，翁小明便把车慢慢开出了校门，往东湖边去。

这家餐厅叫“西堤”，是翁子来吃过的地方。翁子对他说过，西堤的牛排是江城最好吃的牛排。翁小明问她是怎么知道的。翁子回答是郝洁过生日时，郝洁爸带她们去过。郝洁是翁子最要好的同学之一，现在在外校的国际班。

翁小明与施三叶联系上后，做了功课，将师大周边的餐馆搜索一遍，中餐西餐各有备案。

“翁总，你这车好大，几座？”施三叶掉头向后边扫视。

“七座。”

“坐在上面，很稳很舒服。”

“耗油，高速公路收费按商务车的标准，贵出小轿车可不是一丁点儿。”

“嗨，你又不缺钱，关键是安全性、舒适度要高！”施三叶捏着嗓子嗲声道。

翁小明的生活中，除了歌舞厅、酒店，难得有美女近距离对他嗲声嗲气，心里似有一股绵绵的东西滑过。他瞟了一眼右边，施三叶的手是那么的纤细，握在手心里会是什么感觉？

车子穿过立交桥下面的人行通道，驶进江都大学后面的沿湖小路。这里不仅有各式各样以东湖鱼为主打特色的餐馆，更有比餐馆多的拉客者。他们见有车子放慢速度开过，便会不顾一切地贴近车窗。“老板，有停车位哟！”“我们店有活鲜哪！”司机常常会被突然冒出来的人惊出一身冷汗。再往前开两分钟，就是江都大学的东门出口。

西堤到了，的确是个安静的地方。门童是一个小老头，白色的短袖衬衫，用一条宽大的皮带扎进黑色西装短裤里，极具喜感。他将翁小明的车导入后院车位后，回到门前，等着翁小明、施三叶光临。

翁小明让施三叶走在前面，意思是让她自己挑个喜欢的座位。

刚刚坐定，服务员就送来了菜单。翁小明绅士般示意由施三叶来点。

施三叶问服务员：“你们这里的雪花牛排是从哪里进的？”

服务员指着菜单上的说明文字，拉开嘴角笑着回答：“您看，是日本神户进口专供。”说完，拉开的嘴角立马归位。

翁小明心里明白，哪有那么多神户牛肉，但今天却是冲着神户来的，要的就是服务员这种不容置疑的效果。他极爽快说：“给我们上两份雪花牛排，我要全熟的，你呢？”翁小明微笑着望着施三叶。施三叶老练地说：“全熟的口感有点老，我要七分的。”

“给你点杯红酒，怎么样？”翁小明以为施三叶会拒绝。毕竟好多年没见，这也是两人第一次单独吃饭，她应该会客气一下，或者对自己有所戒备。

没想到，施三叶连客套都没有。

餐盘很快端了上来。

翁小明用左手拿着刀，切着盘子里的牛肉。他对右手拿刀的施三叶解释道：“我是左撇子。”

施三叶却说：“只要能切开牛排就行，管他是左手拿什么右手拿什么。我不接受花里胡哨的穷讲究。”

她用修长的手指捏着酒杯，缓缓荡着，慢慢将红酒送入唇中。翁小明暗暗惊奇，又一次在心里直呼，鬼斧神工呀！

“红酒牛排，绝配！翁总，你不喝酒？苏总不让你喝？”

“不是，很想陪你喝，担心酒驾碰上交警，自找麻烦。”

施三叶说：“前些日子，我见过苏总，还跟苏总在一起吃过饭。是卢市长叫我去的。”施三叶主动提起了卢市长，有关卢市长的话题，此刻是翁小明最在意的，但他装作什么都不知道似的问：“哦？你跟卢市长很熟？”

“是呀！我跟卢市长熟，是当初在师大读书时，一个老乡介绍认识的。他们俩是党校的同学，关系不一般。那天的饭局，就是我的这位老乡做的东。”

施三叶在翁小明面前很放松，讲话也是慢慢道来。翁小明听着，觉着她在故意显摆，炫耀的成分很浓。不过，这样的女人反而好打发。

“你这次培训，什么时候结束？”翁小明问。

“已经结业了。我不想这么快就回赤水，反正离开学还有好些日子。”

“你不想家，家里人？”

“想儿子，特别想。但他爷爷奶奶霸占着。”施三叶用了“霸占”这个词，虽是玩笑的口吻，但翁小明听出了不满与隔阂。

“哦！我这个周末准备去沙州出差，你想不想去看看？”翁小明试探地问。

施三叶没有马上回答，她想了想，说我算算时间。

吃饭中途，翁小明接到杨豪的电话，杨豪说自己在洗脚城，洗完后去歌厅，问翁小明过不过来。他请了几位朋友，想让翁小明一起陪陪。

翁小明“嗯哈”着。杨豪特别敏感：“看来，你不方便说话。老地方，忙完后，来一下最好。”

饭后，翁小明送施三叶返校。施三叶下车时，翁小明也下了车，他想握一握施三叶的手，施三叶笑着转身。翁小明没觉无趣，想着这是美女才有的任性。

翁小明说：“去沙州吧，去看看卢老师！”他说的是老师，而非市长。

“我想好了回你电话。”施三叶翩然消失在翁小明的视线里。

翁小明坐进驾驶室，半天没有动。他在算他第一次见施三叶是在哪一年。

6

苏同坐在于大桥的办公室里。于大桥一边在电脑上打着字，一边听苏同说事儿。

丁钢的特稿，苏同几天前就传给了于总。她来讨个信儿，问于总看了没有。于大桥只是笑。她又问能不能发。于大桥反问道：“发了对快报有什么好处？”

“丁钢采写此稿，花了工夫的。”苏同说。

“何必要把窟窿越捅越大？稿子里只是讲一个成功男人的滥情故事，但明眼人一眼就会明白，这是要给快报洗白。你洗白了，就有人要变黑了。被黑的人，又是我们惹不起的。这怎么可能见报呢？根本就不用想。”

苏同说：“我也是这样答复丁钢的。但他的意思是本报不发，他就会给别的报纸或者杂志。”

“那也不行！现在的信息哪有边界？终归是会回到事件的起点。我明天请他喝酒，劝劝他。”

苏同接着说第二件事：“省人民出版社的领导陆社，迫切地想与快报领导建立友谊。”苏同想变化一下语气，幽默一下。但她又没有何颖那样的优势，笑话从她嘴里说出来，连自己都觉得寡淡无味。

“这个好，我们也需要出版界的支持。乌总应该没问题的。”于大桥很是爽快。

“那行，你去跟乌总说，我就回复陆社，找一个周末。”

“这个周末就行。今天是星期三，后天吧！”

敲定了这两个事，苏同心里轻松了许多。

回到自己的办公室，一堆版样放在桌上。读书版编辑乐春儿抱着一摞书进来。

“苏总，这些书是最新出版的，有小说，有传记，还有一本是省人民社出版的，他们从《资本的密码》宣传上尝到了甜头，想让我们连载这本《桥史》。”

乐春儿把书放在苏同的桌上。苏同拿过来翻了翻：“《桥史》？这不是新近出版的呀！”

“去年出的，做过书讯。”

“这是本专业性很强的书。我们的连载定位，一定要考虑快报的读者群体，质量上乘不用说，要有故事性，要能吸引人，这是基本的要求。”

乐春儿说：“连载肯定不合适。”

“那你的意思是，在读书版上再推一次？束主任看过没有？”

乐春儿回答：“束主任说以苏总的意见为主。”

“这家伙，要滑头。好吧，你放在这儿，我翻翻再说。”

苏同刚刚坐下，手机响了。是翁小明打来的，说星期五他要去沙州一趟，让苏同提前安排一下，周五到松园来陪翁子。

苏同有些吃惊，到沙州？他目前并没有项目在沙州。难不成是为纱厂旧址之事？

苏同转念一想，让翁小明自己出去闯一下也好。

“行吧，我会早点过去。”

苏同进入审稿时间。她从最下面抽出版样来，因为越是下面，说明送来的时间越早。

突然，门被“咣当”一下推开，何颖上气不接下气地说：“这个药渣子真是个二百五，跟乌总吵起来了！”

“真的？你怎么知道？”苏同既相信又不敢相信。

“哎呀，有人碰巧遇到了，溜下楼来告诉我的。这不是重点，我的苏总……”

“什么是重点？丁钢为什么要跟乌总吵？”

“为什么？还不是为了青年公寓。”

说到公寓，苏同明白了。报社大院家属区，几十栋楼房，全是报社员工享受的福利房。虽然楼房新旧差别大，但冬天有暖气供应，这在江城是少有的。能在院子里有一间小房，是很多人的梦想。

福利分房已成过去时，但后勤部门在院墙的边沿地带修建了一幢青年公寓楼，主要是解决青年采编人员上夜班或其他一些特殊情况。

快报向党委打报告，需要十间房，但僧多粥少，党委与后勤部门扒拉了半天，只批给了快报五个名额。快报编委会商议后，给了五个年轻人，他们都是一线小记者和上夜班的版面编辑及校对。

药渣子丁钢一直在向于大桥、乌总申请安排给自己一间。理由当然很充分，比如突发性的采访，比如连夜赶稿。可编委会商议后，觉得五个单身小孩比他更急需。

丁钢当年是裸辞来快报应聘的。那时的他比现在年轻、冲动，除了铁肩担道义，妙手著文章，没有在利益上考虑过多。快报在薪资和用人上，没有正式员工与聘用员工的差别，加上灵活的激励政策，让丁钢这样跑得勤、写得勤、好稿出得多的人经济上收益颇丰。但住房这事，却一直让他闹心。报业集团没成立前，报社分配福利房，与聘用人员没关系；集团成立了，分房也跟聘用人员没关系。都是报业的贡献者，凭什么差别对待？

丁钢自己在南湖购买了一套三居室，因为房价要比报社周边二环线以内低很多。但因经常有突发性采访，有时晚上回编辑部赶稿，回南湖要开半个小时的车，劳累一天，丁钢不愿意浪费宝贵的半小时，就得窝在办公室沙发上凑合一晚。

“有话不能好好说，干吗吵呢？采访时却是游刃有余，见山过山，见水涉水。”苏同不解。

“采访是工作，不带个人的感情色彩。”

“估计积攒了太多的不满。”

苏同对何颖说：“你去把他叫下来。别炸得太毛了，没什么好果子吃。”

“我们一起去。”何颖拉上苏同，苏同有些犹豫。

何颖说：“你不去我也不去。”

苏同只好和何颖一起往电梯门口走。

电梯开了，宋兴在里面。他提着一个快报统一制作的采访包，像是外采回来。何颖没进电梯，却将电梯里的宋兴拉了出来。

“美女动手动脚，我、我都有，有生理反应了。”宋兴讲着浑话。

“看看，哪里有？”何颖一边说，一边扒拉着宋兴，宋兴红了脸躲过身去。

苏同想不通的是，何颖怎么能做到在不喜欢的人面前，也可以毫不困难地与之谈笑风生。

“宋总，你总是这样日理万机，又到哪里救苦救难去了？”何颖话还没说完，自己忍不住“扑哧”笑出了声。宋兴知道笑点在哪里，而苏同却还没有回过味儿来，还以为是叫宋“总”。为了回归正经，何颖接着说：“丁钢这家伙不知道哪根筋搭错了，为了个小小的公寓房，大动肝火，还是在乌总面前，有这个必要吗？真是个苕货。”

何颖在宋兴面前，没有说丁钢一个“对”字。宋兴与丁钢之间的问题，说不清道不明。刚才她叫宋兴为宋总，是为宋兴打提前量，更是让他开心。按照快报干部的进步程序，宋兴进编委会只是时日问题。

“规定就是规定，规定面前人人平等，没有一个规定能让所有人满意。你有情绪，你有牢骚，你在我们面前发好了，我们反正是垃圾桶。”何颖像是说着相声里的贯口，薄薄的嘴唇上下张开又合拢，很有节奏感，特别是觉悟很高，真是厅座枕边的人。苏同揶揄道：“你不当个社长，可惜了。”

尽管何颖正说反说，可话里话外对丁钢都是有情感偏向的。宋兴怎么能听不出来。可他听出来，却不说破。他只是笑，友好地笑。

苏同接过何颖的话头，对宋兴道：“正好你也是上楼。丁钢就在乌总办公室，如果没有人去打个岔，解个围，为难的是乌总。”

“你是他的领导，我们一起去把他劝走。”何颖也顺着话说。

“哎呀，我哪儿算是领导，我们是兄弟，是战友，是同事。”

“看看宋总的格局！”何颖夸赞道。

“公寓的事，我早就向乌总反映过，还到后勤部打听了。老丁的确需要在院子里有个小窝。他长期早出晚归的，一直在办公室打滚也不是个事儿，搞得人家女同事都不好意思早来上班。”宋兴说着说着，被由远而近的赵晶晶打断。

赵晶晶抱着个文件夹，高跟鞋尖尖的鞋跟轻轻叩着大理石地板，踩着好听的节奏来到电梯前。

何颖用手比了比赵晶晶的身高：“你长高了？看来合适的工作环境，也是一种生长激素，谁说女子成年了不可以慢慢悠？”

赵晶晶很乖地说：“哪里呀，是高跟鞋起了作用。哪像苏总何主任，我们快报的两位纯天然大美女，越来越有味道了。”

宋兴趁此从采访包里摸出手机来，对苏同和何颖说：“对不起，来电话了。”

他边走边大声地“喂喂喂”，不忘回过头对苏同何颖说：“你们先上去，我马上来！”

苏同何颖相视撇嘴一笑，异口同声骂道：“滑头。”

何颖问赵晶晶是不是去乌总办公室。

赵晶晶点点头：“是的，集团有个文件下来，要送乌总和于总签字。”

“嗯，晶晶你去乌总办公室时，看有没有别的人在那儿扯皮。”

“谁？”

“你去看了再说。我在苏总办公室等你回信儿。”

苏同认为这样更合适一些。两个熟悉的人起冲突，发生矛盾，激烈对抗时，自己会蒙，不知道怎么劝解。何况双方还是跟自己关系特殊的领导和同事。如果一句话或者一个字说得不当，反而会加深误解。

何颖此时的灵机一动，正好化解了苏同的顾虑。

两个人重回到苏同办公室。

苏同问何颖：“丁钢跟你讲过没有？他是怎么找到王俞孩子爹的？”

何颖很是不屑：“哎呀！你还真是打破砂锅问到底。信息时代，真正想找，怎么可能找不到？”

“咦？你现在这样说了，那个时候为什么不这样说？”

何颖笑着扬起下巴：“当时有私心嘛，我担心的是，王俞没有结婚，或者是用假结婚证报的名。”

“你可真狡猾。”

“你想一想，王俞有身份证吧？身份证现在公安联网了，什么找不到？”

“难道身份证不能做假？只要想，没有什么奇迹是假做不出来的，对吧？”

“问题是王俞她不想做假，她恨不得昭告天下，她是某某达官贵人的老婆。”

“既然是这样，那天决赛，人家拉了横幅，她为何要躲走？”

“毕竟是先有蛋才有鸡的，她是怀了孕逼着对方离了婚，才结婚。那个时候不溜掉，人家不捶扁她才怪。后来是被童医生特护了。童医生觉得王俞月份大，出现问题，一人两命，人命关天，就将王俞的手机收走了。”

“‘药渣子’在这件事上，的确花了时间和精力。他不仅找到了市歌舞剧院，王俞最初的工作单位，还去了一些歌舞厅，王俞经常走秀的地方。他后来还是在妇幼医院死缠烂打童医生，童医生招架不了他的缠功，也被他的执着服叹，终于将他带进了一间特护病房。”

苏同问：“你看过他写的《讲述》稿没？”

“没看，他写稿之前给我讲过，他想讲详细，我都懒得听。都是贪欲惹的祸。男的贪色，女的贪财。不是什么新鲜玩意儿，我们《讲述》上，天天都在上演这样的故事。王俞货真价实在婚姻里，她肚子里的孩子有爹，那些扯横幅闹事的人，出的是他们自己的丑，晚报的《情感故事》是乌龙。有了这样的结论，我就觉得够了。”

“人家丁钢可是为你打抱不平呢！”

“我劝过他。这个人，油盐不进。”

赵晶晶的高跟鞋敲打声，止住了两人漫不经心的闲扯。

“苏总何主任，乌总正在接待来访客人，好像是什么厅的主任。于总办公室里坐着丁主任。”

苏同与何颖同时点了点头，放下心来。

7

于大桥来到乌尚义办公室，想就丁钢的事问问。他既不愿看到丁钢与乌总的对抗，也不想让丁钢受什么委屈。这个“药渣子”，其实也是药引子，于大桥获悉，现在向他抛橄榄枝的报刊有的是。因此，于快报而言，丁钢某种程度上是个特护者，于大桥暗自祈祷：少出事端别出事端。丁钢朝乌总吼叫时，于大桥正在楼上参加集团的会议。金主任没辙，向于大桥求救。于大桥快速下来，把丁钢拉到了自己的办公室，大骂丁钢的匪气和不懂事。

丁钢重复着："我有什么错？就是想找个睡觉的地方？"

乌总刚送走客人，见着于大桥，很想噼噼啪啪叫骂一通。但忍住了，发泄情绪有什么用？既不能解决问题，又不能让丁钢低头服气，反而让人觉得你是个笑话，特别是像于大桥这位辅助了几任老总的"千年常副"，不能让他看到如今快报当家人的无能。于大桥对乌尚义愤恨道："这个'药渣'，在我办公室后悔了半天，骂自己错怪了人。"

差不多是下班的时候，于大桥便打电话约丁钢，还有一版编辑胡之方。胡之方说今天不是他的班，不在编辑部。

于大桥说："那最好，你赶快过来，老子今天请你喝酒，自己掏腰包，只请你跟'药渣'，两个不省心的大侠。"

胡之方本来正在不远处的艺术馆看中国近代画家油画作品展。接听于大桥电话时，他正站在一幅美女画边，很是心不在焉，听于大桥说请客喝酒，便勉为其难似的答应了。

于大桥想，男人之间，没有什么是一杯酒搞不定的。杯斟千山万水，酒含万语千言，三杯两盏，心中的郁结也就通畅了。

回过神来的胡之方赶紧说："于总私人请，那就不要太破费了。"他说就在报社大楼不远，文联的外墙边有个叫"小碗"的小饭馆，很适合私人去坐。

于大桥就骂："我就晓得你的鬼板眼，不就是那儿有个美女老板吗。好好好，总是听人说，还没见识过。"

因为胡之方提前来过电话，小碗饭店便将一张最顺眼的桌子留了出来。

于大桥是第一次来。平常请吃，是他最头疼的事，更不用说来这种看着就不想进来的地方了。

小店里吃饭的人不多。胡之方介绍，顾名思义，小碗，这是给穷人腾出的地方。胡之方经常来，他当然不是穷人，只是因为老板是个女的。女老板是个少妇，跟他还是老乡，河对岸的老乡。胡之方每次来，女老板都会给他上一道味碟酱油泡豌豆，还有一盘干煸麻姑鱼——传说乾隆下江南时，对这道麻姑鱼特别中意。

女老板笑盈盈地给于大桥、胡之方、丁钢倒茶续水。于大桥肆无忌惮地用眼睛在她脸上搜索一番，突然说道："有人跟你说过没有？你很像一个演员，叫什么，叫许晴还是徐晴？"

女老板答："没有。"

丁钢很认同："你说的是徐帆吧？"

胡之方没有接这个嘴，若无其事地说："别看'小碗'店小，这里有一道秘而不宣的好菜。"于大桥话没听完，便豪气道："端出来！"又小声问，"什么好东西，还秘而不宣？"

丁钢说："别听他的，标题党成精了。"

"你爱信不信。"胡之方笑。

于大桥着急得很："那就上呗。"

胡之方起身，去了厨房一趟。

不一会儿，女老板端上了一锅泥鳅钻豆腐。于大桥问女老板是什么菜。女老板报上菜名，于大桥就笑："难怪胡老师这么起劲儿，原来有泥鳅作怪。"

丁钢笑得黄牙毕露。

胡之方从吧台边搬来一箱啤酒。

于大桥边倒酒边开玩笑："早就有人跟我说，胡编跟一个女老板搞暧昧，今天一见，果然是好眼力。"

胡之方脸一红，环顾了一下左右，小声道："瞎传的话，做新闻的总编辑能信？"

三个人吃着喝着玩笑着，开心得不得了。于大桥难得这样舒畅，早忘了请人喝酒的初衷，他对胡之方说："三个大男将，自己灌自己，差点儿意思。"

丁钢很快领会，让胡之方请美女老板过来陪两杯！

胡之方兴致也高，他对收银台内的女老板招了招手，女老板碎步过来。胡之方给她倒了一杯啤酒，泡沫奔腾，一下子漫出了杯沿，如同他澎湃的热血。

泡沫沉下后，啤酒停在杯中，只有一半。于大桥故意板着脸，批评道："喝酒必须满心满意。胡编，你对美女的态度有问题。"说着，自己拿过酒瓶，口对口加上。

女老板笑着，双手接过于大桥递来的酒杯，问怎么个喝法。

于大桥一惊，如此从容的女人，只怕是自己找错了对手。他心里没了底，便软了话："美女说怎么喝就怎么喝。"

女老板却很洒脱："我喝完，您随意。"

于大桥说道："我可不能乱随意，我要一随意，胡编会下我的课。"他其实不想在女人面前认㞞，自己给酒杯加满了酒，与女老板撞了杯，撞声很响，"哦嗬"一下，对着嘴巴倒进了一杯。

女老板不想在这久留："你们喝，我还有客人要招呼，想要我来陪，喊一嗓子就行。"

三个人脸是红的，眼睛也红了。

丁钢说："于总，说起来，要不是你，我可能来不了快报。"

于大桥说："是呀，当初，只有我才晓得你的与众不同。"

胡之方插嘴："难道我不是与众不同吗？"

于大桥笑："你也是。"

胡之方哈哈大笑："我们俩都他妈的与众不同！"

一箱啤酒吹完了，于大桥一看时间，说："糟糕，要开编前会了，今天我值班，先走一步。"

胡之方不想放他走，说："你请别的老总代个班吧。"

"没有提前找人，估计他们都不在办公室。"于大桥还是先撤了，走得手舞足蹈。

丁钢和胡之方继续。

说到与乌尚义的扯皮，丁钢火气又起："我找乌尚义，反映自己的实际情况，他却说我不顾全大局。你说我能不生气？"

胡之方也是懊恼："现在电台电视台合并搬迁后，过去的同事都分到了住房。我干吗辞职跳槽？悔不当初呀！"他将酒杯重重地砸在桌上，骂道："娘的，在报社，聘用人员就像是后娘带来的娃，提拔当上主任，与编制内的待遇还不同，分房没资格，连个新分配来的大学生都不如，他们还可以安排个单身公寓。"

胡之方又对丁钢道："你跟乌尚义要，他哪有权力给你？"

丁钢说："他应该把我的实际困难向上面反映呀。"

"你怎么知道他没反映？"

"蒋社长不是你的老乡吗？听说他对老乡很照顾的。"丁钢突然冒出了这么一句。

胡之方打了个酒嗝，站起身，豪气地说："走，找他去！"

两个人是怎么走出"小碗"的，又是怎么回到报社大楼的，已完全断片。他们找蒋社长的决心却是十分的清晰。两个人进了电梯，直接上到了集团领导那一层。

胡之方和丁钢，两人一前一后用力地拍着社长办公室的门。

报社领导与别的厅局领导最大的差别是，对每天出产的作品，有着敬畏之心，绝不能出错。一般情况下，只要有时间，社长都会在办公室电脑前，看看第二天要见报的重要稿件，特别是有省委、省政府领导出场的重要报道。今天蒋社长也在。

蒋社长听见敲门声，慢条斯理过来开门，见是两个喝得脸红脖子粗的人。他认得丁钢，在去年的年终表彰大会上，丁钢是集团十大优秀记者，蒋社长和他握过手，还给他套上了红绶带。他对胡之方面熟，却没说过话。蒋社长犹豫着要不要让他们进到办公室。

“蒋社长，你好！”丁钢大着舌头，推了胡之方一把，“他是你的乡党，乡党来找你了。”

半掩着的门被他俩用力地撞开，他们不请自便进到蒋社长的办公区域。

丁钢一屁股陷在沙发里，他说：“这要是床，多好。”

蒋社长问：“你俩喝了多少酒？”

丁钢挣扎着站起，答非所问回到他的主题：“没有别的，就是想问问，为什么不给我分房？我白天采访晚上写稿，打个瞌睡的地方都没有。”

胡之方帮着腔：“我们聘用人员难道不是报社的员工？为什么就，就差别对待？”

蒋社长听明白了，原来是为了要住处，与单身公寓有关，心里踏实了些。

“不是不给你们分房子，是没有房子可分。我知道你们的困难，不仅是你们，还有喻主任、宁副社长也没分到住房。”

胡之方犟着脖子道：“什么主任，什么社长，他们才调来几天？他们晚上又不上夜班！”

“我们印刷厂的老工人，还住在没有电梯的老旧步梯楼，他们也是报社的有功之臣呀！要解决的困难很多，希望你们理解。不久的将来，一切都会有的。”

蒋社长把他俩带到硕大的环形窗前，指着一面窗外灯光闪烁的地方，“你们看，这个地方，我们要建一排楼。”又指着那个音响闹腾的地方，“这里，要建一个小高层，原本是规划建一个高层的，因为是在东湖边，要限高。过不了两年，集团员工就都可以分到房子了！”

蒋社长的胖手，在这或暗或明或灯光闪烁的玻璃窗上画着蓝图。丁钢、胡之方的眼睛有些睁不开了。

蒋社长一边说，一边将他们引到了大门外。两个人还想听听社长手指之处会再长出什么美景来，却已经被关在了门外。

不一会儿，乌尚义与金主任上来，将他俩架下了楼。

8

周四的上午，苏同就收到了陆社的短信。人民社已经订好了周五晚上聚餐的酒店，在离报社不远的湖滨客舍，陆社想得很周到。

束一光将一本刚出的诗集送到苏同办公室。苏同惊奇地接过，羡慕不已："好你个大诗人，又出了一本。签名没有？"苏同跟束一光开着玩笑。

"你翻开看呀！"

苏同翻开封面，扉页上，束一光的漫像占满了整个页面。"啃，我给你画的？"苏同很意外，有点不敢相信。她给很多同事画过，束一光的长相特点突出，是她采访本上的常客。

每周一的例会，每月的月度会，主要是部主任参加。

会议以研究新闻报道选题为主，副刊内容相对要灵活自由一些，一般由分管的副总苏同与部门商定即可。会上，束一光是不发声的。他缩在一角，不做笔记，不与左右的人交流，他宁愿被看成一座雕像，一座放在某个画室被众人临摹的雕像。当于大桥在小结的尾声提到副刊时，束一光会抬起头，瞪着大眼像随时准备出击的警犬般认真听着。

这种状态，苏同是欣赏的。有时候，她就想成为束一光，成为小莫，成为乐春儿。单纯，自由，充实。

苏同应该是在这样的场合画过束一光，她捕捉到了他低着头走神的那个瞬间。高高的额头，后脑勺上揪成一把的小辫。

苏同给束一光的漫像，被束一光用在诗集上。束一光应该是极看重这幅作品的。苏同却反着说："我沾光了，沾束大诗人的光。"

"你这幅画，让我看到了某一时间的自己，也给这本诗集定了调，所以……我有了自恋之感。"束一光的眼睛看着扉页上的自己，缓慢而沉郁地说着。

苏同突然说不出话来，面对这个常怼自己的下属，她有些哽咽。

时间静止了一会儿。

束一光回到现实中："人民社那边周五约请，到时我就不去了，我的任务已完成。"

"那怎么行？牵线搭桥的是你，你不能缺席。"

"我没回复陆社他们，我先跟你打声招呼，到时，不要找我。"

周五上午的热线电话差不多被打爆了。教育厅没来厅长，也没来副厅长，来的是一位巡视员。老处长离退休没多远了，就有了巡视员这种特殊称号。两小时的热线通话中，涉及千家万户的教育话题太多，一大半是有关中小学生择校和学校办培训班收费这些热点。

十二点了，热线电话还在响个不停。陪着接热线的是科教部的主任，他只好将巡视员请到另一间办公室去，自己对电话那端的人说："热线时间已大大超过，感谢大家参与。我们会对读者提出的问题，统一在报纸上回复，请你关注明天的快报。"

赵晶晶在报社食堂二楼订了一间包房，乌总、于总亲自陪着巡视员来就餐。席间，于大桥劝巡视员来点白酒，巡视员连连摆手："年纪大了，搞不得搞不得。"于大桥便退了一步说："弄点啤酒解解渴，没事。"科教部主任一马当先，喝着喝着，自己把自己给喝趴了。乌总对于总摇头一笑："看看，拿下自己可以，陪好领导不行。"坐在主位上的巡视员几瓶下肚，脸不红，话不乱。乌总对于大桥小声说："我们都不是他的对手。中午不能恋战，早点结束，晚上还有一局。"巡视员见席上没人主动了，自己站起身来，举杯敬快报的各位，并代表教育厅的领导感谢快报对教育工作的支持与关注。于大桥趁机示意服务员上主食。

赵晶晶知道快要散席了，便提前拎着两袋纪念品来到巡视员的轿车边等着。司机吃好饭后，在一边溜达，看到赵晶晶手提纪念袋，赶紧过来。赵晶晶将袋子递给他。司机按了一下手中的钥匙，后备箱"吱"的一声，缓缓张开一个巨大的嘴巴。司机用手掂了掂袋子，问赵晶晶是什么。赵晶晶回答是电子秤。司机嘴角露出不屑，重重地丢了进去。赵晶晶想，你们男人不喜欢，可你们的老婆喜欢呀。一件东西哪能让所有人满意？

巡视员在于大桥等人的陪同下走过来。巡视员望着赵晶晶，眼光里满是喜欢，他伸出手想与赵晶晶握握。赵晶晶在众多领导面前被优待，很惶恐，搓足捻手，面红耳赤。

"辛苦，辛苦你了！"巡视员微笑着用手轻轻拍了一下赵晶晶的肩膀。

车开出了大家的视线。于大桥对赵晶晶说：“你呀，还要好好学学礼仪。刚才，让领导好难堪。”

赵晶晶懊恼不已。

苏同没有参加中午的聚餐。她回到家，做了一碗清汤面，放了两棵上海青，半个西红柿，一个荷包蛋。红红绿绿一碗，热气腾腾，放在茶几上。她将电扇打开，对着碗吹着。

翁小明发来一条短信，两个字：“走了！”惜字如金的电报风格。

苏同细细一琢磨，觉得这两字有点瘆人。什么走了？不回来了？永远不回来似的。“呸呸呸！”怎么有这样的想法？一个汉字有多重释义，几个字组合一起，就更加丰富更加奇妙。

苏同想用涂改液、橡皮迅速擦掉脑袋里突然跳出来的不祥意念。为了驱赶这不祥意念，她在手机上回了几个字：“收到，早点回。”

下午签了两个版。周六周日只出八个版，考虑到读者的需求，这八个版中设有两个副刊，分别是“连载”加“读书”。

因是周末，晚上八点的编前会便提前在下午五点钟开。今天，江城风平浪静，没有特别的选题需要反复商量。

束一光没到，乐春儿替他来开的会。乐春儿的到来，一下子让副刊部成了会议的主角，几个男主任纷纷给乐春儿腾出座位，邀她到身边坐下。乐春儿谁也不得罪，在圆桌的第二圈中坐定。在快报的女记者中，乐春儿没有风风火火咄咄逼人的气势，她属乖巧可人的类型，脸上一对小酒窝，说话与不说话，都是笑意和煦。这样的女孩子，不管长得好不好看，惊不惊艳，都会让人如沐春风，心生欢喜。何况，在人群中又是这么打眼出挑。束一光遇到搞不定的事，便会让乐春儿出面。比如说，请什么大腕来做嘉宾，约请哪个名人写评论。《资本的密码》的书评就是乐春儿跑到江都大学找到那位明码标价千字万元的教授写的。不可思议的是，乐春儿给教授限定了三天时间。教授的博士生弟子将电子版书评传给乐春儿时，还附了一句酸溜溜的话：“乐大编辑，美丽并且可爱，是如此有力量，可以穿越学问、时间，成为让人妒忌的暗器！”

苏同稍一抬头，就能看到乐春儿，手指一下子就溜了号。乐春儿安静的笑脸，被苏同深勾浅画在了采访本上。

夏至时令已成过去，但白天还是漫长炎热。

编前会只用了半个小时就开完了。苏同最后一个走出会议室，不想乐春儿在门口等着她。乐春儿甜蜜蜜地问：“苏总，你是不是画我了？能不能送给我？”

“鬼精鬼精的。你怎么知道我画你了？”

“求你求你！”乐春儿双手合十，做出恳切的样子，“我们束主任的新诗集上用了你给他画的漫像，真是锦上添花！”

“束一光听到了，不气得半死才怪。”

“不会的，我当着他的面也可以这样说。”

到了办公室，苏同仔细解开了装订线，将乐春儿的漫像取下。乐春儿爱不释手盯着看了半天：“我在苏总的眼中是这个样子？”

“这个样子，你不接受？”

“不是不是。我只是想知道自己在别人眼中、在领导眼中是什么样子。”

“各人有各人的视角，你只管做你本来的样子。”

乐春儿将漫像画页夹进了她的笔记本里，出门时转过身来，想说什么，欲言又止，但还是蹦出一句：“苏总，等你有空了，我想请你喝茶！”

“好呀！”苏同难得爽快地答应了。

苏同走到湖滨客舍，刚进旋转门，就被迎宾小姐带到后院一个独立的包间里。人民社来了四个人，陆社，一个副总编，一个编辑部主任，一个销售部主任。销售部主任是女的，姓乔，三十岁出头的样子，短发，身材偏丰满，着一套上红下黑的运动装，显得特别精神，再加上她说话声线高朗，很有一种气势。

于大桥已经在座，见苏同进来，便对人民社的人说：“这是我们的美女老总，资深副总编辑苏同。”

苏同被乔主任请到一个单人沙发上坐下。服务员送上茶杯，乔主任接过，双手转递给苏同。

陆社说：“苏总的名字很好记，与大作家同名。”苏同只是笑。于大桥却说：“苏总的同，是大同小异的异。”大家一起笑了起来，明明是口误，却被当成幽默，文化人也一样，免不了交际场上的俗套。

于大桥看了一眼手机，说：“乌总到了，在门口。”

乔主任便溜了出去。一会儿，她将乌总带到了大家面前，并将乌总的皮包挂在衣帽架显眼的地方。乌总和陆社的四只手热烈相握，陆社将他的同事一一介绍给了乌总。

双方东拉西扯的时候，于大桥来到苏同身边，问：“束一光怎么还没到？”

苏同说：“不用管他，他说他肠胃闹事了，下午的编前会都没参加。”

“那你给老曾、何颖打个电话，请他们来救援。你看陆社他们，我们几个不是对手。”

苏同有些犯难。一般饭局都是要提前邀约的，临时起意让人家来，会让人觉得被轻贱。老曾好说些，本来与发行有关。何颖是谁？她虽然为人随和，但人家可是厅座夫人。

既然于大桥开了口，自己又没办法回绝，只好说试试。

9

苏同不记得最后一杯酒是谁敬的，她只记得眼前总是有一团红色的火球跳来跳去。她依稀记得何颖在她耳边问：“苏总，苏总，你还好吗？”何颖是什么时候到的？头疼，太阳穴两边突突地跳着，比疼还要难受。她一寸一寸地醒了，开始还不知道自己睡在哪里……身上搭着一条毛巾被，鼻子习惯性地嗅了嗅，一股翁小明身上的体味驻扎在这半新不旧的毛巾被上。墙上挂着的空调机响亮的转动声，清晰地告诉她，这是松园路的租住屋。

窗外，天色由浓渐淡，由灰变白。

苏同的大脑“嗡嗡”转动起来，她努力倒带，将昨晚发生的事，定格成画面，关键之处停顿一下，放大几倍——

于大桥要自己打电话叫何颖，是让她来救援。那何颖什么时候到的呢？在何颖尚未到达之前，乌尚义不停地向陆社夸耀自己，什么文化名记，十年前的大报，无数读者是冲着一周一期的《文化天地》去的，因为那一天的版面上有苏总的《画说名家》。陆社站起身来：“我就是读者之一。”他举杯向着苏同说，“那时，我还在猜，这个记者应该是个男的吧？哎呀，我敬苏总，女中双杰！双杰！”一时间苏同没有反应过来，什么双杰？于大桥递了一句：“能写会画呗。”

气氛蒸腾起来。两个阵营互吹互敬并以扳倒对方为乐。

一圈之后。话题不知怎么跑到了正在中央电视台《百家讲坛》上风光的宗教授，他曾是江都大学的老师。他正在电视里讲的三国，已不是彼时的三国，宗教授的三国已跳出了文学圈，跃过历史、文化、经济、军事，抵达我们的当下。

乌总说：“苏总是宗教授的学生。苏总给宗教授画的漫像，差一点被央视用在宣传广告上。”

苏同连忙摇手否定："没有没有，这是小莫她们开的玩笑，瞎说的。"

乌总又重复苏同过往："那时，省市文化大家都被苏总专访过，没有被苏总专访过的名人，只能算名人，不能算大家。苏总当年那是写一个画一个红一个。"

这是在说自己吗？苏同面红耳赤得不行，这么使劲夸自己的还是乌尚义总编辑，平时与自己不远不近的年轻领导？

在乌总的夸耀声中，陆社不停地向自己举杯，每一杯酒里都包含着不同的内容，都有让你无法拒绝、必须喝下去的理由。自己本来就嘴笨，又无法抵挡这般真诚的敬意，她只好勉为其难闭着眼睛将一杯杯红的白的烈焰吞咽下去。

自己是怎么离开酒桌的？她没有一点记忆。她歪在何颖的身上，何颖问她："你怎么成了这样？"在还没完全丧失意识之前，苏同断断续续地跟何颖说："你，你把我送到江北，松园，老翁出差了。"

"我的个天啦，你这种样子，还要管翁子。"何颖为苏同叫屈。

苏同的倒带卡在了这里。

乔主任安排出版社的车子过来。何颖扶着苏同，心里有气，干吗把个女人灌成这样？乔主任吩咐司机道："开慢点，一定要将美女领导安全送到家。"

司机问何颖到哪里，何颖说："你先往江北方向开。"

车子平稳地沿着东湖迎宾大道往中南医院方向移动。

何颖来过一次苏翁子的租住屋。她记得是在外校大门右边不远的楼群里，但具体是几楼几门不记得了。

那是苏同刚租下房子不久。周六，何颖来国广购物，她知道苏同周六住在这边陪女儿，想去看看。何颖在广场里逛了一圈，买了一对沙发上的抱枕。这对抱枕出自一家女性品牌专柜，黑面上有红与灰两色水墨图案，比较符合苏同的审美。午饭时间，她给苏同打电话，说自己已在外校对面的老江北小饭馆，点了两个菜，请苏总带翁子下来。苏同说："你这家伙不声不响就兵临城下，好吧，我举白旗。"

那天翁小明好像是去了翁小兰家，苏同问翁子："何阿姨请吃饭，你去不去？"翁子说："去呀，送上来的美食，怎能辜负？"

苏同关了炉灶，将还未焯水的排骨放进了冰箱里。

何颖看着左手握筷子的翁子，惊奇道："你是左撇子？"翁子笑了笑。

苏同皱着鼻子说："是极左。"

"怎么极左了？"

“写字都扳不过来，也是左手。”

何颖睁着大眼问：“真的？”

“早就跟你说过，你忘了？”

“左撇子脑子好使，聪明。”

椒盐排骨和香辣牛柳很快端上桌，苏翁子啃着排骨。

“小孩的口味差不多，我那小子也喜好这些。”

何颖口中的小子，是她儿子，比翁子大三岁，离婚时给了前夫，现在已经上了大学。苏同很想问问何颖儿子的近况，因翁子在，不好开口。翁子快快当当吃好后，就提前走掉了。

饭后，苏同拎着剩菜打包盒，何颖提着两个大塑料袋，进了租住小区。她们一起气喘吁吁地爬着楼梯。

“我的个天，没想到呀，翁总咋不找个带电梯的房子呢？或者楼层低一些也行呀。”

“这怪不上他。”苏同解释道，“外校周边都是老城区，没有电梯房。浦发银行后边倒是有，租金可是天价，只有暴发户才租得起。低楼层离外校有点远，为了翁子多睡五分钟，好不容易才找到这个房子。”

何颖突然想到在前夫身边度过中学时代的儿子，自己没操过一点心，心里突然升起对前夫的感激之意。自己除了每个月去学校看他，给他点儿钱，给他提一双最新出品的耐克篮球鞋，就没有陪过他。比起苏同，自己是个不咋样的妈妈。

“看到了吧？老百姓的日子就是这样，没有几个能过上你那样的生活。”

何颖没有力气回敬苏同了。苏同开门，何颖立马倒在了客厅的硬木沙发上。爬楼爬得双腿软绵，加上母爱缺位情绪低落，身体与心理的双向虚脱混合，让她记忆深刻。但苏同租住地具体的楼栋她完全没有印象了。

外校门前的马路是一条单行道。何颖让车停在校门口，再往前走，走过了，返不回来。苏同靠在何颖身上睡熟，何颖用手拍了拍苏同的胳膊，毫无反应。何颖从苏同包里找出手机，她想翻出翁小明的手机号，电话簿里翁姓号码跳出了一大串。

何颖照着翁小明的名字直接摁了下去，“嘟嘟”响了，没人接。

何颖想，翁小明只怕是上厕所了，也有可能是铃声调成了静音。不过，当他看到老婆的来电后，应该会回拨过来。她等待了一会儿，没有。她只好继续拨打，还是没有反应。嘿，这是怎么回事？又不是很晚，才九点多一点，这个时候的翁小明在干吗呢？是没听见，还是不方便接？

何颖将苏同的头轻轻从自己身上移开，放在边上的一个抱枕上。她打开车门，往前走了几步，想找去年来过的地方。

差不多到了学生放晚自习的时间，三三两两的学生从学校大门出来。何颖拿定主意，等翁子放学。

苏同挣扎着坐起来。浑身无力，身上黏乎乎的一股酸臭味，胃里没有东西了，却像有虫子在蠕动。她口渴，想喝水。床头柜上有个杯子，这是苏同放在出租屋里的专用杯。可杯子里没了水，是空的。

苏同努力下床，头重脚轻。

翁子在半睡半醒间嘟囔着："妈，你怎么了？你要干吗？"

苏同有气无力回应："还早，你睡。"

苏同进到阳台改建的厨房里，用电热壶接水、烧水。

翁子还是起床了，她将苏同劝进卧室。"你不知道你昨晚的样子，吓死人。妈，你喝了多少？怎么成了那样？"

苏同很想问自己成了哪样，又忍住。从翁子嘴巴里出来的"那样"，一定是无法形容的糟糕，还是不要她描述为好。

"何阿姨昨晚累得够呛。"

苏同问翁子："是何阿姨把我送来的？"

"不然呢？"

"等我恢复一下，我们回报社。"苏同说。

"你这样虚弱，算了。我们就在这边过一天。你想吃点什么？我下去买。"翁子忽然懂事起来。

苏同没有胃口，说："翁子你自己决定。"

苏同从包里摸出手机，快没电了，她插好电源，翻开来电、短信，有好几条。陆社不仅有亲切的问候，还有深深的歉意。苏同没有理会，如若不是你，我能出这大洋相？我能这样难受？

翁小明一个字也没有。苏同自我安慰，翁小明不知道自己的情况，不应该怪他。问题是，他到了沙州后，应该给自己报个平安，见到哪些同学老乡，大致说一下可以吧？但他没有。

何颖的短信跳出来了："好一点没？女豪杰。"

“明明是挖苦，却扮着关心。”苏同回复道。

“哎呀！我的苏大总，你真是冤死人啦。你那鬼样子，把我累死不说，把我们翁子也吓坏了。”

苏同心里无比的歉疚。

翁子开门关门，买早点去了。

翁小明的电话进来。他的鼻子嗡嗡的，问苏同：“怎么搞的，人好点没有？”苏同问：“你是怎么知道的？你像感冒了？”

“翁子刚刚给我打了电话，说她一晚上都在担心害怕。”

苏同说：“现在好了，没事了。你那边情况怎么样？”

“没有白来，回去详细说。”翁小明用力咳嗽了一声便挂了电话。

10

江城的梅雨季终于走了，酷暑接踵而至。

翁子学校只放两周假。回到家中，她的枕头下多了几本日本漫画书。苏同帮她整理床铺时，发现这些学习之外的东西，很诧异，问翁子：“你是高考生，还有时间和精力看这些？”

翁子回嘴：“高考生又不是在押犯，不许这不许那的。再说，我很喜欢这些漫画，喜欢，可以分泌多巴胺，对高考学习还有促进作用！”

很多的时候，苏同是讲不过翁子的。苏同便转移话题：“你还是喜欢漫画的喽？”

“我喜欢的漫画与你的漫画不是一个概念，他们有故事，有趣味，不是你照片似的翻拍。”翁子说着还看了苏同一眼，发现苗头不对，赶紧补了一句，“当然，我知道自己肤浅，对你的东西理解不够。等我长大变老后，说不定会…… ”

油嘴滑舌！苏同在心里骂了翁子一句。

翁子很清楚苏同会与她掰扯。因为高考与漫画这两个话题都是苏同的命门。翁小明有一次对翁子说，最好不要跟你妈提高考与漫画，一个是她的伤疤，一个是她的伤药。翁子知道苏同不是喜欢长篇大论的总编妈妈，但真要惹怒了也不得了。此时，翁子主动息战，倒不是害怕苏同讲出什么不入耳的难听话，她是有事要求苏同批准。

翁子将自己关在卫生间里好一会儿才出来。出来后，见苏同在厨房忙碌，翁子说：“妈，我想出去旅游几天。”

苏同问她想去哪儿。翁子回答："想去上海，去苏定家。"

苏同问："为什么挑上海，不去别的城市。"

翁子嬉皮笑脸地说："主要是想去上海交大瞅瞅，看看翁小明心心念念的校园，如果还行，说不定我替他完成心愿。再说苏定家有地方住，能省下酒店的钱。"

听上去是个不错的理由。

翁子自己买了机票，翁小明送她到机场时，郝洁已在机场大厅等着了。翁小明给苏同打电话，让苏同先跟苏定讲一下，去上海的是两个小女孩。

何颖与小太阳乳业公司刘总的协商在拉锯战中。刘总催促活动大赛再启，说孕妈决赛闹剧之后，公司形象宣传停滞，产品销量受影响。何颖说："《江风快报》比你们损失更大。"刘总说时间滑得太快了。何颖说："我也急。"

小太阳乳业公司的广告费，是何颖部门今年任务指标的大头。如果孕妈选美大赛决赛时没有最后那一哆嗦，合同正常履行，策划部的任务指标完成无碍。真是天有不测风云。这冤向谁说？去年是第二次合作，一步步按方案推进，乳品"黄金组合"在江城市场十月初就卖断了货。刘总再次尝到了与快报合作的甜头。今年是个啥年？孕妈大赛从五月初启动，到现在，快报只是在一版发过一条活动启动消息，在社会新闻版上发了一些相关的报名细则，以及在健康专刊上做了一些关怀孕妇及胎儿健康的小科普，话题还未继续深入展开，只等着决赛后大张旗鼓报道最美孕妈如何重视乳品的选择，以及对小太阳产品信任的内容。可事与愿违，无端地偃旗息鼓了。

换位想一想，人家做产品销售，理所当然要将产品市场最大化。乳品又是特殊的商品，忌讳敲锣打鼓直接吆喝，只能用活动带软文，层层递进，不显山不露水，方可深入人心，把市场占稳。

现在的情形真不好说。如果按合同，乙方未完整履行协议，甲方有权不兑现承诺。那么，软文加三个整版的形象广告，会成为泡影。

部门为此开了好几次专题会，还剩四五个月今年就要溜走了，何颖主任请大家献计献策想办法快速补救。有一个女同事的孩子，秋季即将入学一年级，她提议乳品公司联手全市各小学，搞个开学第一天的补钙行动。何颖觉得这个点子还不错。企业家热心公益，关注青少年的健康成长，并拿出真金白银无偿赠与小学生，应是功德无量的义举。谁会拒绝呢？不知道刘总这边会不会同意。何颖试探性地与刘总沟通："你们的乳品是系列，撬开青少年市场，说不定有更大的空间。"刘总沉吟了片刻说："听着感觉不错，只是这个市场要重新启动。有点脱轨了。"

"哪脱轨？都是孩子们补充营养嘛！"

刘总耐着性子解释："我们与快报合作了几年，市场培育了几年，都是婴幼儿奶粉，现在突然去跨年龄段，不是你想的这么简单。乳品行业，市场产品细分到什么程度，你知道吗？一年两年都算长的。不过，你的想法，对我们公司未来的业务拓展也是个思路。"

何颖说："那就对啦，什么事都有个开头。你想想，前年你来找我合作孕妈大赛的时候，也只是想试试水，你肯定没料到，婴幼儿奶粉的市场会这样好。"

"容我再想想，与团队的伙伴商量后回复你！"

何颖以为刘总被说动了，心里有了期待，似乎看到了一些希望。她要与苏同分享这一希望。何颖来到苏同办公室，铺垫了一下近些日子与乳品公司刘总之间的沟通、交锋的几个回合。何颖把沮丧的情绪真实地写在脸上，有些罕见。她说："我们部门每天一会，每人必须贡献一个点子，不管是什么点子，先拿出来晒一晒。其中有一个点子还有点价值，你看有没有可操作性？"苏同乍一听，觉得是个比较好的方向，孩子的健康成长，关乎每一个家庭的未来。她问何颖，刘总是什么想法。何颖说："他有啥不愿意的，他巴不得呢！问题是市教育部门会不会同意，会不会支持，还有一个关键……"

"关键是想请市教委形成文件通知各小学？"苏同清楚关键点。

何颖点点头："我也知道这是难点。有一个想法，能不能让科教部的主任出马？"

何颖是想让苏同出面沟通的，但又灵机一动："你先问于总，于总分管科教部。"

何颖走后，苏同仔细一想，觉得何颖的想法有些天真。

傍晚，浓墨重彩的火烧云渲染着江城盛夏的张狂。

何颖将客厅里的柜式空调开到了十八度，依然觉得燥热。她在家换上的是一件重磅真丝连衣裙，正如她教导苏同的，在家也不要大妈式松垮。可丝绸有个坏毛病，一有汗，就贴着肉，何颖在空调的送风口走来走去。

老张见她魂不守舍，坐立不安，知道是孕妈大赛之事闹的，便开了句玩笑："哎呀，看你这样子，该不是那个啥提前了吧？"

老张没有把那三个敏感的字眼说出来，也不想在老婆的伤口上撒盐。

何颖一听就明白："你说的是更年期吧？跟你说，有些事一说便灵。我更了，你有什么好？"

"你自己补的，不是我说的哦。"老张站起身对何颖说，"你去换双鞋子，我们出去转转。"

"不去，太热了。"何颖不想出门。

老张只好坐下，开了电视机。遥控器在他手里摁来摁去，没有他想看的内容，就又将电视关了。坐在沙发上的老张看着何颖，安慰道："急什么呀？"

他对何颖的职场发展要求不高，但犟不过何颖喜欢。

"我给你献上一计，如何？"

何颖觉得老公真真假假的，没接话，定定地看着他。

"不跟你开玩笑，我给你提供个信息，说不定用得上。"

何颖立马精神起来，撒娇地挨到老张的身旁："说来听听嘛！"老张将何颖挪开，掸了掸被揉皱的T恤："省演艺公司准备在国庆期间搞一系列的演出活动。他们还准备在全国范围内请些大腕来，你们是不是可以联手？"

何颖从沙发上弹起来，盯着老张："是吧？国庆长假，系列演出！我们快报还没有介入报道呢！"

"演艺公司向文化厅报了演出计划，厅里没有理由不支持。最多在演出安全上提出要求。"老张慢悠悠地说。

何颖急问："全是商演？"

"大部分是的。九月三十号那天有一场惠民演出，还要请省市领导出席观看。你问商演，这有什么问题？他们卖他们的票，你们搞你们的活动，演艺公司不会排斥企业赞助的。你们可以先跟小玉沟通一下，看什么方式合作可以共赢。"

何颖试探着问老张："那我直接找玉总了？"

老张没有做声，算是默认。

演艺公司的王总退休后，接替他的是原来的副手，过去老张叫他小玉。小玉来过家里几次，都是过年过节时的例行拜访。

何颖的开心立马从脸上蔓延到了全身，她起身来到老张身后，给他捏着肩颈，拍打着手臂。老张闭上眼，软软地享受。不一会儿，何颖说："累死我了！"她便将双手顺势环着老张的脖子，将胸贴了上去。老张感叹道："哎，女人眼窝就是浅，有奶便是娘！"何颖想掀开老张的上衣，笑着说："看看，你也有奶，你可不是娘。”

老张有些迷蒙，浑身已绵软，唯有一处想要飞起。何颖将他拉了起来，两个人相互抱着，何颖喃喃地说：“都有味儿了，快点洗澡去。”

一夜过去，两个人都疲惫至极。

何颖起身，望着老张赤裸的身子，发现他手臂上的肌肉松塌在一边，白净的腹壁上突然冒出一颗黑色的痣。这是颗陌生的痣，以前没见过，痣的边上还有几粒老年斑，她赶紧给他盖好空调被。比自己大八岁的老张有些老态了。

何颖煮了鸡蛋，热了牛奶，又用蒸锅蒸上馒头。

何颖在宽大的镜子前，仔仔细细在脸上捯饬，扑粉、描眉，每一个不顺眼的地方，都要被纠正过来。之后，何颖用香水在手腕处喷了喷，放在鼻子下闻了闻，拎起沙发上的包，快速地出了门。

何颖到了编辑部后，先去文化新闻部。主任老黑正对着电话大声叫嚷，好像是在安排采访任务，电话另一端的人似有推诿之意。老黑很不开心，压下电话，抬眼见到何颖，脸上立马绽放笑意：“好有趣呢，刚才突然想到你，你就出现了。”

“你看看，说得自己都不相信。”何颖笑道。

何颖不想与他瞎扯，便直白地告知省演艺公司的国庆系列演出计划。老黑从抽屉里翻出一块榛子巧克力，递给何颖：“何主任提供的信息，来得正是时候，我们又能抢上独家新闻了。”

何颖说：“你别这样夸张，又不具有什么新闻价值，更得不了什么新闻奖。我只是觉得我们两个部门可以联手，一起参与进去，你们做新闻，我们部门做些助推工作，到时候拉了广告赞助，两个部门都可获利。”

老黑主任乐呵呵的：“好呀好呀，太好了，求之不得。”

11

束一光给苏同发了一条短信，问苏同在不在办公室。

苏同回复：“下班时间，办公室又没饭吃。刚到家，正在下面条。”

束一光说：“半个小时后，我在你家楼下找你。”

苏同觉得很奇怪，束一光可不是抢时间的新闻记者，他是个诗人，慢条斯理的诗人，有什么事这样着急上火的？

苏同便说："那你现在就来吧。"

苏同将半熟的面条捞起，浇上一点麻油，放在一边，将休闲便服脱掉，重新换上了上班穿的衣裙。她估摸了一下时间，束一光差不多快到了，便下了楼。

出了楼栋的安全门，苏同见束一光远远地从花坛小路走来，她就从门前停车位穿插到一排修剪得很好的矮树丛边。这里有一个长廊，长廊是回字形，用橡木搭建，许多藤蔓沿着橡木向上攀缘，枝枝叶叶形成了天然的蓬伞。一只野猫警惕地躲进树丛里，盯着苏同。正午的阳光热烈着，蓬伞在火风中摇曳，光影斑驳。长廊里有两排简易木条椅，可上面不是有鸟屎，就是有蚂蚁在爬，苏同没有坐下，来来回回踱着步。

束一光没有看见长廊中的苏同，径直去了门栋，正要按门铃时，苏同喊住了他。

束一光循声转过身来。因为快走的缘故，他脸上身上全是湿漉漉的。他用手甩了一把额头上的汗水，迫不及待地说："苏总，我不知道你们跟人民社是怎么谈的。你们不能让我在前面冲锋陷阵，却又像傻瓜一样被糊弄。"

苏同一脸蒙："我听不懂你说的。你先别急，别带情绪，你说事吧！"

原来，今天一大早，乌总的电话就将束一光从床上叫了起来。深夜不睡、早晨不起的束一光被枕头边的电话闹醒，很不爽，还骂了一句"烦死人"。束一光摸过手机一看，屏幕上显示是乌总办公室的号码，便一个激灵，立马清醒过来。电话里，乌总问他在不在办公室，如果在办公室，请他上来一趟。束一光没有回答自己在不在，只是觉得事情有点奇怪。因为一号老板以往是不会亲自给他打电话的。有什么要紧的事，都是金主任或者赵晶晶来告知，要不就是苏总通知自己。乌总亲自上阵，好稀罕。束一光住的地方虽然离报社不是很远，出门后他还是拦了一辆出租车，花了个起步价。到了办公室后，第一个见到的是小莫。小莫一手握着水杯，一手提着电脑，见到束一光抱怨了一句："天天当垃圾桶。"

乐春儿从自己的小格子间站起身，来到束一光的玻璃房里，报告说："束主任，赵晶晶来找你两回了。"

束一光"嗯"了一声，没有理会乐春儿。他将水杯往桌子边上挪了挪，电脑屏幕就亮了，昨天下班时，他连电脑都没关。

束一光想去苏同办公室去问问。他从步梯往上爬了一层，苏同的门是关着的。后来一想，苏总下午晚上的班是连轴转，现在不在，正常得很，于是往前走了几步，到了编委办公室。赵晶晶左手接电话，右手在记事本上记录。束一光见状，踏进门的脚退了出来。

束一光意识到不能耽误时间太久，就直接去了乌总办公室。

从步梯继续往上爬。束一光气喘吁吁来到最东边的 1901 门，轻轻叩了叩，乌总的声音立马传来，“请进！”

束一光缩着脖子蹑手蹑脚进去。乌总说：“来来来，一光坐，我刚泡好一壶银毫。”

东湖上空的阳光斜照进来，落在宽大的沙发上。束一光瞄了一眼窗外，云白，水蓝，树绿，湖心岛上氤氲蒸腾，水面波光粼粼，曲曲折折的湖中绿道在东湖的怀抱里缭绕着，真好看，如一幅画挂在眼前。

乌总将束一光让在避光的单人沙发上坐下。

“听说，你又出诗集了？不错不错。我们自己要好好宣传。快报多出你这样的专家型人才、作品，是好事，大好事，是我们快报的荣耀。我跟于大桥说一下，让文化新闻好好做做！”

束一光连忙双手打揖：“谢谢，不用不用。”

乌总将一杯琥珀色的茶放在束一光面前，开始了核心内容。

“一光呀，是这样，上周末，人民社的领导跟我们班子成员碰了个头。对了，你那天？哦，苏总说你肚子不舒服。两家单位很投缘，我们发行要买的书，人民社让利了不少。这有你的功劳，你辛苦了！”

束一光正想问人民社打的是几折，乌总却用一个重大任务堵住了他的嘴巴。

“明年是人民社成立五十周年，他们计划推出一套名人名作精品系列，他们认为蒋社长的书法作品艺术价值很高，计划列入该系列。陆社说画册用大十六开，铜版纸。这事儿，我考虑来考虑去，觉得你来负责最合适。”

束一光没有反应过来，也不知怎么接话。乌总继续安排道：“一光，我知道编书很烦琐，需要细致耐心，精益求精，你是文化人，有出书的经验，相信你能做好这件事的。有关书稿的整体构架，你直接请教蒋社长。编辑方面的具体事宜，也由你一起打理。作品拍照、组稿、文字编写，需要用什么人，全权由你调配。我已经给大桥总打过招呼，他会安排摄影部的记者听你调遣。副刊版面上的事，如果忙不过来，就请苏总帮着抓一下。”

“另外，出书这事，你先做着，不用在外面声张。蒋社长为人低调，他本来不同意这么做，只是陆社那边很强烈，他们认为蒋社长的字太好了，他们还想用这套书，冲击一下全国‘五个一工程’奖。嘿嘿，我们就当行善积德再帮人民社一把吧。”

束一光听得有些瞠目结舌，他不知道是怎么走出乌总办公室的。一上午，他都在办公室发蒙。乐春儿进来请示束一光道："人民社的乔主任明天要来发行部，请不请她吃个饭或者坐一坐？"束一光没好气地回绝："跟我们有什么关系？"

乐春儿吐了一下舌头，退出了玻璃房。

束一光觉得这事很蹊跷，心里稀里糊涂的，一点都想不明白，他觉得应该问问人民社的人。

于是，束一光给乔主任打了个电话，他没有迂回，直愣愣地问人家："一万册《资本的密码》，打的几折？"

乔主任反问："你不知道？还是最初说的折扣呀，双方都很满意。"

乔主任是个聪明女人，她一个劲儿地夸着快报的领导："你们的老总真是了不起，个个都有水平，为人又豪爽，难怪报纸办得这么好。"

从乔主任的话里，束一光没有听到任何的嘚瑟，却感觉到了话外的得意，这得意分明是对自己的奚落。这奚落如同一把钢针，扎得束一光鲜血淋淋，有痛却叫不出。他不明白，自己拼命在前面为报社争取利益，与人民社斗智斗勇，却是前功尽弃。在同事们和人民社那些人眼里，自己分明就是一个笑话。

风将藤蔓吹移又聚拢，斑驳摇摆，影影绰绰，苏同的视线被晃得很不舒服。

束一光说："这两件事，我都搞不懂。你看，本来可以三折甚至二折就拿下的书，却因为一顿饭，只到四折，好的是没有五折原路返回。还有蒋社长出画册，我不管是乌总的点子，还是人民社真的挖到了一个'宝'，这活儿太大，我接不了！"

苏同问他跟乌总是怎么回复的。

束一光张了张嘴，想说什么，却又没法说出来，他自己也记不得了。

苏同说："你看，乌总是直接给你布置的任务，省去了中间环节。他首先觉得这事很重要，二是觉得你能力强，拿下来没问题。"

束一光问："乌总没跟你商量？"

苏同一直认为束一光与自己一样，是那种只会单线思维的人，简单、透明。现在看来，他比自己还要迟钝。

"我要是知道，会问你这么多？再说我知不知道有什么关系？"

束一光悻悻地走了。苏同回到家，那碗面，已经坨成一团。

12

翁小明回归到了早出晚归的生活节奏。

沙州之行，翁小明不仅见到了卢市长，还有一个比见到卢市长更大的收获，这让他觉得不虚此行。

那天出江城之前，翁小明先到师大接上施三叶。有美女在侧，开车不仅不累，还很享受。在阳桃服务区停了会儿，上了个卫生间，翁小明顺手给施三叶买了一瓶口香糖。快入沙州城区时，施三叶将一颗口香糖送到翁小明嘴里，弄得翁小明有些慌张。施三叶暗暗发笑，问翁小明："这边有人接待没有？"

翁小明说："高中同学有几个在这工作，我联系的是一个大学的同学。我们先找个酒店，放下行李就去找他。"

施三叶在自己的手机上不停地鼓捣着，她给卢市长发了个短信，说要给市长一个惊喜。

卢市长没问是什么惊喜，只回了一个笑脸。当天下午五点多钟，翁小明在沙州市西城边锣场镇担任镇长的大学同学老易，易满全，隆重地接待了翁小明和施三叶。

睡在翁小明上铺的老易，与翁小明算是大老乡。他的家乡与赤水紧邻，隶属大沙州，两地的口音也差不多。大学里，老乡之间自然要走得近些。毕业后，老易分配到沙州市一家汽车配件厂。他从技术员做起，后来娶了厂长的女儿为妻。汽配厂本是一家国有企业。市场经济后，汽车制造厂周边的零部件小厂快速崛起；沙州汽配厂离设在三线的汽车制造厂隔了一个地区，成本增加，订单自然减少。之后，汽配厂被一个私企老板买断。新老板很看好老易的学历与能力，打算重用他。可是岳父厂长认为不靠谱，说坚决不能为资本家干活，在退休之前，他向上级提出了一位老干部最后的请求，将女婿调至区委工作。

当时的小易满腹牢骚，比起厂里的技术员，他也没觉得一个机关公务员好到哪里去，成天给人提包当孙子，被人喝三吆四，很不适应。可现在的老易早已不是往日的小易了。头发三七开，一丝不乱，虽然没有中部崛起，但肚皮已呈丰满态势，脸色深暗，眼睑肿胀，一看便是酒精过量所致。

席间，老易话多，很兴奋，他向翁小明介绍锣场镇的历史与现状："这里最有名的景点是米袋湖。有关米袋湖，传说很多，很有意思，都与三国时的关云长关公有关。"

这时，施三叶插了一句嘴："米袋湖我知道，我们江汉油田有个小地方也挨着米袋湖。"老易与施三叶一下子有了共同的话题。老易从施三叶的口中得知市委常委、代理市长卢伟是翁小明的老师，还是她的朋友后，认真地说："早知道你们是这种关系，我应该跟卢市长报告的。”他不好意思说出请市长来喝酒这样的话，但打定主意，趁此机会与卢市长加强感情。

老易举着酒杯对翁小明说：“晚上，我带你们去市中心一家刚开的歌厅去玩玩。”

翁小明只是笑笑。

司机将一辆奥迪开到酒店门口，把钥匙交给老易，老易上了司机的位置。

老易的奥迪在前面开路，翁小明驾车紧随，到了一家歌厅门口。两排硕大的花篮，如张开的双臂，迎候着客人——的确是新开的。老易将翁小明、施三叶交给女老板后，对翁小明说：“我去接你们的老师去了。”

翁小明不禁“呃”了一声，他有些拿不准。他此行主要是来见卢市长的，只是老易这样操作，让翁小明一点思想准备都没有。卢市长会来吗？在这种场合下见到卢市长，会不会显得有些唐突？卢市长可是正厅级领导呢！他心里有点七上八下的。可既然老易都去接了，他还能说什么？

翁小明越想越觉得老易不是当年那个高数考试中抄自己考卷的小易了，有种士别三日刮目相看之感。他本来是跟自己一样的工科男，可经过官场的摔打，已经脱胎换骨。

女老板将翁小明和施三叶安顿到一个宽敞的包房后，没过几分钟，又带进了两位美女。两位美女可不是歌厅安排的陪唱，而是老易在饭桌上就联系好的女下属，一个是镇接待办的副主任，另一个是宣传口的新闻干事。

卢市长在包房里一见施三叶，张开双臂。施三叶以为是要拥抱，便将身体迎了上去，差点扑进卢市长的怀里。卢市长却是一手扶住她的肩膀，另一只手握了握她的手，哈哈大笑道：“真是惊喜呀！小施老师。”

施三叶并没觉得尴尬，反而雀跃，如同少女似的神态。翁小明立即从沙发上腾起身来，伸出双手。

卢市长握住翁小明的手摇着说：“翁总稀客！”

“我是您的学生小明，卢市长。”翁小明有点难为情。

“你应该向苏同学习，她对我的称呼，从来没有改变，卢老师。”卢市长说着坐了下来。

卢市长与锣场镇的两位美女干部并不生疏，不知讲了几句什么，翁小明听不明白，但她们却是一阵“咯咯”的脆笑。两位女干部此时化身为服务员，端茶倒水递烟点火十分熟练。她们对易镇长的朋友翁小明、施三叶都很热情周到，对卢市长那更是没话说，相当细心。

灯光缓慢旋转，电视屏幕上的字在音乐的节奏中跳动。第一首歌，大家都等着卢市长开唱。卢市长却拉着施三叶要和她一起合唱。歌声响起，老易拼命为卢市长喝彩。翁小明第一次见识到了施三叶的歌喉与唱功，他看出来了，施三叶对卢市长深情款款，两人配合相当默契，一点都不像是临时凑合。

在卢市长和施三叶对唱时，老易举着加了雪碧的红酒，用手挡着嘴巴，贴着翁小明的耳朵根问："你家苏总还好吧？"老易突然冒出这样一问，让翁小明着实愣住了，他没想到老同学在这样的时刻，会问到自己的老婆，嘿嘿笑道："好呀好呀！"

老易瞅见翁小明的敷衍，知道自己问得不合时宜，显出乡镇干部的老土，马上就转移了话题。

其实，那个时刻，苏同正醉得不省人事，何颖在不停地打着翁小明的电话。

翁小明在沙州待了两天。一天比一天觉得不虚此行。纱厂旧址改造方案只等市委杜书记签字了。公开招标当然是必走的流程，卢市长会考虑翁小明的需求。翁小明还从老易这里获悉，沙州准备启动古城文化公园建设计划，锣场镇的米袋湖边将建一座关公纪念馆。这是沙州几十年来从未有过的大手笔，涉及全市方方面面。如果在这里能吃到一块蛋糕，对翁小明来说，算得上是饕餮盛宴，他抑制不住内心的激动。

星期天的上午，翁小明原计划是吃过午饭，在酒店休息一会儿后就返回江城。但他不知道施三叶的想法，就敲了敲隔壁施三叶的房门，施三叶趿着酒店泡沫拖鞋来开门。

翁小明问施三叶中午想吃什么，施三叶皱着眉头说："没办法出门了，凉鞋扣带断成了两截。"

翁小明便豪气地说："那先去买鞋子。"

翁小明下楼去发动车子，施三叶出来时，没背包，脚上的拖鞋也没换。

车子开出酒店，翁小明问施三叶："你来过沙州几回？什么商场最高档？"

"哎呀！买双能走路的鞋子就行。北京西路上有个美佳华商场，离这儿不远。"

车子沿着江陵大道往前跑。翁小明虽然来这个地方不多，但对沙州还是十分关注的：沙州管辖着赤水，距离却很远，中间还横亘着一个独立出来的地级市阳桃。赤水到江城开车只需一个半小时，而到沙州却要三个小时。沙州地区在长江流域的地理位置相当重要，历来是兵家必争之地，沙州人一直以大沙州为傲，作为大沙州人的翁小明，也见证了沙州这些年来的起起落落。

翁小明对施三叶说："你这个年纪的人，对沙州曾经的辉煌肯定不知道。"

施三叶不服气："我家有被单是沙州生产的，还有一对开水瓶，也是这里出品，放在家里好多年，用不上，我要丢掉，我爸不让。卢市长也告诉过我，沙州市是全省第二大城市。"

翁小明便给她讲有关沙州市的过往。他说："沙州是全国有名的轻工业城市，为什么有名？不仅仅有被单、开水瓶，更了不起的是纱厂。"

施三叶问："纱厂不是停产好多年吗？"

"这是后话。你知道上海的杜月笙吗？"

"不知道。"

"二十世纪三十年代，大名鼎鼎的杜月笙，曾是沙州纱厂的老板之一。纱厂在抗日战争期间，给我们的军队提供了巨大的后勤保障。"

"翁总，你好厉害，这都晓得？"施三叶投来敬佩的目光。

翁小明叹了口气："可是后来，不停地折腾，硬是把个好端端的地方，搞得不伦不类。"

施三叶不解："怎么不伦不类了，我怎么没看出来？卢市长不是做得蛮好吗？"

"你们女孩子，不会关心这些。"

"是吧？翁总好有趣好有文化！"施三叶嘻嘻一笑。这一笑，更激起了翁小明的表达欲望。

"一会儿叫地委，一会儿叫市委，一会儿是地市合并。确定为沙州市是最近几年的事。可是，轻工业特色却没有了。你们家的床单、热水瓶别丢了，收藏好，说不定以后会是稀罕物。"

车子开到了护城河边，路边出现了一溜摊点，流动贩子拿着丝袜、牛仔裤声嘶力竭地吆喝着。这里人多路窄，翁小明只好减了速。

自行车、小三轮不时从边上窜出来，冲到汽车前边。"抢死哟！"施三叶骂了一句，又嘟囔道，"与赤水人一个德性，没得规矩。"

翁小明也有同感，偌大的沙州处于一种凌乱无序之中。

翁小明想到卢市长所说的，沙州马上要启动城市文化公园计划，的确是要动真家伙了。不然，这个乱糟糟的样子，别说丢了老二的地位，就是在全省地级市中摆尾，也是难看的尾巴。

美佳华到了。施三叶与翁小明并肩在商场逛着，施三叶颀长的身材很是打眼，再加上脚上白色的酒店拖鞋，擦肩而过的人们忍不住盯看几眼。施三叶左顾右盼，一点都不在意。翁小明有点不好意思了，恨不得一步跨到鞋柜前。

三楼是鞋子箱包的卖场。翁小明不懂女人的时尚，平时和苏同一起逛商场的机会不多，有时被翁子强拉着一起购物，也不知道什么好看什么不好看，只是付钱而已。

施三叶在一个英国品牌鞋柜前停下，仔细看了看，让柜员将一双暗红色的坡跟皮凉鞋拿了出来。她问翁小明怎么样，翁小明说："你上了脚才晓得！"

"你老公好帅呢！"柜员对施三叶讨好道。

翁小明脸一热。施三叶看了翁小明一眼，也不否认，穿上鞋子后，用调皮的眼神问翁小明："老翁，如何？"

翁小明的表情有点大男孩似的青涩。施三叶想，翁小明与很多油腻的老男人比起来，多多少少有些不一样的。

柜员说："这双鞋子算是找对主人了！"

翁小明让柜员开票，一看价格，后背一股寒气升起，妈呀，一千六百元，但还是硬着头皮到收银台付款去了。

施三叶连虚假的客套都没有表现，换上新鞋，身形立马挺拔起来，似乎比翁小明还高出一点点。

午饭是在商场隔壁的小餐馆里吃的。

吃饭时，翁小明问施三叶是回赤水还是去江城。

"我还想在沙州待上两天。"施三叶支吾了一下，又故意发着嗲，"到时候你能来接我吗？"

翁小明想都没想就回答："如果没有特别的事，我来接你。"

翁小明在酒店柜台结账时，又给施三叶的房卡上多打了四百元。

临走，翁小明给老易打了个辞行电话。老易说："我正准备联系你呢，你等我一下，我马上到酒店来找你。"

房间已退，翁小明只好在大堂沙发上坐等老易。

二十分钟过去了，老易拎着两只礼品袋从旋转门进来。

"老易！"翁小明起身喊着。

老易边走边说："着什么急啊？晚上再喝两杯！"

“不了，明天周一，早上有个例会。”

“我们锣场的土特产，给苏总准备了一点，代我问苏总好！”

两个纸袋，一个上面印着皮蛋的图案，另一个上面写着“千针万线”。翁小明问：“这是什么？”

老易哈哈笑道：“布鞋，手工纳的。”

“你搞这么客气，我都不好意思了。”

“不好意思的人该是我呢。儿子去年考上江都大学，还有苏总的功劳！”

“怎么讲？”翁小明问。

“你看你，这事还是托你办的，你忘了？前年，苏总帮忙，我儿子的两篇作文在《江风快报》的小作家版上发表，有了这个硬件，去年他才有资格参加江都大学的自主招生考试，走了个捷径。要不然，别说江都大学，就是沙州的长江专科学校都未必考得取。”

翁小明便“呀”了一声：“你真是跑得快呀，儿子都上大学了。”

老易问翁小明：“丫头还有几年高考？”

翁小明说：“也快了，明年。”

老易的话题调转到自己的事情上来。他的大意是自己做镇长好几年了，一直没有机会变动一下。锣场镇虽小，但五脏俱全，抓着沙州的尾巴跑，小打小闹的企业有几家，但拉动不了税收。新来的书记要求他们不要硬做，可以把三国文化的旗子扛起来，把关公的名气扬起来，做成文化旅游小镇。

“这个思路还蛮好，与你搭班子的书记蛮有文化嘛。”翁小明笑了一句。

“哪是镇里的书记，他跟我一样，都是大老粗。我说的是沙州市委杜书记，书记定了调，我们镇马上做了调整，所以想请苏总关注一下，借《江风快报》这个重要平台，露个脸。”

翁小明恍然大悟。天天读报的人，与一般人还是不一样。他说：“你一镇之长，手背手心都是肉，不可能全都表扬一遍，你总要划个重点。”

老易说：“那是当然，所以希望苏总帮我们策划一下。”

老易便向翁小明介绍起来。锣场镇与赤水一样，临着长江，但周边被湖水环绕，号称湖袋子。三国时代，关公驻扎在此，有一年发大水，湖袋子遭了殃，是关公率领八千将士，敲锣鼓劲，带领老百姓挖沟引洪，筑堤挡水，才使镇上的百姓逃过了一劫。以后，关公又率领将士把湖堤加高填厚，一直沿用至今。这里的农田大都种植水稻，于是老百姓便在“湖袋子”前加了个“米”字，叫米湖袋子。

翁小明问："锣场镇的锣与关公也有关系喽？"

老易回答："肯定的。所以，锣场镇人，家家户户都供着关公。他们讲关公的传说，好像是亲眼见过似的，关公的遗迹在锣场镇也有不少。书记一点拨，我们便行动。通过戏曲、演讲等各种形式，将关公文化升华，成为爱国、爱家等主题活动，沙州市还在精神文明建设中将锣场镇的这些活动作为专题，向全市推广。"

翁小明笑道："关老爷打死都想不到，还能为一两千年后的人做贡献。"

翁小明清楚了老易的意思，可他心里的小九九是关公纪念馆的建设项目，因而听故事的兴趣不是很高。他正在想找个由头改变一下老易的兴致时，施三叶从电梯口袅袅婷婷走了出来。她一身黑长裙，腰线很高，直抵双乳，隐蔽了腰太长臀部有一点下垂的缺陷。那裙摆随着双腿的移动，像一串音符在琴键上跳跃。上了脚的红皮凉鞋成了一个绝佳的点缀，犹如两瓣朱唇，在瀑布般秀发的簇拥下，妩媚性感。施三叶旁若无人地穿过并不宽大的大堂，在翁小明的目光中画了一条延长线，直到她消失了好一会儿，余音还在萦绕。老易与翁小明对坐，他没发现翁小明刚才的走神，一个劲儿地兴奋着，翁小明完全没有听进去。

老易讲得有些口干舌燥了，停下歇气时，翁小明忙不迭地说："文化建设分两块，宣传造势是一方面，硬件也要跟上来。"

"没想到，老翁跟啥人学啥人，有水平。你说的一点没错，我们现在是两手都在抓，米湖袋子周边的绿道规划建设，关公纪念馆建设都在往前推进。对了，关家后人，也不知是第几代的，一个台商，知道我们要建纪念馆，也要投资。"

翁小明的注意力一下子集中起来，连忙问了一些具体情况。

老易从一开始就晓得翁小明的心思，便说："我们兄弟不说暗话，只要在我的能力范围内，能帮你什么，就帮什么，决不含糊。你也应该清楚，现在是一把手经济，一把手才是一言九鼎的那个人。"

翁小明嘿嘿一笑："又来了，我就知道你，一遇到关键，就是场面上的话！"

"好吧，你也别激我，到时候，你看我是怎么尽力的。"

翁小明说："我知道做事很难，你难，别人也难，但总得有人做事，对吧？有你这句话，我就放心了。"

老易自家亲人般地嘱咐说："卢市长这里，你要跟紧些，该上什么，千万别客气。"

翁小明拿过手机一看，有些急迫地说："不早了，我得走。"

老易提着礼品袋与翁小明一同到了门前的停车场。翁小明摁了一下电子钥匙，车子后备箱便张开了口。老易将礼品袋放了进去。翁小明问老易：“你的车子呢？”老易指着不远处一辆灰色帕萨特：“在那儿！”

翁小明从后备箱里翻出一箱酒，他递给老易，“这是一个朋友送的。”

老易双手接住，笑说：“你还来这个？”

翁小明说：“我品不出酒的好坏，放着也是浪费。”

13

为了将小太阳乳业公司纳入省演艺公司国庆系列演出清单，何颖可谓是煞费苦心。在她的催促下，老张通过QQ文件传来了省演艺公司的国庆系列演出方案，并注明：虽然在厅长办公会议上通过了，但还没有正式下文批复。何颖认真浏览了报告书，又向玉总电话求证一些数据，一条新闻稿基本成型。何颖在“本报记者”后面，署的是文化新闻部方真的名字。她将稿子复制了两份，一份给了老黑，一份传给了方真，方真跑的是演出市场。何颖完全可以用一个化名直接上传文化版主编，但她没有这样做。她知道，此稿并不复杂，是一条中规中矩的小消息，但经过了老黑之手，他定要在上面动一动，动一个标点符号也能体现一个主任的功力与责任。还有记者，自己跑的线被别人踩了，出了稿见了报，必定会被主任骂死，不仅当日评报会扣分，还会作为职业失能的案例，成为部门会议上领导批评的靶子。

何颖没有必要为一条小稿当这个恶人，这就是何颖的聪明之处，也是她与苏同的不同之处。苏同是个认真到不会变通的人。这样的操作，她想得到，却做不到。

实话说，何颖也不是生来就这样贼精，突飞猛进的成长，是在她与张厅结婚之后。张厅历经宦海，从科长一路爬上来，看人家脸色或给人家脸色看，都是日常。何颖在这位官场老手身边耳濡目染，学到的东西，是书本上和前夫那里都不可能有的，真的是让她茅塞顿开。

有一次，快报分配年终奖金，每个人拿到手的都不一样。尚在社会新闻部副主任位子上的何颖，觉得信封里小纸条上的数字不符合自己的预期，就在家里嘟囔，还打电话问丁钢。在她准备问另外一个副主任时，老张立马夺过电话听筒，说：“真是傻妞，问了也是白问。谁会告诉你真实的数字？人家说不定还会笑话你拿得少。”后来她做了活动策划部主任，一把手，五个属下。老张叮嘱她：“这五个同事，不管你喜欢谁，看好谁，都不要在大家面前表露出来。坐在一起闲聊，你手里有四颗糖，宁愿丢掉，也不能拿出来，要不然，没吃到糖的那个人，会吃你何主任一辈子的不待见。”

她想想，还真是。同事之间若有芥蒂，都是鸡毛蒜皮的小事，或者一句无足轻重的话语。自己是主任，对方真这个跨部门的小记者，尊重与不尊重都能成为别人的话题。所以，将一条小稿操作好，将人际关系处理好，这是必须的。在即将可能与演艺公司开展的合作中，文化新闻部的跟进报道，是重要的环节，没有他们的通力配合，合同再完美，也不可能如愿。

“消息见报后，我请你吃饭。”这是何颖附在稿子后面发给老黑的留言。

稿子是第三天见报的。因为第二天有个文化硬新闻，省话剧院的一级演员，银幕上第一个扮演重要人物的特型演员逝世。这个新闻不仅是文化版上的关注点，极有可能成为当日所有媒体的关注点。老黑将何颖的消息稿留下来，是有道理的，要不然，塞到硬新闻之后，发了等于没发。

周四的傍晚，老黑给何颖发来一条短信：“明日见报。”何颖立马回复：“黑哥费心了！”

何颖决定，周五一早，拿着报纸到演艺公司去找玉总。

老张还没有回家，何颖将生菜、黄瓜、西红柿放在水龙头下冲洗，准备做个蔬菜沙拉。她的脑袋一刻也没歇，忽然想到，这事还没给苏同说呢，不大好。苏同为孕妈决赛闹剧以及后续事件着急上火，还把自己整得醉醺醺的，大病了一场似的。唉，说到底，都是自己工作不到位惹出来的麻烦，何颖心里很是过意不去。让苏同知晓自己接下来要做的事，说不定对她是个安慰。何颖看了看墙上的挂钟，猜测苏同应该在办公室里看版样。便放下手中的活儿，给苏同的座机拨了电话。苏同很快就接了。

何颖夸张道：“妈呀，我一猜你准在，还真是！”

苏同问：“又不吃晚饭了？”

何颖说：“是呀，吃不下呀！”

说过几句不咸不淡的开味话，何颖感觉苏同没有兴趣太多回应，便回到正事上来。

她将近两天的事简述了一下。放弃“开学第一天”的计划，理由很充足：牛奶进入学校进入课堂，给孩子们送来健康，是好事。可万一有点闪失，出个小插曲，比如冒出个学生喝了牛奶过敏什么的，谁会挺身而出担起责任？不会有。何颖又说："如果我是教委主任，我也不会同意，更不可能下发文件给学校。所以，这个方案没有可操作性。现在，有个替代方案，就是与省演艺公司合作。"

话题被苏同岔开了一下。苏同问演艺公司的老总现在是谁。何颖回答是原来的副手小玉。

"小玉？女的？"苏同有点诧异。

"男的，为什么叫他玉总，我倒是没有细究过。"何颖主动扳正了话题。

她将这几天的铺垫工作细细汇报了一遍。苏同听完说："演艺公司这边，我不担心，有张厅兜着。主要是小太阳乳业这儿，刘总这人不是省油的灯。"

何颖说："从小舞台到大舞台，还是高规格的专业演出，给他这个机会，他不喜疯才怪，还能不愿意？这个，你完全可以放心。"何颖说她对刘总太熟悉了，知道他的想法与要求。"只是，我们对他们的报道与宣传，可能有些调整，但也不可能无条件地满足他，让他乖乖完成与我们的合约就行。"

"这样，当然好！"苏同一时半会儿想不出有什么意见给何颖参考。

何颖放轻语调说："我知道你担心受累的。所以，演艺公司那边，小太阳乳业这边，我来做工作。有什么事需要你大驾救场的，我再来找你。"

"废话！"苏同笑着挂断电话。

14

周五，何颖起了个早，她开着车到了报社大院。平日里，没有特别要赶的事，她是不会动这辆红色宝马的。车子进出报社已经几年了，但依然很打眼。这是老张送给她的生日礼物。当时，贺的是她四十二岁的生日，她不想拿这个来炫耀。一个女人过了这个年纪还拿这些来说事，就是自找无趣。她不想开车上下班的原因，与大院的物业管理也有关系。早上稍稍来晚一点，进了大院，找车位就像走迷宫，每次都要在里面转圈圈。好不容易见缝插针，挤进一个车位，停了几个小时，出大院门岗时，还必须缴费。钱不多，几块钱的事，却让人很不爽。这是何颖最不开心的时候。本报员工，又不是像丁钢他们招聘来的，她可是嫡系。因为丈夫职位比自己高，原来她在大院里分到的一套小房子，也按规定上交了。在大院没有住房，本来就让人心生怨气，现在倒好，停个车还要收费，怎么说得过去？报社，不，现在叫报业，每年年终都会做一次民意调查，据说，关于向员工收取停车费这一不合理规定，大家的呼声最强烈。呼声归呼声，为什么收费，没有谁出面解释。后勤的人私下说是因为有物业保安要养。也奇怪，大院里的保安越来越多，像乌鸦般在大院里四处游荡，也不知保了什么。

何颖本来可以直接去紫云路省演艺公司的，但为了能拿到今天刚出炉的报纸，便拐了一个大弯。

报纸还没有分发到各部门办公室主任的桌上。何颖带上门，乘电梯到了编委办，一沓捆着的报纸正在门口蹲着。赵晶晶在擦桌子，何颖不想自己动手去解绳子。新报纸油墨未干，只要一碰，就会满手油垢。赵晶晶见何主任一身米白的真丝连衣裙，飘飘欲仙地突然立在眼前，有点吃惊，连忙问候："早呀，何主任。"

何颖说："晶晶，给我装两份今天的报纸。"

赵晶晶没有怠慢，按何颖的要求，从文件柜里翻出一只大号信封，装上两份报纸，双手递给何颖。

"真乖！"何颖亲昵地拍了拍赵晶晶的脸颊，闪身离开。

何颖在演艺公司门前停了车，熄了火。下车之前，她照着化妆镜又涂了一遍口红，说是口红，却不是红色的，接近于润唇膏。涂抹了两下，双唇立即增加了光泽，她上下唇碰了碰，又抿在一起，有着小姑娘似的饱满，却不似苏同那样的厚重。她一直对自己的嘴唇很满意，也很珍爱。苏同给她画过一幅漫像，就是一张欲开未张的双唇。唇角边上加了三个字：奢侈品。每每想到这三个字，何颖都会忍俊不禁，并由衷赞叹：精辟！她又从LV包里掏出香水小瓶，在手腕上轻轻喷了一下，一股淡雅的清香弥漫开来。

玉总见到何颖时，张着嘴，惊讶得合不拢，半天才出声："我的个天，漂亮得成仙了。"

何颖微微一笑，将信封放在玉总的桌上。

玉总拿着信封放在鼻子下嗅了嗅，"好香！"

何颖说："里面是今天的报纸，墨香。"

玉总一边泡茶一边哈腰："没想到你亲自来，怎么不给我打个电话，我去接呀！"

何颖不想一直跟他说这些不着调的二五点子话，直接进入主题："今天的快报，你看了没有？"

"看了看了，每天起床第一件事就是看《江风快报》！"

何颖笑，笑玉总话虽假，但不讨厌。玉总没笑，他认为一笑就假了，他不能给厅长夫人、美女主任留下不诚实的印象。

"谢谢贵报，发了我们的消息。"

“我听老张介绍了你们的国庆演出计划，很磅礴，很大气，也蛮有创意。”

“是吗？如果媒体大腕你这样认同，那我们就搞对了。”何颖正准备接话，玉总又说，“这都是张厅长指导得好。”

何颖撇了撇嘴。她家的张厅压根儿与这事没有关系，因为演艺公司不属于他分管。何颖也装马虎，不将话说破：“所以，我这个家属，必须为你们的文化事业做点贡献呀！”

“那还有什么话说，我是求之不得，求之不得呀！”

何颖试探道：“你们这么大的阵势，既是为国庆献礼，又要让观众掏腰包买票，双重效益，不宣传、不炒作能行吗？”

“那肯定不行。你看，我一大早就收到好多朋友发来的祝贺及求证的短信，他们都是从快报上看到的消息。”玉总依然说着虚头巴脑的话。

“所以，我今天来，一是继续跟踪报道宣传，二是想和你们搞点合作。”

“能得到快报支持，那是再好不过了。合作……”

玉总欲言又止，他了解报业的行规。如果是报道新闻，来个小记者就行了，劳烦有厅座家属身份背景的主任亲自上阵，一定不会简单。何颖看出了他的疑虑，便故意拉下脸：“你别想多了，我可没想从鹭鸶腿上剐下肉来。但我要声明一下，我是来跟你谈新闻报道与活动宣传的。如果要广告宣传，你们也别想免单。新闻报道和广告不能混淆，要不然，广告部的人会追着我要钱的。当然，该优惠的一定优惠。这个，我可以给广告部门的主任打招呼通融一下，让他们打个折扣，或者你们用演出票来抵换。”

“是吧？如果是这样，那太好了。”玉总获知演出方案得到厅长同意批复后，的确在操心着票房、宣传、广告等一系列的事。何主任送上门来的好事，让玉总有点喜出望外，又有些不敢相信。

“商人不可怕，就怕商人有文化。”何颖突然想起丁钢曾在笑骂束一光时说过一句类似的话。丁钢的笑骂也不是他的原创，改编自“流氓不可怕，就怕流氓有文化”这句流行语。此时用在玉总身上比较贴切。精明的玉总在演出市场摸爬滚打这么多年，又得老王总的真传，门门精，但又碍着张厅长的面子，有疑虑很正常。想到这里，何颖干脆把话挑明了：“老张交代我说，演艺公司今年这件大事，持续时间长，参演的人多，也是文化厅下半年工作的重头戏。我这个家属不仅要好好宣传，还要动员我的头头们，用实际行动全力支持。”

以何颖这样的资历与身份，是不可能随便瞎说的。她既然能代表她的领导，代表快报来谈合作，那真的是求之不得。目前，快报市场的覆盖面独一无二，能与快报联手，可以一当十，其他的媒体甚至可以忽略不计，仅这一项就能节省不少广告成本。演出之前的舆论造势，演出之中的新闻消息，跟踪报道的强力轰炸，不知比硬广告的效果要好多少倍。

但好事突然落到身上来，还是会沉甸甸的。玉总越是这样盘算，越是觉得不像真的。他出了办公室一趟，马上又回来。

他对何颖说："到饭点了。办公室主任找了家干净的小餐馆，我们边吃边聊。"

餐馆不远，不用开车。玉总举着一把遮阳伞，放在何颖的头顶，像舞台上的追光灯一样，只让主角独享。

办公室主任是个理着平头的小嫂子，玉总叫她老旦。老旦比玉总先到餐馆，菜已点好。她不动声色地将空调调到最舒服的温度，又亲自倒上了茶水，每次都是蹑手蹑脚地进出，不打扰玉总与何颖说事。

玉总心里还是觉得不踏实，快报虽是省报的子报，可也是市场报，和演艺公司一样要追求效益与利润。如果何颖开一个大口，自己怎么接招？玉总跟何颖聊着一些不着边际的事，看起来脸上乐呵呵的，可心里一直在打鼓，忐忑得不行，因为何颖的特殊身份，不知道接下来她会提出什么让自己为难又没法拒绝的要求。

何颖还真的没有为难玉总。

在四个菜上全之前，何颖便直截了当："玉总，我要是不讲讲我们这边的要求，估计你饭都吃不好。"

何颖说的是要求，可在玉总听来，却分明是又给自己送来了一份好礼。这份礼，是给演艺公司拉进一家乳品企业做赞助单位。玉总更是云山雾罩的。

玉总很惊讶地问："我知道这个小太阳乳业公司，很有名很厉害的。他们公司计划给我们赞助多少呢？"

他明明知道企业对文化赞助不会真金白银，却故意这么问，一是想有意外的收获，二是在探何颖的底。

何颖当然明白玉总的意图，便打太极般一推一挡："哎呀，你这个文化大老板，不讲文化，光讲钱，掉进钱眼里了。人家公司本来没有这个计划。是我多管闲事，非要把他们拉进来。"

这是个大实话。但更大的实话是，即使乳业公司想大手笔地投到这个演出中，她何颖也不会答应。她要的只是借此事将孕妈决赛的事了结，合同兑现。没有必要将事情复杂化。一复杂便会锱铢必较，一旦锱铢必较，就会节外生枝，一旦节外生枝，说不定就黄了。

“我跟小太阳乳业公司很熟悉，他们那个老板是我的朋友，我知道他们的想法和要求。你们演出有你们的规则，他们不参与，如果参与，收益上的分成什么的，那太复杂了。人家也没这个奢望。所以就不谈这个。另外，你们请全国一流明星大腕来江城的住宿、宴请，这个部分，小太阳可以包下。你算算，应该是笔不小的开支吧？”何颖一一说来。

玉总点点头，又很不解，他笑问何颖：“那我们演艺公司需要为他们做些什么呢？”还没等何颖回答，他继续道，“我们虽然有一部分是商演，因为是在国庆期间推出，所以带有惠民性质，票价不会定得太高，有话剧、舞剧、民乐、歌舞，内容比较杂，这次主要是试个水，看一看江城观众的喜好。但从外地请的剧组和演员，却要花很高的成本。”

他的潜台词是担心报纸要分一杯羹。

何颖听出了玉总心里的小九九，连忙打断他的话：“即使快报要吃你的好处，老张也不会答应，这个你放心好了。你们只需要在票面上加一行字，‘小太阳乳业特别支持’；再就是演出时，在剧场两则投影字幕上，写上‘小太阳乳业特别赞助’就 OK。”

“就这？”玉总有点不敢相信。

15

对苏翁子来说，暑假太短，简直像是被一笔带过。她从上海玩了一周，还想去南京。去看什么？她还没想好。但南京这里有个人，与妈妈苏同有过关系。

大约是在翁子小学三年级的时候，会会阿姨从堰石坐火车来江城过五一黄金周。好多年未见了，苏同很兴奋，她还给郑州的许月阿姨打电话，要她也过来。许月阿姨有事没来。林音阿姨、会会阿姨就住在苏同家里。翁小明主动让出床铺，在客厅的沙发上蜷缩了两晚。

那两天，她们仨出门，涂粉抹口红，早早地穿上长裙，全然不顾翁小明的目瞪口呆。苏翁子虽不到十岁，但感觉妈妈跟她的同学们在一起时，变成了一个自己没有见过的苏同。三个中年大妈，在家有说不完的话，还经常莫名其妙地大笑，笑点是什么？为什么要笑？翁子在自己房里做作业，不时被她们的笑声打断，随便就听一耳朵。她们说的谁谁用枫叶做明信片，贴在她们寝室的门上；谁和谁一到周末，就抢着给许月阿姨搬凳子到露天电影院去占位子。她们讲的是大学时的事，还讲到一个从未听过的名字。林音问苏同："你跟他还有联系吗？"

苏同用手指按了按嘴唇，示意林音小声点。翁子是谁呀，什么听不懂？那一定是和苏同有过故事的人。苏同也真可怜，本来上大学就晚，到了大学如果没有谈一场恋爱，真是白瞎。如果谈了一场失败的恋爱，更是白瞎。

苏同说："早就没有联系了。前不久，有个大学生带着秦教授写的信来找我，秦教授让我安排这个孩子在快报实习。这不是难事，我马上就给办了。之后，我给秦教授家里打了一次电话，聊了好一会儿。秦教授告诉我，他已经是南京市什么副秘书长了，前途无量。秦教授很骄傲，如同自己儿子成功一样的骄傲。"

翁子便记住了，南京那儿有一个与苏同有关的人。

郝洁说："玩不动了，来了那个。"

翁子说："我的那个差不多也要来了。"

苏定开车送两个小姑娘去机场。他逗翁子："想好了没有，考上海的哪所大学？"

"交大也不是不行。"翁子回答。

翁子在家休整了几天，学校就开学了。高三，进入冲刺阶段。苏同还收到郝洁爸爸托人送来的一提茶叶，说是感谢苏总家人对郝洁的关心与照顾。

翁小明在翁子回到江城之前，又去了一趟沙州。他去沙州，并不是为了施三叶。施三叶想从沙州到江城还是回赤水，都方便得很，车子多得是，何必作妖让翁小明来接。美女用男人，要分火候，要看对象。有的男人贱，生怕你不用他，你越用他他越喜欢；有的男人不能一次用透，用过了头，容易生厌。她还没有吃透翁小明，所以就没有滥用。翁小明回到江城后，给施三叶发了个短信段子，有点黄，她就回了两个字："流氓。"翁小明半天没再回复，她想翁小明是不是生气了，便给他点了一首歌，是梁静茹唱的《勇气》，"我愿意，天涯海角都随你去……"歌词具有强烈的蛊惑性。

翁小明是带着杨豪一起去沙州的。他将沙州古城文化公园规划告诉了杨豪，杨豪的反应强烈，一拍大腿："伙计，这一趟你没白跑！"

那天，翁小明一大早去了龙踞潭的工地。天放晴后，一连好多天都是大热天，民工们没有偷懒，有的在扎钢筋笼子，有的在清理基坑，都是在按施工方案与规范做。那个小泥鳅包工头，光着细膀子，胸前两叶排骨支棱出梯田似的沟沟道道，两只眼睛这里瞅瞅，那里瞄瞄，嘴里嚷着“过细点”。包工头看见了翁小明，立马换了一种语气：“哟，翁老板好早，这热的天。”翁小明哼哼，算是打了个招呼。他来来回回检查着坑孔，对正在作业的民工强调，一定要把孔清理干净，不然，桩下去就会有缝隙，有缝隙桩就会位移，检测肯定不合格，那就白做了。翁小明的手上并没有泥土，包工头将搭在肩膀上的汗衫递上去。翁小明望了一眼，没接，两只手互搓着。包工头抓住机会，用恳求的口吻对翁小明说：“工钱给我们结一点吧？”

翁小明回道：“这个事，不归我管。”意思是你直接找杨豪好了。

从工地打转，翁小明约杨豪出来吃午饭，就在单位门口一家小茶室里。小茶室就是个麻将室，里面有三个小间，几张桌子。老板是一对中年夫妻，除了收台费，还兼顾做点家常便饭。杨豪正坐对门口，三三两两的同事见着便打声招呼。杨豪对翁小明说：“这哪吃得下去？”

翁小明站起身，与杨豪交换了一下位置。

翁小明知道杨豪的心头好，卤猪头肉炒香菜，干子烧茄子，加上一盘盐水煮毛豆，几瓶啤酒放在桌上。两个人不用互相劝，自己倒，自己喝。翁小明今天少有的话多，说着听着，两个小时就没了。

沙州纱厂旧址改造和沙州市古城文化公园建设，两个项目翁小明都跟杨豪说了。他说他中学的老师现在是沙州的代理市长，老师现在的主要工作，就是落实市委书记的思路，全面提升沙州的文化城市功能。

杨豪很吃惊：“翁哥，你还有这么重量级别的关系呀？怎么不早点说？”

“他是苏同的班主任，我只是边边靠。”翁小明实话实说。

这些天来，翁小明脑子里有点乱，头绪太多，自己使劲地理，翻来覆去地理，好不容易将重点部分理了个一二三。不用说，重中之重肯定是人，说话算数的人，一锤定音的人。这个人是谁？卢市长？当然可以，却又信不足。老易一句话提醒过自己，现在是一把手经济。卢市长只是代理市长，他的上面还有书记。所以，卢市长可不可以一锤定音不知道，但他是接近一锤定音的人。翁小明在自己的工作笔记本上，将这些记了个大概。他记事的方法不像苏同又是文字又是画像，他只用一两个关键词，再用一些符号或者数字勾连，自己看懂便行。

翁小明心里还是不踏实。这种不踏实，的确与他实战经验欠缺有关，理论上说得通的事，具体操作起来，往往会是另外一种样子。

翁小明想听听杨豪的意见，更需要杨豪的确认，若想参与此事，他到底有没有机会？如果有机会，从哪里下手最合适？翁小明尽量委婉地表述了这个简单的意思，他不想让杨豪小看自己。

师弟杨豪此时在翁小明面前，俨然似师兄。杨豪经历的实战，成功与不成功的案例，都可以写成系列故事了。

别看杨豪在同事们面前，常常得意忘形，牛皮哄哄，真话假话难以分辨，但在翁小明这儿，玩笑归玩笑，正事决不含糊。杨豪对翁小明曾有过一个形象的戏说："你是捏着一把好牌，就是不出张，硬是要压箱底，自己把玩，馋死看客。"

"又没有王炸，都是些'三带一'。"

"你还想要什么样的好牌？翁哥，你又不是皇亲国戚！"

杨豪深知翁小明心思缜密，但这也是他给自己不够积极主动找的托词。

按翁小明的资质，别说做一个部门经理，就是到公司管理层也是绰绰有余。也是奇怪，当下的翁小明极有可能被一个司机盖过风头。杨豪看着翁小明那"老地主无所谓"的样子就着急，自己话里话外点拨过他几次，只差苦口婆心了，没见什么反应，还自嘲皇帝不急太监急。现在看来，翁小明心里应该是着急的，只是有时差。他知道翁小明脸皮薄，还敏感，不会轻易向人示弱。现在，将这样重大的信息告诉自己，应该真的是没拿自己当外人。要知道，同业间为了一个项目，争抢起来堪比谍战片。杨豪的心被翁小明的信任所触动，加上他还要时不时地给翁夫人添麻烦，所以，此时他恨不得拿出自己所有的看家本领为翁小明支招。

杨豪先开了一句玩笑："你原来说的只是纱厂旧址改造，现在的动静，感觉是一个城市要搬迁，动静好大！"

"我也是去了以后才知道的。因为太大，所以拿不准，越大越不好下手。"

"按常理，这么大的事，应该早就被人盯上了。"

这是自然，翁小明也认同。沙州市上一届领导班子，就有这个意向，只是还没有来得及规划，一把手就换了。一级地方政府，一把手换了，相当于换了一个班子，换了行事风格，还可能换掉一个城市的定位。新的市委书记上任才半年多，就确定了头等大事，就是要在他的任期内，还沙州人民一个文化沙州，一个古意沙州，一个全新沙州。地方两会上，他在电视讲话中向沙州父老乡亲郑重承诺：沙州城改造，要一幅蓝图绘到底！老易说过的话，被翁小明笑着转述了一遍。

杨豪说："这个书记有水平，一套一套的。"

"一套一套的水平，那是做领导的标配。"翁小明突然冒出这样一句。

杨豪举着酒杯："翁哥呀，真是近朱者赤，近墨者黑，我们苏总把你这个泥腿子工程师，也熏染得一套一套的了。"

翁小明拿起酒杯跟杨豪碰了个脆响。

"你别忘了，还有更重要的标配哟！"杨豪的提醒，实际上是让有些迂腐的翁小明明白，有水平会讲话，是官员们立于官场的标配，而职权与利益的交换能力，那才是货真价实的标配。

翁小明虽然图了口舌之快，心里当然明白这更重要的标配是什么。

杨豪叹了口气："我们这种揽工程的人，在利益交换的最末端。话说回来，也要感谢这种权力与财富的交换，如果没有这种交换，我们可就更没活路了。"

这几乎不是秘密。

翁小明有过几次这样的操作，求人办事，心里发虚，面子又薄，套路上的话，说起来打结，想用贴切的语言表达，关键的时候又拿不出，真是搓脚捻手，进退两难，尴尬得要死。

翁子初中时，学校开家长会，苏同有事走不开，是翁小明参加的。翁子发现，别的家长没一会儿就熟悉起来，还相互交换电话号码，而翁小明坐在教室里最后一排，只看卷子。

翁子之后对苏同说，翁小明的职业，应该是在实验室里，或者是做个中学数学老师。

苏同将此话当笑话学给翁小明听，翁小明很不服气地哼了一声："她晓得个屁！"

可笑的是，翁小明还要用自己半通不通的理论对苏同进行人际关系指导。他知道苏同没有认同，不屑与他争辩。归根结底，他们俩是同一类人。他知道自己的问题，他想通过他的理解或者是他的缺陷，让苏同现实一些，少吃点亏，少走点弯路。

话说到这儿，杨豪有些害怕翁小明会被这样的担心吓倒，打退堂鼓，便转移话题："盯项目，必须提前介入。千万不要等到网上公示了再行动，那就太晚了。"

杨豪又说："人家市长不可能跟你随时沟通，你要在当地找个信息灵通可靠的人，盯紧动态。"

翁小明告诉他："有个同学在沙州下面一个镇里做镇长，他掌握的信息快，也比较准。而且，他那里还有一个纪念馆要开建。"

杨豪对翁小明很直白地说："目前，你一个人不可能独立拿得下任何一个综合工程，即便是把我拉上——我是说'即便'呀！"

翁小明连忙说："我既然跟你说，就是想和你一起做的。"

"我帮你没问题。我要说的是，不要贪大求全，先拿下一个小工程，再来考虑后面的事。我们要吃也只能吃我们的老本行，勘测与地下桩基部分。"

翁小明听着，没有否认的意思。

翁小明与杨豪分手后，回到松园的租住地。因为喝了不少啤酒，又是骑自行车回的，胃里的酒沫上下翻腾，想吐，又吐不出来。想到翁子下午放学后的晚餐，他打开冰箱，里面只有黄瓜和鸡蛋，也够，可以给翁子做碗面条。看看手机上的时间，还早，距离翁子放学还有一个多小时。翁小明便想在床上躺会儿。

他刚刚脱掉鞋子，杨豪的电话就来了。

杨豪说："啤酒也能上头，今天也没喝多少呀？"他问翁小明现在怎么样，他说他担心翁小明碰到查酒驾的交警。

翁小明告诉他，自己现在松园，骑车过来的。

杨豪说："这个周末可以歇歇，要不要到周边转转？"

翁小明问："去哪儿？到宁安去泡温泉？"

杨豪说："你可真行，天天热汗水流的，还没泡够？"

"到赤水去看荷花？"翁小明又有一个提议。赤水是自己的老家，去了有同学亲友接待。

"荷花，哪里没有？东湖的荷花你没看够？"杨豪还是不感兴趣。

"你想看什么？"话刚出口，翁小明猛然酒醒似的，"要不我们去沙州，看看三国古城？"

杨豪立马说："这个线路可考虑。"

两个人确定去沙州后，翁小明的注意力全集中在了这个事上。去了之后住什么酒店？看什么地方？见哪些人？脑子里一个问号接一个问号排着队跳出来。老易是非找不可的。在安排吃的事儿上，他肯定没有问题。去不去见卢市长？这个有点拿不准。上次在歌厅与他相逢，是因为施三叶的缘故。想到施三叶，翁小明的心跳马上快了几拍，身上跟着燥热起来。

翁小明摸出手机，给施三叶打电话。好一会儿，施三叶才接。她小声对翁小明说："我回赤水了。婆婆带儿子出去玩，没看好儿子，儿子跟别的孩子打了一架，脸都被抓破了，正在给他搽药。"

翁小明一听，不好意思开口。人家虽是美女，也是个当妈的人。

去沙州是杨豪开的车，杨豪的车是宝马越野 X7，比翁小明的沃尔沃更上一个档次。

在沙州，老易扎扎实实陪了他们两天。

吃饭时，老易会再请一两个人来陪。老易给他俩介绍，某某是什么学校的校长，某某是什么公司的老板。

杨豪十分清楚，这些某某是来给老易买单的。杨豪过意不去，一次，饭没吃完，他就自己悄悄去结账。老易发现后，拼命拦下，说在沙州的地盘上，哪有让客人买单的道理。

晚上，老易问他俩："是想娱乐还是想舒服？"翁小明心里盼着像上次一样，在歌厅里，有美女，卢市长能出现。没有施三叶这个招牌，翁小明在老易这儿，哪好意思开口请卢市长唱歌？

缺了施三叶、没有卢市长的歌房，也就没有什么意义了。

翁小明说："洗脚好了。"

老易将他们带到了休闲娱乐一条街，熟门熟路进了一家看上去有点档次的康浴中心。

服务人员非常礼貌地将他们引进了三个单人包间。

杨豪中途问按摩女子："我先买单，怎么支付？"

"老板，我们这儿还有好多项目呢，您不试试？"按摩女子一口标准的普通话，柔声笑说。。

"美女是北方人？"杨豪问。

按摩女笑而不答。杨豪故意逗她："还有什么项目呀？"按摩女抛出一个媚眼，说："明知故问。"

杨豪说："我下次还来找你。"

按摩女确定杨豪今天要做的项目不多，便轻轻退了出去。一会儿，一个年长些的女人拿着 POS 机进来，杨豪将三人的单一起买了。

第二天一大早，老易专程到酒店，带他们步行去不远的特色早点摊过早。一碗鳝鱼面，一碗伏子酒，三个人吃得汗流浃背。杨豪问老易纱厂旧址在哪个方向。老易回答在沙州市的旧城区。二十世纪八十年代，那里美女多得像春天的蝴蝶。

杨豪的意思是想去实地看看，看看厂址，看看车间。相当于实地考察，大致能判断工程量。老易嫌远，跳开话题。翁小明说："沙州博物馆离这里很近，可以去看看。"他自嘲虽是大沙州人，却对自己的老祖宗一点不了解。老易不太想去，又不能再次拒绝。

博物馆是二十世纪七十年代所建，斑驳的外墙，打滑的石阶，让翁小明觉得，这座建筑与里面装的东西，浑然一体，都像是从地里扒出来的。

讲解员只对团体服务。老易问翁小明："你们想听讲解吗？我去找熟人。"

翁小明问杨豪想不想听，杨豪说："算了，不要麻烦。"

杨豪看得很细，他问老易："这玻璃罩里的青龙偃月刀，真的是关老爷手中的那把？"

老易笑："我们只管相信便是了。"

博物馆的身后就是老城墙。三个人从幽暗的历史中走出来，都有点恍惚。老易说："老城墙不要错过，这可是真正的遗址。"

这时，不知从哪里蹿出一个大肚老头，把老易拦住，老易停住脚步。老头从鼓囊囊的肚子里掏出一个陶瓶，亮给老易看，说刚从地里出来的。

翁小明望了一眼，跟龙踞潭捡到的那只破罐子蛮像。老易拿过来仔细看了半天，问多少钱。老头伸出一个手掌。老易问："五百？"老头轻蔑地摇着头。老易便不再多话，把老头推开。

三个人一步一步爬上城墙，老易意犹未尽地对翁小明说："东西看上去还像是个老物件，就是要价太吓人了。"

翁小明问："你还玩收藏？"

"没有，碰巧见到了，就弄点。"

杨豪在前面，两条大长腿像蚱蜢一跳一跳，轻松上行。老易却是气喘吁吁，杨豪便笑："领导干部太忙，忙得锻炼的时间都没有了。"

"是的哟，都已经三高一耷了。"老易也自嘲道。

杨豪明白三高，指的是血压血脂血糖，不明白"一耷"是什么："哪一耷？"老易嘿嘿大笑："杨总，说明你正是上劲的时候。"

"哦哦！"杨豪恍然大悟，知道耷在哪里了。翁小明却不知他俩的笑点。

杨豪与老易之间说话已很随意。

离开沙州之前，杨豪提议去锣场镇看看："易镇长坐镇的宝地，说不定哪天就成了圣地，搞不好，地图上还会插上一杆红旗呢！"

老易开心得不行："借杨老板吉言！"

三个人到了锣场镇，老易带着他俩转了小半圈。

"现在还只是雏形，有点影子，二三年后还真的可以成为关公小镇！"老易介绍说。

"关公小镇？有定位了？"翁小明前几天听到的是文化旅游小镇。

"是的，杜书记指示，沙州市的各个镇，都要打造成特色小镇。"

锣场镇被米袋湖围着，湖的袋口与长江联通。

"米袋湖和赤水湖差不多，都是跟长江连着的。但赤水湖面积要大很多，湖与江之间修了一座闸，闸的功能性很强。"翁小明正说着，一下子想起当年自己躲在闸洞里看高等数学的往事。

一千八百多年前的关公故事，老易讲得兴致勃勃。翁小明想，自己与老易都很搞笑，少年时代拼命考大学，如今又学非所用，活脱脱两个夹生饼子。

老易说湖岸周边过去都住着居民，老房子破烂不堪，近年来在慢慢迁走。镇里想打造一条米袋湖环湖绿道，修一座关公纪念馆，以及一条三国人物雕塑长廊。

杨豪听后喊着沉默的翁小明："易镇长这里弄好了，一定是个宜居养老的好地方，到时候你来弄个小院子，整个农家乐。"

老易上卫生间的空隙，杨豪从车子的后备箱里拿出两瓶五粮液和两条黄鹤楼。杨豪将这些东西递给翁小明："你的老同学太够意思了，把这给他。"

翁小明却替老易客气："不用，同学之间……"

"必须的！"杨豪很坚决。

临走，翁小明让老易开自己车的后备箱，将东西放进去。老易"哎哎"了两声："你这干吗？太见外了。"

翁小明握着老易的手说："你交办的事儿，我还没跟苏同说。我晓得的！"

"问苏总好，让苏总费心了！"老易的眼睛里满是期待。

16

打道回府。转了两天，翁小明和杨豪都很疲惫。吃吃喝喝、东拉西扯说话，哪一项不是辛苦活？加上脑子不能放空，还在绞尽脑汁想心事，比在工地上日晒雨淋还要累。杨豪对翁小明说："你车技好，你开吧！"

翁小明开车上路，两人一时无话。从酒店出来，城区人来车往，路况复杂，翁小明全部的注意力都放在左躲右闪上。

上高速之前，杨豪的右腹隐隐作痛，他想是酒精后遗症，想分散一下注意力，便点燃一支烟。烟雾呛得翁小明眼睛都睁不开。杨豪摁下车窗，车里的冷气也跟着烟雾跑了，热风在耳朵边吹得呼呼爆响。

杨豪深吸一口烟后，将手中的大半截烟丢到了窗外，玻璃又缓缓关上。他自言自语："窗外抛物，要是被后面爱管闲事的司机看见，向《江风快报》举报，我就倒霉了。"

"倒什么霉？上了黑名单能怎样？既扣不了分又罚不了款。"

"万一呢？你家苏总可就又有麻烦喽！"杨豪纯粹是无话找话寻开心。老司机翁小明知道杨豪是在找话聊，担心自己犯困打瞌睡。

快报去年下半年在《社会新闻》版上，开了一个栏目，叫《对窗外抛物说"不"》，这是由一条新闻事件引起的：正在行驶的一辆小车，车上有人向窗外丢出一个塑料袋。巧的是，那天风大，塑料袋被吹来吹去，飘落在后边一辆车头的玻璃上。正在开车的司机吓了一跳，猛踩刹车，没想到后面几辆车连环追尾……虽没有产生伤亡事故，却阻碍了交通。

"话题性的连续报道，再好也不能没完没了。报纸是新闻纸，读者选择一份报纸，更希望看到新近发生了什么事。"翁小明很专业地说。

"翁哥，你也成半个新闻人了。哎，你是理科出身，苏总学文科，你们两个怎么认识的？"杨豪纯属打趣。

"你还蛮八卦的。"翁小明笑了笑。

"我只是觉得好奇怪，八竿子打不着的你俩，怎么搞到一起的？"杨豪自知说话不雅，表示了下对不起。

"我们是中学同学。"

"嗯，早恋！"

"哪里？是后来又遇上的。"翁小明从没有跟人讲过他和苏同的故事，现在也不想对杨豪多说。

"哦，但苏总运气比你好！"说出这话后，杨豪觉得不妥，会让翁小明不舒服，便转移话题，"你们同学中，转行从政的多不多？"

"有一两个，还有一个大学毕业时就分配到省经贸厅，现在是一个处长。"

"老易要是坐上镇党委书记的位子就好了。"

"那是。"

“可惜，我们帮不上忙。”

“往前走一小步的事。”

“这也要看运气。”

“事在人为嘛！”

翁小明想到老易拜托苏同来锣场采访宣传的事，回去一定要跟苏同说说。怎么说，才能让苏同认可他翁小明贡献的是新闻线索，而不是为了给老同学帮忙？锣场镇正在打造的关公小镇，可不就是亮点？

“沙州市未来可做的项目太多太大了，搭上一件可吃好几年，搭不上也没关系。”

翁小明觉得杨豪的话风有变，问他什么意思。杨豪说锣场镇老易这里可以盯紧点。

翁小明开车又快又平稳，没出两个小时，高速路就跑完了。在进入江城城区之前，杨豪把翁小明换下。

杨豪问翁小明：“把你放到哪里？”

“我的车在公司院子里，回去取车去。”翁小明回答。

杨豪家住在长江一号，江景房。为了翁小明，他绕了一大圈。车子在进入地勘公司前，必须通过一条拥挤不堪的老城区巷道。杨豪说：“每次经过这里，老子就要冒一身汗。”

“能在这里安全进出，到哪儿都是车技高手。”翁小明道。

公司门口，有不少人围着。杨豪按了喇叭，人群不仅不散，连回头看一眼的人都没有。杨豪又按了个长音，终于有人掉过脸来，却并没让路的意思。杨豪说：“估计又出事了，不知是哪个倒霉蛋。”

杨豪就地熄火，翁小明下了车。

十几个农民工正喊着一个魏姓同事的名字，魏同事没见人影儿。农民工诉说着：他们在干活时被一群不认识的人殴打，殴打他们的人还放狠话，说想做事叫老板出来，要不然，下次就弄几个残疾人看看。

这些农民工是来找魏同事结医药费还有工钱什么的。

杨豪对车窗外的翁小明说：“小魏遇到狠人了。”

翁小明明白，杨豪说的狠人，就是那种到工地上收保护费，或是强买强卖材料之类的“地头蛇”。估计魏同事嫩了点，还没有经验。开工之前，“老司机”都会将打点的事做好。杨豪、王云等人，他们与道上的人几乎处成了哥们儿，有事没事，都会上料，万一被另外道上的人黑了，这些哥们儿还会出面摆平。

魏同事的电话在向部长的手机上都是忙音。向部长一边骂，一边安抚农民工，其实就是劝他们先回工地去。

一个农民工问老向：“我们回去，你能保证我们不会再被打吗？”

老向说：“我保证不了。”

那个农民工又说：“你保证不了，那就等能保证的头头来。你们的头头不来，我们就去报社告你们。”

向部长的话软了下来：“我这不是正在打电话联系小魏吗？你们稍等等。”

翁小明怕引火烧身，猫着腰钻进自己的车里，快速启动后一踩油门溜掉了。

17

翁小明给苏同打电话，问她在哪儿。

苏同觉得稀奇，反问翁小明：“我能在哪里？你不着家，也不打个电话。”

“这两天忙得团团转。我已经回到江城了。”翁小明解释道。

苏同告诉翁小明：“我们今天回报社了。我在办公室签发周一的稿子，翁子在家。”

“知道了！”翁小明收了线，径直上解放大道，走二桥，回江南。

从二桥下来，不远处就是沃尔玛超市。超市是在一家商城的负一层，面积大，商品多，辐射范围广，相对来讲，这里的商品比起别的超市要价廉物美一些。翁子没上外校之前，翁小明一家人每周都会来一趟。翁子喜欢这里的牛排，翁小明喜欢这里的苹果，而苏同说这里的馒头好吃，一层一层的，有咬劲。

找停车位很费劲。翁小明在商场门前门后转了两圈。终于，一辆白色的丰田要走，翁小明把车往后倒了倒，给丰田挪出车身。

翁小明在超市门口拉购物车时，看到前面有一个身影好熟悉，是何颖，苏同的同事，也是过去在望乡村平房住过两年的邻居。翁小明不愿意主动跟人打招呼，等何颖的身影不见后，他才去拉车。

星期天的缘故，打货的人好多。尤其是熟食柜台，碰上打折，人很难挤进去。

翁小明先到水果摊位挑苹果。又大又圆的苹果一半鲜红，一半脆黄，价格不菲。他挑了两袋，他觉得应该去看看父母了。

翁小明找到牛排陈列柜台，拿了两盒。不远处的馒头花卷肉包子叠成小山，有面粉发酵后蒸出来的香气。翁小明推车过去，拿起保鲜膜包装好了的馒头，看了看上面的日期，都是当天的，又犹豫了一下，叫了一声正在忙碌的营业员，让她从蒸屉里拿出了几个热气腾腾的大馒头。

“翁小明，翁总！”一个女声柔柔地叫他，翁小明回头一看，是何颖！心想，怎么就躲不过呢？嘴里却快速回应：“何主任，你也来这种地方？”

“你不也一样？”何颖笑道。

翁小明原想幽默一下，没想到何颖快快当当地回敬了他。他不擅与人逗乐，玩笑只开了个头，就哑火了。何颖见翁小明没接上话，怕他不好意思，自己找到话头：“苏同老是推荐这里的大馒头，说比报社食堂的好吃。我今天就来买两个尝尝。”

“嗯嗯，她喜欢面食，北方人似的。”

何颖还想继续聊，翁小明却不想跟她扯得太多，决定撤退：“你忙，我挑好了，先走一步。”

翁小明付了款，乘扶梯升上地面，将两大袋东西放进车子后备箱。他决定先到翁小兰家，去看看长期在她家居住的父母。有购物小票，免了停车费，汽车开上了建设大道，往清山方向驶去。

翁小兰在家，开门看到是翁小明，脸色立马变青，嚷道：“一搞个把月不见人，你把老爸老妈交到我这里，就万事大吉了？”

翁小明自觉理亏，哪好意思回怼，小心地问：“又怎么了？”

“怎么了？老爸白天黑夜分不清，白天死睡，半夜在客厅里挪来挪去，不是摔着就是磕着。老娘呢，最近的血压又飙上来了。”

翁小明先到老妈的床前。老妈刚打过点滴，左手背上贴着一块创可贴，她用右手按着，两只手背都有些浮肿，布满了老年斑，像他刚刚在超市看到的脱了毛的芋头。

老妈喊着他的小名：“明明来了，热不热？冰箱里有西瓜。”

“你别管我。血压高了点，输什么液啊？吃两粒药不就行了？”

“头昏心慌呢！小兰说打点滴好得快些。”

“现在好些没有？”

“我是好多了，你爸可越来越糊涂了。”

翁小明起身去老爸房间，老爸还在睡。一股尿臊味直冲鼻子。床单上湿了一大块。翁小明从床头边的椅子上找出一条短裤，给老爸换上。

翁小兰见翁小明的脸色不好看："才换了一次就这样子，我跟你说，一下午我给他换过三次了。怎么办？你拿出个意见来。"

"送到养老院，好吧？"翁小明赌气地回答。

翁小兰也提高音量："每次你都这样说，你想让他早点走，你就把他送去。"

翁小明沉默了片刻："请个护工来你又不肯。"

"我不肯？哪有住的地方？你家那么多房，你把老爸接过去不行？"

翁小兰说的也是实情。她家已被父母占用了两间房。儿子从美国回来休假时，只能在客厅沙发上过夜。

问题是自己目前情况特殊，接回家，谁来管呢？

这是个无解的题。老爸的阿尔茨海默病越来越重。平时，老妈若血压平稳，能简单料理自己的日常，还能管一下老爸喝水吃饭，现在两老的身体一天不如一天。翁小兰在冶钢职工医院做护士，还没退休；姐夫在冶钢运输公司做调度员，工作不算繁忙，但他宁愿在单位替人值班，也不愿回家。

翁小明设身处地地想过，姐夫这样已经不错了，换成自己，苏同的父母这样待在家，他还不知会怎样逃之夭夭呢。

回家的路上，翁小明心里堵，脸色阴沉。进了东湖路，远远看见报业大楼，他的思绪频道才调转过来，今天的重点，是如何说通苏同，帮帮老易。

快进大院时，翁小明收到家里的座机电话，他没接。

翁小明拎着沉甸甸的购物袋开了家门。翁子在她的房间里大声叫："妈，爸回来了！"

苏翁子一点点大时，就能分辨出翁小明的脚步声。

苏同的身影从厨房里往外晃了一下。

"咦，没想到呀，苏总回家了？"翁小明想幽默一下。

翁子到了客厅，她翻着购物袋，找她想吃的东西，看到牛排，一蹦三跳地拿进厨房。苏同在里面说："牛排还得你爸来做，他做的你爱吃。"

翁小明在卫生间洗手，回应着苏同："我来做我来做。"

翁子来到翁小明跟前问："我们是今天晚上去松园，还是明天起个早？"

翁小明"嗯嗯"了两声，不算回答，即使是个小得不能再小的问题，在没想清楚之前，他也是不会贸然说出他的想法的。

苏同将做好的两个菜端上了餐桌。翁小明进了厨房，将牛排包装膜打开。苏同便解下围裙，帮翁小明系上，拍了一下他的肩膀："剩下的归你了。"

“坐等翁氏牛排！”翁小明说。

“不要我帮忙？那我就去坐了？”

翁小明说的“坐等”，可不是真的让你去客厅坐等，女人呀也不要太实诚了。杨豪说得对，女人分两种，不是好看与不好看，而是解风情与不解风情。解风情对一个男人来说，堪比好酒，让人上头。如果换成施三叶会怎样？说不定会娇滴滴地在一旁说：“翁哥，累不累？”也许还会靠在他的肩膀上，说一些好听的话。怎么会想到施三叶呢？翁小明觉得自己很无聊，现在想的应该是苏同，最好能边煎牛排边跟她说说话。

“你猜，我今天在沃尔玛碰到谁了？”翁小明在抽油烟机的噪声中，大声地问苏同。

“谁？”苏同的声音传来，也有些炸耳朵。

翁小明没有马上说出答案。

“茫茫人海，我从哪里猜起。”苏同还是走了过来。

“何颖，你的闺密何大美女！”

“是吗？你们打招呼了？她没问你，我那天喝多了，她用我的手机给你拨电话，你死活不接的事？”

翁小明思绪如同下水管，被硬物生生堵住。是的，那晚在歌厅里，与卢市长、施三叶、老易他们唱歌嗨得昏天暗地。他已经给苏同解释过了，当然是撒了谎。苏同以后没再提及。但何颖是谁？她可不像苏同傻傻的，容易轻信人，她自己就是教科书。何颖说归说，她怎么会傻到去问别人家的事？

“唉，女人就是女人，这样的小事，还值得说？难道她家张厅长没有特殊的时候？手机不可能总是握在手里。”

“我把她的话当真了。她说，我要是碰到翁小明，非要问问他，出差在外的丈夫，竟然敢不接老婆的电话。”

翁小明想，这未必是何颖的话。苏同这样说，肯定是借用何颖的名义在敲打自己。

苏同又回到客厅，开了电视机，每天央视新闻联播之前的半小时，是各地方台的新闻时间。她将频道调到省卫视，音量也调到最小。翁子翻着魔方走到苏同身边，对苏同说：“大点声没关系的，该做的功课我都做了。”

“都做了？就万事大吉？”

“你总不能不让人喘口气吧？”翁子被逼急了似的抗议道。

电视屏幕上，出现了一条商业老街旧房子起火的画面，苏同的注意力全部转到了电视上，也顾不上翁子的歪嚼。

消防队员及时扑救，从浓烟中背出了一位失能的老人。

不知快报是哪个记者去采访的。商业街的电线老化问题，快报曾做过专题报道，此次火灾是什么原因引起的，与电线老化有没有关联？

今天中午，苏同还在松园。她准备简单给翁子做两个小菜，自己再回报社看版样，不管翁小明回不回来，下了夜班，坐个出租车再转来陪翁子。可是于大桥给自己打了电话，让她顶个班，说他晚上有个饭局，饭局后还要玩一下。于大桥的玩除了上麻将桌，不会别的。与他玩过的两位副总编，逮住机会就会戏谑他。苏同听过几耳朵，袁大头赢了他的钱，还拿他开涮，于大桥听着却无所谓。

于总电话中对她说，儿子的工作一直没落实好，硬着头皮周旋，没办法。苏同想都没想，就答应了。平时，她上的是白班，夜晚值班是于大桥和另加外两位副总对倒。也就是从晚上八点的编前会开始，到版样进印刷厂开印，差不多要到第二天凌晨的两三点钟。

值班总编遇到什么急事，都是相互之间调剂，需要苏同的时候不是很多，除非万不得已。苏同便和翁子坐公交回了报社。

牛排腌好铺上平底锅后，翁小明想问翁子今天吃几分熟，不知怎的，脑子里却跳出了施三叶切牛排的样子——上身直直地立着，两肩与头呈两个九十度直角，两只长长的手使着劲，脸上又故作轻松，含笑带嗔的眼神不是搁在刀叉中的牛排上，就是游走在自己的脸上。

翁子的鼻子好使，她说："爸，有香味了，别煎老了，一刀下去，带点血色，最好。"

翁小明将牛排切好，放入两只瓷盘内，用柠檬片挤上几滴汁，边上还码了几颗小西红柿和黄瓜片。

瓷盘里的菜式色彩鲜亮，香气诱人。翁子表扬翁小明道："爸，你很厉害的！"

"苏同，牛排要趁热吃，凉了，就没有味道了。"

苏同问翁小明："你怎么不吃？"

"有点上火，牙痛！"翁小明这两天油水过量，餐餐都是大肉大鱼，应该歇歇是真的。昨天晚上，在洗浴中心，按摩小姐轻轻捏揉重重拍打他的背部腰部大腿根部时，"啪啪"声很响，他闭着眼睛，不忍观看自己松塌的身躯。时间，就在不经意间，将自己的一身筋骨膨化成了肉膘。你想要的，够不着，得不到；不想要的，它偏偏塞给你。这是个啥命哟？翁小明本来想好好放松一下的，结果脑子里不断走神。担心阅尽男色胴体的小姐讥笑，他自言自语："我年轻时，在足球场上踢边锋。"按摩小姐听不懂"边锋"，没接他的话。翁小明想，以后是不是要选个运动项目活动一下？踢不了边锋，当个守门员，也比成天不是在电脑前就是握着方向盘要强。

苏同将自己盘中的牛肉，往翁子盘里拨了一大半。翁子说："牛肉纯蛋白质呢，长肌肉不长肥肉。"

"你多吃点，长好脑子。"

"我的脑子还需要长吗？"翁子的左手将牛肉送进嘴里，歪着头问翁小明。

翁小明吃着饭，懒得参与这娘俩的你一言我一语。但苏同翁子都知道，翁小明的不反驳就是态度。

苏同吃得少，很快就将自己的碗筷放进了洗碗池。

她用茶水漱了漱口，问翁小明："要不要我去医务室拿点治牙痛的药？"

翁小明摇了摇头："不用，翁小兰给了我的。"

苏同说："我今天还要替于大桥值个深夜班，回来会很晚。"

"啊？"翁小明有点吃惊。

苏同看了翁小明一眼，带着歉意笑了笑，眉眼之间传递着意味深长。

翁小明实在是憋不住了，脱口道："老易要我给你带个话。"

苏同睁着眼望着翁小明，在沙发上坐下，等着那个"话"出来。

"他说，想请你去锣场镇走走。"

"老易，易镇长？你俩这两天在一起？"

"是呀，杨豪要去散散心，说他好多年没去沙州了，非要去看看。锣场镇，这几年借关公之名，闹得动静很大，听说不少三国迷还专程跑去考察。"

"有些地方，喜欢用一些民间传说的引子，吹气球似的将故事越吹越玄乎。不知道老易跟你是不是这样吹的。"

"老易他还有这本事？借他点智商，他都想不到。三国时期的刘关张，那是实实在在在那里战斗过的。"

苏同忍住笑："你看过《三国演义》没有？"

"看过，小时候看过小人书，现在的确是忘得差不多了。老易他们的锣场镇，说是要打造成关公小镇。沙州市委、市政府非常认可，还准备向全市推广他们的思路和做法。老易这个镇长，现在忙得是不亦乐乎。”

“好事呀，难得踩到点子上。全省各地都在发展乡村旅游经济，有些地区还配套一乡一品，以特色产品拉动旅游，拉动产业。”

“我说的没错吧？”

“前些天，赤水市委宣传部新闻科长，还给我传来了一篇大通讯，什么《赤水老区妙手绘出三色画卷，红色，绿色，金色》。我的天，太会总结了，真是有水平。”

翁小明突然一拍脑门，猛然想起，上一次老易送给苏同的礼物，还放在车子的后备箱里。

“老易也给你准备了一镇一品礼物，在车里，我忘了拿上来。盒子上写着‘千针万线’，老易说是手工纳底的布鞋。传说当年关公在锣场镇治住了洪水，老百姓就日赶夜赶，给关公的抗洪将士们纳底做鞋。”

“我听说过这鞋，主要是底厚，手工纳线特别费力。老易又不知道我穿多大的码，他怎么给我拿？”

“他不知道，我会不知道。你不是三十八码吗？要是上脚紧一点没关系，穿两天就松了。”翁小明有点信口带编的意思了。

苏同想，你还知道我穿三十八码，难得！

“老易这家伙埋头苦干了这多年，老亲爷扶上了马，却没送上两程。这么多年了，从副职到正职，一直陪跑。”

“不是正职了吗？还陪跑？”

“是个说话算不了数的正职。”

在官场上混，能跑多远，与工作能力关系不大，与性格、情商还有运气密切相关。

想到老易的性格，苏同觉得用“二黄”两字来概括很准确。二黄是赤水人骂人不清白的意思。好多年前，老易与他们几个大学同学来家做客。也是报社分了房，自己刚搬进新楼房吧。那时候，苏同与他们还不是很熟悉，也没有条件在外面餐馆请吃。苏同做好饭菜后，自己在一边的沙发上给翁子喂饭。翁子还没上幼儿园，有个住家小姐姐带着。老易不知怎么那么兴奋，可能是因为喝了酒，他扯着嗓子对翁小明说：“你夫人，怎么这厉害？都是副处了。你要认清形势，不能掉得太远呀！”翁小明讪讪笑着，脸色却难看。其他同学见此，连忙岔开话题。苏同在一旁，听得真真切切，为了避免尴尬，她将翁子抱到阳台上去了。

老易的这番话，给了苏同深刻记忆。苏同觉得这人说话直统统的，在座的同学未必不是这样想，只有他口无遮拦。后来，老易通过翁小明找过自己几次，自己都是尽可能地帮了忙。前年，老易儿子小易的两篇作文，连续在快报上发表。要知道快报的《小作家》版有多金贵，有些高中生，拿着上了报的作文，就有资格报名参加省内著名大学的自主招生考试。苏同心知肚明，小易肯定也想走这个捷径。苏同不想让编辑为难，自己先将小易的作文认真修改一遍，包括题目。给编辑时，嘱咐他选一篇放在头条。不到两个月的时间里，两篇作文见报。翁子的作文，要比同龄人写得好很多，但苏同都没想要用自己的资源去给她占地。

后来，小易还真的通过了江都大学的自主考。老易给苏同打来电话，说儿子如愿以偿了，自己也如愿以偿了；苏总是大功臣，没有苏总，这一切都只是愿望而已。

翁小明见苏同若有所思的神情，以为是在跟着他的思路。心情一爽，一句诗冒了出来："生在深山人未识，来年果硕客云来。"

苏同扑哧一下笑出了声，站起身来："翁小明同学了不得呀，一会儿三国，一会儿诗词的。"

翁小明见苏同明知他的企图，却没阻止，心情大好，便乘胜追击："你是行家，想想办法，在快报上帮帮他。"

苏同走后，翁小明将餐桌上的碗筷统统收进厨房，三下五除二洗好，又将冰箱里的东西归整清理了一遍。垃圾袋打好结，下楼去丢掉，也将皮蛋和"千针万线"布鞋提了上来。

翁小明回到房间里，翁子正在翻看翁小明的手机。翁小明抢过来问："你要干什么？"

翁子说："你这么紧张，不会是做贼心虚吧？"翁子的随机应变、倒打一耙，是翁小明与苏同都不具备的素质。遗传当然会变异。

"你明天早上七点半就要上课，所以最迟不能超过六点起床，你今天早点睡吧！"

"天哪，我不想起这么早，我们干脆晚上过去算了。"

翁小明没有回应。他很想在家里睡一晚，就冲苏同那少有的意味深长的眼神，还有为老易助跑的事。

翁子洗澡去了。翁小明来到书房。这里是苏同在家待的时间最多的地方。一面墙的书柜顶天立地，上面三分之二的书架上，里面码的、边上堆着的全是苏同的书、报纸、资料，还有采访本、获奖证书。空隙的地方立着一些不大的相框，差不多都是翁子的各种神态，将相框连起来看，就是翁子的天真岁月。翁小明的大学教材、笔记，还有投资理财方面的书，占了最里面的一格。下面的三分之一是柜子，向外伸出了半尺。里面的东西，从搬家时放进去后，就很少动过。

与书柜对着的是两张书桌，两张书桌上各立着一台电脑。

翁小明开了自己的电脑，桌子下面的主机，立马响起“滋滋”声。屏幕上，半天才由黑变蓝。翁小明想在网络上找找有关古沙州与三国时期的历史资料。零星的碎片化文字有一些，但都是点到为止，没有把事情说清楚，看不出是史料还是传说，翁小明快速地扫过。他又上了本地政府网，看到的都是各地的工作成就，没有利润不增长的，没有今年不好于往年的……在《江沙遗风》栏目里，看到关公与他的青龙偃月刀发生在沙州的故事。翁小明看着看着，感觉有一点扯，这样的故事放在哪里都能成立。

关帝庙为什么遍布中国？好像听一位专家在电视里讲过，翁小明没有记住重点。但小时候妈妈带他到关帝庙的事，却记得很清晰。

那是他上小学之前的事儿。妈妈将一条破裤子剪开，缝了两只书包，翁小兰一只，他一只。因为姐弟俩就要上学了。妈妈对五岁时得过一场脑膜炎的翁小明去读书心有不忍，她还试探地问过爸爸：“明明缓一年再上，可不可以？”

爸爸吼道：“不去上学？被你惯成婆婆妈妈的？”妈妈没有回怼永远心气不顺的爸爸，看着坐在门口的翁小明说：“读就读吧！”

开学前一天的早上，妈妈引着他，七弯八拐，来到赤水河东岸一个破旧不堪的庙前。

妈妈说，这是关帝庙，求什么，关老爷就会答应什么。当时，庙里已经空空如也，哪有什么关帝像，什么神像都没有，也没有香炉。泥墙根四周长着一丛丛的茅草，茅草上方被烟雾熏得黑黢黢的。妈妈找来半块砖头，放在一个土台子下面。她从布兜里摸出一盘绿色的蚊香和一盒火柴。妈妈划燃火柴，点燃了蚊香，放在砖头上。呛人的烟味随着烟圈升起，散开，向台子的上方弥漫。上方空着，这里曾经立着的是慈眉善目的关公，还是威风凛凛的关帝？翁小明不知道，也懒得知道。他看着年轻的妈妈就地跪下，双手合十，嘴里喃喃道：“关帝大老爷，保佑我们一家吧，保佑我儿明明读书好，读出一个状元郎！”妈妈拉过翁小明，要他也跪下；他犟着，没跪，跑了出去。

回家后，妈妈有些讨好似的对爸爸说：“早上到了关帝庙，拜了关帝，保佑明明读书好！”

“关云长管你读屁书，人家是武官。”爸爸气不打一处来。记忆中的爸爸从来没有好脸色，与妈妈说话基本是吼叫。妈妈那时候个子高高的，比爸爸高出一个头。爸爸被划成“极右”后，工作也没了，被发配到乡下农场劳动。他孤苦伶仃过了两年，后来有人给介绍了一个大个子姑娘。这个大个子姑娘就是妈妈，她是家里的老大，下面还有三个妹妹和一个弟弟。农村家庭里的大姑娘，天生就是父母的帮手。妈妈没读过书，但喜欢戏文，她的记忆力很好，戏里的故事、戏里的唱词她记得又快又牢，给翁小兰和翁小明讲道理时，也离不开戏里的内容。

二十世纪七十年代末，爸爸回到赤水城区打零工。挣了钱后，脱手丢在桌子上，是多是少，妈妈都不会问，只是默默地用一只旧手帕包好。翁小明有时静下心回忆，妈妈年轻时，在爸爸面前从没有大声说过话，爸爸从没有舒展过笑脸。

“关云长是武官。”这句从爸爸嘴里蹦出的话，刻在翁小明心里。

翁小明收住不开心的记忆，回到眼前比较急迫的事情上来。

鼠标不停上下滑动，出来了不少菜品，都被安上了刘关张的故事。皮蛋拌豆腐怎么跟关公搭上了关系？当年关公军中的心火病皆是此菜治愈？翁小明笑笑，觉得就是个民间故事而已。那个时候有没有皮蛋都是两说，如果真有，成千上万的士兵要吃掉多少皮蛋呀？

电脑主机的响声，比开机时稍稍小了点，依然像只没吸饱肚子的蚊子在耳边嗡嗡着，让他心生烦躁。翁小明关了机，起身，去书架上找《三国演义》。从原著里找，肯定要靠谱些。

翁小明平时不翻书柜，现在要去找三国，很茫然，不知从哪里下手是好。他的眼睛在中国古典文学队列中扫了一遍，见到了《红楼梦》《水浒传》和唐诗宋词，却没看到《三国演义》，另外几个书格中也没有。他将电脑椅转过来，踩上去，想在顶格上看看。上面的书大都是苏同上大学之前在赤水新华书店买的，估计放上后就没有再动过。在书排的一侧，有一个档案袋，厚厚的包裹着什么。会不会是钞票？翁小明莫名的好奇。苏同不爱清理家务，还健忘，丢三落四，自己放的东西自己找不着是常事。翁小明用力抽出袋子，还有点沉。档案袋封口细细地折卷着，虽然没有用胶水或者订书钉封死，但经年累月，已经塑形。这样的姿态，扎扎实实在告诉主人之外的人：“这里与你无关！”

翁小明将档案袋拿着，跳下了椅子。

三个笔记本将档案袋撑得满满当当。翁小明一个个抽了出来。三个笔记本三个不同的封皮。第一个拿出来的很有年代感，深黄的硬纸封壳，被时间涂上了棕色的斑点。后面两个本子几乎黏在了一起。一个笔记本是黑色塑料皮；被黏住的那个严格意义上不算正宗的笔记本，是个手工自制的活页本，本子的左边打着几个小孔，用棉线将孔洞连接起来，形成了活页夹，有点像单位财务的老账本。翁小明将这两个本子拉开。三个本子平摊在键盘旁边。他盯着眼前的本子。要不要打开看看？他很犹豫。这里面装着什么？苏同的过往，苏同的秘密，苏同不愿丢掉的曾经？

翁小明在与苏同恋爱的时候，他没有主动问过苏同以前的情感史，因为实在不好意思出口。他也想过，苏同不丑不傻，既努力又出色，一路走出赤水，走进江都大学，走进省报媒体，怎么可能不被人喜欢，或者没有她喜欢的人？但她积极地与自己交往，表明她现在是认可自己的。不管她过去有过什么经历，与自己不相干，与现在不相干，也就没必要去追问那些不相干的往事了。翁小明从珠海回到江城，因为手腕骨裂；为了照顾自己，苏同二话没说，就和自己扯了结婚证。他还能想什么说什么呢？

他记得有一天晚上，他和苏同去平湖礼堂看电影，电影是美国片《廊桥遗梦》，看完电影，两人走回报社。苏同少有的挽着翁小明的胳膊，兴致勃勃地沉浸在电影故事里，她说女主人公如果没有留下那本日记，那么，一个女人一生的美好与挣扎，就没有任何痕迹了。苏同还撒娇地问翁小明："你好像一点也不在意我的过去？"

可是，电影里女主人公的日记本，肯定不能让丈夫看到，它留给了儿女们。

翁小明心想，我当然在意你的过去，但我又不是苕货，你能告诉我你最真实最不加修饰的一面吗？不可能。翁小明与别的男人的区别在于，宁愿不问，也不想获取一个被修饰过的答案。

苏同没有将笔记本大摇大摆放在显眼处，但也没完全防着自己。如果真的有不堪的内容，或者是让翁小明不能接受的，她可以毁掉；再退一步说，她完全可以藏到更加隐蔽的地方，比如放到办公室，不是吗？

翁子洗完了澡，电吹风"呜呜"地响了起来。翁小明担心翁子撞进书房来，便将门关上，啪的一声，声音有点大。

"爸，你干吗呢？"

"电吹风太吵了。"

“一会儿就好。”

翁子的声音模糊传来，翁小明听不清。此刻，他的注意力完全在面前的本子上。

三个陈旧的笔记本里，装着什么？

在苏同之前，翁小明除了在大学时期，因偶然的一次同学联谊会，暗恋过师大的那位女同学之外，好像就没有机会喜欢过谁了。

结婚后，翁小明有了作为男人深刻的体验。这种体验，让他觉得有了妻子的男人比单身汉好得不能再好。妻子苏同，对他的各种要求很少拒绝，对翁小明没有缺斤少两过。他没有什么不满意的，特别是有了翁子。人生应该就是这样了。如果说有不满意的，就是自己。苏同每天忙忙碌碌，顺顺当当，如同开足马力往前跑的快车；自己呢，就像是挂在快车后面的拖厢。

翁小明对苏同从没有怀疑过什么。他心中的妻子简单、明了，有时像个直男似的，一点也不通达。在自己面前都不来点花言巧语的女人，难道是“曾经沧海难为水，除却巫山不是云”了？

本来是寻找《三国演义》，结果却陷入了莫名的追忆。

这追忆因眼前的本子而起。这本子里应该是装有秘密的。但翁小明跟自己说，即便是秘密，也不可能是石破天惊、不可饶恕的。

好吧，既然它们如同文物一样，无意间自己裸露出来，那就是天意，是要让他获悉的天意。

没有任何理由，可以阻挡他翻动笔记本的手指。

硬壳本里，掉出了一些黑白照片，邮票大小的登记照，上面呈现的是苏同的青涩与愁眉不展。还有苏同与高中女同学的合影，上面写有“青春万岁！ 1982 年 6 月23 日”。还有一枝被压扁了的芦花。翁小明将照片重新放进页面夹好，芦花却碎了一地，他捡起来的只有牙签一般的细茎。

页面上很少有文字，全是头像画。钢笔的、圆珠笔的，还有铅笔的，他看到了她的高中同学，图画的空白地方写着姓名和作画时间。翁小明没有在上面过多停留。如果他有耐心翻到最后一面，那会让他惊心动魄，因为那里有一个刘海盖住眼睛，双唇线条好看却附着了一层干皮的少年头像。

黑皮塑料本记录了她的大学生活，扉页上，有文字注明。林音、会会、许月，桂园 215 室同舍死党占据前三。后面的是谁？男生女生，胖的瘦的都有，这个本上的漫画像，与她高中时代的运笔、画法有了很大的不同，夸张、变形，线条流畅，喜怒哀乐的表情尽显。

翁小明翻开活页本，发现里面只有两个男性的头像。一个是卢老师，年轻时的卢老师，英俊儒雅，翁小明也见过卢老师在球场上带球上篮的样子。他是苏同的班主任，这样的男老师被情窦初开的女学生喜欢、暗恋，也是情理之中。但翁小明没想到的是，本子里面的卢老师，竟是各个侧面，脸上的每一个部位都被苏同解剖似的勾勒呈现出来。

苏同曾对卢老师这样的用过情？

苏同在他面前，竟然滴水不漏。

另外一个男生则是个眼镜男。他脸型瘦长，嘴唇边上，有个浅浅的窝，是那种长在女生脸上很迷人的酒窝。眼镜男在这个本子里也有好几幅头像，其中一张，还被墨水胡乱涂上了眼镜。因画笔用力过猛，线条突围了镜框，很显然，表现的是一种心情。翁小明从没见过这张面孔，这是谁呢？画上没有名字，只留有时间，时间上是苏同在江大中文系读插班生的那两年。

这能说明什么？苏同有过一次大学校园恋情，如果是，也属正常。正值青春年华，再有些才气，当然会被一个或者几个不错的男生喜欢，就像当年自己喜欢那个直角肩的长腿女生一样。可是，那男生的眼镜，那用力的划痕，多少保留着笔者当初的生气、愤怒和意绪难平。用失恋失意来理解，也不是不可以。

三个笔记本，其实说起来就是三个画本。没有惊心动魄的文字刺激，如果有故事，是发生在卢老师身上？还是眼镜男身上？还是都有？这是他搞不明白的地方。

翁小明将本子收好，重新装进档案袋里，放到它过去的位置。他拍拍手上的灰尘，拉开阳台上的玻璃门，深吸了一口气。

没有星星的天空，月亮不圆，四周却长出了毛边。妈妈说过，“月亮长毛，沟里施豪”，意思是第二天会下雨，雨会让沟里的鱼活蹦乱跳。

如果明天下雨，堵车就是个大问题，翁子会不会迟到？

翁小明回到客厅，见翁子的房门掩着，灯光把虚掩的门缝刷出一道淡黄色线条。翁小明知道她还没有睡，便在门口问：“你明天能不能早起呀？”

“怎么啦？”

“估计明天会有雨。要不，我们现在就过去算了？”

“你先不是犹豫吗？我以为你舍不得……要走那就走吧！”

翁小明从冰箱里清理出一些吃食，打了个包。翁子已将双肩包提在手上。两人一起下楼，到车库。

车子开出大院，翁子打了一声很响的喷嚏。翁小明问："温度开低了？"

"不是，车子里面有烟味，呛人。"

"你妈说你是狗的鼻子！还真是。"翁小明将车窗摁开，一股热风吹了进来。

翁子说："你还是关上窗吧。"她又问翁小明："我们现在返回松园，妈知道不？她还以为你会在家住一晚的。"

"没有跟她说。反正她是个工作狂，我们走不走，她也不会在意的。"

"你别这样说她！"

翁小明也觉得自己的话欠妥，说到了就给她打电话。

相较于白天，夜晚的东湖路畅通多了。车子上了二桥，翁小明担心翁子在车上睡着会感冒，就找她说话。

"你妈让你在初中毕业之前，看完四大名著，你看完了几部？"

"除了《红楼梦》，另外三部都看了。还按照她老人家的要求写了读书笔记。"

"《水浒传》是小学毕业后的暑假看完的。参加初中新生入学摸底考试时，有一道填空题，刚好考了这本书上的内容，问智取生辰纲是谁出的计。"翁子讲到这儿，突然考翁小明，"你知道是谁出的计？"

翁小明有点恼怒："这都不知道，你太小看你爸了。"

"可是，那次考试，只有我一个人答对了。"

"吹牛吧？你怎么知道只有你一个答对？"

"校长跟妈妈说的。校长还是我们班的语文老师，我的作文本他都没还给我。"

"他留你的作文本干什么？"

"谁知道？他不是对妈妈说过，如果将来我不成为作家，那可能是中国文学界的一大损失？跟现在的语文老师讲的如出一辙。"

"校长是跟你妈开玩笑。"

"我能当真吗？再说，我可不想当作家。只是被逼无奈。"

"哪个逼你了？"

"苏总呀！初中一年级的暑假，她又逼着我看完了《三国演义》。"

"你写了读书笔记？"

"是呀，快两千年前的事，全是钩心斗角，你死我活，看不懂，我只记住了几个人物的名字。"

"你是怎么写的读书笔记？"

“有诸葛亮、刘关张的，有曹操的内容，我就过细看看，没他们的部分我就一目十行。笔记就在每个章节上找几句话抄抄。反正苏总也没有检查我的笔记本。”

“你糊弄她？”

“我是在糊弄我自己。”

“《三国》这书还在你房间里？”

“应该是的。”

翁小明很是懊恼，绕了这么大个圈，烧了半天的脑，要找的东西却在唾手可得处。要不是已经到了松园路，他恨不得返回到大院去。

18

一辆崭新的考斯特商务车停在报社院子大门口。坐在出租车司机身后的何颖，一眼瞅见了考斯特，立即请司机停下。乌总跟她讲过，在院门口上车，是一辆商务车。去的是东冶，路程需两个多小时；商务车比越野车宽大、舒适、平稳。她估计今天要坐的车，应该就是这辆考斯特了。

考斯特司机坐在驾驶座位上，车窗玻璃拉下半截，他抽着烟，手指向外弹着烟灰。何颖正想问问司机是不是去东冶，宋兴却从另一边冒了出来，吓了何颖一跳。

“何主任，请！”宋兴做了一个夸张的手势。

何颖一只手拍着自己的心口，另一只手打向宋兴伸出的手：“宋总，你搞袭击呀！”

宋兴立马正经道：“待会儿，你可别这样叫，领导听了，还以为我有企图似的。”

何颖含笑含讽“咿”了一声，心说，你巴不得，真能装。

何颖没有上车，她打算和宋兴一起等乌总。宋兴说：“你坐进去吧，站在这儿，太招摇了。”

何颖瞥了宋兴一眼，也听清了这话的潜台词，于是钻进车，找后排坐下。

何颖没想到，今天同行的人居然有宋兴，待会儿还有谁会冒出水来呢？

昨天乌总跟何颖说，早上八点准时在这里上车。何颖还在想，如果是工作上的事，应该是办公室的赵晶晶来通知，乌总亲自打电话，可能是别的安排。

宋兴此时候在这里，今天的活动显然是他张罗的。

何颖从包里摸出粉饼盒，弹开，薄薄的海绵沾了细粉，在双颊、鼻尖上轻轻扑过。

宋兴用手指敲了一下车窗，告诉何颖，乌总来了。

何颖收起粉饼盒，正犹豫着要不要下车迎一下领导时，乌总已经上了车。何颖正准备跟乌总说点什么，乌总却喊着宋兴，宋兴半蹲下，递过耳朵来。乌总说："你进院子里去迎迎汪大姐。"

宋兴听了，快速跑向院子里。

"哎呀，大周末的叫你出门，我们张厅长没有意见吧？"乌总侧过脸来跟何颖开起了玩笑。

何颖连忙回答："没有没有。他这人，一到双休，也是出门的时候多。"

"东冶金牛镇有家酒厂，今天要搞个品酒活动，牛老板请了几次。去看看，放松放松。蒋社长的夫人汪大姐也是东冶人，她在金牛镇当过知青。"乌总刚说到汪大姐，车门从外面被拉开了。宋兴向乌总报告："汪大姐来了。"

"辛苦了辛苦了！"乌总起身，躬着腰接过汪大姐随身的包。

汪大姐戴着太阳镜，笑意盈盈地朝何颖打招呼："好久没见大美女了！"

何颖连忙回应："大姐你太忙了。"

蒋社长做部门副主任时，何颖和苏同与蒋副主任都有来往。不是大领导的蒋副主任，说什么做什么，该牢骚时牢骚，该吐槽时吐槽，很是随性。汪大姐那时梳着一条大辫子，个子高，人也壮，喜欢端着双肩走路，给人感觉她的胸脯过于饱满，属于漂亮耐看女人之列。苏同画过她，画过她的大辫子，那可是人间少有的大辫子。

苏同曾不解地问何颖："蒋主任跟他老婆，好像是两个世界的人，他们怎么会走到一起的？""听老主任八卦过，说蒋与他老婆年轻时在同一个工厂里，老婆是厂花，又是厂广播室的广播员，追她的人每天在广播室门口排队。蒋没有排队，他用他的方式追，给她写信写诗，可人家根本不搭理。灰头土脸后，他死了心，一门心思去备考，结果成了 1977 年恢复高考后的全市状元。你想想，那年头的大学生，是何等的俏。果然厂花倒过来死追，硬是把这个蒋胖子追到了手。"何颖真真假假胡诌着。

故事基本符合那个时代的恋爱剧情，关键是何颖描述的语言让苏同忍俊不禁。

眼前的汪大姐虽然已经富态，但举手投足间还是很有些当年广播员的范儿。

宋兴将汪大姐的茶水杯放在小桌上，汪大姐就势坐在小桌后面。宋兴告之座椅靠背是可以调整的，想养个神，就往后拉一点。

乌总对宋兴做了个开车的手势，宋兴对司机说："葛师傅，可以走了。"

乌总与汪大姐隔着小桌面对面坐着，说话很方便。开始，乌总没觉得什么，时间一长，感觉自己像秘书跟首长请示或汇报工作似的，不自在了。宋兴一分一秒都在看事，他起身与后面的何颖坐在了一起。乌总问汪大姐喝什么茶，他带了明前新茶，说着，换到宋兴退出来的位子上坐下。

东湖迎宾路在中南医院前面戛然而止，江都大学的凌波门一闪而过，车子上了江东大道。越接近鲁磨路，就越不好走了，马路两边都是工地，路上更是污水横流。

汪大姐不停感慨："这儿真像是个大工地！"

乌总接过话："是呀，我们的市民热线每天都被打爆了，堵车、污染、交通事故……不过，这条路修好后，江城的城市圈又会扩大一轮。"

何颖只是听，没有插嘴，她也不知道该说什么。宋兴用胳膊肘碰了碰何颖，何颖睁大眼睛望向宋兴。

宋兴说："你要是困了，可以靠着我的肩膀眯一眯。"宋兴的玩笑很文雅，一点都不是大尺度，乌总与汪大姐听了都哈哈大笑。

"我说呢，宋兴在前面坐得好好的，怎么跑到后面去了，原来是想当护花使者。"汪大姐笑道，"你不怕张厅长找你算账？"

"不会，我这样的，构不成威胁！"

汪大姐问了问何颖儿子的近况，感慨时间过得太快了，那个独自背着书包上幼儿园的大眼睛小男孩，都上大学了。

车子进了梓湖，宋兴介绍："这里在搞别墅区，好几家房地产公司都已经开了工。如果有闲钱，买一幢别墅，还是可以的。地理环境好，有山有水，离江城中心城区也不远，关键是房价便宜。"

"你买了？"何颖问。

"做了梦！"宋兴笑笑。

考斯特又快又稳，过了一座长长的桥，乌总说："再有半个小时，就到了。"

进入东冶境内，下了高速，宋兴吩咐司机开慢点。他两只眼睛在窗外扫射。只见前边不远处的匝道上，一辆白色的车打着双闪。

"停一下，葛师傅。"宋兴来之前，按乌总的要求与酒厂这边已有对接，厂办负责人说过，他们会在这里恭候。

宋兴拉开门，跳下车，走到白车旁。车上下来了一位中年男人，正是牛老板。宋兴跟牛老板握了握手，告诉他汪大姐、乌总都在车上。牛老板想过来打招呼，被宋兴拦住，说："你们上车带路吧，到了地方有的是时间。天太热，别让领导受累。"

乌总在车里对汪大姐说："牛老板亲自跑到路口来迎，还蛮讲究的。"

汪大姐也很认同："是呀，这人做事蛮诚心诚意的，不错。"

白车在前面开道，考斯特跟在后面，何颖看到这架势，心里既发蒙又有些期待。再看身边的宋兴却是一脸得意。

二十多分钟后，车子开到了金牛镇，白车拐出了一条小巷，驶上一条比较宽阔的大街后，很快开进了镇政府的院子里。

院子里停了不少车，从牌照上看，大都是市里省里来的。

大门口有保安，院子里另有十几个女孩子身着旗袍，站在会议室两个敞开的门口。

宋兴一下车，牛老板就陪着两个年纪与宋兴相仿的男人走了过来。这两个男人，一个着白色短袖衬衫，打着一条红色领带；另一个穿黑色T恤，脸、胳膊上的皮肤又黑又亮，与T恤融为一体。乌总下了车，牛老板赶紧抓住乌总的手："乌总好！"牛老板将乌总的手交给他旁边的"红领带"："乌总，给您介绍一下，这是我们镇的方书记。"又指着"黑T恤"说："这是马镇长。"乌总握过方书记、马镇长的手，赞叹两位领导"好精神"。

这边，何颖已经挽着汪大姐下了车。牛老板两眼盯着何颖，嘴里却大声叫着："汪总好、汪总好！"

"小点声儿，别这样叫。"汪大姐在牛老板耳边叮嘱。

"好的好的！"牛老板点着头，收起脸上尴尬的笑。

两个身着廉价旗袍的礼仪小姐被牛老板招手叫过来，她们左手按在小腹上，右手在前引路。方书记马镇长分别闪在乌总、汪大姐、何颖两旁，宋兴有意掉在后面，一起进了会议室。

会议室被收拾成一个展览厅。进门靠墙一条长桌上，码着一溜礼品袋，工作人员见是礼仪小姐带过来的来宾，便给上一份。何颖的自己拿着，乌总和汪大姐的由宋兴接到自己手里。何颖看了一眼袋子，是一本画册和一个透明文件夹。

长条形会议桌面上，铺着鲜红的丝绒台布，台布上排列着大大小小的陶罐子，每一个罐子上贴着一个"酒"字，红纸黑字，酒香浓郁扑鼻。

乌总和汪大姐饶有兴趣地沿着桌边嗅着香味，欣赏着陶罐。牛老板寸步不离给他俩讲解。牛老板的乡音让乌总听上去很吃力，又不好总是打断牛老板的话头追问，只能囫囵吞枣、边听边猜。

桌上不同罐子里装着不同窖藏年份、不同度数、不同配方的产品。

汪大姐指着金龟酒罐，介绍说："这酒在大诗人李白云游此地之前就有了。"

乌总吃惊地问汪大姐："李白还到此一游过？"

汪大姐笑道："可不，有酒的地方，就有李白。"

牛老板一下子被搔到了痒处，他的兴致更大了："李白不仅来过，还留了下来，还跟我们这里的一个乡姑结了亲。"

何颖实在忍不住，笑出声来："那他应该有后人？"

牛老板听出了何颖的说笑："当然啦，我们这里的李姓人氏都是他的后代。"

牛老板也不笨，不敢在这个话题上纠缠过多，恐怕自己应付不了，便将话题转移到酒上："金龟酒经过一千多年的传承，具有独特的口感与香味。为了提升品质，满足市场需要，近年来，我们酒厂改革创新，提取名贵中药材，引入国内最好的基酒，不仅口感好，对身体也好，待会儿你们品品就知道。"

牛老板的话经过汪大姐的翻译，何颖听出了个大概。她想，牛老板吹得水分有点大。在她的认知里，一旦白酒当中加了中药材，就是药酒。对一些男人来说，基本上成了功能饮品。她家储藏室里就有这样的酒。一个超大玻璃瓶，里面的人参在水里长着，红花草挂在上面，挺好看的。何颖曾想将它搬到客厅当观赏物，老张说，药酒只能放在低温的阴凉处。不清楚他是不是定期在喝，但劲儿的确大，闹腾得没完没了。

何颖掉在汪大姐身后，边听边看边嗅。她心里有个想法蹦了出来，这么好的资源，应该是可以与牛老板合作一把，比如搞个全省十大名酒评选。难不成乌总叫上自己到这里来，也是这个意思？或者还有比自己更有创意的大策划？何颖有了小小的激动。激动也是要消耗能量的，她觉得肚子有点饿了。

宋兴不在会议室里，他去哪了？何颖想问问他车上带没带吃的，便与汪大姐打了声招呼，离开了会议室。

屋外，热风扑面。何颖从包里拿出草编遮阳帽，正往头上戴时，有个清亮的女声在叫"何主任"。何颖循声望去，只见另一个门口，乐春儿在向她招手，摄影记者王小号也在，宋兴正在和他俩说笑。

"你俩是什么时候到的？"何颖疑惑着走了过来。

乐春儿笑着答非所问："何主任任何时候都会让人眼前一亮。"

王小号回答："我和乐春儿昨天就来了。"

正午时分，人多嘈杂，太阳肆无忌惮地喷洒着炎热。宋兴安排说："两位美女上车去吧，我在这儿等乌总和汪大姐。耗子，你帮汪大姐多拍点，拍好看点！"

"看你说的，汪大姐本来就好看！"何颖接了一句。

王小号喜欢领导叫自己"耗子"，耗子问宋兴："是不是跟乌总在一起的阿姨？""什么阿姨？是大姐！"宋兴一把将王小号推进会议室。

何颖问宋兴："肚子饿了，有没有垫巴的？"

乐春儿抢着说："我有，我有果仁饼干。"她从双肩包里摸出一个小包装袋来。

何颖与乐春儿走到考斯特旁边，葛师傅在驾驶室里闭眼养神。

葛师傅开了车门，何颖与乐春儿上了车。何颖问乐春儿："你昨天是怎么来的？"

"耗子开着自己的车。"

何颖还想问问写稿任务上的事，又觉不妥，毕竟她不是自己的属下，便将话咽了回去。

"春儿，想不想到我们策划部来？"

"想呀！当然想。"乐春儿脸上堆着欢喜的神色。

"束一光肯定要跟我翻脸，哈哈哈！"何颖撇着嘴笑说。

编辑部的人员配制，不是一个部主任就可以随便要求的。每年的采编轮岗，末位淘汰，基本上是雷声大雨点小，各种关系千丝万缕，最后常常不了了之。实在是出不了活儿的人，还可以换到群工部去接听市民热线。能干的采编，就是生产力，就是好新闻的保证。

乐春儿天生讨人喜欢，小姑娘眼眸清澈，模样干净，除了身材、五官亮眼之外，最大的特点，就是善于攻坚克难。束一光因为有了乐春儿，好多难事都能得到妥善解决。

何颖问乐春儿有男朋友没，乐春儿笑着回答没有。

"不会吧？像你这样漂亮又能干的女孩，不可能没男孩子追。"

乐春儿依然是笑。

"要不……"何颖欲言又止。刚刚在车上，汪大姐说到她的儿子三十冒头了，两年前从美国留学回来，现在在某证券公司做投资顾问，还没谈女朋友。不知道乐春儿对不对汪大姐的眼缘。

午餐时间到了。

耗子歪戴着棒球帽，跑到何颖、乐春儿这边来，敲着车门，催促她俩吃饭去。

何颖说："稍等等，他们坐好了，我们再去。"

"为什么？你比他们这里的官，要大好几级呢！"乐春儿不解地问。

"傻丫头，你是想吃饭还是想喝酒呀？"

何颖话还没说完，却被宋兴的电话喊上了："怎么没见你们几个的影儿？快来，乌总和汪大姐到处在找你！"

从镇政府到吃饭的酒家不到二百米的距离。

酒家名叫牛金龟，耗子脱口而出："这名字起的，豪横！"

何颖用眼示意他别再多话了。

宋兴几乎是半拉半扯地将何颖带到了乌总、汪大姐的包房里。

汪大姐身旁正好有个空位，她热情地招着手，喊何颖来坐。何颖立马坐在了汪大姐边上。

圆桌上，蹲着两个土黄色的陶罐，这架势让何颖想起电视连续剧《水浒传》，不知道今天谁是那些大块吃肉、大碗喝酒的英雄豪杰。

何颖微笑着与在座的人礼貌示意，牛老板与乌总紧挨着，方书记也在座，其他面孔都很陌生。

汪大姐的左边坐着一位眼镜男，长得挺斯文的，汪大姐小声对何颖耳语："我边上的这位先生是东冶市副市长，姓石，年纪轻轻，刚才代表地方政府讲话，很有水平的。"

何颖有些惊讶："哦，讲话？还搞了个仪式？"

"是呀，你刚好出去。"

"我没过早，有点低血糖，出去找点吃的。"

何颖有些懊恼自己关键的时候溜了号。

凉菜早已摆好，静候热盘的到来。最先上的是干锅，服务员在一个小炉里放上一块酒精，用打火机点燃，再将一只脸盆大的铝锅坐上，一盆满满当当的红油肉块，恨不得将火炉压扁。

有人问是什么菜，服务员用当地土话小声答："山龟山蝎。"

"什么？山鬼山邪？"是谁故意篡改。

有两个人忍不住笑了。

牛老板用蹩脚的普通话说："山里的乌龟加山里的蝎子，这是我们酒店的独门绝技，好吃不好吃，各位领导品尝后再说，对身体可是有百利无一害，不管是男将还是女将。”牛老板吐着字眼冲何颖猥琐一笑。

在座的女性只有汪大姐和何颖，汪大姐笑不作声，何颖肯定不会再说话。这种场合，虽说都是有身份的人，可一旦上了餐桌，加上酒精的提劲，男人们容易“本色”上阵。如果旁边还有美女，就等于酒精里加了兴奋剂，不是胡言就是乱语。

两个陶罐子被服务员搬下了酒桌，接下来，大家面前多出了一大一小两个陶杯子。大小陶杯子都很古朴，没有刻花纹，这种自然美，何颖还是第一次见到。

大陶杯里都是酒。何颖问汪大姐：“你能不能喝？”

“来了总要尝一点点。”汪大姐说。

几盘热气腾腾的菜悉数上桌。牛老板看了一眼方书记，方书记提议请石市长剪个彩！

石市长站起身来，自己将大杯里的酒往小杯里倒，酒水刚好在杯口处稳住。他清清嗓子说：“一杯土酒，敬各位贵宾，请在座的朋友润润嗓子，舒舒筋骨！”

牛老板立马站起，石市长用手压了压：“都不用起身。我先干为敬！”他一仰脖子，喉结上下滚动几下，杯中酒顷刻间无影无踪。

牛老板先敬女士，他走到汪大姐身边，汪大姐用蹩脚的东冶话声明：“我平时是不喝酒的，但看到焕然一新的金牛镇，很感慨，有你们这些年轻领导，有这么好的企业，酿出这么好的美酒，作为一个‘老插’，我非常骄傲。为了表达敬意，今天破戒！”

乌总带头鼓起掌，方书记赞叹汪总女中豪杰！

汪大姐的一番话，让牛老板很感动，他吩咐服务员拿几瓶酸奶上来。

乌总一碰酒，脸上就出汗，现在不仅脸上汗涔涔的，上衣也紧紧贴在身上。石市长瞅着乌总，说乌总有“酒路子”，一定是海量。他请服务员来给乌总大酒杯里添酒。何颖觉得自己应该挡一挡，不管石市长让不让，但在乌总这里可以买一个好。

问题是何颖刚一出马，就被石市长逮了个正着。

“牛老板，你这个东家怎么搞的？美女都没敬好。”

牛老板被石市长激发了斗志，两只眼珠子有了血色。他一边给自己上酒，一边气壮如牛。

何颖一看这架势，觉得不妥。自己主动下位，来到牛老板面前，贴着牛老板的肩膀，用手挡着自己的嘴巴，与他耳语了几句。牛老板连说：“好好好，下次不醉不休。”

何颖是能喝几口的，但一般不主动。实在拗不过，就来个先下手为强，主动挑战，吓唬一下对方。

但今天不好使，主要是桌上的人，她都不了解。

中途，乐春儿到包间来敬了一次酒。汪大姐第一次见到报社大院里有这样可爱的小姑娘，欣喜之色，溢于言表。

何颖想都不用想，乐春儿来救驾，肯定是宋兴的鬼主意。

乐春儿在乌总的指引下，将大伙的酒兴喝出了一个高潮。

西瓜上桌后，何颖接到苏同的电话。何颖挂了，出门后回拨过去。

“你那边好嘈杂，有活动？”苏同听出了背景的嘈杂。

“是的。”何颖没说在哪儿，也没说跟谁在一起。

“那行，你忙过了，我再联系你。”

苏同匆匆挂断电话。

正好，包房里的人陆续出来了。

石市长出门后，见到何颖，从夹包里摸出一张名片递给她，并意味深长地小声说：“欢迎打扰，下次半醉。”

何颖看着名片，知道了市长的名字叫石磊。四块石头，很好记。名片上没有注明单位、职务，只有一个手机号码，看来是个有个性、内心强大的人。

何颖莞尔一笑，将名片握在了手心里。

乌总和汪大姐还要参观酒厂的生产车间，以及山龟、蝎子养殖基地。他们一行被就近安排在一个宾馆休息。何颖陪汪大姐上到二楼，闻了闻，没有异味，将空调调到了合适的温度后，对汪大姐说：“我在这里，你肯定睡不好。我再找个房间去。”

汪大姐困得眼睛都睁不开了，便“嗯嗯”着用手按摩着双眼。

何颖没有再找房，她嫌房里的东西不卫生，干脆到考斯特上将就一下。没想到宋兴、乐春儿、耗子全在车上。

乐春儿脸上红扑扑的，两颗黑眼球特别亮。何颖看着乐春儿，暗想，我若是个男的，一定会垂涎三尺。

何颖上车后，困意顿时袭来。

考斯特在山塆场地上停下，何颖才醒。

乌总和汪大姐已经在山龟水池旁边，牛老板兴致勃勃地讲解。一股腥臭直冲何颖鼻腔，她闻着都想吐。

水池里爬着乌龟、甲鱼，还有从南美什么国家引进的鳄龟。

耗子端着相机不停地摁着快门，乐春儿在向牛老板提问，手中的笔在采访本上不停地记录。看着乐春儿，牛老板老走神，回答的问题没有一点连贯性，只能为自己打圆场："你要的东西，资料上都有。"

牛老板丢下乐春儿，回到乌总、汪大姐这边，他要留两位在这儿吃晚饭。

"不用。乌总他们还要忙报纸上的事。你也忙了一天，累了。"汪大姐继续对牛老板叮嘱道，"四方风投专家给你们的建议，要落实好，别让人家跑空、白费劲。"

牛老板使着劲说："那是当然。"

乌总在一旁打着哈哈："你的酒的确是好酒，可是喝的人不多，因为什么呢？除了方圆几十里以内，没多少人知道……"

"东冶市的人都喝的！还有，我们上个月，在省政府边的步行街上，开了一家专营店……"牛老板有点不服气。

乌总笑："我的意思是要打开市场，扩大规模，提升品质，才能让酒企发展更好。幸好你碰到了汪大姐……"

何颖离着他们仨不远，听了片刻，觉得自己还是懂点事好，便走开了。

考斯特车尾，有两个小伙子正往车上搬纸箱，纸箱上印刷的"金龟酒"三个红色大字很是醒目。何颖想，里面装的应该是酒罐。

回返时，汪大姐从首长席退坐到何颖身边，和她聊起了报社大院里的往事。回忆，大多是一个人忘不掉的东西。那时，何颖住在望乡村那片临时性的平房宿舍里。后来望乡村被拆，原地建起了楼房。在望乡村的时候，也是何颖最忙碌的日子。有一次，厨房水槽里盘着一条蛇，儿子见了，吓得发出尖叫。唉，一晃儿子都人高马大了，望乡村已成往事。汪大姐又提到了大院里现在的房价行情，她说分到福利房的员工，都是中了大彩。何颖想，谁说不是呢？

"不过，何颖你是摸到了头彩，所以才放弃了报社里的房子。"

面对汪大姐的安慰，何颖摇着头："不提不提。"

汪大姐又说到了快报的年轻人，不知不觉扯到乐春儿身上。何颖一下子开悟了，这才是汪大姐坐到自己身边的真正意图。何颖揣着明白装着糊涂，把个乐春儿夸得天使一般。汪大姐问乐春儿有没有男朋友，何颖说："这个？我不是很清楚，但我晓得追她的儿子伢可不少。”

适时响起的手机来电救了何颖。何颖一看是老张的，在未点开之前，指着一边的宋兴对汪大姐说：“你可以问他，他对快报的美女摸得一清二楚。”

宋兴忍不住大声笑起来：“何主任，你可别污蔑我，我对美女可是敬而远之，手都不敢握，哪儿还能摸得仔细？”

好好一句话，被宋兴演绎成这样的意思，何颖很无语，但汪大姐笑了，乌总也嘿嘿笑了起来。

电话里，老张问何颖今晚回不回，他晚上要去省歌审剧，估计会很晚。

“知道了。”何颖不方便多说，就收了电话。

19

考斯特在宋兴的指引下，顺利开进了报社大院，因为那些装着酒罐的纸箱，虽有绳子捆着，但提在手里很重，而且也有些招摇。

车最先到的是蒋社长家楼下，宋兴对汪大姐说：“您打开楼道门，我把纸箱给您送到电梯里。”

乌总家在后边的一栋楼上，弯曲的小路是单行道，要绕一大圈才能到达。乌总告诉宋兴：“不用去我家了。我的那份，你带给于大桥，他喜欢这口。”

宋兴连忙说：“给你搬上去！我的那份，给于总。”

“你听我的，没错。”

乌总下车后，头也没回就进了楼门。

宋兴的私家车停在办公大楼的地下车库里。他问何颖：“要不要我送你回家？”何颖说最好。宋兴说：“我得先去办公室看看，有没有急稿要处理？”

何颖说她也要去办公室。

宋兴两只手一手提着一个纸箱，一份是自己的，还有一份是乌总给于大桥的。他的两个肩膀被压得很低，脚有些打绊，几乎是在拖着走。何颖也提着自己的，两只手不时交替着。宋兴自己累得不行，还不忘怜香惜玉：“我帮你提吧？你这样子，心疼死我了。”

“自己的都搞不定，净说乖话。”

“不是乖话，一个男人，怎么舍得让美女受苦？”他要何颖把纸箱子给他。

何颖没给。

到办公大楼电梯口，何颖决定将酒放到办公室里。

宋兴笑问："不拿回家给厅长夫君补补？"

何颖懒得回应。

两部电梯，一个上，一个下。宋兴下，去地下车库放酒；何颖上，到自己的办公室。

格子间有两个同事在，何颖跟他们打了声招呼，叮嘱其中一个，尽快将演艺公司与小太阳乳业公司的合作方案细化完善。

何颖到卫生间洗了手，一双纤细的手掌，被绳子勒出深深的凹痕，她用水使劲地冲了冲。回到玻璃房里，她觉得好累，浑身像散了架似的，这一天，比平时自己开车外出谈合作都累。她在简易沙发上坐下，将凉鞋绑带松开，把鞋踢掉，光着脚板顺着沙发躺下。

何颖闭上眼睛，仔细回想这一天里发生的事。乌总、汪大姐说过的话，在脑海里慢慢打着转，她得想想什么是重要的部分。乌总亲自打电话通知自己去东冶金牛镇的酒厂，他的意图是什么？自己接下来应该怎么做？金龟酒与全省十大名酒评选，能不能成为明年开年推出的活动？

何颖想到这儿，觉得累趴了也值得。

手机上，一道蓝光闪了一下。她拿起来瞄了瞄，原来是苏同。

苏同的短信问："在哪儿呢？"

何颖马上给苏同回拨了电话。两个人约好，在操场跑道上碰面。

苏同家住在离操场不远处，只需几分钟，她就能下来。

虽是傍晚时分，天边的云彩依然浓烈。跑道上的人不多，碰到三三两两的退休大妈。她们有的是印刷厂的退休工人，有的是家属，每天天麻麻亮时，就在这里打太极拳，之后跳扇子舞。舞曲伴奏声很响亮，吵得办公室楼里的人烦不胜烦。

何颖到了跑道入口处，四处张望，苏同穿的是跑鞋，正在一扭一扭地走着，是竞走的姿势。

何颖喊了一声，苏同立马停住脚步，等着何颖过去。

"一大早，去了趟东冶金牛镇，一家酒厂搞活动，非拉着去凑兴。对了，我还给你家翁小明带回来一坛他们厂的特色酒，让他提提劲。"

苏同笑笑："得了，给张厅正好。"

"你给我打电话的时候，旁边好多人。"

"我要跟你说的事，我自己都有点蒙。"

"什么事？"

"丁钢的老婆不知从哪弄到我的电话。"

"怎么了？她找你？"

"是的，她一大早给我打来电话，我都不知道是谁。她自报了家门，我才晓得是丁钢的老婆。她说她想到我家来。我问她人在哪里，她说在南湖。我就劝她，天这么热，路又远，来一趟很不容易，能在电话里说清楚就不要过来了。"

"她过来没？"

"没有。她说丁钢要跟她离婚。把我吓了一跳！"

"吓一跳？你这胆子真够小的。"

"丁钢老婆很聪明，没有说一句丁钢的不好，只是说丁钢现在很焦虑。"

"工作上的焦虑还是感情上的焦虑？"

"她说丁钢经常收到一些威胁性的短信，他的车胎前不久还被人扎破过，差一点出了事故。丁钢不回家是常事，回到家也是整宿整宿的失眠，她能理解丁钢的不容易。从小地方来到大都市，努力做一个好记者，她是无条件地支持。她还辞掉了老家税务局的工作，专门到江城来照顾他。不知道丁钢为什么要离婚，但她现在依然很爱他。"

歇了一口气，苏同问何颖："丁钢有情况了？"

"我哪知道？"

"你们俩不是很好吗？"

"再好，他也不可能跟我说这样的事，"何颖转问苏同，"你认识丁钢的老婆吗？"

"不认识。"

"我见过，大块头。有一天晚上，她来编辑部给丁钢送鸽子汤。据说丁钢暗访'油耗子'，三天没回家。他老婆心疼得不得了，提着炖好的汤从南湖过来。机动部的几个坏小子第一次见到丁嫂子，吃了一惊，还说，不会是玩铅球的吧？其中一个还一本正经地说，如果这两人在床上运动，丁钢在上面，他老婆就像包饺子。"

"怎么讲？"苏同没听懂。

"丁钢就是馅，他老婆就是面皮了！"何颖一边说，一边用双手做出合拢的动作，自己忍不住，扑哧一下笑出声来。

"哦哦……"在何颖手势的解说下，苏同醒过神来，也忍不住笑出了声。

两个人像疯子似的，好在夜色渐暗，模糊了面孔与身影。

"那会是谁呢？"苏同又回到了老话题。

"你这种思维方式有问题，未必有外遇才会离婚。两人没有感情了，在一起很别扭的。"

苏同开了句玩笑："你是说你吧？"

在苏同的感觉里，何颖是有了张厅后，才与前夫离婚的。当时，苏同很不解，孩子爸没毛病呀，为什么要做这样的决定？将一个完整的家拆散，再重组，需要多大的勇气，一般的女人应该做不到。

何颖心里猜出了是谁，但她不愿说出口。即便是苏同，她也不能说。

"你劝劝丁钢，有个女人给他包边，已经是他祖上积德了，还想咋的，还想弄成麻花不成？"

苏同脱口而出的"麻花"，让何颖笑得停下了脚步，弯下了腰："我快不行了，你比那个坏小子更厉害，更有想象力。"

苏同也被自己突如其来的灵感惊讶了，看到何颖这般笑样，说："有什么可笑的，不就是拧在一起吗？"

"喂，有个现象很有趣，不知你注意到没有？强奸犯经常都是丁钢这类瘦巴巴的模样。"

"这是你个人的观察，还是犯罪生理学上的统计？"

何颖没有回答，而是岔开了话题。

两个人沿着操场走了好几圈。宋兴给何颖打来电话，问她事情忙完了没有，如果没事，就可以走了。何颖说，十分钟后在大楼门口见。

何颖与苏同分手时说："同事朋友情感上出了问题，闹出了动静，基本上是脓包冒出了头，管不了的。"说到这里，她突然问道，"你家翁小明呢？他怎么样？"

苏同说："你惦记他干啥？他离药渣还有些距离呢。"

"那天我在沃尔玛碰见他，发现他比以前讲究好多，头发梳得光光的。他不是药渣，却是熟男类型，我得提醒你哟，熟男时期，更容易走心！别把自己一手打造的帅哥，拱手让给别人。"

与何颖分手后，苏同在操场上继续走了两圈。

20

翁小明没有在苏同的旧画本上过度纠结。

那天晚上，他决定带翁子回到松园的租住屋，不完全是赌气，也不是对苏同的过往产生了强烈的酸醋心理，而是觉得自己身上的热乎劲消失了。他担心的是，如果苏同深更半夜回家，她回家的动静再小，自己也不可能装着睡死。她洗完澡，相当于是个清醒人。他们现在是周末夫妻，有时甚至是半月或者是月末夫妻。两人不在一起，也许不会起心动念。有机会在一起了，该做的作业就得做。苏同跟年轻时大不一样，似乎有了浪打浪的劲头。翁小明却不是，刚结婚时，化学反应强烈，只要挨着碰着，就是纠缠不清，就是地动山摇。现今，甭说化学反应，就是物理反应也不多，勉强称得上是应激反应，在这反应的过程中，他脑海里的背景画面必须得有好莱坞大片来烘托，才能虚张声势完成使命。

而在这个晚上，他怕自己连应激反应都没有，这对苏同说不过去，于自己而言，连基本的价值、本能都丧失了，还怎么好意思求人家做这干那？

翁小明自认为不是小肚鸡肠，也不是小说家，把时间和精力耗在虚拟的已成过去式的陈芝麻烂谷子上，划不来。有什么事，能怎样？既不能还原过去，也不能改变现在，至于未来，未来是什么？未来是一只潜伏进去了的股票，是涨是跌，是坐火箭飞升，还是退市打水漂，比瞎子算命还不靠谱。这不是他目前要考虑的。

翁小明将翁子的午饭做好后，自己也吃了两口。老易的事，一直在心里琢磨着。他回了趟家，苏同正靠在沙发上休息。翁小明从衣帽间里将布鞋盒拎了出来，打开，让苏同上脚试试。

翁小明说：“布鞋适合老年人穿。”

苏同将伸出的脚又缩了回去，看着翁小明：“你是说我老了喽？”

“老了又怎样？老了也是翁子的妈。”

苏同没有等来“你没老”这句嘴边上的话，说：“我不试了，你拿给你妈穿去吧。”

翁小明本想开开玩笑，可从他嘴里突噜出来的，却是苏同不愿听的。翁小明从苏同的过敏情绪上，第一次感觉到四十大几的女人，对年龄有着前所未有的在意。

翁小明改口：“也适合中年少女穿。你试试，人家老易的一片心意。给我妈拿一双还不容易，下次去就可以的。”

苏同说：“你老同学的情，我领了；确实没有时间、没有场合穿，放在家里浪费。”

她用软纸将布鞋底擦了擦，重新放进纸盒，还拍了拍翁小明的肩膀：“也谢谢你，熟男大叔。”

苏同回怼一句，像赢了什么似的开心。

“你刚才叫我什么？”

“熟男呀！”

翁小明很受用似的，“哦哦”点着头。

“这是何颖说的，她说你现在正是成熟期，也是危险期。危险吗？”苏同试探地问着翁小明。

“哪个男人不想危险一把呀？我也想，可是没条件。”

翁小明将鞋盒拿到电视柜上，从茶几上的玻璃瓶里抓出一把核桃，左手将两只核桃捏住，使劲一捏，却没有咔嚓一声，手张开，两只核桃原模原样。他自嘲：“不行了。”

苏同很喜欢徒手捏核桃时的翁小明，只需咔嚓一声，仁是仁，壳是壳，这个时候的翁小明就很有男人味。她觉得，一个男人的魅力，不是他有多大的力量，而是为了自己的女人，愿意拼力而为。

现在，翁小明用上了核桃钳，他将半块完好的核仁，放进苏同的嘴里：“它不光补脑，还补颜。”

苏同咀嚼着。

翁小明说茶几上又不是没钳子，你自己每天动动手，吃两个。

翁小明又将话题带到老易的需求上，并声明，不要与布鞋挂钩。

“老易要的是宣传他的工作，快报做新闻都是短平快，特别报道也是以事件性为主。工作性的宣传报道，快报新闻版块里没有设计这样的内容。如果他们镇里愿意出广告费用，倒是可以作为软文形式报道。”苏同认真地帮着拿主意。

“出费用，多少？”

“一个版差不多十万吧。”

“这么多？”

“我的意思是不一定非要在快报上发。”

“可快报影响大呀，老易就是这样想的。他作为一镇之长，经济发展、社会治理、文化建设都要抓。他虽然努力，但与同类乡镇比起来，经济上没有什么优势，不过文化传承方面的一些做法，还蛮有新意的。小地方搞宣传的人，只会弄材料，不会写稿子，老易就是想请你这位新闻大拿，去帮他们挖个新闻眼，从眼里抠出些泡泡来。”

"你还蛮懂行的。"苏同由衷服气。

"天天学习贵报，无师自通，何况还有苏老师日夜熏陶，怎么着也一知半解了。"

翁小明一直在用钳子夹核桃，茶几上的小玻璃罐里，已装了小半瓶。

"办法都是人想的。"翁小明催了一句。

"有机会，我跟老易聊聊再说。"苏同缓和了口气。

翁小明清楚，苏总差不多被他说通了。毕竟不是什么坏事，又是与老易相关，起码比出了娄子请她去救场要容易一些。

翁小明看了一下手表，说："工地上今天要进材料，杨豪要参加一个工程竞标，委托我帮他盯一下。"临走，他指着鞋问苏同："你真的不想要吗？"

得到苏同的明确回复后，翁小明将鞋盒带走了。

当天下午，苏同就接到了老易的电话。

老易非常谦恭客气，首先说到儿子去年江大的校考，苏总帮忙是主要的，运气也是好。工科出生的老易，混迹政界这么多年，依然没有摆脱开口求人时的羞涩之态。这也是苏同尊敬翁小明高中同学、大学同学的要素之一。老易不好意思说到他的主题上来，为了不尴尬，还开了一句玩笑："我儿子长得蛮帅的，想与你结亲家，那是高攀不上的，但《江风快报》若有好姑娘，帮着留心一个。"

搞气氛的老易，让苏同不知怎么回答是好。

苏同的时间宝贵，不可能这么陪着他不着边地瞎扯，于是问："老易，你今天给我打电话，就是想给你儿子找媳妇？"

"是，也不是。我是想请你给我们锣场镇帮帮忙。"

"给锣场镇帮忙？你太高抬我了，那可是沙州市委、省委的工作。"

"嘿嘿，准确地说是给我帮忙。"老易说，"我一直很想跟苏总汇报一下，从政十几年了，还是不适应。"

"还不适应？"苏同不解。

"吃了老丈人一闷亏。"

"你这人，得了便宜还怪罪人，不地道。"

"真的！会做的，不如会说的；会说的，不如会拍的。自己恰恰不会说，也不会拍。"

"这么说，你只会做。说说看，你做了哪些创新性工作？"苏同想引导他说重点。

“锣场镇，过去是化工小镇，随着国内制造业转型升级后，小企业倒闭得差不多了。”

“没错，哪里都一样。”

“化工业倒闭了，文化起来了。”老易抢着说。

“文化市场、文化建设还是文化生产？你都做了什么？关键词！”

“关键词？想一想，关键词……给锣场镇戴上关公帽，打造成关公小镇。还将关公布鞋，发展为本镇重要品牌。”

“‘千针万线’的布鞋是在你手上发展起来？”

“那倒不是，‘千针万线’的名是几个酸文人起的，老百姓叫的是‘关公鞋’，这个鞋一直是我们镇的特色。镇里有一个文化站，有一个业余花鼓戏班子。我请一个作家朋友将关公与布鞋的民间故事，创作成一个小戏，叫《关公的布鞋》，没想到这出戏在十里八乡演出经久不衰，还被省里举办的戏曲汇演选上了。更重要的是带动了布鞋厂的生产与销售。现在，来锣场镇串亲访友的，旅游的，都会带上几双。厂家走出了小镇，还在一些大商场开了专柜，国外也有订单飞来，你看，文化是不是也拉动了实体经济？”

“你这样一说，的确是。”

“我让翁小明给你带了一双布鞋的，怎么样？合脚吗？冬天，我给你捎双棉鞋去，又养脚又热乎。”

苏同连忙谢绝：“不用不用。家里、办公室都有暖气。”

苏同担心他又会把话题岔远，收不回来，说：“我知道了。你把刚才讲的整理成文字材料准备好，到时候，我请一个记者去采访你们。”

老易大喜过望：“真是太好了，苏总。”

苏同正想挂断电话，不料老易却画蛇添足补了一句：“苏总，你也是太忙了，上次翁小明带施老师到沙州来，我还跟他说，下次一定要带苏总到我这儿休息两天。”

苏同蒙了一下：“什么施老师？”

老易立马意识到，苏同不清楚翁小明带施老师来沙州之事。自己一不留神，漏了风，真是嘴欠。这可如何是好，太对不起翁小明了，便急中生智补了一句：“那天还有卢市长，你的老师。”

施姓，本是个小姓，苏同一时还想不起是谁，老易一说到卢老师，她立马明白是哪个了。

她和卢老师、施三叶，还有建设厅的肖处长，刚刚有过一次饭局。也是在那个局上，浅谈深饮的施三叶，让她刮目相看。时间不是魔术师，而是魔术师手里那小小的魔法棒。

苏同清楚地记得，周连带着施三叶到自己家时的样子。她衣着俭朴，不敢说话，周连叫她介绍一下自己，她脸红了半天，就是不开口。周连有些急，只好当起她的家长来，一咕噜地说，施三叶的父亲是赤水一中食堂的师傅，外乡人，老实本分，拉得一手好二胡。小施是施师傅的第三个女儿，高考落榜后，因为会唱歌，被一中临时借用，全市中小学每到青年节、国庆节，都要搞文艺演出，小施就帮学校排节目。今年她参加了成人高考，被中南师范大学成人教育学院录取，但学费高，她父亲愁死了。周连说，他不忍心小施上不了学，请求一中校委会扶助了一些费用。他还想委托江城的同学帮一把，当然苏大总编辑这里，最有希望。给找个地方打打工，赚一点是一点。

周连问一旁的小施："是不是这样？我说错了吗？"小施低着的脑袋点了点。

就是这样的一个女孩子，脱胎换骨般出现在你面前，风姿绰约，成为卢老师、肖处长邀约的宾客，与自己坐在一个酒桌上。苏同从开始的别扭，到对卢老师的失望，很大程度上是自己心理的不适应。她还没意识到，女人的天性，大多数是见不得自己认识或者熟悉的同性改天换地的好，更见不得其从底层跃升后的嘚瑟。那天，与自己同坐在一个酒桌上的施三叶，用流畅的周旋，悄悄地将苏同的心狠狠地刺了一下。

照理说，一个新闻从业者耳闻目睹的新奇事多了去，每天的《讲述》版，苏同都要审看一遍，剧情虽然匪夷所思、颠覆认知，但那是别人的故事，与自己的生活并没有什么关联。

那天饭局后，苏同回到办公室，只是感觉不舒服，没有想得过多。但翁小明与施三叶的沙州之行，就是对自己明目张胆的冒犯。他们有故事发生吗？

苏同不淡定了。

翁小明什么时候跟施三叶走到一起的？而且还同去了沙州，还介绍给老易这个大学同学认识？

近期翁小明两去沙州，都与苏同报备了的，翁小明急于做成沙州纱厂旧址改造的建设项目，这个苏同心里明白。苏同更明白的是，翁小明想拿下这么大的工程，难上加难。翁小明说："事在人为，你没从事这个行业，不知道这里面的道道，说起来复杂，其实只要有关系，并从关系上打开渠道，也是可以成功的。"

苏同想，哪有这样扎实的关系。仅凭与卢老师的师生情，很不实际。如何建立与维护，不是一朝一夕的事。卢老师在官场混迹了这么多年，他的朋友圈、名利圈，是你能破层入圈的吗？

苏同真的不想翁小明在那些不着边际的工程上大费周折。在地勘公司，做一个工程质量保障的高工，有什么不可以？况且他已拿到了建造师的证书。可她不知道的是，翁小明工程监理部经理的位置，快被一个司机取代了。

翁小明从不跟苏同谈单位的工作情况，苏同更不清楚翁小明与他的领导、同事们的相处方式。

夫妻俩在各自的轨道往前走，相交的部分只有翁子。苏同希望翁小明陪好翁子高考前的最后一年，陪着她考上理想的大学，不要让翁小明没考上上海交大的遗憾重演，也不要让自己因为偏科而考不上大学的失落再现。

可是，事态离苏同的想象有些偏离了，离出了边界，硬生生节外生枝。

21

小太阳乳业公司赞助省演艺公司国庆节系列演出合作方案，经三方多次沟通、协商，基本敲定。

快报作为第三方，相当是牵线搭桥的媒人，媒人何颖磨破了嘴皮，即将功成，剩下的就是宣传上的事了。

玉总这边，无论怎么说，都是捡了个大便宜。不增加任何成本，既有免费的软文跟进宣传，又能在大腕接待上减少开支。唯一担心的是小太阳乳业在这期间会出现问题，如被对手算计，闹出风波，造成事端。有关这一点，玉总心里多少有点不踏实，他是个做事尽量不吃亏的人，有意无意间跟何颖递过口风，要确保国庆期间不出岔子。他心里也明白，演艺公司此次虽是与小太阳乳业合作，但推波助澜的是《江风快报》，报纸既能呼风唤雨，也能遮风挡雨。

搞定玉总不是件容易的事。

小太阳乳业的刘总从没接触过演艺界人士。国庆期间大腕级的明星要来演出，这对小太阳的品牌提升，是个难得的机会。如果有位刚做妈妈的明星要来，刘总觉得花高价请其代言，也未尝不可。

刘总态度的巨大变化，何颖心知肚明。在刘总认同了合作事宜后，她也没让双方马上就见面。直等到刘总答应给快报增投一个公益广告版后，她才让双方真正握手。

孕妈大赛的风波，在何颖这儿，终于有了一个不错的后续。

苏同对这个过程大致了解。何颖将合作方案送到她手里时，她问何颖："什么时间开始启动宣传报道？"

"演艺公司这边倒不是很急，小太阳巴不得明天就开始。姓刘的想得美。八月下旬吧？"何颖的意思是，吊吊刘总。

"还有一个重要的事，就是老黑部门要做好支持，得派一个得力的记者跟踪才好。你看，虽然这是个商业活动，但也是省里的文化大事。我看了一下演出公司的节目单，有不少重要的剧组和有影响的艺术家要来，读者也喜欢这样的新闻。"

"你相中了文化新闻部的谁？"苏同问。

"我倒是看中了副刊部的乐春儿，估计不太可能，束一光会杀了我。"何颖自我开心了一把。

"晓得不可能，还敢说。"

"乐春儿这姑娘，我蛮喜欢。"

"喜欢她的人多得很，你算老几？"苏同幽默了一句，两个人哈哈大笑。

"她外联可以，采写还不一定是长项。"何颖也下了个台阶。

苏同言归正传："我跟老黑说一下，他应该会支持的。"

苏同在何颖离开后，认真将方案看了一遍，改了几个错别字，再将资金数字后面加上了"元"字。之后，她上楼，来到于大桥的办公室，将方案给了于大桥。

于大桥对苏同说："你坐一下不行？总是一来就跑，好像我要怎么样你似的。"

于大桥说的是笑话，苏同猜想他有话要说，毕竟是知根知底一起创业的老同事。

于大桥起身，将办公室的门关上。苏同笑："还这样神秘？不怕别人说闲话？"

"不怕，我怕个球！"于大桥犟着脖子说道。

于大桥坐在沙发上："你知道吗？孕妈大赛的事，我们快报损失了多少？"

苏同愣愣地望着于大桥，发现他眉毛中有一根白毛鹤立鸡群，又向眉梢处耷拉下来，脸上层层叠叠的皱纹呈人字形，向下垮去。

苏同一下子没有反应过来："什么损失？"

“发行部门买了一万册书，暂且不说书的质量我们的订户会不会接受，这还要等到十月份征订工作开始后才能见分晓。问题是老曾发行那边叫苦不迭，他们做了一下市场调查，感觉不妙。晚报今年的报道内容进行调整后，加强了舆论监督报道，发行也加大了投入。据说，等征订时，还会放出大招来。”

苏同心想也是，如果报纸失去了基础订户，相当于失去了半壁江山。

“有没有补救的办法？”苏同一出口，就知道自己问了一句傻话。

“办法当然有，烧钱呗！可是现在集团将我们的财务拿走后，想烧钱，也没有钱可烧了。”

快报当初创办时，是单独核算，那时候，快报人除了工资外，是没有奖金一说的。两年后，快报人艰难拼出了一片天地，成了全省发行量最大的报纸，不少看笑话的人失望了，快报人的收入自然涨了起来。这还好，没有刺激到谁。可是，又过了两年，快报的发行量居然过了百万份，可想而知，广告商是怎样争抢版面的。这种效应，让同行们羡慕不已，也让快报人扬眉吐气。这种扬眉吐气在机制里没有什么过错，但在一座大楼里，在朝夕相处的情绪中，却不合时宜。报社同级别的编委会成员、部主任的收入，要比快报这边低了不少。于是，经过多方施压，在乌尚义上任之前，报业集团以改革的名义，便将快报的财务拿走了。月奖、年终奖，还有每天的好稿奖，你可以评出来，但须通过集团财务，还得要分管财务的副社长认可、签字才能生效。

苏同脑子里对算账这一块是模糊的，她只知道，集团拿走财务后，快报每年要上交的利润，开始是八千万，第二年是一个亿，现在是继续增长。这些年，围绕着集团下达的效益指标，快报在开源节流上下足了功夫。

一家报纸，新闻、广告、发行，三驾马车一起驱动，谁都重要，谁也离不开谁。发行量的多少，决定了市场占有率。这种占有率并不是完全靠报纸质量打拼出来的。读者又不是一成不变，除了老年人外，年轻一点的读者喜新厌旧，最不稳定。每年十月份的征订工作，相当于一场战争。快报明年的发行费用，有一半用在那一万册书上了，现在要增补，拿什么理由在集团党委上通过？于大桥发愁的样子，让苏同也觉得紧张起来。

“我让束一光跟人民社砍价时，都压到二三折了。”苏同的思维还停在具体的事情上，说这句话，也算替自己申辩，发泄着不满的情绪。

“这中间是怎么回事，我也不清楚。在那顿饭上，根本就没说到这个事。”于大桥叹了口气。

“也怪我。”苏同无可奈何地说。

“怪你什么？怪你酒还没有喝到位？”

苏同想到那晚自己的窘样，脸都红了。哎呀，真是哪壶不开你提哪壶！

“我说的怪我，是自己工作的失误。孕妈活动在初赛、预赛时，都是顺顺当当的，却在现场录播的决赛中，杀出一个程咬金来，砸了场。”

于大桥跟着也愤愤不平起来，

“如果仅此而已，也就罢了，事情控制在有限范围之内。问题是让同业竞争对手钻了空子，巧妙地摆了一道。真是运气不好，触了霉头。我好几次碰到晚报的白总，他还装样，跟我套近乎，我都懒得理他。”于大桥的脸气得通红。

苏同见此，担心他血压飙升。她指着桌上的方案说：“这是何颖部门的补救措施，她真是费了很多周折，好的是还多要来了一个广告版面。”

“编委会上，走一下形式，你们按进度做就好了。”于大桥双手搓着脸说。

苏同回到办公室，好半天了心里还堵得不是滋味，感觉真是对不起于大桥。所谓人倒霉，喝口凉水都塞牙，一点都没错。

所有的霉头，起源于王俞那个妖精。不是她，哪有被蒙骗的前妻的发泄行为？没有这个发泄行为，哪里有晚报的情感故事？没有那个情感故事，哪里有阅评组的批评？没有阅评组的批评，哪有刘部长的发飙？没有刘部长的发飙，哪有于大桥失败的检讨？

简单得不能再简单的线条，却让快报蒙受了不白之冤。

这冤原是可以洗白的。丁钢已拿出了详细的调查报告，如果自己当时没有那么多顾虑，铁了心在《讲述》版上发出来，又会是什么样的结果？大不了自己承担一切，副总编给撸掉，撸了就撸了，总不至于把饭碗给砸了吧？当记者，做编辑，画漫像，回到从前，有什么不好？做一个职场工匠，一个写写画画的小资女人，不为这些琐碎的、突如其来的麻烦事提心吊胆，有什么不好？

可现实由不得你，所谓人生，就是夹磨。你不要以为那些拥有权力的人，就过得很舒坦，他们照样也在夹磨中，说不定比小老百姓还要难受好多倍。就如穿布鞋的羡慕穿皮鞋的。只看到了人家脚上的闪亮光鲜，却不知人家脚趾、脚背、脚跟是怎样的憋屈与痛苦。

可怕的是，丁钢的稿子不能公开见报不说，还不敢拿给部长看。

怎么着，领导批评错了？领导说是你的问题，就是你的问题。甭说争辩，就是解释，也是对领导的冒犯和不尊重。

于大桥也是吃了不少亏，才悟出的这些。

他自嘲为“字农”，给文字捉虫的人。如果没有身处要职的压力，没有各种不明就里的说明、反思、总结、汇报，作为一位单纯的文字工作者，他会为一个好标题、一个新颖的导语、一篇精巧的短消息、一篇抓人的长通讯，咀嚼一整天，也能大会小会啰唆好久。以前自得其乐的于大桥，这种单纯的快乐越来越少了。近些年来，苦涩与劳累让他疲惫不堪。两次检讨，皆因“自我辩解”“就轻避重”未能通过。私下里，省宣有人还议论快报——的确要掐一下快报的尖，太狂，不知天高地厚。因为省宣有很多重要的会议，别的报纸都发重头稿，包括他们的母报，可是快报，就一条简讯了事。说于大桥更没有好话——中国新闻奖两任得主，什么呀，运气呗。思想认识水平就这样，连个检讨都弄得这么吃力。

于大桥在省宣几乎成了反面典型。传到于大桥耳朵里，他自然是生气。第三稿他不再弄了，直接对乌尚义说：“我怎么弄都脱不了窠臼。”

乌尚义心里也是窝火的，又不好发作。只好自己亲自重写后传给何颖，让她通过张厅长找一下刘部长的秘书，并跟何颖说，润笔费肯定比稿费高。

说这事过去了，也未必。乌尚义买下了一万册《资本的密码》后，检讨书放在部长办公桌上，没有形成结案文件，是打是罚，还是悬案。

问题是购书占用了太多发行费，严重影响发行工作，这事，今后谁来担责?

22

从报业大楼出来，往西走十分钟，拐角处新开了一家连锁餐馆，叫一品轩。菜品主打本土特色，又引进了几款川湘名吃，加上价格比较亲民，生意极好。

老易到苏同办公室时，差不多是中午的饭点。

苏同将老易安顿坐下，就到编委办找赵晶晶，叫她联系一品轩，订个包间。

老易在苏同的办公室，望着一面墙两大书柜的书，很是好奇，便端着茶杯，凑到玻璃门前去看。

束一光来找苏同，推开半掩门时动作有点大，咣当一声，将专注的老易吓了一跳。杯子里的茶水晃在了手背上，老易连忙将水杯往茶几上放。

束一光愣了愣，问：“苏总呢？”

老易脸上堆着讪讪的笑，不知怎么回答是好。

苏同刚好回到办公室门口：“在这儿呢！我正要去找你。中午帮我陪一下朋友，从沙州来的。”

束一光没有拒绝，那就是同意了。苏同让他再联系一下何颖，中午一起。

苏同进了办公室，见身后踟蹰不定的束一光，突然想起他肯定是有事找自己的，便问什么事。

束一光见有客人在，欲言又止："算了，你先忙，我再另找时间向你汇报。"

"等等！"苏同从书柜里拿出一个正方形的纸盒子，沉甸甸的，交给束一光，"待会儿你帮着拿到酒店去。"

这是何颖上次转送给苏同的金龟酒。她一直没有拿回家，翁小明在家吃饭都没几回，哪有闲情喝酒？

束一光走后，苏同用座机打给大报记者中心的水主任，请他中午聚一聚。

水主任说："是苏同呀！你早就该请我了。"

苏同连连说："是的是的，老领导，怪我不懂事。今天专门补过！"

"早上，省水产局办公室约我，也说中午要聚会。这样，我跟那边联系一下，看能不能推掉。十分钟后，我回复你。"

苗条如叶片的水主任也是集团的"药渣"，苏同和水主任在大报文化部做过同事。那时候，水主任编着《沃野》文化副刊。办公室里，只有一部办公电话，水编辑给通讯员、作者们打电话，很会声东击西。他打电话时，旁边的人，总要一边听一边笑。比如说，他爱喝绿茶，尤其是明前茶。差不多是三四月的光景，他就会给一位茶场的作者打电话，他点评人家的稿子说："你只是介绍了种茶、制茶的过程，但品茶的滋味你没有写出来。这样，你寄点玉露过来，让我们尝尝，我帮你加点内容进去。"

一个茶场的作者，能上省级大报，那真是欣喜若狂的大事。再金贵的茶也要谋一把寄给编辑老师品尝。

那时候还没有快递业，水编辑隔三岔五就会收到包裹单，邮局的工作人员都认识他了。

苏同清楚水主任的套路，那是表明：自己不是光有你这桌酒，想请我的人多着呢！等会儿，他会说，他推掉了人家，为了你苏同。给你的感觉是，你请了他，还欠了他一个人情。

果不其然，不一会儿，苏同就收到了水主任的短信。苏同将赵晶晶发来的订餐短信，转发给了水主任。

苏同带着老易去一品轩。太阳正当头，苏同忘了带太阳伞，便把手中的报纸对折了一下，挡在额前。双向六车道的迎宾大道上，车流穿梭交错。博物馆古色古香的建筑，在闹市中静静守候。老易一边走，一边感慨："这个地方变化好大。"

苏同问他："有几年没来这里？"老易说："好多年了。上大学时，和翁小明还有几个同学从这里经过，到东湖玩。毕业后，来江城的机会都不多。结婚时，把老婆带到黄鹤楼门口照过一张相。老婆想去东湖划船，结果在大东门搭公交，包里的钱夹子被小偷摸走了。走到招待所后，老婆哭了一场。"

"现在来江城的机会倒是很多，都是风风火火把事办完，就如释重负，哪有心情、雅性看风景？"苏同发现老易说话喜欢展开，这样容易关不住风。

快到酒店门口时，苏同对老易说："我今天还请了几个主任陪你，特别是大报记者中心的水主任，他可以安排驻沙州的记者到你们镇去采访。我考虑了一下，就你们的工作成绩，上大报比上快报要适合得多。省委机关报，发行量也很大，读者都是从省委、省政府到村委会的各级公务人员。"

老易附和："那是当然。苏总的快报也能上，就更好了！"

苏同明白老易的执拗。党报发行都是走邮政。邮政系统改革后，邮递人员差不多都转行做了储蓄员。大报到镇里都不是当天的报纸。等到了村委会，还是一捆一捆的，有的被拿来当凳子坐，有的被家属顺回家。这些，老易比苏同更清楚。

苏同心想，水主任会不会帮忙，都很难说，你还挑三拣四？

"饭桌上，你别提翁小明什么的，你就说你是我的老同学。"

老易愣了一下，马上回过神来。不把翁小明扯进来是对的，免得搞复杂了，让人产生不必要的联想……

包房里，束一光与乐春儿已经到了，正在翻看菜谱。

苏同问束一光："何颖呢？"

"我给何主任打了电话，她说在外面，中午赶不过来。"束一光应道。

苏同对进来的服务员说："上一壶最好的绿茶。"

服务员问："是玉露还是银毫？"

"上玉露吧！"苏同想着这可是水主任的心头好。

苏同看了一下手机，想水主任差不多快到了，便走出包房去迎。论级别，论年龄，她的尊敬和礼貌都是必须的，何况是有求于水主任。

苏同站在门口张望，好在电梯口也在视线范围内。每次电梯门一打开，她都希望是水主任。可是，水主任还没到，她却突然看到何颖的老公张副厅长和省歌的演员向丹妮并肩从电梯口出来。

两个人都戴着大墨镜，向丹妮长裙飘飘，白皙的手腕从张厅弯曲的胳膊中快速地抽离。张厅看上去文艺气质浓郁，真不像个官员。

苏同立马低下头，闪回到包房门内。她用手拍了一下心口：“我的天，幸亏何颖没来。”

水主任没有喝酒，主要是喝茶，还喝了一盅海参枸杞汤。束一光陪着老易干掉了大半罐金龟酒。老易说：“这酒入口绵，不上头，市场上没有看到有卖的啊？”

水主任接过话：“江城有，平湖边人行道上新开了一个专营店。但东冶是他们的主要市场。我去这家公司采访过。厂子规模不大，五谷酿造，工艺是传统古方，保密的，一般人都不让看。这款金龟酒里，配的一些中药材，男人都喜欢。”

苏同说：“你看看，男人都喜欢，你就来一杯呗？”

“我是男人中的男人，我怕喝过后，原浆原味的男人味道退化。”水主任吹牛道。

苏同不好接他的话，也不愿看他，心想，风都能吹倒的样子，还男人中的男人。如果是何颖在，不好意思的一定是你这个药渣子。

有些冷场。乐春儿看不过去了，插话道：“他们酒厂还养殖了好多山龟、山蝎子。”

苏同问：“你咋晓得？”

乐春儿说：“几天前，我去过一回。我和耗子一起去的。到了金牛镇后，碰到了何主任、宋兴主任。乌总也去了。蒋社长的夫人叫什么？对，叫汪大姐的，也在那儿。”

苏同想起，在跑道上，何颖可没说去了这么多人。还有乌总、汪大姐？她只对自己说是酒厂搞活动。

苏同心里生出了不快。

“我们还到养殖基地看过几只山龟……”

水主任接过话：“这酒，他们厂送给我两罐，我老婆说装酒的罐子好看。”

苏同也说罐子好看：“应该是陶泥做的，朴素无华，放在书房里，插上枯枝，蛮有味道的。”

乐春儿一下子兴奋起来：“哎呀，还是苏总有情调，我怎么没想到呢？”

“关键是你有书房吗？”束一光呛了乐春儿一句。

“不要小看人啰！”面对这个诗人男领导，美女下属乐春儿是可以有恃无恐的。

“最近酒厂里有人告诉我，四方风投公司，已经入驻这家企业小半年，正在按上市要求，投资并包装他们上市。”水主任真是无所不知。

“风投是什么？”乐春儿问了一句。

束一光停住夹菜的筷子，默着脸翻着白眼：“你没读过刘喆的书，也编过经济学家的评论吧，连风投都不知道？”

“小编辑怎么可能什么都懂？”乐春儿回了一句。

苏同陪着水主任喝茶。她觉得说了半天的废话，还没有说到正题上来。加上束一光的较真，弄得大家都很尴尬。她便向水主任正式介绍了自己的老同学易镇长。老易立马起身，双手端着酒杯向水主任敬酒。水主任没有起身，按着老易的手说：“哎呀，就我们几个人，别搞得这么生疏。”

老易一饮而尽，他还将杯子反过来亮给水主任。水主任只好喝了一大口茶。

苏同向大家介绍了老易和他的锣场镇。她说关公两千年前，在米袋湖修了一道堤，到现在都在发挥抗洪排涝的作用。

乐春儿“哇”了一声，“这么厉害呀？”

束一光想堵住乐春儿的嘴，给乐春儿倒了一杯酸奶。

水主任调转话头：“三奶与酒是绝配。”水主任的乡音中，“酸”与“三”发的是同一个音。

束一光的脸腾地红了。

苏同看着束一光，开心地道：“哟，大诗人怎么搞的，这么羞涩。”

老易觉得自己还得主动一些，便一个个地挨着敬酒。在敬苏同时，水主任说：“你们老同学难得相聚，苏同也要喝点。”

“下午是我要保持清醒的时间，不然，说什么都要舍命陪君子。”

老易主动解围：“我知道，报纸无小事。老同学，你喝茶，我敬酒。”

老易又是一滴不剩地干了杯。

何颖给苏同打来电话，问：“你们完了没有？如果没完，我来凑凑兴。”

如果没有看见张厅和向丹妮挽着手的那一幕，苏同巴不得她来。可是万一呢？世上很多事，就是那么巧，就是恰恰、独独的巧。

苏同不想过度猜测。青天白日，大庭广众，能有什么？一个习惯于舞台的演员对自己的上司用亲密行为表演出自己的尊敬与爱戴而已。

因此，你看见的未必是真相。就如同我们的记者采写的新闻报道，哪怕“五个W”俱全，就一定是那个无法撼动的事实吗？

有点扯远了。苏同现在只是不想让何颖见到她老公跟别的女人在一起，而且那还是个漂亮女人。

苏同便说：“如果想扫残羹，你就来。”苏同知道何颖的性格，她可不是随便将就的人。

水主任在用牙签剔牙。束一光便去服务台结账，服务员问他是几号包房？束一光告知后，服务员说账已经结过了。

“结过了？”束一光有点不信。

“是的，是位姓易的先生刚刚来买的单。”

酒足饭饱。束一光和乐春儿走在前边，乐春儿手里还提着一品轩的袋子，袋子里装着没喝完的酒罐。苏同跟水主任说：“现在去你办公室一下下。我的老同学想给你看个材料。他这个人，你刚才也见识了，实在得很，在基层干了好多年，做事认真，也出了成果，就是不会做宣传。”

苏同陪着老易一起到了水主任办公室后，就要走掉。水主任对苏同说：“既然来了，就一起听听呗。”

苏同说：“我了解他们的情况。你们先聊。”

苏同从水主任办公室退出。老易赶了出来，他从黑色手夹包里掏出一个信封，往苏同的手里塞。苏同明白他的意思，连忙摇着头，将他拉向走廊边，把信封重新塞进老易的包里。她又用嘴向水主任办公室那边努了努，意思是给水主任。

老易小声说：“有安排”。苏同不由分说把他推回到了水主任办公室里，并将门带上。

苏同回到自己的办公室，反锁门后，快速将连裤丝袜拽下。脚、小腿到大腿，一下子像是从烤箱里端出的新鲜面包，膨胀而松软。苏同头一挨沙发上的抱枕，想着就这样睡过去。可是，脑神经是个很拧巴的东西，完全不能自主支配。

躺在沙发上的苏同闭着眼睛。脑袋里的老易怎么也轰不走。老易与水主任的交流会不会有问题？他是先拿信封，还是之后再给，这里也是学问。官场上泡了十几年的老易，再迂腐也应该知晓其中的道道吧？

老易说，锣场镇正在由化工小镇向关公小镇转型。讲好关公故事，弘扬传统文化，拉着沙州古城的大手，走向美好的未来，是个顺势选择。

老易来找自己，一定是翁小明让他来的。翁小明最近两次去沙州，是不是锣场镇有什么机会？

老易来报社，自己接待了他，要不要跟翁小明说一下呢？

还有，那个向丹妮身材怎么保持得那么好？十五年前，二十出头的向丹妮在京城参加青年歌手大赛，获得了二等奖。自己还做过她的专访，给她画过漫像。那期的稿子用的是照片，当时主编说，年轻的女歌手，照片更直观，更抢眼，更吸引读者。

于是自己给她画的漫像就留在了她的采访本里。张厅与一个女歌手在大庭广众下的亲密，能有什么？是自己老土了吧？

就在睡意逐渐向苏同靠近时，手机突的一阵脆响，苏同的心被惊得蹦到了嗓子眼里，瞬间清醒了。手机在包里，包在办公桌上，她不想接，可是铃声却异常固执。这是谁呀？好烦人。

苏同艰难起身，是老易。原来水主任对沙州甚至锣场镇，都很熟悉。听了老易的想法后，水主任让他把带来的资料留下，他要认真研究，并说过几天，他会通知沙州分社的记者去锣场镇采访。水主任还跟他说："就凭苏总这层关系，我都会想办法助你一臂之力。"

老易说："苏总，你太牛，太有面子了！"

"哪有？别瞎说。"苏同知道老易的话里有水分，是在给自己戴高帽子。不过，因为是从翁小明同学嘴里说出来的，她的虚荣心与满足感一下子就起来了。她嘱咐老易："水主任是报社资深的采编专家，他说到哪儿就会做到哪儿。你回去后，按水主任的要求，多准备一些资料，还可以安排几个会讲故事的人面谈。再有，你们书记也要出来说两句。"

老易没等苏同说完，抢过话头："好的，水主任也是这么要求的。"他问："苏总你在办公室吗？我过去一下。"

苏同明白老易要来的意思，回绝道："我不在办公室，在外面开会。你回去吧。以后有事，电话联系。"

老易话没讲完，就有人敲门，苏同赶快将电话挂断。苏同将自己整理了一下，拉开门，是乐春儿。乐春儿把从酒店提回来的袋子放在茶几上，说："束主任要我把陶罐还给你。"

"酒还没喝完，他喝完了再给我不迟。"

乐春儿笑道："束主任相当于喝完了。"

“怎么讲？”

“他装进了两个矿泉水瓶里，准备慢慢喝。”

苏同听着笑道：“这家伙真有办法。”

版面编辑进来，送来两张大样。乐春儿要走，苏同也一起出门。苏同去卫生间，洗了一把脸，让自己更清醒些。

苏同看着镜子中的女人，眼睛红红的，眼袋若隐若现，鼻翼两边的法令纹就像自己用钢笔尖戳出来的，并毫不留情地向嘴巴边延伸，正在向于大桥沙皮狗式的造型靠拢。她用手掌在眼袋处，在鼻子与嘴角间，揉着擀着。开始是轻轻的，无效，没有一丁点改变，苏同的手便用力起来，手一挪开，这些挑战女人信心的地方就变得又红又肿起来。

苏同每天花在脸上的时间，就是早上出门时的一次，顶多五分钟。家里的化妆品不少，大都是盒装，别人送的，她一直搞不明白使用那些瓶瓶罐罐的顺序。何颖教过她一个最简单的记法：装水的瓶子第一个用，那是紧肤水，再什么精华液，再什么润肤霜，还有……现在看来，捯饬自己真是女人必修的功课。要不然，与翁小明走出去，还以为是哥俩好。

在看版样之前，苏同打开采访本，给自己勾画了几笔。她强调了眼袋与法令纹，可纸面上，这个女人是谁呢？太可怕了。她扯下纸页，揉作一团，丢进了废纸篓。

23

束一光每天加班到深夜。他白天编发各版编辑发来的稿件，下班后还得忙蒋社长的书法画册。

人民社倒是没有催。乌总时不时会打个电话关心一下，问一下进度，更多的是了解蒋社长的新想法和要求。做事习惯不紧不慢的束一光，被这种关心和关注吓到了。就像穷得以素菜度日的人，突然让你吃大荤，不仅没补，还拉坏了肚子。束一光现在一听到乌总的声音就紧张，更怕看到他的身影。他下楼都不敢正常时间乘电梯，像个贼似的，偷偷摸摸，生怕运气太好撞见。

束一光没想到，他没与任何人提及给蒋社长编书之事，但不少主任和编辑都知道了。有些过去根本没有来往的人，对自己突然热络起来，这让他更不适应。

副刊部与文化新闻部隔得不远，黑主任没事就来串门。他以前来，一般是有事说事，说完就走，连门都懒得进。现在是一进门，就不请自便地在硬木沙发上坐下，与束一光调侃几句，之后还会问他："晚上有演出票，去不去看？"束一光没反应，老黑就东拉西扯，也不走。有一次，天津京剧院来江城商演，他弄了几张票，问束一光要不要。

束一光看着老黑，不认识似的。

老黑说："兄弟，你不会不知道天津京剧院吧？名角云集，全国一流。"

束一光忍住笑，点点头，说："我还真不知道！"

"上了年纪的人喜欢，特别是一些领导，你可以送给他们呀！"

"得了吧！"

副刊部在快报上的分量很足，每天一大沓，有一半是专刊和副刊。"新闻吸引人，副刊留住人。"这是副刊人自己的总结。可在编辑部，所有与新闻事件、热点话题相关的，大都没有副刊部门的事。束一光曾写过一首诗，叫什么《喧嚣中的孤岛》，这首诗发表在了省作协办的文学杂志上。

苏同是省作协会员，享受着每月获赠的杂志。那期杂志上，发了束一光的组诗，苏同读着，也读出了他心中的情绪。苏同给束一光发了条短信："做一座高贵的孤岛，比做一个人堆出的景点，要好。"

束一光有时想，可能只有苏同会懂自己一点点。他之所以愿在苏同面前发脾气，使性子，大抵是因为苏同愿意消化他的不良情绪。

发泄着不满，又在不满中勤勉，束一光就这样努力着。

这天傍晚，天色突然昏暗，大风一阵一阵连呼带啸。办公室的窗子没关，格子间里，不少人桌上的报纸、稿纸，被大风卷起，又落下，到处飞扬，雨也跟着扑腾腾下了起来。

不发稿的编辑下班走了，有版面的编辑在等苏总签字的时间里，去了食堂。

束一光赶紧去关窗户。乐春儿的办公桌离窗子最近，桌子被飘进来的雨打湿了一大片。束一光四处望望，想找块抹布帮她擦擦，看到她座椅靠背上有条围巾，便顺手抓起，当起了抹布。束一光的手刚一触碰桌上的键盘，电脑就自动亮屏了。鬼家伙，人走了电脑却还开着。他强调过好多遍，离开办公室就必须关电脑。副刊部虽没有重要的新闻线索怕泄密，也还是要防止意想不到的事情发生，比如储存的资料、编辑好的稿件丢失。

乐春儿的电脑上，QQ 聊天正热火朝天。她的手机与电脑联着网。

束一光扫了一眼，跟乐春儿聊天的人网名叫"一柱擎天"。

这个"一柱擎天"的豪霸劲儿让束一光的眼光多停留了一会儿。

“好想你！”

乐春儿：一个笑脸表情。

“真的，好想！”

乐春儿：“夸张！”

“不信，你过来看。”

乐春儿：“看什么？”

“看一柱擎天呀！”

東一光的身体无端地收缩了一下。鼠标继续向下移走。

乐春儿：“你发个图片过来。”

“不行，涉密。”

乐春儿：“大名鼎鼎的刘公子，谁不知道。”

“不要给我贴标签。”

乐春儿：“未来的金融大鳄。”

“小坏蛋，还会转移话题。”

乐春儿：一个笑脸表情。

“我在去的路上，等你。”

乐春儿：一个尴尬的表情。

“出租车好难找……”

…………

東一光的心高频率跳动，他骂自己怎么这样阴暗，偷看别人的私人对话。他更没想到，这不经意地一眼，竟看出了清纯可爱的小姑娘的另一面远远超出了一个在社会的污水中浸泡了四十多年的男人。

估计乐春儿去赴约了。现在，是不是到了约会的地点？两个人在干什么？東一光将乐春儿的电脑关上。他想，自己看到了都如此心惊肉跳，倘若别的同事看到，还有这丫头片子的好日子过？

東一光又将地上的纸片一一捡起，回到自己的玻璃小屋里。

東一光的心跳渐渐平缓了一些，可还没有从乐春儿与“一柱擎天”的对话中退出来。

刘公子，大名鼎鼎，还是金融大鳄。难不成是刘喆，刘部长的儿子？

乐春儿发了刘喆的书讯，又帮他约请了江都大学著名的经济学教授写书评。让那本逻辑混乱、东抄西借的所谓“理论性与实操性俱佳”的书风靡一时。更不可思议的是，快报为了平息决赛风波，还真金白银买了一万册，作为征订红利送给老订户。

在这个过程中，乐春儿作为编辑，是有足够多的机会跟刘喆认识的。认识了，互相看上了，彼此喜欢了，也属正常。一个高干子弟，又有高学历的前景灿烂的男生，在婚恋市场上，用炙手可热来形容都不为过。问题是正常恋爱，用词达意应该是雅致的、含蓄的、温情脉脉的，可如此轻佻近于猥亵的言语，与那些下三滥有何区别？

要不要提醒乐春儿一下？或者请苏同帮她一下？苏同是分管自己这一块的，又是女领导，这个女领导是个做具体事的人，与编辑记者能说到一起。女生们都很喜欢她的画，还喜欢她不说大话套话官话的性格。

可是，不行。仅凭那段对话，不能证明乐春儿与那个“一柱擎天”有什么特殊的关系。还有，“一柱擎天”就是刘公子也只是自己猜测的。

束一光是个诗人，当然有语言的洁癖。那些对话，你觉得不堪，别人不一定会有你这样的想法。另外，这种获取信息的方式，与偷窥无异。一个男人、一个男上司，如此不地道，传出去，也会让人不齿。

束一光此时又生出了对乐春儿的担心，这种心态，大大超出了一个男上司对女下属该有的关心范畴。漫溢出的情愫，接近于兄长，父亲？还有点别的，酸溜溜的。

如果乐春儿能遇到一位真心爱她的小伙子，自己会送上真诚的祝福。可是，若是遇上一个花花公子……唉！

“事不关心，关心则乱”，冯梦龙的《警世通言》里早就说过。

雨好像停歇了，这个季节的雨，来得急，走得也急，但风还在刮着。

束一光回到电脑前，望着蒋社长的字，强迫自己收拢注意力，琢磨着省书法家协会会长魏来的书法评论。

魏会长在会长的位子上已待了两届，他的草书作品在市面上很是抢手，据说，明码标价是一字一千元。能得到会长的赞评，蒋社长的作品自然是锦上添花。束一光见的字不少，更是对各种各样虚诳、浮夸、拿赏钱的评论见怪不怪。他认真学习了会长的一字一句，还是觉得书评所说，套在哪个名人身上都合适。文学艺术成了圈子文化，你吹我，我捧你，一团江湖之气。因为是社长的书，因为是乌总交办的任务，这无上荣光的压力，让束一光好些日子喘不过气来。此时，想沉浸在编辑中的心境被扯得七零八落，他无法进入状态。

烦躁得浑身不舒服的束一光，索性起身，离开玻璃小屋，走向了步梯口。

自从高层楼房有了电梯后，步梯几乎成了一个摆设，偶尔有紧急情况，才能体现一下它的作用与价值。所谓时间就是金钱，时间就是生命。在束一光看来，时间就等于电梯，电梯让时间具体化。

步梯口是束一光变速的地方。过去，他会在这里抽一两口烟。在办公室抽烟，烟雾呛得小莫、乐春儿几位美女严正抗议。玻璃门上，变换着各种让他啼笑皆非的卡通标语，比如“抽烟摧毁爱情”之类的。

束一光抵抗不了这种花拳的捶打，只好转换战场，步梯口就成了他的自由场所。在这儿，他自在地吞云，吐雾，入仙，抽完还会做一点爬楼梯的运动，流一身汗，能消解掉许多的不快。

现在，束一光一步一坎地爬着楼梯，上上下下，让身上的汗水畅快淋漓一些，直到办公室桌上的电话骤响。

束一光猜想，这个时候不打手机而打座机电话的人，大概率是苏同，只有她知道自己还在办公室守着。

果然是。

苏同请束一光上来一下，束一光“嗯”了一声，放下听筒。

24

乐春儿有了她人生中的第一只LV品牌包，是既能背又能拎的老花邮差，与何颖同款。

当她挎着这只老花邮差，笑盈盈地出现在副刊部时，小伙伴们的眼睛像圣诞树上的灯泡，依次亮了起来。“天呀！春儿！”“有派，好看！”连一向冷淡如水的小莫，也忍不住投来好奇的目光。

束一光不认识这些东西，不明白女人的快乐竟是这么的莫名。但他却嗅出办公室里有着与平日不一样的味道，他用诗的语句组织了一下，应该是“弥漫着夸张的羡慕，混合着深切的妒忌”。

这不是好事情。一只包而已。都在说“包”治百病，他摇着头，乐春儿这哪是“包”治百病，分明是病从“包”入。

何颖在电梯里，见到乐春儿背着一只与自己从香港买来的一模一样的包，很是讶异，撞了。不管同事还是朋友之间，无论是“撞衫”还是“撞包”，对被撞上的人而言，都像是一种挑战。

好在电梯里的何颖此时背的包是另一个款式。她的大牌包不少，出门时，会根据服饰来搭配包包。这不是重点。重点是，江城最大的商场国际广场才有这个品牌的专卖店，而品牌商为了扩大店面，两年前就在停业扩建，一直没有恢复营业。乐春儿这包是从哪儿来的？何颖想起包的价格，换算成人民币，差不多是两万元呢！

乐春儿老家在四川一个不出名的县城里，父母都是工人，下岗后摆摊卖早点，家境不会太好。她是快报招聘进来的，因为不是一线新闻采编人员，没有享受到大院里青年公寓的分配指标，只能与另外一个女生合租了附近一套两居室的老房子。如果是因为虚荣，工作了两年的她，也不是买不起一个包包。但一般来讲，没有几个小姑娘会自己一掷千金买这样的奢侈品。

凭着女人的直觉，何颖觉得乐春儿遇上了金主，或者说有事了。难不成是汪姐的儿子已将乐春儿拿下？这么快？不会这么神奇吧？

那天，汪大姐一见到乐春儿，真真的眉开眼笑喜欢上了。可是汪大姐的喜欢，能不能代表其儿子也喜欢？这可不好说。

唉，操这心干吗？撞了就撞了，大不了以后将那倒霉的包送人或者闲置。

作为一个有任务压头的部门主任，应该操心的不是这些。

金龟酒厂之行，何颖还一直等着乌总下达旨意。去公关，拿出方案！时间过去了这么久，乌总好像忘了似的，一句没提。

她将此事说给老张听，让他猜一猜乌尚义的想法。老张不以为然地回答道："你是他的下属，他说怎么做你就怎么执行，你想那么多干什么？你现在要做的，是把心事、把力气多放在小玉那边，别给我掉链子哦！"

何颖暗暗怼了一句："废话！我难道不知道你说的这些？"

如果仅仅只是自己静候旨意也还罢了，问题是何颖在《周末时光》版面上，看到了宋兴撰写的关于金龟酒的两个专版。好家伙，何颖的心脏慌了一下，有种被挤压的感觉。

《周末时光》是每周四发稿、周五发行的专刊，排在新闻、副刊两叠后面，全彩，一张对开四个版，内容主打休闲娱乐、健康旅游等。涉及的内容与各个部门相关，因此，各行业的版块就由各部门自己组织稿件，自己编辑。

机动部主任宋兴撰写了两个版的稿件，与机动部专攻突发事件无关，却踩了地方新闻部的线。宋兴是什么人？以何颖对他的认识，他完全不会为了蝇头小利，去做这样的蠢事，去被地方新闻部诟病，去面对各种质疑。他是个有追求的人，按目前的态势，年底前他就会进编委会，副总编的位子已指日可待。

何颖认真地读着宋兴的大作。在标志着“古镇遗风”报眉的版上，宋兴说的是金牛古镇的历史与传说，还带上了诗酒不分家的李白。写到当年诗仙在这一带游历，喝过一户农家自酿的粮食酒，觉得此酒醇香绵绵，令他通体舒畅，赞不绝口，以致诗兴大发，还挥起衣袖蘸着浓墨，在村里的一块大石头上写下了“醉半”二字。现在，据说这两个字已被老谋子的电影团队注意到了，很快就会有剧组来此处布景。

何颖翻遍了金牛镇送给她的资料，也没有看到这个故事。她努力地回忆与牛老板的交谈，牛老板只提到李白喝了当地的酒，娶了当地女子为妻。酒桌上那些镇领导、市领导也没有谁说到当年李白衣袖沾墨书写。如今炙手可热的大导演来这里取景，还有比这更能产生影响的消息吗？何颖觉得文化新闻部的老黑可能掉新闻了。

另一个版块的报眉叫“风物传奇”。宋兴在这个版面中的主打稿讲的是与金龟酒相关的物产与独有的酿酒工艺。稿件大量采用了酒厂的资料，但宋兴将资料改造发挥了一下，他用的是自己的语言。先不说稿件的质量，因为在寸土寸金的版面上如此铺张的投入，是无需讨论文字好坏的。这种打破常规的操作，一般都不会是个人行为。

何颖想，这里有玄机。与乌尚义、汪大姐有没有关系？

丁钢也不知死到哪里去了。是哦，丁钢好久没来自己这儿串门了。如果碰见他，兴许会获得一点有用的信息。

何颖对丁钢常来玻璃屋絮叨，有时还很烦。他说话声音大，骂起人来，指名道姓，不留情面。何颖不愿意让人以为自己和丁钢是一个腔调。同事相处，各做各的事，各拿各的钱。说到底，都是打工人，她没必要去得罪谁。她觉得费孝通老先生所说“各美其美，美美与共”，也是她与人相处的箴言。

丁钢与宋兴的不同在于，他是进攻型性格，他不喜欢的人，就是不喜欢，还会为自己的不喜欢找注脚。无论宋兴怎么防守，丁钢都要在他身上找刺，也能八九不离十。当一些话题扯到宋兴身上时，何颖便不再吱声。老实说，在这一点上，何颖与丁钢无法共情，也不愿意共鸣。宋兴进入快报之前，在一个县政府做公务员，按他的情商与能力，应该有很好的前景，但他没有按部就班走，而是“自我了断”，义无反顾地重新就业，说什么也算勇气可嘉。

宋兴从事了他完全陌生的行业，但他是个专注的人，他几乎是在前几任的总编辑、部主任、编辑的引导下，一步步实践着陌生的新闻采访学。那时候，快报有两个神探级的人物，宋兴和丁钢，他们常常能钻天入地，获得第一手材料，给刚刚问世的快报带来了独家新闻，也带来了意想不到的热度。那时，穿着马甲的售报人，走街串巷，举着当天的报纸高喊着“宋兴报道！”“丁钢暗访！”，成为江城清晨一道特别的风景。毋庸置疑，这两个冲锋陷阵的新闻奇兵，给了读者不一样的新闻资讯和阅报体验，为刚刚破土的快报增加了热度和无以数计的订户。宋兴与丁钢的厉害，何颖从他们的新闻报道中见识了。但她与宋兴没有真正的交集，充其量只能算是熟悉的陌生人。

丁钢则喜欢与美女搭讪，更喜欢跟美丽又聪明的女人交朋友。像何颖这样风姿绰约、善解人意的女人，是老天爷挂在编辑部里的一只风铃。

说起来，何颖能跟丁钢走近，还和苏同有关。

在一次部门选题会上，宋兴出差在外，丁钢不得已代替主任参加会议。苏同随手给坐在对面不远的丁钢画了一幅漫像。寥寥几笔，让坐在一边的何颖见了，连连说：“像，真像，这獐头鼠目的。”苏同不想让丁钢发现自己丑化他，连忙将采访本合上。

可是会后，何颖却将丁钢带进了苏同的办公室。丁钢见到自己被苏同勾出的尊容，很是大度地说：“这是谁呀？这么英俊这么帅？”

就是这么一句话，就有了后来许多的开心时间。特别是在丁钢的老婆来江城陪伴他之前，何颖家里，人家送来的大包小包时令点心、特产，有一半都是丁钢吃掉的。

机动部和活动策划部在同一层楼，被电梯及卫生间划开，分别在东西两端。

丁钢有时采访回来后，在电脑开机之前，会端着一杯刚泡的浓茶，溜到何颖小屋里坐一会儿。小小玻璃屋里，有着别的地方没有的香味。在这儿，丁钢喝一口茶，吹几句牛，就是最好的解乏。

丁钢带来的各种信息，让已经好几年不在采编一线的何颖觉得新奇，特别是还能听到一些小说家都编不出来的奇葩事。丁钢说：“见了报的，一般可以预料到结果。而有些惊心动魄的暗访，别说见报，就是你再往前走一步，还不知谁死谁手。”

何颖也做过调查记者，但与丁钢的叙述相比，根本算不了什么，没有多少惊险系数。

丁钢说：“在利益前面，所有的人都在上演着行为艺术，包括我，也包括你，厅长夫人。”

何颖没想到丁钢将这么残酷的话题扯到自己身上，一时语塞。所以，何颖更坚定地认为，宋兴与丁钢，这两个为报纸玩命的男人，没有成为生死兄弟，却成了冤家对头，责任全在丁钢身上——丁钢太执拗，太刻薄，太小肚鸡肠了。

可是丁钢怎么像失踪了似的？

一连好多天，报纸上都没见有丁钢写的报道，也没见他端着个大茶杯来自己的玻璃屋。他也不说说宋兴的大作，他或许连快报报道了什么都不知道吧？

不管怎样，也该关心他一下。何颖想了想，便拨打了丁钢的手机。好半天，电话通了，传来的却是一个女声。这是什么情况？何颖也没回应，快速挂断了电话。

何颖继续在《风物传奇》版上浏览。王小号拍的照片，被放大做成了题图。起伏连绵的大山，白雾飘浮在绿色的山峦与植物间。图片上压上勾了边的标题，很是抢眼。文中用的配图有好几幅，有一张中景是酒厂车间，近照特写是酿酒工人劳作时的笑颜。一个上了年纪、五官端正的工人，正用脖子上挂着的毛巾擦着脸上的汗水。再就是金龟酒的酒中之宝——山龟与蝎子。池子里是身形瘦小、背壳隆起的山龟；挂在空中丝网上的，是小龙虾似的大蝎子。那些古朴的陶泥酒罐，也被王小号拍得像要上佳士得拍卖似的好看。

何颖将《周末时光》折叠好。

乐春儿的“撞包”，丁钢的失联，都不是什么大事，与自己有什么关系？宋兴与金龟酒，金龟酒与乌尚义，乌尚义与汪大姐，这个链条才是重点，只可惜，自己被扣在链条之外。

何颖想，扣在链条之外，也未必是什么坏事，人际关系说穿了就是利益关系。老张说得有道理，听话、做事，操自己该操的心，OK！下半年的事做完做好，明年的计划要在今年年底有所体现，这才是重点。

第三章

1

何颖是在单方办公室里接到苏同电话的。

“我去了你办公室，你的部下说你出门了。又到哪儿香飘飘熏人去了？”苏同开了句玩笑。

何颖感觉苏同心情不错，应该有好消息告诉自己。

“苏总，我正在省工商联单主席这里。”何颖说出“苏总”，这是故意让单方听的，弦外之意是告诉单方，“我来你这儿，不是个人行为，而是代表着《江风快报》。”

“那好，你回来再说。”苏同不便打扰“外事活动”中的何颖，收了电话。

“你们快报的苏总，我也认识。”单方说。

“刚才的电话，就是她打的。”

“苏总是个大才女，能写能画。”

“你对她很熟？”

“我是她的读者。她还给我画过一幅画像，真是好，帅呆了。”

何颖笑问单方：“是画得好，还是表扬自己帅？”

“都有都有！”

何颖趁机恭维道：“老实说，我当年采访你时，你是真的帅，比现在要高出好多，也苗条不少。”

“没办法，来工商联后，想要做好企业家的娘家人，很不容易的。各种各样的麻烦，各种各样的问题。有了麻烦、问题，少不了用吃饭喝酒来解决，就成了名副其实的酒囊饭袋。”

何颖没想到单方能如此自嘲，便带着安慰的口吻道：“男人嘛，这个样子更稳重，更成熟！”

何颖不想将时间挨到午饭点，就说了快报想做全省十大名酒评选的事。单方的眼睛在镜片后眨巴眨巴，嘴唇抿了抿：“这是件好事，能与快报合作，那是各家酒企的荣幸。”

何颖听出了单方的官腔。多一事不如少一事，他没有拿一些理由来回避、搪塞或婉拒，这已经很不错了。

何颖今天来，也只是抛出想法。具体怎么做，回头再慢慢谈。

“单主席，刚才苏总通知我，报社有个接待活动，本来中午想请主席吃个饭的，那只有等下次了。”

何颖起身。单方握着何颖的小手：“好的，下次一定要把机会留给我。”

何颖想，如果单方说“我会认真考虑的，你们拿个方案来吧”，那该多好。

何颖回到报社，直接到了苏同办公室。

苏同将演艺公司与小太阳乳业的合作方案递给何颖，于总、乌总都已签字。

意料之中，何颖没觉得有什么惊喜：“那就看老黑派哪个记者了。”

“你可以点。”

“要我点，肯定点方真呀。”

“方真呀？恐怕有点难度，老黑的王牌军。我可以去跟他说说。要不要让束一光的部门配合一下？”

“怎么讲？”

“你不是看好乐春儿吗？让她去给你帮忙。明星大腕来了，恐怕一般的记者搞不定，说不定她有办法呢。”

“是呀！我想想。”“撞包”的不快冒了出来，但换一个思路，这不正是乐春儿的能耐吗？

话题回到工商联单方那儿，何颖说到了明年的计划，苏同说：“你这叫未雨绸缪。”

何颖告诉苏同，去了金龟酒厂后，她就一直想在酒上面做点文章。她原想让金龟酒牵头，现在看来，不大可能。

“怎么不可能？”苏同觉得何颖的脑子好使，行动力也强。

何颖问苏同：“你看没看《周末时光》，宋兴写的稿子你审过没有？”

苏同说：“《周末时光》的稿子归谁审，你不是不知道，宋兴的稿子归于大桥审。怎么啦，我读了，没毛病呀？”

何颖觉得这件事不是一两句话能说清楚的，况且还会牵扯到一些领导，就更复杂了，于是将话题转到省工商联的单方这里。

“那个单方副主席说认识你。你给他画的头像，让他一直充满自信。”

苏同问：“谁呀？我怎么不记得了？”

“你呀，只记得一个人。”

“哪一个人？”

“翁小明呗。”

“鬼扯。”

单方过去在高校工作委员会，后来调到团省委，提拔到工商联当副主席是三年前的事。

“好像是有这么个人。我记起来了。有一年，全省高校剧社搞汇演，这个人是组织者。”

“那就好办。下次去，你一定要领着我！”

“你可真逗，还用我领着你？”

门外的走廊上，传来清脆的关门声，还有零乱的脚步声。饥饿的声音一下子在何颖胃里叫唤起来。

“早上出门只喝了杯牛奶，忘了吃鸡蛋，饿死了。走吧，一起去食堂？”

苏同不想去。何颖知道她的怪毛病，也没有坚持。临走，何颖问了苏同一句：“‘药渣’干什么去了？好几天都不见人影。”

“我听于大桥说，他请了假，说是去医院做个身体检查。”

哦，那个女声，难不成是护士小姐接的电话？何颖一下子产生了联想。

何颖走后，苏同在一摞报纸中找出了上周的《周末时光》。她将《周末时光》对折好，放进包里准备带回家，中午躺在沙发上再仔细看看，琢磨琢磨何颖欲言又止的内容是什么。

苏同拿好包起身，林音的电话来了。林音说：“公司老板娘晚上要请媒体朋友聚一下，不管你有没有时间，一定要出席，听见没？哪怕你来打个招呼再走都行。”

“你别搞得我像蛮了不起似的。去，还不行吗？”苏同笑着答应了。

“我来接你。晚上六点左右。”

“不用接，我这边有车。”苏同不想让林音来接，是因为那样自己可以晚一点去。下午到晚上的时间真的不够用。那么多版面的稿件，不仅只是看，还有很多是要修改的，假如碰上一些导向性问题，是要推倒重来的。苏同不想为了一顿饭，让报纸出纰漏。

“我到你们报社，又不只是接你一个人。”

“还有谁？”

“你们大报的水主任。”

苏同放下电话，拎起包，没有按电梯，走步梯下到副刊部。正好束一光坐在拐角间的阶梯上，烟雾重重叠叠地将他罩住。

苏同说：“我来碰碰运气，没想到，你真在这儿打坐。晚上我有一个活动，你们今天的版面早点签发。”

束一光眼光散乱，懒洋洋地点着头。

“看你这无精打采的，又是为什么金句不得而苦恼？”

“还金句，都成神句了。”

苏同知道他说的“神句”是什么，不就是那些吹捧词藻吗？束一光不止一次去苏同办公室吐槽。他说，有些八竿子打不着的胡说八道，不知会遭到多少明眼人的耻笑。

作品是社长的，书评是会长的，又不用你组稿，社长办公室的人不停地给你传过来，让你编，不知道高看你好多度了，你还在扯这些不该你操心的事，真是迂腐到极点。苏同想到这里便调侃道：“到时候，书上的责任编辑，你不署名不就行了。”

苏同接着又关心道：“你还不去吃饭？小心食堂里的菜没有了。”

2

林音公司派来的车，把苏同和水主任接到了江北香港路一家以海鲜为主打特色的餐厅。林音在餐厅大门口等候多时，见到苏同和水主任，她热情地跟水主任打着招呼，领着他俩穿过两排长长的水族箱，上了电梯，走进一个豪华的包间。

苏同是认识老板娘的，便在满屋子喝茶、嗑瓜子的同行中，寻找老板娘的身影。林音将一个长得跟老板娘差不多的女人带到苏同面前，介绍说：“这位美女是我们老板的小姨子，老板娘的亲妹妹。”

苏同赶紧与小姨子握手。小姨子咧开和老板娘一样的薄嘴唇恭维着苏同：“苏总好年轻呀，我老是听林经理谈起你。”

因为她的声音过于热情与夸张，一边坐着的人都仰起头望向苏同。

苏同的脸一下子烧灼起来，她赶快找了把椅子坐下。

水主任在这儿碰见了两三个熟人，相互热情地客套着。

盘踞在江城的房地产公司很多，具有商业价值、投资价值的黄金地皮，木森公司是很难插足的，只有眼巴巴看的份儿，连参与投标的资格都没有。但木森真的很顽强，在大佬牙缝里剔点肉渣也能当成美食，公司的着力点在市郊。渐渐地，木森有了立身之地，站稳了脚跟，拿地、建房、卖房，公司终于有了知名度。他们没打算向城市中心进军，只想成为城乡接合部一隅的霸主。所以，在建房卖房之外，还有安全这个环节要守住。因此，每年至少有两次，木森公司都要请媒体朋友聚聚，吃个饭，发个红包，联络一下感情。一旦出点状况，这些朋友代表的媒体，不说两肋插刀，但都可以灭灭火，至少不会搭理那些投诉之类的麻烦事。

能将省市各大新闻媒体串起来，林音功不可没。

林音的工作是对外宣传。房子一开盘就被抢光，还要宣传做什么？建筑工地上各个环节，安全事故如同田垄边的野草，此起彼伏。林音就成了公司里与房子生产无关却又息息相关的人。她从外宣经理变成了救火排雷的“消防队长”。

林音有媒体行业工作的经历，还有散落在各个媒体的新闻系的同学，熟悉与媒体打交道的套路，关键是她能混入这个圈子，唱歌、跳舞、朗诵，玩什么都可以玩到一块儿去。

大圆桌上摆满了白酒、红酒以及各种饮料，凉菜、热菜依次各就各位。小姨子和林音请大家入座。

见多识广的老记们，这种场合，不会礼让与客套，各自找把椅子坐下，但水主任被林音拉到了小姨子左手边。

小姨子举起高脚杯，向同桌的新闻媒体老师们表示敬意与欢迎。

一会儿，两个小伙子提进来不少纸袋子。林音赶紧起身，她将袋子一个个放在客人右手的座位边。苏同从袋中抽出一本画册，是公司五年庆专辑。翻开，一个信封插在扉页。不用说，这是今天林音非要自己来的原因。她将画册合上，放回了纸袋。

苏同心里一直惦记着自己还有两个版面的稿子没看，盼着能早点散席，那边水主任却与小姨子相谈甚欢。

苏同估计，这不是一时半会儿的事，于是悄悄起身，林音也随着她走出包房。苏同低声对林音说：“我先走，水主任平时不喝酒的，今天这是遇到知音了。你进去吧，别管我，免得扫大家的兴。”

“怎么能不管你呢？还是刚才接你的车送你。”

苏同担心出去一下子找不到出租车，就同意了。

司机问苏同："您还是回报社？"

"是。"苏同答后，又问司机从这儿到松园外校是否方便。

司机说："方便，穿过一条小路就到了。"

苏同请司机到外校门口附近停一下。

几分钟不到，苏同就看到熟悉的街面，外校校园里灯火明亮。

在租住地的楼下，司机停好车。苏同说："麻烦你等等，我上楼去一下。"

苏同快速地爬楼，楼道里的感应灯萤火虫般亮起。

屋里照旧混乱一片。

苏同先到翁子的房间，床上的毛巾被揉作一团。苏同就将翁子的大浴巾从枕头上拿起来抖了抖，拿起枕头准备拍打一下。可是枕头下压着一本书，书名是《鬼吹灯》。

苏同心里顿感不好，翁子怎么从日本漫画又跳到《鬼吹灯》这样的怪书上了？她哪有时间？

苏同将书放到书桌上，书桌上一叠稿纸，纸上有翁小明的留言：晚饭已做好，放在蒸锅里，我晚上有个应酬，回来会晚点。你早点睡，不会做的题放在桌上。

苏同来到厨房，揭开蒸锅，锅里放着一只瓷碗，碗里只有两小片牛排。苏同猜想，翁子晚上吃的是牛排，这两片可能是剩下的。

正准备开门走，苏同又想回到翁小明住的房间看一眼。开灯，房间里也是乱，床上堆的东西与翁子床上差不多。问题是她一进来，就打了个喷嚏。苏同的鼻子用力抽了抽，感觉有点异味。她用眼扫了扫，沙发上放着翁小明换下来的脏衣裤，"千针万线"老布鞋的盒子也待在沙发边。

不是说给翁子奶奶吗，怎么还没给？拖拉成性。苏同将脏衣服一件一件搭在胳膊上，准备将它们丢进洗衣机。可是，一瓶包装很好的香水在脏衣服下面埋着。苏同拿起来看了看，觉得眼熟，这不是何颖送给自己的吗？香奈儿 5 号，老张从法国带回来的。它怎么跑到这儿来了？苏同心里犯起嘀咕，翁小明知道自己平时是不用香水的，而且对香水气味十分过敏。他拿到这里来，是要送给谁呢？

翁小明好奇怪呀！

因为有司机在楼下等着自己，苏同草草地将翁小明、翁子换下的衣裤，一起放进洗衣机，倒了洗衣液，开了清洗档。

回到报社时，时间是晚上八点四十。

还没有看的两个大样和修改后的大样，都在门缝里等着她清样。

苏同捡起纸版，放在办公桌上。她坐下，脑袋里蒙着。晚宴上，苏同只喝了一小杯红酒，脑袋发蒙和红酒没有一点关系。工作当前，她想尽快从这种状态中清醒过来。

苏同看着版样，这是《江城茶馆》，小莫编辑，今天的主题是“家家”与“奶奶”的区别。

家家和奶奶？是个有弹性的话题。

标题下是“编者按”。变体呀，怎么没变黑体呢？

苏同用红色圆珠笔，牵出一条线来，写上“变体”两字。

另一个版是《百姓生活》，是一整版的生活随笔。

这是束一光的强项，苏同按着标题逐一看了起来。

苏同将看完的大样，送到版面编辑制作室，《江城茶馆》的版面编辑看到苏总牵出的线，很纳闷地告诉苏同：“苏总，这个‘编者按’已经变成黑体了。”

“是吗？”苏同又将版面拿远，“真的呢！你看我这视力。”

回到办公室等清样。苏同觉得应该给翁小明打电话。拨号时，林音的电话却抢着进来。

“到家了？”

“在办公室。”

“这么辛苦？我跟你说个事。”

苏同等着林音往下说。

“你知道今天老板娘的妹妹、老板的小姨子为什么高调吗？”

苏同哪里知道。

“袋子里的画册，是小姨子亲自弄的，小姨子快要取代老板娘了。”

“那老板娘呢？她会丢盔弃甲？大好河山，拱手相让？”

“也不是。可是公司里的人，现在见了小姨子，比见到了老板还要恭敬。”

苏同一时语塞。

“问你，这本纪念册，能不能在快报上发个小消息呀？”

“发个鬼！”

苏同莫名的火气，一下子蹿了上来。

林音却笑道：“哎呀，你这人呀，死脑筋。人家老板娘都稳得住。小姨子上位，说不定是公司的好事。反正是他们一家子。水主任都答应在大报上表现一下。

你手下的《书香》版发个图片都行。”

苏同没做声，让她说。

“好吧，我不吵你了，你忙。”

苏同又特别希望她在电话里说下去。她很想问一下林音，男人会给什么人送香水。

签完清样，快十点钟了。

苏同下楼后，突然间改变了回家的方向，在路边拦了一辆出租车，重回松园的租住屋。

翁子已经在家，她听到门开的声音，以为是翁小明回来了。她在房间里调侃道：“今天回来得蛮早嘛！”

苏同进了房：“你是说翁小明吗？”

“妈，你怎么过来了？吓了我一跳！”翁子迅速地将《鬼吹灯》塞到课本的下面。

苏同看见了，没有挑破说她什么，只冷冷地问道：“你现在富余的时间很多吗？”

翁子没作声，她已经闻到了苏同身上的火药味。

“作业做完了，就早点睡觉。”

“嗯！”翁子应了一声，将物理作业本摊开，起身去卫生间刷牙。苏同看了一眼，翁子在物理上又遇到了难题，她等着翁小明回来后的帮忙。

苏同记起，洗衣机的衣服还没拿出来。在翁子刷牙洗澡的当口，她在阳台上将洗净的衣服一一挂好。

翁子关灯上床，苏同要给她带上房门。没想到翁子说：“妈妈，你陪我一下好吗？”

苏同答应着，洗了手，将身上的衣服换成了睡衣，坐在翁子的床沿上。

翁子的手指又在摸索着大浴巾的边缘。

苏同手搭在翁子的手臂上问：“考试了？”她猜测，是不是考试不理想，翁子心里不舒服。

“考试天天有。”

“收到同学的信了？”

苏同说的是同学，没有说是男同学，一种含蓄的表达，也是想逗翁子放松一些。

“外校这边好复杂。”

“怎么复杂？你都快毕业了，才发现？”

“好多同学的爸妈不是老板，就是有权有势的。”

“为什么说这些？”苏同很不解。

“老师……算了，不说了！”

“老师怎么了？对你另眼相看？或者因人而异？”

翁子没有回答。

“上外校的学生，都是自己努力考上的，跟家长没有多大的关系。”苏同极力想化解翁子的不快。

“反正跟初中的老师不一样。”

不知道是什么触碰到了翁子的敏感点。苏同觉得这种负面情绪会影响学习，但早一点见识一下社会的复杂，也不是完全不好。

苏同很想跟她谈谈看课外书的事。看到翁子这个样子，就忍住了没提。苏同轻轻地抚摸着翁子的手臂，翁子喃喃道：“你的手好软好舒服！”

苏同真想俯下身去，抱抱翁子。

3

锣场镇在大报上露面了。

一个整版，相当于快报的两个版，大标题是“一双老布鞋，纳出千年情”，副标题为“沙州锣场镇续写今古传奇”。

不知今天的报纸能不能到达锣场镇，这样抓人的标题应该会把老易高兴死。

苏同将大报收好，说不定老易还会跟她加买两百份大报。

半天过去了，老易没来电话，连短信也没发一个。

水主任给苏同打来电话，问苏同看到今天的报没有。

苏同知道水主任的意思，求赞美与感谢呗。

“哦？我刚刚到办公室，还没来得及坐下。”苏同不能说看了——看了不主动地向水主任表示谢意？

苏同在等老易的电话，想听听他的反馈，才好把真诚的感谢传达给水主任。

“我正翻开报纸，哟，好抢眼呀！”

“为了这个标题，我反复推敲了好几遍。”

“是的，突出了特色，又大气。水主任出手不一般，绝对是精致！”苏同由衷地说道。

“小易他们需不需要报纸？我好跟发行那边打声招呼。”

“我来联系。”

水主任的电话还没放下，苏同的手机就响了起来。是卢老师的，苏同快速接通。

卢老师问：“在忙吧？”没等苏同回答，卢老师说，“锣场镇的宣传报道，很有力度！我猜是你的运作。”

苏同心里犯嘀咕，卢老师怎么就这么肯定是我运作的？

卢老师“嘿嘿”的笑声通过手机传入苏同的耳膜。苏同的眼前，还是那个大眼睛眯起似烟波般迷人的年轻卢老师。

“翁小明和小易是大学同学。翁小明来沙州时，他们约我聚过一次。”

不是还有施三叶吗？老易说过，卢老师却不提，苏同好想点名道姓说出这个女人来，但出不了口。

卢老师告诉苏同：“我的工作岗位会有调整。”

“又高升？”

“不是，‘代理’两字会抹掉。”

“那就是市长喽？”

苏同知道，代理市长与市长级别一样，但区别是本质的。在“代理”这个位置上，说话做事都要加倍小心谨慎，而且随时都有可能被人取代。听得出，卢老师对这个改变期待已久。

苏同真诚地笑说：“我要祝贺吗？”

“随你！”卢老师很开心。

这种对话，玩笑中带着机趣，卢老师发自内心的愉悦感，只有苏同才能激发出来似的。

放下电话后，苏同还在想，卢老师，高高在上的卢老师，身处权力之中，只有前进，才可能更稳妥更安全。曾经那个中文系毕业的大学生，那个引领学生解读美文的语文老师，那个内心弥漫过浪漫情怀的“俊士”，此时此刻，是不是总算舒了一口长气？

不是的，苏同相信卢老师与众多的政界精英一样，更关注业绩与社会责任，更关注现实与未来，是严肃务实向上的具有使命感的人。

卢老师的电话虽然说的是锣场镇，但他还是按捺不住告诉了自己职务的变迁。没有正式召开“人代会”，尚有不确定性。不确定性期间，没人知道最好。卢老师相当于是在向自己透露一个秘密。

“你呀，别光顾着给人家操心，也要操操自己的心。”在电话结束时，卢老师这句关切的话，让苏同琢磨了好一会儿。

老易终于来了电话。苏同却没感受到老易的欣喜。

苏同问：“你怎么了？有问题吗？”

老易在电话那头支支吾吾，他说：“我刚才跟写报道的汤记者，也是汤社长沟通了半天。”

“还要沟通？为什么？”

老易说：“汤社长今天给我提来了一摞报纸，还拿来一张收据。”

“收据？”

“苏总，你不知道？他说，一个整版要收十万元的宣传费。因为是苏总的朋友，打个折，只收八万元。”

苏同很是诧异，难怪老易没来电话。

但是，水主任一直没跟自己提版面费的事呀！如果是付费广告宣传，苏同事先会跟老易说清楚，做与不做，让他心里有个数，自己拿主意。

现在稿子已经发了，老易骑虎难下。关键是老易会不会以为我苏同是在帮着挖坑？这是苏同最不愿看到的。

苏同不知道怎么跟老易解释才好。

老易又道：“稿子写得真的好，读过的人都跟我说，没想到你老易能把一双破布鞋，整出这么大的文章。”

苏同在想怎么回应老易的话。

“本来不想跟你说这个的，但又怕你也被人蒙了。我知道你是千方百计在帮我，但我不清楚大报搞的是收费宣传。”

苏同隐隐约约听过，大报为了提高利润增长点，各部门都在隐性搞创收。按苏同的理解，创收是在发新闻稿之外，给广告部门拉点广告。

“你那儿有困难？不好办？”苏同问。

“要是可能的话，你跟水主任提一下，少收点儿行不行？”

苏同脑袋又大了，少几万多几万，都是伸手要钱。老易是不是还以为，自己从中拿了提成？这种冤枉是最要命的，她后悔不该给老易做这件穿针引线的事，自己周旋其间，吃亏受累是小事，被翁小明的同学误解，说出去就不好听了。

4

翁小明这些日子与杨豪一直在省住建委、建设厅和两家在全国都叫得响的建筑规划设计院之间跑动，主要是摸信息。

南方建设规划设计院有一位负责人，与杨豪打过交道。他很直白地说："有关沙州市纱厂旧址改造，我们很早就知道。沙州市几届负责人，想法不一，有的想将那地卖给开发商，变成居民小区；有的想改造为小商品市场，给下岗工人创造再就业机会；有的认为可以向北京的 798 艺术区学习，弄成轻工业文化园。现在书记与市长的想法还未达成一致。"

杨豪说："不管哪个方案，改造是肯定的。我们一直在盯这个项目，现在已经得到准确的消息，改造方案是轻工业文化园，已经上报了。一旦批复，沙州市政府就要开始招标工作。我们也想参与，只是，我们公司业务范围有局限，所以，想与你们一起合作。"

这位负责人望着杨豪笑了笑。

杨豪明白他笑里的意思，便改口："当然是牵着你们的袖子，你们吃肉，我们喝点汤。"

这时，翁小明的手机响了。他走到一边去接电话。

杨豪指着翁小明背影对负责人说："沙州的卢市长是他的老师，他老婆还是《江风快报》的老总。"

开始不屑一顾的负责人，转头看了翁小明一眼。

杨豪说："我们地勘公司的优势是勘测与地下桩基部分，我们只做力所能及的事。"

"旧址改造，没有多少你们的事。"

"我知道，此次参与对我们来说比接活儿重要。"

负责人意味深长地点点头："放长线钓大鱼啰！"

"理解万岁！"

"到时候看吧！省内的项目，我们院都会去争取，能不能上，两说。"负责人语气变得缓和了许多。

在另一家建设公司，杨豪的这番话又被他重复了一遍。

这种场合，都是杨豪在前面说话；翁小明的言少稳重，反而给对方靠谱的感觉。

两个人就这样结伴，探摸着各路的底细，也在被别人掂量着。

杨豪告诉翁小明，公开招标都是鬼扯，实力、关系、运作缺一不可。

翁小明当然明白。

“说一千道一万，一锤定音的是沙州的一号首长。所以，翁哥，要想吃上这块‘肉’，你还得使劲。”杨豪用他特有的方式不让翁小明懈怠。

翁小明坐在马桶上，看到锣场镇的老布鞋占据了大报一个版。

苏同每天将一大摞报纸拿回家，放在卫生间马桶对面的一个小架子上。一家三口人，分别会坐在马桶上翻看各自喜欢的版面。翁子说这是“马桶文化”。

苏同会看晚报的《轻轻细语》，这是师妹季青打造的《情感故事》小栏目。小栏目带点小评论性质，却不是批判主义，没有道德捆绑，季青跳开故事本身，言淡意深，让人性回归人性，让情感抵达情感，这种蕴含思想又不落俗套的表述，是苏同喜欢的文字。可想而知，读书与思考，让季青在这畦田垄上，深挖出自己的果实，抚慰着迷茫者的心灵。

翁子则喜欢快报的娱乐新闻，还有捉错，也是她最开心的事。

翁小明会在快报的投资理财、大报的国际时事版上停留。今天，他看到了老布鞋的“今古传奇”。

“老易这家伙，发了稿，连一声招呼都不打？”翁小明生着气。

大报，一个整版，全是老布鞋。苏同用了猛劲，也是难为了她。做事一板一眼，不喜欢打扰别人，又不愿被别人打扰的人，却一而再再而三地被自己打破底线，撕开一个个口子。翁小明很清楚，自己并没有口才优势，拾人牙慧来的几句开导话，对她不会起任何作用。苏同既是一根筋，也是心软的人。

苏同放弃了对翁小明不切实际的奢望，她不会像何颖，眼界高，有追求，敢于打破舒适圈。她只想过简单的生活，有一个原装的家，原装的丈夫，嫡亲的孩子，不要给原本看得到结局的剧本加戏，这就是她的生活理念。由此，苏同把夫妻关系看得重，把翁小明也当回事。

翁小明的自尊，与自卑一样强烈，对苏同提出的要求，很多时候也是出于无奈。每次开口之前，他内心里的挣扎都是难以言说的。

翁小明突然觉得，大半年来，自己的心漂移了，内疚之感从心里逸出。

从卫生间出来后，翁小明依然是脚麻后的一瘸一拐。苏同还在跑东湖，没有回来。

翁子起床后，没有刷牙，却找翁小明借手机。翁小明问：“你自己的手机呢？”

翁子说：“没电了。昨晚回来后忘了充。”

翁小明说：“你用座机嘛。”

翁子不耐烦了：“我只是给欧阳发个短信。”

翁小明很不情愿地将手机递给了翁子。

翁子又回到自己房间。

过了一会儿，翁子在屋里喊：“有人给你发信息了，这人是谁呀？莫名其妙的网名。人家问你在干吗。”

翁小明几步蹿到了翁子房间，将翁子手中的手机抽了出来。

“你这么紧张干吗？”

翁小明没有理会翁子的胡说，他一看，是施三叶发来的。

翁小明拿着手机到了书房，刚刚泛起的内疚，一下子不见了踪影。他立马回了一个笑脸与三枝玫瑰过去。

翁小明没有回答自己在干吗。如果一问一答，自然没完没了。

今天好像不适合与她逗乐子。

苏同回来时，提回了一大堆早点，热干面、馄饨、煎饺，还有三杯豆浆。

翁子在苏同的催促声中出了房间。

翁小明问苏同：“今天你还去不去办公室？不去的话，我们去群光广场吧！”

苏同有点不大适应翁小明的提议：“怎么啦，想买什么？”

“逛逛呗。”

翁子连忙说：“我也要去。刚好欧阳要去师大逸夫楼看展览。”

翁小明和翁子坐下过早，苏同去卫生间冲洗。

翁小明的手机又响了一声，翁子瞄了翁小明一眼，嚷道：“吵死了，真烦人。”

翁小明猜想是施三叶来的。他起身将书桌上的手机拿起，果然是。

便用文字撒了一句谎：“我在开车！”

苏同出门前，收拾了自己一番，换上了一条深蓝色的连衣裙，纯棉质，吸汗，又不裹人。

翁小明见了，说：“你怎么老是喜欢这么深的颜色？”

“不好吗？”苏同转了一下身，用眼睛看了看翁小明，又看了看翁子，希望得到女儿的肯定。

翁小明还没开口，翁子抢着回答了：“男人都喜欢肤浅的彩色。”

苏同笑着看向翁子。

“妈妈，我觉得挺好的，适合你的气质。问题是，你是想要满足自己的气质呢，还是去迎合男人的肤浅？”

翁子的信口胡诌，让翁小明不便再说什么。与母女俩作对，他不可能是赢家。他想去商场看看，给苏同挑些肤浅的，不，明亮些的上衣或者裙子。

车子开出大院后，拐过小转盘，进入迎宾大道。博物馆门前的队伍依然老长。

苏同问翁子想不去博物馆看看。

翁子说今天不想。

出了沿湖路，前边就是一年四季必堵的广埠屯。许多人都想不通，这里虽是十字路口，可有立交桥呀！两边还是四车道，不知道为什么总是堵。翁小明今天很有耐心地走一步停一步，没有牢骚与抱怨。

车子无法向前移动，这要等到什么时候？翁小明问翁子：“你怎么办？”

“你放我下来，几步远，我走过去。”翁子解开了安全带。

苏同不同意：“师大校园那么大，你知道在哪个弯弯角角里。”

“欧阳会告诉我的。你俩今天好好过二人世界吧！”翁子下车后，径直朝前走去。

群光广场门口的车子也排着长队，一个保安举着“车位已满”的纸牌，在路边走来走去。

太阳从车窗斜照进来，依然烤人。苏同坐在副驾驶座位上，望着翁小明黝黑发亮的两只手和胳膊：“你这手，典型的长途司机手。”

翁小明没加理会，车子无法向前移动，他的耐心很难经受长时间的考验。最终他还是从等车的队伍中拐了出来，往前开，来到了一家洗脚城院子里停下。

苏同好奇：“你连这个地方都知道。”

“我们天天往工地上跑的人，哪像你在办公室不动。什么地方停车，什么地方上厕所，都要心中有数。”

群光广场是一家台资企业，广场周边坐落着众多高校。

苏同本想乘电梯直接到三楼，去看女士服饰，但翁小明说，先看看一楼的化妆品。

苏同还没走到化妆品柜台边，鼻腔立马感到一阵酸涩，要打喷嚏了，连忙用手捂住鼻子和嘴巴。这里的香味是各种混合的，可能只有何颖才能将复杂的香味分离出来。她不行，她除了敏感，几乎是味盲。

喷嚏过后，苏同想，自己还没问翁小明租住屋里的香水是怎么回事。前天晚上，自己返回松园，就想问翁小明的，可翁小明深夜才归，之后又是帮翁子解题。感觉翁子的情绪低落，她自己也一下子被传染了。

何颖送给自己的那瓶香奈儿 5 号，是放在梳妆台上，还是丢在衣帽间了？

“你想给我买香水吗？”苏同好奇地望着翁小明。

“我知道你不能用香水，去看看什么紧肤水啊、精华液之类的。”

“是呀，何颖才送了我一瓶香水，还是从法国来的。”苏同说时，都不好意思看翁小明。

“我忘了跟你说，孙总的老婆过生日，你放在梳妆台上的香水，我送给她了。”

第一次听翁小明说给他的老板送礼，拿的还是自己的香水。苏同在相信与不相信之间，选择了前者。但愿这瓶远渡重洋的香水，能碰上合适的人。

苏同说：“护肤品不用买，家里有好多呢，我都懒得打开。”

翁小明一想，也是。两个人就乘扶梯去了三楼。

翁小明指着一个衣架模特对苏同说：“这件浅绿的连衣裙好看。”苏同看了一眼，连连摇头：“好看是好看，不适合我。”

顾客不是很多，学生模样的青年男女不少，他们纯粹是在这儿溜达观光。

在一家法国品牌服饰店前，翁小明说，这家看着还行。犹豫间，柜员小姐快步出来，导引他俩进到了里面。

“有些衣服你得试穿，上身了，才晓得合不合适。”翁小明说着，在边上的长沙发上一屁股坐下。

沙发上已经坐了一个男人。那男人戴着棒球帽，配着一副大框墨镜。他见到苏同后，把帽檐儿往下压了压，起身出去。苏同刚好侧过脸，一眼瞥见，这不是张厅吗？难不成何颖今天也到了群光？她往外跟了一步，张厅却没影了。

苏同回到一排衣架前。这时，从试衣间里走出了一个高个儿美女，天哪，是向丹妮！向丹妮抱着一堆衣服递给柜员，很有礼貌地说：“我再看看，谢谢！”她也慌慌张张走掉了。

这是什么情况？不是好事。那天在一品轩，苏同只是看见何颖的老公与一位女艺人的暧昧，辣眼睛是当然的。今天却是在商场一起买衣服，好像已经不是暧昧那么简单了，不仅失了分寸，而且是越了雷池。

苏同比向丹妮还要慌张，心“咚咚”直跳。

何颖与她的张厅现在是个什么状况？何颖这些日子以来一直在为小太阳乳业找合作伙伴，为的是完成部门的任务。几经周折，尚未尘埃落定，已经在马不停蹄谋划明年的项目了。唉，要强的女人呀！

翁小明对一件明黄真丝上衣有了兴趣，他起身走上前去抖了抖那衣服，又看了看衣缝里的成分标，问柜员：“真丝里怎么还含有莱卡成分？”

柜员解释，这种莱卡不同于国产的莱卡，既有弹力，又可防皱，穿在身上显贵气。她看了苏同一眼，接着补充道：“有文化的美女穿上，更添知性。”

苏同不想试了。柜员满嘴跑火车，哪有什么贵气，分明是晦气。有些人表面对你有多谄媚，心里就有多憎恨。她拉起翁小明的胳膊，说：“走吧，样式太夸张，不适合我。”

其实，翁小明看了标价后，也觉得划不来，一件薄薄的上衣，竟然标价三千多元。这哪是在卖衣服，分明是在抢钱。

苏同说不合适，正中翁小明的下怀。翁小明却又信誓旦旦：“今天说什么也要给你买件衣服。”

“为什么？”苏同笑问。其实当翁小明说要来群光，她就想到，是因为给老易发稿的事。她把报纸放在厕所里，翁小明怎么会看不到？为他的老同学发了一个专版，这是多大的面子？如果没有横空出世的版面费，还真是。现在是发了稿，又节外生枝。听了老易为钱发愁的电话，她拿不准是不是给老易帮了倒忙。想必翁小明还不知报道之后的事。如果跟他说，他又会怎么想？

他们下到卖鞋包的二楼。苏同说：“马上秋凉了，我还真需要添一双皮鞋。”

高高低低的鞋柜，大大小小的鞋子，熟悉的不熟悉的品牌，苏同一路看过去。翁小明却在盯看专柜的门楣，当他看到“其乐”后，对苏同说：“这个牌子好，上脚舒服。”

苏同听何颖说起过这个牌子，是个英国品牌。苏同一边看鞋子，一边看价格，每双鞋子的价格都高得离谱。苏同吐了吐舌头：“我的天，都是千元往上走，这也太贵了。”

“鞋子比衣服重要。衣服是穿给别人看的，鞋子是让自己舒服的。这个牌子的设计师，他有一句话是这么说的——没有任何理由让人类的双脚去忍受桎梏，如果可以让男人走得更远，女人找到走出更远的男人，‘其乐’愿意做到，也可以做到。”鞋子还可以调动翁小明如此的兴趣？苏同很诧异。

“你研究过这个牌子？你还背得出人家的设计理念？”

翁小明嘿嘿笑：“这是我总结的。我的意思是要穿一双舒适的鞋，不要看它的价格。”

“你还一套一套的，进步神速，我真是刮目相看。”苏同边试鞋边揶揄着翁小明。

翁小明听出了苏同话里有话，便及时止住，言多必失，还真是的。

苏同换了一双半高跟试，翁小明问柜员：“鞋跟还有没有再高一点的？”

苏同马上拦住：“太高不行，我驾驭不了，就这双。”

翁小明不再坚持，让柜员开好票，自己去找收银台付款去了。

柜员一边包装鞋子，一边对苏同说：“你先生对你真好，又帅又大方。”柜员蹲着包装鞋子，还不忘恭维女主。

苏同没跟她答腔，心想，不买你的鞋，你会说他大方吗？

翁小明付了款回到专柜。苏同说这里的男鞋也不错，你也试一试吧！

“算了，以后再说。”翁小明提着鞋盒，问苏同还逛不逛。

苏同说：“不逛了，好累。”

出门时就已经和翁子说好，她今天自己坐出租车回家。

5

苏同躺在沙发上，翁小明坐在她的脚边。电视画面停在电影频道上，美国好莱坞的大嘴美女朱莉娅·罗伯茨，正在参加前男友的婚礼。翁小明每次见到罗伯茨，就不会再换台。苏同也喜欢罗伯茨的演技，松弛感好，在她身上看不到演员雕琢的痕迹，尤其是她的大嘴巴，从不重彩，却性感得一塌糊涂。翁小明除了喜欢她的嘴唇，更愿意看她的直角肩，还有那穿着牛仔裤的大长腿。这大长腿会撞开他的记忆——春夏之交的青草地，那个至今都不知道名字的直角肩、戴着草帽、拉着他跳舞的女孩。

有点走神的翁小明此刻试图用夹核桃来忘掉脑中突然蹦出的回忆。核桃破碎的“咔嚓”声，仿佛盖住了电影里的对白。翁小明沉浸式的用力，让苏同有了莫名的感动。她想翁小明也是实在人，为了老易，不遗余力。要是老易晓得自己的老同学如此，恐怕会感动得掉泪。

老易要付版面费的事，苏同觉得有必要告诉翁小明，免得时间长了更说不清。如果翁小明主动去疏通一下，说不定事情会峰回路转。

苏同主动开口定调：“老易想上报的事，是你要我想办法帮忙的，对不对？”

翁小明愣了一下：“对呀，我没说不对呀？”

苏同一下子怨尤起来。

翁小明停下手中的活计，问她怎么回事。苏同一五一十讲起了过程。现在是稿子已见了报，她压根不清楚大报还有创收要求。

“一旦涉及钱的问题，难免让老易产生误解，我担心他以为我故意隐瞒。”苏同委屈得不行，她说她事先也完全不清楚，而且水主任也没跟自己提过版面费的问题。

翁小明无奈地摆了摆头：“我信了你的邪，大报小报，一个单位呀，大报的发稿要求，你竟然不知情？老实说，别说老易不信，我也不信。”

翁小明没有说错，可这就是事实。

苏同当然知道是自己的问题，怎么办？还用说，这事是你翁小明带来的，还得你去解决。苏同有些撒娇地将脚放在翁小明的腰背上蹭着。

“怎么办？还能怎么办？既然这样了，那就别管他了。”翁小明话里带着讲狠的口吻。

“只要他不认为我是故意隐瞒要收费这个事就行。”

“为什么要故意隐瞒？这对你有什么好处？”

“好像有回扣这一说。何颖后来告诉我的。”

“有回扣倒不错！真的有回扣？你是不是也可以提一点？”

“怎么可能？”苏同学了一句翁小明的口头禅。

“要是可能，这个易镇长休想讨价还价。是个夜蚊子，我都要让他抠出二两肉来。”

苏同知道翁小明是在说笑，一下子松了口气。翁小明也许有他的方法让老易服软。

“那就交给你，我不管了！”苏同的脚指头将翁小明的 T 恤从皮带里勾了出来。

“区区几万块钱的事，不至于很为难，特别是乡镇，他们搞钱的手段不晓得有几多。这个老易，也变精了。他跟你叫苦，无非是要你出面，少收他一点。”

苏同脚趾的运动，让翁小明的声线变得柔软起来。

“只是这个意思吗？”苏同坐了起来，将下巴撒娇地搁在翁小明的肩上。

翁小明拍了拍手上的壳屑，转过身来。苏同逗着翁小明：“你，有什么企图？”

翁小明抱住苏同，把嘴贴在苏同的嘴唇上，喃喃道：“这就是！”

翁小明急促的气息，传递给了苏同，她说：“你今天怎么这么可爱？”

用不着回答，苏同只是闭着眼睛，耳朵却成了一部精密仪器，扫射、捕捉到的却是她从未有过的感觉。

翁小明将苏同一把揽入怀中，苏同坐在他的腿上。他的手在苏同背后忙着。苏同的乳罩扣被解掉了。苏同却又慌张起来：“别别别，这样不好，万一翁子闯进来，太危险。”

翁小明起身，走到阳台上，拉上窗帘，又将大门反锁了。客厅里光线暗了下来。苏同却轻巧地跑进了卧室。

沙发上的苏同不见了，翁小明顿感意兴阑珊，如同一只饱满的气球，被沙砾扎了一下。他撇撇嘴，摇摇头，唉，女人真是分两种！

…………

翁子原本说是坐出租车回家的，但她打电话给翁小明：“出租车是多，但都是满载，我现在在师大校门口，根本拦不到车。”

“那你就原地等一会儿，我去接你。”翁小明从床上起来，穿上衣服。他发现苏同不在床上，也不在家里，她去了哪里？极有可能是去办公室了。翁小明担心翁子等得着急，就匆匆拿着车钥匙出了门。

苏同是被金主任的电话叫去办公室的。

周六的下午，编委会临时召开会议，研究确定的两个问题，在苏同看来，实际上是一个事。《周末时光》纳入副刊部，因为工作量的增加，東一光这个光杆主任忙不过来，必须增加一个副主任。

苏同觉得副刊部增加一个把关人，对東一光、对自己都是好事。東一光多次对苏同叫苦连天，说每天看稿，身体吃不消是小事，重要的是脑子看麻木了，都成了糨糊，容易出纰漏，迫切需有个人手替一下。苏同也有同感，她将東一光的想法与要求带到编委会。好几次，苏同一提及这个话题，另外的副总编辑，就将自己分管部门的需求也提了出来。于大桥怎么办？只是笑，不吭声。乌总便巧妙地把这些要求按了下去。他担心部门主任多了，跑一线的人就少了。能力强的编辑记者都升了职，会严重影响生产力，快报就失去了快报的特色。作为新兴的纸质媒体，快报从创刊到现在，靠的就是海量的信息与独家的新闻，才如此鹤立鸡群。乌总心里有一句话，不好意思说出来，那就是——顶层的决策者，与钻天打洞的新闻人，是快报重要的两端。

一年一次的公开竞争上岗，历任总编辑都要发表重要讲话，意思都差不离："我们快报不仅要办第一流的报纸，更要为优秀人才提供成长的空间，提供实现人生价值的平台。"

这个周末的下午，在同一个会议室里，乌总也是在讲报纸的发展、人才的培养。但话风有了一些变化。他说："快报是以新闻取胜，但副刊具有不可替代的作用。目前，每天二十四个版，副刊差不多十个版。一光主任光是看稿编稿，就要消耗大量的时间与精力，哪有时间策划选题？副刊新闻化的趋势越来越明显，如果不加强选题的策划，快报副刊的优势会逐渐丧失。另外，《周末时光》分散在各部门，不好管理。集中起来交给副刊部，统一策划、统一发稿，你们看，这样行不行？各位有什么新的想法？"

按照以往会议的惯例，发言顺序应是由低到高。今天，常务副总编辑于大桥却第一个表态了："我同意乌总的意见，将《周末时光》交给副刊部统一管理，增加责任感。不过，这样的话，苏总的担子就会更重了。"

"这没什么，只是副刊部的编辑不够用。"苏同插了一句，摆出实情。

分管时事部的副总编袁大头立马接腔："时事部有一个老编辑能力很强，任劳任怨，可以推荐给副刊部。"

另一位长着马脸的副总编笑道："没想到你这么慷慨？"

苏同知道袁大头的精明，不仅牌技了得，还能让于大桥输得心服口服、输得开心。优秀的用着顺手的人，谁会往外推？

乌总定调，先将副主任确定下来，再调剂编辑。

苏同对束一光佩服起来，这家伙给蒋社长编书，还可以改变乌总的想法。真不知道他使的什么劲。他是不是跟乌总推荐了小莫？

在苏同心里，小莫应该是个适合的人选。小莫能采能编，特别是她记录讲述的文笔，引人入胜又别具一格。有好几次，束一光外出参加笔会，都是小莫代他对各副刊版面初审把关的。

其他的副总编觉得不是自己分管的事，只当听匠，不发声，乌总决定是谁，就是谁。

苏同正酝酿着怎么开口介绍一下小莫的优势与能力。乌总却打破了沉闷："乐春儿具有的优势是我们很多编辑欠缺的。好几位领导与朋友跟我聊天，都会提到她。作为一份开放型的报纸，我们需要具有沟通和交际能力的人。”

袁大头立马接话：“是呀，具有这种能力的人，越来越少了。”

苏同非常认同乌总对乐春儿的评价。但从副刊部的实际出发，更需要的是把关能力，她认为还是小莫更胜一筹。

于大桥看出了苏同的心思，却没有问苏同的意见。从功底上看，当然小莫不错，至少在她的稿子上，极少出现那种莫名其妙的错别字。乐春儿他也喜欢，乖巧的女孩到哪儿都是一道令人赏心悦目的风景。他说乐春儿这一年进步很大，年轻人都不可能十全十美，给他们压压担子，会成长得更快些。

苏同明白了，乌总和于大桥事先就沟通好了的。

乌总将目光转向苏同：“苏总你看呢？”他的意思恨不得明说，于大桥都表态了，你就说个同意得了。

“每个人都有自己的优势与短板，从我个人对副刊部编辑的了解来看…… ”苏同的话还未说完，就被于大桥打断：“你以后多带带她。”

会议时间不长，金主任已将会议记录整理好了。散会时，他问乌总，文件要不要打印出来？

乌总点点头。

苏同回到自己的办公室，想了半天，总觉得哪里有问题。被老金的电话叫来，说是编委会有重要的事商量。什么呀？就是来接受一个通知而已。

为什么乌总打破了快报的规矩，急于将乐春儿推上去呢？而于大桥居然也这么极力附和？

一根筋的苏同百思不得其解。她忍不住给束一光打电话。按照组织原则，她没有将临时会议上的决定告诉束一光。她只是问：“你又向乌总要副主任了？”

束一光快速否认：“我连乌总的人都不敢见，还会向他提要求？再说要人这事，也得是你苏总出面，这个规矩我还是懂的。”

束一光可能误会了苏同的意思。如果是束一光主动找乌总要人，倒也情有可原。束一光是个真性情的人，不虚伪，不像有的部主任，说一套，藏一套，做一套，分管的副总编们根本架不住那些家伙。苏同跟束一光共事好几年了，到目前为止，束一光对自己都有一说一。束一光解释这些，不是苏同想听的，她只是想验证一下，编委会突然填补副刊部副主任空缺的缘由。

“是不是有什么动向？”束一光的嗅觉慢了两拍。

“你会得偿所愿！”

“哦！那会是谁？”

苏同没有顺着束一光的话风往下说，却问乐春儿这些日子在做什么。束一光在电话那端沉默着。

“你不好说，还是不想说？”

“哪有？”束一光补了一句，“美女嘛，都是很忙的。”

与束一光通完电话，苏同并没有获得什么信息。她收拾了一下办公桌，准备回家去做晚饭。按了电梯下行键，电梯门打开，正好于大桥在里面。

于大桥没事似的对苏同说：“我请你去吃‘小碗’，胡之方情人开的。”

苏同回绝道：“没时间。”

“你这人，一点情趣都没有，一天只晓得‘两转’。”

于大桥说她的“两转”，是上班围着版面转回家围着老公孩子转。

于大桥就以这样的戏谑打击着苏同。

苏同没有理他，心想，我围着老公孩子转，总比你围着牌桌转好。

从电梯里出来，于大桥小声说：“我知道你的意思，没办法呀，每个人都有自己的难处，乌总也一样。”

“什么难处？”

“以后你就会明白的。”

“你们事先就商量好了的？”

于大桥有些蔑视地看了苏同一眼：“你呀，不食人间烟火。”

“去不去‘小碗’？”于大桥再一次发出邀请。

苏同正准备跟于大桥说拜拜时，水主任从旁边走过，他开了句玩笑：“你们俩注意一下影响好不好？这大周末的，还在一起卿卿我我。”

一阵笑声过后，苏同跟于大桥分手，她径直去了超市。

6

丁钢是在他家楼下停车时遭遇袭击的。

那天，已经三天没洗澡的丁钢，身上的臭味不仅让自己难受，也让身边的人捂着口鼻躲得远远的。他的换洗衣物都在家里，尽管不想回，也不得不回了。

头一天，丁钢在一群骑行者的带领下，转了趟阳湖，见识了阳湖的自然风光，也看到了“种房人”竖起的铁丝网。第二天，他还想探个究竟，拉上王小号一起跑了趟十里香乡政府。连续转了两天后，他大致搞明白了。好端端的环湖边的湿地上有人“种房”，是为了等待经开区在这里建仓储，也就是为了拆迁款。乡长不知道有人“种房”之事。区规划办的人说，建仓储也只是一个意向，还没有提到日程上来。丁钢让王小号打开他的数码相机，乡长、书记和规划办的人看了都很吃惊：“怎么有这样的事，一定查办。”

结果，就在自己家的楼下，丁钢停好车，刚打开车门走出来。一个戴着口罩的人举着喷雾器，对着他的眼睛一阵扫射。丁钢来不及躲闪，头顶又遭到另一个人的猛击。

只是一瞬间的事儿，两个袭击者快速逃离了现场。

丁钢歪在车旁，耳朵里嗡嗡作响，眼睛火辣辣的疼，根本睁不开，后脑勺撕裂般地疼痛。他用手摸了下头顶，手是湿的，血！他的意识很清楚，这是被人盯上并暗算了。是报复还是警告？

丁钢摸索着打开车子的后备箱，摸出里面的矿泉水瓶。他拧开盖子，把水对着眼睛拼命冲洗。不知道用了几瓶水，眼睛总算可以睁开了，但眼泪却漫了出来。天黑着，路灯的光呈现出水墨似的模糊状。

丁钢回到车内，闭上眼睛坐着。他没有回家，这个样子被老婆看见，又不知会是怎样的惊吓。他平息了一阵后，拦了出租车去了医院。

他不想让人知道自己吃了这么大的闷亏。善意的人会认为他是因为工作遭人报复的，而不怀好意者还不知怎么编排自己呢。你不是钢钉吗？钢钉算啥？锤子多的是。丁钢也是好面子的人，他不想被人无端地猜疑和耻笑。

丁钢在医院里冲洗了眼睛，包扎了头上的伤口。他跟医生说，自己头晕，还想呕吐。医生立马给他开了张住院单。

丁钢住院了，没对任何人说。

何颖给他打电话时，是一个女声接的。何颖觉得情况不对，下意识压了手机。

电话的确是丁钢让护士小姐接的。后来想了想，丁钢觉得何颖不是外人，有必要跟她说一声，便主动告知她，自己在医院里。

何颖问他怎么跑到医院去了。

丁钢说一言难尽。

何颖问了丁钢的住院部楼层与房间，就挂断了电话。

何颖约上苏同，十分钟后她们就到了医院。何颖停好车，对准备下车的苏同说：“你别下来，等我一下。”

何颖下车后，跑到医院门口，买了一大袋水果。苏同见到歪着肩膀吃力地提着袋子的何颖，嗔怪道："老是这样鬼鬼祟祟的，生怕别人跟你抢似的。"

丁钢头上缠着纱布，眼球红彤彤的，像患上了红眼病。

苏同见到丁钢这副模样，吃惊不小："这是谁下的毒手？"

何颖将水果放在床头柜上，逗着丁钢："几天不见，我们的'药渣'同志真的是名副其实了。"

"你善良点行不行？"丁钢求饶道。

苏同坐在旁边的空床上。何颖将丁钢的脚往一边挪开，挨着坐了上去，问："你这是让谁弄的？"

"我哪知道？"丁钢一脸无辜。

苏同担心他是跟老婆干仗后搞成这样的。

丁钢从床头柜上拿过矿泉水，"咕咚咕咚"喝了好几口："真不该告诉你我在这里，这副难看的样子，在你们眼里，又减分了不是？"

"都一样，没啥区别。"何颖说得认真。丁钢瞪目，露出接不上话的表情。苏同忍不住笑起来。

"说说呗，到底是么回事？"何颖的关切感动着丁钢。

"唉，说来也是丢人。我竟然没看清是谁，也没拼命去拉住一个。"

丁钢讲话有些啰唆，绝对没有他的笔力流畅劲道。

"几天前，我接到一群骑行者的投诉电话，说的是阳湖环湖边的一处湿地，平时都是好好的，却突然被人用铁丝网隔断了。这是公共景区，怎么可以被擅自阻截？这不是破坏自然环境吗？他们给热线打过电话，但没有反应。后来就直接打给我了。

"这些骑行者，也是环保主义者。他们并不是因为个人的利益受到损害才来找媒体求助的。所以，我答应跟他们一起去看看。

"跟乌总吵了一次，醉酒后，我和胡之方被人从社长办公室的门口拎下来，好长时间心里都不舒服，公寓没要到，还惹出一堆是非。调查垃圾废墟上建起的楼盘，本来突破了好多障碍，还得到了大学教授的数据支持。稿子已经写好了，也没带个人观点，如实地呈现调查过程，还是被叫停，真是功亏一篑。我觉得自己从没有这么窝囊过。"

丁钢说到这里，有些激动起来："一方面是时间成本的浪费，更重要的是，从这件事上，我看到了如今的我们，没有像过去那样爱快报。不仅不爱了，而且还在自残、自废武功！”

何颖打断丁钢的话：“天哟，这心是你该操的吗？真是……”

“我说的是自己这些日子闲着的原因。心力交瘁，请了年休假，休息着呢！好吧，回到正题。”

丁钢的正题，就是有关阳湖边上的“种房”之事。

阳湖在江城市区南边，靠近江阳经济开发区。阳湖的面积比东湖要大，但没有东湖有名。

可是骑行者的报料电话，还是让他有了冲动。

丁钢与骑行者约好，在进入阳湖的路口会合。

丁钢起了个大早，将老婆的一辆自行车装进后备箱，往约好的地点赶。

七八个骑行者在湖边的一排杉树下等着他，他们穿着同款的骑行服，看着很有气势，自行车的轮胎、钢管、把手都不同一般的自行车。丁钢停好车后，将后备箱里的自行车搬了下来。

这时，一个与丁钢差不多年龄的人连忙小跑过来。他热情地与丁钢打招呼：“你是丁记者吧？”

得到丁钢的确认后，这个男人伸出双手握住了丁钢的手：“你好你好！我姓朱，是我给你打的电话。”

“我这破车，可比不了你们的硬装备。”丁钢有点不好意思。

“没关系没关系，我们慢慢骑。”

老朱一群人带着丁钢踏上了环湖之路。

这条环湖路上，没有多少车辆与行人，湖岸上的树不粗，树干上被涂上了白色生石灰，一直向前延伸着。丁钢看得出来，这是有关部门在重视与投入湖岸的建设了。

早上的阳光在宽阔的湖面上闪闪烁烁。老朱他们没有平日的速度，休闲似的照顾着丁钢的骑行。

丁钢斜挎着装着小相机的帆布包，两腿使劲蹬着，汗水将上衣湿透了。酣畅淋漓的运动，让他的身心有一种从未有过的舒畅，他已记不起是什么时候与运动无缘的了。

半个小时后，铁丝网就出现在了大家眼前。

废旧的拖拉机、石磙等顺着铁丝网向里延伸。

老朱他们停住车，各自都在描述自己的观感。丁钢望着两人高的铁丝网，这是想防谁呀？他问老朱能不能进去。

老朱说："铁丝网边上是个水沟。"

丁钢说："那我们去看看。"

他们从路边拐了个方向，沿着铁丝网走。一个接一个的小水洼被茂密的野草掩盖，车轮与他们的双脚一样探着险。

大约走了两百米的距离，铁丝网在水沟这里断了。前面真的如老朱所说，工地上有工棚，工人们正在搭建着什么。

坚持运动的人身形矫健，这是丁钢望尘莫及的。老朱先用脚去试了试水沟，好在是不深，他第一个蹚了过去。其他的同伴也照着老朱的样，但他们将自行车扛在了肩膀上。丁钢认为自行车就放在这里为好，辙退时方便。

丁钢在他们的保护下，上了沟上的田埂。

一行人往工地的方向走去。

丁钢拿出小型数码相机，对着工地的方向拍了几张照片。

接近工地时，迎面传来了呵斥声："谁让你们进来的？"呵斥声处，过来三个壮汉。

老朱丁钢一行，仗着人多，也没有退缩。

丁钢将相机放进包里，嘱咐大家统一口径：我们只是路过，好奇而已，没有任何打探的意思。

"说你们呢，怎么还往前走？"

丁钢说："我们走迷路了，这是哪里呀？"

三个壮汉中的一个反问："哪里？十里香乡都不知道？"

他们继续往前移动。三个壮汉马上横在了他们面前："怎么的，听不懂人话啊？"

这时，好多工人都停下了手里的活儿，操着各种工具朝他们走来。

骑行者们觉得情况不好，便说："我们回转算了。"

"是的！这里不宜久留。"丁钢也觉不妙。

丁钢与骑行者们退到水沟边。三个壮汉隔着上十米远的距离，手指甩着他们，凶道："莫跟老子们找事！放小心点！"大概是骑行者的运动装束，让他们没有继续追赶。

丁钢将他的旧自行车放进汽车的后备箱时，对老朱说："你们以后别再进去了，危险！”

老朱点着头，很认同。一旦重兵把守，就有违规违法嫌疑。他再次握住丁钢的手：“我们都是你的忠实读者，今天能与你一起参与调查，很荣幸，也让你受惊了。我们担心的是，过去市区里大大小小好多湖，不是被城市建设改造掉，就是被房地产商的楼盘填埋了，蛮可惜的。湖泊和湿地，是一个城市的心肺，失去了心肺功能，也就失去了生机。阳湖虽在市郊，却一样在缩小，不晓得它某一天会不会也变成一口小水井。”

“有你们这样的环保人士，江城的湖还是有救的。”丁钢说的是真心话。

丁钢回到编辑部查找相关资料。十里香乡的，区政府规划办的，以及区长、书记的办公室电话号码。

第二天，他决定再以记者的身份去阳湖岸边的工地上看看。没有正面接触，任何猜测都不能构成新闻报道的要素。

丁钢叫上了耗子王小号。因为自己是在休假期，不好找车队要车，便开着私家车到报社接上耗子，让耗子当司机。一个多小时后，他们到了十里香乡政府的院子。耗子问丁钢要不要先进去。

丁钢停顿了一下，让耗子打转方向，说：“先去现场看了再决定。”

车子在土路上绕来绕去，终于寻到了一条通往阳湖的小道。耗子有些怀疑地问丁钢：“你确定是这一带吗？”

“嗯。”丁钢两眼像雷达般在荒野中扫过。

后面一辆装载着水泥预制板的卡车，一边按着喇叭，一边高速地冲到他们的车前。丁钢说：“跟着卡车走，就能到。”

王小号的车技说不上好，但却是敢冲撞。他用力踩了油门，车子轰地往前蹿去。果不其然，卡车在前面停住，工地到了。

王小号找了块平地停稳了车。丁钢嘱咐耗子：“见机行事，不要硬来。”

因为是换了个方向进来的，丁钢感觉与昨天看到的有些不一样。

卡车司机进了工地。

丁钢与耗子也随着司机一前一后到了泥浆遍地的工地现场。两个小个子工人正在一处泥坑里，用小桶舀上泥浆，再提着泥浆桶递给木梯上的泥瓦匠。

丁钢刚准备开口问那个提泥浆桶的人，谁是这里负责的，一个光头大汉已经走了过来。丁钢一看，这个人昨天见过，三大壮汉之一。

丁钢很客气地亮明身份。光头很是狐疑，他抓过丁钢手里的记者证，仔细瞅着："快报，丁钢！"

丁钢快速收回，问他："你是这儿的负责人？"

耗子正在另一边举着小型相机拍摄，却被人大声阻止了。

另外两个大汉从两边围了过来。他们将王小号夹在中间，想夺他的相机。光头对那两人挥了挥手，意思是算了。

丁钢说："我们是《江风快报》的记者，我们只是想问问，你们在建的房子是哪家开发商的？"

光头大汉第一次面对记者，收起了昨天的凶狠："我不是负责人。负责人怎么会到这里？你们赶快走，我们只是负责招呼这里的安全。"

"你们有没有建筑施工图？"丁钢继续。

"没有没有！"光头摇着脑袋，将他俩往场外撵。

丁钢和耗子满脚泥泞。他们在草地上左右蹭了一会儿，才回到车上。

丁钢对耗子说："兄弟，来一趟不容易，我们还得去一趟乡政府。"

"这盖的是猪圈，还是人住的？"耗子问。

"我看都不是。"丁钢回答。

"那干吗在这儿搞事？"

"你听说没有？这里可能要建仓储，开发区要做物流中心。"

耗子回过神来："种房呀？"

"不能肯定，但有可能。"

说到建房这个话题，耗子的兴趣来了："我现在住的房，也等着还建呢。大前年在东湖渔村买的，两层小楼，没产权。只要被哪家开发商相中，或者纳入到什么项目，我他妈就赌对了……"耗子自顾得意。

丁钢问："你那儿还有没有卖的？"

耗子说："你想买？现在问，迟了，价格都翻了好几番了。"

说话间，车子在乡政府院子里停住。

办公楼高三层，东西两边各有两排平房。平房大概是休闲娱乐的地方，里面传出桌球的撞击声和麻将的洗牌声。

丁钢和耗子在楼道里，顺着门口的牌牌，寻找书记乡长的办公室。可是，办公室大都锁着，窗户是开的，里面干干净净的没有人影。

"今天找不到的。他们在我们到来之前，已经得到信息了。"耗子很肯定。

丁钢也认同："如果是这样，那就不好说了。"

两个人又往区里赶，回到报社时天快黑了。

丁钢没有泡茶，也没有去何颖的玻璃房去坐坐。他将两天来的所见所闻整理了一遍，形成了一篇现场新闻稿。耗子给丁钢发来几张图片，让他自己选。

丁钢问胡之方：“明天一版见报稿，缺不缺倒头条？”胡之方回复：“今天有了，你要是有重料，晚上开编前会时，拿出来亮一下。”

一版的倒头条，大多数时候是快报的最大看点。

丁钢想了一下，不用太急，等区委那边有句说法是最好。在区规划办，王小号打开数码相机，规划办的人很吃惊，说怎么有这样的事，他要向区领导汇报。

天黑透了，丁钢觉得是处理身上味道的时候了，便起身回家。可就在家门口，他被两个人，一前一后，搞成了这样。

苏同问丁钢：“你报警了没有？”

“当时眼睛睁不开，头上剧痛，又流着血，只想着保命，就先到这里来了。”

“不错，还晓得先保命！”何颖由衷地表扬丁钢。

“你老婆呢？她什么时候来？”何颖问丁钢。

“没跟她说。她不知道我在医院里。这个样子，她见了，更要担惊受怕。”

“知道心疼老婆了。”何颖又夸了一句。

苏同听着这两人你一言我一语的，觉得有趣好玩。

“是谁下的黑手？你心里有数吗？”苏同看着丁钢的红眼问。

“唉，不好说，我得罪的人有些多。最有可能是十里香乡的种房人。我和王小号从他们工地上出来后，估计他们一直在尾随，只怪我没有防备。”

7

乐春儿一夜之间成了副主任。

周一上午，是副刊部的周例会时间。五个编辑坐在束一光的玻璃小屋里，逐一汇报本周各自的工作计划，并交流重点选题。

这时，赵晶晶“噔噔噔”地来了，她轻轻地叫了一声“束主任”，双手将红头任命文件递上。在副刊部工作时，给束主任闯下祸的赵晶晶，见着他心里就发虚。她又转头对着乐春儿眯眯一笑：“恭喜呀，乐主任！”

乐春儿脸一红，没接腔。其他的编辑你看我，我望你，狐疑莫名。

赵晶晶转身走了，束一光看了一眼文件，并将文件面朝下放在办公室桌上，继续开会。

例会散得匆忙。束一光给苏同办公室打电话。铃声刚响了两声就通了，束一光获知苏同在，连“喂”一声都没有，压了电话就直奔苏同办公室。

苏同在翻报纸。束一光在沙发上坐下：“我现在才恍然大悟，前天你打电话的意思。”

苏同看了束一光一眼，没做声。

“可是，为什么是这样呢？”束一光问。

“你不总是吵着要个副手吗？现在正好。”

“我要的是可以胜任的。”

“你怎么知道乐春儿不能胜任？说不定她的潜力比你想象的要大。”

束一光无话可说了，那些聊天对话，证明了乐春儿没有看上去的简单。

“你给乐春儿打个电话，让她上来。”

一会儿，乐春儿蹑手蹑脚地推开门。苏同热情地招呼着：“春儿，来来来，坐！”

“祝贺你呀！”苏同的祝贺分明是态度。

乐春儿的脸立马像被胭脂涂过一层：“哎呀，苏总，你别这样说，我也不知道，为什么是这样……”她有些语无伦次。

“好好向束主任学习，好好做。副刊部每天承担的工作量的确很大，春儿，《书香》和《连载》你还得继续做责编，另外，小莫的《讲述》，你来负责初审。”

“《讲述》呀？”乐春儿有点吃惊。

苏同说：“小莫每天写的《讲述》，有故事有情节，很多读者买快报就是为了看《讲述》。正因为读者多，我们更要重视把关。束主任要看的稿子太多了，审了几年的《讲述》，有些审美疲劳。今后，你帮着审，多一个人把关，我后面的终审，就会轻松一些。文字上，小莫没话说，主要是在细节上，不要打‘擦边球’，不要在法律和道德的边缘上被人诟病和误解，以免生出是非。”

乐春儿并不是因为稿件有顾虑，而是因为小莫。平时，小莫话语不多，跟谁也不亲近，只是做自己的事，快报的人事纷扰，都跟她没有关系。苏同和于大桥都知道小莫的唐诗宋词功底深厚。有几次，于大桥值夜班时，时评稿子的标题太平，自己抓破脑壳都想不出既有韵味又很贴切的标题，便会将稿子复制一份传给小莫，让她找个句子填上。小莫的表现从没让于大桥失望过。清高的外表，别致的才情，小莫在快报绝对是个独特的存在。束一光对她的偏爱不用遮掩。乐春儿平时跟她和平相处，相安无事，但要每天去审她的稿，她自己是没有底气的。

乐春儿走后，東一光没有起身的意思，苏同开了句玩笑："还有什么悄悄话要说？"

東一光紧闭着的双唇，刚想打开，喉结在脖子上滚了几个来回，还是把话咽回去了。

東一光出门时，与何颖交臂而错。

"東诗人一见我来就走？我就这么不入你的眼？"

東一光只得说："受不了！"

何颖告诉苏同："老黑还蛮支持的，让方真跑演艺公司的活动。"

"那是好事呀，稿子什么时候开始上？"

"这几天就要发预告消息了。"

"国庆期间，有什么档次高点的演出，给我弄几张票。"苏同说。

"你想看谁的？"

"我没想看谁，翁小明好这口。"

"知道了，贤妻良母！"何颖撇撇嘴。

8

九月的太阳，收起了夏天的燥热，风似乎抽走了所有树叶的水分。

东湖小路上，卷着边儿的叶子，期待着苏同的身影和她跑动的步伐。

苏同已经有段时间没在东湖出现了。

翁小明前所未有地忙碌起来。他一会儿到沙州，一会儿到赤水。苏同知道他去沙州是为了项目。回赤水干什么？她完全不清楚。苏同问过，翁小明简单回答她，哪个同学的父亲走了，哪个同学的儿子出国了。他提到的同学都是他们理科班的。从前他们的联系并不多，但因为有周连的热心肠，散落在各地的同学，被重新集合起来。苏同觉得这样蛮好，因此，对翁小明同学之间的人情往来，她并不阻拦。

翁小明每次外出，都是一两天不回来。陪翁子的事，就会落到苏同身上。因此，无论工作到多晚，苏同都必须拦个出租车去松园，第二天早上再坐公交回报社上班，虽是疲惫不堪，但也能感受江城的烟火气。特别是早上，车窗外一闪而过的自行车、三轮车，沿途的路边摊上油锅翻滚、氤氲弥漫，锅架上码着的面窝、油条、鸡冠饺，小板凳上一口热干面、一口米酒的人群，就是活色生香的生活画卷。

苏同还想，如果有一天自己干不动了，就找个街头，支个画架，给来往的行人画漫像，说不定还可以第二次创业。

束一光完成了蒋社长的书稿，他给乌总报告了消息。

乌总很高兴："好！我就等着你的这句话。"

乌总让束一光把文档传给出版部，让他们全部打印出来，自己过一遍。

束一光办妥后，准备回家睡他个天昏地暗。可这时小莫进了玻璃屋，递给他一张辞职报告书。

束一光接过一看，脸色大变："为什么？"

"不为什么。"

"我不同意！"

"对不起，听'讲述'、写《讲述》这么久，我自己快成垃圾桶了。"

"工作又不是不可以调整。"

束一光拿着小莫的报告匆匆忙忙找到苏同。

苏同并没有吃惊。丁钢曾跟她透露过，晚报的季青想挖走小莫。季青跟小莫说，如果她俩组合，那么，中国报纸最好看最有品的情感话题，非她们出品莫属，没有之二。还有《情感读本》杂志，也在向小莫伸了橄榄枝。

苏同对束一光说："这是迟早会发生的事。怎么办？我们去找于总吧。"

于大桥不在办公室，他刚值完夜班，说不定还没起床。

苏同想稳定束一光的情绪："着急也没用，你看谁可以接一下小莫手上的事，万一她非要走，《讲述》版不能'开天窗'。我今天肯定要找到于总，或者是乌总。"

差不多快到午饭时，苏同才给于大桥打去电话。于大桥在电话那头听着，苏同有点啰唆，不仅讲了小莫辞职的事，还提及乐春儿。于大桥听到乐春儿，连忙说："嗯，知道了。"

没有想到的是，下午四点多钟，正在看版的苏同被于大桥叫到了乌总办公室。

于大桥拿出了一个方案。

乐春儿调到活动策划部，做何颖的副手，提拔小莫做副刊部副主任。做出这样的决定，有些被迫之感，乌尚义还是很生气的，堂堂的《江风快报》，想来工作的人排着长队。没有快报这个平台，哪有你成长成名的机会？如果换作他人，乌总早就会说"好走不送"了。可是，不少读者因喜欢《讲述》而选择快报，这是事实。留下小莫，没有比这更好的安排。他拍了板，因为是小莫，没有人可取代。再说，她要真的到了晚报，那是在活生生给人家送去订户呀！

小莫会不会因为获得一个副主任的位子，而留下来？苏同心里是没有把握的。换作是自己，会做什么样的选择？回到自己的办公室后，苏同还在想这个问题。当初自己被提拔的往事，又跳到了眼前。

那时，翁子在她肚子里还是一粒小肉芽，她没有一点感觉。

突然有一天，老主任悄悄跟她说："我们文化部要增加一名副主任了。"苏同正沉浸在她的采写配画里，她都没接老主任的话茬。

"苏同，是你呀！"

她蒙了半天后，醒悟过来："不行，主任，我不行，我现在这样就很好。"

"这是党委的决定。"

第二天，苏同壮着胆子跑到管人事的副社长办公室，请求党委不要提拔自己当副主任。她像受到莫大委屈似的，泪水在眼眶里打转，哽咽得说不出话来。

副社长哈哈大笑："小苏，你是我见过的第一个哭着不要被提拔的人。党委形成的决议，是不能改变的。再说，在报社，都是吃采编这碗饭，社长也要看稿、审社论。"

苏同不仅没有推掉副主任的官职，反而被人议论了好久。水编辑就问过她："听说你有个舅舅在省委组织部当领导，是吗？"还有人说她太会装，小小年纪，城府太深，欲擒故纵……

苏同一点都不在意人家的议论。她面临的是不同于采访的"会"话，说什么，怎么说？这种没有基础、没有准备，更没有追求的语言体系，令她无比恐惧。十几年过去了，她依然在这个体系里没有长进。采写、编辑、审版，她都能得心应手，一遇大会小会，她就抓狂，特别是后来在快报的员工大会上，简直是她的世界末日。她像回到了孤独、沉默的小时候。

无数次，苏同都会说，再来一次，我坚决只做自己会做的事。

其实，如果真的是想做自己会做的事，任何时间都可以，无须重来。

在版面编辑去食堂吃晚饭的时间，苏同决定去东湖走走。有些日子没有去晨跑，她就觉得身上不舒服。现在，斜阳西照，秋风送爽，美丽的东湖一遍遍在召唤她。

换上运动鞋后，苏同决定约上小莫一起去。她给小莫打了电话，也不管小莫有空没空，让她下楼，沿着博物馆进入东湖风景区大门。苏同说："我就在那个地方等你。"

苏同喝了一口茶，将办公室门开着。乐春儿从赵晶晶那儿出来，见到苏同一身运动装扮，便道："苏总好精神呀！"乐春儿的话很贴切，苏同很受用，告之去东湖。

"我也要买双运动鞋，苏总下次带上我。"

"好哇！"苏同知道小姑娘都是动嘴皮比动脚快，没几个能像自己这样折磨自己的。

刚从电梯里出来，苏同就看见小莫的身影。小莫还是牛仔裤、板鞋。

虽是傍晚，天空还是灰蓝的，夕阳画出一道绚烂的边线，月亮已挂在了天空。

她们穿过地下人行通道，很快上了黄泥小路。东湖大门就在前面不远处。

苏同问小莫："今天的《讲述》弄好了没？"

小莫说："稿子做好了，乐主任已签，正在做版。"

苏同听着小莫嘴里吐出"乐主任"三个字，猜想她一定是充满不屑与委屈的。

"我还预做了一周的稿件。我想，是自己主动要离开，不能耽误柬主任的事，这是职业操守。"

小莫的话，让苏同觉得季青简直是心狠手辣。

进入东湖大门，一群大妈排着长队，围着一个转盘在跳体操舞，伴奏音响一会儿哑火，一会儿突地嘹亮。苏同便加快步伐逃离这种音响灾难。小莫追赶着苏同的脚步，气喘吁吁。

来到行吟阁前的屈原雕像下，两个人的气息平缓许多。

小莫问苏同："我一直搞不明白，东湖里面为什么有行吟阁、有屈原？屈原与东湖有瓜葛吗？"

苏同笑笑："你这个江都大学中文系的高才生，也有学漏的时候。《楚辞·渔父》中说：'屈原既放，游于江潭，行吟泽畔。'过去东湖与云梦泽是连在一起的。"

小莫说："文献资料本身也是谜团。后人是猜一半、蒙一半。就像有的讲述者，说一半、留一半。没有真相。"

"新闻报道也差不多。即便是你亲眼所见，也未必就是事实的全部。所以呀，为什么叫追寻没有止境，因为我们‘永远在追求真相的路上’。”

两个学中文的女子，互相看了一眼，嘿嘿笑了起来。苏同说：“怎么想到这么宏大的主题？我们好像不适合谈论这样沉重的话题。”

她接着问小莫：“你知道我今天为什么叫你出来吗？”

“可以猜得到。束一光将我的辞职报告给你了。”

苏同将今天围绕着她小莫发生的事，全部讲给了小莫。

“大家都看好你，特别是束一光，你想听他是怎么跟我说的吗？”

目光落在岸边残荷上的小莫，转过头来。

“他说，如果放你走，他也走。”这是苏同自己加的。但束一光对小莫的偏爱从不掩饰，小莫当然相信。

“还有，于总和乌总，他们都是惜才的。下午为你的事，进行了专题讨论、研究，才有了这个决定。”

小莫无言。

“小莫，还是那句话，无论你做出什么样的决定，我都能理解。”

“我明白。”

“说起来，我也有过你这样的经历。大学毕业，分配到报社工作，特别的意外。一个人的兴趣与工作那么的契合，部门领导又给了我充分展示自己小小爱好的机会，我是全神贯注地投入，没有任何杂念。我只想在自己望得见的轨道上，往前走，成为一个能采写、能画画的报人。可是，报社党委提拔了我，在没有下达文件之前，我是完全抗拒的。我害怕自己设置的轨道劈了叉，我用自己的方式努力阻拦此事的发生，但事与愿违。”苏同无奈而干巴巴地补充道，“就成了现在这副模样。”

小莫说：“我很敬佩你。”

“你也知道，新媒体、互联网，各种技术相互融合，报纸上的插图早就销声匿迹了。有一段时间，我也庆幸过，如果一直坚持，被淘汰是不可避免的。我并不是说，我得意自己的现在。我的意思是……是什么呢？如果打一个比喻，有点像吃油条，你明明知道油条里含有不好的物质，但架不住好吃呀。理智与味蕾过招，往往是低端欲望取胜……我是在说自己呀！”

夜幕中的苏同有点喋喋不休，她不像是在开解小莫，更像画外音的旁白，不甚明了、意味混沌的旁白。

小莫没有和苏同一起返回，她说：“乐春儿来了个短信，催着发稿，我先回去了。”

苏同却固执地走完了她平时的线路。

9

杨豪来到翁小明的办公室。翁小明不在，老向递给杨豪一支烟。杨豪接过去，又从夹包里摸出一盒硬包黄鹤楼，丢到老向的桌上。

“杨总，爽！”老向赞道。

“老翁去了龙踞潭的工地，怎么还没回来？”杨豪试探着瞎说，他不知道翁小明去了哪儿，又不好明着问老向。

老向只是笑笑，顺着杨豪的话：“是呀是呀，他成天在工地上跑哟！”

“前天看见你老婆和你姑娘了，你姑娘个子好高。”杨豪扯着闲篇。

老向眉开眼笑起来：“人家现在是纺织大学模特队的。”

“你这姑娘以后不得了。”杨豪边说边退出了办公室。

出来后，他给翁小明拨电话。铃声响了好几下，翁小明才“喂”了一声。

“翁哥，你在哪里？”杨豪问。

“我刚才在停自行车。”

杨豪和翁小明约好，中午还是在公司门口的茶室见。翁小明说给姑娘做好午饭再来。

翁小明其实是在证券营业厅的大户室里接到杨豪电话的。

一大早，雷师傅就给翁小明打电话，让他今天入手一只化工股，说有家证券公司将收购这家长年亏损的化工企业，准备借壳上市，估计很快就要停牌了。

翁小明从不问师傅的消息来源，只会百分之百地相信。

九点三十分，一开市，翁小明便将手中的股票全部卖出，换成了那只化工股。卖出股票时，他是犹豫的，但没有生死一赌，哪有翻身的机会？

喝着茶的雷师傅对翁小明又说：“万一借壳不成，你可别怪我。”

翁小明虽然脸上挂着笑，心里还是有些打鼓的。

“我准备出国旅游去了。”雷师傅说。

翁小明问他：“一个人去哪儿？”

“什么一个人，一帮人！你想不想去？”

翁小明说：“不行啰，要上班，还要管女儿。”

给翁子做好了午饭，十二点多了。没等到翁子回家，翁小明只好先走，他很快骑车来到了茶室。

翁小明刚坐下，杨豪就讲："规划设计院的朋友跟我说，他们想获得最准确的信息，打算提前做好标书，和我们一起去竞标。你看，能不能跟卢市长联络一下？"

翁小明听了未置一词。

"卢市长有什么爱好？比如说书画？收藏？打不打麻将？喜不喜欢女人？"翁小明被杨豪一连串的问题问得忍不住笑了起来。

"是个男人都喜欢。"

"我说的是正经。投其所好，才能有胜算。"

"多少才算是投其所好呢？"

"多多益善！"

"问题是这些投入可是要拿出真金白银的！"

"肯定是呀！我哪一个项目不是先给予才有回报哟？"

"我一直在琢磨纱厂旧址改造这个事，觉得没么油水，担心投入和产出不成正比。"翁小明说出了心里的纠结。

"翁哥，你钓过鱼没？钓鱼要打窝子你知道吗？参与旧址改造，就是打窝子。"

翁小明说："你这有点扯。"

"不管准不准确，是这个理。在一个陌生的水域里，有鱼没鱼，不撒上几把玉米、面粒，都是白瞎。我的意思是，目光要放长远一点，重点是后面的工程。"

"要拿多少呢？搞多了，得不偿失。"

"我的哥哟，我真是服了你了。我拿二十万，怎么样？"

"哇，这么多？"

翁小明早上在大户室，已下了一次赌注，押上了他所有的资本。这些资本，苏同是不知道的。他心里虽有忐忑，但充满希望。现在又有一赌，可惜口袋里已经没子儿了。

回到出租屋后，翁小明坐在客厅的硬木沙发上，翻着《三国演义》。他在书里找到了几处与沙州相关的文字，这些文字带出来的人物故事，不是一目了然。现在，他心事重重，没有耐心看下去，将书狠狠地朝饭桌上丢去。他脱下了软底皮鞋，在沙发上躺下，半天没动弹。

杨豪的眼力、判断力一向不错，他说这次会拿出二十万元，证明沙州的项目是有一定的把握与胜算的。那么，自己也得拿出这个数字。真金白银呀，怎么办呢？

找苏同，翁小明开不了口。车子首付的三十万，就是苏同拿的。因为自己事先给翁子灌输了这款车的安全、舒适的优势，一家人在电脑上选车时，苏同被翁子的坚持认同了。翁小明对苏同说，只是挪用一下，等我的股票涨了，我送你一辆 MINI。苏同只知道 MINI 是一款很小的袖珍车，翁小明说适合你这种对方向和机械没什么感觉的人。所以苏同没有犹豫就付了款。尾款三十万马上到期，估计还得从她手上抠。现在又要增加一项支出，还是去卢市长那里运作，翁小明只能是摇头。唉，钱呀钱！

苏同对他说过，在她最郁闷、最糟糕、最绝望的时候，是卢老师让她在黑暗中看到了光。就是这束光，照亮了她之后的路。

苏同对卢老师的感情除了尊敬、感激，还应该有爱戴。这爱戴远远超出了一个学生对老师的情愫。

翁小明那天偷看了苏同的画本后，这种感觉就更加强烈了。苏同曾经的过往，卢老师应该是占据了重要一页的，至少在精神上，没有人可以替代。遇上苏同这种人，也只能是精神上的。

翁小明心里有龌龊的时候，他希望苏同和她的卢老师多有互动，在白月光里飘点云、来些雨，建立起更亲密的师生关系。

平庸无奇的、一直想翻身却又没有机会的翁小明，做梦都想要证明一下自己。沙州纱厂旧址改建项目，是一次可以中彩的机会。杨豪说得没错，是个打窝子的时机。在沙州市的城市文化公园建设中吃到一条鱼，哪怕只是一条小鱼，也是了不得的事。翁小明清楚，卢市长是苏同的老师，在他没有当上代理市长之前，自己是有机会和他拉近关系的。但那时，他不仅木讷，还有些清高，同学组局相聚，卢市长都会被邀请。如果翁小明会来事儿一点，那现在也不至于要求他帮忙却开不了口。什么播春风、收夜雨，先栽树、后乘凉，还有未雨绸缪等等，这些比教科书还有实际价值的人生哲理，现在他终于觉悟，却也晚了。

翁小明一次一次的犹豫，被杨豪一次一次扳正。

杨豪比他要上心得多。他拉着翁小明到处跑不说，一旦翁小明情绪不佳时，还会拿出他的口头禅来："一个男人一生中总要和一次大牌。现在你的金顶已成形，只差一张'海底捞'了。"

可是没有小和的积累，哪有"海底捞"的底气？连奢望都没有。

翁小明起身，伸了伸压歪了的脖子和肩膀，从冰箱里拿出鸡蛋，准备淘米，给翁子做晚饭。

口袋里的手机响了。他怕是杨豪打来的，没接。电话铃声不再坚持。翁小明将电饭煲电源插好后，擦干手上的水，掏出手机一看，是施三叶打来的，赶紧回拨了过去。

电话那端娇滴滴的声音传来，他的耳朵、脑袋一下子通电似的麻酥酥的。

“你好忙呀！我的电话都没时间接了？”

“怎么会呢？刚才有点事黏手。”

“你这个周末在不在江城呀？”

“你要来，哪里都留不住我！”

“真的？那我周五下午上完课后，坐便车来！”

“你到了给我电话，我来安排！”

翁小明放下电话，心里有种莫名的紧张与激动。还有两天呢，搞得就像马上要见到似的。

翁子放学回来，问翁小明晚上吃什么。

翁小明说：“你最爱的。”

“香酥牛柳？牛排？”

“你的最爱不是西红柿炒鸡蛋吗？”翁小明缩小了翁子的期望值。

“没有牛排时，也算。爸，我说个事你听，你可千万不要告诉妈妈。”

翁小明望着翁子，以为她的什么考试考砸了。

“昨天晚上上晚自习时，几个同学拉我到歌厅去唱歌，有个女同学被一个男人叫去陪唱。好吓人！”

“以后别去了。”

“打死我也不会再去了。”

10

丁钢出院后，第一件事是回到被打的地方，上下左右四处查找，看有没有监控设备。他在小区院里没有买到车位，一直将车停在外边，不过，抬眼就可以看到自家的窗户。

丁钢往前拐了两个弯，在一个幼儿园门口才看到一个探头，他不禁有些泄气。他想，会不会有设备安装在人眼看不到的地方？于是他去了一趟辖区派出所。

接待丁钢的是一位三十出头的女民警，他回忆着那天被伤害的经过。女民警认真地做着笔录，然后严肃地问：“你当时为什么不来报警？”

丁钢说：“我不是说了吗？眼睛睁不开，后脑勺裂了，我想先活命。”

女民警撇撇嘴：“时间过去得太久了。”

“我们小区附近有摄像头吗？”

女民警在电脑上捣鼓了一会儿，回答：“有是有，但离你出事的地点有点远。”

丁钢感觉是白来了一趟，很不友好地说：“住在这里没有安全感！”

“像你这样的情况，我们几年都遇不到一次。我都怀疑，是不是你自己有问题。”女民警犀利的眼神挖了丁钢一下。

丁钢不想再废话，也不想在这里多耽搁时间，他在笔录上签上名，按了手印后就急急忙忙撤了。

何颖为了安抚丁钢，组了一个小饭局，把苏同也叫上了。

苏同问是中午还是晚上。何颖笑：“晚上的时间多宝贵呀，怎么舍得给他？中午给‘药渣’压惊，晚上给老公压床！”

“喂喂，你脸皮越来越厚了。”

何颖在“老乡味道”订了一个包房。何颖吩咐乐春儿，让她陪苏总过来。丁钢让何颖给耗子打个电话：“要是他没有外采，也来。”何颖交代乐春儿叫上王小号。

苏同和乐春儿一同走出大楼，下台阶时，于大桥夹着个腋下包迎面往上走。苏同问他吃了没有。于大桥问：“两个美女又要到哪儿混吃去？”

乐春儿只是笑，不作声。苏同说：“你跟我们走就知道啦！”

“那不能随便走的，”于大桥开了句玩笑，“乱吃乱喝有可能误大事。”

苏同心想，正好！又不是自己请客，她感到刚才的擅自邀请有些冒失。

于大桥往前走了几步后，回过身来说：“苏总，下午你抽个空到我办公室来一趟。”

苏同听着于大桥叫自己“苏总”，心突然往下沉，感觉不好。苏同和于大桥共事多年，开心的时候，他叫自己“老苏”，严肃的时候，他会叫自己苏同。所以，这次于大桥对自己称呼上的变化，预示着将有不一样的事情在等着她。

简陋的包房里，耗子最开心，他坐在乐春儿旁边，恨不得贴在她身上，不停地跟乐春儿嘀咕。说说笑笑间，乐春儿脸红耳赤，她用筷子敲打着耗子。耗子偷眼看了一下苏同，连忙说："算了，不逗你了。"

耗子得知丁钢被人暗算后，曾跑到医院陪丁钢坐了会儿。他突然想起什么似的对丁钢说："我们从十里香乡那个建筑工地出来后不久，有一辆车老是在后视镜里出现，有没有可能，它是在跟踪我们？"

"你怎么现在才说？"丁钢生气地问。

"你不出这事，我哪会联想到这些？"

耗子问丁钢以后还搞不搞。

丁钢说："出院了再说。"

此刻，何颖举着一杯酸奶对丁钢建议："你可以找个保镖。"

丁钢晓得何颖在取笑，还是硬气地说："哪有那么邪乎？"

老板娘端上了一盘葱爆牛肉，见到苏同在座，客气地点头，问何颖要不要加个香酥牛柳。

何颖连忙说："加，加，加！"

苏同的样子显得很不安，她没有在意老板娘问什么，也没有听何颖回答什么。她的心思还在于大桥的那一声"苏总"上。什么要紧的事情，还非得去他办公室说？这些很不完整的信息，让她费解。

桌上的几个人都在嚷嚷，戴着牛仔帽的丁钢，在何颖招呼下吃着喝着，很是享受。

何颖出门签单，带回一个包装盒，将桌上都没动过筷子的香酥牛柳，小心装好，交给乐春儿。

路上，何颖问心神不定的苏同："身体有恙？还是心情有恙？"

苏同说："都有！"

"你知道不？刘部长这几天在报业搞调研。"

"怎么啦？听是听说了，但没往心里去。要出什么事？"苏同惊了一下。

"你看你还是很关心的。"何颖说。

苏同刚到办公室，乐春儿也进来了。她将打包袋放在茶几上后，笑盈盈地说："苏总，你总是忙，想请你喝茶的愿望，一直没实现。"

苏同笑："会有的！"

乐春儿走后，苏同坐在沙发上，半天没动。本是平日雷打不动的午休时间，此刻却睡意全无，只有烦躁与不安，让时间停止了摆动。心绪不好，会让脑袋异常活跃。

苏同回到办公桌前，翻开采访本，有几天没有动笔了。前面几页里，有水主任、老易、施三叶、头上缠着纱布的丁钢，还有小莫、于大桥。于大桥那张沙皮狗似的脸上，又增加了好多褶皱。

现在，拧开的钢笔在白纸上戳戳点点，点与点连成线，有直线，有弧线，有曲线，却无法构成任何具体的图像。

苏同喝了几口茶水，起身活动了一下肩颈。她看了一眼手机上的时间，于大桥应该上班了。怎么没有电话来叫？他每天的事也多，不晓得现在是忙着还是有空？再等等。苏同站起又坐下。

这种等待实在太折磨人。苏同有点顾不得了，她出门，走步梯，上了楼。

于大桥的办公室门关着。苏同轻轻叩了叩，里面的脚步声渐近。于大桥拉开门："今天是哪来的风？门总是被吹上。"

苏同对风向没有概念，也没有兴致接于大桥的话，她径直走向沙发坐下："于总，我一个中午都在等你的电话。"

于大桥回到他的椅子上。"我又没说要给打你电话。你这人哪，还是沉不住气，心里放不下一点事。"

苏同有些紧张地看着于大桥。于大桥忍不住笑了起来。

"没什么，只是给你透透风。我们老快报人都要做好心理准备。"

"撤吗？"苏同问。

"刘部长来集团调研，有些人反映我们快报收入高的问题，不少是莫须有的添油加醋，无聊之极。我只是想不到，我们这么遭同僚的嫉恨。"

"他们怎么不说，我们这边没日没夜，有多累、多危险？每年给集团创造的利润有多大？他们从不谈这个。"

"给谁讲理哟？"

"当初创办时，我们没奖金拿，后来有一些盈利了，也只拿他们奖金的百分之五十。那时候，他们怎么不帮我们说话？"

"帮你说话？不笑话你就是好的。人心不就是这样，笑你贫，妒你富，恨你比他好。"

"那要怎样办？"

"重新洗牌！刘部长在集团党委会议上明确提出两条意见：一是快报要坚决、果断转型，要从碎片化、世俗化，回归到大报主流；二是不换脑袋就换屁股。"

“换屁股？”

“换位子呗！”

“快报的特色性不考虑？”

“说你什么好？上面都这样说了，集团肯定要有点行动。再说，我们的孕妈事件正好撞到了枪口上。”

“还没完没了？那些书白买了？”

“各是各，有人为这事买了单，就了了！”

“希望那人不是你。”苏同真诚地说。

于大桥重重地叹了口气。

说话之间，进来了一个部主任、两个编辑，他们交流了一下晚上发稿的事。苏同也想到自己的版面可能已经在办公桌上了，离开时连告辞都没说。

此时，束一光正窝在沙发上等着苏同。见苏同小跑进门，他说：“我在这坐了好一会儿了。”

苏同看着束一光发亮的脑门，想他后脑勺上的小尾巴会不会更细了。

“蒋社长的书稿，我已经完成了编辑工作。我复制了好几份，也给你传了一份，请你帮忙看看，把把关。”

“我可不懂书法，看了也是白看。”苏同推说。

“字画本是一家，你不懂，那我们快报的人就都是外行了。”

“别抬举我，受用不起。”

“苏总，我这段时间的确太累了，想请年休假。”

“现在？不行，小莫刚刚上任，有些环节不熟，你要把我累死呀？”

束一光见苏同生气的样子，很是莫名其妙，一时语塞。多说是徒劳，他将休假条揉作一团，气呼呼地走了。

此时的苏同，不想再顾及谁的情绪，哪怕是束一光跟她翻脸。

11

施三叶是晚上七点多到的。

她搭了同事老公开的便车。同事姓文，文老师的老公是赤水市民政局的副局长。副局长来省里办事，她和文老师顺便来国际广场挑些换季的秋装。

文老师的老公将她俩放在长江大酒店后，对文老师说：“我要去见朋友，时间会比较长，你和施老师自行安排，不要等我。”

施三叶对文老师说："晚上，我让一个朋友来陪。"

她给翁小明打电话，手机一接通，翁小明就问："施老师，到了没？"

施三叶告诉他自己在离国广不远的长江大酒店。

翁小明连说好，"你就在那儿别动，等着我。"

松园离大酒店不远，开车不堵的话，几分钟就能到。想着施三叶会来，翁小明便事先将车停在了松园租住屋这边。

施三叶跑到楼下大厅去候翁小明，是想告诉他，跟自己在一起的还有同事文老师。

文老师下了楼，翁小明请她俩先上车。

翁小明问："施老师想吃点什么？"施三叶得意地向文老师眨巴着眼睛，重复了翁小明的问："想吃什么？"

"晚上随便一点，刚减掉的两斤肉，一不注意就要弹回来。"文老师是不好意思叫别人破费。

"那就随便吧！"施三叶调皮地对翁小明说。

翁小明说："随便好难。"

"那你安排好了！"施三叶撒娇地命令道。

翁小明将车开进了国广地下停车场，带着施三叶和文老师上了观光电梯，直接到七楼美食城。

正是饭点，人多得不行。翁小明走在前面，两个女人边走边感叹："天呀，这么多人。"

七弯八拐，翁小明在一个叫茴茴香的餐厅门口停住，向施三叶介绍："这家是东南亚风味，咖喱虾不错。"

餐厅里不是太满，他们仨进来后，就被服务员引导到了一张四人桌的空位上。

施三叶和文老师浏览着菜单，翁小明收到了苏同的电话，他赶紧走到外边去接。

苏同问翁小明："是今晚回，还是明天回？"

"我现在外边有点事，待会儿征求翁子的意见后再告诉你。"

苏同有点带气地说："你怎么总是在外面？哪有这么多应酬？"

苏同的质问让翁小明觉得不舒服，生硬起来："忙完我就回松园。"还没等苏同说什么，他就匆忙压了手机。

回到桌边，翁小明问点好了没有。施三叶说：“没吃过这种口味的，要不你点吧？”

翁小明招来服务员：“你给我们安排两个招牌菜。”

服务员便指着茴香龙虾说：“这个菜客人点得最多！”

翁小明一看标价，一百八十元，心里咯噔一下。文老师看在眼里，连忙说：“以后中午来吃，晚上吃了不消化。”

施三叶瞄着翁小明，没有表态。

“没事的，饭后散散步。”翁小明故着轻松。

文老师试探地问翁小明：“听你的口音，我们应该是老乡？”

“我们不仅是老乡，还是校友。不过，你是老师，我是学生。”翁小明加了点幽默。

“真的？”

“我毕业时，你可能还在上小学。”

施三叶补充道：“翁总是周连老师的同学。”

“哦，是吧？你们那届同学中，有个叫苏同的，现在是《江风快报》的总编辑，我们学校有个杰出校友陈列室，里面有她的照片。你们认识吧？”

翁小明“嗯嗯”两声，瞟了施三叶一眼。施三叶忍住笑，没有接住话往下说。

翁小明转移话题，问：“周连最近怎么样，是不是还那么迷恋麻将桌？”

文老师很是感叹：“现在校风就那样。数理化外的老师忙着校外办班，副科老师想着转行……心都浮着，没几个踏踏实实的。”

“各行各业都差不多！”翁小明补了一句。

吃完饭，翁小明问她俩：“是直接回酒店，还是想散散步？”

“翁总你回去吧，晚了，夫人有意见的。”文老师真诚地对翁小明说。

施三叶又瞟了翁小明一眼，意思是“你夫人有意见吗”。

文老师的话与施三叶的眼神，顶着翁小明没有退路。他说：“还早，我陪你们走回酒店。”

广场周边是江城最大的商圈，也是夜经济核心圈。

文老师对路边摊上的小玩意儿很感新奇，不停用手摸摸看看，却没有买的意思。翁小明对施三叶说：“让她别摸，小心这些小商小贩讹人。”

“你放心，她的情商高。”施三叶说。

“你最近联系过卢市长吗？”翁小明问。

“有呀，卢市长前几天还回赤水了，他母亲过八十大寿。”

“你到了？”

“到了！好多人，你想象不到有多热闹。”

“有人说，这像是开企业家联谊会。他们非要我唱一首歌。结果，一首歌根本停不下来，我都不知道唱了几首。”施三叶越讲越兴奋。

“如果可以，我想请你再陪我去一趟沙州。”翁小明的要求有点试探性。

“还是为工程上的事？那有什么问题？他的‘代理’两字要去掉了，市长的话一句顶一万句。”

“你怎么知道要去掉‘代理’？”

“他回赤水时，漏过口风。”

“是吗？”翁小明觉得施三叶此次来，像是专为自己通风报信似的。

“翁总，苏总的砝码比我大多了。”施三叶的潜台词是，为什么你的老婆不帮你出面呢？

翁小明没接施三叶的话头，脸上的表情却是一言难尽。

“明天怎么安排？”翁小明看着施三叶问。

“文老师是专门来逛商场买衣服的，她信我的眼光，明天陪她逛啰！”

“下次你单独来，我陪你。”

翁小明将她俩送到了酒店的旋转门后，挥手告别。自己重回商场地下停车场取车，好不容易在租住屋附近找了个巴掌大的空地倒进去，手上身上全是汗。他晃晃悠悠回到楼上，进了卫生间，还没有完全排空，苏同“嘭”地开门，喧哗着进来。

翁小明从卫生间出来，苏同见他没有穿拖鞋，上衣还扎在裤子皮带里，便知他也是刚刚到家。“你能不能给我个准话？我是急急忙忙看完了版，打出租车过来的。要是知道你已经在，我就不用这么着急上火赶过来了。”

翁小明的脸色一下子难看起来：“来都来了，还说这些？放心不下你的版样，你还可以回去！”

翁小明放开了音量，苏同更加来气。

“美其名曰在这陪女儿，你这是怎么陪的？你到底在外面干什么呀？”

“你说我干什么？你不是喜欢想象吗？你尽可以想象。”

苏同不想高声大叫，老旧楼房不隔音，影响邻居休息不好，便压低了嗓门：

"电话没说完，就挂断，你有没有点基本礼仪？"

翁子差不多到了放晚自习的时间，苏同主动缓和地对翁小明说："麻烦你下去接接好吧？"

翁小明不作声，起身将门狠狠地带上，下了楼。

苏同将包装盒里的香酥牛柳拿出来。她想等翁子回来，放微波炉里转一转。

翁小明在院子门口碰见翁子。他接过翁子沉重的书包，翁子默默走在前面，翁小明提着书包跟着爬楼回家。

翁子有气无力，见着苏同，脸上也没有一丝惊喜，回到自己的房间里。苏同问她饿不饿，又说给她带来了香酥牛柳。翁子像没听见似的，从书包里抽出一叠试卷，递给翁小明。

翁小明便坐在书桌边的椅子上，一张张地翻看起来。

还是物理题出的错最多。

翁子带着哭音说："我真不想学理科了！"

苏同站在房门口望着翁子，不知道说什么好。

翁小明让翁子先洗个澡，睡一觉再说！

"不想洗，洗不动了！"翁子抱着浴巾歪在床头，左手指在浴巾的边缘上摩抚着。

当年，翁子在苏同的肚子里，就是不肯出来，预产期都过好几天了，还一点动静都没有。苏同怕出什么意外，决定剖宫产。

医生从苏同的肚子里拉出又长又重的翁子时，就是用这个浴巾包裹着的。以后，这条浴巾几乎没有离开过翁子。无论去哪里，翁子都要带上它。浴巾洗旧了，变薄了，毛边了。苏同给她买了两条新的，翁子也用。但这条旧浴巾还是在她的身边。

翁小明对不想洗澡的翁子没有勉强，让她把脚放平，睡得舒服些。

翁小明关掉吊灯，将书桌上的台灯摁亮，把灯罩的方向调整到不影响翁子睡眠的角度。

苏同看着翁小明为翁子所做的这些，有些懊恼刚才的冲动与无名火。

苏同轻轻地收拾着客厅和厨房，给翁小明倒了一杯凉开水，放在书桌上。

12

一条动态消息，加上消息后面延伸的专题稿，隔三岔五在《文化新闻》版上推出。小太阳乳业赞助的国庆系列演出活动，正在读者中预热。

何颖的九月，是从未有过的忙碌。她在玉总、刘总的各种琐碎之间周旋。很多事是事先没有预料到的。一有新的问题出来，何颖便如同一位厨师，配什么食材，加什么作料，调什么口味，达成什么效果，都要事无巨细，协调搞定。

刘总获知著名歌星程佳要来江城开个人专场，他提出了一个要求，希望能与程佳见一面，最好能合个影。程佳是个新晋妈妈，又是歌坛上的大姐大，影响力不可小觑。

何颖认为刘总的要求超出合同范围了。

她没有把握能否满足刘总的意愿，但也没有完全拒绝，留了个悬念。

乐春儿负责与演艺公司的具体对接工作。何颖对乐春儿发着牢骚："这个刘总，又不知从哪冒出个馊主意，想跟程佳合影。你看有没有可能，让演艺公司给个机会？"

乐春儿一听就明白，何颖在用商量的语气让她去想办法搞定此事。

玉总那边，由办公室主任"老旦"与乐春儿一对一。老旦是戏校毕业的，学的是老旦。京剧院人才济济，老旦行当上台的机会更是寥寥。她是怎么改行跑到演艺公司的，乐春儿没问，她喜欢老旦头顶上的板儿寸。这两人比较投缘，提要求也就顺口。乐春儿一提刘总的想法，老旦就说："等程佳来了，看她的情绪再定。"

乐春儿觉得有戏，但没有如实向何颖汇报，只是说演艺公司会尽量想办法。

国庆前一周，活动策划部所有的人员都忙得焦头烂额，脚不沾地。苏同也早早到办公室，点个卯就来何颖这里。上次的孕妈决赛事件，让她心有余悸。其实她在活动策划部这儿，也帮不上什么忙，反而碍手碍脚，让部门人员紧张。

乐春儿看出了大家的尴尬，就拉着苏同到何颖办公室坐下，不管何颖在不在。乐春儿从何颖的办公桌边取出一瓶矿泉水，拧开盖子，递给苏同。

乐春儿的手机没有间歇地响着。看着乐春儿忙碌的背影，何颖由衷对苏同感叹："乐春儿这姑娘还真是能干，真要感谢乌总感谢于总感谢苏总。"

"你少来。"何颖所谓的感谢与自己不相干，苏同怎能接受。

何颖交给乐春儿的事儿，基本上件件有着落。搞笑的是，小太阳的刘总打起了鬼主意，想将她叼走，又是约饭又是约歌，搞得乐春儿不胜其烦。乐春儿对何颖和苏同抱怨道："等这个活动一结束，我第一件事就是将这个姓刘的拉黑。"

何颖却严肃道："活动之后的事我不管，现在不仅不能得罪，还务必跟他保持紧密联系。”

苏同私下对何颖说：“该拒绝的就不要讲客气，工作是工作，关系是关系，不要纠缠不清。乐春儿蛮有头脑的。”

何颖对苏同撇撇嘴，很是不屑：“你真是太不了解现在的小姑娘了，她们精得很，你以为她们说到就做到吗？”

“难不成说一套做一套？”

“你呀，被淘汰了。”

“被你淘汰。”

“被整过容的时代。”

程佳的专场演唱会安排在十月三日，虽是被邀请来江城参加国庆系列演出，但明确是商演。商演肯定不能在剧场，剧场小，才容纳千把号人，票价再高也收不回成本。她的演唱会设在红山体育馆。

票已经卖出了一部分，但离演艺公司的预期有点远。体育馆的租金可比剧场高出好多，他们预测程佳的演出会火爆，光雇请安保人员的费用也不少。最主要的是程佳的出场费高得惊人。如果体育馆不坐满三分之二，那演艺公司的系列演出有可能全砸在这里。紧要之处是增加票房。

老旦不停地求着乐春儿：“对程佳要加大宣传力度。”

乐春儿很无奈：“里三层外三层，程佳都被搜刮几遍了，还要怎么宣传？”

何颖想了想对乐春儿说：“让程佳来快报一趟，搞个歌迷热线？”

苏同也觉得这个想法不错。快报有一面名人墙，全国各地的大腕明星来江城后，大都在这面墙上留有签名及照片。

演艺公司认为这是个好办法，但要与程佳的经纪公司沟通。

何颖吩咐着乐春儿：“只要程佳有来接热线的意思，你就提前通知刘总，让他守在编辑部里。”

二十八日下午，何颖去剧场看了一场歌舞彩排，这是第二天就要演出的重头戏。玉总告诉何颖：“省里主要领导都要出席，你们最好多派两个记者来。”

何颖笑：“这个你放心，领导们来看国庆专场演出，想不隆重报道都不行。”

何颖觉得这事蛮大的，应该让乌尚义知道，还应该通过乌总告诉蒋社长。虽然演艺公司会通知大报的记者，但快报作为参与方，必须主动跟蒋社长汇报，这是起码的规矩。

何颖想到这儿，便拉上苏同一起去了乌总办公室。

乌总正在看蒋社长的纸质书稿。束一光给他几天了，他没有大块时间，只能抽点空隙一点点看。

见苏同和何颖进来，乌尚义便客气地起身，一边邀她俩到沙发上坐，一边还开着玩笑："两个美女来，一定有好事！"

何颖用眼睛催着苏同跟乌总说，苏同就推给何颖道："你清楚情况，你给乌总汇报。"

何颖只好用认真的语气，向乌总汇报了活动策划部眼下正在做的事：有关国庆节的系列演出，最重要的是国庆节晚会，演员阵容强大是当然的，然而观众的显赫是严重超出自己这个小记者的想象。

乌尚义双手交叉，又相互摩擦，沉吟了片刻，说："这确实是大事。"

"苏总，你跟大桥说一下，二十九日晚上，至少要安排三名记者去采访。省领导出席晚会，一定要打破常规，过去只在一版发个消息，全链接在二版或者文化版上的做法，要变一变。这么重大的事，我们快报要浓墨重彩，不仅一版要拿出来，二版以及文化新闻都要做足做充分。"

何颖听着，心里乐滋滋的，这不是给老公天大的面子吗？自己部门插进去的活动，没想到让大领导站了台，乌总发话，快报给力，没想到呀没想到。

苏同答应了，正准备起身走时，乌总又做出决定："慢，我给大桥打个电话吧，让他过来一下。"

于大桥不在办公室，他说自己在江都大学新闻传播学院讲课，之前推了人家好几次了，这次没推掉。

"好吧！你先忙！"乌总挂断电话后，对苏同说，"他现在在江大讲课，等他回来后，你给他详细说说。"

乌总对何颖安排道："务必多要几张票，最好是靠近领导位置的票。"

何颖欢快地应诺："好的，没有问题。"

苏同刚回到办公室，乌总的电话又追了过来。他说："刚刚忘了个重要的事，就是蒋社长的书稿，还须请苏总把关。"他说他的事情太多，没有连贯的时间，看了后面忘了前面，这样容易出错。

苏同心里老大不情愿，她拒绝过束一光，对乌总的指示却不能一推了之。社长的书稿，即将付梓。苏同的不情愿在于她的认真，她担心自己不懂书法艺术，是外行，如有什么差错从自己眼皮底下溜走，对社长不好交代，对读者更不好交代。

在编前会召开之前，苏同来到于大桥办公室，向他传达了乌总对国庆节歌舞晚会报道的重视及要求。苏同说乌总的意思是打破常规。于大桥点头："所谓转型，就是如此。我们都要调整思路，适应新要求。"

晚上八点，于大桥主持编前会，苏同与何颖也参加了。

有关二十九日晚上的活动，必须打提前量，所以，现在就要将事情安排妥当。关于增加记者，老黑表态道："文化新闻部没问题，除了方真，还可以再加一个记者，何主任你点谁，我就安排谁。"老黑话里虽带有玩笑的成分，但何颖听着还是十分受用。摄影部的主任说："你文化新闻部有的是人，我这里没有富余的。我觉得一个记者就差不多了，安排两个，有点多余，除非要搞图片专版。"

"又不是没有这种可能。你派两个记者上。"于大桥相当于拍了板。

何颖回到家中，老张还没有回来。她特别想跟他说说这几天的运作与周旋，让老公好好犒劳自己一下。她给老张打电话，老张接得很快，还没等何颖开口，便说："我还有一会儿就回来。"

那就安心等着老公呗。何颖在情绪高涨的等待空隙，联系上了玉总，将快报的报道安排说了一下。玉总此时正在忙乱之中，有的大牌演员来与不来，尚不确定。程佳通过经纪人反馈，来快报接热线可以，但要加价。演员、经纪人知道举办方的死穴，各种要挟，突然抛出，让你不得不屈服与接受。玉总也不是吃素的，跟艺人打过多年的交道，彼此都能拿捏。

离演出时间越近，突发事端便会越多。玉总与何颖通话中不会提及麻烦事，解决问题必须靠自己，跟何颖说了，她反映到张厅那里，会让文化厅的头头们看轻自己的能力。

何颖柔声柔气的声音，在玉总耳朵飘荡，让他烦躁的情绪安静下来。"快报这次是举全报之力，开天辟地用几个版面来做晚会新闻报道。如果算成版面费，恐怕几十万都拿不下来。"

玉总连连道谢。他心里有数得很，书记省长都出席了，哪家报纸都得用版面。玉总嘴上还是说："与何主任合作，我们真是省心省力！"

何颖便说到重点，就是晚会贵宾票的事。玉总立马道："有有有，肯定有安排。"

"光有安排还不行，我们这边也是文化界的大领导，要挨着书记省长一起的票。"

玉总迟疑了一下："这可能比较困难。"

何颖有些耍横："你别目光短浅，你们文化厅长坐在大领导的后边，我们社长总编辑却在边边上，我的脸往哪儿放？再说，山不转水转，说不定我们社长跟你们厅长换岗，你不怕人家记仇呀？"

"我的亲姐姐呀，你这一说，像是真的一样，我都发抖了。无论如何，我必须重新调剂，一定不能给你掉链子。"

玉总真是说到做到了。

二十九日上午，乐春儿从老旦手里拿到了十张票，还有十朵胸花。何颖看了一下座位，都是两张挨着一组，有四张在第六排，另外的在第七第八排。

何颖拿着票与胸花直接到了乌尚义办公室。乌尚义让她给蒋社长送去。

"我送不合适吧？"何颖推诿道。

"太合适了，没有人比你更合适。"

何颖问送几张。

乌尚义说："把那四张都给他。他肯定有朋友。"

"那你呢？"

"我无所谓，就坐后边。"

二十九日刚好是周六，苏同没有版面之虑。下午，她约了何颖，跟车队要了个车。天未黑，两人就早早地到了江天剧场。

今天看演出没有压力。苏同何颖下车后，一看时间还早，就没有进场，而是在剧场外的小道上溜达起来。

苏同问何颖："你家张厅今天一定少不了来观演。"

"他们是主办单位，不能缺席。"何颖说。

正说着，何颖的手机响起，是乐春儿来的。乐春儿说："刘总见到票后，可生气了。"

何颖问生什么气。

乐春儿说："今天的票面上，没有'小太阳乳业特别支持'几个字。"

何颖从包里摸出票，正反两面都仔细看了，的确没有。

乐春儿在电话那端停着，等着何颖的指令。何颖想了想，对乐春儿说："今天是国庆节之前的演出晚会，不属于系列演出活动——你就这样告诉他。"

何颖将乐春儿电话之事说与苏同，并感叹道："唉！商人真是难缠，斤斤计较。"

"你若是他，你也会这样的。"苏同很理解似的说。

天色渐渐暗下来，剧场门口入场的人多了起来。何颖拉着苏同通过检票口，走进了高阔璀璨的剧场大厅。

迎面有个桌台，台面上铺着红丝绒布，上面堆放着节目单以及介绍主要演员的小册子。苏同拿起小册子翻看着，发现独唱演员里有向丹妮。向丹妮的照片是经过修饰处理了的美图，看上去是她，又不是她，跟当红的影视明星差不多。苏同想起了群光广场的偶遇，当然，是自己单方面的偶遇。张厅及时回避开了苏同，却让苏同有了更复杂的联想。可是，这么多天来，从何颖的情绪上观察，苏同并没有看出什么异常的端倪。是自己想多了，还是张厅太过老到？

苏同指着向丹妮对何颖说："十几年前，她刚出道，我还采访过她。"

"知道，看过你给她写的专访，还有她的演出照。那几年，她确实很火，现在都过气了。省歌新人辈出，哪还有她的戏？她现在也是不甘寂寞，要么是去各地县市走穴，要么是在企业活动中唱堂会。"

"看你说的，那今天的演出，她能出场，说明还是有影响力的。"

"哎呀！你想想，领导同志都是多大年纪的？一起怀旧呗！"

"对哦，你说的不是没道理。"苏同笑着被迫认同。

其实，如果向丹妮与张厅走近，只是想寻求一个靠山，获得一些资源，也能理解。可是，可是……苏同尽力想将他俩的关系往单纯的关系上靠，但无论如何都很牵强。

苏同一直想找个合适的机会，提醒一下何颖，又觉得不是太好。何颖是个十分自信的人，她从不轻易在别人面前提起自己的家事。但苏同从她的只言片语中，感觉到她认为自己已经将张厅拿捏得死死的了。群光广场的那一幕，要比在一品轩看到的严重得多。苏同如果要说，当然不会直统统地说出自己的所见，那她又能编出什么说辞呢？在这种要命的事上，苏同真是个情商超级低的人。

一个文化官员与一个女演员，搞点暧昧，只要不是太过火，也没多大的事。还是不要让何颖闹心的好。有时，叫醒一个沉睡在美梦中的人是残忍的。因此，从某种角度看，不知趣的叫醒者比那个犯事的人更残忍。想来想去，闭嘴，可能是最好的成全与祝福。

乌尚义陪着蒋社长从检票口进入大厅。又高又瘦的乌总与矮胖的蒋社长形成鲜明的对比。有点像相声演员冯巩和他的新搭档土豆。何颖欢快地迎了上去，苏同小步跟在其后。何颖娇柔地看着蒋社长说："你的胸花呢？"蒋社长将手中的花，对何颖扬了扬。

“你们戴上呀！”何颖接过蒋社长的花，低着头给他小心别在胸前。蒋社长的鼻子使劲耸了耸：“怎么这么香？”

“当然香啰，这是香水月季。”何颖撒娇道。

苏同心里暗笑，什么香水月季，明明是何颖身上的味道。这家伙，背后一口一声“蒋胖子”，现在却是使劲地卖乖讨好，真是八面玲珑。算了，别替她操心了。

乌尚义手中的别针，费力地往上衣左边一戳。

人越来越多。这时，检票口的门被拉开了，玉总领着一众领导往大厅里走来。

摄影记者们一阵忙乱，举着相机对着走在前面的人一阵猛闪。王小号跑得很欢，左一下右一下地摁快门，很是投入。

乌尚义对蒋社长耳语道：“书记省长到了，刘部长陪着。”

13

国庆节，苏翁子学校一共放两天假。

二十九日的晚上，也没有晚自习。翁子下午就给翁小明发过信息。翁小明回了短信：“知道了，我接你回报社。”

翁小明和翁子到家时，剧场里的晚会已经开始。何颖和苏同坐在一起。何颖没有太注意舞台上的演出，而是东张西望，并小声地在苏同耳边叨叨，哪个厅长来了，哪个老板旁边还有个美女，那美女好年轻，肯定不是他的原配。她还说工商联的单方在眼前晃了一下，现在找不到了。

“你家张厅呢？他坐在哪儿？”苏同笑问。

“我只看见他们的厅长，没见到他。”

何颖的张望，的确是在寻找自己的老公。

苏同说：“我想提前退场。”

“那我们一起走好了。”何颖犹豫着说。

翁小明已熟悉苏同的工作节奏与规律，节假日很少在家看到她的人。尤其是五一、十一、元旦这样重大的节日，都是新闻人最忙的时间。这些天，他从快报上看到不少国庆系列演出活动的信息，可想而知，苏同会在这些事上脱不开身。

家里冷锅冷灶的，没有一点要过节的样子。

翁小明对翁子说：“我看看冰箱里有什么，没有的话，去超市。”

翁子没做声。她在自己的房间里，手里在转动魔方。

翁小明拉开冰箱门，有黄瓜、上海青，鸡蛋在抽屉里。再拉开下面的冰柜，却有一股酸味冲着鼻子。天呀，这有多长时间没有清理了？他立马关上。

必须去超市一趟。正好公司发了两百元的超市购物券。

翁小明刚下楼，书房里的手机铃声就炸响了。翁子想，翁小明出门忘带手机了，便没有理会。但是，铃声歇了一阵后，又一次响起，不屈不挠的。翁子听得心烦，她起身来到书房，原来翁小明的手机在充电。翁子瞄了一眼手机的屏幕，还是那个给翁小明点歌的人。翁子心里很是不爽，便将电话接通了，接通后，没有发声。对方喂了一下。翁子一听是个女的，便气儿不打一处来，狠狠地挂掉了电话。

翁小明快速买回了一条鳜鱼和两根莴苣。鳜鱼已被鱼老板剖好，干干净净的。

他问翁子是吃清蒸还是红烧。翁子没好气地回答："你的清蒸和红烧有区别吗？"

翁小明讪讪一笑，知道自己厨艺差，除了煎牛排还像回事儿外，其他的能做熟就是天大的进步。女儿的嘲讽，他没当回事。

鱼在锅里"咕嘟咕嘟"时，翁小明回到书房翻了一下手机。看到施三叶打来好几通电话，连忙拨了过去。

施三叶也是不慌不忙，缓了半天才接通。

她问翁小明："你刚才不方便接？"

"没有，手机在家充电，我出去买菜了。"

"哦，好像有人接通了，却没做声？"

"是我女儿，她一个人在家。"

施三叶有些紧张的声音松弛下来。

施三叶问："三号晚上体育馆的演出票，有吗？"

"程佳的？"

"是呀，我很喜欢她。"

"你怎么来？"

"你能来接我最好。"施三叶咯咯笑道。

翁小明支吾着，想着怎么回复才好。

"逗你的，赤水来江城的拼车有的是。"

“嗯嗯，我来想办法。”

苏同中途退场。何颖先是想跟她一起退的，可等苏同起身时，她又改变了主意。何颖说：“两个人一起退不好，万一乌总有什么要交办的，找不到人，会急死。”

苏同觉得何颖想得周到，就自己一个人回了报社。

于大桥正在出版部找一版编辑胡之方。

有个小编辑说：“胡老师开完编前会就出门了。”

“他到哪儿去了？”于大桥问。

“不知道。他只是说，今晚那么多重要领导出席国庆晚会，记者回来要赶稿，省宣要审稿，不知会拖到几点。”

苏同这时也来到出版部，她要看副刊部正在做的“国庆节假日出游攻略”特刊，正碰上于大桥心急火燎地找胡之方。

“他妈的，又不知到哪儿鬼混去了？电话也不接。”

于大桥吩咐小编辑：“你给老子拼命打他的电话，闹死他，让他什么都干不成。”

胡之方与另一个编辑主编着一版二版两个要闻版。苏同知道，于大桥骂谁，谁就是他的心头好。

胡之方来快报之前，就是省电台的要闻编辑。他对新闻要素的把握，对新闻事件的甄别，很是老到，文字功夫也很了得。于大桥常说胡之方的出品是免检产品。

几个月前，江城读者津津乐道的《江城一天下了五个东湖》的标题，其实就是他从丁钢的稿子里抠出来的。

这个标题获当日好标题奖，奖金五百元，全给了丁钢。丁钢心里过意不去，便对于大桥说：“标题是胡之方的功劳，我不能贪这个功。”于大桥说：“那是你们之间的事。”后来丁钢自己又加了三百元，丢给胡之方一条黄鹤楼。

乌总上任后，有意想提拔几个人，胡之方是其中之一，给他安排的位置是总编室主任。于大桥深知胡之方是个散漫的人，得先问问他的意思。

果然，胡之方一句话就回绝得干干净净：“麻雀喜欢早上叫，盐老鼠（蝙蝠）只会夜里飞。”于大桥比较认同，但还是笑骂：“有些人更喜欢在夜里偷鸡摸狗！”

对于负责出版质量的常务副总编辑来说，一个出色的一版编辑比总编室主任重要得多。只要他值班，编前会上看到胡之方，他就有踏实之感。

苏同知道于大桥在找胡之方，肯定不是为了头条稿，一定是在倒头条稿上犯难了。

于大桥见到苏同，有些奇怪：“怎么这早就回来了？”

“看不下去。”苏同如实说。

“什么时间可以搞完？”

“我也不知道。”

“程佳，你喜不喜欢？”

“说不上。”

“要不三号晚上，你帮我值个班，我去感受感受？我老婆是她的歌迷。”

“你肯定做了对不起老婆的事！”苏同开了句玩笑。

玩笑归玩笑。苏同没有正面回应于大桥的要求，她有些犹豫。国庆节期间，翁小明没什么事，她计划陪翁小明一起去体育馆看演唱会的。

“这不还早吗？到时候再说。”苏同没有答应，也没有拒绝，模棱两可。

何颖是坐乌总的车回到办公大楼的。乌总少有的高兴。散场时，蒋社长向省政府秘书长介绍了年轻的乌总编辑。秘书长握着乌尚义的手说：“快报办得好，给政府的工作减少了不少麻烦。”刘部长本来是走在他们前面，听到了秘书的话，便停了几秒钟，对后面的蒋社长和乌尚义说：“你们快报，今天可不能像以往一样，一版只露个头。”

乌尚义只觉得脸发烫，连连点头：“不会的，不会的！请部长放心！”

乌尚义下了车后对何颖说：“你通知大桥到我办公室来，看看还有谁在，一起加班！”

于大桥、苏同都到了乌总办公室，在版面布局上认真研究起来。

胡之方也不知是从哪里钻出来的，他“咚”地撞开乌总办公室的门，靠在苏同旁边沙发的扶手上坐了下来。

于大桥狠狠挖了胡之方一眼。

一版二版《文化新闻》版全做国庆晚会报道。另外增加一个《视点》版，做图片专版。

这样的运作，并不是很困难的事，只是需要时间——记者写稿的时间和上级审稿的时间。

于大桥对乌尚义说：“刚好苏同在，跑文化的老记帮我把把关。”

苏同没有做声，她原只是想看了特刊后就回家，现在看来，走不脱了。

胡之方缩头缩脑回到自己的电脑前，他生怕撞上于大桥的脸。在几个值班老总中，于大桥盯他最紧，就像袁大头在牌桌上取笑于大桥时说的那样——一个屁打不出来，都要找胡编。

小编辑特别不好意思地对胡之方道歉："是于总让我找你的。"

胡之方"嗯"了一声后，便到文化新闻部去了。

两个从晚会现场回来的记者正在电脑上写稿。方真的手指在键盘上"噼噼啪啪"打着好听的节奏。老黑一边看稿，一边在QQ上聊天。

老黑见着胡之方说："记者刚刚回来。"

"主稿是什么内容？"胡之方问。

老黑朝方真努了努嘴："大桥总亲自给她交代过了。"

胡之方问方真稿子多长时间可以弄好。方真头也不抬地答，马上。

于大桥在各个办公室里窜着，看见胡之方的脸还是红着，估计是喝了不少，就走到他跟前："伙计，关键的时候见不到人影！"

老黑将方真的主打稿传给了胡之方。胡之方告诉于大桥："方真的稿子来了。"

于大桥便走开。胡之方进入了工作状态。他将一千五百多字的稿子先浏览了一遍，然后，从文中抠出两句现场描写，放在导语里。立时，现场消息稿便鲜活了起来。他又将到场领导的名字与职务核实了一遍，感觉没问题后，传给了于大桥。

于大桥一字一句认真看着，作了一些修改与编辑，还将主标题的结构调整了一下，这样读起来更上口些。于大桥将修改稿再一次传给胡之方，并交代他将稿子传给省宣新闻处。

苏同被于大桥安排负责《视点》的图片版。王小号将照片打印出来，送到苏同办公室，两个人商量选用。

主图是民族歌舞，色彩鲜艳，裙裾翻飞，动感强劲。王小号说："苏总，你可以创新一点。"

苏同说："哪个不想创新？关键是你的图片质量要高呀！"

"可以将大场面裁剪一下，将局部放大。"王小号说。

"不是不可以尝试。我们先将要用的照片筛选出来，你再跟版面编辑一起设计。"

王小号异常兴奋地到了出版部。

“苏总受累了！”何颖用饭盒装着几个新疆梨，送到了苏同办公室。

苏同见到梨子，说：“正好，我的舌头起泡了。”

“说个事你听啰！”何颖自己咬了一口梨，话却没有往下说。

苏同看了何颖一眼：“说呀！”

“你别骂我八卦哈。你看没看出丁钢和小莫的不对劲？”

苏同乐了起来：“说谁我都信，他俩，挨不上边。”

“真的，刚刚，就在我到你这里来的时候，这两个家伙，他们一起乘电梯走了。”

“这能说明什么？”苏同咀嚼着脆脆的梨子，故意不相信地说。

苏同的不相信，引出何颖用另一个案例来证实。

“有些日子了。有个认识不久的朋友叫石磊，是东冶市副市长，他写了一篇散文，想在我们的文学副刊上发。我拿着稿子去找束一光，束一光不在，就去格子间找小莫，却看到丁钢在她旁边坐着。”

“你真是过敏。”苏同还是笑着何颖。

“关键是丁钢的一只手正搭在小莫的手背上。小莫看到我，神色慌张，连忙将丁钢的手甩开。天呀，丁钢那手，枯枝似的，竟然搭在……嗐，真是丧尽天良。”

苏同忍俊不禁，嘴巴里的梨汁喷了何颖一脸。何颖自己也忍不住笑，她在茶几上的抽纸盒里抓出一把纸，朝自己脸上擦去。

“谁像你，吊死绳都要找根红丝线。”

“我只是为小莫可惜，才貌双全，老公还是大学老师。”

“所以呀，我还是不相信你说的。”

“你想想，丁钢的老婆又不是苕。丁钢离婚的理由是堂而皇之地替老婆着想。哪个老婆是苕？”

“你跟丁钢那么好，劝劝他呀！”

“这样的事，谁有本事劝？常言说，劝赌不劝嫖，劝嫖两不交。”

“你还一套一套的。”

“我只是跟你瞎说，你也别去做什么劝导师。”

“知道了！”

“两位美女领导，聊得这么开心？”王小号这时拿着《视点》版大样闯了进来。

电子版全部齐活进印刷厂，已是第二天的凌晨。

主打稿被省宣新闻处的处长打回来三次。胡之方按照旨意，又作了两次修改，第三次时，罢工了。于大桥只好自己操刀，连标点符号都小心翼翼地琢磨再三。处长收到稿子后，又传给了部里的秘书长。没想到的是，刘部长要亲自审稿。

弄来弄去，方真的稿还是被毙了。处长最后告诉于大桥："部长指示用大报记者采写的稿，一个字也不要改动。"

苏同回到家时，差不多已是凌晨三点。让她意外的是，翁小明和苏翁子都在家，而他们事先却没有给自己打个电话或发个信息。

14

苏同在卫生间轻手轻脚地洗脸刷牙。看着镜子里的脸，自言自语："妈呀，这是谁呀？"

脸皮松塌塌的，眼眶深陷，而两泡眼袋像塞进了两颗葡萄。苏同用手在"葡萄"上按摩，除了颜色变红，没有自己想要的效果。

苏同一时觉得镜子中的人，跟老妈好像。

衰老的恐惧让她的心紧缩起来，手也变凉了。她打了个寒战，手臂上、脖子上的鸡皮，一下子冒了出来，并向周身蔓延。

苏同从嘴里抽出牙刷，往镜子上划去。

镜子上的划痕越来越多，没有具象的划痕将惨不忍睹的脸盖住。她深深地叹了口长气。

苏同蹑手蹑脚地在衣帽间找了套休闲衣裤换上，没有进卧室，在客厅沙发上轻轻躺下。翁小明的鼾声轰隆隆地袭来。苏同用毛巾毯将耳朵包住。

迷迷糊糊中，苏同闻到了芝麻酱的香味。她努力睁开眼睛，翁小明与翁子两个人正坐在饭桌上吃热干面。

苏同梦呓般地问："怎么这么香？"

"妈，你什么时候回来的？"翁子端着一次性纸碗坐到了苏同的脚边。

"应该是几个小时之前吧。"

"唉，幸亏我没选文科。"翁子扒拉着面条，一根根往嘴里送。

"哪碗饭都不好端，姑娘！"

"馄饨快凉了。"翁小明虽没有指代性地叫谁，苏同知道是在催自己。

苏同伸了个懒腰，这样的早晨真好。阳光不急不躁地铺满房间，空气不热不凉地浸泡身体。一睁开眼，便有好吃的早餐等着自己。有老公、女儿在一起的踏踏实实的烟火气息。睡前，镜子前的画面，如同一个梦，留在了黑夜。

苏同问翁子："国庆节你们放几天假？"

"今天明天两天，三号就上课。"翁子答。

"三号晚上的演唱会，你去不成了！"

翁子问："哪个歌星来了。"

"程佳。"苏同说。

"名气蛮大的！你跟爸去看吧！你们看完了一起到松园，帮我买双耐克鞋。"

翁小明听到苏同说一起去看程佳的演唱会，心里一紧，有点始料未及。他本来是打算让苏同帮着弄两张票的，现在看来，她肯定有票，还计划和自己一起去。可是施三叶那边怎么应对？她要的票怎么办？

翁子的提议，让他没有退路。

翁小明问苏同："演唱会的票贵不贵？"

"不便宜，好像是两百八起步。"

翁小明盘算了一下，万一在苏同这里搞不到票，自己就花点钱帮施三叶买一张好了。

苏同问翁子："今天想怎么安排？"

"等会儿和欧阳联系一下，看看她的想法。"

"对，你去找她玩玩。劝劝她，别把父母的事压在自己身上，这么小，好多东西不懂的。"苏同说。

"看你说的，父母的事当然重要。没有父母，哪来的孩子？虽然身为孩子的我们，没有自主选择父母的权利，但也不愿成为父母不爱的后遗症。"翁子看了一眼翁小明，伶牙俐齿道。

"你真能绕来绕去，我服了你了。"苏同笑道。

"不要你服，希望你不要光顾着忙报纸的事，翁小明也要管一管！"

翁小明听出了翁子话里有话。苏同心想，怎么十几岁的小孩，知道得这么多？

"于伯伯昨晚还要我三号替他值班，想得美，我一定要陪你爸去凑个热闹。"

苏同起身。翁小明将馄饨端到了茶几上，还将一次性筷子换成了家里的汤勺。

过完早，苏同问在书房看《三国演义》的翁小明："几点了？"

“你手机上不是有时间吗？”翁小明说。

“是哟。”苏同从包里掏出手机一看，“哇，都十点了，何颖还发来了两条短信。”

何颖没有像苏同熬到今晨才回家。她从苏同办公室出来后，到食堂夜餐厅打包了两大盒煎饺，提上楼，交给老黑后，就走了。

何颖短信告诉苏同，玉总今天看到了快报，喜疯了。为了提升体育馆的上座率，他们终于说动了程佳打配合，来快报热线互动。

苏同给何颖打电话，问程佳计划什么时间来报社。

何颖说：“程佳今天下午到江城，那今天肯定是来不了的。再说报纸也没发消息。应该是明天吧。我再跟玉总确定一下具体时间。”

讲完电话后，苏同想，这个事要跟于大桥汇报一下，不过，这个时间他肯定在睡觉，于是就给金主任打了电话，请他明天派人将会议室收拾干净，可能的话，再买一束花。苏同给王小号发了短信，交代他明天程佳来编辑部时，多拍些照片。

翁子与欧阳约好去看电影。苏同问是什么电影，翁子说：“你肯定不感兴趣的，动画片。”

苏同说：“让你爸送你去吧？”

“算了，我打个的去，又不远。你难得有个休息时间，让他陪陪你。”翁子突然懂事起来。

翁小明已经手拿车钥匙，正准备随时与翁子出发，听翁子一说，便又回到了书房。

翁子出门后，苏同对翁小明说：“我们去沃尔玛买点东西吧，给翁小兰家也买点。”

苏同换了条黑色带小花的连衣裙，在群光广场买的皮鞋终于走出了纸盒。暗红色的鞋子配上麻料裙子，不张扬却很打眼，是一种含蓄的时尚。翁小明眼睛一亮，但没有任何褒扬之词。苏同问翁小明：“怎么不发表一下观后感言？”

“用心打扮，对别人是尊重。”

“你的意思是我平时没有尊重你？”

翁小明像是被什么刺激了一下嗓子，猛地咳嗽了几声。他习惯用这种方式，挂上免战牌。

车开出大院后，很不顺利。路上人多车多，只能走走停停。翁小明开车时十分专注，苏同也是捏着一把汗。

沃尔玛停车场照例是车位难求。翁小明的车被挡在场外，只能是出去一辆，才放进一辆。苏同要先下车，她说在车里被太阳直射着不舒服。

苏同下车后，走到场子里的阴处，等着翁小明的车进来。

何颖打来电话，说："程佳的热线电话时间确定好了，明天上午十一点开始，一个小时。"

"那我们这边要安排午饭喽？"

"这个？到时候再说。"

正说着，翁小明停好车走了过来。

翁小明推着购物车。苏同在他的后边一步一步跟着，生怕淹没在人山人海中，找不到翁小明似的。

翁小明在水果摊前停住，开始挑选富士苹果，他拿起一个，转着圈地看，一个个比较来比较去。苏同有些着急，自己扯下一个塑料袋，去拿苹果。翁小明说："你挑仔细点，你没看价格吗？"

苏同便放下，转身去看别的水果去了。

在付款的长队中，他们等了好久。

翁小明两只手提着沉甸甸的两大袋食物，苏同很是心疼。他的左手腕骨裂过，苏同担心沉重的袋子会让他手腕再次受伤，便说替他提一个。翁小明没让。

翁小兰开的门，见到后面站着的苏同，面无表情的脸一下子愣住了："怎么穿得这么黑？"

苏同给她亮着鞋子："我的脚上是红色的。"

翁小明爸妈都在各自的房间里。翁妈歪在床头看电视。苏同将一只削了皮的苹果，用盘子装好，端到翁妈的床边。

苏同问翁妈血压高不高。翁妈说："这些日子还好，头不怎么晕了。"

翁妈说："你上次给我拿来的戏票，我给了楼下的张太婆两张，她喜欢得不得了。"

苏同明白，翁妈是在转着弯问她讨要戏票。她想回报社后，让何颖再弄几张。

翁小兰将翁小明提上来的东西分门别类地往冰箱格子里放。

苏同问翁小兰："涛涛爸呢？怎么他国庆节不休息？"

翁小兰没好气地说："昨晚就没回来，说是节假日要加班。加个鬼，我要是他，我也不想回。”

翁小明在厨房里切牛肉。苏同看他的架势，估计是想给父母做顿饭。

苏同便找了一件翁小兰的旧衣套上，过来帮忙。

苏同最拿手的菜是氽汤肉圆子。她将刚买的猪腿前夹肉放在砧板上，用刀背拍了拍，切成细条，又细细地剁成肉末。接着，又将翁小明切好的牛肉焯了水，放进炖锅。燃气灶打开，厨房里热闹起来。

苏同掌勺，翁小明打配合。一个多小时过去了，四菜一汤上桌。翁小兰将翁爸扶到桌子边坐下。翁爸的手抖着，他颤颤巍巍地拿勺子朝汤碗里去舀，结果“咣当”一声，勺子掉进了汤碗，汤水四溅。翁小明一下子发起火来：“你吭一声不行吗？”

苏同愣愣地望着翁小明：“干吗呢？发这么大的火？”

翁小兰用筷子将勺子捞出，她冲着翁小明嚷道：“这就不耐烦了？你来管一天看看。”

翁妈自己出了房间，看到这一幕，息事宁人地说：“吃饭吃饭，苏同做的菜，闻着好香。”

翁小明意识到自己的发火有点莫名其妙，便给爸妈一人舀了一碗肉圆汤。

翁妈问苏同：“刚刚电视里说，国庆期间有戏演，是老戏还是新戏？”

苏同回答：“老戏新戏都有。您现在能出门去剧场吗？”

“让小明陪我去。”

“好，我知道了。”

翁爸木木地，一时坐着，一时站起，嘴巴里含着一个肉圆子，不嚼不咽。翁小明紧随着在身后，问他要什么。

翁妈说：“你不用管他，他每天都是这样子。”

翁小明和苏同回家。翁小明一进家门便倒在沙发上。苏同洗了手，进了书房。翁小明对苏同说：“你把《三国演义》递给我。”

苏同问：“你是看书还是啃书？多长时间了，还没完？”

翁小明没吱声，心想，谁像你囫囵吞枣，瞄一眼标题，就能获知全文。

苏同将书递给翁小明后，说：“在我的记忆里，这书上有关沙州的内容，涉及并不多。”

翁小明怼道：“那是你的记忆走远了。”

苏同站在书房门口，背靠门框，问翁小明：“沙州方面的项目，有没有一点眉目？”

翁小明回答：“说有也有，说没有也没有。”

苏同听出翁小明心里的怨气，转移话题，问老易怎么样了。

“这家伙，当了一号！”

“行呀，终于得偿所愿，要恭喜他。”

“镇党委书记调到市里去了，他是顺位往前走。卢市长也起了作用。”

“老易跟卢老师的关系这么铁？”苏同不解。

翁小明没有回答。在他和施三叶一起去锣场镇时，他是没看出来老易和卢市长关系的特别之处。至于后来的发展，他也猜想不到。但人如果有渴望，那海水是不可斗量的。

苏同在书桌前坐下。她从电脑边拿出活页采访本，翻了翻。她拧开钢笔帽，想在洁白的纸面上画些什么，但笔尖出不了水。她将墨水瓶打开，瓶子里的墨水也快见底了。她冲着翁小明的方向喊了一嗓子：“墨水快没了。”

15

硕大的墨镜，将大牌歌星程佳的小脸遮得严严实实，这使得她鲜艳的嘴唇更加夺目。

苏同在与她握手时，产生了错觉，这个鲜艳的嘴唇让她想到了红彤彤的大印。

十月二日的快报上，有程佳来编辑部接热线，并与读者交流互动的新闻。

会议室加装了两部电话，一大早就响个不停。苏同和何颖都提前来到编辑部。她俩分别在会议室里转了几遍，摸摸，查查，里里外外看有没有不合适的地方。方真、王小号还有几个喜欢程佳的同事在大楼门口守着。一群女孩抱着本子在不远处耐心地等着歌星给她们签名。

小太阳乳业的刘总今天是带着他的女助手一起来的。刘总脸上刮得干干净净，西装领带一样不少。女助手肩上挎着一台相机，一只手捧着一束鲜花，另一只手提着一个透明的塑料袋，里面装着天蓝色的乳粉罐。

何颖看着刘总这一身隆重的打扮，心想，这个人太能拼了，能做到销售总经理的位置是有道理的。

从程佳入住的酒店到报社大楼，开车从长江二桥过来，大约是十分钟的路程。

乐春儿、老旦与程佳以及她的男性经纪人，一起上了演艺公司租来的商务车。这个经纪人比程佳还要耍大牌，对乐春儿和老旦不仅没有笑脸，连回答问题也是爱搭不理的样子。车上，程佳一直在听电话，听她的宝贝女儿说话。

一行人在报社大楼门口下了车，歌迷们蜂拥而上，喊着程佳的名字，请她签名。经纪人用力将歌迷们挡开。

乐春儿、老旦带着程佳上了电梯。歌迷们被保安挡在了大楼外。

到了会议室楼层，出了电梯口，王小号端着相机对着程佳一阵“咔嚓”。经纪人上前，毫不客气地推开王小号。王小号没有理会，继续跟拍着。经纪人狠狠地瞪着他，口里“喂喂”叫着。乐春儿见这架势不对，对经纪人讲：“他是我们报社的记者，我们明天报纸要用图片。”

经纪人看了乐春儿一眼，没再理会王小号。

乐春儿今天天没亮就起了床，把自己好好收拾了一下，就打出租车去了程佳住的酒店，她要在那儿跟老旦会合。

老旦已在大堂坐着，乐春儿见着老旦还没睡醒的样子，很心疼：“旦姐受累了。”

“那是应该的。”老旦说着，递给乐春儿一个塑料袋。乐春儿问是什么，老旦说：“这是给你们快报的票。”

乐春儿第一次参与演艺单位的合作，不知道这些票是什么性质的，便问老旦：“我们何主任知道吗？”

“知道，合作协议里都有。”老旦答道。

乐春儿打开袋子看了一眼，硬纸壳似的票像钞票一样摞在一起。她抽出一套看了看票面，六排七号九号，“哇，好位置！”

老旦接过话：“给你们老板的票，能差？”乐春儿看到座位号码下面有一排红色的字，“小太阳乳业公司特别支持！”蛮打眼的。乐春儿放下心来。

好不容易等到程佳与经纪人一起下了楼，老旦便请他们出门上商务车。

在车上，乐春儿本想与程佳聊聊天，但程佳一直在讲电话。乐春儿就给何颖发了短信，告诉她商务车正在向报社开来。

程佳到了会议室后，何颖通知了苏同。苏同在乐春儿的介绍下，见过程佳。乐春儿对已经坐下的程佳说：“这是我们快报的苏总。”

程佳还很礼貌，站了起来。苏同伸出手与程佳握着时，就被她那硕大鲜红的嘴唇镇住了。苏同大脑一下子走了神。这奇特的上下唇，是如何一开一合，发挥作用的？

何颖见苏同已代表快报与程佳握了手，热线马上要开始，便下楼回到自己的小玻璃房里。乐春儿提着一袋子票，跟到何颖这儿。

乐春儿将袋子放在何颖的办公室桌上，说："这是老旦让我交给你的。"

何颖将袋子打开看了一眼，问："国庆期间的系列演出票都在这吗？"

"我不是很清楚，也没看。要不让老旦来一下？"乐春儿轻声询问。

"暂时不用。"

乐春儿准备回到会议室去。"你等一下。"何颖说着，将坐在格子间的刘总和他的女助手叫了过来，让乐春儿领着他俩上去，看有没有机会见见程佳。乐春儿心领神会。

"一个唱歌的，见一面比见女王还难。"走得急切的刘总自言自语。

"你完全可以不见嘛。"乐春儿笑怼。

"我们刘总是为了公司的利益，没办法。"女助手帮了刘总一腔。

女助手一进会议室，便将鲜花送到程佳手里。乐春儿没想到女助手这么不假思索，连忙过去，向程佳介绍了刘总，说这是国内顶级乳业的企业家。

刘总提出想与程佳合个影。

桌上的电话一声赶一声响着，乐春儿有些犯难了，不知道是先让刘总与程佳合影，还是先让程佳接热线电话。

女助手却管不了这些。她将手中的塑料袋放在窗台上，双手端着相机，调整着刘总的站姿，一而再地请刘总与程佳挨紧些。

程佳的经纪人大约是看不下去了，他将女助手用力推到一边。老旦过来解释了几句，还陪他到走廊的签名墙参观。

刘总与女助手被乐春儿劝回到了何颖的玻璃屋。刘总脱掉西装，拉开领带，问何颖："今天的热线内容，明天会见报吗？"

"当然，这样的大牌，读者那么喜欢，明天肯定会给她版面的。"

刘总没等何颖说完，迫不及待地对女助手嚷道："你难道不能想个问题给程佳打个电话吗？"

女助手疑惑地望着老板。她知道老板的主意多，不晓得又是什么新的点子。

"想一个儿童与奶粉的话题，问她的小宝贝，是不是也喝小太阳奶粉？还有，你带来的乳粉罐呢？"

"哦，刚才帮你拍照时，放在窗台上了。"女助手恍然大悟。

“这不正好吗？”刘总使了个眼色。女助手领命般跑了出去。

何颖问刘总：“她干吗去了？”

“应该是在打热线电话。”刘总随口道。

女助手哪里是去打热线电话。她直接冲到了楼上会议室，拿起窗台上的乳粉罐，放在程佳的面前，不顾正在回答问题的程佳，一边大声问“你家小宝贝喝的是什么奶粉？是小太阳奶粉吗？”一边用相机拍照。

毫无防备的乐春儿和老旦，被这女人的旋风操作整蒙了，好半天才回过神来。乐春儿便用手指压在嘴唇上，示意她不要嚷嚷。

“电话打不进来，我很好奇，歌唱家对孩子的营养奶粉是如何甄选的？希望歌唱家有所回应。”女助手对坐在程佳边上的记录员说。

“好好好！”乐春儿应着，拉着女助手的胳膊离开了会议室。

原计划一个小时的热线，又延长了半个小时。

苏同在办公室里，等着程佳的连线结束。

如果程佳留下来吃午饭，自己要代表快报陪同。这个时间，她没有什么事，便在采访本上画程佳，画她那惊心动魄、魅惑无敌的嘴唇。

其实，除了那个嘴唇，苏同都没有看清她的脸，更没看清她脸上的眼睛、鼻子，好在程佳的演出照还有肖像大头照时常在报刊上出现，有着和所有明星差不多的媚目与笑颜。

乐春儿轻轻敲开苏同的门，报告说：“程佳要回酒店休息，下午还要去体育馆走台，午饭不在这里吃了。”

苏同顿感一阵轻松。

乐春儿还说：“老旦收到售票窗口的信息，热线电话过程中，演出票也在快速出仓。”

“那就好，效果达到了。”

“这次演艺公司送给我们的演出票，蛮够意思的，每天都有二十多张，我都交给何主任了。”乐春儿又补了一句。

苏同想，这丫头说话做事蛮聪明，也可以说是成熟，不似表面上看起来的样子。

苏同记着翁小明的老妈想看老戏的事，便给何颖打电话，问她在不在办公室。何颖说：“没走呢，陪着刘总，刘总还想请程佳一起共进午餐。”

苏同说：“我刚得到消息，程佳她不在这儿吃饭，下午要去体育馆走台。”

“那太好了！陪人吃饭比干活还累。你也够辛苦的，我们都可以歇歇了。”何颖松了口气似的说。

苏同便找何颖要两张四号晚上的戏票，说翁小明的老妈是个戏迷。

何颖像是忽然记起什么似的：“哦，对对对，票还在我手里呢！你等我一下。”

何颖打开乐春儿给她的塑料袋，里面的票有好几摞。刘总坐在沙发上喝茶，她又不好当着刘总的面分配票，便提着袋子出了自己的小屋，在乐春儿的桌上整理起来。她用六个信封，分门别类地给编委会的五个领导，一人一套装好。另外一个信封是给蒋社长的。剩下的票放回到塑料袋里，她准备全部交给金主任。

何颖拿着分好的五套票，到苏同办公室，请苏同将这些票送给编委会的领导们。

苏同说：“其他人的，你自己送，我懒得管。”

何颖盯着苏同看了一眼，摇头叹息：“你这人呀，没得法。”

何颖瞄了一眼苏同采访本上的画像：“程佳？吃了人血的嘴，像！”

“与某人堪有一比。”

何颖笑着努了努自己的嘴：“我这可是奢侈品！”

16

苏同还没将门栋的安全门打开，于大桥的电话就追了过来。她怕进了电梯信号就没了，便退到楼下长廊里接听于大桥的电话。

苏同以为是找她拿票的事，不等他开口，就抢先说：“票在何颖手里，她会给你的。还有，明天，你找其他人给你顶班，我也要陪老翁去看演出。”

“哎呀！看你这急巴巴的，我话都还没开口。”

苏同一听，也觉得自己这样不好，便笑说：“请领导指示。”

“指示个鬼。老婆昨天住院了。”

“什么问题？”

“什么问题，你们女人的问题，子宫肌瘤，比拳头还大。让跑医院的记者约了个专家，明天做手术。”

“哦？”

“本来想找其他人来替一两个班，但考虑到国庆节文化活动多，安全起见，请你合适，所以得麻烦你辛苦两天了。”

“那还有什么话说？你老婆在哪家医院住？我约何颖去看她。”

“你帮我值班，就千恩万谢了！还来医院干什么？不劳烦你们。”

翁小明在厨房里切肉丝。苏同过来问：“才开始动刀？什么时候可以吃饭呀？”

“不是要等你回来吗？”

苏同一边系围裙，一边说：“本来想跟你去看程佳演唱会的，老于刚才一个电话，说他老婆明天做手术，让我替他值班。唉！”

翁小明问：“票呢？”

“票刚刚到手，还没焐热呢。你妈要看的戏票也有，四号的，你陪她去吧。”

“嗯。”翁小明嘴里应着，心里一阵窃喜。

苏同开了燃气灶，坐上锅。翁小明在水龙头哗哗的流水声中，哼唱起：“只要你一个眼神肯定，我的爱就有意义……”

看到翁小明这副兴奋劲儿，苏同想，这个数学王子，怎么无师自通地学会唱歌了？真是奇了怪了。当年在望乡村的小房子里，两人偎在一张单人床上，他一手拿着个简谱歌本，一手打着拍子，一句一句教她唱歌的情景又浮现在眼前。

苏翁子不知什么时候站在了苏同的背后：“妈，你看爸这个劲儿。”

沉浸在回忆中的苏同被翁子猛不丁的声音吓了一跳。

“你能不能有个前奏呀？像只野猫蹿出来。”

翁子又蹭到翁小明这边：“心怀鬼胎吧？”翁小明没理她。翁子又接着调侃道：“你这是在切肉丝吗？整得像薯条，一点卖相都没有。”

“能吃就不错了，还挑剔，你来试试？”

翁子“哼”了一声，顺手抓起一根黄瓜，咬了一口，对苏同说：“妈，快点，我都快饿晕了。”

饭后，翁小明坐在沙发上给苏同夹核桃。苏同将一个大信封递给翁小明：“里面是演出票，这几天的都在这儿，你自己挑。”

“好，杨豪也跟我说，他想去看演出。这个人，不知抽什么风。”翁小明笑着。

苏同来到翁子的房间，翁子翻魔方的手立刻停了下来。苏同问：“有魔方大赛吗？”

“有呀。”

“如果参赛，你是什么段位？”

“我晓得你的意思，不就是说我浪费时间吗？”翁子很不在乎回答。

此时的苏同还真没想这个。本来是节日，休息、放松、喘口气，都是再正常不过的。

“两天一下子就没了，明天你又要上课，我这几天要替于伯伯值夜班，去不了松园。买鞋的事，缓一缓，行不？”

翁子叹了一口气。

晚饭吃得很早。翁小明背着翁子的双肩包，《三国演义》拿在手里。翁子紧随翁小明进了电梯，在电梯门缓缓关上之际，翁子对苏同说：“没有谁的妈妈像你这样的。”

苏同窝在沙发上想眯一下，林音却来了电话，说已经到了楼下，问苏同在不在家。

“在呢！”苏同起身开门，等着林音进来。

林音拎着一盒黄桃：“我们老板的小姨子，在老家包了一个果园，今年黄桃丰收，让我送给你。”

“小姨子真是能干！”苏同笑叹。

“可不，快将她姐姐干翻了。”

两个人大笑了一阵。

“没想到，你的嘴巴变得这么损。”

“还有更损的话，我都懒得说。”

苏同又窝进沙发里，林音熟门熟路到厨房水池里洗黄桃。

苏同大声问：“一单呢？怎么不一起来？”

“回阳桃看她爸去了。”

林音一提一单爸，苏同便问：“马哥近来如何？”

黄桃泡在水里，要有一会儿。林音过来坐在苏同的脚边，回答说：“好得很，人家正在热恋中。”

苏同不相信：“鬼话，还热恋？”

“真的，听一单说，那女的还是个经营家装材料的小老板。”

听着林音风轻云淡的述说，苏同感觉她已从几个月前的悲伤中走了出来。

“你呢？也可以再开始。”

“那是当然，碰到喜欢的，决不放手。”

“你呀，还是个恋爱脑，不改的永远是少女之心！”

林音将洗好切好的黄桃插上牙签，用盘子端到苏同面前。苏同说：“很享受你这种高规格的服务。”

“你就是命好，翁小明帮你夹核桃，我给你洗黄桃。”

“是呀，不知怎么，感觉都不真实。”苏同有些恍惚。

有一句没一句间，林音的手机响起。林音赤着脚，拿着手机跑到阳台上。

苏同吃了两片黄桃，用纸巾擦了嘴和手，有些困，迷迷糊糊就睡着了。林音在阳台上打了多久的电话，苏同不知道。苏同睁开眼睛时，见林音坐在单人沙发上望着自己。

“苏总，又有麻烦了。”

苏同看着林音，听着她叫苏总，意识到她已焦急地等了自己好久。

“刚才，是老板娘打给我的电话，说了半天。昨天，我们工地上，有块预制板掉下来，砸死了一个农民工。”

苏同很惊讶：“这事故大呀！”

“是哟，老板急死了。他当时以为赔点钱，这事就会过去。但是好像不行。死者家属不接受公司的赔付，认为少了，现在好多人堵在公司门口。他们还通知了你们快报的记者，你们报社有个叫丁钢的记者正在现场。”

林音说到这儿，苏同便意识到了麻烦的大概。

“老板娘说，只要不发稿，报纸提什么要求都可以考虑。”

“都死了人啦，怎么包得住？再说同城媒体，又不是只有快报一家。你搞定了快报，别的报纸、电台、电视台还是要曝光。”苏同强调说。

“别的媒体工作好做些，就你们快报不好说话。”

“怎么办？我都难以向你张口。”林音以退为进，苏同沉默。林音要走：“我不能在你这里待了。老板娘和她妹妹见不到我，会六神无主的。”

苏同起身要送林音。林音说：“你继续睡哈，我去看一看情况，搞不好，还要来你们报社一趟。”

林音如果再来报社一趟，那肯定是跟发稿相关，跟丁钢相关了。苏同能跑得掉？能置身事外吗？不可能。苏同重新躺下，两眼盯着天花板，琢磨着如何与丁钢沟通木森公司这件棘手的事。

翁小明带着车剎进到松园小路，在租住屋楼旁放下翁子。他想在附近找个空地停车，但遛了几圈，根本没有。他只好出了松园，上了大道，开到单位小院子去。

一路人挤人，车挨车。到了公司，猛不丁见王云从办公楼里出来，便打了声招呼。王云说："节后有个项目要开标，现在加班赶标书。"王云又好奇地问翁小明："你今天不在家陪苏总，怎么也来了？"

"姑娘今晚要上课，松园这破地方，连个针都插不进。"

"让杨豪去，大名鼎鼎的见缝插针。"王云见翁小明会意迟钝，忍不住笑起来。翁小明这才明白"见缝插针"另有他意。

翁小明上楼，到了办公室。老向不在，一股松弛感使他对这小小的空间有了恋意。

他先是给施三叶发短信，问她忙不忙。施三叶快速地回复："忙过了，现在有空。"

翁小明便立马给她拨了手机。

施三叶慢悠悠嗲嗲地问："翁总在哪儿？"接着又带点取笑的意思说，"你肯定不是在家里。"

翁小明没有按施三叶的思路走，告诉她明天的演唱票有了，问她什么时候到江城来。

施三叶"嗯"的声音放得有点长，她似乎是想清楚了，用商量的语气做出决定："我晚上七点左右直接到体育馆门口找你，行不行？"

"不给机会陪你了？"

"机会一抓一大把，就看有些人抓不抓。"这种撩人的话，让翁小明很是上头，但他的嘴巴还操练得不够利落，正想说点什么能让施三叶更加开心，电话中传来座机电话的铃声。"我先挂了，明天见。"慌张的施三叶没了声音。

翁小明正狐疑时，施三叶给他发来了一个拥抱的图标。翁小明身上一阵潮热，像真的被美女抱过一般。

翁小明从桌子旁边找出一瓶矿泉水，狠狠地灌了几口，将心里的热往下压了压。

百无聊赖的翁小明开了电脑，看了看这几天的财经新闻，再输入那只他买了后就停牌的股票代码，看看公司借壳有没有进展。

公司秘书不停地回复着股东的询问，全是千篇一律：如有新的信息，第一时间会在公司网上公布，感谢大家的关注。

这时，电脑屏幕上跳出了杨豪的 QQ 消息，他问翁小明搞到演出票没。

翁小明回了一个笑脸。

翁小明问杨豪："今天晚上有没有安排？没有安排，就去洗脚城？"

杨豪说："你的能耐就是洗脚？"

"不然呢？"

"还可洗别的地方！"

"刚才王云还说，只有你会见缝插针！"

"不会见缝插针，他娘的还是男人吗？"

两个人同时打出意味深长的笑脸。

苏同不清楚程佳与读者热线互动这件事该怎么发稿，于是决定参加晚上的编前会。

于大桥见到苏同，说："你来得正好。正在发愁，是发一个整版？还是做半个版再加文化新闻？"

"老黑觉得呢？"苏同问一旁老黑的意见。她想知道，一个半小时对话交流的内容分量够不够。

老黑说都行。

于大桥听出了老黑的意思，有了决定："这样，一版还是发个消息，链接《文化新闻》版，对话加新闻一起做个组合。"

老黑对苏同说："方真写的对话稿，我已编好，请你再把把关。"又问她手里还有没有演唱会票。苏同好奇地反问："你没有吗？"

"有，方真给了我两张，被一个女同学要走了。老亲娘不知哪根筋搭错了，也要去看。"

"你要早点说，我会把自己的票给你，但现在已经是别人的了。"苏同说的是真心话。

老黑说："那我再去问问何主任。"

苏同在编辑库里点开了方真写的对话稿。浏览了一遍，的确没有什么新意——一个艺人的成长经历、艺术追求、爱情家庭，都是些老掉牙的话题。

"读者的提问难道没有一点高级的？"

苏同将此问题通过 QQ 抛给了老黑。

“有呀，小太阳乳业公司刘总的女助手，不是冲进来问程佳，她的娃喝不喝小太阳乳粉吗？”老黑回复。

苏同听乐春儿说过这个桥段。乐春儿对刘总及女助手的操作表示不满，认为过于莽撞。但她却能理解接受，还特别佩服女助手为了商业利益的勇敢行为，这是很多人想不到也做不到的。

“稿子中没提？”苏同打字过去。

“前一稿中没有。何颖刚刚指示方真，要她加上。”

“程佳刚做妈妈，有关养育小孩的话题，涉及一下也不是不可以。再说，小太阳与快报是合作关系。”苏同强调。

在等待方真修改稿子的时间里，苏同去了于大桥的办公室。苏同问于大桥：“你老婆明天要做手术了，你今天不去医院陪陪？”

“今天不用，明天才是关键的一天。”

“何颖给你的演出票呢？别废了，很难搞的。”

“一到手就被胡之方要走了，估计是巴结他的老相好去了。”

苏同回到办公室，林音电话追来：“把我累死了。”

不等苏同问，林音一口气说道：“从你那儿出来后，我就在各个媒体单位周旋。苏同，对不起哟，我见到丁钢记者，跟他提起你，说你是我的同学加闺密。”

苏同说：“本来就是，有什么对不起的！”

“丁钢一听你的名字，态度完全不一样了。他说，回报社后向你汇报再做决定，看怎么做。”

“也只能这样了。关键是你们木森公司，出这么大的事，会把自己搞死的。”

“谁说不是呢，老板吓瘫了条。”

苏同回想了一下，编前会上，宋兴没报这个选题。看来，丁钢还在采访过程中。

苏同告诉林音：“今天不大可能发稿，编前会上没有人报这个选题，目前也没有记者找老总来说此事。明天我代于总值班，看情况再定。”

苏同又强调了一句：“丁钢是我们快报的首席记者，为人很耿！是个具有职业精神的新闻人。”

“我知道这个人，看过他采写的报道。”

“我在想，如果完全不反映，可能有点难。万一死者家属闹得更大，捅出去，让埠外媒体报道，查起来，丁钢就麻烦大了。”苏同说这些，其实是对丁钢没有把握，让林音的期待要有保留。

林音说："明白，公司管理层也在分头行动，一是在与死者家属协商，尽力满足要求；二是动用核心关系，必要时全力以赴。"

"这么大的事，第一时间就是要把死者家属安抚好，该怎么赔就怎么赔。"

"是呀！估计老板肠子都悔青了。一桶水的事，非要一瓢一瓢给人家。现在好，惊动了媒体，事态扩大，一缸水都救不了了。唉，我真是信了他的邪！"

"我现在住在酒店里，老板娘包了几间房。"林音述说着公司出事后的狼狈。苏同由此想到这个行业，想到翁小明——他的同事、朋友，工地上一旦风吹草动，也是惊弓之鸟，一样的担惊受怕，一样的四处求人。

翁小明也是不易呀！

17

红山体育馆前的售票窗口，还没到中午十二点票就已售罄，于是关窗大吉。

一天过去了，玉总都不敢相信这是真的。快报让程佳与读者连线，竟有如此神奇？喜不自禁的玉总打通何颖电话，脱口蹦出："又一次感受到了快报的力量。"

何颖说："那是，火车不是推的，牛皮不是吹的。不是老张把你夸上了天，我也不会拉你合作。"

"嘿嘿嘿。"玉总笑得粗放，"把这些天忙过后，我要好好感谢你。"

"你可千万别这样说，我担当不起。你若真要谢，就给快报赞助一下。"

"会的会的。"玉总不假思索地应着。

晚上，何颖是随着张厅一起去体育馆看演唱会的。张厅手中的票，可比快报获赠的贵宾票位子还要好。

翁小明给翁子做好了晚饭，就神不守舍地开车到了江南。因为时间早，车位不难找。他在指定的地方停好车，熄了火，却没有下车，就在驾驶室里挨到七点。翁小明反复听着施三叶发来那首《勇气》，也在等待施三叶的电话。

张厅与何颖在检票口碰到了老旦，老旦笑容立马绽放，她先是问候"何主任好！"，再接过何颖手中的票看了看座位，便引导他俩穿过人潮，到了座位上。张厅非常客气地对老旦说："谢谢哟，你去忙吧！"

张厅环顾了一下四周，发现了几个熟悉的面孔，他们是文化厅的同事，便笑着点头打招呼。

何颖对跟张厅打招呼的人并不熟，就先坐下了。人多的缘故，馆场内温度有点高。身上冒出了汗，口也渴了。何颖看了看时间，离开演还有十分钟，便对张厅说："我去买两瓶水。"

"都要开演了，出去后，小心回来找不到位子。"张厅提醒道。

何颖小声笑："我又不是你，这么低能。"

何颖跌跌撞撞出了过道，来到门边，突然间愣住了。眼中的画面非常突兀，苏同的老公翁小明与一个比苏同年轻、比苏同瘦高的女人肩并肩说着话，正从另一个通道进场。何颖停下脚步，目送着两人。翁小明着一件蓝色T恤，是那种叫"克莱茵"的蓝，很精神；那女的扎着一把马尾，一根深色窄皮带扎在白色衬衣上。何颖一眼便看出，这个女的个子虽高，但体形不好看，腰长屁股下坠，把腿压着，可是会穿衣，挺能扬长避短的。

何颖不知道今天苏同要帮于大桥值班。她好奇，为什么苏同不来看演出，却将票给了翁小明和另一个女人。这个女人与翁小明、苏同是什么关系？

何颖给苏同拨电话时，慌张之间，手都有点发抖。

苏同问何颖："你是不是在体育馆？"

何颖说："是呀，我在找你呢！你来了吗？在第几排？"

"我原本想去看演出的，于大桥老婆今天做手术，我在替他值班。"

何颖又问："那你的演出票呢？"

"我给翁小明了。他说他的一个同事两口子想看。"

何颖没有和苏同说太多就收了线。她越想越觉得不妥，翁小明这哪是给了人家两口子，分明是在扮演两口子。翁小明这是唱的哪一出？看上去老实本分的翁小明并没那么简单。为了苏同，她得再瞅瞅。证实什么澄清什么释怀什么？说不清。她已然忘了矿泉水，沿着翁小明进场的通道，走了进去。

场内的座位差不多快坐满了。第一次铃声响过，顶灯转暗。只有少数人拿着票，低着头在对号。过道灯、地灯都还亮着。何颖回忆两天前自己给老总们分配票时的座位号码，肯定不是后边，应该是在中间地带。

她在她确定的方位，寻找着那个一把马尾的白衣女人。

白衣马尾，可以过滤掉一大半人群。

何颖的眼睛如强力追光灯，从一排排观众中扫过。

何颖看见了袁大头和他的老婆。推算一下，翁小明就应该在这附近。

看到了，"白衣马尾"与翁小明肩挨肩说着笑着，白衣的马尾还时不时从翁小明的肩膀上扫过。

这时，场内铃声二次响起，这是在提醒观众不要走动，马上就要开始演出了。

何颖回到自己的座位上。张厅问："水呢？"何颖一拍脑门，却将"忘了"两字咽进嗓子，改口道："找了半天，都卖光了。"

第三遍铃声之后，过道灯、地灯全都熄灭，舞台上的灯光骤亮。

张厅小声地说着演艺公司这几天忙乱的事，说玉总老是提着票在厅里几个处室里窜。换上平时，何颖不仅愿意听，还会评论几句。现在何颖心不在焉，她连舞台上的主持人讲了什么幽默的笑话也没听清，只感觉到观众的笑声像海潮般从她的四周升腾。

何颖不时扭转脖子、脑袋，朝翁小明与"白衣马尾"的方向望去。其实是什么也看不到的，隔得远，没有光线，但就是有一股无形的力量牵引着她的注意力。

程佳开唱之前，有一段开场白，她的口才不错，说到了她与江城的渊源，说到现场观众的热情。一首她早期的成名曲之后，老旦上了舞台，给她送了一捧鲜花。之后，她每唱完一首歌，就有观众跑上台来献花。其中，还有一个小伙子，背着一把吉他上台，对程佳说："我很崇拜你，想与你合作一首歌。"突如其来的情况，令乐池里的乐手们个个面面相觑；舞台四周的工作人员，很想上去将小伙子带下台来。没想到程佳却临乱不慌，她问小伙子："你想唱什么歌曲？"

小伙子说："《勇气》，可以吗？"

程佳说："好，这是首有年代的歌，自己很喜欢。"小伙子便拨动起琴弦，唱了起来："终于做了这个决定，别人怎么说我不理……"

程佳很有风度，她两只手打着响指，脚踩着节奏，和着小伙子的烟嗓儿，小声伴唱起来。

这个插曲，并没有引起不好的效果，反而激起了观众的掌声、叫好声。

何颖是被这个小伙子的擅自登台带入观赏之中的，直到程佳在掌声中一次一次地谢幕，直到场馆内灯光全部亮起。

何颖抓着张厅的手臂，随着退席的人流离开座位向外走。但她的眼睛依然在四处巡睃，但她要找的身影并没有找到。

何颖找到自己的车，张厅说他来开。何颖收到苏同的短信，问："演出结束没，如果不想早点进入温柔之乡，就来报社一趟。"

何颖清楚，苏同不会随便开口提要求。她现在可能是遇到了棘手事，需要自己助力。

何颖对张厅说："到报社大楼附近，你找个地方停下，我去编辑部一下。"

"这么晚了？还去干吗？"张厅不经意地问。

"苏同在替于大桥值班，我不知道刚刚结束的演唱会怎么发稿，去看看。还不是为了你们的文化事业？"

张厅知道何颖在鬼扯，但也没有多说，便在报社大楼马路对面的一个公交站牌前停了车。

何颖下车后，脚有点站不稳，扶了一把站牌铁柱。她犹豫着是绕几步穿过马路，还是从地下人行通道里走，却看见丁钢正拉着小莫从通道口上来。她赶紧扭转脖子朝前看。

何颖进了苏同的办公室。门开着，人不在，便坐下等。

不一会儿，丁钢进来，见是何颖，便问："你又不上晚班，怎么还在这儿？"

何颖没有回答，反道说："你很忙嘛！"

"都是大忙人。"苏同拿着一张大样进来，接过话头。

"有些人忙的是送温暖。"何颖故意敲打着丁钢。

丁钢在口袋里摸烟，何颖按住丁钢的烟瘾："你这个人，与小美女在一起，生龙活虎，跟我们聊两句就发困，你让苏总情以何堪。"

"我习以为常，不足为奇。"苏同不明就里。

何颖问丁钢："你这个护花使者怎么又回来了？"

丁钢愣了愣神，会意到了，忽然脸红，有些结巴地说："稿子弄完了，出去走了两步，来听苏总的指示呢。"

"这态度！进步蛮大哟。"何颖的话里嘲讽与表扬混合着。

苏同办公桌上的电话响起。是林音打来的，林音问："丁记者写了稿子没？"

苏同不好回答，便说："我现在很忙，忙过了给你电话。"

苏同放下电话，问何颖："演出效果如何？"

"很好呀！"

丁钢说："我都好多年没进过剧场、电影院了。"

何颖扭过头盯着丁钢："你还需要进剧院吗？"

"为什么不需要？"

"自己都成情感大戏的男主了！"

“你又在瞎编。”丁钢的脸更是涨得通红。

苏同觉得何颖的话太直白，她不想让丁钢尴尬，便转移话题：“今晚整个演出现场特写，多发几幅照片。”

苏同又问丁钢：“你的稿子发给我了吗？”

“发了。我还是很纠结，有些拿不准。编前会上，我报了题，就是木森公司工地上这起安全事故。关键是出了人命，出了人命，在安全管理问责上，是过不去的。老板不知是蠢还是有后台，人命关天，换一家公司，都不会出现这种抗议、堵门的事。”

苏同认真听着。丁钢继续说道：“这个线索是接热线电话的小徐直接给我的。采写过程还顺利，本来昨天就准备报题，但考虑到是国庆期间，不宜太负面。木森方面找了我，说公司也有公司的难处，恳请我不要采写，或者不要把民工写死了。我也很为难。倒不是说，接了热线没有下文、不了了之这个问题。主要是，这样的事件，快报不发声，有失快报舆论监督前沿的风范。可是，见了报的话，对企业的杀伤力的确很大。”

丁钢在推心置腹，他没有提到林音，更没提到林音说苏同是自己同学加闺密之事。丁钢不提，正好让苏同进退有度。

何颖一旁听着。待丁钢走后，她问苏同：“是不是有人找你，希望不要发稿？”

苏同叹了口气：“真是头痛。”

苏同跟何颖简单叙述了丁钢没提到的前因。

何颖很快明白，也清楚了苏同为何给自己发短信，便揽过事来：“我来跟丁钢说。”

“现在看来，丁钢这里不重要。他刚才的一番话，已经清楚明了。”

“发与不发？两难？”何颖问了一句。

苏同看着何颖：“算了，你回家吧。我看看稿子再说。”

何颖回到楼下玻璃屋，她给丁钢电话说：“我这里有方便面，要不要给你泡一碗？”

丁钢说：“当然要，我晚饭还没吃呢！”

几分钟后，丁钢到了何颖这里，很夸张地说：“只有你泡的方便面有香味。”

“那才怪呢。怕是忙着风花雪月，却忘了人间俗事。”何颖又借机呛了他一句。

“求求你，别瞎说。”

何颖轻轻点拨一下，其实是给丁钢按了一下穴位，让他知道一点痛痒。

话题又回到重点上。“在苏同那儿，听你讲了那么多，一套一套的，遇到什么事了？”

“你听出来了？怎么这么厉害？”

“别扯些没用的。”何颖知道丁钢是拿自己开涮。

“我猜得到，苏总也很棘手。找我的人都有好多，何况是找她的呢？告诉你，那个王俞的老公，那个肖处长，现在的肖主任，也找过我。”

“为这事？”

“嗯！”

“你们怎么搞到一起了？”

“别打岔。”

“这个事很重要的。”

“以后再跟你详细说。”

“提两句！”

“我在采访王俞故事的时候，他很害怕，他主动找过我。”

“难怪，我说你收手怎么没有后遗症。”

“你别说，还真是救了他一命，两个月后，他调到省发改委，现在是办公室主任了。”

何颖心想，丁钢真不是一般的江湖。

“我知道每次出现类似的事，其实值班总编辑比我们在前面跑稿的记者面临的压力更大，要应付的人更多。”

“苏总什么样的人，你不是不知道，既胆小又怕事，既有大妈心肠，还特别较真。不发稿，她这里过不了。”何颖说。

“她可以去问问于总的意见。”丁钢丢出这样一句后，尾随着还有话要冲出口，却又卡在喉咙里。

丁钢自加盟快报方阵后，一直在一线冲锋陷阵，与苏同打交道的机会不多。快报在江城的异军突起，与新闻报道内容与形式的改变相关，也与各种创新可读的专刊副刊相关。创刊元老们的高远设计，同道前行的于大桥、苏同、丁钢、宋兴们都是参与者，也是实践者。他们用各自的努力，托起了一份社会责任与文化担当。

可是，几代掌舵人更迭，新思想、新理念彰显新领导的不同与水准。不觉中，《江风快报》鲜明的硬报风骨软塌了。有的人，顺应着变化，成为软塌骨髓里的寄生虫。

丁钢感觉苏同在追随变通的人群中，有那么一点不敏感，还任性，傻傻的。木森公司的林经理与他说起，苏同是她的同学、好闺密。他在苏同面前没有点破这层关系，因为不想让她为难。卡在喉咙口的话是，其他的总编辑值班时，遇到一些人情关系方面的稿件，要么圆滑拖延，要么大刀阔斧砍去关键要素。时间一过，热乎劲便会减弱。世界之大，无奇不有，每时每刻都有多少更新的事在发生呀。

“人家于总老婆在住院，再说，虽然事情牵扯人多，但事情本身并不复杂。要不，你把稿子再弄一下，简单化处理，该模糊的地方就模糊一点，双方的态度与意见，尽量客观表达。”

丁钢笑：“我的大姐，怎么模糊处理，客观表达？要不，我把稿子传给你，你来编辑改写好了。”

何颖嗔怒：“谁是大姐？我比你老吗？你这人，就是死铁一块。”

丁钢知道在何颖这里硬扛没有用，他换了一种语气：“将来，我写采访学专著，题目就叫‘一碗方便面的诱惑’，足以成为案例。”

“滚，端上你的面滚吧，免得我也想泡上一碗。”何颖觉得丁钢听进了自己的话。

18

苏同是在大报上看到有关沙州古城文化公园改造推进报道的。记者是大报沙州分社汤社长，新闻由头是台湾一富商决定在沙州锣场镇投资修建关公纪念馆。这个富商姓关，号称是关氏后人。

难怪十来天见不到翁小明的人影，估计他也是在忙这件事。

大报在《时政》版上做了一条新闻，后链接了一个专版，标题是《新城蓝图，用心画构——沙州将打造一座现代化的文化古城》。专版与上次锣场镇的报道一个样，应该是收费的。水主任后来告诉苏同，收费版的最终定版权是付费单位。

苏同注意到，主标题与副标题的定义都不是很准确，且无新意。省内已有城市与三国时期的战役、人物相关联，人家早抢占了先机，将“古城重建”这个概念落实在了一锹一土的建设中，且已经具有一定规模。沙州作为后来者，只是在模仿，也可以说是在抄袭。对语言艺术要求很高的卢老师，怎会允许这种懒惰、不动脑筋的标语见诸报端？苏同百思不得其解，卢老师没过目吗？

想到此，苏同给卢老师发了一条短信：“标题极具煽动性！”

卢老师立马回过来一个笑脸。

过了一会儿，卢老师发来一段文字：“当励志时便励志，该务实时必务实。还须苏总费心费力帮着策划宣传。”

苏同心想自己这是干啥，还给自己揽上事了！她没有接卢老师的话茬。她很想问问卢老师，翁小明是不是找了老师，是不是让老师为难了。正犹豫间，翁小兰给苏同打来电话，问苏同：“翁小明呢？怎么给他打电话他不接？”

苏同说：“我也好久没见到他了。”

“哎呀，真有你的。”

苏同问翁小兰：“有事吗？”

“肯定有事呀，爸昨天起床时，跌了一跤，爬不起来了。我和涛涛爸叫出租车把他送到医院，检查出髋骨粉碎性骨折，要做手术。现在我在医院里，妈在家没有人管。”

苏同很吃惊，连忙说：“我来给翁小明打电话，让他过去照顾几天。”

苏同很为翁小兰着急，两位不能自理的老人，搁在谁家都不会轻松。

苏同拨打翁小明的手机，打不通，再打，还是不通，只传来一个单调的电子语音回复：“您拨打的电话暂时无人接听，请稍后再拨。”

翁小明不会出什么事吧？苏同找出翁小明的联系方式，竟然只有手机号，办公室的座机电话都没有保存过。

苏同想找翁小明单位同事的电话，除了杨豪，她又不认识别人。

她便试着拨打杨豪的手机。通了后，杨豪压了电话，但过了一会儿，他又回拨过来。

杨豪先是称“嫂子”，又改口叫“苏总”。苏同觉得叫什么都无所谓，直接问他：“翁小明和你在一起吗？”

“我们经常在一起！”杨豪答非所问。

“我是说现在。”

“现在没有，翁哥事情蛮多的。”

苏同听出来了，杨豪在给翁小明打掩护。

“我现在联系不上他，担心他出事。”

“苏总，你放心，他不会出事。地勘公司的人都出事了，他也不会出事。”

苏同觉得这话听着很不受用。怎么是地勘公司的人都出事，翁小明就出不了事呢？这是指翁小明的段位高，还是说他没出事的本领？

“你要是见到他，让他和他姐姐联系，他父亲住院了。”

“嗯嗯嗯。”

苏同在杨豪一个劲儿的嗯声中，挂了电话。

因为翁小兰的电话，苏同决定早点下班。她在食堂面点窗口买了十个鲜肉包子和十个花卷。

苏同提着两个冒着热气的大塑料袋从食堂出来，到了大院外，想在路边拦个出租车去翁小兰家。刚好，一辆出租车停在身边。束一光提着一个大布袋子从车里出来了。

“我远远地看见你在拦车，所以让司机停在你这里。”束一光说。

束一光从袋子里拿出一本厚重的书递给苏同，《蒋为生书法艺术鉴赏》，是刚刚出炉的样书。

封面被古铜色与黑色两种色块占领，看上去蛮大气的。

苏同说：“不错呀，你的殚精竭虑终于画上了句号。”

“还没有呢，这是样书，还得请你们领导过一遍。”

“你最好是让蒋社长自己亲自过目。”

“那是当然，我今天拿了五本回来，分别给他们送去。蒋社长、乌总，集团办的主任，还有你。”

苏同把书还给束一光，她将另一只手中的袋子向束一光扬了扬：“我现在有事要走，你把书交给赵晶晶。”

苏同在翁小兰家给翁妈做好午饭。在翁妈吃饭时，她将屋子收拾了一下。破破烂烂的东西太多，全是药品、垃圾袋子之类。

这时，翁小兰回来了。她见苏同在，便气呼呼地嚷：“你看他像话吗？一进病房，就冲爸发火，大吼大叫，什么‘叫你不要乱动，你偏要乱动，这下好了。你是盼着动手术，是吧？现在你满意了？’”翁小兰放鞭炮似的一顿轰炸。

苏同知道翁小兰在说翁小明，还是故意问：“你是在说谁呀？”

“能说谁？还不是他的宝贝儿子。”

苏同猜想，翁小明应该是收到了杨豪的信息，赶到了医院。

翁小兰又道：“幸亏老爸痴呆，不然会被气死。这就是他一生视为宝贝的儿子，学习成绩好、考上了大学的儿子。骄傲吧，好儿子！”

苏同没有附和她，也没有拦着不让她继续发泄。

“连护士都看不下去了，问我，这是老爷子的亲生儿子吗？”

翁小兰急赤白脸的描述，让苏同意识到翁小明确实太过分。不要说是儿子该对父亲的爱与孝敬，就是面对一个不相干的衰弱残年的老人，也该有怜悯与同情。

翁小兰匆匆地扒着饭，还不忘对苏同说：“你给小明盛碗饭，我给他带过去。”

翁小兰走后，翁妈一个接一个地打着哈欠。苏同帮翁妈把床整理了一下，扶她上了床。苏同自己也很困，眼皮都在打架，恨不得歪在沙发上养个神。但时间不允许了，她倒了一杯水放在翁妈床头后，就离开了翁小兰的家。

苏同有气无力地回到办公室，电脑键盘旁的书与大样都在排着队等着她。

她翻着《蒋为生书法艺术鉴赏》，精装，大开本。如果出版物也如包包一样分等级的话，那么手中这本书，已经不是LV级别的，连香奈儿跟它比都差一个档次，爱马仕吗？得是比爱马仕更高的段位，才能和这本书的奢侈做类比。

封皮是工业纸板覆着一种特种纸，古铜色暗纹铺底，竖排着的黑体字书名，内页全是哑粉铜版。封面设计与书法艺术蛮吻合，简约却不简单，雅致、大气。这设计是出自谁手？

苏同在封底的折页上找设计者，不看不打紧，一看吓一跳，原来是美院一位风头正劲的版画家。

束一光来了，问：“苏总看完了没有。”

苏同不高兴起来：“哪有这么快？我又不是机器人。”

束一光解释道：“出版社老是催，我也很烦。他们急着进印刷厂。书一出来，就要安排媒体宣传。”

苏同说：“你急也不成呀！蒋社长自己的书，他会仔细看的。”

“如果有问题，最好是我们及时发现并改正过来。要是被他发现，倒霉的还不是我？”束一光在解释。

“原来如此，那乌总看了吗？”

“我还没去问呢。”

苏同更没好气：“哦，大领导你就不敢去催问。”

束一光笑着给她戴起高帽来：“谁叫你更专业呢？”

没有午休的苏同，很是疲惫，尤其眼睛，十分干涩。她先要看副刊大样，因为版面编辑正等着修改，可是很难集中注意力进入状态。她不停地晃动脑袋，还是不行，便将头靠在椅背上，闭上眼睛，想养一会儿神。

“苏总，苏总。”有人在门口压着嗓子叫她。

苏同睁开眼睛，是赵晶晶。

“苏总，乌总请你马上去他办公室一趟。”

“哦，你知道是什么事吗？”

赵晶晶摇着头，回答说不知道。

马上？苏同觉得这个词特别扎耳。是什么样的急事，还非要马上？

苏同先到卫生间洗了把脸，又回到办公室用了点面霜。一边将双手互相摩擦着，一边钻进电梯。

出了电梯门，走近乌总办公室，乌总的声音由小变大起来，好像在训斥着谁。苏同听这音量，这语气，觉得乌总气急败坏，却又在竭力压抑着怒火。

苏同不好在门口站着，担心被人误解自己是在偷听，干脆敲了敲乌总办公室的门。门是虚掩的，乌总从小会议室里出来，看了苏同一眼，没说“请进”这类的客气话。

苏同自己进来了。束一光也在，他坐在桌子一旁，手不停地翻着《蒋为生书法艺术鉴赏》。

苏同不知道发生了什么事，但乌总在斥责束一光是肯定的。既然是束一光的问题，作为束一光的直接领导，自己也脱不了干系。她静默着等待乌总发声。

乌总将书翻开，手指关节在序言页面上，使劲敲打着：“这么大的差错，你们竟然没看出来？”

苏同疑惑地看了束一光一眼：“出了什么问题？”束一光却犟着不作声。

乌总把语气放平缓了些：“蒋社长自己看出来的。他把我叫上去，批评我把关不严。同志们，我们漏掉了他这么关键的职务。”

苏同凑过去看，还真没看出来文中漏掉了哪一项关键的职务。“‘党委书记’，‘报社社长’，‘董事长’，‘总编辑’，不是都有吗？”

束一光低下头，忍着想笑又不敢笑，生生地憋着，脸涨成了猪肝色。

“‘总经理’呀，同志们。”乌总压着嗓子说。

苏同很不理解：“比起‘党委书记’和‘董事长’来，‘总经理’说不说都没什么关系吧？”

“你们呀，天天看稿看傻了。”

束一光解释说："序言文稿虽是魏来主席的署名，但稿子却是党办主任写的。如果有误的话，责任也落不到我们身上。"

"你不是编辑吗？编辑干什么的？不就是要核实所有关键的部分吗？就像我们的时政记者编辑，省委省政府的领导，名字、职务、排序，你弄混试试！"

见乌总的语气有所缓和，束一光便诉苦道："乌总，我出了错是不对，但你要知道，为了编辑这部书，我熬了多少个夜晚？头发都掉光了。"他用手在光溜溜的头顶上使劲抓着。

"这就是马虎大意的代价。所有的辛苦毁在一个不该犯的错误上。"

苏同和束一光两个人灰溜溜地出了乌总办公室。束一光苦笑着对苏同说："你肯定没看。"

"看了，我也发现不了这么'专业'的问题。"

"如果是掉个'总编辑'，乌总也不会这样在意。"

"此话怎讲？"

"这你都不明白？"

"你跟我也差不多，还卖起关子来了？"

第四章

1

江城的秋天是个令人舒服的季节。

在冷空气南下之前，风里有股糯糯的香味，这香味与满大街的瓜果分不开，与烤红苕、煎土豆、糖炒栗子分不开。

女人们在夏季里膨胀的肉身慢慢回缩，穿衣打扮又有了自信。尤其是像何颖这种对体形严格管控的人，在和煦的秋阳中，亭亭玉立，举手投足更加轻盈。

一大早，石磊就来电话，感谢何颖帮他在快报上发表了散文，要请她吃饭或者请她来东冶做客。何颖有点好奇，一位副市长，操心的大事该有多少？怎么有那么多闲情逸致搞写作？而且，写的文字又一般般。

乐春儿进来，要跟何颖请个假，准备出去半天。她说同学们约着圣诞节出国旅游，需要去办个护照。

何颖听着很感兴趣，开着玩笑问乐春儿："去哪个国家？能不能捎上我这个大妈？"

乐春儿咧嘴笑着，还没来得及回应，桌上的座机电话响了。电话是玉总打来的，他问何颖："你这电话可以接传真吗？"

何颖回答："可以呀！什么事？"

玉总说："你看了传真就知道了。"

"什么鬼？"何颖正疑惑着，从传真机嘴巴里跳出两页纸来。

何颖迅速扯下，一看，原来是赴法国参加中国文化周邀请函的批复件。

"……受省政府外事办委托，省宣外事办联合演艺公司负责组团，团员不超过八人，费用全部自理。"

何颖开始还很兴奋，法国耶，时尚浪漫之都，她的香奈儿包包、香水的故乡。

何颖再一琢磨上面的文字，费用虽说是自理，实际上是让团员的单位出，不需要个人缴费。可是自己拿着这个邀请函去找领导、找乌总批准，有什么理由呢？

何颖给玉总打去电话说，这肯定是好消息，但让自己很为难，也不好找领导开口。

玉总嘿嘿一笑："你想去就行。我们这边会列个名单，给省宣外事办，他们会给团员单位发函的。"

何颖说："难得你想得这么周全，谢你哟！"

玉总连忙说："要说谢，得是我谢你，谢你家张厅长。"

那是当然，演艺公司举办的国庆系列演出，如果没有何颖将其纳入快报的宣传活动中，是不可能产生这么大的社会影响的。

为此，玉总专程来到快报，在何颖的引见下，面谢了乌总、于总还有苏总。他一再感谢《江风快报》的全力支持，共同为全省人民送上了一份节日的文化大餐。同时，他透露了一个有意思的信息，此次系列演出，虽然没有多少赢利，通俗地说，没有赚到多少钱，但却赚到了口碑。他的潜台词何颖懂，就是不要怪罪演艺公司在快报上没有投入。他还真是想多了，都是文化单位，彼此知道家底。何颖并没要求这些，她本来只是让玉总给自己救个急，把小太阳乳业的合同兑现了，结果超出了自己的预期，还多上了一个公益广告版。喜出望外的何颖心里明镜似的，真正拉动小太阳乳粉销量直线飞升的，除了演出票上的那几个字，以及演出现场舞台两边墙上"感谢小太阳乳业特别支持"的字幕等这些边角余料，更得益于刘总与女助手的敢想敢干，以及程佳的号召力。

程佳在快报会议室的热线电话中，女助手不顾一切的奋力一喊，在第二天见报的稿子里，被方真拔高成程佳对国产品牌的接纳与爱护。小太阳乳业公司在追加的公益广告中，用的是程佳听电话的图片，这幅图片特别打眼的不仅是性感诱人的程佳，还有她左边的小太阳乳粉精装罐。

当女助手将广告胶片送给出版部编辑时，编辑拿不准，不知道这样用合适不合适，与出版规范是否相违。

出版部编辑叫来何颖，让她定夺。何颖也吃不准，临时起意，想了个加价的办法。原以为可以通过加价胁迫刘总换掉图片，可刘总却吃了秤砣铁了心，非此不可，并愿意加价百分之五十。何颖只好赌上一注，冒着风险签上了自己的名字，上版、印刷、发行，侥幸地挨过了几天。

这张图片不仅被用在报纸上，还被小太阳公司用于宣传画中，并在户外大肆张贴。各大超市里，程佳听电话的图片也像万国旗一样，一排排悬挂着，大有狂轰滥炸之势。

听乐春儿说，刘总的女助手兴致勃勃地告诉她，公司预测，江城及中南六省的这波销售趋势，如果没有人为的不可预测的因素干扰，会延续到未来很长一段时间里。

何颖的脑子里快速转动着，这样，明年活动策划就算有了着落，全省十大名酒评选能不能搞成就没有那么重要了。只要小太阳乳业还想保持销量旺盛，刘总就不会舍得放弃快报这个重要的媒介。何颖当然也盼着小太阳好，年年阳光灿烂。

玉总是个知恩图报的人。为了感谢张厅与何颖的帮助，他准备搞个小型的宴会。没想到张厅极力推脱："我没帮你什么忙，要请，你就请何颖好了。"没有张厅的出席，玉总便将此事搁置下来，可是心里却一直在琢磨着用什么合适的方式来表达自己的谢意。

正好，来了一个组团去法国参加中国文化周的机会。玉总有过这样外事活动的经验，一般情况下，省宣会安排重要人物随团出访，但作为承办单位，自己带上几个关系户也是可行的。报纸也是文化单位，邀请一名记者随行，说得通。

何颖这天早早回到家，张厅也提着一盒螃蟹回来了。他告诉何颖，这螃蟹是梁子湖深水养殖的，没有污染。

何颖玩笑说："螃蟹可不是喜欢清水的，再说你对污染又不忌惮。"

张厅看了何颖一眼，觉得老婆越来越深奥。

何颖给他说了演艺公司要组团去法国的事。张厅说知道，厅长也要去。

何颖吃了一惊："是吗？那我就不去了。"

张厅说："人家厅长快要退休了，还会怎么样你？"

"你瞎说什么呀，我是觉得跟大领导在一起不自在。"何颖生了气。

"你就是喜欢瞎猜猜，胡咧咧。"张厅终于吐了一口恶气。

2

蒋社长的书终于下了厂。

喝了乌尚义一壶后，苏同越想越气。"我说的没错吧？如果这个差错是我们发现的，比领导亲自发现的好！"束一光还在为他提过的醒得意。

苏同更加来气："我哪有这样的水平？看一百遍，也未必发现得了这么'高级'的问题。"

"在某些事上，我们可能一样弱智。"束一光只好补了一句。

被乌总敲打一通后，为了坚壁清野，不放过任何可疑之敌，束一光想了个绝招。他自己掏钱，请出版部校对的老师们出马，明码实价，揪出一个错字奖励五元，一个错标点符号奖励三元，如果是重大的政治、意识形态方面的问题，可放大 N 倍。

两天后，校对老师还给束一光书样，上面有不少用红笔牵出的问号。束一光送给他们一条"黄鹤楼"。束一光又将老师们牵出的问号，分发给小莫们，让他们一一落实更正。

束一光给苏同发短信，自我揶揄："老束不怕失业了，快报不留爷，自有留爷处。"

苏同懒得理他，心里骂道，被一本书整疯了，你失业看看！

翁小明与翁小兰在给翁爸办出院手续时，又吵了一架。翁小兰向苏同投诉："本来是个很小的事，不知道挑动了他哪根神经，翻脸不认人，又吼起来了。"

苏同能说什么？她又不在现场。只好宽慰了几句。

翁小明中午回了一趟家。他说把老爸送到翁小兰家后，就逃了出来。

"你怎么不在那儿多待一会儿？看还有没有要帮着做的事。"苏同问。

"烦，见到翁小兰心里就烦，一张婆婆嘴，迟早会把她老公嚼跑的。"

苏同不好再说什么，人家是亲姐弟，一个巴掌，张开是五指，握紧是拳头。

翁小明问苏同有什么吃的。

苏同说："你回来前打声招呼，我也好做准备，或者从食堂给你带点儿。"

"随便做点就行。"翁小明说。

苏同知道翁小明跟自己不一样，他爱吃米饭。便到厨房淘米，用了电饭煲快捷模式。

饭桌上，翁小明告诉苏同，这个周六，翁子要在学校排节目。

"排节目？"苏同很惊讶。

"听她说，学校圣诞节要搞演出。"

翁小明接着问苏同："你的卡上还有多少钱？"

苏同说："刚刚结了车子尾款，你又不是不知道。"

翁小明“嗯”了一声。

“你要钱做什么？要多少？”苏同问。

“肯定是刀口上的用途。”

苏同说：“工资卡上还有几万元。”

翁小明皱着眉头，说：“不够。”

“你的钱呢？我都不知道你每个月收入多少，也不知道你的工资卡是哪个银行的，长的什么模样。”苏同突然埋怨起来。

“不都在股市里放着吗？我又不会乱花。”

“股市里的钱拿点出来救急不行？”苏同一想着自己又刷出去的三十万，心里隐隐地疼。好在翁小明去年画了一个大饼——那台还在广告宣传片上的袖珍车。

翁小明吃完饭，在沙发上闭上眼睛躺下了。

苏同从卧室拿出一条线毯，轻轻地给翁小明盖在胸前。她看了一眼翁小明，担心把他弄醒。翁小明侧着头，脖子也是一个方向。苏同的眼睛突然被他耳弯旁的一个红印吸引住了。她再凑近些，睁大眼睛仔细看，不是抓痕挠痕，也不是被蚊子叮出的包包，红印的中心深色，两边渐淡，呈一个唇形。

苏同身上的血一下子凉了。她有点发愣，站着，有点打晃，想动，腿又迈不开。

翁小明的手机响起。他的手机一直在手上握着，见苏同站在沙发边上，吓了一跳。他一边与电话那端的人说话，一边坐了起来。

翁小明坐起身来后，耳弯后的红印离开了苏同的视线。苏同退坐在侧面的沙发上。她想，自己刚才是不是看花眼了？翁小明耳弯处或许就没有吻印，他怎么可能去跟别人做这些偷鸡摸狗的勾当呢？

翁小明收了电话后，准备出门。

苏同冷冷对他说：“你耳弯边有个东西，去照照镜子吧。”

翁小明用手摸了摸，他真的去照了镜子。他走到门口说：“被蚊子咬了，有什么大惊小怪的。”

翁小明回到客房里，从博物架上取下他带回来那只土罐子，用报纸包好，拉开门，头也不回地走了。

靠在沙发上的苏同，脑袋里一片空蒙，空得连阳光和风声都消失了。

突如其来的唇印，如同一记重拳，将她对翁小明的信任、对安全婚姻的信任、对自己有别于何颖有别于林音的自信统统击碎了。她手脚冰凉，心却高速地上蹿下跳着。

这唇印是出自谁的杰作？翁小明遇上了一个什么样的女人？他们是在怎样的场景中上演了这样一出投入忘我的戏情？

慢慢回过神来后的苏同，有了这些自问。这些她看不见对手，却可能在未来的时间里时常折磨着她。

雪白的房顶上、浅灰纸贴的墙面上和胡桃原木地板上，突然冒出了大大小小、形状不一的红斑。它们像夜场里满屋的星星灯，此起彼伏地闪耀着，漠视着一切，包括你的荣耀、高贵，你的自尊、自律，还有你的心血与付出。

苏同将沙发上的线毯拉过来，盖住了自己的脸，让自己身处看不见的黑暗之中。

是苏翁子的班主任关老师的一通电话，将苏同唤回到了真实的白昼里。

关老师跟苏同直截了当："苏翁子可能早恋了，她和班上一个男同学经常在一起。"

翁子告诉过苏同，他们的班主任换了，是从别的学校引进来的优秀数学老师。

一个霹雳接着一个霹雳，震得苏同完全不知所措。

"希望家长来学校一趟。"关老师说。

没有什么比翁子的事更大。苏同插上电热水壶，在水杯里放了一把信阳毛尖。毛尖在滚烫的开水中复活了它曾经的模样，它们嫩嫩的绿，嫩嫩的娇。不一会儿，它们又沉入水底。这么轻，却可以像石子一样沉得无声无息。一群夭折的生命。

苏同叫了司机小李，请他跑一趟，送自己去外校。

关老师对苏同不熟悉，一听苏同说自己是苏翁子的妈妈，就起身将苏同带出了办公室，带到走廊顶头的拐角处。

苏同还想，这老师不错，有保护学生隐私的意识。

关老师说到苏翁子与一个男生的交往，"他们下课时，经常在一起说说笑笑。"苏同身子虚得不行，她担心自己撑不住，会瘫软，只好将背靠在墙上。

"还有别的没？"苏同问。

"在教室里，我感觉到的就是这些。一般来讲，有这些表现，就基本能判断他们的潜意识了。"关老师的话有些武断。

关老师切换了话题："苏翁子这次数学月考不理想，班上排名是十几名。可她和别的女生不同，她有潜力，如果想在高考试卷上拿到理想的分数，只掌握课堂上的知识点，还远远不够。”

关老师说，他想将有意愿的同学，通过校外加强班，认真擂一下。

苏同静静听着，有些跟不上关老师的节奏。

“自己刚接手这个班，学生们的家长，都不熟悉，想请从事新闻工作的苏翁子妈妈联络一下，组织一下。”关老师终于说到了重点。

苏同有些明白了：“我在江南住，手上没有家长们的联系方式。”

关老师没等苏同支吾完，接过话：“这个不是问题，家长们的电话我都有。因为你的身份，我想可以增加家长们的信任度。”

关老师转身从办公室里拿来两页纸，递给苏同。上面写着学生的姓名、家长的姓名和手机号码，它们像诗句一样，齐头排列。

一个下午，苏同浑身不舒服，太阳穴上有根筋不时起跳，起跳时，半个脑袋也会随着扯痛。赵晶晶拿着文件夹过来，一见苏同脸青唇白、眉头紧皱，很惊讶：“你是不是不舒服？要不要我去医务室帮你拿点药？”

苏同摇头接过文件夹看了一下，是快报准备派一行人去南方报业集团学习考察取经，便在于大桥的名字下签上了“苏同”两字。

过了不到十分钟，一阵香风由远渐近，何颖来了。

何颖推开门后的第一句话是：“这个赵晶晶，真是个好姑娘，她不给我打电话，我哪知道你病了。”

苏同说：“没病，只是有点头疼。”

“头疼也是病，好不好？要不，跟于大桥说说，早点回家休息去？”

“唉！”苏同叹了一口长气。

“怎么啦？”何颖见苏同一副了无生趣的表情，“看来，你不仅是身体不舒服……”

苏同望了何颖一眼，拿着大样的手，抖了几下。她不想被何颖发现她其实浑身都在发颤，便放下大样，双手交叉抱在胸前。

何颖感觉苏同很不对，她拿起桌上的水杯：“我给你接点热水去。”

“何颖！”苏同软软地叫了一声。这声音绝对不是从苏同口中发出的，是从她胸腔深处挤出来的。

何颖回望着苏同快要倒下去的样子，赶紧放下水杯，用手臂抱住了她。

苏同立刻像一条软体长虫，贴在了何颖身上。

“你这是怎么了？”何颖轻声问道。

何颖静静地抱着苏同，待苏同自己开始蠕动，缓过了劲，就笑说：“幸亏没人进来，要不然别人还以为我们这是什么特殊关系……”

苏同哪有心情回应她。

苏同坐下后，何颖说：“东冶的石市长，请我周六去他那里摘大黄梨。他说有一个农场，是几年前引进的新品种。去吧，我们一起去散散心。”

苏同没有表态，此时的她，决定不了去与不去。

何颖在苏同的一再催赶之下，离开了办公室。接着，苏同给束一光打了电话，让他今天仔细看完版面，自己有事，要早点离开。

苏同没有离开办公室，只是状况不好，怕发现不了差错，影响出版质量，连累快报受损。主标题、小标题和“编者按”上，她多停留了些时间，从这些高度浓缩的内容文字上，可以判断里面有没有涉及敏感的内容，如果是一般的风花雪月、人情世故，要错也错不到哪里去。

她在大样上签上了自己的名字。

那红色的软水笔，每天都要在大样、清样上写下十几个“苏同”。因为有画钢笔漫画的功力，苏同的字体，有着一般女性不具备的劲道，也有许多男性望尘莫及的韵味。

她把大样交给版面编辑后，在卫生间门口碰上了赵晶晶。

赵晶晶关切地望着苏同：“苏总，你好点没有？”

苏同想到何颖说过的话，心里升出一股暖意：“谢谢你，没事。”

苏同回到办公室，关上门，她坐在桌前，从包里拿出关老师给她的电话号码纸。她一个个地读着学生的名字，猜着是哪一个男生入了翁子的法眼。

苏翁子早恋，苏同第一次听说，她接听关老师电话时，反应很是过度。现在，她用那支签字的软水笔在纸上划来划去。赵钱孙李，张王刘陈，这些大众的姓氏，那些来自琼瑶电视剧中的文轩、子墨等名，一并被苏同画上了一道红线。最后只剩下一个极少的复姓“令狐”和一个名叫“费话”的颇具幽默感的姓名。她将白纸反扣过来，写上“荒唐”两字，这是送给自己的两个字。

苏同反刍了关老师所说的话，捋来捋去，得出的结论是，苏翁子的行为很难与早恋匹配。两个男女同学关系好一点，走得近一些，怎么就能肯定是早恋？一个早恋的女高中生，会有空隙看悬疑小说，看日本漫画？会将魔方玩得出神入化，几秒钟就转好六个面？

联想到自己的高中时代，好像没有对哪个男同学特别在意过，只是被卢老师吸引着。卢老师讲课时的神态，球场上的矫健身姿，对自己偏科的理解，还有对她语文课本上有关他的各种漫像的无声接纳……那算不算是早恋？不算，如果非要安上一个“恋”字的话，也只能算是一种暗恋，是一个小女孩将一个有别于以往的迂腐刻板印象的新的老师形象，投放到了一部小说的结构之中。那个时候，她画了多少个卢老师的漫像，无法统计。有形的在书本上，无形的在心里。

苏同不否认关老师的好心和责任心。可是，他又让自己找本班的家长们，给加强班组局，这种声东击西、小儿科的做法让自己很难接受，也不可能做到。

高中女生的早恋，不管翁子有没有，苏同都会慎重起来。当然要谈。怎么谈？与聪明伶俐的翁子谈这样的问题，不备好功课，相当于自讨没趣。

真正让她揪心的应该是翁小明。

翁小明，翁小明，苏同的笔在纸上画上了一个红点点，点点变大，四周变淡，变成了一个硕大的唇印。这个唇印，一下子又让苏同的头皮炸裂开来。

她做梦都想不到，一个连袜子、内裤都是老婆安顿好的丈夫，一个有了麻烦事就找老婆求救的丈夫，一个给老婆夹核桃、到处找碳素墨水的丈夫，还在外忙着别的女人。

版面编辑将大样和两张清样一并拿给苏同，苏同瞄了一眼清样，签上名字，第一次让版面编辑自己拿走。

版面编辑走后，苏同将门关上。她窝在沙发上，更是窝在一片寂寥之中。这种无声无息的寂寥使她窒息，窒息离死亡不远。她还不想就这样死去。活着的样子，就是说话。她有了找人说话的欲望。她先是给苏意打电话。自己的亲妹妹，一个更像是姐姐的亲妹妹，一个眼神、一声叹息都能明白自己的苏意。苏意接到电话很是吃惊：“你现在不正是最忙的时候吗？怎么来电话？”

苏同被噎住了，她不知道苏意为何要这样问，她的应急能力实在是太差。

苏意又说：“我在爸妈家里，你要不要跟他们说两句？”

苏同想都没想：“不了，改个时间再说。”

那就打给林音吧。林音却拿腔拿调地调侃：“苏总在忙什么呢？”

“听你的口气，日子过得蛮爽？”

“好日子是一天，孬日子也是一天。我现在想明白了，我要把每一天当成大年初一过。”林音又笑，“活着，就是偷欢。”

木森公司的事故，涉及伤亡和不及时赔偿，在业内成了丑闻。为了擦干净屁股，林音在新闻媒体方面的公关，起到了不可替代的作用。那天晚上，苏同让何颖出面，丁钢的稿子被处理成一条简单的中性小消息：事故单位没有指名道姓，用的是“某公司”；事情的落脚点为“责任单位与工伤死者家属正在协商中”；本报记者署名的地方，丁钢随便用了一个化名。

四号那天，林音与老板娘要专程来快报感谢丁钢和苏同，被苏同拼命拦住了。苏同所做的一切，她都没告诉林音。再说，同城媒体中，都没有提及此事一个字，唯独快报报了消息。事实上，见了报的稿子等于什么也没说。苏同那晚也是在赌局中，万一哪家媒体做了客观性报道，而快报没有反应或者反应潦草，要被问责的人不少，尤其是领了线索的丁钢。更严重的是，一个掉新闻、舆论监督失能的报纸，对读者不好交代。

林音很能体谅苏同夹在中间的难受劲儿。她在公司老板、老板娘、小姨子面前，为快报说尽好话。

林音似乎敏感起来，问苏同：“你一般不主动给我打电话，你遇到什么事了？”

苏同嗓子发硬，眼睛里有了泪水。

“是吗？”林音好像是站在面前追问。

苏同还是没有回答，她怕控制不好情绪，或者是一张嘴，就要哭出声来。

“我到你这里来！”

“不用！”苏同拒绝。

“出了什么事？”

“翁小明，他有事了！”苏同慢慢平息了情绪，她将中午看到的情景，向林音复述一遍。

苏同说完停住。林音在那边问：“你为什么让翁小明一个人陪翁子？也不知道你对翁小明是太放心，还是不上心。所谓丈夫，就是一丈之夫。他们是不能离开妻子视线的。”

苏同说：“我哪有时间两边跑？”

“他还帮你夹核桃吗？”林音缓和了一下语气。苏同知道她是在瞎扯，想让她开心些，但她懒得回答。

林音说：“现在的社会一天比一天混乱，像翁小明这样相貌堂堂，会唱歌，又不多言多语的男人，自带一股神秘的气息，肯定是吸引女人的。更要命的是，还有一位出色的总编老婆，不知道给他加了多少分。”

“唉，如果一单她爸外面有女人喜欢他，我都会看高他一眼，说不定就不跟他离婚了。”

“你这是什么逻辑？”

“一个有心仪女人的男人，说明他活着还有动力。”

“胡说八道！”

“苏同，说真的，你不要用静止的方式看人，对翁小明更是。不能觉得自己一杆旗帜插到底，自己没变，别人就不变。男人是实用主义者。你不要高看自己，也不要小瞧他人。我想，你不要追问翁小明什么，他不会告诉你真实的东西。翁小明应该是没把控好自己，一时之错。”

林音的话中，多少带有安慰的成分。不过，聊一聊，苏同的难受、伤心有所减轻。

林音问苏同吃了晚饭没有，苏同说不饿。

“气坏身体，不值。男人三大开心事，你晓得不？”

“升官发财死老婆。地球人都知道。”

“是呀，我们说什么也要留条命，与他们磕到底。”

“凭什么让小三花自己的钱，睡自己的老公，打自己的孩子？”

苏同与林音通完话后，又去了出版部，让正在校对的老师找出她签过的清样，她坐下来，认真审了一遍。

做完这些，苏同给何颖发了一条短信，说她有时间去乡下放松放松。

3

何颖在进报社大院之前，就给苏同打了电话，告诉她自己五分钟之内就将车停在苏同的楼下。

苏同回应：“我准时下楼。”

五分钟的时间里，苏同在镜子前打开一盒雅诗兰黛套装系列，按何颖教过的程序，从紧肤水、润肤乳，到粉底液，一一在脸上、脖子上、手背手腕上过了一遍。一股香气冲得她鼻涕、眼泪一起流，她用纸巾轻轻擦拭了一下眼睛。定睛看一眼镜子里的自己，的确起了变化，皮肤白皙了不少，小斑斑小点点也躲了起来，不仔细看，发现不了。她又将何颖送的一支眉笔拧开，把有些散乱的眉毛往一个方向拢了拢，还在眼皮上下加深了点颜色，眼睛立马明亮了许多。

苏同拉开何颖车的副驾驶门。何颖看了她一眼，由衷地表扬：“老佛爷开光了！”

“有些招架不住，喷嚏都打好几个了。”苏同说。

“习惯了就好了。”

何颖的车技说不上有多好，苏同几次在她的紧急刹车中前仰后合。上了高速后，才算顺溜起来。

车子进了东冶市，按石副市长的提议，停在市政府大院里。她们俩一起上了石副市长的奥迪，司机是一个面无表情的小伙子。

在第一时间里，何颖就将苏同介绍给了副市长："苏总，我的领导。你的大作，都是苏总编辑签发的。"

石副市长握着苏同的手，略有所思地说："好面熟。"

何颖就起哄："有眼缘。"

苏同觉得石副市长没说那些官场上的客气话，一下子增加了好感。再看石副市长身形颀长，没有大肚腩，而且脚上穿的是运动鞋，苏同很快断定："石先生肯定是爱运动的。"

石副市长听苏同叫自己"先生"，有一种特别的舒服感，伸出大拇指，直夸苏同的眼力。并对何颖说："我爱听你俩叫我'先生'。"

"哦，对了，苏总，你是不是喜欢在东湖边跑步？"苏同还没回应，他继续道，"我在那里见过你！"

"你也喜欢在那儿跑步？"苏同很好奇。

"是的，每次去省里开会，或者出差，我都住在东湖边上的宾馆，就是不想辜负东湖的早晨。"

何颖一听乐了："没想到呀，知音。以后再出差，就通知苏总一下，一起跑。"

石先生偏过头故意认真地问苏同："可以吗？"

车子开上一条弯弯弯曲曲的土路，石先生说："在土路上颠簸，你们会难受点，大黄梨种植基地在前边一个塆落。"

何颖询问石先生："金牛镇的金龟酒现在生产经营状况如何？"

石先生一脸诧异："怎么，你不知道？"

"我能知道什么？"

石市长"嗯"了一下："很好的。酒厂扩大了生产规模，厂区也扩建了好几倍，他们还与茅台酒业签下了基酒专供合同。四方风投之后，省国资委委派的工作组已经入驻。”

“入驻是做什么？”何颖不懂。

石先生没有顺着何颖的话题，反问：“你们炒股吗？关心股市吗？”

何颖说：“不是股民，不懂，但有不少亲戚朋友，还有一些同事喜欢在里面折腾。”

苏同却是耳熟，翁小明炒股已经炒了不少个年头。有段时期，翁子远没有中考的压力，翁小明的单位正在酝酿改制。翁小明没什么事，大白天就窝在家里，盯着电脑。电脑屏幕上全是一些上上下下、弯弯曲曲的彩色线条。快报财经证券版上，有关证券的报道很是抢眼。不管政府出台什么政策，证券行业改革有什么动向，一旦与股市联系起来，标题总是惊心动魄，极具蛊惑性和煽动性。还有那几个被股市弄得魂不守舍的记者编辑，如同坐在过山车里，一会儿是云端是天堂，一会儿又是地狱。

“夏编跟我说过，进入股市，就是选择了一个终生的职业，而且，还得不了老年痴呆。退休后，我也炒股去。”何颖又补了一句。

“何须终生炒，厉害的人，一把就能玩转终生。”石先生像是个厉害人。

“那是运气，跟赌博差不多。”何颖装出很懂的语气。

从金龟酒厂讲到股市，苏同发现何颖与石先生聊得很投缘。她知道何颖一旦见到能入眼的、长得有些小帅的男士，身上的多巴胺便起跳，话就特别多。

石先生重新回到何颖的点题上，继续介绍金龟酒厂，他笑问：“牛老板，你晓得吧？”何颖说见过。“他从很远的地方请了位国学大师来厂里作指导，实际上是看风水。最后将金龟的‘龟’换成了归来的‘归’字。”

何颖说：“这两字意思完全不一样呀！”

苏同也认为这两个字南辕北辙不搭界。她想起来那天何颖提着沉甸甸的酒盒子，到自己的办公室，说是给翁小明壮一壮。苏同问：“壮什么？”何颖说：“盒子上写着呢，金龟酒。”苏同忍住笑，这酒名好张牙舞爪！何颖便打开纸盒，一个泥陶罐子露了出来。苏同一下子就喜欢上了那装酒的陶罐，粗糙，质朴，表面上还有一些零星的颗粒，苏同想到一个词——大巧若拙。何颖说：“我就知道你喜欢这个破罐子。”老易来，在一品轩喝了半罐。乐春儿将没喝完的酒倒进了矿泉水瓶，两大瓶，全留给了束一光。她将陶罐拿回家，放在客厅与饭厅中间的吧台上，上面插着她从东湖边扯来的三枝芦苇，青葱的芦苇，现在已是灰黄色。陶罐与芦苇的这种混搭，效果也蛮好。

苏同说："'龟归'两字，天差地别。酒，我也不会品，但那酒罐，我是真心喜欢，像出土文物没有雕琢的雅貌，原始，古朴。"

石先生很认同，他说："现在酒厂正面向全国，做有奖酒瓶设计大赛。你们快报还发过这条消息的。"

"他们是要抛弃陶罐了？"苏同问得突兀。

何颖笑怼苏同："像你这样有着独特怪癖的雅人有几个？从商业利益考虑，肯定要走大众路线。酒的消费者，喝的是交际、交情，品的是成败、得失，至于装酒的器皿，富贵、喜庆、健康、长寿，才是天下人的主打。"

"金归酒的酒罐设计，既要满足这样的人群，也要有自己的风格才好。"苏同只好附和。

"我要牛半斤牛老板，请你俩去讲讲课。"石先生的话一点都不像开玩笑。

"我们可不是什么国学大师！"何颖说。

到了大黄梨种植基地，路口有几个人在等着他们。

这几个人里，分别是镇长、镇里的女团委书记、村主任和果园老板。女团委书记开始有些腼腆，走在苏同和何颖的中间，及时地回答着她俩的各种提问。苏同对果园老板印象深刻，因为他有一张缺了门牙的大嘴。这些人对石先生的恭敬与热情，让苏同、何颖半天适应不过来。

大黄梨已经被包装在纸箱里，在一处简易棚子里码着。石先生对果园老板说："这两位美女记者，是《江风快报》的领导，你们带媒体领导去梨树下走走。"

"那是当然，那是当然！"镇长和村主任齐声应和。

两米多高的梨树，在树道里排列得很是整齐。梨树树干都有碗口粗，枝丫舒展，密叶如盖，大黄梨在坚硬的枝干上挂着。阳光照进来，叶更绿，梨更黄。风摇晃着枝叶，太阳热量被稀释了，大黄梨吸收着阳光，散发出馨香。一行人走在树道里，既不感到燥热，也没有觉得潮湿。

果园老板用方言普通话介绍："三四月梨花开时，白花花一片，像九月炸开的棉花上了树。你们江城人喜欢到江都大学去看樱花，我这里的梨花也不差呢！"

石先生低头喃喃自语："一树梨花压海棠，前面一句是什么？我怎么想不起来了？"

苏同觉得石先生是故意，他是想让何颖接住他的雅兴。

女团委书记用崇拜的眼神看着石先生，欲言又止。

果园老板却很不识趣，将诗的前几句高声接了上来："十八新娘八十郎，白发苍苍对红妆。鸳鸯被里成双夜，一树梨花压海棠。”

听得懂的人，装着不懂；不懂的人，反而像知音似的，恨不得击掌叫好。

苏同觉得这些人跟舞台上的蹩脚小品演员蛮像，闹腾了半天，一点笑梗没有，滑稽有余。她转移话题问老板：“大黄梨这么重，吊在树上，不怕它们落下来？”

果园老板说：“问题不大，它们在树上的时间，是有周期的。该摘的，已经摘了；不该摘的，摘早了，糖分不够。我们计划在下周末，搞一次采摘活动。”

“什么活动？”苏同没有听清“采摘”两字，加强语气好奇地问。

“亲子采摘。”

石先生接过话：“正好，快报的两位领导在这里，你请她们帮你宣传宣传。”

“就怕一宣传，你这片林子不够摘呀！”何颖说。

苏同问：“亲子采摘？以家庭为单位？摘多少都可以？”

果园老板回答：“我们主要是收门票，同时也限摘，要不然，这些梨树肯定不够。主要是体验一家人共同劳动、协同收获的乐趣。”他咧开缺了门牙的大嘴，嘿嘿一笑。苏同不忍直视，连忙将掉在泥土中的一颗黄梨捡了起来。

午饭是果园老板安排的，在镇上。果园老板上的酒是口子窖。石先生问他怎么不安排金归酒。

老板不屑地摇头。

“你这人，可不能乡亲相轻呀！”

“那个牛屁烘烘的牛卵子，尽糊弄人，老子坚决不喝他造的酒。这么熊的公司能上市，真是信了邪……”果园老板气呼呼的，有些口不择言。

“别瞎说。”石先生按了按老板的肩膀，转头问苏同和何颖，“两位美女喝白的还是红的？”

苏同说：“我是都不行。”

何颖说：“我还要开车回江城的。”

女团委书记一直未坐定，她忙前忙后，又从柜台上拿来一瓶雪碧和两盒酸奶。

饭桌上，苏同问果园老板在种梨树之前是做什么的。

老板一乐：“我干过的职业可多呢！高中没毕业，跟着村里的一个泥瓦匠出去打工，出了工伤后，回到村里当过代课老师。我做过老师，你信不信？”

苏同见怪不怪：“有什么不信？”他能随口接上梨花诗，应该是识文断字的。

“在承包这块果园之前，我为金归酒业的前身酒厂做过采购员，南来北往跑采购，哪里中草药便宜，就到哪里去讨价还价，还有基酒也是。”

“难怪！”何颖意味深长地接了一句。

石先生介绍说：“大黄梨只是他果园的一部分，春天有草莓，夏天有西瓜和水蜜桃……”

果园老板说：“还计划栽种猕猴桃等一些高端品种。”

“水果也分低端高端？”苏同不解。

“以价位来分端层，万事万物都一样！”果园老板很是为他的金句得意，哈哈大笑起来。

石先生喝了两杯白酒，话便多了起来。何颖觉得他与上次在金牛镇酒桌上的风格很不一样。

喝了酒的石先生，有意无意之间，用那睫毛茂密的眼睛深看何颖一下，何颖十分受用。

苏同和女团委书记聊着闲天。

石先生给苏同敬酒时，很肯定地说：“苏总如果端上酒杯，我不是对手。”

何颖问他何以见得。

石先生没有回答何颖，却问苏同：“你说是不是？”

苏同便老实告之：“年轻时能喝点，现在身体不好，免疫力下降，不仅不能喝酒，连好多带点刺激性的气味都不能闻。”

石先生说：“我和你刚好相反，在大学时，一碰酒就醉。”

苏同顺势问：“石先生上的哪所大学，学的什么专业？”

石先生笑着道：“我大学上的是外语系，攻的是日语专业，你肯定想不到吧？”

苏同睁大眼睛看着石先生，确实不敢相信。

几个大男人喝得很嗨，开合有度的石先生没有像镇长、村主任和果园老板一样敞开衣裳，举着酒杯，一决高低。他的脸有些红润，眼神发光，细心照顾着何颖、苏同，还用公筷帮她们夹一些菜肴。

奥迪车回到东冶市政府大院。司机将两箱大黄梨搬进了何颖车子的后备箱。

苏同与石先生握手告别，说：“欢迎石先生继续为我们快报赐稿增色！”

“希望能在东湖遇见！”石先生开心地说。

石先生又扶着何颖的肩往一边挪了挪，说了半天话。何颖脸上的表情不停变化起伏着。

苏同转过头，不想看着这两人腻腻歪歪。

下午的阳光，很像石先生的眼神，铺张，劲儿大，不容人的回避与躲闪。

车内滚烫，何颖发动了车子，开了空调。苏同坐进去，叫了一声：“天啦，肉都烤熟了。”

出了院门，何颖发现奥迪车在她的前面不紧不慢地领着路，石先生给她发来短信：“我的司机在前面带路，他会将你们送上高速路口。”

“这样细心的市长，少见。”何颖由衷地赞叹。

苏同说：“人家对你起心动念了。”

何颖冷笑了一声：“管他动啥念，不管邪念正念，我是来者不拒，多多益善。”

“是呀，有张厅当前，什么样的牛鬼蛇神，都是小把戏。”

“这话我爱听。说真的，你的生活圈子要打开点。别整得跟个良家妇女似的，老是围着翁小明、翁子转呀转。翁子一旦上了大学，离开你的视线，你以为翁小明就怎么不得了你？别指望了。有些男人就是受虐狂，真心待他好的人，他不领情，还可能欺负你；那些把玩他的人，向他索取的人，他却偏偏当个宝。”

苏同接不上话，只好不语。

“你不要对号入座，我不是说你呀！”

苏同淡淡一笑：“说我又怎样？你又不是第一次说我。”

“你们可不一样，你们是高中同学，翁小明是理科生，数学学霸，是你仰慕的男生。”

“你怎么什么都知道？还如数家珍。”

“可不，你自己不经意流露出来的东西，就是你的家珍。问题是翁小明没有你的机遇好。好多年过去了，你在往前奔，他却掉了队。说句你不爱听的话，某种程度上讲，你这是婚姻扶贫，一门心思待他如初，一路拖着他跑。据我的观察和了解，这样的婚姻组合很容易出事。”

“出什么事？”

“我，我，我不是出事了吗？”何颖觉得虽是推心置腹，却担心过于直白，苏同受不了，便将自己拿出来搪塞。

“还有自知之明，攀高枝的女人。”苏同顺着何颖的话头，挖了她一句。

“哎呀，苏同，你只知其一；有些事，我不好讲，讲了丢死人。”

“难不成是前夫哥有事在先？”

“怎么不是？有些理工男阴得很，防不胜防；不像石先生这样的文科生，酸溜溜的，一眼看到底。”

“你不能打击一大片吧？理工男们听见了，不把你捶扁才怪。”

“我们的离婚，是他提出来的。他以为董事长的女儿跟他搞了几下暧昧，就会嫁给他，他想多了。当人家知道他带着儿子，掉头就溜之大吉。唉，有些男人，一旦有了机会，什么都可以不管不顾。”

苏同叹了一口长气。

“你肯定有不顺心的事？”

“是呀，你猜得没错。”

“翁小明？”

苏同点点头。

何颖很想将程佳演唱会上见到的一幕说给苏同听。她侧脸瞟了苏同一眼，见她沮丧的表情，已到嗓子眼的话，又以硬生生咽了回去。

她自言自语道：“就说石先生吧，我们认识他的时候，他就是副市长，所以，我们看到的是一个儒雅的风度不凡的成功男人。因而，他在我们面前勇敢自信，还可以雅俗不吝。我们接纳他，欣赏他，因为我们没见过他曾经的过往。你能说他没在物质上穷困潦倒过？没在上司面前低三下四过？没在老婆面前忍气吞声过？都会有的。我们这代人，就像是从车间流水线上下来的产品，都差不多。成功者的经历差不多，不成功者的问题也八九不离十。”

苏同问：“你想说明什么？”

“我想说什么呢？是呀，忘了，我自己被自己带偏了……对，我要说的是，从一而终、白头偕老的故事，都是别人的故事。就像是鬼，老是听说，从没见过。”

“那么你的下一个目标是石先生？”苏同逗她。

“哎呀，没精力了，老张同志我都弄不过来，哪有闲心向外发展。”

苏同一听何颖这样说，明白她应该是发现了张厅的问题。

车子在高速路上跑得欢实。

沉默了好一会儿，苏同觉得困了。何颖说：“你可别睡呀，你睡着了，我也要打瞌睡的。你呀，一点都不够哥们儿！”

“怎么这样说？”苏同不解。

“那天在群光广场，我不仅发现了他跟向丹妮，我还看见了你和翁小明。你们在一个品牌专柜。他虽然戴着墨镜，但他发现了你，很快走掉了。”

苏同说：“是吗？”

“装，继续装！”

“真不是。我一直在琢磨丁钢的一句话：你看到的，未必是真的！”

“那什么是真的？没有看到的，你敢想象？其实，我不在乎了！”

“你想，文化厅一个不太老的副厅长，那么多剧团，美女真的是如云了。防了这个防不了那个，我防得过来吗？还不如放手由他去。”

“你那天是在跟踪？”

“知己知彼呗，确定了这个向丹妮上竿子爬后，我也想了好久。张同志还想咋的？男人都是权衡利弊得失的家伙，我相信他不会为了这个跟我差不多年纪的女人，再做一次颠覆。”

“你想怎么着？”

“我呀，没想怎么着，只想把他当老公用，当存折用……石先生，你可以发展一下。”何颖笑着看了苏同一眼。

苏同说：“注意车速，小心别追尾！”

车子拐到江都大学后门的沿湖路上，何颖说：“马上进入你爱情消失的地方。”

“又在瞎说。”

“你在这里上学四年，要什么有什么，没人追你？你没喜欢过谁？打死我都不信。翁小明更不会相信。”

是呀，当然有。罗津渐渐模糊了的身影，一下子跳进苏同的眼前。

漫长的湖岸线，沿着江都大学蔓延。铺满树叶的林荫路，四季都是风景。凌波门看日出看夕阳，是学子们浪漫故事的序章。

湖中长长瘦瘦的栈桥，都有过自己与罗津的身影。可是，到现在她都没弄明白，罗津为什么回到南京、在市政府工作后，就像变了个人似的，书信中说的全是他的琐碎，没有了对远方恋人的思念之情。苏同那时想，一个人在不在眼前，怎么会有如此天壤之别？她的回信只能是淡淡的，罗津大概顺水推舟吧，一个月不来信，半年不来信，也无所谓。就像一位蒙古族歌手，高音飙出后，最后的余音会在风中缭绕，但基本上与歌意没有多大关系了。

要是罗津留在了江城，或者自己分配到了南京，两个人成了一家人，现在会是什么样呢？她有时会抛出这个莫名其妙的问题。自己会是个什么样子，真不好说，但他们的孩子一定不是左撇子。

凌波门到了。栈桥增加了好多，纵横交错，有人在上面拍照，有人在湖里游泳。苏同不会游泳。罗津那时打击她："赤水边长大的，怎么连游泳都不会？"苏同辩解道："小时候学过，但有一次在水里出了状况，与妹妹一起沉进了河坑里，被人发现救起时，我们姐妹俩已经奄奄一息，把父母吓坏了。之后，我就再也不敢下水了。"罗津说："我教你，我可会教人游了。"罗津骑着单车载着苏同，从桂园到了凌波门。那时候的凌波门，没有现在这么多的栈桥，岸边石阶上青苔多，湖里鹅卵石也多。罗津先下了水。苏同不敢，站在岸边。罗津用手舀起水，往她身上泼。苏同的短衣短裤湿了，还是不敢往水里去。罗津上来，拉着她，小心翼翼踩进水里。罗津用手托着她的身体，让她四肢协调划动。可是，不知为什么罗津浑身发起抖来，像筛糠似的。苏同吓坏了，问他怎么了。罗津嘴唇发乌，哆嗦着说不出话来。

直到结婚后，苏同才明白，罗津当时的状况，是一个青春期男人不能自持的荷尔蒙爆发。

每次经过凌波门，苏同的双耳都有烧灼之感。

车子过了双湖桥，进入东湖迎宾路后，何颖突然说："我差点忘了。刚才石先生跟我说，周一早上股市一开盘，就去买一只股票，这只股票叫什么水化股份，是我省的一家亏损企业。金归酒业前段时间通过各种关系，跟水化达成了重组协议，收购了股权，可能要借壳上市。"

"借壳上市？什么意思？"

"我也不懂，我又不是股民。你不是说翁小明炒股吗？你问问他。还有，他跟我说，要绝对保密，不能对外说。这事，说不定是汪大姐促成的。蒋胖子的老婆，这人可了得，他们的儿子，在做风投。"

4

翁小明现在回家的次数，要比前一阵多了些。龙踞潭二期工地上的桩基部分都已完工，验收也通过了。他在等着沙州两个项目的招标：纱厂旧址改造，锣场镇的关公纪念馆。翁小明与杨豪的侧重点不同，他认为，老易这里，一是胜算要大些，二是可做的事实打实。关键是跟老易说得上话，轻的重的都可以。老易跟他推心置腹，说台湾富商虽是投资方，但不可能是全投，地方财政也要拿一部分。所以，工程给谁做，镇里是做不了主的。老易的意思，九九归一，还得要找卢市长。

翁小明当然懂。找卢市长，用什么找？硬通货是必须的。安全起见，上货的人，必须是卢市长信得过的人。

翁小明心里着急，急着沙州方案出台，急着停牌的股票早日复牌，急着与卢市长建立更亲密的关系。

因为那个吻印，翁小明一直回避与苏同正面相遇。一般下午，翁小明就去沃尔玛买苏同爱吃的大馒头和鲜肉包子，或在院子对面的小超市里挑些半熟食品。回趟家，他将所有的东西搁在饭厅的餐桌上。这个时段，苏同都是在单位，翁小明回到家也自在，在沙发上躺着还是坐着，都能随心所欲。他会打开电视，电视里播放什么不重要，权当是个背景音乐。核桃仁在玻璃瓶里浅下去了，他就夹核桃。走时，玻璃瓶一定是满满当当的。他还会去小巷中的文具店，不管苏同缺不缺，都会提几瓶碳素墨水回来。翁小明是在用这种方式向苏同表达着自己的愧疚，还是用他给予的好，来覆盖给苏同带来的痛？他自己想不明白，更说不清楚。偶尔不巧，遇上了苏同，他的眼神便躲闪开来。苏同也不看他一眼。其实他心里是打了一些腹稿的。反复打磨的腹稿，差不多背熟了，只要苏同跟他提及，他的腹稿就能脱口而出，不管你苏同信不信。他不知道苏同是怎么想的，不知道她有什么样的打算。他知道谈判桌上的高手，都是等着对手先亮底牌。

苏同不想看到翁小明这个样子，也不想再多问一句。她的教养、她的自尊心，不允许她先开这个口。但这道印痕又无法从她的脑子里抹去。她不能将这个事定性成什么。是出轨还是出轨的前奏？是一时贪欢还是蓄意颠覆？

苏同的心与其说是被翁小明伤着，还不如说是被自己撕扯着。

从东冶回来时，何颖说的那番话，苏同当时有些不以为然，觉得只是她个人的感受。但静下心来慢慢细嚼，把自己放进去比对，有些地方是说得通的，还真是那么回事。

这些年来，自己把所有的重心都放在工作上、家庭上她觉得很好。快报总编辑走了几任，有的回到了大报，有的调至集团的二级单位，只有于大桥和她还在原来的岗位上。于大桥升职做了常务副总，自己年复一年地做着副刊，日复一日地看着大样。她现在是陪着第四任总编辑乌尚义。乌总比自己年轻好几岁。老黑私下里拿这事跟她开过玩笑，意思是十多年来，快报编委会里，流水的总编，你是铁打的副（妇）处。卢老师也为她着急，提醒她，如果想留守现在的位子，就得往高处努力。卢老师讲的是人际关系的努力，她好像没有学会。苏同埋头于具体的日常，辛苦中也踏实。

翁子的学习成绩也是她内心饱满的要素。她以一己之力，考上了外校。翁子从没上过培优班、奥数班，没花过一分冤枉钱，这与翁小明的陪伴辅导分不开。不管翁小明以后是个什么人，但在父亲这个队列里，他绝对是排头兵。苏同绝不会捂着良心埋没他的功绩。

在苏同的认知里，当一个男人作为丈夫，作为父亲，能履行职责，怎么可能被外界打扰？或者偶尔被打扰一下，还是会回到正轨。

对于苏同沉溺的幼稚感情，何颖很不屑："你禁锢自己的需求与欲望，那是你的道德与修养。可是，你禁锢不了别人。"

何颖打了个比方："就像你手中的矿泉水，你可以保证你像瓶中的水，无毒无菌，没有公害。但人家要做东湖水，要做长江水，要养鱼虾，要与污浊共处，你能怎么办？"

翁小明回家一趟，都会给苏同留下痕迹。估计快到翁子放学的时间，他便走了，回租住屋给翁子做晚饭。

苏同给翁小明发了一条信息："据可靠消息，水化股份，可能要被金归酒业借壳上市。"

翁小明马上回复："收到，但水化已经停牌。"

苏同一拍脑门，忘了！何颖交代过，那个周一开盘就要入手。现在都过去两个周一了。

实际上，翁小明已从雷师傅那里获知了这个信息，但他的钱都埋在那只已停牌的化工股里了。

因为苏同主动给他发了这条信息，翁小明紧绷的心弦终于松了一下，有了弹性。

施三叶与他也在热烈的互动中。每天给他发好几条短信，中午问候他吃饭了没有，说一个人最好的养生是将午饭吃好，绝对不能马虎对付。晚上问候说睡前要泡一泡脚，脚好腿好肾脏就好。翁小明觉得从没有一位异性对自己这样体贴，这样上心。他的心软软的，被浇上了蜜，很甜。

施三叶还跟他透露了一个重要信息，说卢市长问她想不想去沙州市的学校。她问翁小明："你说我去还是不去？"

翁小明的心"咯噔"了一下。他是个不会为别人拿主意的人。他甚至都没问过施三叶家庭的具体情况，更不清楚卢市长为什么想调施三叶到自己的身边。但从另一个角度看，施三叶在卢市长面前，是可以有所作为的。这个想法一旦跳出来，对苏同的愧疚便被一阵大风吹跑了。

他有了回赤水见施三叶的冲动。

冲动，可以让情绪高涨。

情绪高涨中的翁小明，不单自己想去赤水见上施三叶一面，还想着约上杨豪一起去。在沙州时，老易在杨豪面前提到施三叶与卢市长。杨豪的精明之处在于，他能从众多信息中，分离出最关键最核心的部分。他问过施三叶是什么人，老易见翁小明支吾了一下，便闭了嘴。

那就让杨豪去认识一下施三叶吧。

翁小明拨了杨豪的手机号，杨豪小声说："我正在徐总这里。"翁小明没等杨豪继续说，便挂了电话。

杨豪从徐总办公室出来，下楼到翁小明办公室。他拿了一筒茶叶放在翁小明面前："徐总给的，我哪有福分享用？给你家苏总。"

他在翁小明对面老向的椅子上坐下，问翁小明："老向呢？"

"鬼晓得。上午来了一趟。"

"你俩蛮搞笑，他在你不在，你在他又不见了。错峰出行，搞得像躲猫猫。"

"都是你说的，我没觉得。"

"你刚才找我，有什么好事？"

"肯定是好事喽！"

"说说看，是不是沙州的事？"

"与沙州有关。先去赤水一趟。赤水有位老师，与卢市长关系很好。"

"那一定是个女老师。去去去，当然去。"杨豪没有丝毫犹豫。

"明天是周六，明天去？"

"没问题。"

杨豪还想说什么，他的手机响了。

杨豪对着手机喂喂了几声："信号不好哟。"

翁小明便笑他："又在糊弄谁？"

"还不是那个包工头，事还没搞完，就要钱呢！这些人，不能惯着。他一提要求你就满足，他们就觉得你心肠软，就不会把你当回事，工地上的活儿，就会跟你玩巧，你都不知道巧在哪里。"

杨豪的重点再次落到沙州的事上，他说："翁哥不要嫌我啰唆，设计院、规划院我跑了无数次，跟他们合作的承建单位，我也去摸了情况。刚才我还跟徐总谈起，把你猛吹了一通。我使劲琢磨了一下，其实这个事操作起来很简单，只要卢市长愿意，无论是哪个单位中标，他一个暗示，你的肉就到嘴里了。所以……”杨豪伸出右手，在翁小明眼前，将大拇指与食指中指搓捻着。

不用杨豪说，翁小明也明白，但他现在的确没现钱。另外，即便有现钱，怎么送到人家手里？

“跟你打个商量，你能不能先给我垫上？等过些时候，还给你。”翁小明半开着玩笑试探着。

“也不是不行，等我把龙踞潭的项目结了。”

翁小明知道杨豪的实力，他是个精明人，说是说做是做，手上有再多富余的钱，也不会马上决定。再说，工程结款，不拖个一年半载，根本不可能到手。所以，带他去赤水见见施三叶，很有必要。

杨豪望了一眼手机时间，说：“好快，又得喂肚子了。”

翁小明关上电脑。

还是在公司门口的茶室里。坐着等菜时，杨豪闲问翁小明：“公司里的人，都在传你炒股厉害，你到底翻了几番？你就这么舍不得将里面的钱变现？”

“你别听人胡说，是赚了一些，但现在手上的股票停牌了，拿不出来。能拿出来，干吗找你开口？”

提到炒股，翁小明有了兴奋点，他对杨豪大而化之道：“股市里是有很多机会的，就像盯工程一样，信息很重要。”他将早上苏同发给他的消息说了说，说可惜自己手上没有钱了。虽然错过了水化股份，但还有一家上市公司也持有水化百分之十的股份，如果间接买它，一样也可以翻上几倍。翁小明给杨豪说着这些，没有把苏同带入进来，他不想让杨豪认为，自己是靠苏同混世界。

他问杨豪想不想搏一搏，如果想搏，赶快拿钱给他。他连“借”字都没说。他说拿给他操作，他可以翻一番给杨豪。

杨豪连忙挡住：“我有钱，宁愿给你做项目。做实实在在的事，心里踏实。”

5

周六一大早，翁小明将翁子送到离学校有点远的一间茶楼里，这是关老师给学生课外加强数学的地方。苏同没有做到的事，另一个学生家长做到了。

翁小明得知翁子下午还要排演节目，便回了一趟报社，将苏同接到松园。他告诉苏同，自己要和杨豪去一趟赤水。苏同问：“赤水也有项目？”

翁小明撒了个谎：“有个同学说赤水的高速公路，可能要延伸到螺山。”螺山是翁小明的老家，在排水闸往上走。

苏同下车后，翁小明说：“我不上去了，冰箱里有菜。杨豪正在公司等我。”

翁小明和杨豪很快到了赤水。周连尽地主之谊，安排了一桌酒席，把高中的几个要好的同学全叫了过来。周连问翁小明要不要把施老师也叫来。翁小明说：“她跟同学们不熟，晚上唱歌再喊她就行。”

高中同学聚在一起，全是男生，被杨豪取笑：“你们怎么没跟女同学搞好关系？”

大家“嘿嘿”一乐，端着酒杯，说起当年的女同学，很是意难平。

“还是翁小明行，我们理科班的女同学，他没看上，却将我们年级最出色的才女弄到了手。”周连酸溜溜的。

另一个同学拉着翁小明喝酒：“你真是闷头鸡子啄米吃。我跟你说，翁小明你不自饮三杯，你都对不起我们苏总。”

翁小明摆摆手：“别说得那么邪乎！”坐在翁小明一边的同学趁着他不注意时，将他的酒杯倒得满满的。翁小明站起来，端着酒杯，沿着顺时针方向，一个个与同学碰了杯，碰了杯后，他只舔了舔杯沿。

翁小明的确没有同学们一样的遗憾。高中阶段，他除了读书，做数学题，脑壳里还真是什么心事都没有，也许是发育晚，懵懂未开。班上的女生长得都与他的姐姐翁小兰一个样，又高又壮，脸上不是斑就是痘，还很了不起似的，总是跟他过不去，支使他做这做那，他避之不及。

舔了点赤水竹叶青后，翁小明还很清醒。他已约好了施三叶，待会儿还要去实验中学接她，同学们怎么劝，他都不喝了。

酒桌上，盘中的菜是水里长的，碗里的鱼是水中游的，很普通，却是典型的赤水特色。杨豪第一次品尝赤水菜，直呼好吃，他向服务员要来一碗米饭，便抱拳向大家致歉：“对不起了，各位学长，我要好好享用你们的美食了。”

周连是东家，东家有东家的规矩，客人喝不喝得好，关键是自己要带头。也不知周连是高兴还是不高兴，硬是把自己整得成了话痨子。翁小明见状，对大家示意，酒足饭饱，此间节目谢幕。

另一个同学订了间歌厅包房，大家像赶场子似的，急吼吼地挤着上了翁小明的车。天色已暗淡，周连坐在翁小明的后边，拍打着靠背：“豪车呀，翁总，你家祖坟冒青烟了。”

翁小明没有理会周连，问在哪个歌厅。

那个订歌房的同学报了名字和位置，翁小明驾轻就熟，直奔过去。

到了歌厅后，满脸通红的周连在吧台找女老板逗乐。杨豪一眼便知，周连并不是像他自己所说的醉了。女老板个高体胖，一件黑色针织连衣裙包裹着蓬勃的肉体，尤其是领口之下。周连嬉皮笑脸说着什么。女老板一道狐媚的眼光斜来，一只肉手向他捶去，周连丝毫不躲闪。陪着杨豪聊天的另外几个同学，看到这一幕，起着哄。翁小明开车去了自己的母校。

施三叶已在学校大门口等候多时。翁小明的车很醒目，隔着好几丈远，施三叶便歪着头，手高出肩膀一点点，向车的方向招了招。车子稳稳地停在施三叶面前。翁小明下车，施三叶便向他递过手腕。翁小明脑子一热，立马想去抓。施三叶连忙缩了回去，她“呵呵”一乐：“我是问你，味道怎么样？”

翁小明恍然大悟，香奈儿5号，是自己送给她的。

在歌厅里第一眼见到施三叶时，杨豪心里便咯噔一下，完了，翁小明完蛋了。

施三叶的眼神、语调，还有那微微前倾的身体，都在向她盯上的猎物发出危险的信号。

在翁小明的介绍下，施三叶向杨豪递过手来。杨豪握着，手指好长，好硬，是个抓人体质。他心里瞎估摸着，而嘴里蹦出来的话却是：“哇，你很像一个明星，对，香港的莫文蔚，很像。”

施三叶笑道：“杨总好有趣！”

不用说，眼前这位施老师与卢市长搭上关系，哪怕是特殊关系，也在情理之中。

周连从吧台边过来，跟施三叶打了声招呼。施三叶只是敷衍地睃了他一眼，就径自进了包厢，拿周连当空气似的。周连不是失落，而是生气，气得牙痒痒。他后悔着，后悔着对施三叶所有的好。周连觉得自己待在这里既多余又无趣，在大家都进了包房后就走了。翁小明开始没在意，后来看不到周连的人影，问施三叶：“周连人呢？”施三叶说：“不知道呀。”

“施老师的歌唱得真的好。”杨豪对翁小明说，“光听歌，就会喜欢唱歌的人，见了人，就是歌人合一了。”

“你这词是从哪学的？”翁小明像是听到赞美自己一样，特别开心。

“不用学，发自内心的感受。”

施三叶想请杨豪合唱一曲。杨豪看了翁小明一眼，连连摇手：“不行不行，左嗓子，跑调，会把你带过河。”

施三叶说：“没关系，我的本事，就是把跑过河的调拉回来。”

翁小明在唱《勇气》的时候，两只眼睛望着施三叶，配合着歌词的内容。杨豪眼中，一向无精打采的翁小明，此时四海豪情。

杨豪拉开包厢门往外走，到了歌厅大门口。门口两边各有一只石凳，杨豪挑右边的石凳坐下，看着夜色中的娱乐一条街，与他所见过的娱乐一条街一个模样。

这是杨豪第一次到赤水，可毫不陌生，与江城没有什么不同，与自己的老家也差不多。女老板此时也在门口，正和一个三十来岁的年轻男子说着话。

杨豪没有着意听他们两个的一问一答，但顺在耳朵里的声音，想不听也是不容易的。男子在询问女老板：“今天他（她）在陪谁？”女老板说：“是同事吧？都是学校的老师。”

杨豪听着是学校的，心想，教书育人的老师，都往歌厅钻了？周老师，施老师，对了，这男子该不会是来找施老师的吧？他警觉起来。

男子从夹包里摸出一包烟，淡黄色的黄鹤楼硬盒，递给女老板。女老板来者不拒，面无表情地接过，说：“你放一百二十个心，没有事的。有什么，我瞒别人也不会瞒你呀。”

可以确定，此男是跟踪者，目标就在这个歌厅里。女老板相当于无间道，是个不用伪装的双面间谍。

杨豪觉得好玩。小地方，一亩三分地，找个人，盯点事，易如反掌。如果是在江城，难度就大了很多，除非重金请个近卫军，二十四小时贴身跟着。

男子没有走的意思。女老板想进去忙自己的事，担心男子跟进来，便问男子近来手气怎么样。

男子没好气地说：“你真是保证？”

“保证”是什么？杨豪不明白，应该是赤水土话，大概是“什么都晓得”的意思。

有人在里面叫女老板买单。女老板应了一声，对男子道：“不跟你扯了，你慢走！”

男子听出女老板是在赶自己，望了杨豪一眼，大声吼了一句什么歌，摇晃着肩膀，一步三回头地走了。

杨豪手中的烟也烧到了底。他丢掉烟屁股，回包房去。他推开门，女老板跟在他的身后，说："麻烦你把施老师叫出来一下。"

施老师没等着杨豪叫，自己就出来了。杨豪断定，刚才那男子找的人应该是施老师。

施三叶出去后，杨豪问翁小明什么时候可以结束。

翁小明说："马上，等施老师回来，再唱一曲。"

酒店在赤水河东岸边，新开的国际豪庭。翁小明车上只有杨豪和施三叶。翁小明先将杨豪送到酒店，再送施老师。

坐车、见人、说话、喝酒、吃饭、唱歌，一套组合拳下来，钢铁侠都会累得瘫倒。进了空调大开的房间，杨豪迫不及待地甩掉皮鞋，直奔沙发。

他闭上眼睛，想睡死过去，突然觉得好冷，右腹隐隐作痛。他起身将中央空调调高到二十八摄氏度，又从行李包里翻出一件夹克套上。小小的折腾，睡意又不见了。他便坐起，点燃一支烟。

其实真正让杨豪睡不着的，还是翁小明，以及和翁小明在一起的施三叶施老师。

一向温吞吞的人，在一个女人面前，竟是孙猴子变成了妖，连同学的眼光也不顾忌。是因为施老师和卢市长特殊的关系，还是他自己内心起了波澜？也许是兼而有之吧。

施三叶，好潦草的名字。她一定有两个姐姐，大叶二叶。到她这儿，没什么文化又不待见女孩的父母，就这样随便了事，丢了个"三叶"于她。施三叶却从叶子堆里钻了出来，还成了老师，还是中学里的音乐老师。杨豪想，能改变命运的女人，一定有着不一样的过人之处。

有着过人之处的施三叶便在杨豪的眼前重走了一遍。

女人分可粗看与可细看两种。施三叶属于可以粗看型，个子高，还苗条，穿衣打扮讲究，在人堆里是个出挑的女人。可是，眼睛大，额头窄，颧骨过于突出，没有耳垂，再加上鼻子下面人中处凸突，比较符合相书上说的"克夫相"。杨豪的个人喜好，是那种脸面圆润、比较有喜感的女人。

不知道卢市长信不信相书，跟她是哪一个层面的好。翁小明会陷入一个什么样的关系网中？但愿翁小明只是猪油蒙了心，脑子进了水，起腻后干净撤退，别留下后患。

酒店的早餐，全是赤水特色。

杨豪下到一楼，给服务员亮了房卡后，发现翁小明和施三叶坐在一个靠窗的餐桌上，正吃着聊着。

杨豪不想让翁小明看见自己，便低着头，拿过餐盘，去捡自己想吃的主食，在翁小明视线够不着的地方坐下，狼吞虎咽着，搞得像个小偷。

杨豪神速地退出餐厅。他走出大堂自动门，点燃了早晨的第一支烟。

翁小明给杨豪打来电话，问他是不是还在睡。杨豪嗯了一声。

翁小明说："我请施老师来过了早，等超市开门后，去买点东西，看一下老亲娘。"

杨豪笑道："这就对了。"

翁小明提着一箱牛奶，两瓶油，还有一些时令水果，去了芙蓉家园小区。

苏同妈听见门铃响，开门见是翁小明，很是惊讶："怎么事先没打个电话？苏同呢？"

翁小明说："临时起意回来的，苏同在上班。"

苏同妈对女儿很是不满："双休日也上班？地球离开她就不转了。"

翁小明问候了一下两位老人的身体，苏同妈说苏爸一早溜达去了，正在向一百二十岁努力。

翁小明"呵呵"笑着："没病就好。"

苏同妈从卧室里拿出一个红布包裹，在翁小明面前一个角一个角地展开，她说买菜时，碰上一个卖"袁大头"的人。"这个人说一口螺山话，应该是你老家那边的。他说这袁大头是从他家宅基地挖出来的。不知是真是假，管他呢，我买了三块，你们一家一个做纪念。"

翁小明接过，放进裤子口袋里："好的，我带给翁子。"

翁小明在客厅里站了几分钟，没说多少话，就离开了。他到酒店去接上杨豪，返回江城。

一上车，杨豪将车窗摁下："我的天，这味道，好熏人。"

"还好意思说？不都是你的烟味？"翁小明回敬道。

"你小心点，被苏总闻到了，我看你怎么解释！"

翁小明心里很清楚，杨豪一说熏人，他就知道是香水味。

杨豪准备拿翁小明开心："你老实说，施老师昨晚回家了没？"

"人家是良家妇女，你想到哪儿去了？"

“看你急的。”

“我很早就起床了，约她过来吃了早餐，是想问她去沙州的事。卢市长帮她联系了沙州的中学，她想先去看看，再做决定。”

杨豪一听，觉得这位施老师还真是个角色。卢市长若是要调她去沙州，那意思很明显，一位大领导与一个心仪的女人，不用想都明白。可是，她却将此事告诉了另外一个男人，这是杨豪想不透搞不懂的地方。只能说，中了邪的男人智商为零。

不过，话是从施老师嘴里出来的。到底是卢市长想调她去，还是她自己想去？这个有点分辨不了。

杨豪装着糊涂问翁小明：“苏总认识施老师吗？”

“认识。好多年前，她来师大上学，是周连把她带到我家来的。她家经济条件不好，周连托苏同给她找个打工的地方。”

“周老师有意思，够热心的。”

“是施老师的父亲求周连帮忙。”

“苏总给她找了？”

“没有，报社哪有合适的岗位？做实习生又没有几个酬劳。”

“你呢？没有帮帮？”

“怎么没帮？要不然她现在还能记得我的好？只可惜，那时我没什么资源，给她找的事她看不上。她也没有指望我们，靠自己努力，还混得风生水起的。”

“这么厉害？”

“是呀，不久前，卢市长请苏同吃饭。苏同回家后跟我说，只有四个人，却发现施三叶也在席。苏同说，她都快惊掉下巴了。她是一边惊讶，一边感慨。”

“主要是突变。”

“有什么可惊讶可感慨的？小姑娘想变就能变，又是美女，会唱歌的美女。”

杨豪听了哈哈大笑：“所以你就去搞定了会唱歌的美女？你呀！你家苏总可能小瞧了你。”

“只有她老人家，是一成不变。”

杨豪听到这话，觉得不妥，立马打断翁小明，提醒道：“翁哥，千万别本末倒置。上头的事不能走心。再说，你与大领导抢食不好，相当于剑走偏锋。”

翁小明脸一红：“怎么可能？”

翁小明嘴中说的“怎么可能”，在杨豪听来软绵绵的。男人之间的情感交流，听与说都不明了，更不会在某些议题上过多啰唆。

杨豪只是感觉，施老师如同一个不明飞行物，她可以近距离靠近你，又可以远离你的视线。越是猜不透，越是具有磁吸效应。对一个长期被老婆羽翼包裹的男人来讲，真的是充满了新鲜的诱惑。如果，施老师在卢市长面前都能自如，翁小明就只是她的一盘开胃小菜罢了。但话又说回来，有些男人是先从小菜做起，以后才有可能把别人当成小菜的，这也是一个成长的过程。希望翁小明在这个过程中游刃有余，只是不要伤害了无辜的人。杨豪突然想到那个在歌厅门口看到的男子，不知道他是施老师的什么人。如果是她男人，施老师敢这么没有忌惮，我行我素，那她真的是有过人之处。

翁小明将车载音乐拧开。杨豪问是什么歌。翁小明没有理会，他小声哼道："终于做了这个决定……"

6

玉总将车插进一个巴掌大的地方，车门半开，从驾驶座位上侧着身子挪下来，全身大汗淋漓。放眼望去，报社停车场不算小的地方，塞进去的车子真多。玉总喘了一口气，就给何颖电话报告："我已在楼下，可以仰望到神圣的快报窗口。"

何颖有些责怪："你都到楼下了，怎么不上来？"

玉总打着哈哈："烦你移步下来再说。"

深灰色的云，一块连着一块，贴着树梢移动。云含着泪雨，水汪汪的，仿佛只要有一句煽情的话，就会夺目而出。

何颖下了楼，出了安全门，才发现自己脚上还趿着拖鞋。办公室穿什么鞋，出门穿什么鞋，搭配衣服穿什么鞋，她是十分讲究的。玉总的电话让她忘了换鞋。她的软底拖鞋从台阶上，小心翼翼地一级一级往下挪动。

玉总远远地看着何颖袅娜的身姿，从心里佩服张厅的眼力。玉总伸手将车喇叭按了一下。何颖循着喇叭声，看见了玉总，走过来。玉总又艰难地挤进车里，他对何颖说："我把车牵出几步，你再上来，下班的时间了，我们找个地方吃个午饭。"

何颖有被胁迫之感，但也没有不给面子的拒绝。

"大老总，干吗费这个神？"何颖上了车后，很是疑惑。

"何总，去西冷吃牛排怎么样？"

“你别开玩笑，我又不是老总，让人听见，不是会被笑死，就是会被骂死。”

玉总说：“主任可比老总稀罕。”

“西冷有点远，不去。再说，我脚上还穿着拖鞋呢，人家门童都不会让我进。就在附近找个小餐馆，中午我还要休息的。”

玉总说：“好吧，那恭敬不如从命。”

在何颖的指引下，车子七弯八拐，绕了一大圈，还是到了“老乡味道”。何颖熟门熟路地带着玉总钻进一个小包间，老板娘很快提进来一壶茶水。

何颖用滚烫的茶水将两个小杯子冲洗了一遍，倒上了水。

玉总问何颖：“这里最有特色的菜是什么？”

“他们家的鱼好吃，都是从赤水大湖来的。就我们两人，点两个下饭的菜就行。”

老板娘进来：“何主任，今天有刚从赤水来的小龙虾，还有螃蟹。”

何颖说：“吃这些东西太费劲，煎个糍粑鱼，炒个上海青，来一大碗米饭。”

“正是吃螃蟹的时候，来几只吧？”玉总不想随便。

“算了，抓了螃蟹，满手都是腥味。”

玉总出去了一趟，加了一个甲鱼干锅。回到桌前的玉总吹着杯子里冒着热气的水，一副踟蹰的神态。何颖见他如此，笑问：“玉总怎么了？心事重重的。”

何颖破了题，玉总便张口说道：“何大姐，跟你说个事，希望你别骂我。”

何颖还是愣了愣，说：“又叫大姐了，看你这样子，问题蛮严重的？”

“对我来说，应该是很严重的事故。”玉总一脸认真。

何颖没接话，等着他说下去。

“这次去法国，上面安排的人员中，没有你。”

何颖松了一口气：“就这？搞得我紧张兮兮的，还以为发生了什么了不得的事。”又用安慰的口吻说，“不去就不去呗。”

“可是，你的副手，小乐，乐春儿，上面点名要她去。”

松弛下来的何颖，又是一愣：“为什么？”

“外事办的人说，小乐外语好，方便交流与沟通。”

狗屁！何颖心里暗暗骂了一句。她突然想起，乐春儿那天跟她请假，说是去办护照，原来她早就在做准备呀！

“你看，我没把事办好，真是对不起。”

“又不是你的决定，你自责什么？”

饭菜同时上桌，玉总抢着帮何颖盛了碗饭。

何颖问玉总要不要来点啤酒。

“不开车的话，一定喝几瓶。”

“小乐这丫头挺聪明的，她能出去一趟，也蛮好。我们是一个部门，哪个去都一样。”何颖态度变化之快，让玉总有点跟不上。

玉总用公筷给何颖夹了一块甲鱼裙边：“何大姐，你是个干大事的人，我是真心佩服你。”

“你可千万别这样说，你这样说，搞得我蛮装似的。其实，这样的事，你只要打个电话来说一声就行，如此隆重，我有点吃不消了。说正经的，以后有什么合作的事，我们还是可以一起做，但要打提前量，把声势造得更大些，活动可以做得更好。”

“那是当然。这次真是领教了快报的影响力，也领教了何大姐的魅力。”

“快报的影响力是真的，别的莫瞎扯。”

何颖在玉总面前，扎扎实实干了两碗饭。

两个人走到门外，斜风终于将要哭的雨扇了下来，不过只是毛毛细雨。玉总要送何颖回报社大楼。

何颖谢绝：“没必要，那是舍近求远。吃多了，走几步帮助消化。”

“有雨呢，你的拖鞋又不方便。”

“还好啦，这点毛毛雨，没啥感觉。你走吧！”

何颖催着玉总早点走，她是不想再多说话，累人。

玉总想起什么似的对何颖说：“你等我一下下。”他缩着头，跑了几步，从他的车子后备箱里拿出一个包装得精巧的小盒子，折回到何颖跟前，双手递给何颖：“我老婆说，这个香水是美女的最爱，我不懂行。”

何颖不想收。首先，她不想被动地承认自己是美女；再者，在这种情况下，收人家的礼物，有点被小看的意思。

玉总说：“这是我老婆的意思，她去了一趟迪拜，说那里的东西货真价实。我一直没机会见到你。”

何颖不好再推。玉总的车开走后，何颖恨不得将香水盒扔进路边的垃圾桶里。

何颖哪能不生气呢？只是在玉总面前不好意思表露而已。去不去法国是一回事，而被乐春儿顶替却是另一回事了。而且这个事，还是那么不寻常。这个小姑娘是什么来头？她攀上了什么皇亲国戚？想着她没有走公开竞岗的程序，从副刊部的小编辑，一跃成为副主任，又到活动策划部成为自己的副手，怎么看都不寻常。编辑部的人说三道四，还将她与乌总扯上关系。何颖觉得不可能。乌尚义不会在窝边扒草打食，即便在窝边扒草打食，也不会挑个人见人爱的主儿。那不是自己给自己找靶子吗？乌尚义不是那种横刀立马、甘冒风险的性格，更不可能公然为她坏了快报人才选拔的规矩。何颖猜过，乐春儿背后的靠山，肯定比乌尚义大。好的是，乐春儿在自己面前十分乖巧，做事也顺手，尤其是在国庆演出活动中，处理问题的技巧非常妥帖。

何颖走进大楼中庭休息区，看到王小号坐在一张会客桌边，眼睛盯着手中的数码相机，手不停地划动着。何颖主动喊了他一声："耗子，干吗呢？"

王小号抬起头，见是何颖，连忙回答："何主任好，我在等老丁，丁主任，约好了的，他还在食堂吃饭。"

何颖想起好多次都看到王小号与乐春儿相处亲密的场景，说不定他知道些什么呢。何颖欲张嘴，却忍住了。一个儿子伢，憨里憨气，能晓得什么呢？再说，有可能他也喜欢并追乐春儿。自己这样的年纪、这样的身份，来探究一个小姑娘，不真成八婆了？

但何颖心中的疑惑却怎么也挥之不去，并裹成了一个线结。理不出头绪来的烦躁，让她周身的汗黏乎乎的。一步踏进电梯后，她又退了出来，给苏同拨了手机。

苏同问："何颖吃饭了没。"

何颖反问："这都什么时候了？还不吃饭？"

苏同说："我就没吃。"

"哪个像你这样的节省？"何颖知道苏同不愿去扎人堆，故意说她节省。

苏同笑："随你怎么冤枉。"

"那你在煮面？"

"对呀！你要想吃，就过来！"

这样的对话，转到何颖想要的话题有点难度。

"不吃不吃！再吃就像个气球了。你也少吃这些垃圾食品，什么面条呀，馒头呀，最容易长肉肉的。"

"我不怕。"苏同笑着说。

"好吧，不打扰你长肉了。"

何颖收了线，只能是回到办公室。

格子间的几个年轻人，有的已躺在了简易折叠床上。乐春儿却在电脑前，聚精会神地敲打着键盘。

何颖看着手里的香水盒，脑子里突然峰回路转，这款长方形的“神秘馨香”，更适合一个风姿绰约的青春美女。

她对着格子间咳嗽了一声，乐春儿听见何颖的声音，抬头向玻璃小屋这边眺望。何颖向她招了招手。乐春儿起身，轻轻地小跑过来。何颖什么话都没说，将香水盒递给她：“这个味道，挺适合你的。”

乐春儿双手接过，放在鼻子下：“真好闻，淡淡的香。何主任，我从没用过香水，恐怕暴殄天物。”

“瞎说，美丽与奢侈才是绝配。”何颖扯过一张报纸，将香水盒包上。

乐春儿的脸被何颖说红了：“您更适合！”乐春儿说完准备走掉，被何颖拉住。何颖将包好的香水盒，塞进乐春儿手中。

乐春儿有点语无伦次：“这怎么好？您用最合适……谢谢谢谢……”

乐春儿走后，何颖躺在沙发上，很快睡着了。

7

翁小明又去了一趟赤水，但没有逗留。他是应施三叶的要求，送她去沙州的学校看看。江城、赤水、沙州三地，在地图上呈三角形。翁小明绕了个大圈，从江城出发，将赤水的施三叶送到沙州。

翁小明边开车边试探地问施三叶：“我要不要请卢市长吃个饭？”

施三叶说：“我先问问他。他们当官的，吃请是个负担。”

翁小明在施三叶自由活动时，去锣场镇找了老易。他将那个臭味已完全消散的土罐带到了老易的面前。

易书记的办公室可以放下两三张台球桌。他见到翁小明很是意外：“伙计，也不提前打声招呼？”

“提前打招呼？你去高速路口迎接我吗？”

“有这个可能！”老易嘿嘿地笑着。

“这么大的办公室，当老大的感觉很爽吧？”翁小明将土罐放到沙发前面的茶几上。老易眼睛一亮：“这是从哪儿弄来的？”

“还能从哪儿？地底下。”翁小明的随口胡诌，让老易更加兴奋。

办公室桌上的电话，不停地响起。老易跟他说两句话，就要抓起电话“嗯哼”几声。翁小明觉得坐在这里实属打扰，便起身要走。

老易笑中带恼：“你敢走？不能走！我来安排。你是几个人来的？”

翁小明明白老易的取笑，大方地说：“肯定不是一个人。”

“施老师来了？人呢？”

翁小明笑而未答。

“这次，卢市长是很难请动的。就看施老师的魅力了。”

“因为升了官？”

“真正的市长，感觉完全不一样。”

“理解理解。”

办公室进进出出的人多了起来。老易忙着签字批阅，不亦乐乎。翁小明走出门，给施三叶拨了电话，是想问她事情办得如何，需不需要去接她出来吃晚饭。但施三叶却将电话挂了，之后发来一条短信：“正忙，不用管我。”

电话都不方便讲，是个什么场景？翁小明不是喜欢深究之人，也不得不猜测。从内心来讲，他希望施三叶与卢市长走得近些，能说得上话。可他不明白，施三叶自己的家在赤水，为什么要调到沙州来？

翁小明在走廊上走来走去，想着杨豪的话，搞不清自己是上头还是上心了。老易提着皮包出来：“老翁，我们出发！”

还是上次那家酒店。

坐下后，老易问翁小明：“你的施老师什么时候到？”

翁小明说：“不等她，我们吃。”

看着翁小明一脸的失落，老易打趣道：“翁小明同学莫太认真。”

老易没有邀约其他人作陪。本来是个四人小桌，就两个人，也不铺张，翁小明主动点了皮蛋豆腐，说喜欢关公老爷子的爱好。

老易“嗯”了一声：“好，败心火。”又加了个硬菜，牛杂火锅。

老易提到了苏总，说她不仅是翁小明的贵人，也是自己的贵人。翁小明听着笑着。

老易讲道：“去年，有几个同学来沙州玩，你知道大家是怎么骂你的吗？”

“怎么骂？”

“大家都说，妈的，翁小明是哪辈子修来的福分？娶了这么好的老婆，要什么有什么。”

“净瞎扯。”

“你是身在福中不知福，在我眼里，就是这样的。”

翁小明不想就这个话题继续，便问锣场镇的项目确定了没有。

“环湖绿道这个事，沙州市要并入全市古城文化公园的整体规划，时间上会拖得比较长。关公纪念馆，快了，人大、政协的有关专家在论证。关家后人，那位台商只要将资金落实，书记、市长一声令下就行。”

“一声令下，那就是奠基仪式了？”

“我说的是他们签字。”

接着，老易有些感慨地说：“别说大领导，就是我这样的虾兵蟹将，都想做些实事，做些好事，造福一方百姓，为后人留下点念想。”

“你有这样的想法就对了，锣场镇的这两个项目，做好了，就是你的代表作，也是你的丰碑。”

“喝酒喝酒！”老易举着半杯啤酒，与翁小明碰了碰，一口闷完。他从火锅里夹出一块像牛筋一样透明的东西，放进翁小明的碟里，“吃了再说，猜是什么？”

老易没法对翁小明承诺什么，便转移话题。一旦沾上工程，特别是大工程，怎么做？给谁做？自己说了根本不算。

“软滑还蛮有劲道，是牛筋？”翁小明咀嚼着。

“不是。中医专家不是说吃什么补什么吗？”

“你缺什么？”翁小明调转枪口问。

老易没有回答缺什么，说：“我这可是为你量身定制的。”

这下，翁小明明白了，但没有顺着老易的话题走：“哪个专家会这么说？都是商家设置的陷阱，还有吃货们的自我安慰。什么吃核桃补脑，吃腰子补肾。你见谁是吃了核桃脑子好使的，哪个吃了腰子肾就好用的？”

“那可不一定，说不定今晚就有奇效呢！”

夜色浓郁。老易对翁小明说：“让我的司机先送你去酒店，明天再来取车。”

翁小明摆摆手：“不必，我没事。”

啤酒，醉不了人，翁小明又没喝多少，他稳稳地开车回到市区的酒店里。

翁小明先敲了敲隔壁的房门，没有施三叶的回应，翁小明心里悻悻然。

他回到房间的第一件事是去淋浴间开花洒冲澡，仔细地冲，尤其是曲里拐弯的地方。换上干净的衣服后，他便在电视机上翻找频道。沙州地方新闻屏幕上，卢市长高高的个子如皮影戏里的主角，一会儿出现在这里，一会儿又出现在别的地方，基层调研，会议讲话，接待投资大咖。也不知施三叶是怎么找到他的。现在是在吃饭聊天？还是喝酒唱歌？

也许是开车过于劳累的缘故，翁小明渐渐进入睡眠状态。朦胧中，翁小明听见敲门声，他一跃而起，快速地拉开门，没有人影。翁小明怀疑自己产生了幻觉。再次隐约听到敲门声后，他便忽略掉，不再起床。

窗帘没有关得严丝合缝，早晨的阳光从缝隙间钻了进来。翁小明从枕头底下抓出手机一看，哇，都快八点了，连忙起来。他拉开双层窗帘，窗外的世界正上演着彩色默片。

又一个新的日子开始了。翁小明对着窗外，做了几个伸腰举手的动作。

手机响起，翁小明不用看就知道是谁打来的，果然是施三叶。

翁小明轻声问："起床没？"

施三叶温柔地回答："还没呢，我们住的房间带早餐吗？"

"带呀，你起来，我等你一起去。"

"我不想起床，你帮我带两个鸡蛋和一杯酸奶上来。"

"哎呀，说不定下面有你喜欢吃的。"

"我想再躺一会儿。"

"真是个小懒猫，要不要我来陪你？"

施三叶"咯咯"笑了起来，声音之大，已经盖过手机，并穿越了墙壁。这样的声音脆响，好听，无比撩人。翁小明说："真想破墙而入。"

自从与施三叶交往后，翁小明对自己的胆量越来越吃惊，他说过的话，做过的事，使用过的眼神，都是崭新的。

一阵潮热从周身向一个方向涌去。翁小明突然觉得老易给自己吃的东西，有点慢热，现在才开始发挥作用，且劲道还很大。他一头将自己埋在了床上，并用枕头抵着自己。

在一楼餐厅快要关门时，翁小明才晃晃悠悠地进去。他对服务员说："我不在这里吃，拿点东西打个包便可。"

服务员连说"好好"，她们求之不得。

其实，餐盘里大都空了，但鸡蛋还有。两根油条蔫巴着，苹果、酸奶已被收拾好。服务员递给翁小明两个塑料袋。

他提着两只满满的袋子，上了楼，先敲施三叶的房门。施三叶软软地应答："等会儿——"她把"儿"字拖成了长调。

翁小明回到自己的房间，先敲蛋壳，帮施三叶也敲了，剥着壳。

施三叶穿着睡衣，披着散发出现在翁小明的房门口。翁小明一见，说："你这是在考验我吗？"

施三叶笑着说："不用考验，你是坐怀不乱的君子。"

"高帽子先别戴，现在是我的手忙不过来。"

施三叶接过翁小明剥好的鸡蛋，顺势坐在翁小明的床上，"翁总好暖心！"

"我不仅暖心，还很暖身。"

"没想到呀没想到！"

"没想到什么？"

"我一直误解了你，还以为你很严肃的。"

"我不严肃吗？跟卢市长比呢？"翁小明莫名其妙地将卢市长拿出来做类比。吐出这样一句不恰当的话后，他后悔死了。但施三叶却没在意："差不多啦。"

翁小明的脸变成了灰色。

施三叶说："肚子还真的饿了。"一个鸡蛋很快吃完，她又拿起一根油条，边吸酸奶边咀嚼起来："我昨晚回来后，敲过你的房门，你可真能睡。"

翁小明想起睡意蒙眬中的声音，原来是施三叶在敲，唉，错失了千载难逢的机会。

"怎么样？成效如何？"

"卢市长委托教委的一位负责人，带我去看了两所学校，我觉得还不如实验中学。晚上，卢市长请我吃的饭。"

"人多不？"

"就我们俩。"

"就你俩？"翁小明的眼睛睁得老大。

"是呀，不行吗？"施三叶傲娇地问。

"怎么可能？不，我不是这个意思。"

"他以前在江城经常请我一个人吃饭。"

沉默了一会儿，施三叶说："算了，不说这些，免得你想歪。"

"那你还想不想调动？"翁小明问。

"卢市长认为，教音乐不比教数理化或者语文，一所学校，一两个老师就满额了。我当然知道。我说我再想想。"

"是要考虑清楚。"翁小明的语气像老大哥似的。

“我跟他说了你们要竞标纱厂旧址改造的事。”

“是吧？”翁小明的注意力全部聚集起来。

“卢市长问我，‘你一个做教师的，怎么想拉这样的活儿？’我骗他说，是苏总委托我的。卢市长他真厉害，他说，‘我不信，是翁小明委托你的吧！’”

施三叶以为翁小明会赞扬她的机灵，却看到了一副不开心的面孔。

“翁总，你和苏总都是他的学生，又是一家人，只要结果达成就好嘛。”

翁小明也在咬着油条。凉了的油条，吃在嘴里，软塌塌油乎乎的，堵在嗓子眼里，难以下咽。

“没想到卢市长一听到苏总，那神情那态度可不一样喽！”施三叶却是故意地添油加醋。

翁小明没问怎么不一样，他将另一瓶酸奶的吸管插好，递给施三叶。

“不管成不成，我都会好好感谢你的。”

“是吧？”施三叶没有客套。

翁小明将施三叶送回赤水后，马不停蹄赶回江城。

他先到了翁小兰家，肚子有些饿，问有没有吃的。翁小兰说：“有，饭菜都有，帮你在微波炉里转转。”

翁小明一边扒着米饭，一边跟翁小兰说：“一个老同学正在投资一个矿山项目，需要资金周转，利息高达二十个点。”

翁小兰问是哪个，翁小明中学同学她差不多都认识。

翁小明回答是大学同学。

翁小兰提醒：“现在骗子太多，你不要掉进去了。”

翁小明横了翁小兰一眼：“怎么可能？这个同学的哥哥是副省级别，一般人哪有这种能耐。”翁小兰便说自己没有钱，仅有的钱都用在涛涛身上了。翁小明说：“机会难得，利息也是分亲疏的，只有嫡亲的哥们儿，才有最高点的利息。”翁小兰有些动摇，便说有张十万的存单还没到期，现在取出来会损失三千多元。

翁小明说：“不就三千多吗，我马上补给你。”并从夹克口袋里掏出皮夹，数出一沓百元钞票。

翁小兰眼见为实，说：“那你等等，我到楼下银行去取。”

翁小明说：“取什么？费那个劲，你转存到一张银行卡里就行。”

翁小兰换了件外套，犹豫不决的样子，但还是咬了咬牙，出了门。

一碗菜拌饭，翁小明很快吃完，他将空碗丢进水槽，“咣当”一声。老爸在房里喊：“是哪个？”翁小明没有理会。老爸却颤颤巍巍、一寸一寸挪了出来，他的下半身光着，嘴里却含混着：“个杂种又来了，看老子不打断你的腿。”

翁小明一把将瘦小的老爸拦腰抱进房里，吼道：“这样好看吗？你又不安逸了。”

翁小明从老爸房间出来，到了老妈面前。老妈偎在床头看电视里的王宝钏哭诉着苦痛。翁小明说：“你看不够呀？只怕台词都能背了？”

老妈就笑：“过去的女人守妇道，要是现在，早就跟人跑了。”

翁小明突然想起银元的事。苏同妈妈给翁子的“袁大头”，他已经放在苏同的书架上了，但他却有了联想，会不会是爹爹当年埋下的？他问老妈：“小时候，你跟我讲过，爹爹死前，将两坛银元埋在了自家菜园子里，真的有这事吗？”

“这是你爸早年跟我说的。如果真有这事，那菜园子不是分给人家了吗，还问这些，有什么用？”

“苏同妈从我们老家人手里买了三块银元。我就想，会不会是从我们菜园子里挖出来的。”

“要是你爸没有糊涂就好了。”

翁小明无声地叹息：“即便是，那又能怎么样？还能从别人手里要回来？”

老爸不知用什么东西在敲打着墙壁，胡话一句一句传来。

老妈说：“他又犯迷糊了，一天不洗澡，就在房屋里到处找人，乱说。你回来正好，帮他洗洗。”

翁小兰上气不接下气地回家，将银行卡交给翁小明：“这可是我们的身家性命，别让你姐夫知道。”

翁小明接过银行卡，放进钱夹里，便去卫生间里放热水。翁小兰跟他打配合，一起给老爸洗澡。老爸坐在椅子上，手与脚都在抖动，无神的眼睛只看着翁小兰，嘴里不停地叨叨着，虽含糊不清，但关键的话还能听清楚。他一会儿说门后边站着一个人，一会儿又说床底下躲着一个人。翁小明粗声恶气地吼道：“你要再胡说，我们不管你了。”

翁小兰叹了口气：“一辈子说的都是要命的胡话。”

翁小明将老爸安顿好后，没有回报社的家，直接到了松园的租住屋。

8

尽管认为乐春儿顶替自己出访法国，不是她个人的有意为之，但何颖还是想弄个明白，到底是谁在帮她轻而易举地干掉了自己。何颖瞅着苏同不忙的空隙，到了她的办公室，没想到在这里碰到了小莫。小莫脸上的神色是尴尬的，但还是礼貌地与何颖打了声招呼。

苏同对小莫说："我再找时间跟你聊。"

小莫如同获赦，从沙发上"噌"地站了起来："好，你们忙。"

"你在做情感疏导？"小莫刚出门，何颖就问。

"这是你的专长。人家小姑娘比我们厉害多了，她听到的看见的，无奇不有，还需要我来疏导？"

"那可不一定。不是有'旁观者清，当局者迷'之说吗？"

"是这个理。为了'药渣'，她已经离了，没想到呀没想到。她老公为这事，也找过我。"

"'药渣'呢？"何颖好奇地问。

"他没跟你说？"

"没有，有些日子没到我办公室去了。"

"他老婆找过小莫。"

"是吧？闹了？如果闹，小莫可不是'包边'的对手哦。"

"你也太小瞧'包边'了。人家非常大度、文明。一见小莫，便说，我知道丁钢为什么喜欢你了，我一见你，我也喜欢。"

"小莫会信？"

"小莫当然不信。但我信。"

"你怎么知道？"

"'包边'昨晚到了报社，把我约到操场上，跟我说到小莫，一脸的真诚。"

"'包边'来找过你？"

"是呀，要不，小莫怎么会坐在这里？不过，'包边'还真的有水平，比读书人的水平强多了，丁钢完全不是她的对手。"

何颖笑得不行："有你这么比的吗？"

"'包边'跟小莫说，喜欢一个人，不远不近地喜欢最好。如果非要在一个屋檐下朝夕相处，所有的美感都会荡然无存。除非你是瞎子、聋子，而且鼻子也不好使。"

"有水平！确实有。"何颖由衷赞叹后，又说，"这个'药渣'，自己不晓得几斤几两，打折包邮，我都不要。"

“人家对你有贼心没贼胆。”

两人会心一笑。

“小莫的意思呢？”

“这不，还没说上几句，你就大驾光临了。说真的，你去说说丁钢吧，让他回头是岸。”

“哎，有些男人，如果没有经历过一次真正的恋爱，而又突然尝到了滋味，是谁说都没用的。”

苏同若有所思。

何颖回到自己的正题上：“好了，不说这对幸福的恋人，我是来找你说我自己的。”

“你也遇到了这样的事？”苏同开着玩笑。

“乐春儿要去法国，你签了字的？”

“乐春儿去法国？”苏同一头雾水。

“这就是说，你完全不知道？”

“是呀！”何颖知道苏同不会装洋说假话，也没必要说这样的假话。

“玉总告诉我，媒体代表是乐春儿。”

苏同很是吃惊，叹服：“小姑娘不得了。”

何颖问苏同：“乐春儿会不会越过你，直接找乌总签字？”

苏同说：“这个我哪清楚？但不是没有这种可能。”

何颖撇着嘴，摇着头。

苏同安慰何颖：“让她去好了，以后还有机会。带队的领导是谁？”

何颖说没问。

何颖回家后，跟老张又讲了一遍自己被剔出出国名单的事。老张用轻慢的眼神望着何颖：“我以为你蛮精的。这样的事，还用得着说？职场上司空见惯的。你也没必要去跟一个小姑娘斗气，说不定哪天，人家就会翻到你的头上。”

何颖听出他话中有话，问他是不是知道内情。

“你们报社的事，你不晓得，我能晓得？我又不是探子，也没那么长的耳朵。”老张很是不屑。

“是你们文化厅组织的呀，不会是你们厅长得意小乐吧？”

“你可真能想，人家厅长想得意谁，还轮得上你们报社的人？”

“也是哦，能唱会演的漂亮小妹妹，你们那儿是应有尽有。”

何颖说这句话时，盯了老张一眼。老张怎能听不出她话里的内容，当然不再接她的茬。

老张自顾自对着电视机翻找频道，不一会儿，突然说道："我跟艺校的校长说好了，让他们学校派个车子到你们报社，拖两百本蒋社长的书走。"

"真的？"何颖有点不敢相信自己的耳朵。她控制不住自己的身体，重重地坐在了沙发上。

"你要是怀疑，就当是假的。"

"真的真的真的，还是老公好！"何颖顺势抱着老张的胳臂在他脸上亲了一口。

"典型的实用主义者。"

"是又怎么样？"何颖将头歪在老张的肩上。

"你要学会把领导当朋友，你不跟他热络，他就会冷落你。我再跟你说一次，出国这样的事，是小事。为这样的小事去伤神费力打听什么背景呀、内幕呀，一点都不值得，还会被人笑话，对自己也不好。"

第二天一大早，何颖直接去了乌总办公室，报告乌总说："省艺校今天要来车，准备拖走蒋社长的书。"乌总一听，脸上立马笑逐颜开，使劲搓着双手，感慨万千："张厅长真够意思。"

乌总便在走廊上大声地喊着老金，老金立现。乌总交代道："赶快上楼去通知党办，有车来拖蒋社长的书了。"

心情大好的何颖回到自己的玻璃小屋，前脚刚到，乐春儿后脚就跟了进来。

乐春儿红着脸，向何颖报告，下周要随演艺公司去法国，参加中国文化周。

何颖装出惊讶："好呀，这是个好机会。这个玉总，他就是喜欢你，蛮认可你的能力。"

把乐春儿出国之事，安在玉总身上，是何颖的临时发挥，也给乐春儿减轻了压力。

"法国的香水、化妆品，牌子很多，你喜欢哪一款的？"乐春儿细心地问。

"嗐，这个，就别操心了。你安心去看一看，开阔眼界，要是能写点游记什么的，给東一光的副刊发发。"

9

翁小明从自己停牌的股票里，抽出两万股，以停牌价四元八角押给雷师傅，换了十万元现金。雷师傅还与翁小明开了个玩笑，"开盘时，翻了番，可不许后悔哦！”

翁小明说：“不后悔！”停了片刻又说，“来现钱了，我随时还你。”

“没问题，不着急。”

杨豪从没见过翁小明如此不惜代价的操作，翁小明不是那种下得了大本钱的人，除了炒股。连股票都能兑出去，充分说明在卢市长这里他有了可靠的把握。于是，自己也兑现了承诺，去银行办了一张二十万的卡，交给了翁小明。

翁小明跟杨豪说到了自己与施老师去沙州的事，两个人是分头行动。施老师是考察学校，并与卢市长共进晚餐；他自己去了锣场镇。老同学易书记这里的项目，只等台湾老板过来办手续，手续一办，就要公开招标。

业内人都懂，说是公开招投标，其实是做戏。只要意向明确，招标方与投标方共同做戏，全套戏本做足，绝无纰漏。胜券绝不会落入陪跑者之手。

“老易是个实在人，他没有虚晃你。意思再明白不过，把卢市长搞定，就OK。”杨豪说。

翁小明说：“我知道，还是有些担心。”

“担心什么？”

“毕竟是师生关系，老师在学生心中的形象，他会不会看得很重？”翁小明没有明说的话——因为老婆，因为苏同，反而会让卢市长增加顾虑。

杨豪哈哈大笑：“这是你的多虑了。”

“要不这样，就这几天，我和你，带上施老师一起去找卢市长？”

翁小明的话正中杨豪的下怀：“行行行，只要你不嫌弃有个电灯泡就行。”

翁小明将卡还给杨豪：“你先自己揣着。”

气温一天比一天冷。

松园出租屋里的空调挂机，是单冷的。

苏同想着翁子在没有暖气的屋子里做作业、睡觉，就不舒服，就心疼。她委托司机小李到工贸商城买了个取暖器。她先是电话问翁小明能不能回家一趟，将取暖器带过去。翁小明说，他有空就回来拿。苏同听着很不踏实。他什么时候有空？这是个未知数。苏同对翁小明的话，是越来越信心不足。即便是一天半天，她都不愿让翁子在冷冰冰的屋子里受冻，便招呼小李送自己一趟。

下午三点多，苏同从车子里搬出方方正正的盒子，有些沉。小李要帮她，她没让，她怕小李看到屋子里乱糟糟的样子。

屋子里的确很乱，苏同也来不及收拾，她只是将翁子床上的被子抖了抖，叠好，又将枕头拍了拍。枕头下又出现了一本漫画书，是日本漫画。苏同拿起来翻了翻，有点熟悉，读书版上好像介绍过。虽然这本书没有像《鬼吹灯》那样让苏同惊恐，但翁子把时间花在这上面，也是会分散注意力的。上次，她将《鬼吹灯》从枕头下拿到书桌上，翁子好长时间都不理自己。苏同想，高考的脚步越来越近了，不要让翁子起抵触情绪，便将书还原到枕头下。

苏同在翁子的书桌上留下一个字条，告诉翁子："取暖器等爸爸回来安装、调试，千万不要自己动。天气冷了，保护好手。女孩的手，是第二张脸。"苏同想轻松一下，在后面用艺术体加上了四个字："宝贝加油。"

苏同退到另一间房。床上的棉被也是乱作一团，沙发上的毛衣、衬衫呈垛状，袜子不成对，胡乱卷成一团。

苏同将发硬的有味道的衣物一起放进了洗衣机，但没开机——小李在下面等自己，不能耽搁太久。回转的路上，她给翁小明发了一条短信，告诉他自己来过租住屋，洗衣机里有脏衣物，让他自己开机。

翁小明回复得很及时，一个字："好。"

外校的圣诞节小型会演，是在平安夜的前三天举行的。翁子与班上的同学排了一个童话剧，台词全都是英语。翁子扮演的角色，是一个女魔王，演出效果盖过了男一女一。

翁子用手机给苏同报告了演出的成功，兴奋得不行。苏同有点奇怪，全省语文知识大赛一等奖，年级总分考进了前十，也没见她高兴成这样过。

第二天是周末，翁子班上取消了休息日。苏同兴冲冲到了租住屋，她想借机犒劳一下翁子。

翁小明一见苏同，便说："刚接到翁小兰的电话，老爸又在家里跌了一跤，还得去医院再拍个片子，不知道上次接的地方，是否又开了。"苏同清楚翁小明是想回避自己，就催他早点走。

苏同去附近小超市买了菜，踩着时间，做好了饭菜。翁子回来，说："我在楼下，就闻到了烧排骨的香味。"

苏同见着翁子脸上的气色很明媚，心情也随着明媚起来。

翁子余兴犹在。她自顾自地说话，说她第一次化妆用了假睫毛，很不舒服，为何有的女人却喜欢受这种罪？她说演出时，她还出了一个小事故。本来应该是右手拿着的魔棒，却在演出时忘了形，习惯性地握在左手了，结果说着台词，扬起魔棒，将王子的眼镜打落在地。王子同学高度近视，在地上摸索了半天，才找着眼镜。

苏同听得津津有味，忍不住笑道："你看你。你是左撇子，设计站位时，就要注意到这个。"

"忽略了，排演时，只是将当天的快报一卷，没有用真的魔棒。不过，出点小错，反而获得了意想不到的喜剧效果。"

翁子问苏同："这个节目是我编导的，你信不信？我将哈利·波特、白雪公主，还有另外的童话故事，打乱重新组装了一下。"

苏同斜着眼睛看着翁子："真的？你还有这样的本事？"话一出口，就很后悔，觉得伤了翁子，连忙改口，"怎么不信？可惜了中央戏剧学院、北京电影学院。要不要我奖励一下？"

"要要要，当然要。"翁子少有的雀跃。

"想好要什么了吗？"

"没有！"

苏同将肋排挑出来，放进翁子的碗里。

"好吃，妈，你这排骨烧得比餐馆里好吃。"

"这是你小姨刚教我的。"

"小姨比你幸福！"翁子突然冒出这样一句。

吃过饭，苏同问翁子："你今天有空没，一起去国广？"

翁子说："下午关老师讲试卷，放学会早些。"

心情一好，精神状态完全不一样。苏同手脚勤快起来，她将翁小明的一件夹克套上，收拾打扫着屋子。两间卧室，客厅、厨房，她认认真真清理了一遍。在洗衣机转动的当口，她洗了一把脸，用护手霜抹了抹双手，坐在翁子的书桌旁，在采访本上，给翁子画了一张漫像。

快乐的小姑娘一下子跳在她的面前，展开的眉梢，向两边舒展的笑意。这是一瞬间的翁子，苏同抓住了，来之不易。

苏同想，翁子的开心就是对自己的犒劳与奖赏，没有什么比这更重要的。

翁子放学回来，放下双肩包。看到整个屋子敞亮、整洁、面貌一新，忍不住赞叹："你在这儿，就是不一样。"

母女俩出门。翁子说："国广地下超市新推出一款泡芙面包，很好吃。"

苏同说：“好，那晚饭就用面包解决。”

翁子不同意：“各是各，面包代替不了晚饭。”

两人一前一后从地下通道穿过，上了自动扶梯。

商场门口，进进出出的人照例很多。一楼的灯光明亮、柔和，空姐般模样的导购员，眼睛像追光灯似的，盯着来来往往的人。苏同又打起喷嚏来，化妆品、香水味太过浓烈。翁子说：“妈耶，你的鼻子是来跟你捣乱的。”

“嗯，还有嗓子，天生的缺陷。”苏同无奈地附和道。

“我们语文老师身上用的香水是一种能提神的，只要她从我身边走过，我就会一激灵，瞌睡就都被赶跑了。”

“你上课还打瞌睡？”苏同紧张地问。

“我只是个比喻。妈，你还有点缺乏幽默感。不是有‘闻香识女人’一说吗？你看何阿姨，香喷喷的，哪个不喜欢？你总是清汤寡水的样子。”

苏同吃惊地看了翁子一眼：“你怎么研究起这个了？这可不是你现在要关心的。”

“这不是遗传吗？近来走神了。读了朱老先生的《荷塘月色》，想着一位老男人对自然之美都能那样沉迷，如果眼前是个美人，断定他自持不了。”

“天呀，我的苏翁子同学，你可把书读歪了。”

翁子将手臂搭在了苏同的肩膀上：“小题大做！”

“你这是哪儿跟哪儿？没有你这样的解读哦！”

“发散型思维呗！”

苏同望了翁子一眼，不可思议似的，又使劲地望了一眼。

翁子问：“怎么了？”

“越来越像翁小明。”

苏同问翁子：“去几楼，想好了看什么？运动鞋？牛仔裤？”

“都可以，看看再说。”翁子随意答道。

两个人有一搭没一搭地闲聊着，苏同有意往关老师身上扯，想听听翁子对他的评价。她想知道班主任关老师对翁子的态度是否有变化。

可一提到关老师，翁子就沉下了脸。

在休闲运动系列楼层，翁子在足球柜台前盯了一会儿。苏同问翁子：“怎么对足球感兴趣，想踢球？”翁子未置可否，她取下一只足球，用手拍了拍。苏同说：“你个傻帽儿，这可是足球呢！”

“买一只吧！”翁子要求道。

苏同便让售货员开了票。

足球用袋装上，翁子提着。她们找到观光电梯，直接下到地下超市。翁子轻车熟路，领着苏同很快找到烤面包的角落，排队买了两个泡芙面包。刚刚从烤箱里出来的面包，高尔夫球大小，热乎乎的，翁子递给苏同一个：“妈，尝尝。”

苏同说不喜欢面包，拒绝的样子。其实，她是想留着给翁子吃。

“你很固执，不喜欢尝试新的东西。”

“没有呀！”

“还不是？你看你，那么多品牌化妆品不用，用的却是好多年不变的国货雪花膏；穿衣吧，我就没看你穿过牛仔裤，像你这样身材的人，穿牛仔裤，性感得不要不要的。”

苏同吃惊地看着翁子的嘴巴一张一合，没完没了地在继续：“就连朋友，跟你走动的也就是几个老同学，外加何阿姨，如果不是何阿姨主动，估计她也不会是你的朋友。你的喜好，除了工作、画画，连歌厅都不去，你知道洗脚城长得啥模样？桑拿浴是啥浴？不知道吧？还有，你爱吃的，老是赤水的炕饼，那有什么好吃的？现在有好多新的东西，比那个炕饼不知道要好吃多少倍，可你试都不试一下。”

苏同突然觉得，今天的翁子好像是蓄谋已久，专来给自己挑刺的。她一旦意识到这点，心里便老大不乐意。可是又不想拂了翁子的好心情，脸虽垮得需要用手托起了，也没有将心里的不快说出来，只是提高了音量问翁子：“泡芙吃饱了没？还想不想吃饭？”

“你看看，当领导的就是这样，不谦虚，一说到问题，就不乐意。虽然你是老总，但也要与时俱进呀！”

翁子的话，让苏同一时半会儿出不来。

回到租住屋后，苏同给苏意打了一通电话，告诉苏意，翁子也在挑她的刺了。

“你呀，是有点死板，就缺一个点拨你的人，我觉得翁子把你看得蛮准。”苏意也没客气。

这个电话打得多余。没有找到同盟军的苏同，很无趣。

圣诞之夜，风雨交加。玻璃窗被水雾罩住。楼外的灯光闪烁，成了一团团跳动的色斑，在苏同看来，如同一幅油画。

苏同签完一个大样，等着另一个大样的到来。

快报的经济新闻版上，有些商家提前两天就在为圣诞之夜的活动造势，尤其是通宵打折。

束一光的副刊上也有这样内容的小作文。

从什么时候起，读者，当然是年轻的读者开始热衷这样的洋节了？

下午的时候，赵晶晶拿着稿费单来苏同办公室请她签字。苏同认真地看着，她分管部门的记者的编辑费，要比新闻采编一线的同事少了一大截。束一光好多次跟她扯过此事，心里的怨气很大。她在想，是不是再跟乌总或者是于大桥提提这个问题，将副刊编辑费的标准提高一些？赵晶晶却在她耳边絮叨："今天，是分辨女孩美不美、受不受人待见的日子。"苏同望着赵晶晶，赵晶晶继续说："美女记者编辑都收到了鲜花，乐春儿收到的最多，还有巧克力，门卫都很不耐烦了。"

"收得多就好呀？"苏同又问赵晶晶，"你呢？你收到几束？"

"没有，何主任给了我一盒巧克力。"赵晶晶是难为情的表情。

苏同微微笑说："何主任的崇拜者多！"

苏同自己一天下来，没有任何人问津，她却给翁小明发去了一条"生日快乐"的短信。翁小明回复了一个微笑与一杯咖啡的图标。

真是巧，翁小明生日就是圣诞节这天。可惜过去谁也没在意这个西方的重大节日，翁小明的父母更不清楚。十二月二十五日，就是一个平凡的日子。跟一年中每个月的二十五日没有任何区别。多少年来，他的生日都是在不声不响中度过的。结婚后，苏同给翁小明的这一天带来了不一样的内容。

被年轻人追捧的圣诞之夜，被商家疯狂利用，推波助澜。翁小明自己也有点发蒙，怎么这么特别，这么幸运？难道自己也是圣诞老人派给这人世间的礼物？送给父母的礼物？也许是吧！

每年的这一天，苏同都要给翁小明画上一幅漫像。翁小明在她的笔下，是渐变的。无论是一根线条，还是一个点，都在生长，都在变化，就像树的年轮。翁小明在苏同的碳素墨水中，一年年不同。线条的弧度越大，翁小明的脸也就越圆阔，画面之外的身躯如同土地下的洋葱，一圈一圈加厚。年轻的翁小明线条分明的嘴唇，现在颜色深沉，与他的皮肤融为一体。两眼神色散淡，眼皮无力，一个中年男人活脱脱地凸现在她的眼前。虽然他不再有俊朗的外形，苏同倒也没有觉得不可接受。自己也不是过去那个扎着马尾辫的小姑娘了。苏同有一个计划，金婚的时候，做一本画册，把翁小明一年一年的漫像整理好，装订成册。在他白发如霜时，让他翻一翻，翻翻自己的岁月，看着自己在老婆眼中是怎样从年轻、帅气走到老迈的。让他体味，一个平凡的男人被一个女人如此接纳与珍惜，是种怎样的幸福？这种独一无二的馈赠，不是什么人都能获得的，你翁小明除外。

苏同的钢笔尖在采访本页面上戳着，都戳出一个洞了。她翻开另一面，半天没有动笔。她已经有些日子没有与翁小明正常交流了，见面的时候也少得可怜，更没有认真地打量过他，因为那颗唇形印迹，也因为那躲闪的眼神。

翁小明的神情，并不像苏同想象的有不适与愧疚，他该干什么干什么。他的世界多了色彩，这色彩不同于苏同笔下的黑白漫像，比她单调、刻板的线条要鲜活有趣得多。只是苏同没有意识到这些。

翁子说她固执且沉溺。苏意想想，差不多是这样子。计划内的事，一定要做完。丁是丁，卯是卯，非做完不可。此时此刻，翁小明必须在她的本子上出现。

苏同在柜子里找出上一年的采访本，翻出了翁小明的漫像，仔细地琢磨着翁小明，竭力想找出点差别。脖子上的颈纹多了？眼神更涣散了？

翁小明还是跟去年差不多的样子。

雨一直在下。最后一个版签完，已经过了晚十点钟。苏同走出大楼，没有往院子里面去，她想这是个特殊的日子，一定要回到翁小明和苏翁子身边。

苏同走下台阶，好半天才拦上了出租车。雨刷像钟摆一样，在车窗玻璃上摆来摆去。车过长江二桥，江北的喧嚣，转换成了色彩，扑面而来。

翁子坐在取暖器边，桌上摊着作业本，手里在转着魔方。听到门开的声音，她以为是翁小明回来了，大声问：“怎么样，你今天的手机很热闹吧？”

“热闹什么？”苏同喘着气问。

“妈，是你？这么晚了还过来？”

苏同将手套、围巾摘下，问翁子：“你爸呢？他又没回？”

“他中午跟我说过，晚上有朋友给他过生日，会回来晚点。”

苏同去厨房烧热水，问翁子肚子饿不饿，如果饿，就给她煮碗面条。翁子却说：“又不是我过生日。”

苏同到了自己房里。开灯后，看到几天前买的足球放在沙发上。翁子不是自己看中的球吗？怎么丢在这里？她拿起来，准备问翁子，却发现，足球的白色菱形皮上有着翁子的字迹：“老翁同学，踢起来！”

苏同不禁笑了。她觉得翁子叫翁小明“老翁”，还“同学”，比自己幽默。下面还有落款：“老同学祝数学王子生日快乐！”哦，这是她代自己送给翁小明的礼物。用心良苦的女儿！

翁小明很晚才回的家。苏同已经睡了，他没打扰她。翁子房间里，在摊开的作业本上，有一道未解的数学题，在等着他的帮助。

夜很深，翁小明困得睁不开眼睛，才轻手轻脚地回到苏同的身边。

苏同被声音弄醒，却不动声色。

翁小明一挨枕头，鼾声骤起。苏同转过头，看着圣诞老人偷偷送给自己的礼物——丈夫。

10

天亮后，雨停了。

苏同起床做早点。她煮了鸡蛋，又从冰箱急冻室里找出了虾饺。

为了翁小明和翁子能多睡会儿，苏同没开抽油烟机，她担心噪声吵醒他们。但时间一长，就有股难闻的味儿。

苏同先将翁子房间的窗户打开一条缝，翁子醒了，问苏同几点了。

苏同说：“还早，还能再睡十分钟。”

苏同又去开主卧的窗，翁小明的鼾声戛然而止，但眼睛不肯睁开。

“闻到什么味道没有？”苏同知道他醒了，问了一句。

翁小明瓮声瓮气地回答：“没有。”

她心想，没有气味就好。

翁子起床，刷牙，只用水在脸上抹了一把。

苏同剥好鸡蛋壳，送到翁子嘴巴里，又将煮好的虾饺盛好，放在翁子面前。

“来不及了，爸爸给我买了泡芙，在书桌上。”翁子一手抓起面包，一手拿起书包，匆匆出门下楼。

苏同自己坐下来，慢慢地吃着虾饺。

翁小明起床后，边刷牙边对苏同说：“我送你回报社。”

“车子停在楼下吗？”苏同问。

“没有，我去公司取，很快的。”

难得翁小明如此主动，苏同帮他剥好鸡蛋，也盛好一碗虾饺。

翁小明坐下时，苏同起身去收拾厨房。

翁小明骑上自行车，感觉风大，双层夹克被风灌得像个气球。他的骑术很好，在拥挤的人群里，或快或慢或立或停，皆能自由灵活地游动。

翁小明将车开回松园小区楼下，给苏同电话，叫她下来。

车子在进入解放大道之前，一直开得很慢。车体庞大，路窄，人多，无法像骑自行车那般自如。翁小明专注地看着前方和两边的后视镜。进入主道后，他才放松了一些。

“昨天，我收到四十七条短信，全是喊我‘叔叔’，全是祝我生日快乐。”翁小明突然这样说。

苏同一时没明白：“四十七条短信？全叫你‘叔叔’？”

“是呀，是翁子的同学，她发动了四十七个同学给我发的。”

苏同吃惊不小，翁子这是多么用心才有的创意呀！难怪她昨天问“手机热闹吧”，原来是这样。

翁小明说她初中的同学占了一大半。

“欧阳佳呀，郝洁呀，肯定少不了她们。”苏同熟悉这几个小朋友。

“是的，名字熟悉的应该是初中同学，不熟悉的是高中同学。”

“四十七岁，四十七条，你要留着，一条也别删。”苏同啧啧不已。

“不会删的。”

苏同突然想起什么似的问翁小明：“你不是四十六岁吗？翁子怎么给你过四十七岁生日？”

“你呀，男人庆生要过虚岁，翁子都比你明白。”

“你们还信这？”苏同嘴硬。

“你也快过生日了，想要什么？”

苏同叹了一口气：“我想要是翁子是个男孩就好了。”

“为什么？”

“男孩跟妈妈亲。”

第五章

1

改版与选岗，这是快报每年年底必做的功课。

于大桥领着三个人去了一趟南方。那边是改革开放的前沿，报业发展相较内地也更是灵活多变，新闻报道、舆论监督、广告发行和经济效益，做到了齐头并进。

听了人家的战绩，于大桥对同行的宋兴说："只能仰望，无法复制。"

在机场候机时，于大桥抓紧时间向乌总报告行程，也简要汇报了参观考察中的感受。

"很好，元旦之后，快报开个专题改版动员会。你将南方之行讲一讲，讲讲他们是怎么做的，再结合我们的报纸，看看需要在哪些方面做大的改革和小的调整，现在开始，整个思路出来。"乌总尚未听完，便振奋地布置作业。

于大桥便将乌总布置的作业转告一旁的宋兴。宋兴靠在椅子上，闭着眼听，不搭腔。于大桥灵光一现，说："你别装睡，这个作业你来完成。"

宋兴立马睁开眼睛，现出惊恐状。

"这几天，你听到的、看到的、我们议论到的，你整理出一个文字稿来，热饭快炒，加几个鸡蛋，撒一把葱花，争取端出一盘热腾腾的《江风快报》改革花饭来！"于大桥点拨得容易轻松。

宋兴想推辞。还没等他开口，于大桥就又自顾自地说："南下考察报告及对快报的启示，重点就放在这两个方面。一是我们与别人的异同及差距；二是快报要从他们成功的路径中学什么、改什么。不要整那些大词，越具体越好。"

"于总，我怕不行，我哪有这样的高度？再说，我们快报面临的是转型呢！你别看到人家的经验就激动，那些成功经验，到我们那儿，可能会水土不服的。"宋兴吞吞吐吐，给他的推脱加上了理由。

“行了吧你，把你做秘书的童子功亮出来。你只需要起草一个文稿，我们再讨论、再补充，又不是让你拿决案。”

宋兴继续推辞。

“限你三天之内，生不出娃来，就剖宫产！”于大桥最大的优点，就是说话做事不打官腔。听他说话很轻松，被他训也不会太尴尬。

宋兴还能说什么呢？于大桥是领导，又分管着机动新闻部。丁钢是他推荐给快报的。丁钢处处与自己作对，于大桥非但没有纵容丁钢，还在背后骂他：“在外面打打杀杀不累吗？还要跟自己人拼刺刀。”金主任就跟自己说过于大桥的为人。自己这次出来，也是他点的将。

两个多小时的飞行，手机处于关闭状态。飞机刚刚在跑道上停住，宋兴就将手机打开，乌总的短信立马弹了出来，意思是让他直接回报社，到他办公室去。他不知道发生了什么大事，探了一下于大桥的口风，于大桥好像也不知情。他猜测，这事只与自己相关。

司机在出站口等着于大桥。同行的另两个人有人来接，宋兴因为乌总的召唤，便坐进于大桥的车一起回了报社。

宋兴是推着行李箱直接到乌总办公室的。

乌总坐在椅子上没起身，示意宋兴把门关上。他从抽屉里拿出一个厚厚的信封，递给宋兴。宋兴有点不解，不知道里面装的是什么。

“举报信，举报金归酒业的。”

“哦？”宋兴张大了嘴巴，他怎么也没料到会发生这样的事。

乌总看到宋兴紧张的神情，宽慰道：“举报的是酒厂，你紧张什么？”

宋兴说：“没紧张。”但他明显感觉后背发冷，心脏在紧缩，缩成了一颗小冰砣。

按理说，一个职业新闻人，收到一封举报信，应该会产生冲动，更有一种去调查采访、追寻事实真相的兴奋。还原事实真相，上帝的归上帝，恺撒的归恺撒，见不见报那是另说。可是，令宋兴不安的是，这厚厚的信封里举报的这家金归酒业，跟自己有关。

宋兴认识牛老板是乌总介绍的。为金归酒业做宣传，也是乌总的意思。乌总说蒋社长的夫人汪大姐很有眼力，相中了这家公司，并全力以赴要将这家企业做大做强。宋兴因此不遗余力，跑腿、写稿、宣传。事后，牛老板还亲自到自己家拜访过一次。红包是老婆收的，数额有点大。说起来，这也不是什么要命的大事。

牛老板不说，没人会知道。举报信涉及的是什么内容，乌总没有提及，自己也猜不出来。会不会影响金归酒业的借壳之路，这才是他紧张的关键。

水化股份停牌之前，汪大姐给他打过电话，意思是要抓住这个千载难逢的上车机会。当时，宋兴的眼前金光闪闪，热血直往脑壳顶上冲。他第一时间给老婆打电话时，手都在哆嗦，让她将几个银行卡里的钱往一个对接证券账户卡里转。老婆吓了一跳，问出了什么事。宋兴说："一两句话说不清楚，回去再解释，肯定不是坏事。"老婆依然不情不愿。最后他用一个玉手镯的承诺，才算说服了老婆。另外，他还向同学陈胜利借了三十万元，不是白借，三个点的息呀！

乌总看着脸色灰暗的宋兴，估计他也买了股票，但没问，颇带自我安慰的意思说："什么样的人都有，牛半斤那性格，不得罪人才怪。你看了内容就会晓得，明摆着是有人在使坏，是见不得别人好。里面说七说八，问题复杂又严重。我不相信。要是这么差劲，地方政府这关就过不了。既然信到了我们这里，也不能不理。你尽快抽个时间去老牛那儿一趟，信上列举的几个问题，我们没办法核实清楚，只要我们公开见报的内容属实就行。"

宋兴用力地点着头。

领了这个特殊任务的宋兴，木然走出乌总的办公室。乌总在他后面叫了他一声："箱子箱子！"宋兴折回来，失魂落魄般推出行李箱，乘电梯下了一层，回到了自己的玻璃小屋。

格子间里，王小号坐在丁钢的边上。王小号自从贴紧丁钢后，每天都有图片上版，还是重要位置，月度奖也是部门之首。所以，他尝到了甜头，不用到处找线索了，只要黏着丁钢，就能出活儿。两个人正在嘟囔着什么，见到宋兴回来，王小号马上起身走掉了。丁钢开口骂道："㞞包。"

宋兴听了，没有理会。丁钢无论什么样的言行，他都不会在乎。丁钢是快报的一名战士，冲锋陷阵的战士。有些人，一辈子就适合在战士的岗位上，精彩地战斗着。宋兴与丁钢的不同在于，先成为好的战士，却不能止于好的战士。宋兴的注意力，现在不在丁钢这儿，连于大桥交办的事都算不上。

宋兴全身上下都是僵硬的，回到小屋里他更是六神无主。

冬天的夜色来得早。宋兴看了一眼窗外，全是黑黢黢的。他那颗凉飕飕的心，半天缓不过劲儿来。举报信在信封里，他太想知道信里的内容了，但手指有些发木，用了很大的劲儿，信封都被扯破了。

文字相当过激，难听的话有两页。难听的话只是难听而已，吃文字饭的人，不会拿难听的话当回事。但后面部分却有点货真价实了，列举的条款，都以数据说话，大概意思是：金归酒业只是个乡村小作坊，生产、经营、销售三个方面的数据，没有一个是真实的。

生产上，公司一直干着廉价收购陈年甚至发霉的高粱、小麦等原料的勾当，也没有从茅台酒厂引进过基酒。公司打出的山龟、蝎子独家私坊酿造的招牌，也是噱头。不信，请领导们去暗访一下，看哪个车间有这些动物的影子。

经营上，目标人群就是酒厂周围的农民，为了在高层眼中留个印象，就在平湖边设了一个专营点。

财务上，更是一塌糊涂，企业几乎成了公司总经理牛半斤的家庭银行。

还有更可怕的是，四方风投进驻前后，厂里弄虚作假的行径更是让人啼笑皆非。

他们挖池子养山龟，拉围网养蝎子。养的山龟与蝎子大都送到了酒店，招待了贵客。有记者来，有考察的人来，山龟、蝎子们就表演一回。

宋兴再看一遍，琢磨着文字，感觉粗糙、夸张的地方不少，但作者应该是个熟悉内情的人。

宋兴想起自己写过酒厂，便在办公桌旁边的报纸堆中，翻找快报的《休闲时光》，他要看看自己当时是怎么写的。

报纸找着了，干干净净地附在一叠新闻纸中。宋兴从标题到每篇稿子都认真地瞄了一遍。他并没有夸张酒厂的作为，只是书写了所见、所闻，还有从地方文史资料中搜集来的民间传说。配发的图片大多是王小号拍摄。王小号？有没有可能是他跟丁钢说了什么，丁钢去做了后期暗访？

不像，举报信的行文，不是丁钢的风格。丁钢的文字、语气，他一眼就能分辨出来。再说了，丁钢不至于为了跟自己作对，而不顾及乌总和汪大姐。

宋兴收好报纸，朝格子间望了望，有人在抽烟，有人在敲键盘。他立即下楼，在操场的跑道上给汪大姐打了电话。

汪大姐半天没出声。宋兴静静地等待着汪大姐的指示。

"小宋，你不要着急，也不用担心，人家四方风投基金，又不是扶贫基金。专业人做专业事。他们都是按要求、按政策，对公司实力认真评估、核算过的，就算有漏洞也会要求公司补上。再说，收购金归酒业，主要是看中公司的发展前景和未来。你想想，如果真是不得了的赢利公司，自己都直接申请 IPO 了，哪个还愿意跟别人重组？还借什么壳？小宋呀，你可能不知道，监管部门和职能部门，每天不知要收到多少封这样的诬告信呢！他们看都看不完，有的连信封都懒得拆。”汪大姐的笃定，让宋兴慌乱的心平复了些。

汪大姐是社长夫人，儿子又在从事金融资产评估的工作。她的阶层、她的眼界，以及她所获取的信息，都不是一个小小的记者所能想象的。然而，此时的宋兴担心的事非常具体，他提了一个在汪大姐看来极为幼稚的问题：“不知道，收购方水化公司那边的老板们晓不晓得这些情况，会不会重组一个负资产公司？”

汪大姐在电话那边叹了一口气，笑他的外行：“不会的，水化股份比金归酒业还想成功。”

汪大姐还嘱咐宋兴：“两家公司的重组事宜正在往前推进，目前是顺利的，但还是要防备节外生枝。举报信这样的情况，所有申请上市的公司都难以避免，这就要看怎么做工作了。媒体这块儿，不要再做报道。非常时期，静悄悄就好。不然，会引起读者的反感，管理层也会认为有操纵市场之嫌。”

宋兴收了电话后，发现腿脚没有刚才那么沉重了，他索性在操场上走了起来。

淡蓝色的塑胶跑道，年深日久之下，斑秃得厉害，几步之间，就有水洼。宋兴几乎没有注意脚下。汪大姐的话，虽然让他宽心不少，但他还是有些后悔，后悔当时不该把所有的鸡蛋都放进一个篮子里。太冲动，太想一步翻身了。想想那些钞票，那些一分一厘省吃俭用存下来的血汗钱，还有从陈胜利那里借来的三十万……万一，证监会审核通不过，水化股份重新开盘，不知会有多少个跌停板等着自己。这种结果可不是自己能承受的。

他又给自己打气，不能承受这种结果的人，也不光自己一个。汪大姐、乌总的投入肯定不会比自己少，他们不怕，自己就不会有事的。

宋兴回到家，差不多已是深夜。他有气无力地歪在客厅的沙发上睡了过去，然后被老婆在行李箱里扒拉东西的声音吵醒。

老婆对他的警惕，丝毫不输于登机之前的安检。包里，口袋里，一件件，翻来覆去抖落半天，连一根毛都不会放过。

宋兴发过火，但没法改变，只好调整自己的情绪，听凭她成为枕边的侦探。

老婆从箱子里找出一个酒店还没开封的浴帽，说：“一个大男将，这也弄回来？”

宋兴不想吱声。她又找出一只真空袋装的广东烧鹅，开心地说：“这个好，电视上看得人流口水。”

宋兴用抱枕捂住了耳朵。他真的很烦，都说女人语言模仿能力强，可老婆一口浓得化不开的家乡话，就是改不过来。

老婆又说："算了，给胜利送去。"陈胜利能借给他们三十万，是天大的人情。

宋兴翻了个身，想继续装睡。这个时候于大桥的电话来了。宋兴在沙发上挣扎了半天，不得不起来。

于大桥找他的事，一般与工作有关，这次说的还是考察报告。可他哪还有心思弄这个。于大桥在电话那边给他补充着材料。见宋兴不声不响，于大桥一会儿给他戴高帽，一会儿又说狠话，软硬兼施。

2

从法国巴黎回到江城，要转两次机。

乐春儿跟着玉总到了领取托运行李的地方。传输带还没开始运转，她便给何主任打了电话。"你回来后，先好好歇歇，别惦记工作上的事，把时差倒过来再说。"何颖的贴心让乐春儿如沐春风。

刘部长的专车要捎带乐春儿一脚。乐春儿的脸红扑扑的，她撒了个谎，说快报有车来接。

玉总看在眼里，等同行的人都走了后，他帮着乐春儿推着行李箱，走出接机大厅。一辆出租车正好过来。玉总说："我们一起走。"

玉总住在江南春庭，却让师傅绕了一大圈，先将乐春儿送回报社附近的黄泥路口。

玉总下了车，握着乐春儿的手说："这一趟辛苦你了，谢谢你一路为我们做了很多事。过几天，我请你吃饭！"

乐春儿第二天就上了班。她在免税店里买了好几版香水小瓶套装，还有几条印着骷髅的香烟。她将包装统统拆解，分别放进两个牛皮纸袋里，拎到了编辑部。乐春儿在每个部门走了一遭，男主任一包香烟加一瓶香水，女同事就免去了香烟。

赵晶晶接过那精巧透明的小瓶，放在鼻子下嗅了嗅，"真好闻！"又在手背上使着劲儿甩。

乐春儿接过小瓶，帮她在手腕处轻轻抹了一点："稍稍洒一点就行，又不是花露水，使那么大的蛮力干什么？"

乐春儿送给何颖的不是这些廉价的小瓶儿。她在LV专卖店里，为她挑了一条丝巾。不仅有专门的包装纸仔细包好，还有一个方方正正的盒子。乐春儿双手递给何颖时说，这条丝巾是用来系包包手柄的。她的潜台词是，何主任的丝巾又多又好，而自己只是为尊敬的上司增加了一条“点缀”。

“哎呀，你看你破费的。”何颖满脸的喜悦。

过了两天，乌总亲自给何颖打电话，说：“你们部门搞个小聚餐呗，我也来参加。”

何颖的反应特快，赶紧接腔：“我已经做好了安排，正准备去请领导。”

何颖想，乌总都主动提议参加活动策划部的聚会，那分管的副总苏同不能缺席，便去了苏同办公室。

“我这几天头疼，很不舒服，你们的活动，我就不去了。”苏同拒绝。

“那不好，乌总到，你不到，不好。”何颖又强调。

“你又不是不知道，晚上有那么多版面要看。不去，是对快报负责，也是对他负责。乌总肯定能理解。”苏同犟着坚持。

何颖知道苏同的性格，她不想做的事，很难说得通，于是叹了一声：“说你什么好？”

苏同的办公桌上，放着一本英文版的书。何颖顺手拿起来翻了翻，惊讶道：“天哪，你学外语了？”

“是外语学我。《哈利·波特》，这是乐春儿从法国背回来的。”

“那应该是法文书？”

“法国就不出版英文书？没文化的。”苏同笑话了何颖一句。

“是呀是呀！在苏总面前露怯，不丢人。”何颖不得不佩服年轻的乐春儿投其所好的用心，这姑娘真不可小觑。

“于大桥跟我说，法国文化之行，刘部长也去了。”苏同从药盒里取出药片，不经意地说道。

何颖意味深长地瞟了苏同一眼：“不然呢？现在你明白了吧？为什么我去不了法国。”

“那是你家张厅舍不得你远行。”

苏同和着水，将药片仰着脖子吞下。

“切！”

“你还想咋样？”

“我要开始就知道是这么回事，根本就不会去填那个破表！那个玉总，不清白。”

“你也不能怪他。”

“没怪，只是不想让人家感觉不爽，觉得有个潜在的竞争者或者绊脚石，成为让人家惴惴不安、需要时时防备的身边人。”

“哪有这么复杂？你是宫斗戏看多了。”

“有人以为可以超凡脱俗，那是因为树上的鸟屎还没落到自己的头上。”

“由你说。”

“不管你了，不开窍的人。”

何颖走后。苏同想着何颖的一番话，觉得自己在“固执”之上，又加上了“不开窍”。难道自己是个面目可憎的女人？

苏同拿起笔勾画，乐春儿那张漂亮的面孔在《哈利·波特》的内封上出现。苏同画乐春儿不是第一次了，但出现在《哈利·波特》的书里，仿佛小姑娘身上也有了一股魔性。

何颖是对的。在这个看上去很美的世界里，即便有着护身的魔杖，也要像只无家可归的野猫，无论怎样的风吹草动，都要视作危险当前。只有灵活多变，才不会被对手干掉。毕竟，活着才算胜利。

3

沙州古城文化公园建设指挥部成立后，卢市长又有了一个新的身份：古建指挥长。这是翁小明一大早蹲点时，从大报上看到的。

晨跑回家的苏同一开门，靠在沙发扶手上的翁小明便向她报告：“沙州市新建一个经济开发区，真要全面提升了。卢老师又有了新身份。”

苏同没有吃惊，有关沙州的新闻报道她已关注过。“市长挑起指挥长，说明他指挥的工程相当重要。”她回应了一句。

“不仅重要，而且庞大。”

翁小明所说的庞大，不仅是指工程的体量、所需的时间。指挥部成立后，相应的部门应运而生，什么规划部、拆迁部、基建部、材料部等等，那些局委办的负责人，也自然成了这里的挑头人。

“你老往那儿跑，跑得怎么样了？”苏同的语气是漫不经心。

翁小明没有回答。

为了配合造势，沙州市委宣传部准备召集全省知名文化学者、大学历史教授以及媒体大咖们，举办一场“说三国，看沙州”的学术研讨会。

沙州市委宣传部的新闻科长小叶，专门给苏同打来电话。小叶非常礼貌地说：“卢市长指示，研讨会之前，一定要请苏总来沙州一趟，帮我们策划策划。”

苏同静静地听着。小叶继续道：“策划的方向，一是如何切入主题；二是找哪些专家合适；三是在媒体上如何呈现。喂？苏总？”

“我在听！”

“您安排个时间，我们派车去接您。”

“我不是三国文化专家，不懂呀。”

“您太谦虚了，卢市长可看重您呢！”

电话放下后，苏同吸了一口凉气，好大的命题呀！自己哪有这个本事。可转念一想，人家是学术研讨，肯定会将主题弄得有点学术味道。至于让自己提前去做智囊，纯粹是卢老师高看了自己，也是他的属下做顺水人情。类似的活动，苏同参加过不少。一般来讲，专家们事先会将主办方的意愿揣摩清楚，活动时有备而来，携带的文稿或艰涩或虚无，或隔靴搔痒或托古颂今，目的只有一个，让举办方高兴满意。最后的环节，就是重要人物的总结陈词，将事先备好的作文激情万丈地读一遍，没有一位言者的思想不深邃、不精到、不鞭辟入里的。你讲得好，他说得有理，活动在热烈的相互恭维中潦草散场，专家们收取不菲的车马礼金后，还有一顿酒宴在召唤入席。

苏同觉得自己也没例外，当清醒的恍惚遇到唾手可得的实惠，同样是笑纳。沙州市还得去，为了卢老师，为了翁小明，也为了她自己！

赵晶晶电话通知各部门主任，原定于元旦之后的报告会延期举行。

宋兴松了一口气，他把起草的考察报告传给于大桥后，被臭骂了一顿：“这搞的是什么东西？完全不是那么回事，拉拉杂杂的，根本不在点上。”心不在焉的宋兴自觉理亏，只好说：“于总要求高，没办法，我再努力精益求精。”报告会延期，时间不仓促，他可以静下心来好好弄弄。

元旦，外校放假一天。三十一号晚自习后，苏翁子跟翁小明说：“明天休息，我想现在回家。”翁小明对翁子的要求基本是不打折扣的满足，立马到公司取车。他们回到报社大院时，已经很晚了。

家里有集中供暖。翁子进门后，连忙换鞋、脱外套，直嚷：“还是家里舒服呀！”她在自己的书桌上，看到了《哈利·波特》的英文版。她拿给翁小明看，吐槽道：“妈妈不让我看课外书，却又给我买英文原装书，你说她是怎么想的？”

“估计是你的英语老师向她告了状，说你的阅读量不够。”翁小明说得随便。

苏同签完清样回家，家里灯火通明的，两个夜归人还在打嘴仗，很意外。她有些埋怨翁小明：“你们晚上回家，事先怎么不告诉我一声？”

“告诉你，你又能怎样？”翁小明有点不耐烦。

苏同盯了翁小明一眼：“你像找歪似的。”

翁子用手中的书打圆场：“妈，这不是中国出版的吧？”

苏同催促翁子刷牙，早点睡。为了缓和气氛，她问翁小明：“明天，有没有什么安排？”

“暂时还没有。”翁小明回答。

苏同决定：“那就去翁小兰家，给爷爷奶奶做顿好吃的。”

苏同从东湖跑了一圈回来，也带回了早餐。她从厨房里拿出小碗，将方便盒里的热干面分成三份。翁小明坐在桌前，喝着豆腐脑。苏同对翁小明说：“刚出东湖景区大门时，脚崴了一下。那个烤苕师傅见我一拐一拐的，说，出师不利，小心绊脚石。”

“这是一语双关，妈，说不定人家有天眼呢。”翁子扒着面说。

“是呀，我应该多问他两句的。”苏同笑了笑。

一家三口先到沃尔玛超市去买菜。苏同的脚时不时酸痛，她就停一会儿，脚尖立地，扭动一下脚踝。翁小明见了，叫她不要随便扭。翁子说：“我去帮你找云南白药喷剂。”

苏翁子在付款排队的人群中，找到苏同与翁小明。她摊开两手，摇着头说：“没有！”

“现在好像又不疼了。”苏同宽慰翁子道。

翁小明在付款时，手机响了几次，他不仅没接，甚至都不拿出来看一眼。苏同提醒翁小明，翁小明“嗯”了一下，才从口袋里摸出手机，瞟了一眼：“杨豪的，不管他。”

可是，当苏同、苏翁子都坐进车里后，他却没进驾驶室，而是站在车外，拿着手机讲了半天。

翁小明发动车后，自顾自地说：“杨豪刚才约了我，我们要去沙州一趟。”

苏同想起沙州宣传部的邀请，接过话：“我也有可能要去沙州。”翁小明看了苏同一眼：“你什么时候去？我送你。”

“元旦过后吧。”苏同是随口一说。她问翁小明：“你在沙州的项目，卢老师帮了没有？别让他为难。”

“怎么可能？市长想帮忙，好办得很，一句话的事。”

“你别说得这么轻松，人人都有为难的时候。”

翁小明闭着嘴，没有接话。

“你今天去，沙州的人不休息？”

“出了点状况，去做做工作。”

苏同没做声，因为她清楚，卢老师虽然是市长，是指挥长，但并非一锤定音的人，毕竟一号老板不是他。所以，翁小明把注押在他身上，是有风险的。

翁小明把两大袋水果、蔬菜拎上楼后，转身就走了。看他急急忙忙的样子，苏同也不禁为他的状况担心。

苏同与翁小兰还有涛涛爸一起在厨房忙碌着。涛涛爸对苏同说：“你们报业房地产公司，在我们单位旁边开发了一个楼盘，好抢手，我也想给涛涛搞一套。说不定哪天他回到江城就业，备一套房，也算是有备无患。”

苏同答应帮他问问。

翁子削了苹果，切成了小粒，分别端进爷爷奶奶的房间里。奶奶在看电视，见着翁子，特别开心：“又长高了！”这话翁子最爱听，便陪着奶奶看电视。

奶奶跟翁子聊着天：“你叫翁子蛮好听，前面的‘苏’字可以不要。”

“你们不都是叫我翁子吗？只有老师和同学们才知道我叫苏翁子。”

“谁家的孩子不是跟爸爸姓？就你！”

“奶奶，跟谁姓，我都是您的孙女，翁小明的女儿。”

“还是不一样。”

“一样一样的。您饿了吗？我扶您起来。妈妈他们把饭做好了。”

吃过饭，翁子一刻也不想在这儿待。她背起书包，苏同问：“要走？”

“嗯，还有试卷要检查。”

从翁小兰家出来，翁子跟苏同说：“奶奶刚才又说要我改姓。”

“那就改过来算了。”

“有那个必要吗？那要给同学们制造多少麻烦呀！当年，你给我安姓氏时，就凭抛硬币来决定。从这一点看，翁小明真没有大男子主义。”

“是的，抛硬币，三抛二胜。翁小明却说，‘一次就够了，这么大个肚子，太造孽，甭管正面反面，就姓苏！’”

“你每次讲，都不一样。”

“核心是一样的，翁小明的确不封建，他这个优点很突出。”

到家后，苏同翻箱倒柜找云南白药喷雾剂，她的脚脖又一阵酸疼。苏意来了电话，问苏同："你们到赤水了？"

苏同听着莫名其妙："你怎么这样问？"

"刚才，谢天池看到你们的车，在我们赤水街上跑。"苏意回答。

"什么？不可能吧？"苏同吃了一惊，"他没看错？"

"你那'低调的奢华'，在我们这儿独一无二，车牌号是翁子的生日，谢天池这个玩转数字的人会看错？"

翁小明不是说去沙州的吗？怎么跑到赤水了？翁小明是怎么回事？他为什么要说假话？

苏同没跟苏意讲自己心中的疑问，苏意可不是稀里糊涂的人。

苏同到书房，在手机通讯录里，翻找杨豪的联系电话，找到后，又犹豫。如果杨豪坐在翁小明的身边，自己电话过去，很尴尬的。

苏同给杨豪发了一条短信："你在哪儿？我有点事想找你。"

杨豪没有及时回复，苏同等着。

十分钟过去后，杨豪的回复来了。

"苏总嫂子好，我现在在沙州，跟翁总在一起。有事请吩咐！"

苏同气得将手机丢到了沙发上，这两人真是沆瀣一气。不用猜，杨豪在回短信之前，一定是跟翁小明联络了的。

既然都在撒谎，那说明翁小明正在做着不想让苏同知道的事。

他在做什么呢？

4

乌尚义升任集团总经理，蒋社长终于卸下了一个重任。乌尚义还将继续兼任《江风快报》的总编辑。

束一光给苏同发来一条短信："看来我们有先见之明。"苏同没理他，心想，这人挨骂之痛忘得真快。

集团的人事调整到了年终密集时间段。

集团新成立了快网，是与快报一样的二级单位，何颖出任总编辑。快报活动策划部主任由乐春儿升任。

何颖的升职没有出乎大家的意料，比较顺理成章。但乐春儿没有走竞岗之路，却能一步两跳，直接升为副处，就让大家颇为不满了。此外，许多人对她还有不少解读。她背的包，穿的大衣，身上的香水味，打电话时的做派等等，一切的一切，被人们分析、推断、猜测、拼凑了不少故事版本。乐春儿视而不见，充耳不闻。

只是宋兴进编委会的事，还没有下文。

小莫递上辞职报告后，就没来上班了。束一光自己带着一个实习生接待讲述者。小莫终究还是去了市晚报，这是季青在电话里告诉苏同的。季青对苏同说："学姐，小莫真的很优秀，感谢你的培养。"

苏同气得不行："哪有你这样挖墙脚的？"

"哎呀，说句你不爱听的话，这个世界一尘一埃都不是我们的，你干吗那么当真？"季青的话里有着"栏杆拍遍"的意味。

"你的《轻轻细语》可不是这样乱讲的。"苏同回敬道。

"哎呀，你也是弄文字的，难道非要说的跟做的一个样？"

"鬼嚼！"

"试着理解接受认知之外的东西，会舒服一些。站在小莫的角度，她跳到晚报，未必是她最愿意的选择。"

苏同嘱咐季青："看在江都同门之谊上，你要好好待人家，这是个傻姑娘。"

丁钢与小莫的关系不了了之。何颖一句话说得很形象："这两人等于约好一起跳江。女的说到做到，跳了；男的没跳，活了下来。"

"孬种！"苏同骂了一句。

"你这是骂丁钢吗？他回归了家庭，这不是你希望的？"

何颖离开了快报，在组建新的团队，与苏同好长时间没有碰面了。

这天中午，苏同收拾桌面准备下班。何颖打来电话，拿腔拿调地说："石先生来了，苏总最好赏个脸，见一见？"

苏同说："人家是来见你的，我就算了。"

何颖咯咯笑："我还是想把他留给苏总。"

苏同下楼，何颖在电梯口等着。

"人呢？"苏同问。

"不着急。"何颖挽着苏同出了安全门，下台阶后，招了一辆出租车，她对司机说去平湖步行街。

苏同看了一眼何颖："你完全是在绑架我。"

一脚油门就踩到了目的地。老邮局边上，金归酒业专营部。苏同明白了，这是石市长的根据地。

何颖熟门熟路地领着苏同进店，又从店里穿出，到了一个闹中有静的院子里。院子里有藤桌藤椅，还有撑开的帆布伞，有人坐在藤椅上喝茶聊天。

这时，一位高个子美女从院子尽头的房间里出来，向何颖招手："这儿！"

何颖只是点头，没有应声。石先生不知从哪儿钻出来，与美女并列站在一起。苏同心里突然有一种失重之感。

他们进了一个小包房，高个美女给大家倒茶递水，服务生很快端上了煲仔饭。石先生说："我们边吃边聊。"

高个美女没有坐下与他们一起用餐。正在苏同疑惑之时，石先生介绍道："她是这儿的经理。"

苏同又看了美女一眼，见她下巴上一颗小黑痣，愣了一下，突然觉得面熟，在哪里见过似的。

何颖不想再瞒苏同了，向美女喊道："王俞，过来，这是苏总，被你害惨了的苏总。"

王俞？那个孕妈？那个人间蒸发了的孕妈，又突地现身，还是在何颖的掌控之中？

王俞双手端着茶杯，弯腰敬着苏同："苏总，对不起了！"

石先生在一边打岔："为了表达你的歉意，今天这单就免了！"

"当然当然！以后美女老总带朋友来玩，一律五折！"

王俞离开后，石先生向苏同介绍说："这个地方是金归酒业专营部的延伸地带，品茶喝咖啡吃快餐，打麻将斗地主都方便。牛老板把这一块都交给了王俞。"

何颖唏嘘："我一直想不通，牛半斤牛老板还有这么好的眼力。"

苏同不声不响地扒着饭，她琢磨牛老板的"眼力"，是指地盘，还是王俞？

何颖问石先生："又写了什么大作？苏总在这儿，你们可以切磋切磋。"

苏同拿眼睛横了一下何颖，何颖赶紧转移了话题："石市长，我们的快网马上要上线了，你要最大限度地支持我们哦。"

石先生豪气地说："美女老总，只管吩咐！"

她们走时，石先生叫自己的司机送一送。王俞提来两盒换了瓶子的金归酒，放进车子的后备箱里。何颖上车之前，石先生又跟她耳语了一番。

车上，苏同一个劲儿地感慨："没想到呀没想到。"

何颖晓得她说的“没想到”指的是什么，也不接她的话。其实自己知道王俞的下落，也就一个月前。

两个人各自提着一盒酒走上大楼台阶。何颖问苏同：“去不去我办公室看一下？”

“你不是正忙得焦头烂额吗？等你气定心闲了再去。”

“上次跟你说的水化股份，翁小明买了没有？”何颖问。

“没有吧？他说他持有的一只股停了牌，出不来，没有钱买了。”

“幸亏没买，把我吓一跳。”

“怎么啦？”

“出问题了，可能没法按计划借壳重组了。”

“石先生告诉你的？”

“嗯，刚才。”

苏同不知道，这样的信息对那些押注的股民是怎样的打击。万幸，翁小明躲过了一劫，但自己差点要了他的命。

“我觉得宋兴可能掉进去了，还有……”

“他买了？还有谁？你怎么知道？”

“我只是猜的——你不觉得石先生蛮有味道吗？”何颖的话题跳跃性太大。

“什么味道？我看不出来。”

“能满足成熟女人的性幻想……”

苏同的脸无端赤红：“你这个幸福的女人可真能胡说。”何颖见苏同的脸色，兴致更高了：“白天是财主，有派头；夜里是书生，会温柔。”

“集团党委高瞻远瞩，慧眼识珠，提拔你做网络老板，真是人尽其才。”

两个人放声大笑，被路过的于大桥听到了，他斜着眼睛摇着头：“简直是浪笑！”

“红菜薹开黄花，嫂子不比姑娘差！”何颖更加肆无忌惮地哈哈笑着。

苏同跟何颖告别，随于大桥一起进电梯上楼。苏同将手中的酒递给他，说：“我正准备找你。沙州市委宣传部，在做一个有关三国文化的研讨会，他们给我发了邀请，我想去两天，你帮我看看版样吧？”

“有柬一光就行了。”一辈子做新闻的于大桥对副刊不感兴趣。他脱口而出的话让苏同听起来很不顺耳，难道自己可有可无？于大桥看到苏同脸色不好，意识到自己说秃噜了嘴，立马更正：“我的意思是，你让柬一光仔细点。”

5

翁小明回到江城后，苏同去了一趟沙州。她带的是文化记者方真，有可能采写点新闻稿，在快报上露一露，不让卢老师失望，也不让宣传部的人失望。

因为是长途，车队派了一辆越野车，司机还是小李。方真第一次随苏总出差，开始有点拘谨，不怎么说话。当车内音响放出一曲萨克斯曲《回家》后，方真的话才多了起来。她说："黑主任也有一管萨克斯放在办公室里，他一有空就到楼顶上去吹。"

"难怪，我有时候晚上开窗，依稀会有音乐飘进来。"苏同没想到是老黑在吹。

"现在还有一些民间乐队邀他去演奏。"方真不经意地透露说。

"歌厅？酒吧？"苏同问。

"都会有……苏总，你给束主任、黑主任、乐春儿他们都画了头像？"

苏同转过头，看着方真说："我也画了你。"

"是吧？你送给我吧，我要收藏！"方真马上撒着娇道。

小叶在高速路口等着苏同，非常热情恭敬地将苏同一行带到了一家四星级酒店入住。

苏同拿着房卡开了门，小叶站在门口对苏同说："苏总，你们先休息会儿，六点钟，我来接你们去吃晚饭。"

一人一间房。苏同的是一个大套间单床。她扫了一眼几乎占满房间的红木大床，雪白亮眼的铺套，心想，五星酒店又能比这个高级到哪里去呢？

为了对得起这豪华的房间，这床，这铺得没有一丝褶皱的垫单，苏同认真地洗了脸，润肤霜外加了一层粉底液，用手将眉毛捋捋，往柳叶的方向扒拉。镜子中的苏同很是利落，她抿了抿厚厚的嘴唇，并将嘴角像菱角一样往上翘起。苏同少有的满意。

苏同想，自己是受邀到了沙州，小叶应该会向卢老师报告的，自己要不要主动跟卢老师说一声？要的，这是应有的尊敬与礼貌。想到这里，苏同给卢老师发了一条短信："学生已达老师地盘。"卢老师及时回复了她："知道，晚餐时间，我尽量赶过来陪你。"

下午六点刚过，小叶来敲门，请苏同、方真和小李一起坐宣传部的车到餐馆。

宣传部副部长等人已在等着他们。

喝茶闲聊中，小叶在苏同耳边小声说："卢市长还在会议中，他要我们别等他。"

副部长请苏同坐主位，苏同说："不行，这是地主坐的。"副部长哈哈大笑，也没坚持。

小李向服务员要了一碗米饭，在大家敬酒时，匆匆吃完，很快离席。

苏同、方真面前的高脚酒杯里，都倒上了红酒。苏同认定了不喝，不管他们怎么热情地劝，她坚持只用酸奶回敬，不端酒杯。方真抵挡不了，举着杯子抿了抿红酒，这下可好，一桌人纷纷举杯向她"进攻"。

苏同提及三国与沙州的话题，说想去沙州博物馆看看。

小叶连忙说："我会带你们去看的。现在我们沙州天天都有新闻发生，你们快报也要在这搞个分社才好。"提起分社，苏同想，宣传部的人为什么没叫上大报分社的汤社长一起来聚？

小叶特别精明，他看出了苏同的意思，说："汤社长正在随书记跑乡镇，今天要很晚才能回来。"

酒桌上，苏同继续将话题引向三国与沙州的关系上。副部长讲了关云长在这杀过谁，救过谁，办了什么好事。苏同想要一些资料看看。

"会有的，您不要着急。"小叶有些尴尬。

因为没有闹酒，一顿饭的时间不长。回到酒店大堂，方真挽着苏同的胳膊娇媚地说："苏总，我喝多了，我可是为你喝的，为了我的画像，嘿嘿嘿！"

看着方真因酒精松弛得近于肆意的神态，苏同说："晓得了，我随时都可以给你画的。"

苏同把方真送到房间，拧开一瓶矿泉水，递给她："不会喝酒，就别逞强，会很难受的。喝点水，躺下睡一觉。"

苏同一个人出了酒店门，往人少车少的地方大步走起来。她在想，老易的锣场镇，不晓得离自己住的地方远不远。她有点想见老易，了解一下翁小明在这里活动的情况。她拿出手机，翻出老易的电话号码，正准备摁时，卢老师的电话却跳了进来。

"对不起，一个会接一个会，接待了一拨客人又接待一拨客人。你现在在哪儿？"

"我刚从酒店出来，想看看沙州的夜景。"

"好，你就在原地不要动，我来找你，陪你到江边走走。"

苏同停止了前进的步伐，朝一个灯光明亮的火锅夜市方向靠了过去。

十分钟之后，卢老师从一辆黑色的奥迪车上下来，车子随即开走了。卢老师环顾着四周，苏同喊了声“卢老师”。卢老师看着跑向自己的苏同：“哈，还是那个样子。”

卢老师领着苏同向一处坡路走去。上了坡就是江堤，前后两边都很漫长。另一边的坡下，是防护林，是长江，江水微澜。

“一九五四年特大洪水后重修过，可以连到赤水，守护着沙州平原。”卢老师介绍此处的江堤。

“一九九八的特大洪水，它也发挥了重大作用。”苏同补充着。

“你还蛮清楚的！”

“卢老师小看人。”

“怎么会？”

“江边怎么黑咕隆咚的，没有人气呢？”

“看出来了吧？不过，我们马上要开始修建了。杜书记一直在跑江滩公园的建设项目，不仅跑省里，还跑北京，前天终于获得国家防汛办的批复。这项工程利国利民，对沙州的经济发展、人民生活都是了不得的大事。”

“那你的沙州，可就天翻地覆了。”苏同非常由衷地感慨。

“你要相信，每一个当任者，都想在任内做大事、做实事、做好事。”卢老师的话语有了铿锵之音。

兴许是爬了坡的缘故，苏同的脚有点不舒服起来。

卢老师深一脚浅一脚往前走。他指着远处的江边：“你看见没？那里长着芦苇。”

苏同心里一热，却装作没看见：“哪里有？”

卢老师拉了一把苏同：“我带你去。”

苏同闪了一下，问卢老师：“你不怕有水坑？”

“水坑？浅得很，掉进去也出不了事。”

“我不能往前走了，脚疼。”苏同没有说谎。

“那我背你过去。”卢老师做着下蹲的动作。

苏同“嘿嘿”笑了起来。

“你是不相信我有力气？”卢老师的这句话，化解了夜色中的尴尬。

人影越来越稀，偶有自行车的铃声在大堤上响起。

“以后江滩公园肯定会长满芦苇，深冬的时节，这一片全是芦花。到时候，你一定要来！”卢老师又回到了他原生的语境里。

苏同有点不敢望向卢老师，月光粼粼的江面有了波浪声。

房间里中央空调送出的暖气有点高。这一夜，苏同很难入睡。青春的卢老师，在她画笔的勾勒下，成了一帧帧静态的特写，扑克牌般，齐刷刷地亮在眼前。

如果卢老师当初不给自己设限，把学生苏同当成一个心仪的女孩；如果自己再大胆一些……如果不是时序，人生不是如果。

如意的人，没有如果。苏同抹去卢老师的身影，让罗津显影。那个飘着雪花的圣诞之夜，罗津将苏同冰冷的双手握住，反复揉搓。那个时刻，苏同有过恍惚，一双眼睛在额头上方看着自己。那是谁的眼睛？清澈而又温柔的大眼睛。握着自己的手又是谁的？异常清醒的苏同把他俩统统赶走，让翁小明现身。闸洞里的大男孩，眼睛被头发盖住，嘴唇上堆着枯皮，手上的数学教材落在草地上，上面爬满了蚂蚁。那条黑狗，早就作古，但它带给苏同的时光，竟是这样匆忙又漫长。

显影，退却，存留，相伴，与偶然相关，这种偶然又与个人真实的意愿契合。为什么会多看一眼，为什么会加快脚步？所以归根结底，不论是错失还是遗憾，都是你的应得。

但错失与遗憾，也成了人生的留白。

苏同起身，关掉了空调，房间瞬间安静了下来。

一大早，苏同就收到汤社长发来的短信：“今天陪苏总采访。”

苏同与过去的汤站长今天的汤社长，只是面熟，没有共过事。人家是客气话，苏同回复道：“来沙州，向你学习。”

小叶到酒店陪苏同、方真一起吃早餐。

小叶对苏同说：“今天的行程有点变化。杜书记要建一个民营企业家联盟，上午在统战部会议室授牌。苏总，您来，真是及时雨。”

小叶这样一说，苏同连忙应着：“好的，我们去。”

不一会儿，汤社长自己开车来到酒店。他很想去苏同房间坐，苏同闻出他身上有一股烟味，便止步于大堂沙发。苏同问：“锣场镇的宣传费用了结没有。”

汤社长笑道：“早就给了。老易这人，你还不完全了解，他是故意做给其他人看的。”苏同也觉自己太天真。

汤社长又向苏同侧过头，小声说：“最近老易的日子不好过。”

苏同诧异地看着汤社长胖胖的脸。

"检举信闹的。"

"涉及哪些方面？"

"该有的都有。"汤社长说得笼统。苏同再怎么不敏感，也能猜得到老易若有问题，肯定与腐败相关。

"他现在是闲还是忙？"苏同问。

"一天不被叫走，一天都在岗位上，分分钟都是煎熬。"

幸亏昨晚的电话没打成，不然要给老易添乱。

"卢市长是你中学时期的老师？"汤社长这样问了一句。

"你怎么知道？"苏同觉得奇怪。

"沙州宣传部的人都知道。"他自己连忙笑着改口道，"夸张了，新闻科的人知道。"

从老易讲到卢市长，会不会是汤社长在暗示什么？

小叶不知道从哪里冒出来，说："时间差不多了。汤社长，你的车坐得下我们几个人吗？"

苏同给方真打电话，让她快到大堂来集合。

汤说："你们三个人，没问题。"

苏同在沙州待了两天，汤社长也陪了两天。

杜书记的民营企业家联盟授牌活动后，汤社长对苏同说："你们快报报道一定要突出些。"

"稿子你写，发一份给我。"

"那有什么不可以的？你若不嫌弃，我们共同署名。"

苏同赶紧推辞："别别，不能不能。"

汤社长不以为然道："别那么认真。你可能不晓得，现在不少记者联合起来玩巧。同一天的报纸上，一个记者的名字会出现在经济新闻版和社会新闻版上。怎么可能，他跑得过来吗？"

这种现象快报上也有，于大桥在会上不点名地批评了两三个人。为了名利而丧失新闻职业精神的行为，是快报绝不允许的。

可是此行有些特殊性，不带点货见快报，有点过意不去。一是沙州精心接待，浪费了人力物力；二是自己带方真出差两天，方真没有稿子见报，就没有工作量，她的月度收入就会受影响。方真一直跑文化，对时政新闻的拿捏有可能不到位。

“我让方真写个稿，你帮着把把关。”苏同的意思很明显，就是请汤社长与方真共同署名。

午饭后，在酒店睡眯了一会儿，苏同的状态好了很多。下午，苏同、方真被小叶请到了市委办公室。办公室主任、秘书长与大家一起喝茶，谈市政建设的亮化工程。秘书长慢条斯理地说了半天，方真在采访本上记了一个大概：沙州是三国古城，在中国历史上占有重要地位，是水运要道、华中平原上的鱼米之乡、历代兵家必争之地。这里人文古迹很多，特别是三国时期修建的城墙还在，关云长的故事与传说更是妇孺皆知。

由于各种原因，沙州市的领导班子总是在变动。古城复建零零碎碎做了一些，但与隔壁市相比就滞后了。那边竣工的三国影视城，对沙州市的挑战很大。杜书记上任后，明确提出了要加快步伐，打造文化古城沙州。

苏同想，书记市长都在古城复建上动心思、想办法、要作为，真是一条心。但在具体提法上，他们的用词却有些小小的不同。

办公室主任委托小叶带苏同、汤社长、方真去江边，看看即将开工的江滩公园现场。

苏同昨晚去过一趟，却并没看清什么。卢老师的几句话，和着江风，恍惚中把她吹到了二十多年前。胡思乱想的夜，没有给苏同安然的睡眠。又要去，勉为其难，但又不能说已去过一次，还是跟市长同行。

苏同只好又走了一趟江滩。

小叶边走边介绍情况，方真成了忠实的听众。他说一个数字，就用手比划，方真就在采访本上记录。汤社长压低声音对苏同说：“我晓得你们这次来沙州的缘由。我估计三国文化研讨会要延后。宣传部的人不提，你也不要问。”

“我们可是来做命题作文的。为什么？”

“你信我一次，宣传部的人很为难，小叶都不知怎么跟你解释了。”

第二天早上，小叶没有联系苏同。苏同便给汤社长打了电话，说想去沙州博物馆看看。汤社长说：“好，你稍等，我带你们去。”

汤社长对博物馆里的展品很熟悉，像个讲解员似的，讲着说明文字之外的故事。

苏同很好奇：“你专门研究过了的？”

“我一年要接待多少人呀！特别是报社来的新闻人，这些文字说明肯定满足不了需要。所以我就得背书袋。我都想好了，退休后，我就到这里来做个志愿者。”

苏同认为这个想法好：“到时，我也来。”

“来陪我？”汤社长的玩笑开得很生硬。

“我拿个小板凳坐在门口，给游客画像。”

正说着，卢老师的电话来了。卢老师问苏同在沙州还待几天。苏同说今天就回去。

卢老师沉默了一下：“你要跟宣传部的同志沟通好。前些时候说的研讨会，暂时不动。你回去后，力所能及地在报纸上反映一下我们沙州正在做的工作，包括带你看的江滩改造。”

苏同“嗯嗯”地应着。汤社长也在另一边讲电话。

绕了一大圈，从展厅出来，小叶在门口等着苏同。苏同问：“你怎么来了？你怎么知道我们在这里？”

“我给方真打过电话，汤社长也告诉我了。我来接你们去吃午饭。”

“不用，现在还早，我们早点返回。”苏同不想为了一顿饭浪费时间。

“反正不耽误你下午的工作，饭总是要吃，高速公路上只有一个服务区，那里没饭吃。”汤社长帮着挽留。

听汤社长一说，苏同不再坚持。小叶在前面带路，小李的车跟着，在上高速之前，找了个干净的小餐馆坐下。

苏同觉得似乎来过这里，于是问跑堂的服务生：“你们这儿最著名的是一锅鲜？”

服务生愣了半天没回过神，回答她：“一锅鲜有，都是湖里江里的鱼。”

汤社长拿着一张过了塑的菜单，正反两边看了又看，自作主张地点着菜。他对苏同说：“你说的一锅鲜，不是这里。下次来，我带你去。”

小叶拉过一只塑料凳在苏同身边坐下，又从一个牛皮纸袋里，拿出一摞打印资料递给苏同。苏同翻了翻，交给方真，对小叶说：“回去后，我们再认真学习，有什么不清楚的，打电话问你。”

临走，小叶让小李打开后备箱，从自己的车里搬出了好几个盒子。苏同压住小叶的手：“你这是干什么？别这样。”

“纪念品，我们沙州的特产，与三国有关。”

汤社长帮着小叶说话："沙州人怪，送给你的东西，你必须接着，要不，你就是看不起沙州人。"

"还有这样的风俗？"方真笑呵呵地。

苏同又看到了"千针万线"的布鞋。

6

江城迎来了深冬的第一场雪。

窗外的雪花沉甸甸地往下压着，无声无息。苏同站在窗前，远处的屋顶、树冠全被大雪覆盖，白茫茫一片。

座机电话骤然响起，传来一个久违的声音。苏同寂静的世界一下子喧嚣起来。

电话那端的人，一口浓浓的吴越音，是罗津！

"南京下雪了，秦教授说江城也在下。"

苏同听着。

"秦教授手上，没有你的联系电话。我是查询到你们的热线，才要到你的电话的。你们那值班的小姑娘，可有意思啦，把我盘问半天，才肯给。"

"秦教授有我的电话呀。"

"秦教授住院了。"

"什么病？"

"癌症，已转移。我打算来一趟江城。我们一起去医院看看教授，你觉得怎样？"

苏同的脑袋像是被雪封住，运转不开。

"我的声音吓到你了？"罗津开出的玩笑一点也不好笑，"你怎么啦？不讲话，我没打扰到你吧？"

"没有，只是非常意外。"苏同说。

"不速之音。"罗津在搞轻松。

"你哪一天来？"

"明后天吧！现在南京到江城的动车很方便。我到江都大学宾馆住下后，再约你。"

"好。"苏同压下听筒后，半天没动。

她又想起了那个遥远的飘着雪花的圣诞之夜。苏同和罗津从食堂的化装舞会上溜了出来。他俩从桂园往前走，穿过樱园到了凌波门。凌波门边没有人影，只有雪花飘着，寒风呜呜地叫着，有些瘆人。两人又往回返，进了路边的小树林。罗津抓过苏同的手，奇怪的是，苏同没有一点忸怩，仿佛有所期待似的。罗津搓着苏同冻僵了的双手，但半天也没有缓过来，便拉开了羽绒袄，将苏同的手贴在他的胸口上。罗津亲着苏同的额头时，苏同开始有些恍惚，觉得头顶上有一双湿漉漉的大眼睛，在看着自己。当罗津紧紧地拥抱她时，她第一次听到自己"咚咚"的剧烈心跳声，如电影中的特效声，急促、雄壮而令人迷惑。

苏同在江都大学过最后一个圣诞节时，罗津已毕业回到南京工作。鬼使神差般，苏同买了去南京的一张火车票。她想，自己的突然降临，应该就像圣诞老人送给罗津的意外惊喜。

她在南京市政府大门口被门房大爷拦住了。大爷给罗津办公室打电话，得知罗秘书陪市长到企业调研去了，下午才能回来。

她就在门外的梧桐树下走来走去。那条路两旁全是高大的梧桐树，树枝牵起了手，在路的上方形成了一个长长的拱门。天阴着，没有下雪，却又像随时要下的样子。罗津说过，南京的盐水鸭好吃。一想起盐水鸭，她的舌尖上就有了一股咸味，胃里就有了饥饿感。差不多下午五点钟的时候，一辆桑塔纳开进了大院。门房大爷拉开小窗，向苏同"小姑娘小姑娘"地叫着。

罗秘书陪着市长回来了。大爷的电话把回到办公室的罗津叫了下来。

罗津见到苏同时，吃惊大过惊喜："你怎么不给我发个电报？我好去车站接你。"

苏同的饥饿感一下子无影无踪。

罗津带苏同来到秦淮河边。天寒地冻，又是傍晚，河两岸没有什么游人。罗津拉着苏同的手，见着什么介绍什么。罗津的手也是凉的。在一个小饭馆里，苏同点了一碗汤面。罗津要来一盘盐水鸭，苏同尝了一口，好咸。罗津给苏同开了一个宾馆房间后，对她说："我还得去办公室加班，今天调研的材料，必须弄出来。"

苏同第二天一早就离开了南京。返程的火车上，苏同使劲地想，罗津问了我的毕业去向没有？他为什么觉得江城比南京好？南京的雪硬是没下下来。

直到赵晶晶的叩门声响起，苏同才将罗津这个不速之客从脑海里请走。

赵晶晶说："好多同事都到足球场上去堆雪人了。苏总，我们去玩会儿呗？"

犹豫中，丁钢走了进来。

赵晶晶见到丁钢，更是开心："丁主任，忙里偷个闲，跟我们一起堆雪人去！"

丁钢看了赵晶晶一眼，说："你先去，过一会儿，我陪苏总去找你。"

赵晶晶"噔噔噔"离开了办公室。

丁钢一屁股歪在了沙发上："肖主任，他说他跟你很熟。"

苏同的脑子还没有反应过来，问："哪个肖主任？"

"王俞的老公！孕妈决赛场上的那场闹剧……"丁钢列举了一系列关键词。

"哦，想起来了，他是建设厅的处长。怎么啦？"

"他从建设厅调到省发改委，当了办公室主任，却出了大事。他女儿告发了他，一五一十，有理有据。"

"他女儿？上次是他前妻。这母女俩轮番上阵。还是王俞的事？"

"不不不，他没有这样专情。"

"此话怎讲？"

"又有了新欢，还有了另一个私生子。"

"你们这些单细胞动物呀！"苏同摇着头连汤带水地骂着。

"你可别打击一大片。"

"还用打击？笑话。"

"不说这个，这不是关键。关键是肖主任已经让纪委带走了。"

"这样的人，让纪委带走，那是为民除害。"

苏同突然想起什么似的问丁钢："我就不明白了，你开始写了他的特稿，我们没发，你还七个不服八个不忿的，赌气要把稿子给杂志或者外埠媒体，后来不了了之。我当时还在想，是丁钢懂事了，还是有高人在指点？"

丁钢笑而不答，他摸一支烟来，准备点火，却被苏同拦住："我宁愿不听真相，也不愿被你烟熏火燎。"

丁钢又从另一个口袋里摸出两块口香糖，丢给苏同一个，自己打开了包装纸："官场上的人，想找到一个记者，易如反掌。"

这话不假。苏同想到去年的仲夏之夜，被卢老师叫到私人会所，与肖处长、施三叶一起聚餐的场景。

"老实说，我也不是钢铁侠，一起喝了酒，洗了脚，还抽了他的顶级好烟。更重要的是，他帮我找到了黑我的凶手。"

苏同被雪封住的脑子终于融化开了："哪一拨？垃圾楼盘还是十里香乡的人？"

"十里香乡的。对方不仅赔偿了我，那个'种房'的行为也停了下来。台面上的事，台面上解决不了，还得台底下解决。而且是台面上的人台底下来做。破了你的想象吧？他跟我说，为了给我出气，十里香乡一个压了很久的项目，在他这里没通过。我接触的官员不少，肖主任这人做朋友蛮够意思。"

"怎么，你还想为他鸣不平？难怪伟人说得好，糖衣炮弹比导弹危险。"苏同对自己胡诌的话，忍不住有些想笑。

"现在谁也救不了他。据说，王俞也被他女儿策反了，所以他女儿给纪委提供的证据，不少是王俞给的。"

王俞，搭上牛半斤的王俞，已有了新的人生。

丁钢走时，丢下一句话："肖主任这事，不知道会连累多少人。"

与丁钢神侃半天，苏同意识到，这句话才是他要说的重点。

7

罗津没有如期来江城。

苏同去了门口的理发店，焗了油，被翁子称赞年轻了十岁。

翁子说得有些夸张，不可信，但镜子中的自己在一点一点变化着。

化妆品的排列顺序弄清楚了。粉底液的涂抹效果是真的好，还有唇膏，完全是点睛之笔。

其实，罗津现在是个什么模样，苏同猜想不出。她爬到书架上，找到了那个牛皮档案袋，直接抽出了活页本，过去的罗津立马动了起来。清秀的五官，慢条斯理的说话方式，看着自己时专注的眼神——虽然没有卢老师的眼睛那么温润。

为什么会在罗津的眼镜上画了重重的几笔？怎么就没有印象了呢？可见记忆也是经过筛选的。她提笔，按照电脑程序的推演法，在本子上画上了一个脸盘圆润、头发稀疏、眼角有了放射线的中年男人。这是罗津吗？一点不像，连边都沾不上。

时间以一个小时一个小时来计算。

罗津没有来。是没有来？还是来了没有给自己信息，一个人去了医院？苏同不得而知。

很晚了，苏翁子给苏同打来电话："妈妈，你过来吧，我一个人好怕。"

苏同安慰翁子道："你爸晦过了会回去的。"

"他已经有两天没回来了。"

苏同十分吃惊："什么？他怎么了？你怎么不早跟我说？你在租住屋吗？别怕，我马上打车过去。"

苏同从出版部出来，拎着随身带的包，出大楼到了路边。夜深人静，路上的车不多，苏同跺着脚，盯着闪着绿光的出租车。

一声喇叭在苏同身后炸响，苏同回过头来，只见丁钢正摇下车窗。丁钢说："你去哪儿，我送你一程。"

"我跟你南辕北辙，你走吧！"苏同拒绝。

"没事，我又不费力，只劳烦车轱辘。这么冷的晚上，出租车很少的。"

苏同坐进丁钢的车里，一下子暖和多了。

"冷吧？"丁钢少有的人情问候。

苏同心里惦记着翁子，没有兴趣跟丁钢搭话。

"你知道宋兴的事吗？"

苏同望了丁钢一眼，没有接他的话。她知道丁钢的性格，他若要说，你用门板也挡不住。

"他被坑了。买了一只股票，等着借壳上市，坐等孙猴子翻筋斗。哪知证监会收到举报信后，派出调查组，结果可想而知。"

苏同想起石先生那天跟何颖说过的话，宋兴一定很惨。

"想钱成魔！"幸灾乐祸的丁钢，让苏同觉得男人之间的残酷争斗，与女人间的宫斗有得一比。

"那宋兴怎么办？"苏同忍不住问道。

"能怎么办？等着那只被借壳的公司开盘呗。也不知有多少个跌停板在等着他。"

苏同问："你不炒股？"

"我的钱全被老婆统管着，再说，也没那个心思。一个人的精力是有限的。"

江城的雪，来了一阵猛的，很快就走了。气温却一直升不上来，尤其是到了晚上。路面上有冰，车子容易打滑，丁钢开得很慢。

车上了二桥，苏同将目光投向长江上游的方向。

"你怎么这么晚了还去女儿那儿？何颖说你家先生一直在管女儿。"

"是呀！可他今天出差了。"

“我曾听肖主任说，你先生也认识他，还找他办过事。”

“是吗？”苏同一下子坐直了身体。

快进入松园路时，苏同紧盯着外面，指示着丁钢或直行或拐弯。从外校大门路过时，丁钢遗憾地说：“我儿子外语可好了，可惜没能进这样的学校。”

丁钢放下苏同，问：“要不要我明天来接你？”

苏同知道丁钢是在开玩笑，“切”了一声，算作回应。

租住屋里又黑又冷。翁子把自己关在房里。苏同在客厅门口就喊女儿的名字，翁子怯怯地应了一声。

苏同推开翁子的房门，翁子偎在床上，头上还顶着那毛了边的浴巾。

苏同立刻坐在翁子的床边，帮翁子取下浴巾，问：“很冷吗？”

“饥寒交迫！”翁子拉着苏同的手说。

“翁小明怎么回事？”

“他昨天跟我说，去沙州出差，争取晚上赶回来。我以为他晚上会回来的，结果今天早上没见到他，直到现在也没有影子。”

苏同问翁子想吃什么。翁子说：“冰箱里没什么了，你帮我泡碗方便面吧！”

苏同将房间里的取暖器打开，定成摇头状。

在电热壶烧水的当口，苏同拨打了翁小明的手机。

电话响了很长时间后，通了，但马上被压下；苏同再打，便是系统的电子语音应答声。翁小明这是玩的什么戏法？他是去了沙州还是到了赤水？是被别人绑架了，还是绑架了别人？

水烧开后，苏同取出方便面，撕开袋子，泡上面，小料包倒了进去，只是没搁辣子酱。

苏同回到自己房间，轻轻关上门，找出了杨豪的电话。她不是发短信，而是直接电话过去。电话是杨豪妻子接的，听到的是女声，恶狠狠地说：“真是有意思，这么晚了还来找别人家的男人。”

苏同压住火气说：“我是翁小明的妻子，翁小明失踪了，我想问问杨总。”

杨豪的老婆一听是翁小明的妻子，立马变了腔调：“哦，是苏总呀，我听杨豪说到过你，对不住呀！”

“杨豪呢？”

“喝高了，吐了一床，在死睡。”

两人不在一起，也就是说，翁小明是单独行动。

苏同给苏意打去电话。苏意睡意绵绵地，问："这么晚了，有急事？"

"翁小明又不知跑到哪里去了，你让谢天池帮我查查，看他是不是到了赤水。"

苏意一下子回到清醒状态："苏同，你要干什么？"

"他要是到了赤水，说明他还有命在，至于别的，倒是无所谓的。"

"他能有什么事？不会的。这么不开打的男人，杀他的人没长眼，爱他的人是个二百五。"

苏意这么一说，反而舒缓了苏同紧张的情绪。

"别管他，由他去。"苏意又加了一句。

8

"老易出事了。"这是翁小明见到苏同说的第一句话。

苏同不是很吃惊，因为有汤社长之前说过的话垫底。

翁小明脸色铁青，看来老同学出事，给他带来了不小的心理阴影。

苏同吃惊的是，失踪的翁小明，居然从哪里冒出来了。在他失踪的时间里，苏同知道他不可能死掉，如果那样的话，早就有警察或者他单位的领导上门来问候了。他去了哪里？与什么人在一起？做了什么事？一直在她心里倒腾着。

见着灰头土脸的翁小明，苏同转过身舒了一口气，她没问什么，没有丝毫想问的欲望。翁小明傍晚的时候回到报社家中时，苏同刚刚准备去编辑部。翁小明说完老易出事后，就找了两件内衣，去卫生间洗澡。

苏同在门厅换鞋，对着卫生间的方向说："我今晚去松园吗？"

翁小明将门拉开一条缝回答："你不用去了。"

苏同如释重负地出了门。在办公大楼刷了门卡后，手机突地响了一下，来了一条短信。

苏同从小包里摸出手机，是一个陌生的号码发来的，短信的内容让她惊悚不已："能管好一张报纸的人，怎么管不住自己的老公？"接着，第二条短信发来的是翁小明的车牌号。

这是怎么回事？苏同的心剧烈地跳动着。

回到办公室后，苏同将这个陌生的电话号码发给了丁钢，请他帮忙查查电话的主人。

丁钢正在外面吃饭，他回复："领命。"

坐立不安中，苏同想，要不要将陌生人的短信发给翁小明？

事情到了自己这里，一定不是小事。与别人家的女人有关，有关到什么程度？涉及哪些内容？问号成串，一切都是未知数。越是未知，越是恐惧。

翁小明的所作所为，惹下的麻烦，都被一个盯着他的人看得清清楚楚。

苏同哆嗦着手指，将短信转发给了翁小明。

苏同在等待，等待信息回复，等翁小明的，等丁钢的。

苏同看过两张大样后，丁钢来到苏同办公室。他告诉苏同："这个号码是在报摊上买的卡号，查不到持有者是谁。"

"什么地区的也查不到吗？"

"查不到。"丁钢十分肯定地回答，"你有什么麻烦事，可以跟我说。"

目前的麻烦，就是这个电话号码。但此话苏同没有说出口。

"手机卡号乱售现象，给治安管理带来了不少问题。你给我提供了一个好点子，说不定我可以做一做这方面的报道。"丁钢说的话，有一半苏同都没有听进去。

丁钢走后，苏同给林音打通电话。林音好像正在一个歌房里嗨，多重嘈杂的声音，成为林音说话的伴音。

"我出来再给你打过去。"林音说。

两分钟不到，林音的电话来了。

"你在忙？"苏同问。

"每天都这样，不是在餐厅，就是在歌厅，醉生梦死。"

苏同没有再跟她寒暄，而是在深深地叹了口气之后，将这几天发生的事统统倒给了林音。

林音沉默了一会儿，慢慢地说道："翁小明肯定有事，还不是小事。苏同，现在，你暂且不要纠结情感方面的问题，他的安全才是关键。他毕竟是翁子的父亲，跟你生活了二十年。不看僧面看佛面。我建议你开诚布公地跟翁小明谈一谈。无论他在外面做了什么事，关键是以后要做何打算，先把眼前的问题解决好。这个问题不解决好，会牵扯很多的。主要是你，还有翁子。"

翁小明还有救吗？苏同发出的问，几乎是一句天问。

可是，翁小明就是不回复。

苏同下班后回到空荡荡的家。她鞋都没换，就直奔沙发，仰面栽了下去。

无数个翁小明在屋里打转，还有香水、唇印、失踪、失联……翁小明这大半年来的种种反常。

为什么呀？自己做得不好？做得不够？都不是。林音说："苏同，事情到了这一步，你不要内疚，不要自责。男人走神越界，跟你没有关系，这是他的命数。"

翁小明的短信终于来了："等有空，与你说。"

翁小明回过家，苏同也去过租住屋，但翁小明却没有要谈的意思。苏同几欲张口，好像找不到准确的语言来表达。翁小明用忙碌躲闪着，他将阳台上的那台洗衣机清洗了两遍，又把衣架重新安装了一次，让它终于升降自如了。

苏同忙着张罗厨房里的饭菜。等三个人坐在饭桌上时，当着翁子的面她根本不可能提及这些问题。

翁小兰的电话来了，翁小明故意大声地嚷："什么，老爸又摔倒了？好好，我马上过来！"他躲闪自己的神情，让苏同心生厌恶。

林音来电话关切地问："谈得怎么样？"

苏同回答："还没开口。"

"要不要我过来陪你？"

"不至于。"

苏翁子放了寒假后只休息了两天。老师有要求，拾遗补漏，做考前的冲刺。翁子赖在热乎乎的家里，不想去学校、去租住屋。翁小明说："不去也行。但你要把这个学期试卷上的错题重做一遍。"这些题，翁小明解答后，装订成册，就搁在翁子书桌的抽屉里。

"我是说着玩的，我还是回学校补漏吧。"

季青这天给苏同发来一篇初中生作文，是她女儿写的，想在快报上发。苏同想，晚报不也有作文版吗？季青猜透了苏同的心思，她打来电话解释，说女儿不愿意在晚报上发，因为同学老师都知道她妈妈是晚报的编辑，一看就是"走后门"。苏同笑着说："你女儿跟你一样精！"

季青说她去医院看了秦教授。苏同懊恼起来，原是等着罗津一起去的，结果他没来，自己烦心事一多，就忘了。季青说："秦教授还好。他躺在病床上，却在担心罗津学长。"

苏同心一沉："罗津怎么了？"

"你不知道吗？"

"我真不知道，我们好多年没有联系。"

"他的老亲爷出事了。"

“什么事？”

“当大官的出什么事，你使劲地想。”

使劲想什么呢？想着自己送上去的惊喜，差点成了人家的惊吓。

9

方真的稿子带上汤社长的名，在快报的时政版上发出来有一段时间了。这种合作让水主任很开心。在集团中层负责人会议上，他刚好拿着这张报纸，对一旁的于大桥耳语道：“这就对了，快报主流化转型，就要强强联手。”

汤社长回到大报编辑部做年终述职，他专门邀请苏同、方真，还有何颖一起吃饭。他已在“老乡味道”订好了包间。

方真向苏同请假，说晚上有个重要的演出采访，并请她代向汤社长致谢。那就只有三个人了。正好，没有年龄代沟，说话可以更随便些。

老板娘又来推荐螃蟹和虾。汤社长一口气回绝：“不要不要，我天天跟养螃蟹的老板在一起混，知道他们干了些什么。”老板娘等在边上。“你就给我们煎一盘湖里的小鲫鱼，再煨个土憨巴加土黄瓜，炕个藕饼不要少五花肉，其他的，再配两碗大田里扯下的小菜。”

老板娘赞叹：“好会吃。”

在等着上菜的时间里，汤社长对两位美女领导正儿八经地说：“本人有一个请求，在蒋社长的地盘，叫我老汤就是真朋友。”

苏同笑：“记者站升级成分社后，社长都有一个排了。”

“你放心，我们晓得场合，不会把你的‘社长’叫没的。”何颖调侃着。

于是，老汤就与何颖荤的素的开起了玩笑。

何颖是什么人，没有她不敢接的。老汤一时找不到回击的词，反显自己的道行不够。

苏同问到老易的情况。老汤唉了一声，带着同情的口吻说：“他是真倒霉，给他送钱的人告的他。”

“他没有给人办事？”

“就是。他一个小乡镇上的头头，好多事哪是他做得了主的？工程给谁，市里的人才能定夺。”

“巴掌大的地方，有什么工程？”苏同想细问。

“怎么没有？关公纪念馆都破土动工了。”

“那不是台商关家后人来做的吗？”苏同继续探究道。

“哎呀，这些都是噱头。好多地方都在玩这个巧，台商港商内地大豪，撒些银子，闹个眼子，大部分还得地方政府掏腰包。关键是一挨工程，什么设计规划建造，诱人的肥肉流油，哪个都想沾。老易这事，不好说，兴许会牵扯到别的头头。”

土憨巴煨土黄瓜是个干锅，很快就上了桌。土憨巴是赤水湖里才有的一种小鱼，长得像泥鳅，却比泥鳅短壮一些。

老汤说：“难得与两位大才女加大美女共度好时光，必须有酒鼓劲。喝什么？”

何颖说：“他们家的米酒加姜丝可以。”她便出去找老板，要米酒加姜丝去了。

“老易这人蛮搞笑，他不知从哪里知道杜书记喜欢收藏瓷器，专门‘进贡’了一个瓶子，说是好多好多年前的，刚从地下出土。杜书记不相信，让夫人拿到有关部门一检测，结果，结果……”老汤对苏同压着嗓子讲着老易的笑话，自己差点笑岔了气。

“是赝品？”

“连赝品都算不上，就是一只普通的陶罐子，农村人家家户户用来腌酱菜的罐子。你说这是不是把杜书记气炸了？”

苏同立马想起翁小明拿回家的那个破罐子，他后来又拿走了。会不会是他把罐子送给了老易？

老汤又附在苏同耳边小声道：“卢市长也在火上烤着呢。”

苏同半天没吭声。

何颖端进来一大壶热气腾腾的米酒：“苏总，你今天一定要喝点，暖胃的。”

苏同尝了一口，好喝，甜中带点辣味。

开始是老汤敬着喝，后来是何颖劝着喝，再后来是苏同自己倒着喝。

可是米酒也能上头，这是他们仨都没料到的。

苏同喝迷糊了，脸上红彤彤的，身子软绵绵的。何颖收起酒壶：“收兵收兵！”

苏同起身出去，何颖跟着。苏同去了洗手间，她反身看到何颖，哈哈大笑：“我上厕所……”话没说完，哇地一下，吐了。

何颖便用手拍着苏同的后背：“你怎么这样？米酒而已。”

老汤看到苏同的样子，也吓了一跳。

“还不是汤社长有魅力？”何颖话里带着怨气。老汤一脸尴尬。何颖要支开老汤：“你走吧，我来管她。”

老汤不放心地问：“你一个人能行？”

“走吧走吧！”何颖不耐烦地轰着老汤快走。她不想让一个男人看到苏同现在的样子。

何颖要送苏同回家，苏同说：“不行，还有版样！”

“看个鬼。”何颖不由分说，硬是将苏同弄回了家。

何颖给于大桥打电话，问他今天晚上值班的老总是谁，于大桥说是他本人。

“那就好。”何颖没说苏同醉酒，只是告诉他苏同有事，一时半会儿回不来。

“请于总帮忙将她的大样签了。”

“苏同怎么自己不打电话？”于大桥问。

“我以为自己的面子大些。”何颖的话虽是玩笑，但在于大桥听来无懈可击。

苏同歪在沙发上，闭着眼睛，喃喃自语，一行眼泪从眼角滑下。

何颖用热毛巾轻轻地给苏同擦着，但泪水怎么也止不住。

“苏同，你这是怎么啦？”

何颖的一声轻问，却让苏同哽咽起来。

“林音林音。”苏同叫着。

“我是何颖。”

“何颖，我好羡慕你。”

“我有什么可羡慕的？”

“勇敢，自由，为自己而活。”

“你一样做得到。”

“做不到呀！林音，何颖。我好累，好累！”

何颖泪眼婆娑起来：“翁小明吗？”

“他妈的！”苏同含糊不清地骂道，“他有人了，外面的女人。”

苏同大概是知道了那个女人，那个个子高、腰长腿短的白衣女人。

“他就不配你，这个混蛋，他的眼里是眼屎。”

“对，眼屎，王八蛋，都是！罗津，卢伟，翁小明！”

何颖第一次听到一些陌生的名字。她想，苏同和翁小明走到一起，应有着不得已而为之的潦草与匆忙，与自己的猜想大致吻合。

何颖在苏同家里待了半宿，待到苏同安静睡熟后才离开。

第二天，软绵绵的苏同挣扎着起来去上班。还没开办公室的门，翁小兰的电话哭诉就追了上来。听了两句，苏同就晓得了，与自己有关。苏同把涛涛爸的需求当了回事，在集团房地产公司要到了一个购房指标。

翁小兰说："家里的积蓄，我都拿给翁小明做了投资，哪有钱交首付？涛涛爸说我避着他瞎搞，气得把桌子都掀翻了。找翁小明，翁小明说，拿不出来。"

又是一个雷，翁小明的。

苏同能说什么？问题是翁小明拿这钱投资了什么？股票？工程？还是别的？苏同毫不知情。

"快网前后端基本搭建成型，年前准备搞个挂牌仪式。来的嘉宾一一上线，上线头像我想来点新颖的，不用照片，请你帮我用漫画的形式再现一下。"何颖在电话跟苏同要求道。

"好是好，未必每个嘉宾都喜欢。"苏同回答。

"我还请了工商联的单方、东冶的石先生。对了，忘了跟你说，石先生说请我们去他那里泡温泉。苏同，沙州的卢伟市长是你的老师，你帮我请一下呗！"何颖的调兵遣将不像是个新贩子，很是娴熟。

苏同却不晓得卢老师的现状，只好支吾着。

中学同学中，已经有人问过苏同，卢老师是不是出事了。

苏同极力否认："哪有？别瞎说。"

苏同给卢老师发过短信，但没有回音。这是从未有过的事。

翁子的期末考成绩排名出来了，中不溜的。

在租住屋里，翁子捻着她的浴巾对苏同说："我很怀疑。"

"怀疑什么？"

"怀疑自己是不是你们亲生的。"

"怎么蹦出这样的想法？"

"你看，我既没有翁小明的智力优势，又没有你的努力优势。简直平庸之极！"

"你的优势就是瞎琢磨。"

10

腊月二十八，苏同、翁小明、翁子三个人在翁小兰家吃年饭。因为翁小兰投资的钱拿不回来，涛涛爸的脸一直垮着。

翁爸在睡觉。翁小明去房间看了一眼后，问："妈，要不要叫醒爸？"

"他睡着了就别叫，我们先吃。"翁妈说。

翁妈给翁子一个红包，翁小明也给了涛涛一个。涛涛爸说："涛涛的就算了，他不在家，又比翁子大。"

翁小兰没等他的话讲完，毫不客气地将翁小明手里的红包抢过去，甩在她老公面前："两面派！"

翁子看着这一切，蹭到苏同身边，小声嘀咕："妈，我们早点走。"

快报放年假是在大年三十。

从年初一到初七，卖报人也要回家过年。但年前有一期《休闲时光》，是一定要出的。吃喝玩乐的内容，对有需求的读者还是有一定的作用。

苏意不停地来电话催问："你们什么时候到？谢天池已经订好酒店了。"

每年回家过年，都是谢天池安排好这一切。

"我不想住酒店，我想住小姨家。"翁子跟苏同提了一个小要求。

苏同说："我没意见，只要小姨愿意。"

翁子喜欢小姨的轻松，还有小表哥的照顾。

翁小明开车，一路没话，苏同问一句，他半天才有回应。

从江城到赤水一路高速。要回家的人，都提前走了，沿途车不多。经过收费站，翁小明的车要缴八十九元。

翁小明看了一眼副驾座上的苏同，见她在划着手机，没有掏钱的意思，便埋怨道："跟你说了多少次，找找交管局的人，把我们这七座的车改成五座的，一年能少交不少钱。"

苏同没有答理，心想：我哪有这么大的本事？明明是七座，要改成五座，真是敢想。

进入赤水市区，苏意指挥苏同一行先到酒店吃年饭。年饭经济在小县市也是如火如荼。谢天池早早预订了一个大包房，就几个人，满满一大桌菜。

苏同问妈："苏定怎么不回来？"

"今年他老亲娘去上海了。"妈的回答里多少有点不高兴。

"难得做回好女婿。"苏同宽慰道。

翁子和小表哥比赛吃花生，往上抛，用嘴去接。苏同连忙制止："这样危险，卡在嗓子眼里，要出大事的。"

小朋友收红包的时间一到，年饭就结束了。

谢天池将酒店房卡给了苏同。苏同对苏意说："翁子要去你家住。"苏意"切"了一声说："我们就没给她开房。"翁子欢天喜地地跳起来。

翁子对小表哥说："我妈总是说，要带我去排水闸，看看她和爸相识的地方。"

小表哥说："那是你爸妈相识的地方，跟我没关系。"

苏同看了翁小明一眼，他一副心不在焉的样子。

翁小明载着苏同去酒店放行李。

进了房间后，翁小明将烧水壶洗过，坐上水。他跟苏同说："周连约了回家过年的同学喝茶。"

"你去吧！我要回爸妈家，陪陪他们。"苏同说。

翁小明去卫生间冲洗时，苏同将他新年要换的新内衣从行李箱里拿出来，放在床上，冲着卫生间喊了一声："新内衣在床上，我走了。"

"不要我送吗？"

苏同没有理会——他若真心要送，早就会吭声的。

天还没有完全黑，路上行人不多，只有电线杆上的红灯笼远远近近地连成了串，象征着新年的红火。三三两两的摩的，载着人在空旷的街面上，像电影里一样极速冲跑。

苏同从酒店里出来，进入一条连接着市郊的主干道。最高的楼是银行大厦，过去一些熟悉的单位在街道两边都能看到。走过一桥，曾经的一所百年学校旧址，现在已是购物广场。这个地方人要多一些，有的商铺还没有打烊。

穿过购物广场，拐上去往芙蓉家园小区的老街，小摊小贩多了起来。有芝麻葱花熟悉的味道，是炕饼。路口一个简易的棚子下，有一个巨大的铁炉，炉口很深。师傅将手中抻开的饼，往炉肚子上贴去。

苏同便站在炉子边上不动了。师傅是个瘦老头儿，他看了苏同一眼，打声招呼："来了！"

苏同问："您认得我？"

"怎么不认得，你不老来我这里买炕饼吗？"

苏同觉得师傅在随口乱说。师傅说话的当口也没歇着，他将面团擀开，抹肉，撒葱花，撒芝麻，行云流水似的。他用火钳从炉膛壁上夹出两个椭圆形的炕饼，按苏同的要求，分别剪成了两半，装进了四个纸袋里。

苏同看着就想咬一口，因为在大街上，感觉不雅，就忍着。回到爸妈家后，苏意和翁子也在。

苏同将炕饼分给大家。翁子咬了一口放下，说："这哪好吃？"

苏意说："小孩子跟这个没感情。那老头还没收工？"

苏同问："你晓得那个老师傅？"

"我经常去他炉子边等。"

"难怪他说认识我。"

"好多人错把我当成了你。"

"那我太开心了。"

"只要有人说她长得像你，她就像中了奖。"翁子插着嘴。

"为什么？"苏意问翁子。

"因为你长得漂亮呀！"

苏意将翁子拉到怀里："翁子是我们家最聪明的。"

苏同问起谢天池父子。

苏意回答："他们去陪爷爷奶奶了，过会儿接我们回家。"

"翁子爸呢？他怎么没上来？"苏意问苏同。

"周连安排外地回赤水的同学喝茶。"

苏意撇了撇嘴："真不会做事。大年三十，谁不团年？喝什么茶？"

真是故乡水土亲，一说周连，周连就给苏同打来了电话："同学们难得一聚，请苏总也过来热闹一下哈。"

"算了，刚刚回来，蛮累，再说，我也不知道你们在哪儿。"苏同的话里也不是完全在拒绝。

"我让翁小明去接你。"周连说。

苏同想，要是翁小明来接，就去。一年半载也难得见上一面。

可是等了好半天，没有翁小明的影儿。

周连发来一条短信："好吧，大过年的，陪父母更重要。"

谢天池将苏意和翁子接走，也顺带将苏同送回酒店。

苏同洗好澡，吹干头发，上床时，看了一下手机时间，已经夜里十一点半了。她想，翁小明喝个茶也要喝到这么晚？该不会又嗨歌去了吧？真是想什么，什么就有感应，翁小明的短信立即出现："我和同学们另开了酒店聊天，不用等我。"

和同学开房聊天，有多少话要通宵达旦？

苏同深知，翁小明跟他的同学们在一起时，就是个“听匠”，只是偶尔一笑，或者点评一下，从来没有长篇大论过。对了，同学中有不少是麻友，翁小明虽没这个嗜好，观战的瘾却不小。不管他。苏同独自睡去。

苏同择席，在床上翻来覆去。半梦半醒之中，她又坐在了课桌前。一张试卷上全是数字，还有大大小小的几何图形、直线虚线、ABC。翁小明在敲黑板：“同学们，抓紧时间呀，离交卷只有五分钟了。”

翁小明怎么成数学老师了？“你来帮我做试卷吧？”她在求翁小明。梦境是混沌的，但苏同的紧张却十分真切。铃声炸响，苏同坐了起来。天哪，又梦到了数学考试。窗帘外，天色灰亮。苏同掀开被子，起床，去洗手间。她在想，这个梦发生在日夜之交的时辰，是梦吗？

大年初一。

苏同想早点去爸妈处陪陪老人。她没联系翁小明，她喜欢一个人在自己从小长大的地方多走走看看。街上有了车水马龙的喧哗。一旦有了声色，一座城就活了起来。

穿过购物广场后，苏定的电话来了。

他是打给翁子的，要祝翁子新年进步，以最好的状态迎接高考。苏同说：“翁子现在在苏意家，我会把舅舅的祝福带到。”

苏意、翁子以及小表哥比苏同先到家。苏意问苏同：“翁子爸呢？”

“他昨晚跟同学在一起。”

“夜不归宿？”

“是呀，说是跟同学们聊天。”

苏意看了苏同一眼，没再说什么。

苏意进了厨房。苏同也跟进去，问苏意要做什么好吃的。

“爸要吃鳝鱼面，妈要吃馄饨，我们翁子要吃汤圆米酒，我一一来满足。”苏意麻溜地边忙边说。

“我呢，你不安排？”

“昨晚你带回来的炕饼，我加工一下，保准又是一种好吃的味道。”

“没想到呀，那个好吃懒做的小女孩，现在出落成了巧妇。”苏同很是感慨。

“你没想到的事多着呢！”

苏意将苏同赶出厨房。苏同在客厅跟妈说：“苏定来过电话，他过完年要回家看你们的。”

妈说："知道，他来过电话。我担心他老是抽烟熬夜。"

翁子吹着勺子里的汤圆，问苏同："妈，什么时候你带我去看排水闸？"

苏同笑了："你怎么老想着这事？江堤上风大，闸边上的湖也不知道是大了还是小了。这样，你跟翁小明说，我们一起去。"

新年的第一顿饭，是苏同请一家人在餐馆里吃。谢天池用车跑了两趟。大家都在包房坐下后，翁小明才姗姗来迟。

苏意的脸色很不好，故意拿话喷他。翁小明不作声。还是翁子会解围，她说小表哥会玩魔术，可以将一张钞票变成两张。苏同爸说："那是障眼法。"苏同妈连忙打断："只有你一本正经，来来来，变一个。变成了，我再奖励你两张！"

翁子撒娇地嚷道："我也要我也要。"

饭后，翁子缠着翁小明："我今天一定要去排水闸。"

翁小明诧异地望着翁子。

"去探访一下当年的落魄数学王子，被文艺怪咖收服之地。"翁子说。

苏同问翁子："你这是从哪套来的词？"

"我太困了，睡一会儿再去。"翁小明说着便在沙发上躺了下来。

苏同在爸爸书柜里翻相册，整理着爸妈不同时期的照片。

翁小明的手机"嘟"地响了一下，他立马就醒了，连忙从裤子口袋里摸出手机点开。

翁小明问苏同："开车去还是走着去？"

苏同知道他指的是排水闸："走着去，有太阳，不会冷。看看少年的江水，吹吹少年的风。"

翁子接腔道："我没说错吧？酸不拉几的怪咖。"

三个人出门，上了宏伟南路，往工会方向拐，看到了市委大院。苏同指着离院门不远的一幢楼房对翁子说："我在这个楼的二层，工作了四年。"

"《赤水报》？"

"是的，现在没有了。"

"要是你不离开，那可能就失业了。"

"不可能，你妈是谁呀？"翁小明接了一句。

苏同笑了笑："你爸说得对，你妈是打不死的'小强'。"

周星驰的电影台词被借用。翁子点着头："嗯，你还真像。"

赤卫路是条斜坡路，与江堤对接。翁子已经比苏同高出一截，她用手压在苏同的肩膀上，母女俩歪歪扭扭地往上走着。

江水被风吹得一波赶一波地朝前涌。阳光铺在江波上，如同盖上了一条金丝被。

苏同回忆起来："那个时候，我和班上的同学一周来这里跑一次。刚开始晨跑时，我跑不动，老是掉在后面，卢老师就陪着我跑。"

"卢老师是你的体育老师？"翁子问。

"不是，是班主任，语文老师——班长见了就生气。"

"班长是个女生？"

"是的。"

"她是在吃醋。她还在赤水不？"

"不在。她后来嫁给了一个军官，随军在青岛——跑步，我是坚持下来了。"

"难怪，从长江跑到东湖。"

"哎，问你，那条黑狗你一直没想起来？"苏同转向翁小明。

翁小明木木的："什么黑狗？"

苏同对翁子撇着嘴："你看，这么重要的关联道具，他都会忘。是黑狗把我带到了排水闸的闸洞里。"

翁小明的脸上现出难为情的苦笑。

苏同对翁子提议："我们跑起来吧？"

"我可跑不动！"翁子拉过翁小明的手，耍着赖说，"爸，我想你背我。你能背得动我吗？"

"怎么可能背不动？"

翁小明弯下腰，翁子蹿了上去。翁小明艰难地起身，没走两步就喊："下来下来，你怎么长这么胖了？"

翁子笑得喘不过气来："天啦，说你背不动，就承认呗，还说我长胖了。"

小时候觉得很长的路，现在感觉却没有几步远。到了排水闸，苏同发现从堤上到闸口，修了一条石坎路，一级一级的，缝中长着草。四周有不少平坦、空旷的地方。苏同拉着翁子，翁子牵着翁小明，从石级上一步步往下走。

越靠近闸洞，苏同的心跳得越快，翁子说了什么，她都没听清。

对，就是这个最边上的闸洞。洞壁更加老旧，枯草遍地。少年翁小明一身酸臭，嘴唇上因干渴起的皮，一圈圈堆在上下唇两边。从他手中掉落的高等数学书上爬满了蚂蚁。当时，苏同取水的湖岸，就在不远处；可现在，水没有夏季时的丰盈，快退到湖心了。

翁小明没随苏同和翁子往前探寻，他坐在一块石头上，沉默不语。

翁子回头喊了一声："爸，你在想什么？思绪万千？"

翁子要一个一个闸洞去瞅瞅。她在另一个洞里看到两个人抱在一起，就赶紧退了出来，对苏同小声道："别往前去了，里面有人。这个地方很适合约会。"

11

开年上班的第一个周末，是正月十五。按习俗，十五之后，年才算过完。所以，乌尚义决定，一定要在这天把全体员工大会开好。

年前，公示了乌尚义任集团总经理，省委组织部在紧锣密鼓地征求意见，快报年前要做的事，也就按兵不动了。现在尘埃落定，一切恢复如常，员工盼望已久的年终大会必须尽早召开。

大会安排了两个环节，前一环节是表彰优秀员工，奖励一线采编人员。红花、绶带、证书、奖金，一个都不能少。

主席台上，蒋社长坐在正中间，两边是快报编委会的成员。主持会议的是于大桥。集团总经理、快报总编辑乌尚义做了上一年度的工作总结，说成绩谈问题，用数字说话，不累赘不拖拉，彰显了年轻领导的水平与魅力。在谈及新一年的办报思路时，他更是表达了改革决心，既要实现主流化真刀实枪的转型，又要为集团成为全国省报第一梯队的排头兵添砖加瓦。蒋社长代表集团讲话，他说："尚义的报告，也点燃了我的激情，恨不得与快报人一起战斗！"乌总站了起来，双手握拳，对着蒋社长弯着腰："您一直与我们战斗在一起。"蒋社长继续激情洋溢，乌总带头鼓掌，台下热烈响应。

第二个环节是各部门的员工上台表演文艺节目。

编委会成员快速回到台下正中的座位上坐好。

接棒的主持人是乐春儿。她变戏法似的换了套装扮，脸上是彩妆，身上换了一条红色的丝绒曳地长裙，庄重大方，握着话筒的样子，几乎看不出来是业余的。串词出自束一光之手，诙谐、灵动。

节目从编委办公室开始。赵晶晶将车队的几个司机组合成了一个说唱腰鼓队。司机们很是慌张，却也增加了笑料。

在束一光领着副刊部的几个人上台时，苏同被汤社长的电话叫到会场外去了。

汤社长问苏同："你知不知道卢市长的下落？"

"什么下落？"苏同吓了一跳。

汤社长立马笑着说自己用词不当："卢市长调离沙州了。"

苏同松了一口气。调动，是领导的常态。升迁、降职、调动，没有哪一个领导总是长期待在一个地方的。

"卢市长调到了一个你想不到的地方、想不到的岗位。"

"哪里？"

"东冶师范学院，副院长。"

这所学校苏同知道，过去是所专科学校，后与几个职校、技校合并，升为三级学院。

卢老师还是回到了校园，在苏同看来，这没有什么不好的。

"卢市长过去分管的部门，几个跟他跟得紧的头头，也被重新调整了。可见官场多复杂！"汤社长说着还加上感叹。

会场里的笑声一阵阵传出来。苏同靠在走廊的栏杆边，翻看着卢老师的信息。过年时，她给卢老师发过新年问候与祝福。卢老师回过一个笑脸，还有"你安好，皆好！"五个字。

于大桥出来上卫生间，一副急急忙忙的样子。看到苏同在手机上聚精会神，他丢下一句："那么好玩的节目，你不看？损失大了。"

苏同抬起头来，在外边待的时间够久了，还是得进去。

这时，舞台上正是胡之方和丁钢在表演。他俩是自由组合，两个济公和尚歪鼻斜眼，破衣破鞋，手拿酒葫芦，正你一句我一句互相扯皮——为房子扯皮。荒诞加幽默，逗得台下的同事前仰后合地大笑。蒋社长却黑了脸，起身对旁边的乌尚义说："我还有事，先走了。"

乌尚义狠狠地盯着刚进来的苏同："节目你没审一下？叫你负责的，你负了个什么责？"

苏同还没明白是怎么回事，乌总便对乐春儿说："别演了，关上大幕。"

何颖第一时间打来电话，还没开口，就笑得上气不接下气。苏同说："你再不说正经事，我就挂了。"

"说说说，看不出来，这个胡之方那么有才，能编还能演。丁钢也真是，配合得很专业，我们的兄弟姐妹们说，都可以上春晚了。"

“你是黄鹤楼上看翻（帆）船。”

“我还听说了，有人把责任推到你身上。”

“我正糊涂呢。”

“因为过去几届都是你负责的，所以这届就理所当然也成了你的‘功劳’啦。”

“这是哪儿归哪儿？年前，根本就没有人要我去管这个事。”

“你去跟于大桥说说。”

“跟他说有用吗？”

“总比不作声、吃闷亏强。”

结果，于大桥自己找到苏同办公室来了。苏同还在生气中，谁都不想理，想到何颖刚才的一番话，她便向于大桥叫起屈来。

“我没看完整，一泡尿耽误了一出好戏。”于大桥想轻松一下。

“你还有心情开玩笑？”苏同很是恼火。

“不过日子了？胡编和药渣，这俩货用这种方式复仇，高级。看来，文艺的功能有时大过新闻。”于大桥对这两人是欣赏多于不满，跟何颖别无二致。

苏同气儿不打一处来：“不管他俩是什么意图，跟我没有丝毫关系。你们谁说过让我去组织这场演出的，没有吧？我可不担这个责！”

于大桥问：“哪个要你担责？”

“乌尚义第一时间就劈头盖脸向我问罪。旁边的副老总们都听见了。”

“他那是为了当着蒋社长的面好转身哪！”

“我为什么做这个替罪羊？”

“我建议你，不要解释不要埋怨不要委屈，什么都不要再说了！”于大桥临走，重重地敲着门强调。

为了庆祝演出收获的喜剧效果。胡之方、丁钢想约何颖一起去喝酒。

何颖问丁钢：“苏同去吗？”

“没跟她说，她是领导。有领导在，我们放不开。”丁钢鬼扯道。

“我不是领导？”何颖拉着调问。

“你虽然是领导，可在我心里你就是一个大美女。”

“得了吧你。请到她，你得自罚三杯，向她赔罪。”

“哎呀，有什么大不了的，能参与创作这样的经典，应该是幸运，说不定会被载入快报的史册。”丁钢还沉浸在他的自以为是里。

“吹吧！你们这些人只图一时之快，后果是什么，也不想想。”

“能有什么？此处不留爷，自有留爷处。我感觉苏总在这个位置上，就是浪费人生…… ”何颖觉得丁钢扯得越来越没谱了，便回绝道：“你们嗨吧，我不奉陪了。”

12

翁子新学期开学后，又回到了松园的租住屋。翁小明如常陪伴。

一大早，苏同在办公桌上看到一张手绘明信片，是苏翁子制作的。翁子学着苏同的漫画，用圆珠笔在明信片的右上方，三笔两笔勾出了一幅苏同的头像，眼睛耷拉着，衣领扣得严实。

苏同想，自己在翁子眼中，就是这个样子？

翁子的文字是：妈妈，今天是你的生日，我想了好多话，不知怎么对你说……总之，想你开心一点。

苏同突然眼睛湿润。谢谢你，女儿！

翁子的明信片被收进了苏同的自画集。

中午下班，苏同回到家，一眼就看到茶几上摆放着一溜碳素墨水瓶，还有一支装在长方盒里的钢笔，都是全新的。翁小明上午回来过。

去年苏同过生日时，翁小明买回来一瓶墨水。他说：“碳素墨水越来越难找。后来听雷师傅说，市博物馆文化一条街上可以找到一些被市场淘汰的东西，我就骑车过去，还真的请到了这个古董。”苏同说：“要请就多请两瓶，现在没有几个人用钢笔了，真担心厂家会绝迹。”

翁小明没有只言片语，但茶几上的这些，足以看出他还记得自己的生日，还想着自己的所好。苏同的心，一时间被软化了。

她给翁小明打通电话，说：“看见了茶几上的东西，很珍贵。”翁小明问她：“还需要别的吗？”

苏同说：“够了，这就很好。”

那支黑色的钢笔，笔身线条流畅又不失圆润，笔帽还是老样子，但笔尖的材质变化很大，叫作什么铱金。

苏同没有将新钢笔吸上墨汁。她的钢笔不少，新笔吸了墨不用，墨汁会产生结晶，容易将笔尖堵塞。她将笔、墨水瓶一起放在书架上。

石先生的电话把苏同从熟糯的午睡中叫醒。石先生说：“苏总，我在‘快网在线’首页上，看到了自己的漫像，很喜欢。问了何总，她告诉我，是你画的。”

哦，哦，苏同渐渐明白，石先生的电话是因为漫像。

石先生说：“我有一本书要出版，能不能用上这幅画？”

“是你的漫像，尽管用。虽侵犯了创作版权，但我不起诉。”苏同少有的玩笑道。

石先生向苏同介绍了书的内容，是近几年发表的散文随笔。

苏同很羡慕道：“石先生厉害，领导工作那么忙，还能静下心来做自己喜欢的事。”

“人的一辈子很漫长，职场只是中间的一小段。”石先生的话还蛮真诚。他又介绍道：“我正在追日本当代作家村上春树的作品。春树有一本随笔叫《当我谈跑步时我谈些什么》，在日本出版了，我想把它翻译过来。”

苏同知道这个作家，他的《挪威的森林》在读书版上介绍过。提到跑步，苏同一下子精神会聚起来：“村上春树喜欢长跑？”

“是的，跑步，他坚持了好多年。在跑步运动中，他的思绪会非常活跃，会联想很多，对写作状态与生活方式都有积极影响。”

“真想早点读到你翻译出来的大作。”

“明天，我来江城开会，要是在东湖碰到你，就有意思了。”

“是的！”苏同少有的应和道。

“那我们东湖见！”

第二天，石先生到了江城后，没在东湖遇见苏同，就忍不住给她打了电话。电话通了，不接，发短信也不回。石先生多少有些意兴阑珊。

而此时的苏同，正一个人躺在家中。

乌尚义是在党委会议的中途匆匆跑到苏同办公室的。苏同被调离了快报，到快网任副总编辑。乌总对苏同说：“为什么这样安排，我事先不知情。好的是，苏总你一向看淡名利，如有要求，及时找蒋社长反映，看能不能再考虑到其他部门。”

苏同一时间蒙了。乌尚义说了什么，她根本就没听进耳朵里。

苏同关掉了手机。

她睡了一个长觉，没有梦魇，醒来后，也不想起床。

有人拍打房门，声音好大。苏同用被子把头包住，但声音没有停下来的意思。

苏同想，再不开门，说不定消防队要来。是何颖和于大桥，他俩的脸色都是煞白。

“你干吗？没事吧？”何颖急切地问。

苏同没回答。她想，你们眼前不是活人吗？能有什么事？

于大桥说：“咱俩都被踹了。”

苏同没听懂。何颖做了补充：“于总也调回大报了。宋兴接替了他的位置。”

“常务？”苏同终于开口。

于大桥笑着点头：“不是早就跟你说过，总要有人为过往买单。我是一天天在数着日子，等着换屁股。”

“只是没想到，换上的人是宋兴。”何颖说。

于大桥却说：“总比从外面搞个人来好。宋兴至少还晓得快报的风格，这一点，未必是坏事！你们俩在一起打配合，也挺好！”

“我认为苏同还是要找一找蒋胖子，这样安排特别不人道。”

苏同对何颖说：“你别担心，我会服从你的领导的。”

“你这样想就歪了。我能领导你吗？”

“你要感觉不合适，还是应该去找姓蒋的。我们这拨快报的元老，没有功劳还有苦劳呢。”于大桥认为何颖的话有道理。

“我休息几天再说吧！你们放心，不会怎样的。”苏同拉出一个笑脸，证明自己真的还好。

“翁小明知道了吗？”何颖小声地问苏同。

苏同摇了摇头。

“你把手机打开。没有音讯，吓死我们了。”何颖走时说。

送走何颖和于大桥，苏同便开了手机。一时间，短信爆棚，安慰、共愤、痛骂，什么都有。未接的电话也不少。石先生的电话来过三次，她想起自己答应过人家在东湖见面的。束一光发来的话特别文艺：“如果拥有一颗自由的灵魂，无论外力会带来什么，改变什么，我们做自己就好。”

他还附上一首诗，美国诗人罗伯特·弗罗斯特的《未选择的路》：“黄昏的树林分出两条路/可惜我不能同时去涉足/我在那路口久久伫立/我向着一条路极目望去/直到它消失在丛林深处/但我选择了另外一条路/它荒草萋萋，十分幽寂/显得更诱人、更美丽/虽然在这条小路上/都很少留下旅人的足迹/那天清晨，落

叶满地 / 两条路都未经脚印污染 / 啊，留下一条路等改日再见！”

留下一条什么路，会再见？

睡够了的苏同跑在东湖的阳光中，想着“鱼与熊掌不可兼得”。她不知自己会跑向哪里。春风晓寒，光影一路随行。岸道上，空旷的草地上，各种花灯完成了一个时节的使命，东倒西歪，各自零落。飞鸟多了起来，麻雀们成群结队地从枯荷这边飞到芦丛那边。

三三两两的跑友擦肩而过。苏同主动向他们打着“加油”的手势。跑者很多，只有村上春树会让他的脚步与思想一起飞奔。石先生如果出现在眼前，将会是怎样的情景？

13

翁小明抽空回家拿风衣时，碰上苏同。“好难得呀，没去上班？”翁小明好奇。

翁小明从主卧衣柜里拿出那件黑色长款风衣。这是苏同和何颖在国广闲逛时给翁小明买的。当时，何颖还开过玩笑：“你给老翁再配一副墨镜，活脱脱上海滩上的许文强转世。”

翁小明抖了抖风衣：“有点长，是不是男人会越长越矮？”

苏同瞄了他一眼，没接他的话。

“去年就跟你说，帮我拿去改一下的。忘了吧？”

翁小明看着苏同的脸垮得变了形，感觉不太对劲，带着关切的语气问：“你怎么了？不舒服？”

“嗯！”

“去医务室看看？”

“换岗了。”

“什么？你说什么？”翁小明并没有太在意。

苏同加强了语气：“我离开快报了。”

“换到哪儿？”翁小明这才现出吃惊的表情。

“还没最后决定，现在待业。”苏同故作轻松地走向阳台。

“谁接你的位置？”翁小明跟在后边问。

“不知道！”

“那一定是姓蒋的人。你看你，平时比谁都……果真，还是被踢了。”

“你是等着我被踢，来验证我果真有错是吗？”苏同更是恼怒，她后悔跟他说这事。

“正好，你去陪陪翁子，我明天还要出一趟差。”

“是去沙州，还是赤水？”

被苏同这样一问，翁小明似乎反应迟缓，一时无言以对。

“老易被抓，卢市长也已调离，你的项目还能继续？”苏同换了语调，问翁小明。

“老易抓不抓，他都当不了家，别看他是一把手。卢老师，唉……”翁小明说完叹了一口气，欲言又止。

“怎么了？”

“比不认识还坏——拿了钱不办事。”

“你给他钱了？”

“不给？人家面都不会让你见着！”

“你给了多少？”

“我和杨豪一起上了四十万。”

苏同像被雷炸了一般。

“怎么给了这么多？你直接给他的？”

“直接给，他未必好意思接，是通过他信任的人。”

“你这不是在害他吗？”

“这就是你心心念念的好老师？”翁小明的语气满是嘲讽。

“我不求他，不找他的麻烦，不与他发生一丁点利益关系。怎么就不能心心念念了？你是什么逻辑？”

“那好，你让他把吃进的‘货’吐出来！”翁小明将了苏同一军。

“你给他的时候问过我吗？你就那么信任中间人？谁知道中间人给他没有！”

苏同对卢老师的好感度，早就打了折扣。那天晚上在私人会所，他的举杯布菜、一个眼神、一句笑话，还有为肖处长的处心积虑，都让她莫名地失望。

翁小明走时，问苏同要不要坐车一起过去。

苏同说：“算了，我还有东西要收拾，待会儿去坐公交。”

春节从赤水带回来的相册，苏同把它们搬到租住屋这边来了。她把爸妈各个时期的照片按时间排了序。爸妈的青春，也曾这样明丽过。

苏同决定，以照片做蓝本，参考两人的性格，不脱离时代的标签，给爸妈分别做一本画册，送给他们做七十大寿的礼物。苏翁子放学回来，看到苏同在这边做饭，好奇怪："妈，你休假？"

"嗯，不好吗？"苏同反问。

"当然好！"

翁子上学后，苏同拿出纸笔，一点一线开始干了起来。

苏定从上海回赤水，要先落江城，他问："老大，在哪儿？想见一面。"

苏同说："好，明天你到报社家里来。"

苏定的电话刚收，苏意也来了电话："翁小明的车子怎么老在赤水？"

苏同问："谢天池又见到了？"

"不是，是我看到了，在去实验中学的那条路上。"

"有可能他是去找周连。"

苏同突然想起，翁小明是不是通过周连给卢老师送的钱？不对，应该是施三叶，极有可能是她。

苏定背着一个双肩包进了门。这个上海同济大学规划与建筑学院的博士后，像个大学生背包客，只是下巴上的胡须，添加了些成熟男子的沧桑。

燃气灶上的砂罐里煨着鸡汤，香味已经弥散开来。苏定点上一支烟。苏同立马将客厅的门、阳台上的窗户一一敞开。苏定见了，"呵呵"一笑，把烟掐了。

"你还有时间煨汤？"苏定问。

苏同便将近来换岗的事说了。

苏定看着苏同心有不甘的样子，没有吱声。他从客厅来到书房，翻了翻电脑桌边的书，又发现书架上的碳素墨水，还有摞起来的采访画本，很惊讶："你一直在画？"

"是的，简单的劳动，调剂一下紧张单调的生活。"苏同回答。

苏同盛上一大碗鸡汤，叫苏定趁热喝。

姐弟俩面对面坐在饭桌前。

苏定漫不经心地说："换岗很正常，你不要找什么原因，没有意义。发生了的事，都是过去式。重新找个自己喜欢的事做，比什么都好。"

苏同怜爱地望着比自己小十岁的弟弟。

"我们三姐弟，都不是天赋异禀的人。在职场上打拼，与收获成正比、能满足富裕还有小小的虚荣的，是机遇。你想一想，谁的运气会永远好？因此，机遇不会伴随人的一生。当有一天，这一切不复存在的时候，那就只能靠自己换思路、换作为了。”苏定开解着苏同。

苏同撇了撇嘴：“快知天命了，换什么都晚了。有时候很羡慕一些工匠，一辈子只干一件事，干着干着，就成了大师。”

“我觉得，你从现在开始做，来得及。说不定哪天，你会感谢现在的变故。其实也不算变故。”

“是不算，我在那个位子上，也是勉为其难的。”

“所以呀，你还有那么好的功底。”

“你是说我的漫画？”

“对呀！”

苏同直了直腰，很不自信地问苏定：“真可以？”

“你自己静下心琢磨琢磨。”

一大碗鸡汤，连肉带骨头，苏定喝了个底朝天。苏同起身准备再去添点，苏定连连摆手：“不要不要，吃得太好太饱容易打瞌睡。留有余地，才有想头。”

苏同告诉苏定，自己正在给爸妈做个人漫像画册。苏定很兴奋，说这是特殊的厚礼。他提议不妨借助电脑，电脑上有一种修图软件，可以根据一张照片，把过去的、未来的样子都模拟出来。

苏定的手机响了。他对苏同说：“我约了朋友的车，他已经进了你们大院。”出门时，苏定问苏同：“不知道姐夫想不想参与赤水政府大楼的整体搬迁工程？”

“算了，兄弟间不合作，就是最好的合作。”苏同回绝说。

14

苏同在办公室里清理、打包她的个人物品。

赵晶晶从车队找来几个纸箱和两团绳子，又电话约来了束一光。

束一光是从会议室里出来的。他对苏同说：“正在开部门主任会议。宋常务一上任，就约法三章，其中一条是，每天晚上的编前会，部门主任必须亲自到场报题。”

苏同想，宋兴这是要有别于于大桥的亲民路线，他这个新官上任，恐怕是先立威，后立信，再施恩。

苏同把束一光往外推：“你开会去，有晶晶帮我。”

“他们在报新闻选题，我们副刊没有。”束一光留了下来。

苏同清理柜子里的书，感觉好多书以后都用不着了，就对束一光说："有不少工具书，你可以搬走。"

"不要，办公室巴掌大，这些东西装门面可以，大都用不上。"束一光拒绝道。

"我可以拿走吗？"赵晶晶试探着问。

苏同爽快地说："当然可以。"

赵晶晶便将一些资料书、工具书，一趟一趟地往自己办公室搬去。

苏同对束一光说："接替我的汤总，来快报之前是沙州分社的社长，过去出手的报道，蛮有影响的。"

"这个，我不清楚，我以前不认识他。"

"现在他分管你们副刊，可能有个适应期。你别像对我一样，说话冲死人。"

"我现在比过去进步多了，晓得哈数。要不然，被人踢了，还被蒙在天山姥姥家。"束一光笑着说。

"切，说一套做一套。"苏同很不相信。

束一光翻着苏同的采访本，表情聚精会神，光灿灿的脑门上像有烟雾冒出。

"你这些本子还要吗？"

苏同从他手里夺过来："别打它们的主意。"

"我要是你，就以这个为业。"束一光用手背抹了一下额头。

苏同在束一光的身后，看到他的小尾巴上白发比黑发多了不少。

束一光一边打着捆，一边说："我有个想法，不知道能不能实现。"

苏同听着，等待束一光把想法吐出来。

"我想我们是可以合作一把的，你画漫像，我配几句歪诗，三言两语的，可以合作做好多事。"

"想法很好，也不难做。等你退休后再说。"

赵晶晶叫来小李，几个人将打了捆的书报、本子，一起拖到了苏同家。

苏同刚喘了一口气，便收到了乌总的电话："这几天不知道你考虑得怎么样了。有什么想法？于大桥已经在报社报史办上班了。"

苏同说："我明天去找你！"

她心里已经有了决定，可是一旦冲出口，便是千山万水。所以，先睡一觉，醒了再说。

大箱小包都堆在客厅沙发旁边。苏同连碰一下的情绪都没有。她洗了把脸，拎着包出门，到大院后门去坐 712 路公交。

苏同的决定，让所有人大感意外。她留在了《江风快报》，成为副刊部柬一光手下的一名编辑。一大早，苏同来到乌尚义的办公室。苏同坚定地表达了自己的要求。乌尚义很不明白，换到快网去，再不济也是副总编，虽然是去给何颖打配合，但副处的级别没变。

"我是主任编辑，正高职称，我想留下来做专业工作，这是我个人的内心遵循。其实，没有此次党委的决定，我也会自己主动换岗，只是犹豫在什么时间、用什么方式把自己换掉。希望乌总你能理解，请把我的意见带给党委。"苏同的话语非常诚恳，没有一丝怨气。

对于与苏同的谈话，乌尚义事先有过几种设计，但苏同的这一要求，他却接不住，没有一点思想准备。辞掉副总编辑的职位，这在集团还从未有过。干部能上能下，个人意愿强烈，也不是不行。问题是你轻松超脱了，旁人会怎么看、怎么想？过去你苏同在大报做得风生水起，快报成立时你又是班子元老之一。快报起来了，好了，冲锋陷阵的人却退匿了？在自己任上出现这样的事，总归说不过去。乌总还是尽力劝着苏同："好多人都在眼巴巴候着一个副处职务，你辞掉容易，再想上可就难了。"

"乌总，我也考虑过这些。我已经不年轻了，比起职务，我更想做一些快乐的事情。说不定，在一个合适的岗位，发挥的作用更大些。"

苏同如愿以偿。

乌尚义电话通知柬一光，柬一光抓着听筒的手，一下子痉挛起来。他使劲眨巴着眼睛，以为听力出现了障碍，不知说什么好。就听着乌总下指令："快去给她安排一张桌子吧！"

柬一光让赵晶晶弄来一套桌椅，与自己的桌子并成一个直角。

苏同来副刊部报到。柬一光拍了拍刚装好的桌椅，说："委屈你了，苏总。"

"办公室太小，身都转不过来。我去格子间，呼吸自由一些。"苏同要求道。

"就在这儿吧，有什么事，我请教时，不用跑腿。"柬一光极力挽留。

苏同还是在乐春儿曾经坐过的座位上安定下来。转身就是窗外的东湖路，四季更迭，每天都有不一样的风景。

何颖找到苏同桌前："你这又是何苦？不想到快网，我能理解，但不至于搞成这样吧？"

“这样很好，我自己要求的。”

何颖拉过一把椅子坐下，轻声说：“为你的事，我找过蒋胖子。于大桥也找过他。蒋胖子也意识到不妥，正在考虑怎么重新安排你。”

“算了。我不是因为去做你的副手难为情，我一直是在做副手。我是个很懒惰的人，不想接受新的挑战。你看，再好的电脑于我，都只有一个功能——打字，在采编库里编稿。手机也一样，高科技对于我是一个盲区。全媒体时代已经到来，我跟不上趟了，也不想把时间花在这上面。”

苏同的话噎住了何颖，但不能说没有一点道理。

苏同送何颖出格子间。何颖问苏同：“你的这个决定，是跟翁小明商量过的？”

苏同答非所问：“你今天身上的香味不浓。”

“你看你！”何颖很不屑。

“这些日子，我很少跟他打照面。”

苏同去了资料室，她把全国有影响的都市类报纸搬出来，翻了一遍。几天后，苏同跟束一光说：“过去，我一直陷在审看专刊副刊版面的工作中，大部分时间是纠错，怕出问题。现在我跳了出来，认为副刊要学学人家的报纸，有些版块可以突破一下传统，往鲜活的路上走走。”

又过了两天，苏同提出一个方案，将《百姓生活》里的一个子栏目《人物脸谱》，扩大成一个版块。

苏同将版面定位、栏目呈现形式等一一做了详细阐述：选择有个性有特色的人物，但不是采写他们的新闻故事，而是从人物个性出发，展现人物不为人知的一面。

束一光一拍脑门：“苏总，我也有此想。”

束一光考虑到这样做副刊，工作量会很大，要求赵晶晶尽快给副刊安排一个实习生：“最好是男生，越快越好。”

“社会部有，我帮你调过来。”赵晶晶说到做到，很快办好。

束一光把这个男生交给了苏同。

苏同找到的第一个采访目标，是一位汉绣传承人。

新版上报，苏同写了刊首语，做了“编者按”，并给这位上了岁数的汉绣女配上了一幅漫像。

束一光给苏同报告喜讯："苏总，热线电话里，好多人都在自荐或推荐他人，要上'脸谱'。这个版有可能成为快报的新看点。我要一期一期地收藏。"

做自己喜欢的事，时间会过得很快。

苏同一周做一个"脸谱"。确定一个人物，花一天的时间跟这个人在一起说话做事吃饭，用文字从不同的侧面，描绘出一个鲜活的个体。

苏同让实习生多听多看多观察，让他写自己印象深刻的东西。这个男生第一次看到自己的名字出现在一个整版的作品中，兴奋到买了一百份报纸，回到学校宿舍，见人发一份。

苏同有了时间陪翁子。翁小明得知苏同的选择后，没有再说什么。她已经在新的岗位上开始工作，说什么都无意义了。与此同时，他出差的时间更多了，有时连招呼都不打。

苏同没有了夜班，下班后坐公交过来给翁子做晚饭。做好后，再给翁小明发个短信："晚饭好了。"翁小明回复："在外吃。"至于他在哪儿吃，苏同不问。

苏同在与以往不一样的匆忙中，有了踏实感。

15

行道树上的绿叶越来越密，梧桐树的花絮，被风吹得到处都是，落在脸上、脖子里，痒痒的。苏同就用一条丝巾，将脸包裹起来。

清明节前，一群农民工拉着讨薪的横幅，集结在报社大楼下面。苏同看见包工头是一个个子很小的男子。他用自己熟悉的乡音，痛说着打工者的辛苦：去年的工钱，到现在都没有兑现，老板躲了起来。他们迫切希望《江风快报》出面为农民工维权……

这个包工头，像一个塌了秧而无法长大的茄子，黝黑的肤色，瘦削的脸颊，声嘶力竭的表情。苏同想，请他上"脸谱"也是可以的呀。

丁钢从楼上下来，把包工头叫到一边的石墩上坐下。王小号举着相机摁了几下快门。

苏同跟了过来。丁钢盯着她呵呵笑，握住她的手摇："战友你好！"

苏同要了包工头的联系电话，便跟丁钢打了个"拜拜"的手势，进了大楼电梯。就在这时，杨豪的电话来了。电梯里信号不好，苏同没接，也想晾晾他。上次打给他电话，是他老婆接的，自己无端被冤。假如不知道来电的人是谁倒也罢了，但苏同是告知了自己身份的，无论如何，杨豪也应回复一下吧？

在格子间里坐定，杨豪的来电再次响起。苏同担心铃声会无休无止，只好接了。“苏总，对不起呀，上次我没回你的电话，是有原因的。我希望能跟你见一面。”

苏同的心又软了：“行呀！在哪里见？”

“我现在在同济医院住院部。”

“你怎么了？病了？什么病？”

杨豪沉默了一会儿：“我们最好面谈。现在是急于求你帮个忙。”

“什么忙？”

“有一群农民工正在你们报社楼下闹事，他们要投诉的是我。我现在没有钱了，连换肝的费用都凑不齐。”

“什么换肝？”

“肝癌，晚期！我在给你打电话之前，找过翁哥，可他没接我的电话。”

“他不接你的电话？为什么？”苏同好生奇怪，你们不是好兄弟好校友好同事吗？欠农民工的钱，这无论如何都说不过去。

“对不起了，杨豪，这次我帮不了你。”

挂了电话，苏同想了想，又给杨豪留了言：“我下午去看你，请将住院房号发给我。”

苏同交代了实习生一些要做的事后，在大院外不远处的自助取款机上取了两千元现金。

同济医院和外校相隔不远，712路公交在医院门口有站。

苏同按杨豪发来的住院病区、房号，很快找到了杨豪。眼前的杨豪，不再是那个精干中带着狡黠、显得无所不能的男人。条纹病号服挂在他瘦高的个子上，真的像挂在衣架上一样。杨豪用右手按着左手说：“刚打完两瓶点滴，手背老是出血，要使劲按住才行。”

苏同见边上没有人护理，问杨豪：“谁照顾你呀？”

“老婆。我现在还能自己动，她得回去管儿子。”

“你是不是平时喝酒喝多了？”苏同问。

“做我们这行的，不喝酒不抽烟就交不到朋友，就融不到关系里去。没有翁哥的好命呀。”

“肝源找到没？”

“在排队。苏总，如果不是包工头带人到你们报社去投诉，我也不会跟你说自己生病的事。”

苏同默默听着。

“这个包工队，是我从老家带出来的，一直跟着我。翁哥都知道，我以前从来没有亏待过他们。但坏在龙踞潭的二期项目上。那个地方你知道，离主城区太远，加上医疗、教育、商业配套都达不到购房者预期，楼盘卖不动。这二期，我是自己垫资接下的工程，做完了，工程款却兑不了现。”

苏同说：“翁小明总是夸你，说你是地勘公司做项目最多的。可农民工是社会底层最辛苦的人，他们背后是一家人的指望。欠他们的钱，不合适。”

“我知道，我也是农村出来的。我跟老婆商量好了，我们准备卖房子。”

“你没有跟工人们说过？”

“说了，可他们不相信。所以，我想通过你转告一下他们。你代表着媒体，有公信力。我一定会尽快给他们结清款项。”

杨豪话说多了，很吃力，头上渗出汗来。他用毛巾擦了擦：“这是我请你来的原因之一。”

“还有之二？你这身体，可以吗？”苏同看着他虚弱的样子，有些不忍。

“是的，有些话必须讲出来，我怕不讲，以后就没机会了。”

“你要是这样说，我都不想听了。”

“没事。翁哥这些日子都不接我的电话。我也纳闷。如果是因为沙州市的两个单子落空，那他——我又没有怪他。投资失败，这是成年人必须承担的风险。”

“两个单子？纱厂旧址的改造是之一？”苏同边听边猜测。

“是，纱厂最后的方案是杜书记敲定的，做了大市场，说这是为满足纱厂下岗工人再就业的需求。”

“但改造工程还得有人做呀？”

“你说得没错。但给谁做，杜书记才是一锤定音的人。”

苏同问第二个单子是不是锣场镇关公纪念馆。

杨豪点头称是。他有气无力地说：“卢市长有关纱厂旧址改造的方案被杜书记推翻后，他的指挥长身份便失去了意义。所谓多米诺骨牌效应立马在卢市长身上显现出来了。易书记出事，有多重因素，我不晓得是不是与卢市长沾了边，但与关公纪念馆脱不了干系是真的。易书记按卢市长的建议，在省里搞通了关系。因为是台商投资，批文在省发改委也过了，锣场镇还搞了开工仪式。可是几位老水利人联名举报，说湖岸沿线建楼，实际上是在制造险情。他们还真的告成了。”

苏同说："于国计民生，老水利人是做了好事。东湖边已建的高层楼，也被整体清掉了。"

"问题是，我和翁哥前期的铺垫，花了大价钱！"

"喝酒吃饭唱歌洗脚？"

"这些只是零头而已。"

"那大头呢？是那四十万？"翁小明对自己说过这个数，不知道在杨豪这里有没有出入。

"我拿了二十万，翁哥也拿出了这么多。"

"翁小明的二十万里，有高息向他姐借的十万元。"苏同说到这里，情绪有些激动。杨豪也无奈地摇摇头。

"你们事先就没有评估一下，胜算几何，未知的风险又有哪些？即便是拿到了这两个单子，也未必能有这么多的回报呀！"苏同说得有些激动。

"我怎么没想过这些？你可能不知道，出手小了，上的'货'只能是打水漂，得不偿失；不如一锤子砸个坑，让卢市长真正接纳我们。我想，只要接了关公纪念馆，坑就可以平了。沙州的地盘这么大，以后机会有的是。"

杨豪歇了会儿，又道："我对地方官场上的事，还是幼稚，也高估了卢市长的分量。"

"我问过翁小明，他跟我说，你俩给卢市长的钱，不是自己当面给的。我不是在给卢市长洗白，我只是大胆猜测一下，这个中间人是不是真给到了卢市长，或者是不是全都给了？"

"我也想过这个事，一直后悔。"

"这个中间人跟卢市长是什么关系？我认识吗？"

"你认识。"杨豪欲言又止。

苏同却盯着杨豪，等着他说出名字来。

"施三叶，施老师！"杨豪不敢看苏同的脸。

"我猜是她。"出乎杨豪的意料，苏同异常平静地说，"你们为什么不直接找卢市长？"

"翁哥说，卢市长是你们的老师，他担心卢市长会因此拒收。那天，我和翁哥专程到赤水，把施三叶接到沙州，看着她上了政府办公大楼。"

"卢市长就一定会收施三叶送的钱？"

"这个真不好说，我也是求成心切。"

“卢市长已调离了沙州，你知道不？”

杨豪点着头苦笑道：“早就知道了，全泡汤了。”

“留得青山在，不怕没柴烧。你得先把病治好。”

“我知道，我没怪谁，也怪不着。我想跟你说的是翁哥——翁哥他有点犯迷糊了。”

“你说的犯迷糊，是指他跟施三叶好上的事？”

“我没有亲眼看见，不能瞎说，但我感觉，他俩走得很近，很危险。有关这个，我想了好久，犹豫要不要跟你说。”

杨豪喘了口气后又说：“翁哥本质上不坏，但这个年龄的男人，很难抵挡一些诱惑。”

苏同手脚发凉，她想到过翁小明在外面有事，但没想到对方真会是施三叶。

“我听他说过，你俩是中学同学，你是他唯一谈过恋爱的人。你拉他一把，把他救回来，于他是恩——这是我作为朋友的真心话。”

苏同从杨豪病房里出来，到了电梯口，她才记起拿给杨豪的慰问金，又折转回到杨豪的病房内。

杨豪正在通话中。苏同将信封放在杨豪的床头。杨豪明白后，将电话中断，想把信封退回苏同的包里。

杨豪说：“刚才的电话是你们快报的丁记者打来的，他在核实农民工反映的情况。”

“你就如实告诉他，你正在积极筹钱，还要卖房子。我回去也跟丁钢说明一下。”

到了松园租住屋，苏同像虚脱了一般。

五个楼层的攀爬，比登雪山还要吃力。她双腿绵软，胸口憋气，瘫在木条沙发上，像一具漏了气的塑料人。

时间尚早，苏同拨通了周连的电话，刚响了两声，她又挂断了。想个什么理由问问施三叶的情况？直统统地打听，再笨的人都会起疑。还没等她想好，周连已经将电话打了过来。

苏同说：“对不起，刚才不小心拨错了。”

“是吗？”周连不相信似的笑着问。

“你没课？”

“我一直没课。你还好吧？”周连关切地问道，“过年时，很想跟你见个面。翁小明说，你难得回来与父母相聚，就没坚持叫你过来。”

“嗯，你们男同学在一起，可以天马行空、胡说八道，有我在，翁小明也放不开。”

“哎呀，他从来没有放开过。”

“那天，你们喝了不少酒？”

“没有喝多少，就是在一起吃了个饭，之后就各回各家、各找各妈了。”

“哦，怎么不开房间打个麻将、吹吹牛？”

“大过年的，都要陪自己的老婆孩子。”

翁小明撒了谎！苏同的心又被重重划了一道痕。周连在讲他们学校的新校长，他问苏同：“你晓得是哪个？”苏同没有兴趣管新校长，她想了解的是施三叶，便弯了几弯说道：“去年，我在一个小型聚会上，跟施三叶坐在一个桌上。没想到啊，小姑娘变化太大了，让我刮目相看。”

“你为什么提到她呢？有什么事吧？”周连敏感又警觉地询问。

“周连，你跟翁小明是嫡亲的同学。我们虽然不同班，但我是什么样的人，你应该清楚。你再跟我打哑谜，就不够意思了。”

“既然说到这个份上了，我也就不瞒你了。这大半年，翁小明来赤水很多次，每次来，都要上歌厅。施三叶会唱歌，她都陪着翁小明。同学们开翁小明的玩笑，他也不避讳。翁小明还教施三叶开车……她把你们的车开到校园里，老师们都看傻了。”

那可是我花钱买的车呀！苏同的牙关紧咬，心被撕扯般难受。

“还有一个事。”周连又吞吞吐吐。

“你讲，我有心理准备。”

“施三叶在闹离婚。”

“因为翁小明？”

“这个不清楚，不能乱说。施三叶的老公喜欢赌博，输掉了二三百万，到处借高利贷，天天有债主上门要钱，这是真的。施三叶新买了一个小居室，在新人民医院对面的桃园一号。她还在同事中显摆说，高层楼房就是好，安静，看得远，可以望到排水闸。”

“老公欠债，她还有钱买房？”苏同觉得施三叶太不寻常。

“有一个事，翁小明的确做得不漂亮。”周连讲，“为了这个小居室，翁小明请一个做家具生意的同学。对，这个同学你也认识，他叫华成国，在赤水做家装生意好多年了。翁小明牵线搭桥，让华成国跟施三叶联系上了。施三叶要做的是整装，她和华成国反复沟通，从样式到材质到价格到安装再到后期保修，华成国都按要求一一做到位了。可是尾款呢，施三叶不付了。不付的理由是，柜子里的隔板不是她敲定的原木。”

苏同问尾款有多少钱。

“九千元吧，华成国为这事，找了翁小明几次诉苦水。有一次翁小明来赤水，华成国给他接风，还叫了我。我们仨正吃的时候，施三叶出现了。翁小明对华成国说：‘我把施老师喊过来了，你俩出去商量。’不知华成国和施三叶到包房外是怎么商量的，他俩回到包房时都是气呼呼的。施三叶说：‘没有按合同执行，我不仅不会付你尾款，还要向你索赔。’华成国被这句话气疯了，大骂了一声：‘你个婊子养的，老子一分都不会给你打折。’当时，施三叶眼睛里泪水打转，她丢下一句‘那我们法庭上见’就跑了。我劝道：‘算了，都是老同学，各让一步！’翁小明对华成国说：‘尾款的事，你不要再找施老师了，我来付。’我以为这事了了。不想，前几天华成国到学校来找我，说翁小明说话不算话，几个月过去了，对他不理不睬的，更不提给钱的事。他给翁小明打电话发短信，翁小明却反问：‘你骂了人家怎么算？’翁小明的确有点上不了台面，这事被同学们当笑话讲。”

“真是丢人丢到螺山他祖宗家了。”苏同狠狠地骂道。

“我是不是嘴巴太长了？这事你最好不要问翁小明，装着不知道。但是，我不希望你们把家弄散。你无论如何拉翁小明一把，他现在可能还在‘脑疯期’。但学校的同事都晓得施三叶，是个不讲究、豁得出去的人。”

苏同说：“翁小明成这样，我是没想到。”

“我们也没想到。好多同学过去对他是羡慕嫉妒恨。现在谈到他，都是摇脑壳，没有不骂他烧包、苕货的。这个年纪了，居然想把个好好的家拆散，不是一般的二百五做不到。”

“也怪我，平时工作太忙，对他关心太少。”苏同听周连说这话，估计同学群里已经无人不知，但她还是想给翁小明留点面子。

“你不要自责。男人这种事，跟老婆如何没一毛钱的关系，就是鬼迷心窍。”周连似在安慰苏同。

苏同挂断电话。接下来干什么呢？窗外夜色渐浓，苏翁子快放学了。

冰箱里有一碗现饭，她将两个鸡蛋、一小袋虾球、半截黄瓜和两根小葱组合在一起，炒了个花饭。

苏翁子一开门，就叫：“好香呀，妈妈。”

“给你换换口味。”

“挺好的，简单方便好吃就行！”

翁子难得地大嚼大咽。苏同给翁子倒了一杯水：“慢点。”

“妈，你吃了没？”

苏同看翁子的情绪不错，就问了一下学校的情况。

“每天都差不多。翁小明呢？他怎么神出鬼没的？好几天没见到他了。”

“有题要问？”

“是的，这个专治疑难杂症的解题人，可不能失踪哦。”翁子看了苏同一眼说道。

“我突然觉得，你应该学文科。”

“为什么？”

“你有艺术气质，语言天赋好，还有创意……”

“妈，你别说了，我知道你指的是什么。”

“什么？”

“四十七条短信哪！”

母女俩相视一笑。翁子玩了会儿魔方，就去学校上晚自习了。

苏同给丁钢打电话，告诉他自己见到了欠薪的老板，老板患肝癌晚期，正在卖房子筹钱，肯定会给农民工们付薪水。

丁钢说，他也知道，已经安抚了包工头。“这种事，年前做了一波，再做就没有新意了，只要能解决问题就好。”

苏同给杨豪发了条短信：“快报暂时不做报道，静等农民工诉求得到妥善解决。”

苏同收拾翁子房间。书桌上，课本、作业本、试卷胡乱堆在一起。苏同将她的试卷铺开，是月考，数理化几门功课都有。分数一目了然，数学只有八十九分。苏同认真地看了卷面，有两道大题被老师打着叉号。

难怪翁子说要找失踪的翁小明。

苏同给翁小明发了条短信，问他什么时候回家。

翁小明回说：“过两天吧！”

16

苏同是在博物馆采访一位志愿者讲解员时，接到周连电话的。

“苏同，跟你讲个特大新闻！”

不会是施三叶吧？苏同在期待，也在抗拒中。

“施三叶被人害了。”

“什么意思？”

“她死了，死得很惨，死在排水闸内湖里，被渔民捞起来时，喉管上插着好多牙签。”

这是有什么样的深仇大恨才干得出来呀！

“公安刑警已介入。学校觉得这是件不光彩的事，通知我们老师不要传播，不要让学生们知道。”

会和翁小明有关吗？苏同第一时间想到的就是翁小明，心不由得狂跳起来，我的天！

接着是苏意来报料。

“苏同，给你说个事，实验中学的音乐老师死在排水闸了。线索奖，你要给我哟！”

“比你早报的人多着呢！估计我们的热线都被打爆了。”

“那有可能，这事在赤水都传遍了。唉，小地方就这好，出点事，传播起来比电视广播报纸要快得多。你晓得这个人吗？她在赤水很有名呢！”

“长得漂亮？歌唱得好？”苏同故意这样问。

“漂亮个鬼，一副苦大仇深的样子。歌倒唱得不错，市里搞活动，她都会出来亮相。”

翁小明已回家。人瘦了一大圈，脸是青紫色，眼神飘忽不定。苏同对他说：“翁子有不少难题要找你。我有一个采访任务，得出差几天。”

苏同坐了个拼单车，回了赤水。

苏意陪着苏同在大街小巷穿行。苏意在购物广场边买了一个炕饼，分成两半，两姐妹一人一半拎着。

“赤水炕饼是饼子中的天花板。”苏同说。

“天天吃，就不是这个感觉了。”

走近市委大院，苏同想起机关食堂的肉包子，对苏意说：“那时的肉包子好好吃，去晚了就没有了。卢老师有时候会给我带两个。”说到这里，苏同突然想到卢老师写过的通讯，什么《揣着包子走基层的书记》。卢老师为此付出的代价，也许是他成熟的起点。

“问你个事。”

“你问。”

“卢老师是不是很喜欢你？”

“他喜欢我的喜欢。”苏同说了句苏意听不懂的话。

“幸亏你们没好。”

“怎么讲？”

“施三叶跟他有关系。”

“你听到了什么传闻？”

“是实验中学老师们讲的。施三叶在师大上成人大学时，通过她的一个老乡，认识了在沙州工作的卢老师。卢老师当时是沙州教委的副主任。施三叶的老乡好像是在省里什么厅局工作，施三叶给这个老乡生了个私生女。”

“不会吧？”苏同被噎住了般。

“私生女放在男方乡下大姐家寄养着，前年还来学校找过施三叶。”

“那为什么又说跟卢老师有关系？”

“这是她自己说的。她说卢老师跟她如何如何好，学校的人都信，连校长都信。赤水民政局的副局长转正，也是她牵的线。”

苏同与苏意不知不觉走到了实验中学门口。正是上课时间，铁栅门锁着。苏同的中学时代，也被锁进了记忆里。

下午，苏同电话约了周连，请他晚上出来喝茶。苏同在老工会的二楼订好了一个卡座，自己先到了。周连来时，手里提了两盒绿茶。

苏同说：“我请你喝茶，没让你自备。”

“我在校外办了个物理培优班，家长送的。好茶，你带上。”周连有点得意。

周连坐下。苏同直入主题：“公安查得怎么样？有没有一点线索？”

“这个我不知道。但我被刑侦传讯过。”

“你也是嫌疑人？也有可能干掉她？”

周连哈哈大笑：“苏同，你这个新闻记者怎么有写小说的想象力？她手机里的联系人差不多都会有这样的待遇。学校不少老师也被问到了。估计翁小明也少不了。”

翁小明被抽走脊梁的样子，在苏同眼前晃了晃。苏同说：“你在公安局应该有熟人吧？”

"你想搞清楚施三叶之死与翁小明有没有关系？"

苏同点了点头："人命关天呀。"

"我有个学生在公安局办公室做主任，不知道她晓不晓得点情况。我给她打个电话试试。"周连说着，拿过桌上的手机走了出去。

苏同看着酒精小炉上坐着的透明水壶。茶叶在水中翻滚，她的心也在翻滚着。

既然周连以及实验中学的一些老师都被传讯，翁小明自然跑不了，恐怕是得随叫随到。那么，卢老师会不会也受到牵连？

周连回到座位上："学生说她正在接待《江风快报》的记者。你们一起来的？"

苏同愣了一下。谁来了？这样的事不宜公开报道，不会是丁钢来了吧？

"翁小明干不出这样的事来，他没有这个胆子。所以，苏同，你放一百二十个心。"周连说出这样的话，不知是在宽慰苏同，还是掌握了什么实情。

苏同与周连告别后，回了爸妈的家。

苏意比她早到，问："你干吗去了？我等了你半天。"

苏同没有回答，却问苏意："谢天池有没有战友在公安局刑侦科工作？"

"我帮你问问。"

苏意给谢天池打电话并摁下免提键："苏同问你，有没有狐朋狗友在公安刑侦这块儿？"

"苏总来问，没有也有。"谢天池说。

"莫鬼嚼，正面回答。"苏意撒娇中带着命令。

"有个战友正在侦办赤水的大案。"

"什么大案。"

"实验中学的施老师之死。"

"真的？"

苏同惊呼了一声。她想，早知道这样，直接问谢天池就好了。

苏意走时，苏同执意要送她。两姐妹走下楼梯。见花园里的长椅空着，苏同把苏意拉到椅子上坐下。坐下后，苏同叹了一口长气。

苏意见苏同的情绪有点反常，问："你怎么了？发生了什么事？"

"我真是羞于出口呀，苏意。翁小明可能跟施三叶脱不了干系。"

苏意从椅子弹了起来，看着苏同，惊恐至极。

翁小明的车为什么总是在赤水出没，大年三十的彻夜不归，拒付家具尾款与老同学撕破脸皮，四十万的巨款让施三叶转送给卢老师……

苏同说说停停，苏意只听不语。

“苏同，都怪我，是我小看他了。你曾经跟我提到一些事，我还以为是你神经过敏。我觉得这种小气男人，不会对谁舍得的。这狗日的，看他不打滚，打滚不沾泥。你千万别让翁子知道了，孩子正在高考冲刺，她跟这个狗东西感情又好。”

“翁小明和施三叶的关系，不是我关心的。我关心的是施三叶之死，会不会是因他引起，或者是他……”

“你问了他没有？”

“没有。我看到他都有生理性反感。再说，他也不可能跟我说实话。”

“我知道了，苏同。你在赤水还待几天？”

“快报有记者来了，就是来采访这个案子的，我跟他的车回去。”

“你也不要太着急，这边我帮你盯着。但我跟你说，各人有各命，他不珍惜你，你也没必要为他背负这些不该背负的债。”

苏意走后，苏同给丁钢打电话，问他在哪儿。

“在赤水，你的老家。”丁钢说。

苏同问他什么时候回江城。

丁钢说明天就回。

苏同说：“我也在赤水，我跟你的车回。”

丁钢住在水源宾馆，苏同从芙蓉家园小区走过去，需要十几分钟。

苏同出了院门。苏意骑着自行车过来，从车把上取下纸袋，递给苏同：“炕饼，刚从炉膛里取出来的。”苏意教了她一个新的加热方法，先在蒸锅里蒸软，再煎一下，又软又脆，好吃得很。

苏同拎着纸袋往前走。苏意在她的后面大声地喊：“吃好睡好，把自己照顾好！”

苏同没有回头，突然喉头哽咽，眼睛发酸，泪水模糊了视线。

水源宾馆原来是一家国有旅社，后来扩建装修，成为市政府接待办指定的宾馆。

丁钢没有叫采访车，开的是自己的私家车。他正靠在车门边抽着烟，见到苏同进了大院，发动了车子，开了暖风。

苏同说："今天有太阳，不开暖风也不冷。"

丁钢回答："不行，太阳也有照不到的地方。"

车子穿过市区的一条老街。路窄人多，一些小贩的摊点硬是把路逼成了步行街。

丁钢说："我不知道你回赤水了，要不，会让你去了解接触一下。"

"接触什么？"苏同明知故问。

"赤水太有意思了！一个女教师，怎么会有那么多男人跟她纠缠不清？真是搞不懂。"

"美女呗！"

"看不出来。唉，地方太小了！"

"你又没见过。"

"公安的人让我看了一下她的照片，典型的克夫相。"

"问题是没有一个夫被她克死，她却把自己克没了。"

"你放心，有倒霉的货。"

车子上了高速，苏同问："这个事你要写稿吗？"

"不能够，人家还没搞出个子丑寅卯来，报道不好写。如果非要硬写，会给公安的侦破工作增加压力，还会影响破案。"

"你采到了什么具体的内容没有？"

"公安的人只是讲了一点大而化之的事，死者的老公是个赌鬼，被债主追债。"

"那要杀也应该是杀她老公呀？"

"还有，这个女人也在行骗。她利用自己认识什么官员的资源做掮客，为不少人升职、接工程拉单。"

"官员？官员会灭口？"

"警方没透露，我判断这个可能性不大。她是不是真的给官员送了钱，还得打个问号。"

"如果她真的送了人家钱，结果，钱没了，事也黄了。但她不甘心，留有凭据，还进行了要挟？人家就……"

"都有可能。谁知道呢？所以说这个女人胆子大嘛。谁沾谁晦气！"丁钢说。

"是呀，晦气。"苏同不由自主叹了一口长气。

丁钢调转频道对苏同说："我很佩服你的选择。"

苏同不想回应。

“不是所有的人都像宋兴那样，把名利看得那么重，作践自己的尊严。他现在替代了于大桥，他何德何能？你知道他巴结蒋社长老婆这事吗？”

“我哪知道？”

“快报在这样的人手里，能有什么好结果？我来赤水之前，发行部的曾主任找过我，为一个批评报道的事。他说现在的发行量，垮得不像样子。”

“纸质媒体都在走下坡路。”

“人家市晚报却在上升。”

“你别把问题都归结到宋兴头上，他哪有这么大能量？”

“我们部门现在采写的稿子好多都发不出来。许多朋友跟我说，他们不准备订快报了，因为快报跟别的报纸一个样了。哦，对，就你的‘脸谱’是一个亮点。”

“好了，你别笑我。”

“我准备出一本书，书名我都想好了，就叫《新闻采写遗憾录》，打算用你画的漫像做封面，行不行？”

“开不开稿费？”苏同笑问，又道，“竞争上岗的事，你好好准备！别把主任的位置丢了。”

“不想了。不想跟小侯这样的小屁伢一起竞争。”

“小侯？他才来快报几年？”

“可不要小瞧他，跟在宋兴屁股后面跑得可欢呢。”

一个多小时的高速，一番话的工夫，就结束了。

快到报社大楼时，丁钢接到了赤水公安局办公室主任打来的电话，对方说：“丁记者你是大名鼎鼎的快报名记。我们接到上面的通知，赤水出的这个事，不能见报，你要理解我们，千万千万！”

丁钢很不耐烦地挂断电话：“什么破事，想让老子报，老子还懒得报呢。”

17

苏同无数次地恳求自己，跟翁小明谈一次吧。不管他怎么说，真话假话，只要他说施三叶的死跟他没有关系，就成，就高呼万岁。不涉及别的，别的比起死人，一点都不重要。万一有关系，怎么办？就领着他去自首。没有，就把筋筋拌拌的事处理干净，该怎样就怎样。可是，翁小明还是和过去一样，不理睬她，沉默、回避、走掉。

苏同在办公室看了一会儿报纸，确定了下一个人物选题后，让实习生先去搜寻相关的资料。

束一光将苏同请到玻璃房里，告诉她“脸谱”推出后，晚报也跟进做了一个“人物”，“他们以图片为主，文字很少，没有你的漫像，就少了隆重之笔。”

束一光又小声说：“我想了好久，觉得你可以成立一个工作室。”

“做什么？怎么做？我又不是大咖。”

“可以做好多事，比如说，做家庭相册，做人物台历。还有更多的延长链条，比如个性化T恤衫、购物袋……林林总总都可以的。”

“让你这么一说，可以做成产业了。束一光，你行呀，不仅有诗人的情怀，还有企业家的梦想。”苏同把他夸得一脸的得意。

“人，总是要进步的。”束一光摸着他那光滑得可以当镜子的脑门说。

苏同站起身来，走到门口，喃喃念着束一光送给她的诗：“黄昏的树林分出两条路，可惜我不能同时去涉足……”

苏同到了松园租住屋，给翁小明发了一条短信：“买了好些菜，等你吃饭。”

苏同忐忑不安地等着翁小明的回复，翁小明却回：“父亲病重，我去医院换一下姐。”

怎么办是好？苏同叹着气到厨房，准备给翁子做晚饭。

何颖来了电话。“何总好！”苏同叫着。

“你能不能别这样戏谑人啦？跟你说个很好玩的事。”

“说吧，怎么的好玩？”

“蒋胖子出书卖书，被人举报了。”

“不是说要参评什么奖的吗？”

“上面有人找他谈了话，说地市州宣传部门反映压力山大，既要完成报纸的发行任务，还要给报社卖书。”

“那又能怎么样？”

“怎么样？挂了号，还有好事？”

“就这？有什么好笑的？”

“你不觉得解气吗？”

苏同倒是被这句话逗笑了。

翁子放学回来，一脸的疲倦。苏同说：“排骨烧好了，我盛出来就开吃。”

“你出差两天，翁小明真像掉了魂似的，不是菜里没放盐，就是把牛排煎煳了。我不想吃，他还吼我。昨天他洗碗把个瓷碗摔成了麻子。妈，他没出什么事吧？”

“你爷爷病情加重，他很闹心。你有什么不懂的不会的，尽管去骚扰他，免得有权不用，过期作废。”

“什么意思呀，妈？”

玩笑话中渗进了一丝伤感，这种不自觉把苏同自己都吓到了。她连忙解释：“翁小明是不是趴在卷子上时特别有魅力？是不是解完难题时，看上去特别睿智？我的意思是，做女儿的要成全父亲对自己智力优势的骄傲。”

“他需要？”

“当然，还有崇拜。”

“切，谁教你的？”

翁子走后，苏同一边清理厨房，一边复盘刚才的说话，看有什么不对劲的地方。已经是高考时间了，不能让苏翁子分心，这是头等大事。

苏同在翁子的书桌上坐下，打开采访本，对比着父亲一张发黄的老照片。照片上的一角写着“拍于一九五三年”。爸爸又瘦又小，和现在的翁子年龄差不多大，也和翁小明昏睡在排水闸时差不多大。时光不动声色，一寸寸改变着生命的模样。苏同在采访本上认真地一笔一笔画着……

苏意发来短信：“方便通话不？”

苏同迟疑了一下，刚刚沉静下来的心，又被搅动了。可是无论传来什么样的消息，该面对的还是要面对。

苏同把电话打了过去。

“你交办谢天池的事，对他而言那就是最高指示。但我没跟他说翁子爸跟这事儿有关联。”

“为什么不跟他讲？”

“这可是对你减分的。你是谢天池心目中最优秀的女人，他那么崇拜你，尊重你。”

“唉，迟早是会知道的。”

“能晚一点是一点。好，不说这个，说正题，谢天池请那个公安局战友喝了酒。施三叶手机里的男性朋友太多。生前她的老公就在跟踪她，发现她买了房，所以，就找她要钱还赌债。”

“她老公是嫌疑人之一？”

“应该吧。还有，警方在她的新房床上，寻到的毛发有好几个人的。”

“那就是说，她同时跟几个男人好？”

“这个，我不知道，谢天池没跟我说。”

翁小明现在到证券营业部的时间又多了起来。雷师傅有时也会来。他一来，明星派十足，还未进大户室，就有工作人员抢着跟他打招呼。雷师傅一年四季地撸着手串。见到翁小明已经坐在电脑前，他开了句玩笑：“心急吃不了热豆腐。”

翁小明说：“我没急，我急有什么用？”

雷老板歪着头看了翁小明一眼：“伙计，你的脸色有点像招惹了桃花。”

“哪来的桃花？”

“千万别，桃花一上身，福兮祸之所伏。人呀，不可能两全，搞不好，会影响到大势。”

翁小明默不作声。他心想：你的大势指的是一飞冲天。万一你重仓吃进的股票借壳失败，会不会赖到自己头上？那可真是黄泥巴掉到裤裆里，不是屎也是屎了。

他起身准备走，不想障着雷师傅的大势。雷师傅说：“你这人，蛮能稳住神的，难道说中了？”

翁小明说：“我去上个卫生间。”

“好好，我等你回来。”

翁小明出了大户室，在走廊的尽头站着。他犹豫着要不要回公司去，但确实不愿看到老向的鬼样子。他合计，雷师傅在大户室一般不会待到收市，刚才他还说等着自己，想必是有事。

翁小明真的上了趟卫生间，可是小便出不来。他低头一看，这是自己的玩意儿吗？怎么成了一颗萝卜干？他想捏出点液体来，却把全身的汗挤出来了。

雷师傅说：“有个事，还得麻烦你老婆一下。”

翁小明一听此话，比说自己遭桃花劫还不愿听。

“老亲娘住的楼是十七层，电梯坏了三天了，还是没修好。”

翁小明连忙打岔：“这忙怎么帮？等着见了报又得两天。”

“请快报记者给电梯公司打个电话——那肯定跟我们老百姓去反映效果是不一样的。”

翁小明没有回应。他的眼睛盯着电脑屏幕，脸色苍白，嘴唇抖了起来。

雷师傅见了，不明就里，就说：“算了算了，不让你为难。”

上午十点多钟，苏同坐公交回到编辑部，尚未坐定，她的手机来了个陌生的电话。对方称是翁小明的同事，姓向，说翁小明生病了，是在证券营业部发病的，被救护车送到了同济医院。

苏同听蒙了，来不及多问，便打了辆出租车，直奔江北。路上，苏同突然想到，自己没问向先生，翁小明是在医院的急诊室还是什么别的病室，便照着来电号码又打了过去。

“翁小明先是在急诊室，现在在神经内科。医生说，如果不行，需要转送到专科医院。”向先生说。

苏同哆嗦着说：“谢谢你，我正往同济赶。”

“好，保持联系。”

苏同飞快地下了车，横冲直撞地跑进了医院大楼。电梯前排队的人太多，她等不及了，便一层楼一层楼地爬，找到神经内科时，人都快瘫掉了。在一个治疗的小房间里，翁小明躺在一张小床上，脸色灰白，眼睛紧闭。有两个陌生人守在一旁。一个与翁小明差不多年龄的人对苏同说：“我姓向，我们在一个办公室上班。”

老向把苏同带出了小房间：“老翁是在证券营业部出现的问题。证券部的工作人员知道他的工作单位，把他送上救护车后，通知了我们。”

苏同的脚打软，她靠在门框上，稳了稳神。另一个穿着对襟大褂的男人细心地要苏同到椅子上坐下。他说：“我是翁小明的朋友，姓雷。”苏同知道了，这位雷师傅就是在证券大户室带翁小明炒股的师父，自己也曾给他帮过忙。雷师傅说：“翁小明发病时，我就在身边。当时，我以为他用键盘砸电脑，是兴奋过度，没想到，后来他见什么就砸什么。”

“因什么而起？”苏同问。

雷师傅说：“可能和这个事有关。但不一定准确，我跟你讲哈。”苏同竖起耳朵听着。

“他埋进去的一只股票，停牌半年后，今天开盘，吃进的时候是四块八毛，开盘跳涨到三十八元，大大超出了他的预期。不知是不是这个事闹的。”

苏同想，这就是现实中的范进中举呀。如果是，还好。范进不是被老亲爷一巴掌打醒了吗？

雷师傅又一板一眼安排苏同道："刚才医生问询、诊断过了，我和他单位的同事，都没办法说清他近期遇到过什么事。你去跟医生沟通一下。"

苏同敲开了当班医生的门。

医生说："根据他同事、朋友的描述，你先生并不是单纯的激情狂乱，既有狂喜，又有憎恨，比较复杂。总而言之，是因心里的负面情绪堆积过多，没有有序释放，就像压力过大的高压锅，一下子就爆了。我们已经给他注射了镇静剂。过一会儿，看他的情况，我再对症开些药，你带回去。"

苏同问医生："他以前从没有这样过，如果好了，会不会再犯？"

"这要取决于两个方面，一是他自己能不能自我觉醒并解压；另外，作为家人，尤其是妻子，安抚、慰藉、当好减压阀更关键。"

"万一……"苏同小心地问医生。

"如果不行，那得去专科医院上手段了。"

"您是说去精神病医院？"

"是这个意思。你也没必要听到这几个字就闻风丧胆。吃五谷杂粮的人，肉体会生病，心理、精神也一样会生病。"

翁小明已经坐了起来。他见到苏同，没有任何表情，也没有只言片语。

老向和雷师傅脸上都有了笑意，不知道是哄着翁小明还是宽慰着苏同："没事了，翁小明只是间歇性昏迷了一下。"

苏同把医生叫了过来。医生用手翻了一下翁小明的眼皮，又问他的名字和年龄。翁小明也能回答上来。

王云来了，见到苏同打了声招呼，便用腋下的夹包拍了一下翁小明的肩膀："伙计，是不是没过早？低血糖？"

苏同拿好药后，发现翁小明已坐在王云的车上。苏同很是难为情。王云对苏同说："没事，我送你们回家。"

一听回家，翁小明的神色又不安起来。王云改用随便的口气说："这些日子，单位没什么事，送你们一脚后，我也回家休息。"

翁小明进了家门，鞋都没换，直接扑向书房电脑。

翁小明的手机响了。苏同一阵紧张，她想，会不会是赤水公安局来的电话？听到翁小明说"雷师傅"，她才松了一口气。翁小明在电话里说："开盘价是三十八元，现在掉下来了，只有三十四元，我按什么价位给你？"翁小明停了一会儿说："好，你说了算，今天的最低价！你把银行卡号发给我，明天打给你。"

苏同不再关注翁小明的电话，在厨房忙着烧水洗菜。她不时到书房门口晃一下，问翁小明想吃什么。翁小明头都没抬地回答："随便。"翁小明又自言自语："好了，还有五分钟收盘，卖出卖出！"他的手指在键盘上颤抖着摁下去。

18

高考一过，苏同就退掉了租住屋。

林音过来帮苏同大包小包地打理好，又让木森公司安排了一辆大车，把有用的东西运回到报社大院的家。

包裹堆在阳台上，一时半会儿没法清理。

这天傍晚，苏同下班，还没走到自己家楼房前，就听翁小明的叫喊声从楼上的窗口飘出。苏同的心扑通扑通一阵猛跳。开门一看，我的天，阳台上的包裹全在客厅地面上摊着，翁小明在上面踩来踩去。

苏翁子关在自己的房里。苏同敲了半天，翁子才开，两眼泪汪汪的。苏同马上将翁子抱在怀里，用手轻轻拍着翁子的后背。

"我只是问了他一下，我的浴巾放在哪里了，他就发邪火。"

苏同看见浴巾放在床上，就说："这不是吗？"

"我自己在包里找到的，也告诉他了，可他还是一边咧咧一边把东西全抖了出来。"

"他最近情绪不太好。"

"我看他有病。"

苏同转移了话题："上大学后，也要把浴巾带去？"

翁子没做声。

"能不能换一条？家里有新的。"

"习惯了它的味道。"

"娘胎里带出来的味道？"

"反正是人世间找不到的。"

翁子把苏同推出房间，用嘴巴向外努了努，意思是要她去管管翁小明。

翁小明回到了电脑前。苏同自己将客厅里的东西一一收到袋子里，又放到了阳台上。苏同瞟了一眼翁小明，电脑屏幕上全是扑克牌，他在打游戏。

因为翁小明的事，苏同的睡眠很不好。要么醒着，要么做梦，老是考试的梦，还是数学考试。睡眠不好的直接后果是脸色灰暗、眼袋浮肿，额前还出现了白发。苏同将白发一根根挑出来，用剪子贴着头皮剪掉。

施三叶之死已过去了两个多月。案件侦破处于胶着状态。杀人案必破，这是公安部门的铁律。几个嫌疑人都有杀人动机，但没有杀她的时间与证据。找不到神探，赤水公安正在焦头烂额之中。

巧的是，赤水排水闸附近，最近又发生了一起谋财害命的案件，这次抓到了凶手。峰回路转的是，凶手不仅交待了作案过程，还交待了杀害施三叶的事实。

苏意说赤水没有几个人信。

正如周连所说，借翁小明一个胆，他也做不了这么大的案。苏同心里五味杂陈。

杨豪终于排到了肝源。动手术之前，王云约上翁小明去医院看杨豪。杨豪极度虚弱，看着翁小明，眼里流出了泪水，断断续续地说："如果能再捡一条命，我只想好好活，好好守着儿子。翁哥，不要让福气跑了。"

丁钢在他的特别辞职仪式之前，跑到何颖办公室坐了一会儿。何颖劝他好好准备竞岗报告，机动部主任位置非他莫属。他从口袋里摸出一张名片，还没来得及亮给何颖看，就被王小号叫走了。

丁钢上了王小号的车，直接到了东冶市。金归酒业在市区建了一座办公大楼。一大早，讨要集资款的一群人，就在大楼门口聚集。他们骂牛半斤是个大骗子。公司里的人员，站在另一边跟他们对峙着，也不回嘴，主要是防止他们冲进大楼。

丁钢溜进了楼里。王小号举着相机，对着这两拨人。他觉得镜头画面中间有空隙，便用手指挥着两拨人往中间靠拢些。结果，两拨人就打了起来，他也被打趴在地。丁钢出来后，发现王小号正嘴啃泥，已经动弹不了，赶紧打了120。伤员王小号的背上，一个44码的鞋印，清晰可见。

相关报道出现在《南国都会报》上。

宋兴看到时一阵冷汗。

宋兴升任常务副总编后，编委会决定把机动部主任这个岗位拿出来，按快报用人的原则，实行公开竞争上岗。

共有三个人报名竞岗，丁钢是其中之一。他跟苏同说过，他不会参与的，但还是报了名，填了表。小侯也是竞聘者之一，演讲台上，他不仅表扬自己的思想品德与工作能力，列举证明自己如何适合主任这一岗位，还将集团总经理、快报总编辑乌尚义，以及他的引路人宋常务歌颂了一番。

丁钢最后一个上台，他没有演讲稿，却背诵起了徐志摩的诗歌《再别康桥》：“……我挥一挥衣袖，不带走一片云彩……”

他走下讲台。掌声响起，一声两声，渐渐连成一片。

丁钢没带走一片云彩，却在苏同的采访本上，留下了器宇轩昂的背影。

何颖打电话给苏同，请她到快网坐坐。因是新成立的单位，快网办公室设在大楼的顶层，有点阳光屋的样子。

穿过阳光屋时，苏同看见一个女孩在格子间里戴着耳机，电脑上的蓝光在她脸上闪烁。总编何颖的办公室占据一隅，并不大，却非常温馨。窗台上、角落里绿植很多，沙发、茶几用的是格子棉布，有淡淡的草香味弥漫在空气里，让人舒适、平静。苏同进来后，没有打喷嚏。她坐在沙发上，说：“谁到了这儿，都挪不动脚。”

何颖笑道：“你若想，又不难。”

苏同说：“刚才看到一个美女，面熟。”

“你记性不错。倩倩，师大研究生，主持人。”

苏同连忙“哦哦”了两声：“你真会挖人才！”

“不是我挖的，是乌尚义推荐来的。”何颖说着，递给苏同一个意味深长的眼神。

苏同问何颖：“你叫我来，是不是晓得了‘药渣’的去向？”

“不管他，他迟早是会走的。”

“你像是一清二楚？”

“你没看到‘南都’这些天的报道？有关江城的新闻越来越多，虽不是他的真实姓名，我想应该是他干的。算了，不操他的心了。”何颖说着，将一个牛皮纸袋递给苏同，“这是石先生的书稿，他想请你帮他设计一个封面。”

苏同说：“我又不懂设计。”自从与石先生爽了约后，石先生一直没有联系她。

“我说错了。他是想请你给他画张漫像，用在封面上。”

苏同回到自己的格子间，石先生的邮件就到了。他说他想请苏同再给自己画一张漫像，与快网上的那张要有些区别，要画一幅侧面，但不要正侧，最好带点思考状。

苏同暗笑，熟男也很自恋的。

翁子的大学录取通知书来了。苏同翁小明同时傻了眼——上海交通大学船舶工程专业，绝对的冷门，冷得像进了月宫。

在填报志愿时，一家人讨论了好久。虽然翁小明没有要求什么，但他反复念叨，未来是计算机时代。苏同以为翁子会填报上海同济大学，选择苏定的学院。翁子却说："你们别管，这回我要自己做主。"

苏同半夜起床去厨房找水喝，发现翁小明坐在沙发上一动不动，两只眼睛在暗夜里发出幽微的光。

翁子自己打包，将行李衣物快递到学校，准备与欧阳一起到上海玩几天。欧阳没有过一本线，她决定考雅思，去英国留学。

杨豪肝移植后，一直发热，转氨酶高，出现严重的排异反应，被送进重症室抢救，坚持了好几天，没有挺过来。

王云打电话告诉了翁小明。翁小明哆嗦着说："杨豪没了……没了！"边说边开门出去。

苏同以为翁小明是去医院或者是殡仪馆，去陪朋友最后一程。

第二天下午，王云给苏同打来电话，问："翁小明是不是病了？真后悔不该跟他说杨豪的事。"

苏同说："他接到你的电话就走了，你们不在一起吗？"

"没有，打他的电话，他也不接。"王云传递给苏同的是不安。

"我去车库看看，不知他走时开了车没有。"

苏同一边拨打翁小明的手机，一边下到车库。车不在，手机不通。她又给王云拨去电话。

"单位里没有他的人，证券营业部收市关门了。他会不会在他姐家？"

王云提醒了苏同，她立马给翁小兰打电话。翁小兰说："小明没来，好些日子都没见到他了。"

他还能到哪儿去？苏同想不出。她给王云打电话说："报警吧？"

王云以单位的名义报了警，根据他的车牌，通过交管查到车子到了赤水。

到了赤水？苏同紧张起来。苏同第一时间联系了周连，周连正在牌桌上。苏同听到了麻将的声音，就直截了当地问："翁小明是不是跟你在一起？"周连说："没有，他又不好赌。"苏同挂了电话，又打电话找苏意，请她去爸妈家看看翁小明在不在那儿。

苏意说："翁子爸怎么可能在爸妈家？每次来也就站一会儿。"

苏同有点语无伦次："他已经失联两天了，手机联系不上。报了警，才知道他的车到了赤水。"

"还有这事？你别急，我让谢天池去酒店找找。"

这个当口，苏同叫了拼单车司机，自己包车回赤水。出了江城市区，苏意来电话说："谢天池发动了狐朋狗友，把赤水的酒店翻了个底朝天，都没有翁小明住宿的信息。"

苏同更加紧张了，翁小明会在哪儿呢？他家的老房子早就卖了。桃园一号施三叶的爱巢吗？恐怕不可能。施三叶死后，她所有的财产全都归到了她儿子的名下，也就是由她的前夫代管。

翁小明的老家在螺山，除了两个表哥，也没有特别的亲戚。他会去老家？

苏同在芙蓉家园小区门口与苏意会合。谢天池的车停在一边，他说："姐，你上车，我们好好想一想。他来赤水之前，跟你吵架没？"

苏同一听此话，知道苏意没告诉谢天池实情，就没有多说。

车子缓缓开动。苏意问苏同："他会不会回了螺山老家？要不，我们去看看？"

苏同还未表态，谢天池却像得了令般，调转方向，朝江堤上开去。

大年初一，一家人在江堤上开心的时刻，一下子跳回到了眼前。苏翁子已经考上了大学，还是翁小明梦想的上海交大。

初秋的太阳慢慢西沉。苏意将车窗摇下，江风吹进来。苏意说："如果不是要找翁子爸，真想下去走走。"

谢天池立马批评道："什么时候，还想这样的事？"

苏意闭了嘴。

去螺山，排水闸是一定要经过的。谢天池的眼尖，远远地看到闸堤下的坡道边，有一辆停着的车，说："姐，那车好像是沃尔沃……是你家的车呢！"他加快了车速。

苏意说："你别瞎开玩笑。"但两姐妹一起朝谢天池所指的方向望去。

苏同渐渐看到了那个庞大的车体。她的心，跳到嗓子眼了。

谢天池的车挨着沃尔沃停了下来。他快速地去拉沃尔沃的车门，拉不开，就从自己的车上拿来工具，准备撬车。苏同却跑到闸洞去了。

天呀！翁小明正闭着眼睛靠在洞壁上。夕阳的一束余晖，打在这个熟睡中的男人脸上，灰白的头发盖住了他的眼睛，好看的唇线没了曾经的棱角分明。他身边没有脱落在地的书，连蚂蚁也没有了。

他的怀中，抱着的是苏翁子的那条浴巾。

翁小明安然，以一个少年的姿态。

2024 年 5 月 12 日星期日奥斯汀
第四稿